U0462200

女排奥运冠军赵蕊蕊第三部长篇动漫小说

悬梦迷踪

赵蕊蕊　著

人世间有太多需要我们守护而且值得我们去守护的存在。

有没有想过，这一生，你想守护的，到底是什么？

海天出版社（中国·深圳）

图书在版编目（CIP）数据

悬梦迷踪 / 赵蕊蕊著.—深圳：海天出版社，2016.7
ISBN 978-7-5507-1567-7

Ⅰ. ①悬… Ⅱ. ①赵… Ⅲ. ①长篇小说－中国－当代
Ⅳ. ①I247.5

中国版本图书馆CIP数据核字(2016)第033814号

悬梦迷踪

Xuanmeng Mizong

出 品 人：聂雄前
责任编辑：蒋鸿雁
责任技编：梁立新
责任校对：刘发明
封面插图：陈 霓
封面设计：李松璋书籍设计工作室

出版发行：海天出版社
地 址：深圳市彩田南路海天综合大厦(518033)
网 址：www.htph.com.cn
订购电话：0755-83460293(批发) 83460397(邮购)
排版制作：深圳市思成致远创意文化有限公司 Tel：0755-82537697
印 刷：深圳市新联美术印刷有限公司
开 本：787mm×1092mm 1/16
印 张：23.5
字 数：250千
版 次：2016年7月第1版
印 次：2016年7月第1次
定 价：36.00元

一切，

从一个梦开始

目　录

第一部

第二部

第一部

第一章 邂逅

谁？究竟谁在叫我？

熟悉的声音又在耳边回响，丹增旺杰一阵惊诧，那声音如同玄妙的钟声在他的心中激起层层波澜。突然，他意识到了什么，睁开了眼睛，璀璨的亮光立刻映入他的眼帘。

夺目的梦幻之光在天空放出明媚的异彩，五彩花瓣随着天籁漫天飞舞，朦胧的白云袅袅升起……

看着眼前的神秘美景，那段沉睡多年的记忆在他的脑海中慢慢苏醒。

为什么……为什么我又来到这里？

时隔16年再次来到曾经的梦境里，他已经没有了当年初次经历这一切时的惊奇与激动，他想不明白，相同的梦境究竟预示着什么。

远处的天际闪现出一轮圣洁璀璨的明光，丹增凝视片刻，便沿着这条曾经走过的路，踏着飘渺的云雾走了过去。

很快，他在一个开满了洁白莲花的池塘前停下了脚步，等待一朵白色的莲花接他继续前行。

果然，白莲没过一会儿就缓缓飘到他的面前，他踏进莲花，盘腿坐下。此时，天空祥云展现，神秘的螺号齐声吹动，响彻云霄。

白莲带着他一路向前，在一个闪着七彩光芒的琉璃莲花台前停了下来。

“丹增旺杰……”

那个空灵的声音再一次呼唤他的名字，他抬头仰望着向自己徐徐飘来的彩云，眼神中流露出一丝肃穆。

“丹增旺杰在此顶礼尊敬的邬金仁波切。”云彩轻缓地落在琉璃莲花台上，淡淡的云雾还未散去，丹增已经恭敬地俯首叩拜。

“丹增旺杰，抬起头来。”

丹增依照邬金仁波切的话，把头抬了起来。

面露祥瑞之色的邬金仁波切，将手中的天杖在虚空中轻轻一摇，无数折射着虹光的甘露纷纷洒落在丹增的身上，一股强大的力量立即融入他的体内，接着，邬金仁波切念动密咒将手放在他的额头上，为他摩顶加持。

丹增感激得再次叩拜，疑惑地问：“尊贵的邬金仁波切，弟子想不明白，为何今天会再次来到12岁生日时的梦境。恳请您开示。”

“你的修行还早着呢，想不明白很正常。”邬金仁波切慈爱地笑了，柔和的目光却透出一抹耐人寻味的色彩，似乎知晓他心里所想的一切。“世间万物皆因一个‘缘’字，等缘分到的时候，你自然会明白一切。”

邬金仁波切的回答等于没有回答……丹增仰望着仁波切，眼神中不免流露出一丝失落。仁波切双唇紧闭，眺望远方，没有为他解答的意思，丹增默默低下了头，没再追问。

突然，邬金仁波切抬起手臂指向他的身后，“看那里！”

丹增回身看去，只见一片诡异的黑云在天际不断地膨胀，邪魅的气息混着刺目的闪电穿透了整个天空。丹增不由得蹙了一下眉，一股不祥的感觉在心间蔓延……16年前的梦中，可没有这一幕啊！

他回视神情严肃的邬金仁波切，神经不禁紧绷起来。不经意间，他瞥见池塘里一朵闪着耀光的莲花正在缓缓盛开，一个泛着淡淡绿光的朦胧身影在莲花中若隐若现。

莲花中的人影吸引了他的目光，他好奇地向前探下身子，可冷不防地，他坐着的莲花猛然间闭合了。

梦，就这样结束了。

丹增浑身无力地躺在床上，他试图睁开眼，但疲惫的双眼却重如千斤。

他从小就可以轻易知晓别人的想法，有时候，想要的东西也可以通过想象就能成为现实，他甚至能够听得懂动物的语言……他明白自己异于常人，也明白那些与生俱来的能力是有原因的。

16年前的今天，他第一次在梦中见到了邬金仁波切，解开了从小困扰自己的疑惑。从那一天起，他褪去了少年的轻狂和执拗，仅仅一夜之间，仿佛蜕变成另一个人，举手投足间多了几分成熟与自信。在这之后，他又多次在梦中接受邬金仁波切的加持和灌顶，并在仁波切的指点下持续修行。

就这样，平静地过了整整16年。

可是……

一缕晨曦透过窗帘的缝隙映照在他的脸上，他微微睁开眼，长长的睫毛在阳光下闪烁着金色的光芒，微卷的头发有些凌乱地遮住了他饱满的前额，他随手将它们轻拨到两边，目光定格在枕边那串从未离过身的佛珠上，禁不住又陷入沉思……今天的梦跟16年前的梦几乎一模一样，只是身边那朵盛开莲花中的人影，以及邬金仁波切所指的那片黑云却不曾出现。

为什么又一次做16年前的梦？那片黑云到底预示着什么？那朵盛开莲花中的人又是谁……

太多的疑惑充斥着大脑，丹增深深叹了口气，坐起身子，打开手机，看着纷至沓来的祝贺短信，不禁露出了俊朗的笑颜。

今天，是他28岁的生日。

“丹增啊，晚上去海边的酒吧坐坐怎样？”

“海边？”正在伏案画图的丹增，抬起头看着站在他桌边的死党麦克，嘴角扬起一抹坏笑，“这么热心邀请我，不会是想给我介绍你刚认识的女朋友吧？”

“嘿嘿，”麦克不好意思地挠了挠一头金发，“你应该有空的吧？”

“嗯……不知道我去会有什么好处呢？”丹增挑了挑眉，皱了一下高挺的鼻子。对他来说，这时不好好要挟一下自己的死党，下次可能就没有这么好的机会了。

“好处啊，你放心，绝对让你眼前一亮。”

“嗯？看你的表情好像预谋了什么。”

“我是想……”麦克犹豫了一下，可还是忍不住说出了实情，“其实，我是想介绍你认识一个女孩。”

“女孩？”

“对啊，那个女孩是我女朋友的同学，是中法混血，我想……”

“为什么？”丹增的脸色骤变。

麦克感到丹增的眼中射出冷峻的光，不由得缩紧了脖子，“因为……因为你之前不是相亲失败了嘛，所以我……”

相亲?

提起相亲,丹增先是一愣,接着发出一声叹息,那还真是一次糟糕透顶的经历,一想起那件事他就头疼。公司CEO的女儿对自己一见钟情,这个豪放的香港女孩愣是要她父亲为他们安排了一次正式见面,这本是一桩羡煞旁人的事情,可他却当场搞砸了这个千载难逢的机会。

当麦克用无法相信的口吻问他"你是不是有毛病"时,他也只能用苦笑回应,有些事他不能跟别人诉说,就算做一辈子别人眼里的傻瓜也无所谓。

因为,他没的选择。爱情对他来说是那么遥不可及,是无法碰触的。

唉,真是个糟透了的生日啊!

丹增无力地靠在椅背上,手上有一大堆要画的图纸,可现在却一点心情都没有了,说真的,对于这样的聚会他一点都不想参加,却又不想扫了麦克的兴。他看向窗外明媚的天空,今天清晨的梦境不知不觉间又浮现在眼前,莫名的期待与不安在他的心中纠缠。

傍晚时分,丹增和麦克在海港酒吧里找了个幽静的角落坐下,没过多久,麦克的女友带着那名中法混血的美女就出现在他们的面前。

麦克一脸兴奋,滔滔不绝。混血美女似乎对俊朗的丹增颇有好感,总想找机会拉近跟丹增之间的距离。不太善于应付这种情况的丹增,则心事重重地看着正在落下海平线的夕阳,有一搭没一搭地跟大家闲聊着。

头盘小菜上来时,丹增以打电话为由,独自来到露天餐台透气。今天的海风有点大,露天餐台没有半个人影。

丹增举着一杯橙汁走到栏杆边,像是要将浑身的不自在全吐出去似的深深呼了口气。晚风卷起他的黑发在空中飞扬,海浪不停地拍打沙滩,白色的泡沫仿佛荡漾的水之花,在海鸥的鸣叫下似乎在低吟着什么。

这时,沙滩上一个抱着画本正在画画的女孩进入了他的视线,女孩穿着一件浅色衬衫,夕阳的余晖映照在她的身上,宛如为她披上了金色的纱衣。女孩黑亮的长发灵动、飘逸,沙滩上刻着她修长的身影。虽然看不清她的容貌,但是丹增已被女孩深深吸引,久久无法移开视线,耳边只听得到自己强而有力的心跳声。

丹增瞬间迷茫了,自出生以来,他第一次产生了这种异样的感觉,心中仿佛有一团炙热的火焰在燃烧。

就在丹增看得出神之际,女孩似乎察觉到了什么,停下手中的画笔,回头看去,清澈、黑亮的眼睛正好迎上丹增专注的目光。

这一瞬间，整个时空仿佛突然停止了，只有他们彼此交汇的眼神，在海风中传递着一种莫名的情愫。

他们心中似乎同时响起了一个声音——啊，终于相遇了！

女孩看上去没有丝毫厌恶，反倒露出友好的微笑，一脸慌张的丹增赶忙移开视线，喘着粗气的他，背过身，闭上眼，努力想让自己平静下来。刚才他好像都忘记了怎样呼吸。

“我到底在做什么？”

他喃喃低语问着自己，宽大的手掌托着低垂下来的头颅，感受脸颊的温度。28年来，他一直小心翼翼地谨守着自己的心，可刚才那一刻，颤动不已的心让他以为自己身处云端。

他动摇了！

仅仅是这一瞬的对视，他就知道自己动摇了。一股奇妙的张力在他和女孩之间悄然扩散。

突然，一个奇怪的画面在他的脑海显现——在一片美得无法形容的地方，他看到熊熊火光映照在这个女孩的脸上，凄楚的泪水从她的脸颊滑落，就像一颗颗破碎的珍珠。

不要哭……不要哭……

丹增不知不觉间已经眼眶湿润，他伸出手想要抹去女孩脸上的泪痕，抚平她心中的创伤，而他刚挪动了一下僵硬的脚步，画面突然消失了，就像来时一样不着痕迹。

丹增站在原地，良久回不过神来，他不知道那个画面代表什么，这个从未谋面的女孩又跟他有着怎样的缘分。他只知道，自己不想看到她哭泣的样子。

就在他垂首思忖之际，传来一声惊呼，那个女孩正在拼命追赶一个高中生模样的男孩。

“别跑！把我的包还……啊！”女孩追喊着，不料被平放在地上的沙滩排球柱给绊了一跤。

男孩暗笑着，正准备扬长而去，突然，撞上了什么东西，身体被猛地弹向后方。

一只大手伸到男孩眼前，将他拽了起来，男孩粗鲁地挥开丹增的手，企图再次逃窜。丹增早已识破他的心机，纵身一个箭步拦住了他的去路。

“滚开，别挡我的路！”男孩朝丹增身上啐了一口。

“把包给我，我就不挡你的路。”丹增没有被男孩的举动激怒。说真的，他自己都还没反应过来是怎么回事，人已经来到了男孩面前。

“你找死！”男孩大叫着，抽出折叠刀猛地刺向丹增。丹增毫无惧色，等刀尖即将刺中自己的瞬间，猛地矮身一蹲，使出一个干净利落的过肩摔，男孩被重重地摔在地上，痛得哇哇大叫。

“不是你的东西，不要妄想占有。”丹增面色冷峻地说完，拿起地上的包径直离开，留下身后一双双向他投来的惊异目光。

丹增站在沙滩边高高的台阶上，远远就看到女孩依然坐在刚刚摔倒的地方，不自觉地，他笑了，然而笑容却像水泥般骤然凝固在脸上。

我应该过去吗？

他的心在飘忽、在犹豫，在理性和感性间徘徊，无法下定决心，拿着包的手不由自主地握得更紧，双腿如同灌了铅般沉重。

此刻有一个声音在他的心中一直不停地说——离开她，离开她，如果不想伤害她，就远远地离开！

但，又有一个微妙的声音在呐喊——你那是在逃避！

他不知道这种感觉从何而来，只是觉得有股不祥的阴风在侵蚀着身体里的每一个细胞。

说不上是感性战胜了理性，也说不清是不是想要忽视那种糟糕的感觉，他只是依照本能的指引，向女孩走了过去。

我只是把包还给她，对，只是还包！

就算下定决心过去，他还是有意识暗示自己要跟女孩保持距离，而还包就是一个最好的借口。

“给你。”丹增将包举到女孩的面前。

看到被抢的包失而复得，女孩脸上焦急、紧张的神色并没有消散，直到看到包里的一个大信封后，才放心地舒了口气。

“东西没有少吧？”丹增轻声问道。

女孩这才反应过来自己还没有谢谢帮忙夺回包的恩人。“谢谢你，真的太谢谢你了。”女孩激动得声音有些颤抖，眼中微微泛起的泪光让她显得楚楚可人。

“不用，不用谢，东西没丢就好。”被女孩这么一谢，丹增反倒有些不好意思。

女孩很漂亮，白皙、光滑的皮肤看上去吹弹可破，没有一点瑕疵，标准的鹅蛋脸上配着一双灵动的明眸，挺直的鼻梁划出完美的弧度，微微翘起的鼻尖透着一分俏皮，红嫩而丰盈的嘴唇微张着，洁白的牙齿泛着透明的光泽。

她的身上散发着一种让空气都能温暖起来的气质。特别是她略带羞涩的笑容，更是让人如沐春风。

女孩黑如曜石般清澈明亮的眼睛里，仿佛栖息着某种光，可以驱散一切黑暗的光，在夕阳下闪耀，丹增不由自主地被那双眼睛深深吸引。紧接着，女孩悲痛落泪的画面再次浮现脑海，他的心开始隐隐作痛。

这双眼睛……不适合哭泣，它们只适合迎着光微笑。

丹增默默想着，窘迫地避开了女孩的视线，有那么一瞬，他居然想抛开所有，不顾一切地去亲吻她的双唇。

他发现自己的心正在发生变化，想要努力遏制，却又有些力不从心。

“别的东西没有了倒无所谓，如果这个东西丢了，我可就……”女孩将大信封紧紧抱在怀中，一脸后怕。

“这是什么？很重要吗？”丹增好奇地脱口问道。

“今天是我交稿的日子，这个就是我准备一会儿交给编辑的原稿，谁知道刚刚会发生那样的事。”女孩边说边拍了拍胸口，再次投来感激的目光，“幸好遇见了你……”

幸好遇见了你……

女孩不经意的一句话，对丹增来说却充满了破坏力。他知道自己已深深地陷了进去，无法自拔，他最后仅有的一丝理性也在刹那间土崩瓦解。

有的时候，爱情看起来就是这么的荒唐。就像自己的左手拼命想拉开紧握爱情不放的右手般不可理喻。

“说了那么多，都忘做自我介绍了，我叫欧阳君。”女孩一脸温柔的笑意。性格有些腼腆的她，不是一个跟陌生人能随便微笑的人，现在却对眼前这个帮助她的男人笑得那么自然。不对，不是因为帮助，而是在跟他眼神碰触的一瞬，笑容不知不觉地就爬上了脸庞。

这是不是有点不可思议？

“欧阳……君？”丹增惊讶的声音打断了欧阳君游走的思绪，改口使用中文，“就是那位来自中国的新锐小说家、漫画家，被文坛誉为美丽的东方之星的欧阳君？”

“对……对啊，我就是。”欧阳君害羞地低下了头，其实她一点都不想成为公众人物。

“失礼了，我……太激动了。”丹增尴尬地摸了摸下巴，“我叫丹增旺杰。”

即将落入海平线的夕阳，将最后一抹红晕映照在他们的脸上。丹增从心底里感谢天色越来越暗，将他绯红的双颊隐藏在暮色中。

“丹增旺杰先生，请你别那么客气，你可是帮了我大忙的恩人呀。”欧阳君一脸真诚。

“那还真是呢，”丹增清了清嗓子，掩饰自己小小的尴尬，“风越来越大了，你穿得不是很多，还是不要待在这里比较好。”

欧阳君点点头，准备起身，就在这时，她捂着脚踝发出了一声呻吟。

丹增这才注意到欧阳君的脚踝被球柱上的挂钩划伤了一个口子，他赶忙回到酒吧找来了临时药箱，细心地替欧阳君处理伤口。可就在触碰到她肌肤的瞬间，他的脑海再次出现了奇异的画面——在阴暗潮湿的密林中，他抱着全身鲜血淋漓的欧阳君，拼命哭喊着，可任凭他如何摇晃她的身体，她只是瘫软在他的怀里一动不动。

丹增整个人僵直在原地，直勾勾地盯着欧阳君脚踝上的伤口，视线很快移到自己处理伤口时沾上了血迹的指尖。仿佛看见了什么恐怖的东西，他突然睁大双眼……满手都是殷红的鲜血，全是欧阳君的鲜血！

“丹增先生，你没事吧？”欧阳君充满担忧的一声轻唤，让丹增眼前的画面倏地一下消失了，他惊恐的目光跟欧阳君错愕的目光碰撞在一起。

“我……没事，只是想到一些……工作上的事罢了，不用担心。”丹增随便扯了个谎，思绪被谜一般的画面填满。面对这个谜团，他根本找不到答案，连一点头绪都没有。

等一切处理妥当后，他为欧阳君拦了一辆计程车。此时，他的身后传来那位叫筱茹的中法美女的声音，丹增抿抿嘴，有些不舍地跟欧阳君挥了挥手。

我们……还会再见面吧？

看着渐渐远去的计程车消失于喧嚣的街道中，丹增默默地想着。

坐在车里的欧阳君同样一直回头看着丹增，直至看不见他的身影，才收回视线。

手机在她的包里一直响个不停，她却浑然不觉，满脑子想的都是丹增。

哦！我这是怎么了？

她闭上眼，摇了摇头，想把丹增从头脑中挥去，她接受不了这样失常的自己，怎么可能对才第一次见面的人如此在意！

第一次见面……我们真的是第一次见面吗？

这个念头从脑海划过，她倏地一下瞪圆了眼睛，接踵而来的是一声莫名的叹息，目光落在了受伤的右脚踝上。他就像初升的朝阳带着希望和无限柔情，悄悄洒落进她的心田。不知从什么时候开始，她不太习惯被别人碰触，她也不知道原因是什么，只要别人一碰她的身体，就会感到莫名的紧张，她将这个毛病称为人类接触过敏症。然而他的触碰，她却一点都不厌恶。

到了目的地，她一瘸一拐地走进了一栋公寓大楼。在电梯里，她一直盯着镜中的自己，这个狭小的密闭空间里回荡着她还有些不安分的心跳声。她知道自己平静的心湖被丹增这股旋风吹起了涟漪。

性格倔强的她不习惯接受别人的照顾，更不喜欢依赖别人，可能因为父母工作比较忙，她从小跟着外婆一起生活的缘故，渐渐培养出了好强而又能吃苦的个性。在大家眼中她是一个坚强有个性的人，她的人生宗旨是：绝不给别人添麻烦。渐渐地，她多了一个“女汉子”的称呼。

可就是这么一个像女汉子的自己，却欣然接受了丹增的帮助，难道是女性天生想要被保护的本性在作祟？

这样胡思乱想的时候，她慢慢走到了2208房间前。刚按下门铃，门砰的一声就开了，一个染着棕红色头发的女人，像夜叉般对着她开始狂轰滥炸：“你去哪里啦？说好七点之前给我送来的，结果现在几点了，你知道吗？打你手机没人接，家里电话也没人接，知道我有多着急吗？”

“米兰，对不起，我手机没电了，我真不是故意的。”欧阳君一脸委屈。眼前的米兰简直就像一头愤怒的母狮子。

怒气冲天的米兰猛地抢过欧阳君的包，拉着欧阳君的手腕就往屋里拽。“你这个猪头！给我进来，今天你不把正事处理完，休想回去！”

正事？！

分镜已经全部按之前沟通好的处理了，上色、植字、网点纸也都完成了，为了帮米兰省下时间和精力，她甚至认真地将原稿检查了三遍，应该没有什么问题了啊……欧阳君一脸疑惑。

欧阳君异样的走路姿势引起了米兰的注意，她盯着欧阳君的脚踝问道：“你的脚怎么了？”

“没什么事，不小心绊了一跤，划破了而已。”欧阳君轻描淡写地形容，在沙发上坐下，仿佛受伤的不是自己。

米兰终于到了爆发的极点，她用手中的原稿狠狠地拍了一下欧阳君的脑袋，发出连环炮似的大声训斥。

“你是笨蛋吗？你眼睛长哪里了？长头顶了吗？这么大个人了连路都走不好，你什么时候才能给我省点心啊！”

“很痛耶，你就不能下手轻点嘛！　又不是我愿意摔倒的。”欧阳君捂着头连声抗议，接着道出了傍晚发生的事情经过。

“你真够可以的，这次居然是被抢包，我数数啊，你丢过手机，丢过钱包，好几次出门不带钥匙将自己锁在门外，最离谱的是在机场你居然还忘记拿自己的行李，还有……”

“好啦，好啦，别数啦！”欧阳君连忙挥手，打断米兰。再这样数下去，她的糗事老底都要被抖搂出来了。虽然一直坚守着不给别人添麻烦的宗旨，可自己好像总是在无意间给别人添了很多麻烦。有时候，她真的很讨厌这样的自己。

米兰翻着白眼说：“再这样下去，真不知道哪天你连自己都要弄丢了。”

欧阳君傻傻地笑着，没有回答。但她在心里默默想着：只要不给任何人添麻烦，丢了就丢了吧。

等工作结束，已临近深夜，外面不知何时下起了雨，欧阳君扛不住米兰强势的态度，答应留宿一晚。

欧阳君捧着书紧靠床角，默默翻着，如同一只刚刚被捡回家，还未适应新环境的流浪猫。米兰黯然地摇了摇头，自从在法国留学认识欧阳君以来，她就被欧阳君身上那股特殊的气质吸引，那是一种既不属于忧郁，又不是阴柔，应该是介乎两者之间的气质。如果用一种感觉来形容的话，那就是月亮，散发着冷艳的光芒，不容任何东西践踏的高贵之光。

“米兰，我一直都想问你，”睡在靠窗的欧阳君，看着窗台上一个精致的水晶奖杯，轻声问道，“你……为什么一直那么照顾我？”

“嗯？”米兰的思维完全跟不上欧阳君思维跳跃的速度。

欧阳君侧身将奖杯从窗台上拿下来，捧在手心，又重复了一遍自己的问题。说真的，她一直觉得很对不起米兰，在写作和绘画上很有天赋的米兰，跟自己就读同一所学校，同一个专业，结果因为自己的存在，使得米兰始终得不到大家的关注和认可，她不愿意看到米兰因为自己而受到伤害。于是，有一次她做了一个重要的选择——在一次学校绘画比赛的关键时刻，她故意搞砸了自己的作品，米兰顺理成章地在那次比赛中获得了优胜。之后，米兰代表学校去参加国际比赛，不过，最终的成绩不太理想，这多多少少有些打击了米兰的自信心，自尊心很强的米兰为此消沉了好长一段时间……但即便如此，欧阳君仍然觉得自己当初的决定没有错。不管怎样，米兰拿到了第一名的奖杯，虽然那是米兰人生中唯一的奖杯。

看着欧阳君手中的奖杯，米兰没有说话，静静地拿了过来，若有所思地把玩着。

“你的身上有着希望，有着我无法实现的梦想。”米兰喃喃开口，声音像个受了风寒的老人，沙哑而无力。

“你的心像风一般不受任何东西的羁绊，你的眼睛中栖息着一种自信而坚定的光芒……那曾是我向往的力量，可是我……”米兰摇了摇头，露出一丝苦笑，“却没有你那样的勇气和机遇，因为我无法拥有，所以才想守护你所拥有的。你啊……做着我梦想中所追求的事情。”

欧阳君轻轻握住米兰的手，想说点什么，却又不知道要说些什么。

此刻，无声成了最好的安慰。

窗外的雨一直淅淅沥沥地下个不停，敲打在窗户上发出噼啪噼啪的声响，暗沉的房间里，只听得到她们彼此刻意压抑着的呼吸声。

夜，静谧而绵长，弥漫着令人沉醉的气息。

“米兰。”

“嗯？”

“还没睡吧？”

“嗯。”

“我可以再问你个问题吗？”

“嗯。”

“你觉得……爱情是什么？”

“爱情……”米兰沉默不语，像在咀嚼自己的话一样，体会着爱情这个词的深意。

“米兰？”

“爱情……就像是空气，看不见，触摸不到，却又如此真实地存在心中，”米兰透着寂寞与无奈的声音在房间里飘荡着，“它充斥着你整个身体，占据你整个心灵，你会感到欢愉、畅快、无比幸福，你也会变得想要得到更多，占有更多……一旦有了这个想法就别想停止下来，可当这个像生命一样重要的东西从身边被抽走时，窒息就会紧紧包围你，令你痛不欲生，而这时，你才会意识到这样东西对你来说是多么宝贵。”

“小君，爱情是美酒，也是毒药，充满着甜蜜与痛苦。没有人知道自己面对的是什么，得到的又是什么。陷得越深，越不能自已……”

房间里传来米兰一声深深的叹息。她曾经的初恋，以及因为得不到深爱的人的回应，结果自暴自弃，用一段不负责任的婚姻惩罚自己的失败经历……往事在她的脑海中掀起阵阵波澜。

欧阳君轻轻摩挲着包着纱布的脚踝，陷入了沉思，她不知道前方等待自己的是什么，自己又在憧憬着什么。她静静地闭上眼，任凭理不清的思绪在头脑中盘旋。25年来，她第一次为感情的事烦恼。

而这一夜，她做了有记忆以来的第一个可以用诡异来形容的梦……

在一个夜幕如漆，暗沉无星的夜晚，她和米兰穿过齐腰的杂草，走进了一栋矗立在荒郊野外的老旧木屋里，她们并肩站立着，神情紧张，好像在躲避什么可怕的东西。

屋外风声鹤唳，气氛压抑、恐怖。

不一会儿，一个诡异的黑影慢慢走了过来，黑影站在门边，一动不动，似乎在观察她们的动静。

透过用薄纸糊起来的方格木门，欧阳君隐约看到一个身穿黑色长袍的黑影，头顶的斗篷遮住了他大半张脸，一团深沉的黑雾在斗篷下扭曲、膨胀。

双方不动声色地对峙着，突然，一个令人毛骨悚然的名字从欧阳君的头脑中划过——心魔。心魔由人心而起，由人念而化，他无处不在，如影随形地跟在人们身边，只要内心稍有动摇，露出一丝破绽，就会被他牢牢攫住。

难道这个黑影就是人们常常提起的心魔？欧阳君不由得慌了神。

不知是心魔察觉到了她们心中的恐惧，还是他觉得时机已经成熟，斗篷下虚幻的脸居然扬起了一丝狡黠的笑容。

欧阳君见状，也不知道哪儿来的勇气，猛地拉住被迷惑了神志正往外走的米兰。她伸出右手，用力张开五指，对着门外的黑影大声怒喝，“离开这里，你的阴谋不会得逞的，我告诉你，我不怕你，我不怕你！”

欧阳君的话音刚落，门外的黑影果真慢慢后退，最后消失了踪影。她如释重负般长长地吁了口气，用食指指着地面，并沿着房间四周画了一个安全的区域。那一刻，她感觉自己好像拥有某种神通力。她快步走到屋外将木门紧紧关好，一边默念密咒，一边挥舞着手指在木门上凌空画出一个巨龙的符号。她为巨龙点上了眼睛——顿时，龙符浑身发出红光，一条巨龙在她面前复活了！

看着由巨龙守护的米兰，欧阳君才放心地离开。

但她不知道自己要去哪里，要去做什么。她只知道自己被某种神秘的力量牵引着，无法停下脚步……

她的耳边一直回荡着一个悠远、虚幻的声音，不停地问着她——你想守护什么……你想守护什么……

守护？我想守护什么？

欧阳君默默想着，对这个看似简单却又深奥的问题感到头疼、无奈，她找不到满意的答案，只能慢慢沉浸进声音的旋涡里。

丹增回到家已经快半夜了，自从跟欧阳君相遇，他的整个思绪都被她占据着。

她现在在做什么？伤还好吗？有没有认真消毒和包扎？

发现自己的心完全不受控制地想着欧阳君，他连叹了几口气，枕着双臂躺在沙发上。他从没有被什么人或什么事牵着鼻子走过，他一直对所有的事都看得很淡然，平静的心就如一汪没有任何波澜的清池水。

可这次……他一度想利用法力去窥探自己跟欧阳君是否前世有一段情缘，不然自己怎会这么在意她？

不过他又转念一想，打消了动用法力的念头——他曾发誓绝不为一己之私而轻易使用法力。

而那些出现在脑海里奇怪的画面，又代表着什么？对此，他难以释怀。

雨滴在窗户上绽开透明的花朵，但很快凋零了，风卷起它曾短暂存在过的痕迹吹向空中，再次融入天地之间，淡淡的雨雾在天空低吟着寂寞、惆怅的暮歌。

丹增坐起身，摊开报纸，试图通过思考其他事情让自己不要专注于欧阳君。报纸上最近出现了很多关于犯罪的报道，到底是那些记者没有内容可写了，还是整个世界在不知不觉间走向了扭曲的极端？虽说现在正处于末法时代，可他从潜意识里还是强烈排斥接受这个事实。

他烦躁地将报纸扔到一边，啜了口茶，打开电视，百无聊赖地切换着频道，这时，一则晚间直播新闻吸引了他的注意。

从俯拍的画面可以看到一群白人和一群中东人正在疯狂互殴，锋利的长刀在月下闪着凛冽的寒光，不断响起的枪声伴着一声声惨叫被这个凄冷的雨夜所淹没。

停下！快停下！

丹增的心在痛苦地呐喊，在乞求……他蹙着忧伤的眉，打开阳台门，隐身飞入了夜空。

站在黄黑色警戒线后，丹增将大大的帽檐向下拉了拉，阴冷的雨水浸透衣衫，刺入骨髓。他看到地上到处是刺目的斑驳鲜血，遍地的残肢和尸体……引发这一流血事件的其实是件很小的事，如果不小心踩到人的美国留学生能客气点赔礼道歉，如果被踩到的中东留学生能宽容、忍让，这一切就不会发生，可是……

人性的沦落、道德的沦丧让原先那个平衡美好的世界在一点一点地崩塌、瓦解。善慢慢地被恶取代，被嫉妒、愤恨、欺诈、贪婪所深深埋葬，人们最终越陷越深，无法自拔。

这样的事情什么时候才是个尽头？还是……这仅仅只是个开始？

天空突然爆出一记刺眼的闪电，所有人都被惊得浑身一颤，丹增惊愕地看着充满魔性的暗沉天空，鼓噪的风声中传来阵阵瘆人的阴笑，暗涌的黑云令人压抑不安。

有什么正在黑暗中蠢蠢欲动……丹增紧蹙双眉，不由自主地握紧了双拳。

第二章 时钟之馆

周一的早上，天空依然灰蒙蒙的，云层压得很低很低，给人一种透不过气的压抑感，下了一个周末的雨似乎还有卷土重来的意思。

乘坐磁悬浮列车的欧阳君，依着窗无精打采地打了个哈欠。需要提前预订的头等车厢，虽然费用高出不少，却可以避免她在上班高峰期的时候同别人发生接触。而作为自由职业者最大的幸福，就是只要按时交稿，既不受任何约束，也不用像上班族那样每天朝九晚五地上下班。不过每个月有那么一天，她必须在八点半之前赶去星晨大厦，参加月末会议。

在她的小说出名之后，她的漫画也渐渐火了起来，很多出版商向她抛来了橄榄枝。他们的出价不菲，她却全部谢绝，依然选择老东家——星晨报社，不为别的，只为了感恩。在她还是个无名小辈时向很多报社投了稿，结果不是被拒绝就是石沉大海，沮丧的她慢慢开始否定自己，质疑自己是否真的有文学艺术才华，这样义无反顾地去追寻梦想，是不是个错误而愚蠢的选择……在她彷徨之际，《星晨报》刊登了一篇她的短篇小说。

从那以后，她慢慢走进了人们的视线，这个来自中国丽江的女孩渐渐成为大家关注的焦点。

偌大的会议室里坐满了人，大家不是在认真做记录就是在专心地听总编的讲话，欧阳君的目光则落在不远处的公园里，有一个旅游团正准备进去游览，游客们都撑起了伞。雨，应该又开始下了吧。

今天总编开会的内容她完全没心思听，估计还是跟以往一样总结上个月的情况，跟进下个月的进度，最后再提点希望和具体指标罢了，她向来对这种形式上的会议没什么太大兴趣。看着身边一个个认真记录会议内容的同事，她突然觉得，他们那过分认真的表情是否太不真实了？

以前她就一直在思考一个问题，当人们卸下面具面对真实的自己时，会是怎样的一副表情？惊讶？茫然？不知所措？还是看着变得跟面具一样的脸而认为自己本来就应该是这副模样？

人，为什么要伪装？是怕受到伤害，还是为了可以堂而皇之地去伤害别人？

她的目光随着一片落叶缓缓飘移，慢慢地，整个思绪又被丹增填满，他的一切是如此真实，不掺杂一丝虚假，她为有这样的想法感到不可思议——自己对他完全不了解，但不知道为什么，就是有这样一种感觉。

她很想找机会正式感谢他，可是……除了名字，她对丹增几乎一无所知，在这茫茫人海中想要找到他，可想而知是多么困难。

唉……

她发出了一声叹息，整个会议室顿时陷入一片安静，只有她还继续沉浸在自己的世界里。

“欧阳君。”

总编低沉的声音如同闷雷般在房间里回荡，心不在焉的欧阳君完全没有听到，直到旁边的同事提醒她，她那神游的心绪才回归现实。

“欧阳君，你是不是对我刚才说的话有什么意见？”总编推了推鹰钩鼻上那副刻板的黑框眼镜，眼白过多的小眼睛充满了敌意。

“对不起，我没有……任何意见啦。”

我哪敢对你这个魔鬼总编有意见，那我岂不是不想活了。欧阳君挤出笑容，口是心非地连连摆手。

“那就好，今天的会就到这里，”总编做了个散会的手势，接着对正起身准备离开的欧阳君说，“欧阳君，你别走，我有事找你。”

欧阳君撇撇嘴，无奈地坐回座位，离开的同事纷纷对她投来了看好戏的目光。她明白枪打出头鸟的道理，也能理解羡慕嫉妒恨的感受，当她名气越来越大，这种事就没断过。大家看她的眼神变得不再单纯，她不由自主地开始想念已经退休的老总编奥德先生，奥德先生有一半中国血统，所以对到异乡闯荡的她格外照顾，可自从来自新加坡的莫果被选为新总编之后，她的好日子就到头了，不但经常给她安排额外的写作任务，而且被要求重写稿件，以及被取消刊登的事都不知道发生了多少次，她现在几乎都成为报社里的反面教材。

今天估计又是凶多吉少!

这种事经历多了就变得好像不再那么纠结、计较了，反正这不是第一次也不会是最后一次。

当会议室的门轻轻关上的同时，莫果冷冰冰的声音响了起来，“欧阳君，你交上来的稿子，我非常不满意。”

“有什么问题吗？我完全是按总编你的要求……”

“闭嘴，你还想找借口推诿，别以为自己有点名气就不知道天高地厚了，我说有问题就是有问题！”

欧阳君咬着唇，强忍着不满，“总编你说要主打暴力、血腥、犯罪的氛围，我完全照做了，我不知道究竟要写到哪种程度才能达到你心目中的标准。”

“我不否认你的确将那些残暴的气氛渲染得惟妙惟肖，不过……”莫果睥睨着欧阳君，“你的文章一直给读者透出一种希望，那种要抓住希望，对希望憧憬的感觉太过强烈，这是我不想看到的。”

“为什么？难道追逐希望不好吗？”

“当然不好，因为我要读者看到的是绝望！”

“绝望？”

欧阳君惊讶得圆瞪双目，紧握着拳头说不出一句话，她唯一能做的就是将眉头皱得更紧以此表达自己的抗议。莫果双手交叉托着下巴，嘴角扬着一抹诡异笑容。欧阳君看到了他眼神中的冷酷，不由自主地浑身一颤。

“你应该知道我说的是什么，那种建立在痛苦和疯狂之上的绝望，在绝望中挣扎发出的销魂呐喊，最令人向往和陶醉，不是吗？”

窗外的雨越下越大，似乎要把整座城市洗净。厉风卷着落叶呜呜地从窗边吹过，如人发出的呜咽声。天色暗得如同漆黑的夜，吞噬希望的漆黑的夜。

“我要说的就这些，我非常期待你带给我惊喜，可别让我失望了。”莫果说完头也不回地离开了会议室。

这个人是不是疯了，怎么会有人向往——绝望？！欧阳君感到深深的不安，震惊从眼中渐渐消失了，取而代之的是莫名的恐惧。

莫果回到办公室，叼起一根上好的雪茄踱步到窗前，看着撑着伞消失在雨中的欧阳君，他兴奋地发出一声大笑。

还没升做总编之前他就对欧阳君怀有很深的成见，她洋溢的才华、独树一帜的个性、看透一切的目光……所有所有的一切都让他看不顺眼，总有一种想要将她身上闪耀的光消灭的欲望在心中流窜，他总结自己那是嫉妒所致，但最近他突然发现自己的内心深处有一种超出嫉妒的疯狂在蔓延。

他想看欧阳君痛苦的样子，是的，那种快感是任何东西都替代不了的。好像他就是为了达到这个目的而出生在这个世上。这样的发现，让他对自己之前的生活感到沮丧和懊悔，觉得白白浪费了40年的“美好”时光。

他回到自己那张高级皮椅上坐下，将还未燃尽的雪茄放在烟灰缸中，看着在空中袅袅飘荡的烟雾，闭上了眼。

空气中弥漫起一股神秘的力量正慢慢向他走近，在介乎梦境和现实的世界中膨胀。

鬼魅的风声在莫果的耳边响起，他慢慢睁开眼，看着在猩红的月光照耀下恐怖的悲惨世界。周围是一片荒芜的废墟，瓦砾散落一地，很多枉死的人躺在一堆碎裂的玻璃边，他们圆瞪的双目布满血丝，带着深深的惊恐。几只饥肠辘辘的野猫趴在垃圾桶边，冒着红光的双眼虎视眈眈地盯着正撕啃死尸的野狗，它们的嘴边挂着污浊的口水，等待可以分一杯羹的机会……

第一次看到这些场景的时候，莫果感到非常恐惧，他不知道发生了什么事情，怎么会在似梦似醒间来到这样一个世界，他想过逃离却抵不过那个神秘而强大的力量。可随着次数越来越多，他发现自己居然渐渐喜欢上了这里，在现实世界中无法实现的事都可以在这里随心所欲。

他是这个世界的主宰！

握着长尖刀的莫果仰天怪笑，一群乌鸦好像齐声附和他，在天空中发出阵阵怪叫，诡异的绿色迷雾在天空缓缓飘荡。突然，他收住声音，瞪大双眼，带着血迹的嘴角扬了起来，一直咧到耳根。一个转身，他跃上摇摇欲坠的墙壁开始向目标飞奔而去。

“小猫咪，别躲了，我们好好玩玩吧……”刀尖在墙壁上摩擦出星星点点的火花，发出令人毛骨悚然的声音。

欧阳君躲在一个倒塌的石柱后面，紧抱着瑟瑟发抖的身体，除了祈祷她什么也做不了。可一切都是徒劳的，莫果的声音很快就出现在她的上方。

“哈哈……找到你了！” 莫果的影子刻在地上，如同鬼影。

双腿无力的欧阳君这时也不知从哪来的力量，疯了一般拔腿就跑，她摔了一跤，顾不上摔破的膝盖爬起来继续狂奔，跌跌撞撞地转进一条黑暗的小巷。

不知跑了多久，见身后没人，她暂时松了口气，一一推开街道上破烂不堪的大门，试图找到可以离开这里的出口。

就在这时，一个黑影突然出现在她的面前。

莫果！

欧阳君心中大惊，掉头想另寻出路，可一只眼冒邪光的恶狗龇着牙挡住了她的去路。恶狗冲她狂吠了几声，欧阳君猛地发现恶狗的脖子上居然还长着一张露着寒光的嘴。

“在这个世界里，你是逃不出我的手掌心的！”莫果举着长刀走向欧阳君。

话音落毕，冰冷的长刀已架在她的脖颈上，莫果稍稍动了动手腕，用刀尖将欧阳君的下巴向上抬了抬。她看着一脸狰狞的莫果，豆大的汗珠顺着脸颊滴落下来。

“挣扎……是毫无意义的！”

莫果眯着眼向前猛地一刺，定格在欧阳君眼中最后的画面，是他溅满鲜血狞笑着的脸。

啊！

欧阳君惊叫一声，摔倒在地。人们纷纷对她投来诧异的目光。

她蹲伏在地上，用冰凉颤抖的手摸着自己的喉咙，刚刚被尖刀刺穿的感觉是那样真实，温热的鲜血溅湿她的双手，滑过指尖的触感依旧存在，她艰难地做了一个吞咽动作，浓烈的血腥味儿还残留在口中，久久无法散去。

这到底……是什么鬼梦！？

一开完会，丹增旺杰回到办公室就像块无骨的海蜇般陷进了沙发里。忙了快两个月的设计方案终于得到了对方的初步认可，本以为都是中国人会比较好沟通点，可没想到对方如此挑剔。他不想用鸡蛋里挑骨头来形容，不过情形确实如此。现在第一关基本是通过了，只能祈祷他们不要再提出一些苛刻的条件。

他捂着有些隐隐作痛的胃，无力地看着窗外阴沉的天空。由于工作的关系，最近的作息有些不规律，今早他睡过了头，出门时连一口水都没来得及喝。

人活着就是为了生活，为了生活得更“好”而疲于奔命。这好像已经是一种规律，一种无法打破、无法逃离的规律。而得不到满足的心，就像一口贪婪的井，不管扔多少物质的东西进去，都无法填满它。

“怎么了，胃又痛了？”

麦克端着咖啡走了进来，丹增动了动有些僵硬的脖子，“没事，就是有点饿了。”

“都这个点儿了，能不饿吗？喏，这是给你的。”麦克将咖啡举到他的面前，又从袋子里拿出一盒比萨。

丹增笑了笑，接过咖啡，“死党就是死党啊，真不是盖的。”说完跟麦克碰了碰拳头。

丹增边吃边跟看报纸的麦克闲聊着，糟糕的天气并没有影响他们的心情。可当麦克念了一条报道后，他立刻食欲全无。

“自上个月以来，莲花岛已经连续发生多起神秘的死亡事件，今天在落樱街一间民宅内发现的泰国女性尸体是这一系列神秘死亡事件的第14位受害者。政府非常关注此事，警方派出更多警力配合高级犯罪侦破专家，将加大侦破力度……”麦克把报纸转向丹增的方向，指着眼睛被打上马赛克的受害者照片继续说道，“这个受害者跟之前的一样，都是晚上在家中莫名其妙死去的，她的身上没有任何外伤和抵抗的痕迹，也没检查出毒性反应，法医否定了猝死的可能性，却依然无法判断死者的死因。”

“真是见鬼了！简直就像诅咒一样！你看她的脸那么宁静，就像睡着了，可是……这种宁静怎么看怎么让人觉得可怕。”麦克说着捋起衬衫袖子，结实的胳膊上起满了鸡皮疙瘩。

紧蹙眉头的丹增没有理会麦克，目光始终盯着报纸里死者家中墙上的时钟，这个时钟看起来很眼熟，好像在哪里见过。时钟定格在午夜12点。根据法医的初步判定，死者的死亡时间正是在午夜的前后。

午夜12点……这个充满魔性的诡异时间！

丹增陷入沉思，拼命想从记忆深处搜寻出关于这个时钟的零星画面。

整个下午他都没有办法集中精力工作，满脑子想的都是这起离奇的案件。他在网上查看了有关神秘死亡事件的所有报道，反复揣摩着每一个细节和每一种可能。

一回到家，他径直走进了一个藏式风格的房间，在不到十平方米的房间里，有一个装满书籍的大书柜和一张摆满供品的佛台，佛台后的墙壁上供奉着一幅邬金仁波切的缂丝唐卡。

丹增上了三炷香后，在经常打坐的软垫上盘腿坐下，香烟袅袅升起，透着淡淡中药味的藏香在房间里飘散而开。他结手印，开始闭目运法。

几分钟后，他垂下了手臂，一脸疑惑地看着邬金仁波切庄严肃穆的脸……自幼聪慧过人、能力超群的他从不知运法失败是什么感觉，但今天他却无法得到任何结果。

怎么会这样？难道……是我的法力不够？

不对，这不可能。

丹增摇了摇头。刚刚的感觉很特殊，并不是因为自己的法力有限，而是……仿佛有一种神秘的力量在干扰着他，这个力量张开了一个强大的结界令他无法窥探。

冰冷的雨下了一夜，心事重重的丹增也一夜未眠。

天蒙蒙亮的时候，他才迷迷糊糊地进入梦乡，可没多久他就被急促的电话声吵醒了。

电话那头传来老总秘书周菡紧张的声音。经周菡提醒，丹增才想起今天是给美国客户介绍设计方案的日子，离开会还有不到10分钟，大家陆陆续续都到了，唯独他一直没有出现，周菡这才打来电话。

正慌忙穿衣服的丹增，让周菡找个堵车的借口跟老总解释一下，一边在心里抱怨自己居然忘记设定手机闹铃了，而达到双保险目的的闹钟还没来得及去修。

他瞥了一眼桌上的闹钟，突然僵住了，闹钟仿佛有什么魔力令他无法移开视线，周菡在电话那边喊了好几声他的名字，他才回过神来。

“你不要跟老总说我路上堵车，我今天不过去了，就说……就说我发高烧已经住院了。”丹增一把抓起闹钟，大步流星地向门口走去。

“什么？”周菡几乎叫了起来。

丹增关上门，坐进车里，“我等一下将还需要补充的重点发电邮给你，有麦克在没问题的。”

“喂，这怎么行，你不可以……”

“就这样，麻烦你了，我先挂了。”丹增说完挂断了电话，驾车疾驰而去。

他想起在什么地方见过那个时间停止在午夜12点的时钟了，虽然只有很淡的印象，但他绝不会记错的。

时钟之馆……

他默默想着，深深的不安像巨浪般袭上心头。

时钟之馆坐落在莲花岛商业区的繁华路段，三层楼高的店内根据风格、地域风情划分出不同的区域，出售世界各地各式各样的钟表。

走进时钟之馆气派的大门，镶嵌在大理石墙面上的金色标语赫然跃入眼帘——在神奇的钟表世界里，总有一个令你感动的生命奇迹在等待着你。

神奇？也许吧……

丹增抿嘴笑了笑，他记得报纸上曾报道过，接受时钟之馆的主人特里斯先生的建议购买钟表的客人，很多都交到了好运，被传得最厉害的就是一个运输工人在买了钟表后的第三天居然中了巨额彩票。一开始大众只知道有人幸运地中了奖，但强大的媒体愣是把中奖跟时钟之馆扯上了关系。

估计时钟之馆没少给媒体好处费。直到现在，丹增都认为这些都是商家玩出来的噱头。

只不过……

丹增低头看了看手机上显示的内容，深深的疑惑像吸了水的海绵不断膨胀。

今天不是周末，加上天气依然不好，时钟之馆里只有零星几位客人。丹增从一楼开始逐一走进每一个展厅，来到三楼，他径直走入正对楼梯的中国风展厅，浓浓的中国风情令他心中升起阵阵暖意，他轻轻抚摸着一款西藏风格的座钟，看着雕刻精美的吉祥八宝图，思乡的情绪在心中开始荡漾。

他已经有一段时间没回家了。一望无际的草原、碧蓝清透的蓝天、雄伟壮丽的雅鲁藏布江、庄严神圣的布达拉宫、香浓四溢的酥油茶……一切的一切都是如此令人怀念。

“那款价格五千八。”

一个低沉的声音从身后传来，丹增不禁一愣。在房间的角落里，一位头发灰白的老人站在琳琅满目的钟表前正摆弄着一款时钟，他看了一眼丹增，没有停下手中的工作。

“五千八，还真不便宜啊！”丹增挑挑眉，走近老先生，“请问你在做什么？”

“我在调整齿轮，隔一段时间我就会检查一下。”

“那你能帮看看我的闹钟吗？它昨天开始突然罢工了。”

“只有本店的时钟才可以在这里维修。”

“这虽不是什么高级货，但百分之百是时钟之馆的闹钟，是我买咖啡时得到的赠品。”

老先生接过闹钟，没好气地说：“电池换了吗？你们年轻人做事总是马马虎虎的。”

丹增笑着回应，“换了，刚换不久。”

老先生轻轻拧了几下，闹钟立刻开始运转，“没什么大问题，只是一个小螺丝松了。”

“太感谢了。不过我还有件事想请教一下，”丹增修长的手指在手机屏幕上轻轻一挥，一张图立即跃出，“你对这个时钟有印象吗？”

“当然，”老先生瞟了一眼，摆弄起另一个座钟，“我是时钟之馆的拥有者，这里所有的钟表都是独一无二的，想没印象都难。”

“原来你就是特里斯先生，久仰大名。”丹增很客气地跟特里斯握了握手，“请问你还记得买它的人是谁吗？”

“记得，是一个泰国女孩。”

“你对她的近况有了解吗？”

“对不起，我对顾客的私生活没有一点兴趣。”

丹增叹了口气。“玛丽卡，20岁，昨天去世了。”

令人压抑的沉默在空气中扩散，特里斯用一种让人捉摸不透的视线凝视着丹增，“车祸？重病？还是……自杀？”

“都不是。”

丹增调出新闻，观察着特里斯的神情。特里斯看完摇了摇头，“真遗憾，她话不多，是个很安静的女孩。”

“我听说时钟之馆的首页有一个叫悔之钟的留言板块，留言者可以在那里写下令自己后悔的事，网站每个月会评选出最能打动人的一条留言，幸运儿能够得到时钟之馆赠送的一款钟表，”丹增拿起柜台上一款小巧的时钟把玩起来，“这吸引了很多人在页面里留言。”

特里斯面无表情地盯着丹增，“然后呢？”

“然后……就没有然后了。”

“年轻人，有时候说话要有个限度，小心惹火上身。”

“例如呢？”

特里斯没有说话，而是瞪了丹增一眼，他收好台面上的座钟，准备离去。

这时，丹增毫无波澜的声音在他的身后响起：

“如果可以回到一年前，我一定选择生下我的宝宝，给他生命、给他关爱、给他一切……我要让他成为世界上最幸福的人，哪怕是用我的生命去换取。可是……我对他的爱和思念只能存在于幻想中，因为我的自私让我失去了他，失去了这个机会，我真的希望可以回到自己做出错误选择的时刻，哪怕从此以后只能远远地望着他，我也会心满意足。神啊，能再给我一次重新选择的机会吗？我还能有这样的资格吗？”

特里斯在门边停下了脚步，他的背部僵直，一动不动，给人的感觉像座即将爆发的火山。过了几秒，他猛地推开玻璃门扬长而去。

直到特里斯的身影完全消失，丹增才收回视线，注视着那个笑容中透着淡淡忧伤的玛丽卡。

大约半年前，玛丽卡在悔之钟的留言板块里留下了丹增刚刚念过的那段话，她的留言里没有任何华丽的字眼，可能正是因为这份淳朴的自然跟人们更容易产生共鸣的缘故，这条留言被评为当月最感人的留言。

在赶来时钟之馆的途中，丹增用了短短几分钟的时间查找了关于时钟之馆以及跟玛丽卡有关的消息，他进入时钟之馆的网站通过层层认证并恢复了所有被删除的内容，在这些被删除的内容中，找到了这条重要的线索，他列出所有神秘死亡事件中的受害者名单后，意外地发现这些人全都是悔之钟留言板块中的获奖者。

这一切，难道只是一个单纯的巧合？

天气更阴沉了，空气中甚至荡漾着一层令人浑身不自在的寒气。雨点淅淅沥沥地打在车窗上，淡淡的雾气在窗外飘绕。现在看来事件好像有了些许眉目，可细细琢磨却发现还有太多的疑点无法解释。

留言获奖的人并不止这些神秘死亡者，很多比玛丽卡早留言的人都还健在，可为什么只有他们14个人神秘死亡了呢？他们死后，获奖的留言全部被删除了，这么公开、透明的评选结果，总会有人对此有印象才对，但是……这一切就好像不曾发生过一样。

团团疑云笼罩心头，丹增呼了口气，用指尖推开蹙在一起的眉头。能在时钟之馆网站得到那些讯息，他可是运用了法力，在瞬间让自己的元神出窍进入数字化的虚拟世界才得以一一破解。

整个事件太过蹊跷，那个张开的结界干扰了他的力量，充满了深深的邪恶之气。他想不出谁拥有这种力量，但他知道这个能力绝不属于人类。

当晚，整理了一天资料的丹增躺在床上沉沉睡去。他感觉已经慢慢接近了事件的核心，为了不打草惊蛇，他决定暂时按兵不动，等待对方先露出马脚。

一阵笃笃的马蹄声在寂静的夜晚响起，丹增蹙了蹙眉，翻了个身。马蹄声渐行渐近，只听吁的一声，马匹原地踩了踩脚停下了脚步。

丹增旺杰……

空灵飘渺的声音回荡在耳边，睡意正浓的丹增，不情愿地睁开了双眼。一个头生绿发、身穿白衣、头戴镶有彩石的红色宝冠的人出现在面前，他一手持红色藤鞭，一手持水晶念珠，骑在一匹全身雪白的宝马上。

“念青唐古拉山神！”

丹增急忙双手合十。神色严肃的山神同样双手合十。

“山神到此，有何要事？”

“云中有云，雾中有雾。繁中有简，简中有繁。心如止水，水静如心。空性了然，真相大白。”山神拨动着手中的水晶念珠，“邬金仁波切指点，破解迷津还需你了悟参透。”

说罢，山神挥动藤鞭，腾云而去。

丹增猛地睁开双眼，坐起身子。刚才邬金仁波切已派山神在他的梦中给予指点，是否能解开谜团就看自己的悟性了。

他起身来到小佛堂中，盘腿坐下，细细琢磨着邬金仁波切的话，进入了深层次的禅定。

片刻后，丹增的意识飞向天际，他盘坐莲花之上，悬于天空，俯视苍茫的大地。整个城市，除了路灯只有寥寥无几的灯火在黑夜中闪耀。

远处一团若隐若现的黑雾在黑夜里不安分地骚动着，丹增瞬移到黑雾之上，惊觉时钟之馆就在自己脚下。

没有一丝灯光的时钟之馆里，一个黑影正缓缓移动着，丹增定睛一看，黑影不是别人，正是特里斯。他摇摇晃晃地向三楼走去，进入中国风展厅，伸手拨动了墙上一个时钟的齿轮。

细微的齿轮转动声在安静的夜里显得有些刺耳，突然，一阵异响传来，那面墙壁的中央居然开启了一扇狭窄的门。丹增一阵惊骇，他没想到一个普通的钟表馆里居然藏有这样的机关。

嘤嘤的哭泣声和痛苦的呻吟声，伴着一阵血腥的尸臭味儿从窄门后传了出来，他透视看去，发现数十人被关在这个狭小的空间里，他们的手被反绑在身后，嘴上贴着胶带，有的人的嘴巴甚至被线缝了起来。房间的角落里堆着几个早已被折磨得断了气的人。

难道特里斯是一个变态杀人魔？

丹增环顾着笼罩在这里的黑雾，明白事态绝非如此简单，他更加集中意念观察，一抹不易察觉的黑影进入他的视线。黑影盘踞在特里斯的身后，形影不离。

缠身灵？！

丹增与生俱来就有很多特殊的能力，通灵是其中的一项。大多数缠身灵都有着很重的报复心，有些蛮不讲理甚至很极端，不过却并不邪恶，可今天从这个缠身灵的身上，他感受到的是令人胆寒的邪气。

丹增自知再猜测下去会有更多的牺牲者，他立刻结手印，念了一声密咒，手指轻轻一指，那层笼罩在外的黑雾顿时消散无踪。

黑雾消散后，缠身灵察觉到了他的存在，它双目浑圆，口牙外出，令人不敢久视。缠身灵没有攻击丹增，而是支配特里斯准备再次实施恶行。

丹增见状赶紧施法，限制了特里斯的行动能力。

“你是谁？为什么坏我好事？”

缠身灵突然现出本相，原来她是一名年轻女子，只是怨气过重，表情狰狞邪恶，姣好的面容看起来十分恐怖。

“你为何附在特里斯的身上，他跟你有何冤仇？”丹增不答反问。

“我曾是他的妻子，原本我们夫妻和谐美满，谁想被第三者破坏，他要求离婚，我不依，他就动了杀机将我残忍杀害。”

“你对过往加害于你的人有怨恨可以理解，但为什么要操纵他加害跟你无冤无仇的人？”

“哼……正如你所说，我跟这些人并无冤仇，不过……”

“不过什么？”

“特里斯杀了我之后，很快就后悔了，他的内心受到极大的煎熬，他想弥补过错，但于事无补。”她边说边围着特里斯的脖子绕了几圈，吐出长长的血红色舌头，“还有，为了让他沾满鲜血的双手永远都无法洗净，我操纵他设计了悔之钟的留言。你知道吗，每天都有成千上万的人在那里留言。人啊，真是可笑的动物，拥有时不懂得珍惜，失去了又开始后悔。这种可笑的执着，玩弄一下还是蛮有趣的，哈哈……”

丹增眼中迸出怒光，“你居然利用人们的悔意制造事端，害人性命，你的报复行为我绝对无法认同。”

“报复？哈哈……”她再次发出狂傲的大笑，“如果只是为了报复我才不会做到这种地步。”

“不为报复那又为何？”

“力量，”缠身灵摊开双手，又细又长的手臂像变了形的树枝，“为了得到强大的、令人羡慕又恐惧的力量，我在钟表上施了咒对那些有深重悔意的人下手，而他告诉我，恐惧和怨恨可以成为我的粮食。这可谓是一个天衣无缝的局，我本可以在不动声色的情况下展开杀戮，汲取力量，谁想被你发现了端倪，害得我要大开杀戒。”

“他？是谁？”

缠身灵挑高声调，声音尖细刺耳，“一个你永远无法超越的人。”说罢，她翻腾不已，身体猛然间急速膨胀，想从内部破坏结界。

缠身灵并不具备突破结界的力量，然而令丹增没想到的是，坚固的结界竟然出现了裂纹。他只能再次结手印，诵持降鬼咒，只见天空亮光爆闪，降鬼链从天而降把缠身灵牢牢禁锢。降鬼链有大神力，越挣扎神链会捆得越紧。

“你说的那个人到底是谁？”

“我说了，是你永远无法超越的人，哈哈……”缠身灵瞪着猩红的眼珠发出狂笑。

降鬼链已经陷进她的身体，丹增知道自己不会得到想要的答案，于是动用念力，甘露纷纷从天而降。甘露淋在缠身灵的身上，如炙热的烈焰炙烤着她，她痛苦地扭动着身子，发出凄厉的惨叫。

片刻后，一切归于平静，丹增看着地上的一堆灰烬陷入沉思。他本想用甘露洗净她的恶业和怨恨，再超度她前往极乐净土，可是……她的灵魂在瞬间化为乌有，魂飞魄散。

不，不是魂飞魄散，而是被拉进了更深的黑暗中。

丹增出禅定，踱步来到窗边，天空已微微泛白，萦绕在心头的不安却像噩梦般挥之不去。

第三章 梦醒

病了几天的欧阳君今天终于恢复了点元气。自从第一次梦到被莫果追杀后，她就常常被血腥的梦魇缠绕。无尽的杀戮将她折磨得心力交瘁，没多久她便病倒了。

就在她觉得自己快要疯掉的时候，她的梦境出现了一丝变化。

昨夜的梦里，面对莫果一次次的袭击，疲于奔命的她不知不觉进入了一片雾气之中，莫果疯狂的嘶杀声消失了，整个世界瞬间变得异常安静。

在雾气中，她完全辨不清方向，只能忐忑不安地摸索着前行。不知过了多久，雾气渐渐散去，她发现自己来到了一座高山上。山上有一个圆形的湖，湖边有座很古老的寺庙。夜空星辰满布，皓月当空，淡淡的紫烟在空中飘荡。她从没见过这么如梦如幻的美丽夜色。

她走到湖边，安静的湖面突然泛起阵阵波澜，一朵散发着幻光的白莲从湖心升起，缓缓飘至她的面前。她非常惊讶甚至有些胆怯，可双脚已经不听使唤地踏入了莲花之中。她刚盘腿坐下，莲花就向湖心慢慢飘去。

莲花带着她来到了湖心，寂静再次降临，她疑惑地四处张望。忽然，虚空中一阵波光闪动，一位身披袈裟的老和尚现出了身影，老和尚慈眉善目，脸上布满了皱纹，他的眼睛不大但炯炯有神，长长的白胡子垂至胸口。

“你要设个结界，因为有人要害你。”老和尚并未开口说话，欧阳君却可以感应到他的话语。

“结界？什么结界？我……我完全不会啊！” 欧阳君一脸茫然地看着老和尚。

老和尚没有回答，虚空中一片沉寂。陷入迷惘的欧阳君此刻抬起了手臂，用指尖点了点冰凉的湖水，围着自己所坐的莲花座挥洒一圈，晶莹透亮的水珠像慢镜头似的在空中徐徐旋转后落入水中。她震惊得张大了嘴巴，因为她的身体完全不受意识的控制。

当湖面恢复平静后，莲花猛然间合上了花瓣，沉入湖心。

此时，欧阳君的耳边又传来老和尚的声音，“你要在这里修法。”

修法？！

欧阳君完全蒙了，虽说对佛教有一点了解，可她并不是佛教徒，怎么会一下子结界，一下子又修法的……

正当她不知所措的时候，双手居然又一次自己动了起来，她将双手交叉抱拳，拇指并拢，两个食指竖起，微微有些弯曲。

她不知道自己在修什么法，只知道自己一直这样静静地待着，她感应到自己的身边还有另外一朵莲花，里面是一个男孩子。

很快，画面一转，只见很多和尚围着圆湖正议论着什么。欧阳君知道自己此刻还在莲花之中修法，但意识却可以洞悉周遭的一切。

“师傅曾说过，14年后莲花会来接它的主人，我希望自己就是那朵莲花的主人，所以一直在这里潜心修法，不过……”一个年轻俊朗的和尚看着湖心，摇了摇头，露出一丝释然的笑容，“看来我并不是它的主人啊！”

欧阳君一头雾水地听到这里，试图想要问他一些问题，和尚却在陡然间消失了，湖泊和寺庙也都不知所终，出现在眼前的是一望无垠的美丽星空。

那位老和尚不知何时跟她并肩站在了一起，她歪头看了看他，什么都没说，随着他的目光望向星空……突然，一颗明亮的星星划过长空坠落了！

老和尚的眉宇间露出深深的担忧。“星有异象，天下必大乱。”

老和尚的话音刚落，欧阳君就从梦中醒了过来。她感到浑身无力，好像刚刚回归的灵魂，还无法支配和调动这副沉重的身躯。她努力想要睁开眼睛，可眼皮却重如千斤。

梦境里的一切是那样的真实，令她无法辨清真伪。她拉开窗帘，清透的月光照进屋里，为她穿上了一件闪耀的银装。

夜，还很深。

结界？！修法？！这些在她生活中从未出现过的词汇，对她来说是如此的遥远及陌生，可现在却像潮水般铺天盖地地涌来，她苦思冥想，但这种琢磨完全在浪费时间和精力。

星有异象，天下必大乱。

老和尚的话言犹在耳，欧阳君轻声重复着。

清早起来，她立刻感觉疲惫无力的身体轻松了许多。这个梦境好似一味良药，驱散了缠绕她许久的古怪梦魇。

这个梦境究竟意味着什么……

她看着渐渐放晴的天空，陷入沉思。

在米兰的建议下，上午她们来到了位于莲花岛海边的一座古老寺庙。

2025年末，在太平洋公海发生了一场超级强烈的海底地震，无情的海啸肆虐吞噬，令周边很多国家遭受重创，伤亡不计其数。当全世界忙着救灾时，一架无人机意外发现太平洋上突然出现了一个神秘岛屿。

这个仿佛从天而降的岛屿，不仅风景宜人，更拥有丰富的淡水资源，附近海域的几个主权国家开始竞相争夺，在联合国的协调下，中、美、俄、日、韩五国最终达成共识，共同开发和管辖这个形状如同莲花般的天赐岛屿，并取名莲花岛。随着大规模的建设和开发，莲花岛的移民也渐渐多了起来。有一天，一支在山上露营的登山探险队在临海的断崖中发现了一座隐秘的庙宇。

断崖和树林仿佛一座天然屏障，将庙宇紧紧包围在其中，斑驳的岩石和古老粗壮的树木错落有致地排列在庙宇四周，巨大而平整的阶梯上雕刻着栩栩如生的莲花图案，令人惊叹那精湛无比的雕刻和切割技术。

走进庙宇，雄伟的景致让探险队员更加震惊不已。整座以琉璃为主的寺庙，究竟是如何建造在这个陡峭的断崖上的?

带着更多的疑问，探险队员通过几条弯曲、狭窄的长廊来到了寺庙的最深处，发现最里层的殿堂更雄伟、壮观，四周的墙壁上绘满了神秘的壁画，壁画虽然稍稍有些褪色，但画面依然清晰生动。一位来自中国的队员一眼就认出这些壁画描绘的是邬金仁波切降妖除魔的传奇故事。

在一层彩色的帷幔后面，他们发现了一尊通体用水晶打造的邬金仁波切像。神像端坐于莲花之上，通高八尺，神情肃穆，双目微睁，静静地注视着前方。

很快，这座神秘寺庙成为了全球关注的焦点，整个寺庙的修缮工作得到中国政府的鼎力支持，通往寺庙的山路也在最短的时间内完工。

像谜一样的寺庙令历史学家和考古学家百思不得其解，他们倾其所有也不曾找到跟寺庙有关的任何文献资料，最后，各国经过郑重商议，将寺庙命名为南夸帝巴。

南夸帝巴是藏语发音，为天赐之意。人们相信这座寺庙是神灵赐予人间的礼物。

欧阳君在来莲花岛之前曾看过有关南夸帝巴寺的报道，对于宗教，她很尊敬但并不感兴趣，所以来到这里工作多年还是第一次前往南夸帝巴寺。

一路上，米兰絮絮叨叨地给她讲着有关南夸帝巴寺的种种神迹故事，她则满腹心事，心不在焉地听着。她对这趟行程并不抱什么希望。

一走进寺庙，米兰就拉着欧阳君挨个佛殿叩拜，看着米兰忙碌的身影，欧阳君的心绪显得有些复杂。米兰是位虔诚的佛教徒，自从她被冷酷的丈夫抛弃后，礼佛已经成为她生命中最重要的寄托。

欧阳君认真完成米兰交给她供花的任务，不敢有丝毫懈怠。看着人们行色匆匆地叩拜，她不禁想起曾看过的一篇名为《拜佛还是学佛》的文章。求佛不如求自己的阐述让她眼前一亮，她也非常赞同文章中提出的“福田还需自己耕”的观点。

正当她想得出神之际，一个十来岁的小喇嘛出现在她的视线中，小喇嘛站在一根柱子后面，探头探脑地盯着她，一双大眼睛清澈、明亮。

其实进寺庙后不久，她就发现这个小喇嘛一直跟着她们。终于，她忍不住向小喇嘛走去。

“你好。”欧阳君弯下腰，笑容和煦。

“你好。”小喇嘛礼貌地回答。

“我很想知道……你为什么一路上都跟着我们？”

“彭措久美仁波切告诉我：当寺庙的天空上出现彩虹的时候，找一个不叩拜但会给每一间佛殿献睡莲的女士。”小喇嘛指着天上的彩虹说。

“你认为我就是那个人？”欧阳君歪头看了眼彩虹。

“是的。”

“我确实只献花没有叩拜，但肯定有人跟我做一样的事情，你怎么确定我就是你要找的人？”

“彭措久美仁波切还说，你要找的人也会找到你。”

欧阳君挑挑眉，“你没有开玩笑吧？”

“没有。”小喇嘛一脸认真。

“那你找我有什么事？哦，不对，是那位彭措久美仁波切找我有什么事？”

小喇嘛没吱声，而是从袖子里拿出一个绣着莲花图案的小布袋递到欧阳君的手中。

“这是什么？”

“你自己打开看看吧。”

欧阳君犹豫了片刻，打开了布袋。布袋里装的是一个雕刻得惟妙惟肖的木质莲花吊坠。一根红绳穿过莲芯，在下面编了一个精致的吉祥结，六颗菩提树的果子挂在红绳的下端，碰撞在一起会听到清脆的响声。

“这是……给我的？”欧阳君捧着莲花吊坠，爱不释手。

小喇嘛点点头，“彭措久美仁波切说，吊坠是用塔尔寺里的菩提树的木头雕刻而成，佩戴它你就可以夜梦祥瑞，脱离噩梦惊扰。”

欧阳君听后，心中大惊，忙问：“彭措久美仁波切怎么知道我受噩梦困扰？他在哪里？我可以见他吗？”

“彭措久美仁波切几天前回西藏了。”

“他什么时候回来？”

“仁波切没有说，不过他说你不要刻意去寻找什么，终有一天你会发现真相的。你们相见的缘分还没有到。”

“可是我……”

欧阳君还没说完就被前来找她的米兰打断了，她的视线在这一瞬离开了小喇嘛，等她再回过头时，小喇嘛已经不见了踪影，头顶那道美丽的彩虹也慢慢消散了。

彭措久美仁波切所指的真相是什么？自己又在期待怎样的真相和结果？深夜，摩挲着颈前的莲花吊坠，欧阳君渐渐进入了梦乡。

自从时钟之馆事件后，丹增总是无法集中精力工作，只要一静下来，缠身灵说的话就会在耳边萦绕。

缠身灵口中的他到底是谁？为什么她会认为我无法超越他？是想吓唬我、威胁我，还是在给她自己壮胆？或者是想混淆视听？

不对，不对……

丹增摇了摇头。

缠身灵的语气怎么听都不像是虚张声势，那种张狂的自信……绝对不是装出来的。

这个神秘的他到底是谁？他的目的又是什么？

他揉了揉发胀的太阳穴，闭上眼，瘫在座椅上。房间里充斥着刺鼻的消毒药水的味道。

“嘿，忙完了吗？”麦克突然推门进来，又大又厚的口罩遮住了他大半张脸。

“忙得差不多了。”

“那就早点回去吧，还有，我劝你最好还是戴上口罩，没事少往外跑。”没等丹增回答，麦克就迅速离开了。

莲花岛最近突然暴发动物大面积死亡的疫情，一种传染病毒在动物间疯狂地传播，很多牲畜一夜之间暴毙。经过专家调查研究，发现是类似于埃博拉病毒的一种新型病毒在作怪，但始终无法查明病毒的起源也没找到有效的治疗措施。政府一再承诺会尽快找出解决办法，希望民众做好日常的消毒和防范工作，不必过分紧张。人们每天提心吊胆地生活，盼着这场瘟疫能尽早结束。

世界卫生组织已经介入病毒的调研，却一直没有得到令人满意的成果。这种病毒有很强的耐药性，适应能力极强，容易变异，很多东西都可以成为它的传播媒介。莲花岛也在出现第一个因病毒感染死亡的病人后，恐慌再次升级。

丹增打开网页准备看看新闻，今天不知道又有多少人被夺走了生命。自从疫情开始蔓延，公司每天至少要进行三次消毒，进公司大门时更是要先通过一间喷雾消毒室。

今天的新闻依然没有什么好消息，除了新增的病例外，死亡人数也在不断攀升。他哀叹一声，默默为人们祈祷。突然，一则跟疫情完全无关的内容进入了他的视线。

在莲花岛的原始森林中，有人无意中拍到了一张奇怪生物的照片，那个动物看起来像牛，却长着一条如同蛇一样的尾巴，只有一个眼睛，瞪得浑圆的眼睛在那张白得吓人的脸上，显得分外骇人。

照片虽然有点模糊，但从目击者的描述来看，那动物绝对是蜚。行水则竭，行草则死，见则天下大疫——这是《山海经》中对蜚的概述。

蜚的出现，证明这次的病毒将会是一场史无前例的巨大灾难！

丹增感到手心阵阵发凉，而这时，莲花岛最新的疫情动态新闻里出现了一个他一直惦念的人——欧阳君。

自从那次偶遇后，欧阳君彻底闯进了他的心房，他记得邂逅的那个瞬间，心中响起了一个声音：“啊，就是这个人。”她的一颦一笑、一举一动让他日思夜梦，他有时会因为想她而呆呆地傻笑。但每当那些奇怪画面浮现脑海，他的心又会瞬间跌入谷底。

他猛地捶了一下桌子，低声骂了自己一句“无能”，气自己为什么如此没有定力。他非常在乎她，就算自己否认，这个事实也不会改变。

看到她感染病毒的消息，联想到蜚的出现，他感到心痛得揪在了一起，心里的支柱正在土崩瓦解。到目前为止，这种病的治愈率微乎其微。

难道，仅仅一面之缘，就到了要说再见的时候了吗?

像是要将不好的念头甩出去似的，他拼命地摇着头，不想去思考这个可怕的结局。他苦闷地吞下一口未加糖的咖啡，本以为口中的苦涩可以压抑心中的苦涩，结果，一点用都没有。

他设法打听到了欧阳君所在的医院，由于隔离病房不准任何人探视，他只能借着夜色，隐身进入她的病房。站在她的病床边，他慢慢现出了身影。

欧阳君身上插着各种监测仪器的软管，在冰冷的夜色衬托下，没有一丝血色的脸显得更加苍白憔悴，秀气的眉头紧蹙在一起，干裂的嘴唇像在渴望奇迹的出现，微微张着……丹增能听到她内心无声的呐喊。

他心痛得轻轻抚摸着她的脸颊，感受着她还真实存在的气息，一切柔情都融化在他无限爱怜的眼神中。他小心翼翼地将她凌乱的发抚平，生怕弄醒她。她的发丝柔软顺滑，那熟悉的触感是那么令人魂牵梦萦，丹增的指尖不由自主地微微一颤，心灵深处突然泛起了一丝莫名的涟漪，仿佛在久远的记忆中，他曾经这样抚摸过她的发丝，做过同样的事情。

我还有机会触碰吗?

时间在无情地流逝，他紧握的双拳微微颤抖着，努力想将她渐渐流逝的生命之光牢牢抓住，做着最后徒劳的挣扎。

这时，奇怪的画面再次出现在他的脑海，但有别于前两次，这次他看到欧阳君全身焕发着朦胧的幻彩，神情哀伤地看着自己并说着什么，但他完全听不到。

“你说什么?”丹增本能地问道，可一出声，画面蓦然消失。他站在原地，心情低落、惆怅。

欧阳君似乎感觉到什么，从沉睡中慢慢醒来，喉咙深处发出一声痛苦的低吟。丹增立刻隐藏身影。

欧阳君看了看四周，见周围没有人，又静静地闭上了眼。不知为什么，她觉得有人在轻抚她的脸颊，本以为只是幻觉，但她很快就否定了这种想法，那人的手掌温柔有力，充满了深深的怜爱，她的脸颊上还隐隐留存着那人的手温。

倏然间，一个人的身影猛地出现在她的脑海。

丹增旺杰?!

她抿了抿有些干裂的嘴唇，脸上绽开一个惨淡的微笑。怎么会觉得是丹增旺杰抚摸了自己的脸呢?这太不可理喻了!

我一定是病得太严重了，才会出现这种可笑的幻觉，或者这种病毒本身会让人出现幻觉。

欧阳君自我解嘲，而那抹自嘲的感觉很快就被胸口难忍的灼痛取代，紊乱的喘息干涩难忍，将喉咙刺激得更加干渴，她艰难地翻了个身，无力地握着颈前的莲花吊坠。

今天早上她还觉得好好的，到了中午却突然发起高烧，呕吐不断，血管里好像有尖刺的异物在游走让她浑身疼痛不已，呼吸也在顷刻间变成一件折磨人的事。她记得媒体上说感染病毒的患者开始都是感冒的症状，很快就会出现身体僵硬、脏器衰竭和体内大出血的情况，大部分患者在患病一周后就会死亡。

我真的就要这样死掉了吗？

一想到死亡，泪水止不住地滚落。以前，她总认为死亡离自己很遥远，想不到这么快就要直面死亡带来的无助和绝望，她不想面对这一切，她连恐惧的心情都还没有来得及整理。

此刻，她的脑海再次响起那个一直困扰着自己的问题——你想守护什么？

守护……守护……

我想……守护自己的生命。我还不想死，真的不想死！谁能……救救我！

病房里传来嘤嘤的抽泣声，隐身在一旁的丹增心疼地看着她，如果可以，他甚至愿意代替她承受所有的痛苦。

回家后，心绪低落的丹增根本无法入睡，他在佛台前持香供烛，为欧阳君诵经祈福。自从疫情横行以来，祈愿灾难能够尽早结束已经成为他每天必做的事。

接下来的几天，丹增总会抽空前往医院探望欧阳君，她的状态却每况愈下，消瘦得如同枯枝，与她之前的样子简直判若两人。他能感到欧阳君的生命正在自己的指缝间悄然流逝，而自己除了紧握双拳外，什么也做不了。

难道就这样眼睁睁地看着她离开这个世界？

微风将遮住月亮的云雾吹散了，一丝柔光照进房间，丹增悲痛地哀叹一声，离开病房前他帮欧阳君理了理有些散乱的头发，把滑落到一边的莲花吊坠放回她的颈前。

碰触到莲花吊坠的瞬间，一股异样的电流涌进了他的身体，恍惚间，他的脑海中浮现出一个朦胧的人影。

是谁？

稍纵即逝的人影令丹增耿耿于怀，他觉得好像在哪里见过，却怎么也想不起来，思绪被那个模糊的人影占据，他今天连念经祈福都显得有些心不在焉。他不得不停止念经，愣愣地盯着跳动的烛火。

袅袅升起的烟雾在空中盘绕，没一会儿居然渐渐形成了一个生动的人形，他如梦初醒，连声大喝。

“你是谁？”

“丹增旺杰，不必过分纠结我是谁。”烟雾双手合十，恭敬有礼。虚幻的声音听起来像是个中年男子的声音。

“你究竟是谁？为什么知道我的名字？”

“我没有任何恶意，只是想提醒你，这次的疫情并不是一场简单的疾病灾难。因果定律真实不虚，没有因必定没有果。”

“你究竟想告诉我什么？”

“别被眼前的假象所迷惑了，不然很多人将会枉死，对你非常重要的人也会从此消失。”神秘声音顿了顿，“剩下的玄机你要自己去发掘，留给你的时间不多了，我们后会有期。”

烟雾渐渐四散而开，丹增思忖着神秘人所说的话，在坛城前闭目凝神，进入禅定之中。瞬间，他的元神悬浮至空中，莲花岛尽收眼底，很快他的视线捕捉到一个盘踞在莲花岛上的巨大黑影。

他一动念力，刹那间就来到了黑影的上方，定睛看去，居然是面目狰狞、全身赤红的玛姆罗刹查代。她身穿敞口披风，一手持拘鬼牌，另一手持一个可怕的瘟疫口袋，巨大的瘟疫口袋喷出乌黑的气体将整个莲花岛笼罩其中。

《莲花遗教》中曾提到，邬金仁波切在一座叫曲沃日的山上降伏了所有的玛姆女神，她们发誓从此归顺佛教，成为护法。丹增实在想不明白一直尽忠职守的玛姆女神，为何会在人间胡作非为？除了她还有别的玛姆女神来到人间吗？

当丹增发现玛姆罗刹查代的时候，玛姆罗刹查代也注意到了丹增的存在。丹增刚想问话，她一抖披风顿时隐去踪迹。

终于搞清楚疫情肆虐的原因，丹增火速来到隐藏在另一个次元世界里的玛姆女神殿，发现殿内居然少了一位玛姆女神，再查问才知道玛姆罗刹查代私自来到人间。

玛姆罗刹查代绝不会无缘无故横行恶事，必定是有人召唤了她。

层层疑惑如重石般压在身上，丹增决定找玛姆罗刹查代问个清楚。他凝神持勾召印，只听风声簌簌，天空乌云涌动，不一会儿，丑陋的玛姆罗刹查代现出了身形。

“现在莲花岛暴发恐怖瘟疫，死亡无数，你知不知道自己犯下了多大的罪行？”

丹增厉声质问。

“你有所不知啊，我都是不得已而为之的。”玛姆罗刹查代面露苦色，哀叹连连。

“什么意思？”

“随我来。”

玛姆罗刹查代径直向远处飞去，丹增紧跟其后。他们来到莲花岛上刚刚修建好的玛姆女神庙的上空，停了下来。

“带我到这里有何原因？”

“请看这里。”

玛姆罗刹查代指着自己神像的地面，丹增透视一望，发现神像下方的地面居然钉有七根闪着暗绿光芒的铜钉。

“这是……夺魂钉？！”丹增大吃一惊。

“还不只这些，你再看上面。”

在玛姆罗刹查代的指示下，丹增注意到神像的身上缚有一条很粗的锁链。

“捆神锁？！”

“是的，是捆神锁，”玛姆罗刹查代动了动自己的双脚，丹增这才发现她的双脚被脚链牢牢铐住了。她步伐沉重，一脸无奈，“玛姆女神庙修建好的当天，人们举办了盛大的供奉仪式，我闲来无事到这里来看热闹，哪知有人对神像施了夺魂钉和捆神锁，我在完全不知情的情况下，就这样被困住了元神，为其卖命，制造瘟疫。”

“你知道抓你的人是谁吗？”

“完全不知，对方设立了一道屏障，我根本无法知晓其身份，我只能告诉你此人力量强大，不容小觑。”玛姆罗刹查代无奈地直摇头，“丹增旺杰，你我有缘，恳请除去捆住我的锁链和铜钉，还我自由，有朝一日，我必重谢。”

见玛姆罗刹查代一副苦不堪言的神情，丹增明白从她这里得不到什么有用的线索，便结破解神印，默念神咒，夺魂钉和捆神锁顷刻间化为乌有。

重获自由的玛姆罗刹查代对丹增合掌礼敬，连声道谢，双脚一蹬腾云离去。看着她消失在云端，丹增出禅定，心事重重地坐在坛城前。

玛姆罗刹查代所说的这个力量强大的人到底是谁？跟缠身灵口中的他是同一个人吗？还是另有其人？这个人的目的又是什么？

晚风吹拂在他的脸上，却吹不散他心中的不安，压抑紧紧包围着他，他感觉自己快透不过气了。

第二天，新闻相继报道了关于疫情的最新情况：岛上没再出现新增病例，病患也都奇迹般开始康复。没人知道发生了什么，借用媒体的一句话形容——肆虐的病毒像谜一般消失了，仿佛它从没有出现过。

悬浮在窗外看着病房里的欧阳君，丹增露出了久违的笑容，她看起来还有些虚弱，但气色明显好多了，看着她终于有些血色的脸庞，他不禁眼眶湿润。

他差一点就要失去欧阳君。如果失去她，自己会变得怎样？

他不知道，更不敢想。

瘟疫事件总算得到了解决，不过这个幕后黑手绝不会善罢甘休的，他连玛姆罗刹查代都可随意役使，可想其力量深不可测，他一定会再造事端，祸害人间。

一道彩虹悬于天际，大放异彩，丹增静静地凝视，心中却暗自担忧：这样的美景背后，到底还藏着多少不为人知的玄机？人类的未来又将何去何从？

第四章 蛊

瘟疫事件后，莲花岛的居民渐渐摆脱心理阴影，恢复了正常的生活秩序。今天，在莲花岛轮席行政首长的建议下，政府在莲花广场为这次瘟疫中丧生的逝者举行祭奠仪式。广场上一早已放满了蜡烛和鲜花，很多人将失去的亲人照片放在鲜花上。祭奠在暗淡阴郁的天空衬托下，显得更加悲凉哀伤。

莫果今天也来到了莲花广场，他站在角落里，百无聊赖地打了一个哈欠，其实他一点都不想参加今天的祭奠，不过报社有一名记者在报道疫情的新闻时不幸染病而亡，报社要求全部人员都要一起参加这次的祭奠。

真是无聊！不就是死了几个人，有必要大搞这种煽情活动吗？

他翻了个白眼，不怀好意地睥睨着站在不远处的欧阳君。当他得知欧阳君患病的消息时，简直兴奋到了极点。他一直盼着欧阳君死亡的消息，谁想这场瘟疫竟然不再蔓延，之前对疫情没有效果的药品也开始起作用，看着康复出院的欧阳君，他几乎要气疯了。

以前他只是看她不顺眼，可渐渐地，他居然有了希望她永远消失的念头。他也不知道这种念头是什么时候产生的，只知道像洪水般泛滥的怨念越来越强烈。

前不久，他发觉自己在梦境中可以对欧阳君实施种种报复和伤害，于是他深陷在这种爽透的感觉里无法自拔。不过最近几天不知怎么了，这种梦境不再出现，他为此非常郁闷。

祭奠活动结束后，媒体纷纷涌到日裔轮席行政首长夜神浩一的面前进行采访。刚上任没多久的夜神浩一，在这次瘟疫事件中表现出的镇定、果断的应变和指挥能力以及不顾个人安危多次前去探望病患的无畏精神，得到了莲花岛民众的尊重和认可。四十出头的夜神浩一，个子不高，标准的亚洲人身材，三七分发型总是梳理得一丝不乱。他穿着简单整齐，不管在什么情况下薄薄的嘴唇总是挂着一抹让人捉摸不透的微笑，一双精明的小眼睛配在一张精明的国字脸上，让他全身上下都散发着政治家那种特有的精明气质。

莫果面无表情地看着夜神浩一，说真的，他对这次的采访一点都不感兴趣，但为了完成任务他也只得硬着头皮凑上前去。

面露哀色的夜神浩一，向莫果的方向有意无意地看了一眼，也就是这惊鸿一瞥，莫果忽然觉得四周的空气仿佛在瞬间被抽走了一般，大脑一片空白。

他的眼神……

莫果浑身冷汗直冒，举着录音笔的手微微颤抖，他根本听不进夜神浩一后面都说了些什么。

回到报社后，他依然没有缓过神来，只要一想起夜神浩一的眼神，他就会莫名地紧张，那种深深的压迫感让他有种血液倒流的感觉。

他泡了杯清茶，啜了几口，试图驱散心中的不安。几杯清茶下肚，困意突然袭来，他刚闭上眼想小憩片刻，就被一种无形的力量拉进了梦境的世界。他的身体在瞬间变得像羽毛一样轻，飘出窗外悬浮在空中，飘了很久很久，直至来到一片浓雾的上面才停了下来。

浓雾遮住了他的视线，他辨不清方向也无法看清四周的情况，隐约能听到阵阵吟诵的声音……渐渐地，他摆脱了浓雾的包围，发现自己飘浮在一座古老寺庙的上空。寺庙的空地上放置着一个古色古香、晶莹透明的六角形盒子，几十位喇嘛手捧经文在盒子的四周环成一圈，口中念念有词，四位看起来年长一些的喇嘛紧围着盒子，正比划着一些奇怪的手势。

莫果轻蔑地瞥着喇嘛们的一举一动，从小他就极度排斥佛教，说不出是什么原因，或许是一种天性吧，反正只要一听到跟佛教有关的字眼他就会心浮气躁。

继续待在这里也没什么意思，他准备离开去别的地方看看。倏地，一股隐形的力量紧紧抓住了他，一瞬间，他就被这强大的力量从天上拉了下来，塞进了喇嘛们围着的六角形盒子里。

“喂！你们搞什么名堂？快放我出去！喂！听到没有？”

他拍打着盒子，大声叫嚷，可喇嘛们根本无动于衷，依然持诵经文。

莫果在盒子里急得团团转，使出浑身解数，也离不开这里。无奈之下，他一屁股坐在地上，放弃了挣扎。就在这时，空中突然放出明光，万丈霞光刺破浓雾，梦幻的流光溢彩布满天空。

喇嘛们抬头观望，纷纷下跪，合掌顶礼。明光中隐隐流溢着一丝淡淡的绿色光芒。莫果定定地看了很久，才发觉明光之中有一个若隐若现的人影，不过由于光线太过耀眼，他始终无法看清人影的面貌，只能确定人影盘坐于莲花之上。

诵经声如流水般在天际回荡，光影缓缓抬起手臂，掌中托出一物，向地面轻轻一抛，一个金光灿灿的物体从天而降，还没等莫果反应过来，已将透明盒子牢牢笼罩。

绚烂的金光照在莫果的身上，如同万针穿肤刺痛着他的全身，他痛苦得蜷缩成一团，发出阵阵哀号……

“救命！救命！”

莫果大声惊呼，从梦中醒来，眼底写满了惊恐，汗珠渗透了衣衫，他能感到皮肤上还留有清晰的刺痛感。

这不是梦……这绝不是梦……

他痛苦地抱紧身体，然而异样的痛楚依然在他的血管中不安分地涌动。他第一次感受到了恐惧。从这以后，莫果几乎每天晚上都会梦到同样的梦境，他逃不出那个透明盒子，也逃不出这个令人疯狂的梦境。

一天，他无意中在一本杂志上看到了一位仁波切讲的一个故事——

故事中的男主角每晚怪梦连连，他梦见自己回到古代，身穿奇装异服，被几个大汉捆绑起来，押至一片空地。一路上有很多老百姓对着他指指点点，眼神里满是恐惧和愤怒，甚至有人将垃圾或烂蔬菜丢到他身上。他搞不清自己为何会受到这样的待遇，试图想为自己辩驳，可他的喉咙像被异物堵住似的，发不出任何声音。

空地的中心是一个血淋淋的刑场，刺鼻的血腥味令他头晕胸闷。他被押到一个血迹还未干透的砍头铡口前，有人猛踹他的膝盖，他扑通一下跪在地上，一彪形猛汉走到他的身侧，高举削铁如泥的锋利砍刀，刀起头落……他惊叫着从梦中醒来。

莫果看到这里，稍微释然了一些，看来这世上还不止他一个有这样糟糕而诡异的经历。

故事后面接着讲到，这位受梦境困扰的男性在万般无奈之下找到了这位仁波切，仁波切入禅定观他的三世之后，发现他的前世居然是一个秘密邪教组织里的一位重要头目，这个组织因迷惑众生，扰乱朝政，最后均被处以斩首之刑……原来是前世所造恶因而令他今世受噩梦惊扰，在梦中不断重复前世死前的情景。

莫果大吃一惊，自己不是佛教徒，不相信宿命论、因果论，更不相信什么前世今生之说，但如果自己的情况和这位男性一样的话，那他梦中展现的一切景象是否也是自己前世的记忆?

不由自主地，他又想起莲花上的那个人影……

他将杂志狠狠地丢向一边，痛苦地闭上眼睛。故事中，这位男性前世所受的只是世间的极刑，而梦中的自己却是被神力所困。

这其中的不同到底代表的是什么?一想起被关在盒子里，那种无奈、绝望、痛不欲生的感觉，他就浑身发抖。

在他苦苦思忖时，夜神浩一那带着几分深意的犀利眼神浮现在他的脑海，他顿时又一阵惊骇，冷汗涔涔直冒。

梦中的光影，难道……就是夜神浩一?

这个瞬间产生的念头，既荒谬又不可理喻。如果真是这样的话，那这一切是不是意味着化现人身的夜神浩一是再次来捉拿他的?脱离了被困盒中的厄运，却逃不出夜神浩一的手掌心?

他不知道自己前世到底做错了什么，但他不想再重复那种悲剧。他低下头，紧握的双拳不停地颤抖。

莫果最近写的报道受到了夜神浩一的高度认可，为了拉近跟媒体的关系，夜神浩一接受了《星晨周刊》提出的专访请求，但他却罕有地提出由莫果专访的要求。

莫果以往最擅长的就是跟有实力、有地位的人拉近关系，可这样一个羡煞旁人的大好机会，他却拒绝了。

采访的当天，他独自一人来到了南夸帝巴寺，站在窄长的盘山路前，他犹豫了许久，才下定决心迈上了台阶。这里的气场令他压抑不适，他硬着头皮往山上走去。

听说这里求签非常准，于是他抱着一丝希望来到这里。看着别人拿着签筒轻轻摇晃，掉出一支签，轮到他的时候他也学着样子摇晃着签筒。可任凭他怎么摇，始终没有竹签掉出来。

身后断断续续传来抱怨的声音，莫果没好气地低咒一声，扔下签筒扬长而去，既然没有收获，他一分钟也不想在这里待下去!!

来到门口的大香炉前，看着许多信众磕头敬拜，他不屑地看着殿堂中的佛像，一路咒骂着走下台阶。可没走两步，他的耳边突然响起一个声音:“立刻离开这里!”

虚幻的声音透着深深的愠怒，莫果不禁一愣。当他回头观望时，惊讶地发现袅袅升起的香烟居然在空中形成了一个人形。人形的身躯庞大无比，怒发冲冠，粗壮的六支手臂在空中挥舞，每个手中各持有不同的物体。浓浓的烟雾不停地翻滚好似熊熊燃烧的火焰，天色骤然大变，顷刻间陷入一片黑暗。

莫果腿一软，一屁股坐在了地上，不顾路人对他投来的异样眼光，指着烟雾结结巴巴地大喊大叫。

“闭上你那妖言惑众的嘴，我再重复一次，从此不要再踏足这里！听到了没有？”烟雾瞪着三只又大又圆的眼睛，声音充满了令人胆寒的威慑力。

莫果冷汗直冒，吓得几乎丢了魂魄，不敢吱声，只是一味地频频点头。他感觉自己的裤裆都湿了一片，全身几乎虚脱。

烟雾渐渐消散了，莫果惊魂未定地坐在原地，看着晴空下的香炉一时回不过神来。这个地方他再也不想来了，想都不愿意想起。

“如果不想再累积恶业以及罪加一等，就不要继续深究你的梦境，奉劝你，努力挖掘心中的善，不然，等待你的只有无尽的惩罚。”猛然间，那个声音再次响起。

莫果用力捂着耳朵，可声音依然侵入他的每一根神经，他疯了一般往山下奔去。

此时，寺庙深处隐秘的平台上，一个高大的身影，目光冷峻地看着莫果狼狈逃离的背影，不停地拨动手中的水晶念珠。他试图去改变可怕的将来，但他比谁都清楚，有些事躲不过，注定要发生，而这里的变数……

厉风吹过，一只海鸥扯着沙哑的嗓子渐渐飞向远方。

未来，正向着无法预测的方向发展。

丹增一脸纳闷地看着坐在他对面忙着做笔录的警察，长这么大他还是第一次进警察局。作为公司的首席设计师，丹增设计过很多经典方案，但这次设计的大楼却出现了严重的问题，一栋在建的商业大楼在施工过程中突然坍塌，导致多名工人伤亡。

警方迅速介入调查，丹增作为商业大楼的设计者自然也被列入调查的范围之内。

几天下来，涉案人员渐渐缩小了范围，不知从什么时候开始，他居然成了重大嫌疑人之一。警察的问讯越来越频繁，也越来越犀利。

“丹增旺杰，今天请你过来，还是想跟你谈谈大楼倒塌的案件。”警长保罗坐在丹增的对面，脸上挂着一丝笑容，丹增却感受到笑容的背后藏着一种深深的敌意。

“你知道受贿按莲花岛的法律会受到怎样的处罚吗？”

保罗没头没脑地抛出一句，盯着丹增的双眼彰显着异样的自信。

“我知道，”丹增顿了顿，“所有行贿和受贿人员都会受到法律制裁，如果造成人员伤亡的话，最轻的判罚也是20年刑期。”

“看来你很了解嘛，那你对自己的所作所为有什么话想说？”

“对不起，我不明白你说的是什么意思。”

“OK，是我说得不够清楚，那我就说得明白一点，”保罗向前探了探身子，“我想听听你对自己受贿有什么样的解释？”

“受贿？你说我受贿？”

保罗扬了扬眉，笑容里写着“看你能装到什么时候”的嘲弄。

“这个玩笑开得太大了吧，你们是不是哪里搞错了？我可以用我的人格担保，我根本没有受贿。”

“哼，人格担保？这种说辞我都不知道听多少犯人说过了。”好像想将听到的什么不干净的东西给掏出来一样，保罗一脸不耐烦地用小指掏了掏耳朵，接着，大声念出了承建方的供词。

“这不可能，我没有做过这样的事！一定是有人想推卸责任，才故意栽赃我。”丹增极力辩解，希望保罗能相信他。

保罗打开身边的一个文件袋，拿出一张长长的单子，递到丹增的面前，“我们口说无凭，一切都要讲究证据，你看看这个吧。”

丹增接过单子，刚看了一眼，便震惊得瞪大了双眼……单子上罗列的居然是他和承建商所有的通话记录，还有短信和邮件的内容，而内容显示所有的条件还是他先向承建商提出的。

“这里面一定出了什么问题，我根本不认识他，怎么可能会跟他有任何联系！”丹增激动地叫嚷起来。

“你看清楚了，这是各公司在警方的要求和监督下打印出来的客户明细和私人信件内容，任何人都无法造假。”保罗冲玻璃窗外做了个手势，守在外面的刑警立刻推门进入，将手铐铐在了丹增的手上。

丹增被抓的消息很快传遍了整个莲花岛，看到报道的欧阳君完全呆住了，她祈祷被抓的是另一个叫丹增旺杰的人，但最终，现实将她的期望击得粉碎。

几经周折，欧阳君托人找到了关押丹增的监狱。

“丹增旺杰，有人探视。”狱警面无表情，敲了敲牢房门。

丹增坐在冷冰冰的椅子上紧张地盯着正在开锁的狱警，牢房门发出吱扭吱扭的哀嚎，令人作呕。麦克上午已经来过了，现在又是谁呢？反正绝不会是那个叫筱茹的混血美女，自从得知他入狱的消息后，天天死缠烂打的她就没了踪影。那么，会是谁呢？会是……欧阳君吗？

这样想着，他不免有些期待。

可他立刻就陷入了矛盾中，理智告诉自己，不见面才是保护彼此不受伤害的最好方法。在犹豫和纠结中，一个他朝思暮想的身影进入了他的视线。

欧阳君跟丹增对视了一眼，安静地坐在他的对面。

“你……怎么来了？”丹增轻声开口，跟自己心爱的人在这种场合见面让他十分沮丧和懊恼，忍不住心里一阵抽搐。

欧阳君抿了抿嘴，“来……看看你。”

丹增苦笑了一下，“真没想到我们会在这样的情况下见面。”说完，他把头埋得更低了。

看着丹增憔悴的面容，欧阳君心痛无比，默默地移开了视线。丹增跟上次在海边见面时像是完全变了一个人，那个阳光、健康的他不见了，现在坐在她面前的是一个头发凌乱、满脸胡茬、眼窝深陷的人。他像一个无依无靠的流浪汉，更像一个走投无路的丧家犬。

“我相信你！”沉默片刻后，欧阳君坚定地说。

丹增抬眼迎向她同样坚定的目光，心中充满了感激，“可是我……没有证据证明自己的清白，”说着，他痛苦地摇了摇头，“我不知道是谁陷害我，没有人听我的解释，甚至没有一个律师愿意帮我。”自从被铐上手铐的那一瞬间,他就发觉无法使用法力，仿佛有一种力量在压制他。

“我愿意帮你。”欧阳君突然紧握丹增的手。他的心一阵暖意。然而奇怪的画面再次浮现，他看见欧阳君举着手机在说着什么，泪水像断了线的珍珠，滚滚而下。窗外下着滂沱大雨，猛烈的雨声淹没了她的声音。他伸出手，想拭去她脸上的泪，却被无情的大雨模糊了双眼。

他闭上眼，甩了甩头，将画面从脑海赶了出去，他现在真的没有精力去顾及这些。“谢谢，但是……”他无奈地叹了口气，“也许这就是我的命吧！”

“什么命不命的，我不相信！”欧阳君打断丹增，“你还没去努力就想放弃了吗？”

这时，狱警猛地推门进入房间。探视时间到了。欧阳君赶忙把手收了回来。

“一切……都还没有结束。”像是在鼓励丹增，但更像是在承诺什么，欧阳君在临走前留下了这句话。

当晚，欧阳君躺在床上辗转反侧，久久无法入睡。床头的时钟指向了三点。自从得知丹增出事，她就夜不能寐，特别是见到他的颓态，她的心仿佛瞬间被撕成了碎片。

今夜，又将是个无眠夜。她冲了杯热柠蜜，焦虑地坐在床边。

如果没有结识丹增，那么她是不是就不用为此伤心难过？但，如果没有结识他，自己会不会变得更加痛苦？

莎士比亚说过：如果有能够分担悲伤的朋友，悲伤就能治愈。

那我能成为分担丹增悲伤的朋友吗？我……有这样的资格吗？她仰望着悬于天际的圆月，希望圆月能给她一个答案。

朦胧的月色令欧阳君的心境渐渐迷离起来，四周响起了夜莺动听的鸣唱，吹在脸上的晚风也带着阵阵山林间特有的潮湿气息。

恍惚间，她居然来到了曾经在梦境中坐莲花修法的地方，星光洒落在湖面，闪闪发光，不远处的寺庙在淡淡的紫雾中若隐若现。

我是在做梦吗？欧阳君无法相信眼前的一切，不由得感到脊背一阵发紧。

夜静得吓人，听不到一点声音。她忐忑地站在湖边，不知接下来该做些什么。湖面平静如镜，圆圆的月亮像一颗美丽的珍珠，在湖心闪耀。一阵清风吹过，湖面突然射出阵阵金光，金光刺破长空陡然间消散无踪，湖面渐渐又恢复了平静，但映照在湖面的明月不见了，取而代之的是一个栩栩如生的影像。

影像中显现出一个朦胧的黑影在空中不停地徘徊，随后像一阵风般从门缝溜进了一个房间。他悬在一个睡得正香的人身边，平摊着手掌，一条多足赤黑的虫子在他的手心不停扭动。

黑影拎着虫子长长的尾巴，靠近熟睡男子，一松手，虫子掉落在男子的脸上，哧溜一下就钻进了他的鼻孔。看到这里，欧阳君吓得用双手捂住了嘴巴。男子猛地抽搐了几下，很快又安静下来，

影像到这里结束了，湖面刹那间恢复原来的样貌，盈盈月光忽然幻化成一记亮闪，欧阳君还没反应过来，一股隐形的力量仿佛化作数以万计的电流涌进她的身体，她大叫一声，扑倒在自己的床上。

时空似乎忘记了时间的存在，时钟依然指着三点。

欧阳君彻夜未眠，丹增的事已经令她心力交瘁，没想到这时候诡异的经历又找上自己，她根本应付不了那么多。

她完全没心思吃早饭，直接打开了电视。新闻里继续播报商业大楼倒塌的相关内容。向丹增行贿的承建商彼得因为积极配合警方破案，法院决定对他从轻处罚。

彼得明显受到民众的同情，大家都将矛头指向了丹增，就连莲花岛轮席行政首长夜神浩一也发出严重声明要求严查此案。看着新闻，欧阳君的心情跌入了谷底，所有的一切都对丹增不利，想帮他简直是天方夜谭。

这时，彼得脸上异样的反应吸引了她的目光，一条像蛇一样的东西在彼得脸部的皮肤下蠕动着。

欧阳君突然想起昨夜在湖水中看到的影像，黑影手中的多足虫跟彼得皮肤下游动的异象很相似。

这意味着什么？难道是在给我预示真相？那……又是谁让我看到了这个真相？一想到背后有人在主导这个事件的动向，她感觉全身的血液都从身体里流走了，头皮阵阵发麻。她就像被人推进了一个泥潭，而爬出来的唯一机会，就是抓住推她下去的那个人丢下来的绳子。

她拿起电话，拨通了米兰的电话。在她一再央求下，还在补眠的米兰查看了新闻视频。但是，米兰什么也没看到。

“估计你是睡眠不足出现了幻觉。”米兰给出这样的总结后，挂断了电话。

心中的天平出现了摇摆，她不知道该相信哪一个。两个或许都是真的，又或者都不是真的。她用力摇了摇头，却甩不掉焦躁不安的感觉。

在网上查找跟彼得有关的信息时，一篇解释蛊毒的文章引起了欧阳君的注意。

中国的苗族有这样一个传说，只要把一只蛊虫放到人的身体里，就可以控制被下蛊的人的思想和行为，制作蛊毒的方法并不复杂，只要将多种带有剧毒的毒虫如蛇、蝎等放进同一器皿中，使它们互相啮食、残杀，最后剩下的唯一存活的毒虫便是蛊。

欧阳君对于蛊毒的了解，完全来自于电视和小说中的桥段，她一直以为那些情节是为了剧情需要虚构出来的，没想到现实中真的有蛊毒的存在。

虽然还有些不可置信，理由也有些牵强，但这似乎是唯一能说服自己的合理解释。网上提到，只要施蛊毒的人撤回咒术就可以解除蛊毒，可是……这茫茫人海中，要怎样找这个人啊？

苦思冥想了一整天，欧阳君也没有想出什么好的解决方法，现在除了自己，所有人都看不到彼得身体里的毒虫，这样空等转机出现，不如自己主动制造机会，她决定改变一下策略。

第二天下午，她来到彼得的家，身体状况不佳的彼得因为配合警方破案，检察院准许他在家候审。欧阳君掏出报社以前为她办理的那张一次也没有使用过的记者证，谎称是跟踪报道此事的记者，顺利骗过了警员。

欧阳君跟着身材魁梧的黑人警员走向二楼。彼得的卧室光线很暗，厚厚的窗帘只拉开了一条缝隙，彼得有气无力地躺在床上，气色看起来很差，她客气地打了声招呼，拉过一张椅子在彼得的床边坐下。看着在彼得肌肤下不停游动的毒虫，她努力管理自己的表情。那条毒虫似乎长大了许多。

“给你三十分钟时间。”警员说完，头也不回地离开了。

三十分钟，足够了。欧阳君暗自想着。

跟彼得寒暄的同时她将房间门轻轻关上，从包里拿出了事先准备好的乙醚，趁彼得没有防备往他的脸上一喷，彼得哼哼了两声便昏了过去。她很快在彼得的脖子后面找到了毒虫，因为宿主昏迷，毒虫的蠕动也相应变得迟缓。她迅速戴上医用手套，用锋利的刀片在毒虫盘踞的位置割开一个小口，将血淋淋的毒虫夹了出来。

欧阳君顾不上阵阵的恶心，将毒虫放进随身携带的玻璃瓶里，瓶子里装有浓度极高的乙醚水，毒虫在里面蠕动了几下就不动了，她接着为彼得的伤口做了简单处理，迅速收拾好东西，便跟警员谎称彼得在采访进行到一半时就睡着了，便装作若无其事的样子离开了这里。

回到家，她立刻点燃了壁炉里的火，一把将毒虫丢到火中，毒虫在火中痛苦地翻滚，阵阵嘶叫声令人汗毛倒立，刺鼻又古怪的焦糊味充斥着整个房间。

过了一会儿，恐怖的声音消失了，欧阳君小心翼翼地用火钳拨弄着还在燃烧的木块，毒虫已被烧得灰飞烟灭，只剩下一摊黑水。

她如释重负般呼了口气，压在心头的巨石消失了，她立刻感觉身心轻松了许多。人一松懈下来，疲累感便袭来，她一歪头，倒在沙发上沉沉睡去。

不知过了多久，欧阳君被一阵急促的电话声吵醒了，拿起电话一看，是米兰打来的。

“喂！你在哪呢？”米兰小声地问。

“在家，怎么了？”

“刚才有警察过来，问你是不是报社委派采访这次商业大楼倒塌事件的记者？然后还问了一些听不懂的问题，你到底干什么了？我怎么没印象你是跟踪这次事件的记者啊？”

“警察去过报社？”欧阳君睡意顿消，“他们还在吗？”

“我看一下，”米兰边说边向外张望了一下，看到警察已经起身跟副总编在握手了，“他们应该准备走了……喂，你在干吗？”

“米兰，我有点急事，先不跟你说了。”没等米兰回答，欧阳君就挂断了电话，她简单收拾了一下行李，匆匆忙忙地离开了公寓。

刚拐过街角，她就瞅见几名警察走进了她所住的公寓。她推了推鼻梁上的墨镜，将围在头上的丝巾裹得更严实些，隐没进了人海当中。

她想过彼得清醒后会报警，但没想到会这么快。环球广场旁边有一个清净无人的小公园，她找了一个最隐秘的角落坐下，打开电脑查看彼得的最新动态，由于担心被卫星定位系统跟踪到自己的行踪，她将手机留在了家里。

通过警方公布的照片，能清楚看到毒虫依然在彼得身体里活跃。欧阳君的心瞬间像掉进了冰窖里，她本以为取出毒虫，彼得就可以恢复神志，还丹增清白，但现在看来，事情没有那么简单。

“这位女士，这么热的天，你怎么裹着头巾呢？”

一个突如其来的声音在欧阳君的耳边响起，吓了她一大跳。她抬头一看，居然是街道巡逻的警员。

不会吧！我的运气不会这么差吧！欧阳君暗叫倒霉，抿嘴笑了笑，佯装淡定地说：“我的皮肤最近对紫外线有些过敏，所以要尽量保护起来。”

“哦，那你最好避免白天外出，就算傍晚的阳光也还是挺烈的。”警员完全没有发觉异样。

“好的，我也正准备回家了。”说完，她收起电脑匆忙离开了公园。走远后，她才松了口气，多亏了戴着米兰留在她家的金色大波浪假发，不然刚才可不一定能顺利蒙混过关。

逃过这一劫，欧阳君明白下一次可能就没有这么幸运，她收起那条艳丽丝巾，在一家小便利店，挑选了一顶最普通的黑色鸭舌帽，可当她准备去付款时，两名警员走了进来，她只能藏于最后一排的货架后面。

透过货架的空隙，能看到两名警员在互相聊着天，他们在摆放杂志的书架前停留了一会儿，径直向最后一排摆放饮料的冰柜走来。

不要过来！不要过来！

她双手交叉，祈祷奇迹能够出现。如果她被抓了，那就没有人可以帮助丹增了。

警员的交谈声越来越近，欧阳君几乎放弃了希望，额头的汗珠也越来越多。

这时，一名警员的对讲机响了。“比特小组你们现在在哪里？”

“我们在环球大街。”

“刚才接到通知，嫌疑人欧阳君刚刚出现在环球广场旁的公园，离你们所在位置最近，她现在应该还没走远，随时注意周边的情况。”接到上级的命令，两名警员火速离开了便利店。

欧阳君身体一软，坐在了地上。离开便利店，她找了一个洗手间换了一身轻便的运动衫，丢掉假发，戴上鸭舌帽，往人迹罕至的山路走去。她要去南夸帝巴寺找彭措久美仁波切。

今天不知有什么活动，平时没什么人的山上，热闹得不得了，人们三三两两地拉着聚餐用的保温箱，一路有说有笑地向山顶走去，跟不停左右张望的她形成鲜明对比。

就算装扮得极不起眼，独自一人的她在人群中还是显得有些突兀。果不其然，一个维持秩序身材臃肿的警员走近了她，“女士，你是一个人吗？”

“啊，是……不，不是……”就算戴着墨镜和帽子，还是难掩汗珠的痕迹，她用手背拭去汗水，希望警员不要注意到她的异样。

“今天真的很热啊。”见欧阳君汗水涔涔直冒，胖警员也感慨地抹了把脸。

“可不是嘛。”欧阳君尴尬地呵呵笑着。

本以为对付几句就能平安无事地脱身，没想到一个低头玩手机的女孩撞到了欧阳君的后背，她的帽子和眼镜全部掉在了地上。

她惊慌的眼神和警员错愕的目光对视在一起，突然，她发疯般奔入右侧的树林间，身后传来警员的威吓声，她完全不理会。因为她知道，一旦停下来，一切就都完了。

不知跑了多久，直到听不到追喊声，她才停下了脚步。她抬头看着立在另一个山头上的一片荒凉墓地，天色渐渐暗淡下来，风都带着浓重的阴气。这片墓地有着很多骇人的故事，没有人愿意接近它，就算是大白天这附近也几乎见不到人。

她艰难地咽了口唾沫，紧握着颈前的莲花吊坠，走进了杂草丛生的墓地。警员绝不会轻易跟丢她的，显而易见，是这个阴森的墓地救了她，但是到了明天白天，她不知道是否还能有这样的运气。

墓地的中心有一个废弃的小教堂，她记得几年前，这里发生了一起很残忍的凶杀案，一个失去孩子的妈妈精神失常后，变得再也看不得跟自己孩子年龄相仿的孩子们那快乐的笑容，慢慢地，她有了抹杀那些笑容的念头……警方从墓地挖出的孩童尸体竟有二十多具，可还有十几个孩子的遗骨没有找到。从那以后，这个教堂渐渐失去了往日人声鼎沸的盛景，再也无人问津，而闹鬼的传闻也越传越厉害。

教堂内部还保持着原貌，只是所有的一切早已被厚厚的灰尘和蜘蛛网覆盖，腐臭味和霉烂味混杂在一起，刺激着人的嗅觉。在大大的十字架前整齐排列着几十口棺材，让人无法从记忆中抹去那场恐怖的梦魇。

夜色渐深，月光透过残破的玻璃照进了教堂，地面惨白惨白的，像一张死人的脸。远处的天空闪起一阵灿烂的烟花，欧阳君这才想起今天是莲花岛建岛周年日，她本来同米兰约好今晚一起去看烟火的。

美丽的烟花也不能消除她心中的恐惧，就算拼命集中思想在网络上查询资料，她依然感到黑暗中似乎有无数双眼睛在注视着她，潮湿的空气里仿佛也能听到阵阵呢喃。

没多久，一篇电视剧情节的介绍引起了她的注意。男主人公曾被一种多头毒蛇附体，蛇操纵了他的行为和意识，就算杀死他体内的毒蛇，第二天依然会长出新的，多次反复之后，男主人公的朋友设法找出了毒蛇的母体并将它杀死才消除了巫术。

难道，彼得身体里的毒虫也由母体操纵？！

这么一想，欧阳君直觉自己找到了答案，可接下来她就被现实击溃了——她根本不知道母体在哪儿。

月光渐渐照在最尽头的一口棺材上，一阵尖细刺耳的可怕声响随即响起。欧阳君顿时心跳加速，浑身战栗。

异声越来越刺耳，欧阳君很想逃离这里，然而双脚却像被声音吸引，慢慢挪到了摆在尽头的棺材前。

推开棺盖，她几乎傻掉了！一个小孩子的白骨手中抱着一个专门保存标本用的圆形器皿，里面装的居然是一只多头毒虫！它们眼冒红光，蜷缩成一团，不停地扭动身体。它们一共有九个头，八个细小一点的毒虫扭缠在一起，它们的根部跟一个粗壮的毒虫连为一体。

果真有母体！

所有的猜测都成为现实，剩下的就是如何消灭它了。电视剧中的男主角最后是将毒蛇丢进火里，并念诵魔法咒语才将其消灭的，那自己要用怎样的方法呢？

正在踌躇之际，月亮渐渐被云层遮挡，令欧阳君意想不到的事发生了——扭缠在一起的毒虫突然抬起头颅，伸展多须的触角，张开变形扭曲的颚骨向她袭来！欧阳君一惊，电筒哐当一声掉在地上，她慌忙捡起来，哆哆嗦嗦地照向毒虫，它贴在容器的内壁上一副想要把她生吞活剥的恶样。

欧阳君的心几乎提到了嗓子眼，面对这样一个魔物，她不相信自己能消灭它。

她背靠着墙，无力地坐在地上，泪水顺着脸颊流了下来。她现在连自己都救不了，更何况救丹增。就算她告诉大家真相，也没人会相信她的话，因为根本没人看得到彼得身体里的毒虫，更不要说这个可怕的母体了。

绝望充斥在空气中，她觉得自己已经到了崩溃的边缘。

一阵凉风吹过，月亮又徐徐露出了脸庞，毒虫再次痛苦地嘶叫，欧阳君抬起埋在膝间的头，看到母体又如刚才一样，扭缩在一起。

她仰头凝视着月光，脑中突然灵光一闪。难道它们害怕自然界的光芒？

想到这里，欧阳君二话不说找来许多树枝丢在毒虫四周并将一整瓶香水倒在上面，接着取出野营救生包中的打火机点燃了树枝。大火烧了一阵，毒虫虽然一直不停地痛苦扭动，却没有消亡的迹象。

欧阳君愁眉不展地看着熊熊火焰，不停地往里添加树枝。晚风徐徐吹过，火焰猛地蹿高了几尺，毒虫的扭动也愈加剧烈。

火……风……

还差水和土就可以构成四元素了，而四元素在一起可以产生象征人类精神力量，或者说精神能量的第五元素。毒虫惧怕自然界的力量，那么只要凑齐四元素的话……

欧阳君恍然大悟，立刻找来泥土丢在容器上，将还没喝完的矿泉水淋在上面，接着她拾起一块玻璃，对着火焰猛扇了几下。

火焰瞬间蹿至屋顶，毒虫的嘶叫声撕裂了空气，容器已从尸骨手中滚到了一旁。

四种元素已经汇集，怎样激发出第五元素又成了新的问题，她完全不知道精神力量指的是什么。

看着凶猛的大火，欧阳君闭上双眼，双手交叉握拳，默默祈祷能够得到神明的帮助。这一刻，她顾不上担心和害怕，唯一的想法就是——守护丹增。

究竟过了有多久，欧阳君也不知道，直至一声脆响传来，玻璃容器爆裂四散，她才睁开了眼睛。毒虫在大火的焚烧下已没了动静。

结束了，一切都结束了！她大口喘着粗气，瘫在地上。

突然，毒虫用尽最后一丝力气跃出棺材，向她猛扑过来，而她的身体像被抽干了一般，使不上一点力气，除了尖叫什么也做不了。

完了！完了！

她被逼到了墙角，无路可退，只能紧缩着身子。

终于，毒虫在离她仅有几厘米的位置耗尽了力气，化为一摊冒着泡的黑水，它的身后留下一条长长的黑色痕迹，空中弥漫着阵阵浓烟和难闻的焦糊味儿。

第二天一早，欧阳君趁着天还未亮，决定到外面看看情况。她的电脑已经没电了，想要知道事态的动向，她必须出去。

她来到附近的居民区，空荡荡的街道见不到一个人影，她拿起丢在一户人家门前的报纸看了看，新闻的头版报道的是彼得在昨天深夜突然翻供，在证词中多次发誓自己不认识丹增旺杰，更没有向他行贿。大楼倒塌是因为在周边违规堆放了大量的高填土，压迫在建房屋的地基，导致地下土层移位、沉降……彼得前后不一的口供令警方对案件的调查一下子陷入乱局之中。

欧阳君终于露出了笑容，毒虫的母体被消灭后，清醒过来的彼得阐述了事情的真相，对于被乙醚迷错的事情也全无记忆，警方只能撤销对她的追捕。

一轮红日渐渐升起，欧阳君闭目舒了口气。暖暖的阳光照着她秀丽的脸庞，绯红绯红。

第五章 色林堆错

出狱三天后，丹增邀请欧阳君一起共进晚餐，地点选在中国城一家颇具风格的云南菜馆。

“原来你是藏族人，第一次见你就觉得你不太像汉族人。”

“有这么明显吗？”丹增帅气地挑挑眉。

“嗯。”欧阳君打开竹筒饭，美美地吃起来。丹增入狱的事情让她无心工作，从而落下了很多稿件，这两天她天天熬夜赶稿，几乎没怎么吃饭。

看着她消瘦的脸庞，丹增心痛不已，自从得知她遭遇的可怕险境，他久久无法从自责中走出来，为了救他，她差一点儿连命都没有了。他不敢想象如果失去她，自己会变成什么样子……

想到这里，他轻轻地叹了口气。欧阳君痛哭的神情又一次浮现脑海，那么绝望、那么悲切……丹增感觉鼻头一酸，泪水不知不觉涌了上来。

他想起有这么一句话：爱情只有一条法则，那就是使所爱的人幸福。

我不要看到她哭泣，我要她永远幸福！他在心中暗暗发誓。

“你怎么了？”敏感的欧阳君感觉到了丹增的异样。

“没什么，没什么。”丹增摇摇头，凝望着欧阳君深情一笑，他不想欧阳君察觉到自己深藏心底的那份情感，他总觉得，他的未来不属于自己，不可能赋予她一个普通女生应该拥有的美满而简单的幸福。

“有什么事吗？如果你不介意的话，可以跟我说说，或许帮不了你什么，但总比憋在心里好。”

“不用担心，真的……没什么。”

丹增故作镇定，装出冷淡的态度，而他的眼角瞄见欧阳君黑亮的眼睛露出一丝失落，心中不免一阵隐隐作痛。自从认识欧阳君之后，他知道自己的感情踏上了一条不该踏上的路，他一直告诫自己要回头，却在毫无意识的情况下越走越远……

恋爱是神圣的疯狂。

他记不清在哪里听过这句话，以前他觉得这话形容得太过夸张，然而在深陷其中后，才发觉这就是真理。恋爱本身就是一件疯狂的事情。

现在，他还有选择的机会，为了不让这段没有结果的感情伤害彼此，他必须理性地保持适当的距离。他明白，一旦敞开心扉，就会像吸了毒一样，再也戒不掉那种感觉，与其让她一开始产生美好的幻想，还不如最开始什么都不给予比较好。

因为珍惜，所以不能触碰。他只能选择隐藏，隐藏得越深越好。

丹增的回避，让欧阳君突然想起米兰对爱情的解读——爱情是美酒，也是毒药……她盯着碗中的瓷勺，不由得对自己产生了怀疑。她总觉得自己前世就跟丹增认识，那份熟悉的气息令她感到温暖，她甚至无比怀念这种久违的感觉，可这真的是爱情吗？ 真的不是自己一时冲动？

她期待美好的未来，却不敢想象最后的结局。因为，她没有勇气去想象，更不敢奢望什么。也许，一切早已是冥冥中的一种笃定。她认为自己是个坚强的人，但没有坚强到可以毫无防备地去期待什么。

爱情，会让人变成傻瓜。

气氛变得有点凝重，两人默默地埋头吃着饭菜，没有了先前愉快轻松的默契。电视机里新闻播报员机械的声音在房间里不停地回荡。

许久之后，一则新闻同时吸引了两人的目光。

在被称为魔鬼三角洲的百慕大三角，一名游客偶然间拍摄到在神秘的海底金字塔海域的上空，原本万里的晴空突然天气骤变，电闪雷鸣，刹那间白昼变黑夜，波涛汹涌的海面上猛地升起一个如同巨龙般的水柱翻转着直冲天际，浓厚湿重的雾气从天而降笼罩了整个海面，海风肆虐地吹着，仿佛地狱的魔鬼发出的咆哮，响彻整个云霄。

在浓重的雾气中，丹增隐约看到了一个巨大的黑影。他深深地蹙紧了眉头，陷入沉思。

“天呐，怎么又发生这样的事了！”欧阳君自言自语地说着。

丹增一听，不由得一愣，急忙追问缘由。

“在你入狱的这几天，世界各地接连发生了好几起这样的古怪事件，最开始是南极冰川上的神秘冰峰金字塔，爆发出恐怖的逆流龙卷风，接着是古玛雅神庙和埃及金字塔出现了奇异的黑色光束，还有著名的地狱之门，熊熊燃烧的火焰爆燃升至天空，然后就是你刚刚看到的在百慕大三角发生的诡异现象。”

欧阳君喝了口茶，继续说道，“之前发生事故的地方，事后地面上都留下了一个深不见底的大洞，就连地狱之门中的大火也仿佛被大洞吸收了一样，完全熄灭了，深不见底的大洞瞬间释放出滚滚的浓烟，人们在吸入气体后，有的人立即口吐鲜血死亡，有的人浑身溃烂，恶臭无比，有的则是出现恐怖的幻觉，残酷杀戮……南极的情况也好不到哪去，动物大面积死亡，冰川也在迅速消融，估计这次百慕大三角的海底也会出现一个大洞。人们一直在议论是不是美国又在做什么奇怪的实验，就像众所周知的1943年费城实验那样，不过这些都只是猜测，没有任何证据。”欧阳君撇了撇嘴，神情黯淡无光。

“其实啊，死亡离我们一点都不遥远，它每时每刻都围绕在我们身边，不知道什么时候自己就会成为下一个受害者。”说着，她无奈地叹了口气。

丹增在监狱里对外界发生的事全然不知，那个神秘的魔力一直在干扰压制他，直到离开监狱，他的法力才渐渐恢复过来。出狱后，他全力想要找出事件背后的真正凶手，根本没有心思去顾及世界各地正发生的神秘怪事。

电视里反复播放着这段令人费解的视频，以满足大众的好奇心。丹增神情紧张地看着画面中朦胧的黑影，心中莫名的不安如同即将来临的暴风雨。

丹增的心思完全沉浸在神秘事件里，之后跟欧阳君又聊了什么，已记不太清。吃完饭，他提议开车送欧阳君回家，却被欧阳君婉拒了。看着她眼神中不经意间流露出的失落，丹增的心里很不是滋味，一想到这第一次的聚会有可能成为他们最后的聚会，他的心情就糟透了。

在计程车的候车区，丹增一直默默陪在欧阳君身边，两个人就像商量好的一样，谁都没有开口说一句话。

排队的时间不算长，很快就轮到了欧阳君，丹增上前为她拉开了后座的车门，欧阳君道了一声“谢谢”，刚要坐进车里，却被丹增一把拉了出来，她还没有反应过来是怎么回事，就听一声巨大的碰撞声在身边响起。

她歪头一看，一辆豪车冲进了街边的一家店铺，许多人哭喊着从浓烟里跑了出来，而她刚刚准备乘坐的计程车已经被撞出数米之远，车厢后部严重变形，如果她在里面的话，一定当场殒命。

“你没事吧？”丹增的一声轻唤，将她的思绪拉了回来，她这才发现自己躺在地上，丹增温柔有力的臂膀紧紧地将她搂在怀里。

他们凝望着彼此的眼睛，仿佛周围的一切都停止了运转。

蓦然，一个奇妙的画面出现在两人的脑海——在一片浩瀚星空下，四周静谧无声，他们两人面对面站在一起。天空忽降神物，一把幻彩四射的宝剑悬停在他们的头顶，他们默默凝视，一同握住了宝剑，可宝剑却突然幻化成两把造型不同的利剑，他们手中各执一把，丹增手中的利剑金光灿灿，而欧阳君手中的利剑银光熠熠。

霍地一下，画面又消失了，救护车的呜呜和人们嘈杂的叫喊声充斥于耳，他们两人却像凝固了一般，一动不动。

回到家，丹增带着满心疑惑来到佛室，谜题越来越多，他感到头脑发胀得厉害，血管都快爆裂了。看着庄严肃穆的邬金仁波切像，他决定入定观想。

很快，他的意识来到了西藏，悬停在被佛教徒誉为圣湖的玛旁雍错湖的上空，皎洁的月光沐浴着这片神圣的土地，微风轻柔地吹过，湖面荡起了阵阵美丽的潋滟，闪闪银光仿佛跳动的音符。

丹增围着圣湖盘旋了几圈，没有发现任何异样，默默抬头向北眺望着在夜幕下静穆而神秘的神山——冈仁波齐峰。他知道自己的意识被指引来到这里，一定有着某种特殊的含义。正当他思忖之际，一团诡异的黑云从远处翻滚而来，刹那间，整个天空陷入一片漆黑。

他双眉深锁，忧心地看着黑云肆无忌惮地蔓延，就在这时，他的意识又回到了自己的身体。这次入定完全不受自己的控制，分明是佛菩萨在冥冥中指引着他，那团恐怖的黑云令他压抑不安，他意识到神山圣湖必定有可怕的事要发生。

遥望星空，他心神忐忑不安，最后还是决定去玛旁雍错圣湖亲自确认一下，他稍稍提神凝气，一蹬脚，隐身飞入了夜空之中。

仅仅眨眼工夫，丹增已经站立在玛旁雍错湖的湖边。此刻皓月当空，繁星密布，天空没有一丝云彩，怡爽的空气透着湖水淡淡的香甜之气。

丹增沿着湖边慢慢地走着，目光紧盯入定时黑云袭来的方向。

临近拂晓时分，圣湖四周依然没有出现任何异样，困倦的他看了看微微泛白的天空，终于忍不住席地而躺，很快便沉沉睡去。

“丹增旺杰……丹增旺杰……”

带着一丝沙哑的虚幻的声音，轻唤着他的名字。

“谁？谁在喊我？”

丹增猛地睁开眼，环顾四周，只见湖心冒出了一个人影，向他慢慢走来。人影走近后，丹增方才看清是一位耄耋之年的老喇嘛。老喇嘛没有走上岸，依然站在静谧的湖水上。

“丹增旺杰……”

老喇嘛又唤了声他的名字，睿智的眼神充满着期许。

“您好，我是丹增旺杰，请问您是谁？为何从湖中走来？”

“我是夏鲁寺的老喇嘛，洛桑仁钦。我隐居深山多年，找你只为有要事相告，于是用尽最后的力量做法，借助水作为媒介前来找你。”

丹增心中一阵纳闷，“夏鲁寺离这里距离遥远，您不辞辛劳来到这里究竟有何要事？”

洛桑师傅低头沉默了片刻，刻在脸上的皱纹在月光的衬托下显得更加沧桑。

“黑暗势力从没有停止过统治世界的野心，杀戮更没有间断过，在这末法时代，他们更加蠢蠢欲动，”洛桑师傅抬起手臂，指着东北方向，挂在腕上的鹰骨佛珠在月色下折射出神圣的光泽，“被邬金仁波切降服于湖中的色林魔已来到人间，企图在人间再次制造腥风血雨。”

“色林？！”听到色林的名字，丹增不由得一愣。

色林是西藏神话里的大妖魔，他高大如山、凶残暴虐，每天贪食许多生灵，很多人都惨死在他的手中。邬金仁波切怜悯众生，决定降服色林，为民除害。邬金仁波切找到色林施展法力，经过几十回合的大战，渐渐招架不住的色林逃入湖中，邬金仁波切召唤居住在湖中的七位精灵，让他们在岸边守护，永远不能让恶魔出来，七位精灵后来化成七座石山，矗立在湖泊南边的平滩上，监视着色林。那个湖从此被叫做色林堆错。

如果按照传说来看，色林至今都应该还被关在色林堆错里，怎么会来到人间？

等一下……

丹增仿佛想到了什么，瞪大双眼看着洛桑师傅，“难道……”

洛桑师傅点点头，“没错，七个石山中的一个倒塌了。”

“我知道这件事，听说大约四十年前因为一次小地震引起了石山倒塌。”

“那不是单纯的地震，是色林搞的鬼，如果是自然界的力量造成石山倒塌，精灵的法力是依然存在的。”

“那色林是怎么逃脱的？他被困湖中，凭他自己的力量应该没可能逃出来啊！”

“他不是一个人，不过我不知道暗中帮他的是谁，又是如何做到的。”

听着洛桑师傅的话，丹增的心一沉，他知道色林重回人间必定会大开杀戒。

“色林回来的目的不仅仅是制造杀戮，他还准备找到通往冈仁波齐峰的密道。”

“冈仁波齐峰的密道？！”丹增几乎是在叫喊了。

冈仁波齐峰是世界公认的神山，外形酷似金字塔，传说那里是世界的中心，佛教中著名的须弥山指的也就是冈仁波齐峰。臭名昭著的希特勒曾下令让五名“冲锋队”的纳粹分子秘密前往西藏，寻找一个名为沙姆巴拉的洞穴，据推测沙姆巴拉洞就在冈仁波齐峰内。作为一个彻头彻尾的邪教主义者，希特勒的得力干将希姆莱顽固地坚信，如果能够将世界轴心逆转，就可以让时光倒流，回到过去改变历史，不但可以长生不老，还可以得到一种生物场的保护，做到刀枪不入，并能够任意控制时间和事件的变化。

沙姆巴拉在神话中被认为是控制全世界的中心，传说地球轴心蕴含着巨大的能量，谁接触过它，谁就能够成为时间的主人并拥有神奇强大的力量。可是，从古至今没有人成功登上过这座神山，如果色林找到密道进入冈仁波齐峰，他必将在世间制造出毁灭性的灾难。

“是的，他正在收集八颗神圣的天珠，现在已经有六颗落入了他的魔爪，我亲眼看到他将菩提天珠放入莲花盘中，还剩下莲花天珠和金刚杵天珠他就收集齐了，一旦八颗天珠汇集在一起，就可以让莲花盘中的莲花盛开，找到隐秘在姆大陆中通往冈仁波齐峰的秘密入口。”洛桑师傅神情严峻地看着丹增，“我的法力不够，无法阻止他，不过如果是你的话，应该可以做到，你是带着要降服色林的重任而转世的。丹增，答应我，不管用什么方法，付出多大的代价，请阻止他，决不能让他的阴谋得逞。”

看着洛桑师傅渴求的眼神，丹增只能默默地点点头，可他根本不知道自己是不是那个为降服色林而转世的人，就算是，又该怎样才能阻止这个巨大的妖魔？

“好了，我要走了。”过了片刻，洛桑师傅缓缓开口。

“您去哪儿？如果想见您，该去哪里找您？”

洛桑师傅回给他一个耐人寻味的微笑，指了指他的心口，瞬间化作消融的水汽融入湖中。

“洛桑师傅！洛桑师傅！”

丹增对着湖水大声叫喊，但圣湖已恢复平静。他盘腿坐在湖边，心事重重地注视着远方。

未来，随着时间的流逝，究竟会演变成什么样子？

天色渐亮，一只在湖边饮完水的野牦牛来到丹增的面前，它低下头，好奇地嗅了嗅。野牦牛暖湿的气息喷在丹增的脸上，弄得他痒痒的，他伸手挠了挠脸，睁开了眼睛。

看到一只黑乎乎的野牦牛凑在自己眼前，还没从睡梦中完全醒来的丹增吓了一跳。他赶忙坐起来，看了看四周，远处有一些游人正在圣湖边拍照，成群的鸟畜悠然自得地在湖边饮水。耀眼明媚的阳光照在他的身上，暖洋洋的。

西藏，他的家乡，美丽而神秘的圣土。他已经好长时间没有回来了。

就在他浮想联翩的时候，洛桑仁钦师傅的声音突然在耳边响起，跟洛桑师傅见面对话的情景像洪流般涌进脑海。

那是梦还是现实？真实中透着虚幻，虚幻中又透着真实。

他完全糊涂了，盯着在阳光下如同钻石般晶莹剔透、闪闪发光的湖水，陷入了沉思。

今天他有一个重要会议，但在回去之前，他决定先去夏鲁寺一探究竟。

隐身来到夏鲁寺，丹增远远地就看到寺庙四周围起了刺目的黄黑色警戒线，很多藏民在寺庙门口好奇地向里张望，议论纷纷，警察不停地进进出出，神情紧张严肃。

不祥的预感像冷风般袭入骨髓，令丹增浑身不寒而栗。

在寺庙大殿内的铜坛边，拍照取证的警察正忙碌着，一位皮肤黝黑的老警察蹙着眉头，用藏语向喇嘛们询问情况。

丹增穿过人群，来到铜坛边，一个深不见底的大洞赫然出现在眼前。地面和四周的墙壁上有大片大片的血迹，散乱的白骨和残破的肢体七零八落地被丢弃在地上。

血腥残忍的现场，让人阵阵作呕。丹增捂着嘴将视线移向别处，他无法相信在庄严的寺庙里会发生这样的惨案。神圣的铜坛平日里用红布封口并加印封条，每十二年才会开封换一次水，可现在距离上一次开封还不满十二年，却不知被什么人打开了封口，传说可以洗净一百零八种污垢的圣水，变得浑浊不堪。

昨夜，这里到底发生了什么？是谁如此凶残，竟下此毒手？

重重疑团如同迷雾萦绕心间，浓烈刺鼻的血腥味儿充斥在空气中，使人无法思考。

“铜坛里还有一截手臂！”这时，一名警察大声叫道。

残肢被打捞出来，放进一个透明袋中。看着残肢手腕上的鹰骨佛珠，丹增震惊得天旋地转。

洛桑仁钦师傅？！

不会的，不会的，一定是哪里搞错了！

丹增拼命地摇着头，极力驱赶脑海中不祥的念头，可这串佛珠跟洛桑仁钦师傅的一模一样，而洛桑师傅也曾说过用尽最后的法力，利用水做媒介来找他……

丹增多希望这一切都不是真的，直到一位年长的喇嘛眼含热泪，用颤抖的声音指认尸体就是隐居深山多年的洛桑仁钦师傅时，丹增再也遏制不住，任由泪水滑落脸庞。他终于明白洛桑师傅指着他心口的含义了。

回到莲花岛，丹增一脸恍惚地坐在会议室里，茫然地望着窗外，天空依然湛蓝湛蓝的，没有一丝云彩，几只小鸟嬉闹着从窗前飞过，远处的山坡上绿树成荫，鲜花烂漫……一切是那样的美好，但谁也不会想到这美丽外表下正滋生着令人胆寒的绝望。

神圣天珠、莲花盘、传说中的色林魔、化现烟雾指点他的神秘人、玛姆罗刹查代和缠身灵口中神秘的“他”、被残害的洛桑仁钦师傅、世界各地突发的奇异事件、在百慕大三角显现的巨大身影、梦中所见笼罩神山的邪恶黑云以及那个坐于莲花中淡淡的绿色人影……

太多令人费解的疑团铺天盖地一起涌进头脑，丹增无力地靠在椅背上，痛苦地闭上眼，努力想让自己平静下来。

自从12岁生日那天起，他无数次在梦中接受邬金仁波切的加持、灌顶，一直努力修行，从此展开了与众不同的生命之旅，不，不是从12岁开始，而是他还未出生就已注定了此生非凡的命运！

他摸摸项上神圣的佛珠，记忆回到了从前。

当年妈妈怀他的时候曾做了一个祥瑞的梦，妈妈梦见天空彩云满布，螺号齐响，穿着华服的天女在空中飞舞，不停地洒落甘露和鲜花，光芒四射的四臂观音菩萨在阵阵抑扬顿挫的诵经声中踏着祥云从天而降，菩萨告诉妈妈即将出生的孩子非同凡响，并赠予用百种菩提种子制作的佛珠作为证明。第二天，一公一母两只藏羚羊来到他家门前，公藏羚羊的嘴里叼着妈妈梦中所见的佛珠，母的则叼着一朵娇艳的莲花。父母将莲花放入供碗中精心呵护，每日换上干净的水，直到现在莲花依然娇艳如初。

回想着往事的点点滴滴，有美好也有苦涩，他的人生本可以像个普通人那样平平淡淡地度过，然而命运却不是如此安排。

想着那些无处倾诉的秘密，一股莫名的孤寂感将他紧紧包围。他一直谨守着邬金仁波切的嘱咐，没有对任何人透露过自己转世的身份，甚至连家人都不知道这个秘密。

他轻声叹了口气……做人，真的好累。

自从那天逃离南夸帝巴寺后，莫果回去立刻生了场大病，他躲在家里，不敢见任何人。而性情大变的他，气得妻子带着儿子愤然回了娘家，偌大的房子里现在只剩下他一个人。

他脸色惨白，眼眶凹陷，像个被蹂躏过的小猫蜷缩在床角，战战兢兢地盯着墙上的电视机，电视的插头已经被扯掉了，可屏幕上依然有断断续续的图像显现。

“不要过来！不要过来！”莫果抱着头，几乎用哭腔在哀求着。

“醒醒吧，快醒醒吧！”嘶哑的声音在房间里回荡，一只如同恐龙皮肤般粗糙的大手，从电视机里伸了出来。

莫果发出一声惊恐的尖叫，“饶了我，我以后再也不敢了，求求你，放过我，我发誓……我发誓再也不去南夸帝巴寺！”

“兆通，你快给我醒过来！”

“我不是兆通，你找错人了，你找错人了！”

“兆通啊，兆通，没想到你的本性这么容易就被蒙蔽了。看来没有我的帮助你这辈子都别想找回真正的自己。”墨绿色的大手猛然间张开了有着恐怖骨节的手指，掌心中一只红得吓人的眼珠紧盯着莫果。

莫果还没来得及发出任何声音，魔掌就牢牢地攫住了他的头，他顿感头痛欲裂，挣扎着想要摆脱魔掌，可红眼突然射出一道暗光，他的心识在瞬间被暗光吞噬了。

很快，莫果发现自己悬浮在梦境中曾经来过的那座古老寺庙的上空，他像做贼般左右张望，刚刚痛苦难耐的感觉已经完全消失了。但一想到梦境中发生的一切，他立刻觉得一阵强烈的压抑感将自己紧紧包围。

天空雷声滚滚，一记刺目的亮闪划过长空，直直地刺向古老寺庙，寺庙里传出轰隆一声巨响，只见矗立在寺院中、约有一人多高的水晶佛塔被闪电击中了，塔身碎裂一地，还冒着点点火星和黑烟，众喇嘛闻声赶到，看着一地的瓦砾，纷纷摇头叹气，跪地齐声念起经文，一位身穿黄袍的老活佛神情凝重地站在庙宇的台阶上，仰望着天空，双手合十默默祈请。

这时，一股幽暗的青烟从倒塌的水晶佛塔里飘然而出，天际随即响起邪恶的窃笑，青烟在空中盘旋了几圈迅速离开了。莫果紧跟着青烟来到一个巨浪翻滚的湖泊前，青烟在湖面徘徊了一阵，飞向湖边的七座石山，它围着一座石山不停地盘绕，数分钟后，那座石山摇晃了几下轰然倒塌，波涛汹涌的湖心立刻出现了一个巨大的恐怖漩涡……

一个可怕的黑色巨影从湖心飞跃而出，莫果吓得张大了嘴巴却发不出一点声音。紧接着，一股炙热的电流涌进身体，很多奇怪的画面在脑海中播放，他捂着头，痛苦地呻吟起来……

不知过了多久，莫果浑身一抖，慢慢平静下来，那双细小的眼睛瞥了眼倒塌的石山，脸上扬起一丝得意的阴笑。

“你这个老家伙，叫醒我的方式还真是特别啊！”

“你有什么好抱怨的，要不是我，你还不知道要睡到什么时候呢。”

莫果不满地斜睨着色林，“哼……就算没你的帮助，时候一到，我一样可以苏醒过来，而且，你可别忘了自己是怎么从湖中脱身的，要不是我施了迷魂法你现在还在这冰冷的湖水里望天叹气呢。”

“算我欠你一个人情了。你还记得我们的承诺吗？”

“当然，我从未忘记过。你现在的计划是……”

“哼哼……我有个宏伟的计划。”

“说来听听。”

“不急，不急，你只要现在随心所欲地制造事端，趁乱收集一颗莲花天珠，到那时你就会知道答案了。我不小心败露了行迹，带着对付我的重任而转世的臭小子很快就会对我采取行动，趁他现在羽翼未丰，我必须先下手为强，但在这种情况下要同时收集剩下的两颗天珠会比较浪费时间，所以需要你来配合我。”

“你让我收集，我就收集，你当我是什么了！”莫果可不想在完全不知情的情况下成为一个跑腿的。

“随便你，到时候找到通往冈仁波齐峰的密道，可别怪我不通知你。” 色林阴阳怪气地说。

“你能找到冈仁波齐峰的密道？！”莫果激动地叫起来。

色林懒得理莫果，渐渐消散无踪。莫果难掩心中的兴奋，在空中不停地翻着跟头，虽然色林没告诉他用什么方法能找到密道，但他知道心狠手辣的色林如此胸有成竹地说，绝对是有了很大的把握。

神山蕴含着强大的力量，令他们这等妖魔可望而不可即，曾经也有不少魔头妄想硬闯冈仁波齐峰，结果最后都是以失败告终。神山坚不可摧，根本无法靠近，可如果找到传说中的密道，那情况就大不一样了，拥有神通的他们可以在那里加强力量，到那时，将无人奈何得了他们。

想到这些，他狡黠窃笑，默念一声古怪的咒语，瞬间化作一阵旋风消失了踪影。

从梦中醒来，莫果像换了个人似的变得浑身有劲儿，他敏捷地从床上跃起来到镜前，用考究的目光盯着镜中的自己。

当年，他强行将真正的莫果的神识驱赶，占用了对方的身体，这个可怜的家伙哭着哀求他不要剥夺好不容易才修来的人身，他才不管这些，毫不留情地对着那个倒霉蛋狠狠踹下一脚。

一想到这家伙现在可能还没有地方落脚，接下来，又有多少悲惨的不幸要降临人间，他就按捺不住兴奋的心情。

为这一天的到来，他已经等了很久很久。被压在佛塔下千年的仇，可不能就这么随随便便的就算了，更何况现在还有能前往冈仁波齐峰的机会在等着自己。

午夜12点，莫果用巫术从一些古老的墓穴找来许多奇怪的东西，将它们摆放成一个类似于六芒星的神秘图案，依次点亮了四周的蜡烛，他关掉灯，盘腿坐在图形的中心，闭目念诵起巫咒。窗外立刻吹起强烈的异风，天空暗云翻滚，烟雾弥漫，沙尘铺天盖地地飞扬，天地间顿时陷入一片黑暗。

巫咒念毕的同时，莫果睁开了眼，烛火霎时熄灭了，窗外的世界也在顷刻间归于平静，烟雾和沙尘遁迹无踪。

在烛烟缭绕中，莫果走到窗边，看着夜幕下的城市。

好戏终于要开始了。

欧阳君回到家中，一直闷闷不乐地坐在窗边，茫然地看着繁星满布的天空。刚刚脑海中看到的画面，宝剑也是从这样的天空降落下来的。

如果说丹增对她那种若即若离的感觉令她落寞神伤，那脑海中浮现的画面让她不得不开始思考：我是谁？来自何方？又将去往何处？我存在的意义又是什么？

捧在手心的咖啡早已凉透，她静静地沉醉在夜的温柔中，耳边不停地回响着风涌动的轻声细语。

她不是一个脆弱的人，但也并不像别人以为的那样坚强。一行泪顺着她的脸颊滑落，滴入杯中，泪的酸涩被咖啡的甘苦吞没。

如果我没有出生的话，该有多好……

从小，她就是个内向的孩子，因为她知道父母并不疼爱她，仅仅因为自己是个女孩，就被父母当成包袱丢给了外婆，她那时候认为只要自己懂事乖巧，学习成绩出类拔萃，父母就一定会改变对她的态度，给她多一点的爱，她甚至一次次暗示自己，父母是因为工作原因所以无暇顾及她。然而，她想错了，不管她多么努力，多么想博得父母的认可都是徒劳的，父母从没有正眼看过她，直到疼爱她的外婆过世，生命中唯一的支柱终于倒塌了，从此，她在心中垒起了一道屏障，不让别人走进来，也不想走出去。仔细想想，不愿意被人碰触也是从那时开始的。

就这样度过一生，其实也没什么不好！未来对她来说是遥不可及的，奢望和期待更是弹指即破的幻梦。

她这样默默地想着，泪水却止不住地往下流。

窗外的风声陡然加剧，淹没了她的哭声。整个城市顷刻间被漫天黑雾笼罩，仿佛世界末日一般，沙砾砸在窗户上发出沙沙的声响。很快，整个房间就被黑雾吞没了，欧阳君紧抱身体，蜷缩在角落里。

黑雾接触到她肌肤的瞬间，一股恐怖的暗流袭进了她的身体，胸口顿时像长了异物般一阵发紧，可怕的负能量在她的血液里爆燃膨胀，莫名的嗔恨火焰在疯狂燃烧……她感到自己正被强大的力量拉向罪恶的深渊。

“走开！走开！从我身体里出去！”她抱着头痛苦地大声喊叫，想要驱赶这种用绝望形容都不为过的感觉。

但一切努力根本无济于事。终于，她放弃了挣扎，瘫软在地上，泪水混着汗水沾湿了地板。

就在她的意识即将模糊的瞬间，一个铿锵有力的声音飘进了她的耳朵，这神秘的声音仿佛千里之外传来的，又仿佛近在耳边。

“不要放弃，你可以将它驱逐出去的。”

“我做不到……做不到……”欧阳君抽泣着，却已没有力气哭出声音。

“你可以的，你要相信自己，不要向它低头。”声音透着深深的担忧，“面对黑暗和恐惧，你不能退缩，不能惧怕，战胜它的唯一方法就是驾驭它。欧阳君，挖掘你心中永恒的光明，凌驾于黑暗和恐惧之上，不要让遮住眼睛的迷雾遮住你的心。”

“驾驭？我该怎样驾驭？告诉我，请告诉我该怎么做？”

然而，那个声音消失了，耳边只听得到簌簌的风声。

说来也奇怪，神秘声音消失后，欧阳君感到蕴藏在内心的勇气一点一点慢慢涌现出来。她勉勉强强坐直身子，闭上眼，调整呼吸，意念立刻化作强烈又坚定的对抗波。

我不会屈服的！

黑雾一阵骚动，恐怖的暗流在她的意识里层层翻涌，黑云化现出千万只可怕的触手将她牢牢捆住，丑陋邪恶的魑魅魍魉扭曲在一起张着血盆大口，发出骇人的吼叫。

她面无表情地端坐着，呼吸没有丝毫紊乱。

没用的，我不怕你，这些伎俩对我根本没有用，立刻离开我的身体！听到没有，立刻！

话音刚落，一丝明光刺透黑雾，黑暗的触手霎时就被扯断了，鬼怪们惊叫着四处逃窜。温柔的明光沐浴着她，灵魂仿佛被注入了莫大的力量。她慢慢地睁开了眼，世界又恢复了原来的样子。

这一切，都是梦吗？

欧阳君走到窗前，心事重重地注视着远方，莫名的不安不停地沉淀，越积越厚。

第六章 天珠

已经收集了六颗天珠的色林，在八叶莲花盘产生的共鸣下，腾云来到西藏的圣湖——玛旁雍错湖的上空，所经之处，天地骤变，鸟兽惊散。

在虚空中，色林现出原形：他身高数丈，红眼绿身，全身布满恐龙般粗糙的皮肤，巨大的肚子仿佛一个永远填不满的无底洞，不管贪食多少人类都无法填饱他的肚子。一千年前，当他被邬金仁波切降服在色林湖中时，曾许诺在此虔诚忏悔，绝不伤害湖中的水族。当时面对法力强大的邬金仁波切，他不得不低头屈服，只能在湖中忍气吞声等待复仇的机会。他发誓，有朝一日脱身此湖，要吃光所有人类，并让整个世界陷入黑暗之中。

他张开血盆大口用力呼出一口浊气，天空立刻狂风大作，暗如黑夜。他仰天大笑，向圣湖伸出了恐怖的巨掌。

但是，当他的魔爪碰到圣湖的瞬间，一股强大的力量将他弹了回去，一束金光从湖中射出，将他硬如钢铁的手掌割出一道深深的血口。

看着在狂风中依然波澜不惊的圣湖，色林怒火中烧，大吼一声使出魔力，手心倏地飞出一团黑风，黑风一出他的手心，顿时化成一条蛇身鬼头的怪物。怪物露出恐怖的獠牙，发出阵阵刺耳的怪叫，像一支利箭射向圣湖。

砰的一声巨响传来，湖面激起巨大的浪花……色林见状，得意得手舞足蹈起来，这时，湖中冷不防蹿出一个黑影，色林躲闪不及被砸个正着，定睛一看，居然是自己放出去的魔兽尸体。

色林大怒，面对这样的羞辱他怎肯罢休，正当他准备再次施展魔力时，一阵白烟腾腾升起，湖中缓缓出现一个朦胧的身影。

“色林，放下屠刀，立地成佛，再造罪业，恐永堕苦海再无出离之日。”

说话的人身穿七彩璎珞华服，手持金杖，站在一只身披彩珠的巨龟背上，一头白发在脑后梳成一个髻，齐腰的白须柔如蚕丝，睿智的眼睛如夜晚的芒星炯炯有神，他的身边站着五名持有各种神器的神勇猛将。

“我还以为是谁呢，原来是广财龙王，你亲自来迎接我，看来我色林的面子还真不小啊，哈哈哈……”

“住口，你这狂妄的妖魔，”手持三叉戟的神将怒斥色林，“当年邬金仁波切给你一个机会让你在湖中忏悔，谁知你居然不思悔改再次作孽，早知当日就该将你就地正法！”

“哼……那我现在给你这个机会，怎样？”色林挑衅地说。

神将怒发冲冠，哪肯示弱，挥起三叉戟要跟色林大干一场，广财龙王却抬手一挡，拦住了神将的去路。

“不要冲动。”

龙王发令，神将只得平息怒气，退回原位。

“色林，我知道你来这儿的用意，”龙王高举起镶着夜明珠的金杖，“金刚杵天珠就在这夜明珠中，不过你是拿不到的，想跟佛法一较高下，你只有惨败的结局。”

“老龙精，我还没试，你就判断我拿不到，是否太早下定论了！”色林大喝一声，手臂上的青筋突出，凶悍地挥起可以一拳击碎高山的巨拳。

五神将见状立刻围到广财龙王身前，准备迎战。龙王面无惧色，用金杖轻轻点了一下龟背，巨龟瞬间飞移，越过五神将，站在最前方。

色林势大力沉的重拳在电光火石间重重地砸向广财龙王，天地间爆出一记激烈的闪光，顿时晃得人无法睁开眼睛，巨大的暗流四处席卷，树木被吹得东倒西歪。

“广财龙王！”

五神将神情紧张地齐声高喊，纷纷向前涌去。

就在此刻，一股金光驱散了暗流，广财龙王高举着金杖，万丈光芒形成一个圆盾保护着龙王。色林气愤地憋足力气加大拳压，依然无法靠近龙王半寸。

“金刚杵是降妖除魔的重要法器，就算你试一千次一万次也无济于事。”

广财龙王说完挥动了一下金杖，暗流立刻消散无踪，色林也在瞬间被弹出了数千里之外。

气势受挫的色林躲进莲花岛原始森林的山洞中疗伤，得不到金刚杵天珠就无法启动莲花盘，就算杀光全人类也没有任何意义。看着皮开肉绽的手掌，他开始盘算到底该怎样才能从广财龙王手中拿到金刚杵天珠。

突然，他灵光乍现，妙计横生，一溜烟隐没了身影。

丹增开完会便浑浑噩噩地回到办公室，瘫坐在沙发上，红肿的双眼茫然地看着窗外。

洛桑师傅，您真的就这样走了吗？

丹增心里默默想着，心中一阵酸楚，眼泪又涌了上来，他闭上眼睛，没有让眼泪掉落。

看着情绪异样的丹增，麦克不禁蹙紧了眉头，他还是第一次看到乐观开朗的丹增露出这样的表情，以前，不管遇到多大的困难，丹增都不曾像这样颓废。

丹增是他唯一的藏族朋友，也是他认定要做一辈子的铁哥们儿。可是……丹增有着属于自己的秘密，虽然丹增从没说过什么，但他知道丹增背负着常人无法想象的压力。

麦克在门口默默站了一会儿，最后决定还是不要打扰丹增。这时，丹增桌上的电话响了，他听到丹增接通电话后，轻声问了一句："夜神浩一找我？"

夜神浩一，莲花岛日裔轮席行政首长，跟他们八竿子打不到一起的政要人物，怎么会突然来找丹增？

走廊的远处传来了急匆匆的脚步声，麦克瞄见周菡带着几个戴墨镜的黑衣人向这边走来。

在黑衣人的护送下，丹增神色紧张地离开了办公室。一辆擦得发亮的黑色轿车疾驰来到市中心的政府大楼，经过层层安检，丹增被带进了最高层的一间办公室。

夜神浩一站在窗边，心事重重地看着窗外，听到秘书的通报后，才缓缓转过身。他冲手下挥了挥手，秘书和随行的安保人员全都退了出去。

夜神浩一低下头，又慢慢回到窗边。丹增静静地站在原地，看着他消瘦的背影，感觉他比前不久在电视上看到的时候好像苍老了许多。

"丹增先生，知道我找你来有什么事吗？"夜神浩一终于开了口，沙哑的声音好似得了风寒一般。

"不知道，刚才询问你的部下，他们什么也没有说。"

夜神浩一没有回答，依然盯着窗外。

丹增的眉头蹙得更紧了，一股不祥的预感笼罩在心间，"究竟发生了什么事？"

“我不知道该怎么表达……”夜神浩一顿了一下，好像在思考什么，突然，他转过头，盯着丹增，“你相信梦吗？”

“梦？”

“是的，梦里的一些情景，你相信是真实的吗？或者说相信会成为现实吗？”

虽不明白夜神浩一问这个问题的用意何在，丹增还是如实回答了自己的想法，“有些梦是没有任何意义的，不过有些梦……却意义非凡。”

“我能理解为你的回答是……肯定的吗？”

丹增微微点了点头。

在夜神浩一的示意下，两人在宽大的沙发上坐了下来。

“事情是这样的，”夜神浩一啜了口茶，平复心绪，开始讲述事情的原委，“昨晚，我做了一个梦。梦中一个有着巨大肚子的绿色妖怪抓住我，将我带到莲花岛的上空，他的眼睛闪着魔性的红光，往地面一瞪，整个莲花岛立刻地动山摇，天地间顿时陷入一片黑暗，大火烧遍了城市的每一个角落，凄惨的哭喊声响彻云霄，尸横遍野，惨不忍睹……那副惨景我无法形容，简直就是人间地狱。”

绿色妖怪？！难道是……色林？！

丹增心头一紧，急忙问道：“接着又发生了什么？”

“看到莲花岛变成一片火海，无辜的人们惨死，我流着泪，苦苦哀求绿妖怪住手，他用像野兽一般的声音对我说话……你不知道，那声音多么可怕，在他的震慑下，我的身体根本无法动弹。”夜神浩一的声音带着颤音。

“他都说了什么？”

“他说……‘想要我住手，就得用金刚杵天珠交换。’我不知道金刚杵天珠是什么东西，我听都没听过，只能告诉他我没有这个东西，但他说有人可以找到。”

“是谁？他有说是谁吗？”

夜神浩一直勾勾地盯着丹增，过了许久，吐出了一个字，“你。”

“我？”丹增大吃一惊。

“对，绿妖怪说你知道天珠的下落，只要交出天珠，就饶过莲花岛的百姓，不然，他将大开杀戒，”夜神浩一叹了口气，“他还说怕我忘记，每天会用特殊的方式提醒我，然后我就被他丢进了熊熊燃烧的火海中……醒来后我非常害怕，可还没从战兢中缓过来，就收到了可怕的消息：在海港边的仓库里，发现了一个全身像被野兽啃噬过的人的尸体。我知道你要说什么，”夜神浩一抬手阻止了欲开口的丹增，“新闻报道说是一起暴力虐待事件，其实并不是这样，是我要求不要对公众公开真相的。受害者胸口的整块皮肤被撕下塞在他的嘴里，上面用藏文写了两个字……血淋淋的‘天珠’两个字！”

夜神浩一边说，一边将受害者的照片递给丹增，看着那一张张血腥的照片，丹增震惊的头脑里一片空白，无法思考。

“丹增，金刚杵天珠在哪里？”

“我不知道……我真的不知道……”

“你怎么可能不知道？绿妖怪说你知道的啊！”夜神浩一的情绪显得有些激动，突然，他向前一扑，跪在了丹增的面前，“丹增，我不知道绿妖怪跟你之间有什么恩怨，但我求求你，为了莲花岛的百姓，交出天珠吧，难道你忍心看着无辜的百姓被残忍杀害吗？”

看着夜神浩一诚恳的眼神，丹增将到嘴边的解释给咽了回去。他真的不知道天珠的下落，但他无法选择这个真实又无情的回答，去打击夜神浩一仅有的一丝希望。

他最后答应夜神浩一，想办法尽快找到天珠交给绿妖怪。可是，天珠究竟在哪里？如果找到了，真的要交给色林吗？眼睁睁地看着他收集齐八颗天珠找到通往冈仁波齐峰的密道？

傍晚，莲花岛下起了淅淅沥沥的小雨，丹增颓废地走在雨中，如果这冰凉的雨水可以麻痹自己的神经该有多好！他自嘲地牵动了一下嘴角，露出一丝苦笑……他多希望自己是个普通人，不用背负那么多压力和使命，不用面对难以抉择的选择和残酷而又无法逃避的命运。

黑雾袭击过后，欧阳君几乎一夜无眠，紧张地追踪着新闻动态，然而令她失望的是，新闻里完全没提及深夜发生的诡异现象。

她在床上辗转反侧，好不容易挨到了天亮，赶紧给米兰打去了电话。

“喂……”电话响了很久，米兰终于接通了电话。

“米兰，昨晚又赶工了？”

“嗯。”

“几点睡的？”

“快四点才躺下……我的老天啊，现在才七点！”

欧阳君管不了那么多，直接切入正题，“昨晚十二点左右，你有没有看到天空突然弥漫着奇怪的黑雾和可怕的风沙？身体有没有感到不舒服？”

“黑雾？风沙？我不知道你在说什么？昨晚我一直坐在窗边，拼命给你的漫画做分镜处理，什么也没看见……我说你啊，最近真的有点奇怪，总说看到一些莫名其妙的东西，我看你去找医生看一下比较好。”说完，米兰就挂断了电话。

看着初升的朝阳，欧阳君陷入了沉思。

这一切难道都是幻觉？

不对，不对。一想到那真实得令人疯狂的感触，令人绝望的痛苦，一阵寒意立刻席卷全身，她摇了摇头，双手环绕紧抱住身体。

她坚信自己的感觉，再加上曾经历的毒虫事件，就更加肯定昨晚的一切是真实不虚的。可米兰没有看到奇怪现象也未感到任何异样，新闻里也没有找到关于此事的只言片语……好像这个世界就从来没有发生过这件事！

到底是什么在作祟？为什么只有自己能看到这些？欧阳君无助地低下头，盯着自己的脚尖，她连一个可以诉说的朋友都没有。

临近午饭时间，欧阳君打包了米兰最爱吃的宫保鸡丁饭和鸡汤，为了给熬夜工作的米兰提神，她还买了香浓咖啡。

“亏你还有良心给我买午饭啊。”米兰坐在电脑前，头都没抬一下。

欧阳君傻傻地笑了两声，把咖啡举到米兰面前，“不要生气了啦，我以后再也不拖稿了。”

“鬼才信你呢，把这个给我复印一下。”米兰翻了翻白眼，一把抢过咖啡。

几分钟后，她抱着复印好的画稿回来时，米兰已经大快朵颐地吃了起来。

看着米兰日益加深的黑眼圈和显眼的眼袋，欧阳君心里是又心疼又内疚。当初自己是在米兰的鼓励下才没有放弃梦想，一直坚持到现在，而米兰因为担心她不能跟别人正常相处，于是放弃了钟爱的绘画，改做起她的漫画编辑。她清楚米兰这么做是担心她一个人无法应付所有的事，她也知道米兰为她牺牲了多少，她更明白在米兰眼中，自己就是一个永远离不开保护的孩子。

她一直很努力地想要忘掉童年那段灰色的记忆，可是，越想忘掉的往往会记得越清晰。她渴望被呵护，却又害怕被呵护，因为一旦习惯了被呵护，就会迷失自己。

沉浸在思绪的浪潮中，她的脑海渐渐浮现出丹增的脸庞。她不知道该用怎样的心境去面对丹增，如果直到最后都不能拥有的话，那从最开始不要拥有就好。她害怕失去，就像当初失去疼爱她的外婆一样。

欧阳君默默地喝着咖啡，神情低落。吃饱喝足后，米兰美滋滋地靠在椅背上，欧阳君赶忙整理情绪，准备收拾碗筷。没想到，她一站起来，猛烈的晕眩突然袭来，她一个趔趄跌坐在椅子上，险些摔倒在地。

“怎么了？”米兰腾地一下坐直身子。

“没事……”欧阳君用手掌托着额头，“可能是昨晚没睡好。”

“被你说的那些什么黑雾和风沙折腾的吧，”米兰将自己的靠垫拿给欧阳君，“睡会儿吧，你这个人最不能熬夜了。”

欧阳君接过靠垫，轻声嘟囔了一句谢谢，就趴在桌上睡着了。

不知过了多久，一阵激烈的谈话声将欧阳君吵醒，她挣扎着挪了个姿势睁开疲累的双眼。米兰在隔壁的小会议室里正跟什么人说话，一个听起来有些古怪的声音不时传来，她撑着桌子站起来想要走近看个究竟，可无力的双腿根本支持不了身体的重量，她一个重心不稳摔在地上，桌上的文件也跟着掉了一地。

身体虽无大碍，可她的精神明显不是一时半会能缓过来的，在米兰的要求下，她只能乖乖地坐上了回家的计程车。

回想着刚刚看到的一幕，米兰在冲出房间的时候，她曾往会议室的方向瞄了一眼，她非常确定房间里空无一人，米兰究竟在跟谁说话？

而最让人费解的是她有那么一瞬间看到米兰身后的影子居然停留在墙上，没有随着米兰的动作移动！

是自己眼花了吗？

她不敢确定，毕竟昨晚彻夜未眠，自己休息不好，体质明显出现了问题，她无法判断自己看到的现象是否真实。

回到家，欧阳君简单地吃了几口从便利店买来的快餐，然后把整个人扔在了沙发上，对面的镜墙映照出她颓废的样子，突然，她像被电到了一般，跳了起来，她扑倒在镜前，不停地摩挲着脖颈。

莲花吊坠不见了！

她把房间翻了个底儿朝天，依然一无所获。她的心一下子跌入了谷底，越想越头疼，这漫漫长夜究竟该如何度过？

已过三点，欧阳君家的灯还大开着，她冲了一杯又一杯特浓咖啡，蜷缩在沙发上，双眼无神地盯着电视屏幕，时不时用冰块敷脸。只要再熬几个小时，等到南夸帝巴寺开门，她就有救了。

电视里正播放着她最喜欢的女演员奥黛丽·赫本主演的《罗马假日》，但此时，她的心思完全不在电影剧情里，曾经的梦魇又重现眼前，她拿起一块冰块想放进嘴里，却掉在了地上，她这才发现自己的手颤抖得异常厉害。

昨晚彻夜未眠的她，在下午出现晕眩症状后可以说好好补了一觉，本以为熬过今夜应该没有任何问题，可她怎么也想不到，猛烈的困意却不打算轻易放过她。

深重而沉绵的梦境，很快将她又带到了那个熟悉而恐怖的世界……

仅仅一个恍惚之间，她发现自己全身浸泡在冰冷漆黑的水潭中。夜幕如漆，暗沉无星，四周弥漫着诡异的烟雾，一股无法形容的刺鼻的腥臭味儿充斥着整个空间，潮湿的空气中传来阵阵喃喃低语和若隐若现的凄厉哀嚎……寒风吹过，刺骨的潭水激得她不由得打了一个哆嗦，她急忙向岸边游去。

离开水潭，她感受到了更大的寒意，除了抱紧身体她没有任何可以令自己暖和一点的办法，从心底发出的寒意，让牙齿都在咯咯打颤。硌脚的沙砾粗糙、尖锐，划伤了她的脚，她顾不得钻心的疼痛，一直往高处一所破旧不堪的小木屋跑去。那是唯一能够让她躲避寒冷的地方。

推开吱嘎作响的木门，阵阵糜烂的恶臭扑鼻而来，她赶紧捂住口鼻强忍着呼吸，瘫软在门边，蜷缩着瑟瑟发抖的身子，嘤嘤地哭了起来，她不知道自己做错了什么，为什么要受到这样的折腾。

房间里传来咕叽咕叽的声音，她立刻止住哭声，抬眼望去，一层黏稠的液体在污秽的地面上蠕动着，向她慢慢靠近。

她扶着门框站了起来，顾不上外面的刺骨寒风，想要夺门而逃，可破旧的木门却猛地关上了，不管她如何努力，木门依然纹丝不动。慌乱之下，她想起米兰曾教过自己几句佛咒。

她冲着黏液大声念了几声观音心咒，黏液涌动了几下，渐渐平静下来，就连屋外的怪风也在瞬间停止了，整个世界变得异常安静。

终于得救了！

她瘫坐在地上，大口呼着气，等呼吸稍微顺畅了一些，又接着念了许多次观音心咒。如果顺利的话，应该很快就能摆脱噩梦的束缚。

然而，一切并没有按她的预想发展下去。地上的黏液像火山爆发般猛然迸溅数米之高。她吓得浑身发抖，冰凉的脊背倚靠着木门，动弹不得。

“你想守护什么？”

那个飘渺虚幻的奇怪声音，此时突然在她的耳边响起。

她先是一愣，紧接着情绪激动地喊起来，“不要问我……我不知道……我不知道！”她捂着耳朵，无助的眼泪扑簌扑簌地落在地上。

“欧阳君，我的老朋友啊，”奇怪的声音消失了，一个空洞的声音接着响了起来，地上的黏液慢慢升高，显现出一个人影。“好久不见，近来可好？看起来别来无恙嘛。”莫果说着说着，奸笑起来。

“莫果，我跟你无冤无仇，为什么你总是这样折磨我？你到底是谁？”欧阳君始终想不明白，为何莫果对她如此痛恨。

“无冤无仇？哼……你也真好意思说出口，”一想起自己所受的苦难，他就恨得咬牙切齿，“告诉你，对你恨之入骨的人多如过江之鲫，可不止我一个。”

莫果话音刚落，空中就响起阵阵此起彼伏的怪叫。虚空中显现出许多贴着淡绿色符咒的瓶罐，他轻轻挥动一下手指，符咒在顷刻间全都化为灰烬，符咒消失的同时，装在瓶罐里的东西立刻喷溅而出，欧阳君这才看清瓶罐中原来装的全都是一些奇怪的生物。这些生物就像电影里面的异形怪物，样子惊悚、恐怖。

恐怖的表情凝固在脸上，她的双脚像灌了铅一般，无法移动一步。在这个异形的世界里，她没有地方可逃，只能任人摆布，现在她唯一的希望，就是祈祷在被袭击的时刻能像以往那样从梦中惊醒。

莫果察觉到她的想法，一脸嘲讽，“你再也别想从这里出去了，有很多家伙等着跟你叙旧呢！哈哈哈……”

怪物们如饿虎扑食般扑向欧阳君，她凄厉的惨叫被莫果瘆人的狂笑淹没。

离开夜神浩一的办公室，已过了晚餐时间，丹增神情恍惚地盘坐在自家佛台前，没有一点食欲。直到现在，他还是无法相信今天听到的消息，一想到受害者遭受的虐待，他的心就隐隐作痛，在完全不知情的状况下，一颗小小的天珠就让那个青年付出了生命的代价。

究竟守护他人的生命重要，还是守护冈仁波齐峰的密道重要？如果为了守护密道而需要人类的生命作为代价的话，这个赌注是否太残忍了？

这个问题一直困扰着他。他不知道自己接下来该怎么做。整个晚上，他都静静地坐在那里，直到天亮。但他最担心的事还是发生了。

夜神浩一的秘书发来了邮件，他刚打开附件看到照片，就接到了夜神浩一的电话。凌晨在高速公路上发生了一起特大连环撞车事故，引起了恐怖的大爆炸，几百人受伤，几十人当场死亡，这看似平常的事故其实并不简单。医院方面反映，将在事故中死亡的人推进太平间后，已经死亡的人们会突然坐起来抱住身边的医护人员，用古怪的声音不停地重复“天珠”两个字，多名医护人员当场吓晕。医院担心这是政府进行的某项新型病毒实验失败后的可怕结果，怕对民众造成恐慌一直不敢对外公布消息。

车祸事故只是其中的一个事件，在这之后不久，夜神浩一又接到在垃圾回收站里发现了几名被害者遗体的消息，这些人跟昨天遇害的青年一样，全身都留下被疯狂啃噬后的痕迹，地上鲜血斑斑，残肢四处散落，他们的肠子被丢得到处都是。唯一不同的就是在现场没有找到任何有关天珠的提示。夜神浩一原本以为这只是一起模仿虐待事件的作案手法，可他回到办公室后却发现桌上居然放着一个装有受害者眼睛的玻璃罐，整个眼球布满血丝，能够很清晰地看到血丝的纹路形成了“天珠”的字样。

夜神浩一苦苦恳求丹增尽快交出天珠，他不在乎自己哪一天会成为绿妖怪迫害的对象，但他无法眼睁睁地看着莲花岛的民众惨遭毒手。

听着夜神浩一的诉求，看着照片中那血淋淋的眼睛，他紧握双拳，重重地捶了一下墙壁，他恨自己的无能，恨自己的软弱，让这些无辜的人们成了牺牲品。

有水珠从照片里渗出来，丹增用手在屏幕上一抹，红色的血迹触目惊心，被害者的眼睛正在流出红色的血泪。他跪在屏幕前，痛苦的眼泪再也无法控制地流了出来。

等心绪平静一些后，他来到佛室，进入禅定中。

他不知道未来会演变成什么样子，但他清楚地听到自己的心声，他想保护人类，这个意念是那么的强烈而执着。很快，他被指引着再次来到圣湖玛旁雍错的上空。

难道金刚杵天珠跟圣湖有关？

他缓缓下降，轻踏于湖面之上，诚心祈请。不出片刻，他发觉自己来到了深邃的湖底，周围波光粼粼，一面水晶墙壁挡住了他的去路。他抬手结了个手印，水晶墙壁豁然消失，出现在眼前的是一个金光璀璨的世界，珊瑚和贝壳美艳动人，珍稀的法螺吹奏着美妙的号音，无数经文圣典悬于空中，散发着神秘又美丽的圣光。

身披金衣的广财龙王，在众将领的簇拥下来到丹增的面前。“久仰丹增旺杰的大名，今日前来圣湖不知有何要事？”广财龙王拱手作揖，长长的龙尾在地上盘成一个圆圈。

丹增也作揖回敬，“实不相瞒，我是为天珠而来，请问龙王知道金刚杵天珠在什么地方？”

龙王用布满龙鳞的手捋了捋胡须，“不知你寻找金刚杵天珠要做什么？”

“色林重回人间，必将制造事端，涂炭生灵，他得到了八叶莲花盘并且已经收集了六颗天珠，我不能坐视不管，在寻找天珠的禅定中，我一次次得到佛菩萨的指引来到圣湖，所以才前往龙宫。”

“其实你没来之前，天珠已经告诉我你将前来寻求。”广财龙王露出慈祥的笑容，挥动金杖，夜明珠爆出一记耀光，缓缓地悬浮至空中，龙王低声念动咒语，夜明珠瞬间化为正在绽放的七彩莲花，待莲花完全盛开，闪耀着神圣光芒的金刚杵天珠豁然展现眼前。

“我守护这颗金刚杵天珠已有千年之久，尊重天珠的意愿，将它交托于你。”莲花托着金刚杵天珠缓缓来到丹增面前。他捧着天珠，心情激动不已。

“丹增旺杰，希望你好好守护金刚杵天珠。” 话音落毕，龙王和整座龙宫都消失了，丹增站在湖心合掌感谢。

出禅定后，丹增若有所思地盯着金刚杵天珠看了许久，这颗天珠看起来跟其他的天珠没什么区别，可在它极其普通的外表下却拥有着无与伦比的大神力。

难道真的要将这神圣的天珠交给色林？他的心在理性和感性的天平上不停地徘徊。就在这时，天气骤变，晴朗的天空被乌云笼罩，狂风化作凄厉的鬼叫席卷着大地。

丹增忧心地看着异变的天空，虚空中居然显现出一个巨大的黑影。

色林？！

他心头一紧，来不及思考，立即隐身飞向空中。一团迷雾将他团团包围。

“色林，快给我出来！”

“丹增旺杰，把金刚杵天珠交出来，否则……我就让莲花岛成为一座死城。”

“你休想得逞。”

“哼……那要看你有没有能耐可以阻止我了。”色林冷笑一声，大地突然传来轰隆隆的巨响，丹增急忙拨开迷雾向下看去，只见一栋摩天大楼被连根拔了起来，“你不交出天珠，所有人的下场就是这样。”

“住手！住手！”丹增歇斯底里地大喊，立刻念动咒语想要施展神力挽救人们的性命，可色林的魔力似乎更胜一筹，丹增的力量被色林的魔力给弹开了。

大楼被重重地摔在地上，瞬间变成了一堆废墟，场面顿时混乱不堪，惨叫声、呼救声、哭泣声……混杂在一起，熊熊烈火疯狂燃烧，滚滚浓烟中能嗅到浓烈的血腥味儿。

丹增愣愣地站在废墟前，看着如此惨烈的景象，心痛得如同万箭穿心。他抱起一个小女孩的尸体，仰天呐喊，泪如雨下。

“丹增旺杰，这就是你不交出天珠的后果，我看你还能坚持多久。”色林说着再次伸出魔掌。

“够了！我给你！我给你！”丹增绝望地喊叫着。

“快交出来！”色林按捺不住兴奋。

“我用天珠跟你交换全人类的生命，你要保证不会再伤害任何一个人。”

“只要给我金刚杵天珠，我什么都答应你。”

丹增心绪复杂地看着紧攥在手中的天珠，这颗由广财龙王守护千年的天珠就要这样被夺走了，而他就是造成这一切的刽子手！想到洛桑师傅和广财龙王对他的嘱托，丹增犹豫着自己做出这样的选择是否正确。

“丹增旺杰，别磨磨蹭蹭了，我的耐心可是有限的。”色林不耐烦地催促。丹增紧握天珠举至胸前，心中默默向洛桑师傅和广财龙王忏悔，一咬牙，将天珠掷向天空。

色林稳稳地接住金刚杵天珠，立刻把天珠放进莲花盘里，现在，莲花盘已经打开了七片莲花花瓣，还差最后一个，就可以启动它找到通往冈仁波齐峰的通道了。色林仰天发出震天动地的狂笑，丹增则失了魂般站在原地，他不知道自己该做什么，还能做什么。

见自己的计谋已经得逞，色林咧开血盆大口冲着地面用力一吹，刚刚被扑灭的大火再次熊熊燃烧起来，人们在大火中惊恐地四处逃散。

“色林，你……”丹增震惊得说不出一句话。

“小子，跟我做交易，你还嫩了点儿，我如果按着你的要求去做的话，那我还是色林吗？哈哈哈……”一阵张狂的笑声过后，色林消隐踪影。天空顿时放晴，拨云见日。

明媚的阳光沐浴在丹增的身上，可他的心仿佛跌进了冰窖，感觉不到一丝温暖。

我都做了些什么？

他扑通一下跪在地上。

第七章 谎言

彭措久美仁波切盘腿坐在莲花台上，忧心忡忡地注视着虚空，一道道闪电划过长空，滚滚而至的乌云将月亮和繁星全部遮挡住了。

夜变得更黑，更深。

彭措久美仁波切叹了口气，眼中闪过一丝意味深长的光芒，随即拨动手中的水晶念珠，闭上眼，进入禅定中。

很快，他来到了欧阳君被囚禁的黑暗世界。

这个世界他无法驾驭，充斥在这里的极深怨念连他也随时都有可能被吞噬。而他必须带着欧阳君尽快逃出这里。

当他推开木门时，莫果像是特意在迎接他，双手抱胸站在屋子的中央。

“看看是谁来了？我们这肮脏的地方可别玷污了您那双高贵的脚啊。” 莫果阴阳怪气地发出一阵阴笑，他的身边围着许多古怪的生灵。

仁波切表情淡然，平静地问：“欧阳君在哪里？”

“欧阳君？哼哼……你自己都自身难保还有心思惦记她？ ”莫果得意地做出夸张的表情，“算了，告诉你也无妨，有你做伴，她应该知足了。”

说完，莫果低声念了一句咒语，黑漆漆的屋顶骤然间消失了，空中显现出层层凌乱的黑丝线。仁波切一眼就看到闪着魔光的黑丝中有一团像蚕茧般的东西。

“欧阳君就在那里面，正在愤怒的火海和恐怖的血海中挣扎，被憎恨她的妖魔鬼怪追逐，她找不到出口，就算想死也无法真正死去，每当被啃噬、撕咬、屠杀……经历各种痛苦的折磨之后，她的身体又会恢复如初，就这样，新的一轮杀戮又会继续上演。那里没有开始，也没有结束，有的只是不断的轮回。”

看着仁波切的表情慢慢变得不再平静，莫果难掩心中的兴奋，为报了千年之仇得意忘形地狂笑不止。

仁波切见状，立刻拨动水晶念珠，施展密法，他做了几个简单的手印，双掌用力向上一推，一股隐形的力量化作无数炫目的极光和黑丝纠缠在一起，两股力量僵持着，不分高下。仁波切高举起手中的水晶念珠，一束朦胧的金光猛地射向黑丝。可就在此刻，一个怪物用它章鱼般的触角紧紧缠住了仁波切举着水晶念珠的手臂，一个长得似人又不似人的怪物也加入进来，它从肚脐喷出毒丝将仁波切整个人缠在了里面。水晶念珠也在瞬间散落一地。莫果和众妖魔见仁波切动弹不得，个个咧开血盆大口，窃笑阵阵。

彭措久美仁波切明白在这层空间中法力会大减，跟众妖魔苦斗下去胜算微弱，如果光自己脱身倒没有什么问题，但欧阳君怎么办？他不顾危险来到这里的目的就是为了救欧阳君出去。还没觉醒的欧阳君同常人无异，如果不救她，她的灵魂将永远处于黑暗中。不过，他能保证两人都平安离开这里吗？

事态紧急，容不得彭措久美仁波切多想，他默默调和身心的气流，凝神运法。散落在地上的108颗水晶念珠，在法力的召唤下，嗖地一下纷纷袭向目标。

念珠如利箭割断了毒丝和触手，无数妖魔猝不及防应声倒下。狡猾的莫果敏捷地闪躲到其他妖魔的身后，逃过了念珠的攻击，他站在妖魔的尸体旁，气得咬牙切齿却不敢轻举妄动。彭措久美仁波切的面前还悬浮着一颗念珠，令他有所顾忌，残存下来的妖魔战战兢兢，纷纷后退，不想成为下一个目标。

彭措久美仁波切目光无惧地看着莫果，手指轻轻一挥，念珠就击中了高空的团状黑丝，黑丝顿时产生涌动的暗流，不出片刻，黑丝就化为乌有，奄奄一息的欧阳君重重地摔落在地，浑身粘湿污浊，伤痕累累。

彭措久美仁波切立刻瞬移到欧阳君的身边，将一颗甘露丸放进她的口中，又用手指在她的印堂写下一个“吽”字印，欧阳君蜷缩着身体发出一阵猛烈的咳嗽，等她呼吸顺畅一点才发现自己被什么东西托着飞离了地面，她抬头一看，居然是一个巨大的护法神正托着自己。她经常听米兰讲一些佛教故事，也在南夸帝巴寺中见过许多护法神的唐卡和壁画，有些护法神是佛陀和菩萨的化身，有些则是被大师们的咒语所征服和压制住的魔鬼，他们被降服后发愿断恶行善，永世护持佛法。

护法神有着三头六臂，面相忿怒，火炽浓眉，卷舌獠牙，九眼怒目，项挂人头项链，腰围人皮和虎皮，手中挥舞着各种神器。欧阳君震惊得无法思考，甚至连刚刚所受的恐怖折磨都忘得一干二净。

“白哈尔，快带欧阳君离开这里。”

一个熟悉的声音传进耳朵，她低头一看，一个身穿黄袍的喇嘛神情严肃地对着护法神下着命令。

他是谁？为什么他的声音听起来这么熟悉？

欧阳君盯着他，在记忆中苦苦思索。她想起之前在逼退黑雾时给予她指点的声音，跟这个喇嘛的声音一模一样。

巨大的白哈尔似乎不愿服从彭措久美仁波切的命令，举起手中的弓箭，准心瞄准了缠住仁波切的妖魔们，只听“咻”的一声，无数妖魔发出痛苦的惨叫倒在了血泊中，可数以万计的妖魔又从黑暗中涌了上来将仁波切团团围住，根本不让白哈尔靠近，白哈尔怒火中烧，再次执箭，同时挥舞着手中其他的神器冲向妖魔。

“白哈尔，不要管我！”彭措久美仁波切再次下令，“这里的妖魔如过江之鲫，就算你也未必斗得过他们，快带着欧阳君离开这里！我会想办法脱身的。”

白哈尔犹豫片刻，仰天发出一声怒吼，飞向黑暗的天空，他击退源源不断袭来的妖魔，对着虚空射出一箭，顿时，一个微弱的亮光在虚空中若隐若现。

当白哈尔带着欧阳君冲过亮光的瞬间，一直揪心地看着仁波切的欧阳君心中响起了他的声音——去南夸帝巴寺找我。

耳畔一直回响着仁波切的声音，欧阳君的灵魂回到了身体，她感觉自己像被人重重摔落在地，强烈的不适让她产生一阵剧烈抖动。她惊慌失措地坐起来，看了看四周，才发现已经回到了家中。

天空渐渐染上淡淡的橘色，令她紧绷着的那根弦慢慢松弛下来，她走到窗边，推开窗，深深地吸了口气。舒爽的空气沁入心扉，驱散了梦魇带来的可怕记忆。

去南夸帝巴寺找我——喇嘛留下的最后一句话，如同刻印在脑海中的烙印一般让她无法释怀。她向南夸帝巴寺的方向看去，不知为什么，心中泛起了一丝隐隐的不安。

一大早，欧阳君就来到南夸帝巴寺，由于不是周末，再加上寺庙刚刚开门，里面的游人并不多。

她的任务是找到那位喇嘛，却又没有任何头绪，她只能漫无目的地在寺庙里走来走去。上一次来这里，只顾跟着米兰去佛堂上香叩拜，都没留意过这里的一砖一瓦、一雕一饰。那写满经文，在微风下飘扬的五彩斑斓的经幡；那在朝阳下折射着瑰丽而又神秘色彩的转经筒；那散发着淡淡奶香，透露着浓厚艺术魅力的酥油花……在悠然的诵经声中，这一切都是那样的神圣，又令人神往。

不知不觉中，她来到了一个极不起眼的佛堂前，佛堂的门口摆放着一张供桌，上面只供了水果和鲜花，佛堂的门柱上没有挂着相关介绍的牌匾，许多好奇的人在门口看了看就走了。

欧阳君好奇地走进佛堂，发现里面居然空无一物，没有供奉任何佛像，灰乎乎的墙壁破旧不堪，没有任何壁画或雕饰。

怪不得没人光顾这里。她这样想着，准备去别处看看，突然，空荡荡的佛堂闪现起奇怪的光影，她回头看去，不由得倒吸了口凉气。

刚刚还是灰暗无光的墙壁，变得幻彩绚丽，一幅幅活灵活现的壁画布满其中。壁画正中间是一个全身绿色的女性佛像，佛像庄严神圣，头戴五佛宝冠，身佩各种珠宝，七彩天衣光彩夺目，整个佛堂被圣光照得通亮。佛像微睁着双目，眼含慈悲的光芒看着欧阳君，仿佛看进了她灵魂的最深处。

欧阳君愣愣地站在原地，无法言语，无法思考。

“欧阳君。”

一个稚嫩的声音在她身后响起，吓得她浑身一个激灵，她扭头看去，原来是之前交给她莲花吊坠的小喇嘛。

“欧阳君，请跟我来，彭措久美仁波切要见你。”

“我今天可以见到仁波切？”

“嗯。”小喇嘛点了点头，表情有点僵硬。

“真是太好了。”欧阳君激动坏了，不过转瞬就想到佛堂里的神奇壁画，结果令人意外的是，当她再回头看去，壁画已经全部消失了，灰色的墙壁上什么也没有。她忍不住上前摸了摸那粗糙得有些硌手的墙壁。

“欧阳君，我们快走吧，仁波切还在等着你呢。”

小喇嘛说完，没再理会欧阳君，径直离去。欧阳君不好多说什么，带着满腹狐疑赶紧跟上小喇嘛。

小喇嘛带着她穿过数条无人的长廊，来到了一个死胡同前终于停下了脚步，他挥指在墙壁上画了一个奇怪的图案和符号，随后又低声念了句咒语，顷刻间，大地传来一阵轻微的摇动，一束七彩明光从天空照射下来，挡住道路的墙壁豁然无踪，一条幽长的小道出现在他们面前。

这一切发生得太突然了，让欧阳君有些回不过神来。

小喇嘛回头看了眼欧阳君，又继续往前走去，他看起来好像有什么心事，不像第一次见到他时那么活泼开朗。

一踏上小道，欧阳君感觉仿佛置身于另一个世界。这里的空气清爽舒透，带着一股奇异的芬芳，仔细一闻还能嗅到一丝淡淡的中草药味。小道两侧的垂柳在他们走近后会缓缓扬起枝头，如同拉开了一幕幕梦幻的垂帘，鲜花遍地绽放，芳香四溢，许多全身发光的鸟儿在枝头鸣唱……欧阳君看到一对白孔雀在林间悠然散步，突然，一个巨大的红色光影从他们头顶掠过，她抬头一望，居然是传说中的凤凰。

山下的寺庙离这里并不远，为什么在山下看不到这里的景象？

欧阳君满心疑惑地回头看去，南夸帝巴寺尽头那座最大的佛殿就在他们身后不远的地方，朝拜的人群穿梭其中，却没有人注意到他们的存在。她想起自己来到这里前，也从未发现山上这处奇景。

看着小喇嘛的背影，她忍不住开了口，"为什么……"

"因为受心识的影响，有些东西普通人是无法看见的。"小喇嘛似乎知道她要问什么，直接打断了她。

这个回答好理解又不好理解，普通人的界定是什么？自己有机会来到这里是意味着自己有别于普通人吗？

一路上她都在琢磨这些问题，不知不觉已跟着小喇嘛走出了林间小道，在状似莲花的山峰上，耸立着一座巨大的琉璃佛殿。琉璃佛殿气势恢宏、神圣非凡，一道绚丽的彩虹伴着花瓣横跨天空，淡淡的金光朦胧展现，仿佛为佛殿披上了一层玄幻的金衣。山间有一股清泉潺潺流过，在佛殿旁形成一潭清池，池水在幻光的折射下闪着淡淡的红光，一个精美的莲花台绽放池中。佛殿门前矗立着两根直刺苍穹的经幡柱，旁边是两个巨大的转经筒，它们闪耀着柔光不停地旋转着，风中仿佛能听到阵阵神圣的佛音。

置身在这片玄幻美景中，欧阳君感到浑身一阵酥麻，激动的泪水夺眶而出……她不知道自己这是怎么了，莫名的感动令她无法自已。

小喇嘛回头看了看她，原先有些淡漠的神情，透出些许不忍。"走吧。"他淡淡地说，低头继续往前走去。

走上莲花花瓣似的台阶，欧阳君随着小喇嘛走进了神秘的佛殿，那股中草药味变得更浓了。

佛殿内光芒明媚，幻彩缤纷，晶莹剔透的琉璃柱上雕刻着发出淡淡光辉的莲花，每一朵莲花形似而神不似，恰似迎风站立，婀娜多姿的少女。佛殿的顶部和四周的墙壁上雕绘着无数身穿七彩华服的天女浮雕……悠扬的螺号声，伴着空灵飘渺的天乐在佛殿中回响。

如果非要用一种颜色来形容的话，那应该就是透明色吧。整个朦胧的世界梦幻得如同梦境般令人惊艳。

不过，在这个神圣而庄严的佛殿内，除了中央的莲花形水潭中盛开着一朵闪耀着幻光的硕大莲花外，殿内并没有供奉任何的佛像。

欧阳君心生纳闷，四处张望，也没看到任何佛像的踪影。就在这时，几束明光从天而降照射在莲花上，像在电影中看到的那种3D全息投影的画面一样，一个虚幻的影像渐渐显现——人影正是出现在佛堂里，全身绿色的女性佛像！

“欧阳君。”

微睁双目的佛像突然开口说话，慈悲、悠远的声音具有无比的震慑力。

“在……”

欧阳君感觉舌头生硬。在身旁的小喇嘛则一副见过大世面的样子，恭敬地合掌作揖。

“去西藏的帕邦喀宫吧。”

“帕……邦喀宫？”

“是的，帕邦喀宫。”

“那是什么地方？我……为什么要去那里？”

佛像露出慈祥的笑容，“去寻找你灵魂的记忆。”

“灵魂的记忆？我……”欧阳君刚想再追问，佛像豁然消失无踪，只留下空空的莲花座和一堆令人费解的谜题。

“那是绿度母。”小喇嘛轻声解释。

“绿度母？！”欧阳君从没听说过这个名字。

小喇嘛没再解释，而是催促道：“我们走吧，彭措久美仁波切还等着我们呢。”

穿过佛殿，一个一望无际的莲花池出现在欧阳君的眼前，莲香四溢，悠悠水韵，满池莲花似仙境般梦幻美丽。

欧阳君被眼前的美景陶醉，突然，她看见远处一朵莲花里躺着一位白发苍苍的耄耋老人，老人一动不动，一个透明的光球笼罩着他。

“那里有一个……”她指着老人的方向，声音在陡然间提高数倍，“他……他在吐血！”

在欧阳君惊叫的同时，小喇嘛已站在莲花池边，两朵洁白的莲花在他的脚边飘荡。

“快过来吧。”

欧阳君三步并作两步跑下台阶，跟着小喇嘛踏进了莲花之中。莲花托着他们来到了老人的面前。

“彭措久美仁波切，我把欧阳君带来了。”小喇嘛一脸担忧地跪在仁波切身边为他擦拭着唇边的血迹。欧阳君却在看清老人的面孔后，震惊得张大了嘴巴。

她见过这位老人，他不是别人，正是在她最初的神秘梦境中，告诫她有人要害她，让她修法，并在观星后说出“星有异象，天下必大乱”的老和尚！

欧阳君觉得大脑一片空白，僵硬地愣在原地。她一直以为那只是一个梦，是个有点不同寻常的梦，从没想过会在现实中见到梦境里出现的人。

“欧阳君……”仁波切气若游丝地喊着她的名字，“在大殿……见到绿度母了吧？”

欧阳君点点头，没有说话。太多无法理解的事情挤满了她的大脑，让她一时无法正常思考。

“听绿度母的指示，去帕邦……喀宫吧，在那里，你会找到……想要的答案。”

“彭措久美仁波切，您为什么会出现在我的梦中？”欧阳君焦急地询问。此刻，她根本无心理会那个从未听闻过的帕邦喀宫。

“彭措久美仁波切为了提醒你，使用易老术，变换汉地佛教的装束进入你的梦境，”小喇嘛仰头看着欧阳君，替彭措久美仁波切解释，“昨夜，仁波切的元神出窍前去异度空间搭救你的时候，让护法神离身先救你离开，结果……他自己却深陷梦魇，几乎耗尽法力才得以脱身。今早我来找仁波切修习经文，发现仁波切晕倒在清池里的莲花台中，鲜血染红了整个池水，他也在一夜之间变得苍老孱弱，我几乎都认不出他了。”小喇嘛说完，鼻子一酸，眼泪哗啦哗啦地流了下来。

直到现在，欧阳君才知道昨夜梦中那个救她的人就是彭措久美仁波切，而刚刚经过的那潭泛着红光的池水，竟然是被仁波切的鲜血染红的！

想到仁波切为了解救自己所受到的伤害，欧阳君心中无比内疚，她跪在仁波切的身边，泪如雨下。如果不是为了救她，仁波切也不会变成现在这个样子。

“别哭……这是我的命数，我早就……算到会有这一劫，你不用为此难过。”仁波切挤出一丝微笑，用颤抖的手抹去她的泪。

接着他转过头，慈爱地看着小喇嘛，“永真啊，生即是死，死即是生，这就是所谓的无常，人生八苦你很早就悟透了，为何……还这般放不下呢？”

永真抿了抿嘴，泪水变得更加无法遏制。

“欧阳君啊，”仁波切将目光又转向她，“永真从出生就一直跟着我，见我……因你而受苦，他心里有些不忍，所以……难免会责怪你，他年纪小，你千万……别放在心上。”

欧阳君哽咽着点点头。

仁波切露出欣慰的笑容，然后，他抬起手臂，“欧阳君，伸出……你的手。”

欧阳君伸手紧握住仁波切的手，仁波切闭上眼，吃力地默念起一段咒语，欧阳君立刻感到一股强大的电流通过手心涌进身体。

几秒钟后，仁波切睁开眼，如释重负地说：“我已将白哈尔护法……移转到你身上，他会陪着你……完成这次西藏之行的，等你从西藏回来，再来……找我吧。”

说完，仁波切重重地呼出一口浊气，“好了，永真，带欧阳君回去吧，我也累了……”

“等一下，”欧阳君拉住仁波切欲将松开的手，“为什么？您为什么要救我？其实……其实您完全可以不用管我的。”

仁波切的脸上扬起温柔慈祥的笑容，“因为……你是特别的。”

“特别的？”

“是的，特别的。因为前世你我就认识，那时候，你是我的……亲妹妹。”

“妹妹……”

欧阳君愣愣地重复着，无法理清混乱的头绪。

接着，仁波切用另一只手拍了拍她的手背，欲言又止，只是意味深长地看着她。欧阳君心头一颤，动了动嘴唇，却不知道要说些什么。

仁波切微笑着冲永真使眼色，永真抹掉眼泪，颔首默念咒语，托着欧阳君的莲花蓦然间合拢。

仅仅一刹那，当欧阳君再睁开眼时，发现自己已经回到那间破旧的佛堂前。她神色恍惚地左右环顾。刚刚的奇幻经历，仿佛是在千分之一秒内发生的一样，仅仅眨眼工夫就结束了。

她摊开左掌，一股异样的能量在掌心涌动，耳边回荡着绿度母慈悲的声音。

去西藏……去西藏……

那片神秘的雪域高原，似乎是她灵魂深处渴慕的地方。

她深吸一口气，远眺着远处的山峰，脑海浮现出丹增俊朗的面孔，一股莫名的悸动在心中荡漾。

西藏，也是丹增的故乡。

回到家中，欧阳君立刻查找有关帕邦喀宫的资料，并订了第二天最早一班飞去拉萨的机票。对于这段未知的旅程，她充满了无限期待，觉得自己离迷宫的出口越来越近了。

等一切都收拾妥当，她给丹增发了一条短信，告诉他自己西藏之行的计划，希望在出发之前能跟他见一面。说真的，这趟西藏之行，她不知道自己什么时候才能回来，所以找了一个向他请教的借口，而另一个重要的原因是——今天是情人节。

捧着精心挑选的巧克力，笑容慢慢爬上了她的脸庞。从不主动跟人示好的她破天荒地有了不想轻易放弃的念头，她跟自己打了一个赌，如果丹增赴约，她会努力呵护他们之间那种微妙的感觉，就算彼此依然保持距离，她也无所谓。她需要一个信念给自己一个理由坚持下去。

晚上七点半，欧阳君比预定的时间早到了半个小时，她坐在西餐厅角落里的位子上，像对待一件珍宝般将巧克力捧在手心里。她点了杯红酒，一边品着，一边看着灿烂的烟火在海面上闪烁。餐厅里已经坐满了一对对浓情蜜意的情侣。

晚风习习，月色黯然，夜越来越深了，街道上的行人也渐渐稀少。

约定的时间早就过了，一个小时，两个小时……留恋的时间也慢慢用光了。

欧阳君看着对面依然空空的位子，露出一丝牵强的苦笑，她一直不停地看着路上的行人，盼着能看到丹增的身影，但是……她摇了摇头，举起酒杯一饮而尽，柔和的灯光勾勒出她落寞惆怅的侧影。窗外下起了淅淅沥沥的小雨，她感到自己的心仿佛也下起了冰冷的雨。

直到餐厅里所有的客人都走光了，丹增依然没有出现，甚至连一个短信、一个电话都没有，她发了无数条信息，结果都石沉大海，打电话过去也都是忙音。

服务生礼貌地提醒她餐厅到了打烊的时间，她挤出笑容结了账，又看了眼对面的空位子，一脸木然地走了出去。

此刻，雨越下越大，冲击着地面发出冰冷的声音。欧阳君坐在餐厅边的木凳上，目光呆滞地看着渐渐浓重的水汽，一股悲凉的酸涩在心中泛滥，热泪渐渐涌上眼眶，雨水混着泪水划过脸颊滴落在地上，早已分不清是雨珠还是泪的结晶。

突然，一个熟悉的人影出现在她的视线中，她抱着最后一丝希望，睁大了眼睛，可当人影渐渐远去，深深的失望几乎将她拉入了无尽的深渊。

我究竟……还在期待什么？她仰天发出一声绝望的叹息，任凭雨水无情地落在脸上。

远处传来午夜一点的钟声，在这冰冷的情人节，雨夜显得异常冷酷。

这时，她的手机响了起来。是丹增发来的信息。

今晚有事，无法赴约，抱歉。

她等了一个晚上，等来的却是这几个冷冰冰的字眼。没有诚意，没有关心，不包含任何情感，只有无尽的冷漠。她心中仅剩的希望之火被彻底浇灭了，比这场大雨淋得还要透彻。而守护这份感情的念头，也在瞬间变得那么的荒谬和可笑。

这就是他给我的答案!

泪，无法遏制地奔涌而出，直到哭累了，她才浑浑噩噩地向家的方向走去。她在这里已经等了整整六个小时。

徒步走了将近一个小时，欧阳君终于回到家中，她一下子瘫软在沙发上，目光没有任何焦距地盯着前方，脸上还挂着未干的雨水。看着收拾好的行李，她突然觉得满怀憧憬的西藏之旅不再有意义，那只不过是一个嘱托，一个任务罢了。就算绿度母和彭措久美仁波切对她抱有多么大的殷切期盼，对她来说这些又有什么意义呢?

有那个人来爱我，才使自己有了很大的价值——我并没有这样的运气和资格，连同存在的价值也应该一并抹去。

窗外狂风呼啸，雨还不停地下着，仿佛想将整个世界重新洗涤一遍。

纠缠着的不安何时才能安静下来?

她蜷缩着身体，希望能给自己一点勇气和温暖。

突然响起的手机铃声在静谧的空间里显得有些刺耳，欧阳君拿起一看，是丹增打来的。

现在还有什么好说的?

颤抖的手指轻轻一划，她挂断了电话。

既然最后得不到任何结果，那越早放弃越好。不抱有希望，才是保护自己不受伤害的最好方法。

她默默想着，电话却又一次响起，她又一次选择挂断，可电话依然固执地响个不停。

她盯着手机，沉默了一阵，最后选择接通电话。她想明白了，如果要放弃，那就做得干脆一点，不要拖泥带水。

“喂……”她努力控制自己有些颤抖的声音。

听到欧阳君的声音，丹增似乎沉默了一下，“你还没休息吧?”淡然的声音，听不出一丝情感。

“还没有。”

“今天……真的很抱歉，我临时突然有事，没来得及通知你，希望你……没有一直在等我。”

“不会，不会，”欧阳君强装出无所谓的语气，牵强地笑着说，“我晚上正好也有点事，等了一会儿就离开了。”她的心随之一阵发麻。

“那就好……”

沉默再次在两个人之间悄然蔓延，时间仿佛也有了重量，沉甸甸地压在肩上，让人喘不过气来。

“我打电话其实是想跟你说声……一路平安。”过了一会儿，丹增轻声说。

“谢谢。”欧阳君像是吐气般回答。

“我还有件事情，想告诉你。”丹增顿了顿。

电话那头的欧阳君则屏住了呼吸，一股不好的预感在心间升起。就算她选择放弃，可内心深处还有那么一丝仅有的期待。

“请你……忘了我，我们两个是不可能在一起的。”

丹增的话如同一记炸雷在欧阳君的耳边响起，身心不由一颤，心仿佛被刺了千亿根针般的疼痛。

“为什么？”过了许久，她艰难地从喉咙深处挤出三个字。这时候还问理由做什么？她觉得是什么理由都已不重要，可她依然想亲耳听到。

“因为……”丹增的声音听起来更加低沉沙哑了，“我们的世界是完全不同的，我们就像两条永远无法交集在一起的平行线。自从认识你之后，我发现我的人生变得乱七八糟，许多事情都非常不顺，我想……可能是我们八字不合的缘故吧。而且……我现在已经有女朋友了，我希望你不要在我身上再浪费时间。”

泪仿佛断了线的珍珠般滚落而下，欧阳君捂着嘴，咬着唇，努力不让自己哭出声音，接踵而来的是心中无尽的悲伤和叹息，心仿佛在瞬间被抽空了，连最后那一点点希望都被无情地夺走了。

“我明白了。”她用细如蚊蚋的声音回应了一句，便挂断了电话。电话挂断的刹那，她再也无法遏制心中的悲伤，将脸埋进被子里放声痛哭。

第一次，她体会到了心碎的滋味。丹增冷峻的声音将她的心撕得粉碎！将她最后的自尊撕得体无完肤！

以后，我再也不会爱上任何人！她像发誓般跟自己说着。

当欧阳君挂断电话的同时，丹增举着手机的手无力地垂了下来，他直直地盯着欧阳君的房间，目光流露出必须要斩断不舍的无奈和决绝。

一切……都结束了!

他低垂头颅，颓然地走进了茫茫雨夜中，孤寂的身影仿若无助的孤魂。这一夜，他一直躲在角落里远远地注视着欧阳君，见她神伤落寞，他恨不得冲过去给她一个拥抱，告诉她自己是多么在乎她，甚至超过自己的生命!

但是……他不能。

狂风似乎想要吹散他心碎的尘埃，猛烈地从他身边吹过。冰冷的雨打在脸上，阵阵刺痛，泪混着雨水消融在这个悲伤的夜里。

他一面痛骂什么也做不了的自己，一面紧咬着嘴唇直至浓烈的血腥味充满整个喉咙。好想抛弃已经坚持得所剩无几的自尊，放任自己，不顾一切地放声大哭。

他心爱的女人，他曾发誓永远不要看到她哭泣! 可她现在却为了自己痛哭不已，他最不想伤害的人就是她，然而到最后，他却用一种最残忍的方式在伤害她。

为什么? 这是为什么?

他双膝一软，跪倒在湿滑的路面上，仰天发出一声悲怆的呐喊，无尽的苦涩只能对着茫茫苍天诉说。

就算你恨我，也无所谓。

君，我只要你能够平安。

第八章 记忆

一夜未眠的欧阳君两眼红肿地望着依然暗沉的天空，静静地推开窗，冰凉的空气嗖地一下吹进屋里，她闭上眼，深吸了一口气，气流刺激着她身上的每一根神经，却吹不散郁结在心中的悲伤，未干的泪痕在脸颊上结成了永恒的伤痛。

天空没有丝毫光亮。窗外的雨已经停了。

在她心中那场冰冷的瓢泼大雨，什么时候才能停止呢？

心痛吗？她无力地扯动嘴角，痛到最后，好像已经感觉不到痛楚，是接受了还是麻木了？她自己也不知道，只有无尽的惆怅在四处蔓延，连流泪的力气也已消耗殆尽。沉重的叹息在空气中鼓噪，像是在嘲笑自己的软弱，是那样的刺耳。

天还未亮，她就拉着行李来到了穿梭机场的巴士站，站在车站旁的信箱前，她举着手中的明信片，却迟迟没有松手。

她向来不善于表达自己的情感，而昨夜，她却下了最后一个决心，给丹增写了一张明信片，并在上面画了一幅画。

就算无缘，她也仅仅想告诉丹增，她不恨他！但在这最后一刻，她又动摇了，她不知道自己这样做会得到怎样的回应。

最后，她还是放弃了寄出明信片的念头。她还是没有那么大的勇气。

经历了大半天的旅途奔波，欧阳君终于踏上了西藏这片神圣的土地。这里的天比莲花岛的还要碧蓝，空气还要清透，皑皑白雪在阳光下折射着闪闪金光，像钻石般耀眼美丽。浓郁的酥油香味和阵阵悠远的诵经声沁润着这片大地，每一砖，每一瓦仿佛都在诉说着一段古老的传说。

丹增的家，就在这片土地的某个地方。

想到这里，黯然的神情又悄悄爬上了她的脸庞。她不明白自己到了这个地步为什么还是放不下。

放手吧，说好了到此为止的……

像是无法接受这样的自己，她摇了摇头，在心中不断说服自己，但紧紧握住的拳头和倔强地用力抿着的嘴唇，却暴露出她不停挣扎的想法。直到握累了，她才渐渐松开拳头，空空的掌心，什么也没有，就像她再怎样努力也无法抓住和丹增之间流逝的感情。

冬天进藏的人并不多，欧阳君很容易就租到了一辆黑色的越野车。司机是一位皮肤黝黑、性格开朗的藏族小伙子，名字叫尼玛，尼玛在藏语里是太阳的意思。欧阳君觉得他的笑容跟他的名字一样。

在拉萨土生土长的尼玛，一路上忙着给欧阳君介绍拉萨的历史，从他那带着浓厚西藏口音的普通话中听着那些经久不衰的故事，具有更加特别的色彩。

原来在1400多年前，松赞干布将都城从山南泽当迁至逻些，也就是今天的拉萨，当时的拉萨只是一个天然的牧场，到处长满了灌木和苇草，四周的山峰错落有致，像莲花的花瓣围绕着这片平原，平原中心有一个美丽的湖，牧民们将它称为涡汤错。

从拉萨贡嘎机场开车大约一个小时，他们进入了拉萨市区，在尼玛的建议下，欧阳君决定去帕邦喀宫的途中先去看看著名的大昭寺。因为布达拉宫要提前一天预约订票，所以只能等她回程的时候再去了。

远远地，就能见到大昭寺门口两根直刺苍穹的经幡柱，上面挂满了五彩斑斓的风马旗。每年，桅杆上的经幡都会换成新的，信众们会争相将那些旧的经幡带回家，他们认为这是佛祖赐予的礼物。

即使是严酷的冬季，神圣的大昭寺门前依然挤满了前来朝拜的人群，青石板被朝圣者们的身躯磨得发亮，他们一脸虔诚，眼睛里流露出坚定的信仰之光。

来到西藏，欧阳君才真正体会到信仰和精神的力量。沿途一路都能看到许多磕长头的藏民，他们的藏服布满灰尘和泥土，额头满是尘土的印记。他们中的一些人要靠着别人的“施舍”才能完成漫长的磕长头之旅，但笑容从未离开过他们的脸庞，高原紫外线和干燥的空气在他们朴素的脸上留下了雕琢后的痕迹，他们如炬的目光如同高原太阳般灿烂，沿着他们的目光，你仿佛能看得很远很远。

走进大昭寺，尼玛为欧阳君讲述起有关大昭寺的典故。唐代著名的文成公主被迎娶至西藏后，得知松赞干布准备为赤尊公主修建殿堂，精通五行历算的她，推算出西藏全境的地形如同罗刹女仰卧的姿势，必须建寺院镇住罗刹女。位于拉萨平原上的涡汤错正好是罗刹女的心脏，于是建议松赞干布在湖上为赤尊公主修建宫殿，这座宫殿就是现在的大昭寺。

尼玛领着欧阳君来到了一楼最主要的佛殿——觉康，这里供奉着文成公主带来的释迦牟尼佛十二岁等身像。

在有些昏暗的大殿里，欧阳君看着每一根立柱上饱经沧桑的雕刻，一种似曾相识的感觉将她紧紧包围。那些精美绝伦的壁画，舒展成一段段如神话般的历史。

站在佛祖十二岁等身像前，欧阳君像其他所有的信徒一样不肯离去，她的眼睛仿佛被强大的力量吸引，无法移开视线，她围着佛像慢慢走着，试图从每一个角度瞻仰，沐浴在这片神圣的光芒里，她感到一股莫名的感伤在心中涌动。

走出觉康殿，尼玛带着欧阳君去看了在墙壁角落里自然显现的羊头及自然形成的药师琉璃光王佛像和绿度母像。

两个自然形成的佛像均只有头部，而绿度母像显现的位置相对较高，还被一尊高大的佛像遮挡，稍不留意就会忽略掉，所幸有尼玛带着，不然她绝对会错过这一奇观。

绿度母是二十一度母主尊，由观音菩萨流下的眼泪化现而成，在藏区非常受信徒尊崇，传说文成公主是绿度母的化身，赤尊公主则是白度母的化身。看着绿度母微笑的尊容，欧阳君情不自禁地念起刚跟尼玛学的绿度母心咒，突感心中一阵酥麻，不知不觉中，泪水已经溢满了眼眶。

由于时间关系，欧阳君不得不满怀留恋地离开了大昭寺，听着信众们低喃的诵经声和身体碰撞大地的声音，他们继续前往帕邦喀宫。

沿着修建平整的盘山公路，尼玛的小越野车在乌都日山南面的山坡上行驶着，车里放着颇有民族特色的藏族歌曲，他大声地唱着，欢快的情绪感染了欧阳君，她也时不时哼上两句。一路上，他们看到的游客寥寥无几，换做旅游旺季的话，虽说不上人声鼎沸，但也相当热闹。

尼玛的越野车平稳正常地行驶着，到了一处拐弯的地方，车的右后方突然爆出一声巨响，越野车瞬间失去了平衡，直至撞在石柱护栏上才停了下来。尼玛惊魂未定地吁了口气，正想问身边的欧阳君是否安好，这才发现欧阳君居然不在车里。

“欧阳君！欧阳君！”

尼玛紧张地冲着公路旁的斜坡大喊，顺着堆积在公路两侧的积雪向斜坡下跑去，在一个厚厚的雪堆中，他看到了正在挣扎的欧阳君。欧阳君扭伤了脚，在松软的积雪上无法站起来。

在尼玛的帮助下，欧阳君回到了越野车里，拿着简易吸氧包大口大口地吸着氧气，对于第一次入藏的她来说，高原反应并不算强烈，可昨夜一夜未眠，现在又遇突发事故，她忽觉头晕目眩，四肢无力，阵阵恶心的感觉在胸口翻涌。

尼玛换好轮胎，立刻驾车向山下驶去。今天出了这种状况，他们别想顺利完成行程。

当欧阳君苏醒过来时，发现自己身处一个完全陌生的地方，她躺在一张散发着淡淡藏香的床上，身上盖着厚厚的棉被，身旁的小椅子上坐着一个满头扎着小辫子的藏族妇女，两团红晕在她黝黑、干裂的脸上显得格外显眼。见欧阳君醒来，她笑了笑，什么话也没说就出去了，很快，她又进来了，身后跟着尼玛，他的手中端着一个还冒着热气的瓷碗。

原来，这名藏族女子是尼玛的姐姐卓玛，她是村里非常有名的藏医，现在是在她的家里，她刚刚已经为欧阳君配制了口服和外用的药。

看着黑乎乎，气味难闻的药，欧阳君犹豫了一下，但想到必须尽快养好身体前去帕邦喀宫，她闭上眼，一仰脖将碗中的药一饮而尽。

她皱着眉，吐了吐舌头，可爱的表情逗乐了卓玛姐弟俩。尼玛拿出欧阳君送他的草莓味的糖果，放在欧阳君的手中。他说这是他吃过最好吃的糖，没舍得吃，想等到过雪顿节的时候分给孤儿院的那些小朋友们。

欧阳君含着泪将糖果放进了嘴里。真的好甜，她不禁觉得鼻子一酸。

卓玛的药真的非常有效，才喝过两次，欧阳君煞白的脸就变得红扑扑的，先前的不适感完全消失了，就连肿得有馒头高的脚，也基本上痊愈了。

在卓玛的家里休养了两天后，欧阳君准备继续未完的旅程。沐浴在高原第一缕晨光中，她给了卓玛一个感激的拥抱，坐进了越野车里，直到卓玛的身影从视线中消失，她才回过头，琢磨着卓玛对她说的话。

“世间一切皆因一个‘缘’字，缘到自然相见，缘尽自然分别，缘熟自得其果。不要畏惧未来，更不要被过去束缚，做你自己就好。”

卓玛的话颇具深意，她想不明白其中真正的含义，不过她知道跟卓玛和尼玛的相遇，都是冥冥中注定的缘分。

就像，她跟丹增的相遇……

自从那个悲伤的情人节雨夜之后，丹增从此一蹶不振，茶不思，饭不想，无心修行，无心寻找剩下的最后一颗莲花天珠。他甚至拾起从未碰过的酒杯，企图用一杯杯烈酒麻痹自己，他沉醉于那种刺骨的苦涩味刺激舌头的感觉，渐渐沉淀的苦涩，刺激全身，到最后，连整个人也刺痛起来。可是不管他喝多少酒，都无法让自己远离那些痛苦，喝得越多反而越清醒，痛得越刺骨。那份沉重的无奈他无人诉说，只能独自饮泣着悲伤，直至心碎成一千片、一万片……

看着手中的明信片，一滴泪顺着他的脸颊滑过颤抖的唇角，滚落而下，濡湿了欧阳君的署名。他闭上眼，任凭泪水无声地滑落，他知道自己那颗破碎的心再也不可能复原了。

欧阳君在明信片上画了一个仰望星空的长发女孩，女孩只有背影，丹增却能够感受到女孩那纤弱的肩膀，透着无尽的落寞神伤，这深深地刺痛了他的心。图画中有两处明显被水晕染的痕迹，他用指腹轻轻摩挲着，一想到欧阳君倔强地咬着唇，泪流满面画画的情景，酸涩的泪水再次奔涌而出。

他想拂去她脸上的泪，可他却不能。

痛，钻心的痛，刺入骨髓的痛将他吞噬。

在图画的最下方，欧阳君写了一行字。她的字很漂亮，秀气中透着一种张力，只是那丝隐隐的酸楚令人不忍。

如果你对着夜空某一颗星星微笑
即使只是仰望星空
我也会觉得幸福
因为，我们曾沐浴在同一片天空下……
祝你幸福。君。

幸福？！我也想得到幸福！可我有资格得到它吗？失去你，我还有什么幸福可言！

丹增扯动了一下僵硬的嘴角，这是清醒的自嘲还是糊涂的傻笑，他已经分不清楚了。他厌恶这样的自己，厌恶极了。他将脸痛苦地埋进掌中，十指深深地陷进了发丝，他已经预感到了什么，茫然地看着窗外星光暗淡的夜空，黑色的双眸穿过黑暗的天空，凝视着某一点，遥想着在西藏夜空下的欧阳君。

她现在在做什么？

淋了一夜的雨，她的身体还好吗？

会不会有高原反应？

她吃得惯西藏的菜肴吗？

西藏的冬天很冷，她有没有带够衣服？

……

无尽的愧疚化作深深的思念，但是，欧阳君不会知道这一切……

当色林要挟着抢走金刚杵天珠，丹增选择了放弃挣扎，放弃了寻找莲花天珠，也放弃了欧阳君。他的弱点色林摸得清清楚楚，他根本没希望跟已经夺得七颗天珠的色林继续斗下去，他知道阴险狡诈的色林绝不会放过他，不会放过世间每一个善人，末法时代的心灵沦陷将拉开惨烈的序幕，所以，他必须让欧阳君远离他，即使是用这种残忍的方法，即使这深深地伤害了她。那天他在电话里指责欧阳君出现后让自己的生活变得乱七八糟，其实情况正好相反，应该是自己的出现打乱了她原先平静的生活。

他摇了摇头，仿佛想将郁结于心的苦闷吐出去，重重地叹了口气。没关系，长痛不如短痛，随着时间一刻一刻地远去，她受伤的心会痊愈的。

他试图找出一个合理的理由安慰自己，可一想到欧阳君失望而忧伤的眼神，他就痛苦不已。

难道我们命中注定要以这样的方式结束？

我们的缘分真的尽了吗？

他望着无尽的黑夜，想要寻到答案，但在这安静的夜里，只有绵绵白雪做着无声的回答。

空气冰冷冰冷的，伸手触摸一下，袭入神经的是那种一瞬间就破碎的绝望，朦胧的灯光在黑暗中闪烁，到处弥漫着不曾清醒的寂静。

莲花岛第一次下起了雪。

很美，却也很悲凉。

颠簸了差不多一个小时，欧阳君终于来到了拉萨第一宫——帕邦喀宫。这座不被游人熟知的白色宫殿，在历史上却是鼎鼎有名的。传说在大、小昭寺修建之前，藏王松赞干布曾在这里修行，并主持修建了这座传奇的宫殿。“帕邦喀”意为巨石宫，因寺院建在一块巨石上而得名，当时的帕邦喀宫共有九层，后来，在公元814年朗达玛灭佛时被毁，现在仅剩下三层。

看着历经沧桑的建筑，听着尼玛的细心讲解，欧阳君想象着两千多年前，在这片富饶、美丽的高原上，这座宫殿该是多么的气势恢宏！

一走进帕邦喀宫的大殿，阵阵花香扑鼻而来，窗台和地上摆放着许多鲜花，为这寒冷的冬日增添了鲜艳生动的色彩，一幅幅古老的壁画布满整个大殿，夕阳透过窗户映照在壁画上，闪着点点绚光，美丽极了。

欧阳君看着壮观的千佛图，不禁再一次揣测着自己的灵魂记忆到底是什么，绿度母又为什么要她去寻找。

尼玛在一旁拽了拽欧阳君的衣袖，满脸兴奋地说："我带你去看个神秘的佛像怎样？"

"神秘的佛像？"

"嗯，就在下面的巨石山洞里。"

尼玛带着欧阳君穿过一个幽暗的隧道进入了一个神秘的山洞。山洞的内部不大，岩壁上有几幅石刻的佛像壁画，佛像前摆着放满供品的供桌。欧阳君看到一幅绿度母的壁画，不由得走上前去。

"这就是我要带你看的神秘佛像。"

"就是这个？"

"嗯。"

"哪里特别？"

"这幅绿度母和旁边那幅白拉姆可是天然形成的。"

"跟大昭寺里自然形成的佛像一样？"

"没错，其实在西藏有很多这样的传奇故事，比方说聂塘卓玛拉康也就是度母殿，有一尊泥塑的白度母像，相传能说话，是有名的能言度母。在夏鲁寺里有滴水不溢的石盆和会自然吹响的海螺。西藏第一座寺庙——桑耶寺里供奉在主殿的释迦牟尼佛像，传说佛头是在寺东边的海不日神山上自然形成的；还有一尊邬金仁波切亲自塑造后开口说过话的邬金仁波切如我像；在走廊墙壁的一个角落上有一幅白公鸡壁画，传说在一些重大灾难发生前曾多次啼鸣，挽救了许多生命；桑耶寺里还有一个类似于存放珍宝的房间，里面有许多神奇的宝物。当然了，在西藏还有很多拥有神通的仁波切……"

说得正尽兴时，尼玛的手机响了，他告诉欧阳君一会儿再接着讲，就到洞外接电话去了。

看着绿度母像，欧阳君陷入了沉思。突然，一阵轻柔的喃喃低语传进她的耳朵。

“谁？谁在说话？”欧阳君顿觉寒毛直立，左右张望。洞里只有她一个人。

渐渐地，她听清了对方的话语。对方说的话很怪异，似乎是一种古老的语言，但奇怪的是，自己完全能够听得懂！

“欧阳君，是我。”

“你是谁？在哪里？”

“就在你身后。”

循声看去，在她身后的是那幅自然形成的绿度母壁画，她蹙眉凝视，怀疑自己是不是出现了幻听。

“不要怀疑，就是我在说话。”

欧阳君大惊失色，没想到壁画中的绿度母居然开口说话了！

“欧阳君，欢迎你回来。”绿度母的脸上始终洋溢着慈祥的笑容。

“欢迎……回来？什么意思？”

“这里曾是你的家。”

“我的家？”

“是的，你的某一世，曾经在西藏生活过。”

对她来说，转世这个话题太过神秘，这类事件层出不穷，一直以来，她不否定转世，但也不完全认同，毕竟那些特殊的经历没有发生在自己身上，所以她总是理性地去判断，而不是盲从。然而现在……她不得不重新对这类事件有一个全新的认识和理解。

“难道……让我来这里，就是为了告诉我这些？”

“当然不是，”绿度母说着，伸出虚幻的手臂，“你沉睡了这么久，是时候醒来了。”

欧阳君有些胆怯，但更多的是兴奋和期待。

绿度母的手掌轻轻放在她的额头上，一股触电般的暖流涌进了她的身体，无数画面在头脑中不断闪现。她想起了自己曾发下的誓愿，想起自己拥有强大的力量曾震慑无数邪魔，想起了那个刻在灵魂最深处的人……

丹增？！

她顿感困惑。绿度母这时已松开了手。

“你来这里也经历了不少波折，沿途遇到的麻烦都是一些邪魔从中作梗，所幸有白哈尔随行，才免受伤害。现在，你要去坐落在旁边的文成公主行宫找出五行经典，再回去帮助丹增旺杰，阻止色林。”

“丹增？”一听到丹增的名字，她就觉得浑身一颤，对色林这个名字，却浑然不觉。

“没错。”

“为什么要帮他？他究竟……是谁？”

“你是我的化身，丹增是转世活佛，你俩缘分极深，却因为种种缘故始终无法在一起。现在，丹增遇到了困难，需要你的帮助，你要陪在他的身边让他振作起来。”

“既然我是你的化身，为什么你还能跟我说话？”欧阳君被弄糊涂了。

“《金刚帐续》中说：本是金刚心，现相教师身。为利乐众生，化作平常人。《经藏》说：见益听我言，到那未来世，我现法师相，我化教师身。佛菩萨会根据各种情况化现许多不同的化身，就像二十一度母的主尊是我，其他的度母形象也都是由我化现出来的，是一样的道理。佛菩萨化身也不一定都成为僧人或仁波切，很多时候而是转世成形形色色的普通人，融入这茫茫大千世界中，有时为了方便，佛菩萨还会转世成乞丐、残疾人或者屠夫，甚至是动物，就像观音菩萨为息去人类的嗔念就曾化现为羚羊。”

“现在，你已明了自己的身世，但在新的一世中还需要继续修行、学习。记住，给你的时间不多了，快回去莲花岛完成你的任务吧。吉祥天母会陪伴在你的身边，护持你。还有，”绿度母说着扬了扬手中的莲花，指着欧阳君的胸口，“守护你的……”

绿度母说完，霎时恢复原样，不再说话。

欧阳君愣在原地，还有点无法接受刚才发生的一切，回想着绿度母说过的每一句话，特别是最后那句，绿度母好像想要她守护什么，但是她没有听清楚。她恍恍惚惚地走到外面。尼玛这时也挂断了电话。

“这么快就出来了？没再仔细看看？来一趟很不容易呢！”

“快吗？”欧阳君被问蒙了，从她跟绿度母对话开始，至少过了二十分钟。

“当然，我都没讲几句话呢，你看……”尼玛把手机通话时间的记录找了出来，“才四十多秒。”

灵魂苏醒后的欧阳君已经拥有了一些力量，她明白自己刚刚被带到了另一个空间，一个世人现在还不能理解的空间。在穿梭于时间裂缝的时候，时间会出现差异，她产生错觉也是很正常的。

抚摸着文成公主行宫外粗糙的红砖墙，那份特有的熟悉感让欧阳君感到很亲切，这感觉跟她在大昭寺时的感受是一样的。接下来，她在文成公主的行宫中没有费任何周折，就在房间里找到了五行经典，原来，文成公主精通的五行历算通过意念的形式一直保留在行宫中，直到现在。

一进入行宫欧阳君就看到墙壁、地板和天花板上布满了闪着光芒的藏文，优美的文字既立体又虚幻，一明一灭，交相辉映。她激动得泪光点点……这些曾经是她灵魂中不可分割的一部分。不过，在普通人眼中，这里只是一个普通的古老遗迹，他们看不到这些文字。

欧阳君屏息凝神，调伏心灵的气流，很快，房间里的文字立刻爆出一记亮闪，在空中形成一个幻彩漩涡盘旋在她的头顶，仅仅一瞬间，文字就涌进了她头顶的百会穴。

只要使用法力再配合五行历算，她就能帮助丹增找到莲花天珠，守护住莲花天珠，就可以阻止色林找到隐秘在姆大陆中通往冈仁波齐峰的密道。

已经寻找到自己的灵魂记忆，欧阳君明白回莲花岛的时间到了。出来短短几天，一想到莲花岛，她的心绪又思念又纠结，她盼着回去又害怕回去。莲花岛上有太多关于她和丹增的回忆，那些曾经的点点滴滴，已经深深融入莲花岛的气息中，深刻绵长，刻骨铭心，让她无法视若无睹，置若罔闻。

本来她打算结束西藏之行后，就安静地离开莲花岛回到家乡开始新的生活。现在看来，这条路是行不通了，她不能为了逃避感情的纠缠和伤痛而无视自己的使命，不管丹增对她抱有怎样的态度，她都不能离开他，至少在解决色林的问题之前她不能离开。

眺望远方，她深邃的目光注视着壮观宏伟的布达拉宫，为无法确定的未来感到隐隐的担忧。

抢到金刚杵天珠的色林，得意忘形地在空中翻腾着跟头，还差最后一颗天珠，就能找到密道了。七颗天珠跟莲花天珠产生了微妙的共鸣，找到莲花天珠只是时间早晚的问题。只要逆转时空，他就能回到最初被打败的时间，重新纠正，改变历史，破坏世间的一切善法，让人性堕落……到那时，天下大乱，人类将成为他的美味佳肴，供他差役的奴隶。

想着自己称霸的样子，色林仰天发出雷鸣般的狂笑，天地间立刻传来一阵令人恐惧的颤动。

可以发现姆大陆的秘密，他还要多谢那位痴迷于研究姆大陆的英国学者詹姆斯·乔治瓦特，要不是他当年在西藏寻找粘土板时，途经色林湖跟别人聊起了那些被秘密保存在西藏、印度、缅甸等地寺庙中的古老粘土板里面的内容，从未离开过西藏的他也不会知道地球上曾经有过一个文明高度发达的姆大陆。

莲花是姆大陆的象征花卉，传说莲花也是地球上出现的第一种花，因此它被选为了姆大陆的象征图案。莲花跟佛教有着密切的关系，直觉告诉他，这个姆大陆一定隐藏着无数惊人的秘密。

困身于色林湖中，他又苦恼地等待了一百多年，在兆通的帮助下，终于成功脱身此处。重获自由后，他立刻前往各大寺庙找寻那些古老的粘土板。粘土板上全是神秘的古老符号和象形文字，拥有魔力的他很快就破译了上面的内容。大部分粘土板记录的都是姆大陆从起源直至最后消失的过程，但唯独有两块从喜马拉雅山附近的隐秘寺庙中找到的粘土板截然不同，它们上面居然提到姆大陆跟冈仁波齐峰之间有一个秘密的通道。由于这些粘土板一直被当作圣物保存着，僧人们也不敢随便碰触，因此后人根本无法知晓这些内容。

这两块粘土板详细描绘了有关密道的讯息，要找到沉睡在深海中谜一般的姆大陆遗址，会耗去他很多时间、精力和力量，不过没料到，作为姆大陆其中一个非常重要的板块——莲花岛，居然带着许多秘密突然升出了海面，这对他来说无疑是个天赐的良机。

要找到密道，首先需要找到密道的钥匙——莲花盘，经历了一番波折后，他在喜马拉雅山脉发现了深藏于千年积雪中的莲花盘，并用魔力将莲花盘隐藏起来，同时，他寻找着可以寄宿的肉身，等待时机成熟。

色林吩咐兆通去莲花岛寻找莲花天珠，但从那之后就一直没有见到兆通的影子，他破口大骂兆通是个指望不上的家伙，气急败坏地飞去找兆通算账。

远远地，他就看到躺在床上的兆通，他气不打一处来，飞身闯进了兆通的房间。

“你这个没用的家伙，大白天的还在这里偷懒，快给我起来！”色林粗暴地一扯床单，兆通重重地摔在了地上。

“干什么呀？没看我正累着吗？”兆通怨恨地看了色林一眼。

“累？我让你找天珠，你却在这睡大觉，你好意思跟我说累！”

“我是在找天珠啊，这几天尽忙这个了，根本没闲着，不过跟那个仁波切斗法，结果两败俱伤，耗了我不少元气。”一想到彭措久美仁波切救走了欧阳君，莫果就是一肚子火，不过算了，那个仁波切也好不到哪去，估计已经在什么地方咽了他那口老气了。听说这两天欧阳君不知为了什么原因突然去了西藏，正好自己身体还没完全恢复，就让她先过两天自在生活，等她回莲花岛再收拾她也不迟。

“你为何跟仁波切斗法？”色林变得紧张起来。寻找天珠的事如果被那些高僧大德们察觉的话，他们绝不会袖手旁观的，为了不暴露行迹，他一直都避免跟他们正面冲突，可不希望付出的努力在这个节骨眼上毁在兆通的手里。

莫果告诉色林，自己对欧阳君的仇恨是从千年前就积攒下来的，当年，要不是因为她前来协助寺庙的喇嘛用水晶佛塔镇压他，他哪会沦落到后来那般凄苦的田地。所以，他一见到转世为人的欧阳君，心中的嗔怒就无法遏制，他满脑子想的都是折磨和报复，趁现在欧阳君的灵魂还没有觉醒，在这之前解决她是最好的机会。

兆通的讲述消除了色林心中的顾虑，只要没有暴露计划，他喜欢怎么折腾都没有关系，如果能顺带解决几个碍事的家伙，绝对只赚不赔。

色林挥起粗糙的大手，使用魔力为兆通疗伤。虽然他单凭自己的力量也能搞定很多事情，但多一个帮手就能多一份成功的把握。这样不仅可以掩人耳目，也能起到声东击西的效果。

作为回报兆通救他以及配合夺取天珠的计划，色林答应，只要兆通成功得到莲花天珠，就带他一起穿过密道，前往世界的轴心。

想到即将到手的胜利，色林和兆通都心怀鬼胎地发出了阴冷的窃笑。

第九章 伏藏

回到莲花岛后，欧阳君才发现没有寄出去的明信片不见了，她翻遍了行李的每一个角落，都没有看到明信片的影子。

最后，她放弃了翻找，默然地坐在摊了一地的行李中间，一动不动，像座沉默不语的雕像。

她还没来得及整理好自己的情绪，就已经回到了这座熟悉又想念的城市，好不容易下定的决心，在返回莲花岛的路上一直不停地动摇，随着距离的缩短，越来越强烈，直至踏上莲花岛的瞬间，仅有的最后一丝理性差一点就被疯狂逃离的念头战胜了。

她明白自己已经是个大人了，就应该像大人一样成熟地面对该面对的问题。可是……说起来容易，事实上自己什么都做不了。

她打开身边一个简易收纳箱，里面满满地放着一封封准备寄却没有寄出去的信，那些全是她写给丹增的信，每当想念他的时候，她就会拿起笔将满腔的情感化作无声的文字和图画。只是，这份心意根本无法传递给丹增，她越是想抑制，越是会思念他，无法遏制的心情就会溢满出来。

酸涩的泪，在她想念丹增的时候总是会不争气地跑出来，仿佛是在嘲笑自己的懦弱，嘴角挤出了一丝苦笑。

她曾相信，只要努力就一定会有回报，自己的真心也会传达给对方，然而，当意识到这只不过是自欺欺人的时候，这究竟是幸还是不幸呢？

渐渐落下的夕阳，像个垂暮的老人，依依不舍地将天空渲染成淡淡的橘色。看着凄美的落日，欧阳君伸出手，想要抓住那正在落下的余晖，却发现握在手中的是欺骗自己的时光。

在关上箱盖时，她最后又看了一眼那些曾经的爱的证明，像是在跟自己的初恋做着最后的道别，在丹增的名字上烙下深深一吻，默默地盖好盖子。她告诉自己，跟丹增曾经的一切都将封存在这里，她永远不会再打开这个箱子，而那封不知所终的明信片将是跟丹增有关的绝笔。

她轻轻地关上储藏间的门，靠在冰冷的墙壁上，仿佛需要一个支柱才可以支撑自己几乎到了崩溃边缘的身体。

突然，她捂着脸，无力地蹲在地上。

即使这样，她知道自己依然爱着他，无法自拔地爱着他……

丹增如行尸走肉般生活着，今天一早，他浑浑噩噩地走进公司，孱弱的样子，好像一阵微风都能将他吹倒。等待电梯的时间似乎特别漫长，光亮的电梯门反射出自己糟糕的样子，他别过头，像是不愿意见到这样令人厌恶的自己，苦闷地叹了一口气，沉重的叹息似乎在嘲笑自己的软弱，将自己仅有的坚强和尊严击得粉碎。

其实，从一开始就什么都不存在，只有被过去囚禁的自己一直在做着徒劳的挣扎罢了。不抱任何奢望地活着，是否会让自己变得轻松一些？那样，自己是否也有资格得到幸福？

僵硬的嘴角微微动了一下，他对自己还能够容忍这种自虐似的嘲笑，感到不可思议。

能将人灼伤的痛苦在空气中沉淀，无声地侵蚀着一切。

欧阳君今天很早就来到了丹增的公司，她站在一个不起眼的角落中等待着他的出现。她飘忽的眼神不安地注视着进出大门的每一个人，说真的，她很怕看到一个精神奕奕的丹增，不是因为失恋的嫉妒心在作祟，也不是无法得到对方的愤恨心在膨胀，而是丹增的笑容会刺痛自己好不容易才武装起来的脆弱的心，因为那样更加证明自己是对方可以完全忽略的一种存在。

不过，当丹增出现在眼前时，却多少让她有些意外……

他原先精干的发型变得很凌乱，眼睛红肿，布满了血丝，衣服皱皱巴巴的，好像很多天都没有换过似的，杂乱的胡子茬衬托着忧郁的眼神，让本来就颓废的脸看上去更加憔悴不堪。

他究竟怎么了？遇到了什么不顺心的事吗？难道，是因为他的女朋友……

一想到这里，欧阳君感到人性中黑暗的一面在膨胀，说自己对丹增有女朋友的事完全无动于衷，那是欺骗别人更是欺骗自己的谎言，面对自己爱恋的对象，不可能心如止水般毫不在乎。在爱情面前，人都是自私的，霸道的……谁不希望拥有对方的一切呢？

但是，她马上清楚地意识到，不管是丹增的笑也好，泪也好……都不是为了她，所有的一切都跟自己无关，自己究竟有什么好开心的呢？

她的心瞬间又跌落到了冰点。

透过高大的绿色植物，她安静地看着丹增，充满爱慕又思念的目光落在他的身上，泪水似乎在蠢蠢欲动，而她只能黯然神伤地紧紧咬住嘴唇，努力压抑自己快无法遏制的心绪。

电梯到了，丹增微微抬了抬眼皮，身边的人陆陆续续走进了电梯，他似乎动了一下膝盖，却无力移动脚步。

电梯门缓缓关上了，将电梯里对他投来的好奇目光戛然切断。他木然地笑了一下，抬起无力的手臂，结果，颤抖的手指连按下电梯按钮的力气几乎都没有。

什么都在改变，什么又都没有改变！

自生自灭或许是最适合自己的方式，不对未来抱任何的希望，不奢望得到什么，也不强求什么，更不幻想什么……失去所有也都无所谓，就这样一天一天过下去吧！

什么转世，什么修法，什么守护世间……这一切都跟自己无关。他痛苦地闭上眼，第一次，心中泛滥起想要逃离这个世间的念头。

电梯这时候到了，他低着头走进了电梯，他的视线一直聚焦在地板上，根本无心理会跟自己同在一个空间里的其他人。

“丹增……”

一个他认为这辈子再也不会听到的声音，在耳边低柔地响起。丹增突然睁大了眼睛——站在他身边的居然是欧阳君！

他震惊地看着欧阳君，目光一动不动，微张的嘴唇微微颤抖，炙热的吐息带着深深的不可置信凝固在空气中。

她看起来比之前消瘦了很多。她过得不好吗？去西藏不顺利吗？

思绪在心中翻江倒海，丹增觉得大脑一片空白，无法正常思考。一看到欧阳君的脸，他就想起那封像珍宝一样呵护的明信片，信上的一字一句都深深刻印在他的灵魂中，那种痛彻心扉的痛楚无处诉说，每天夜里他都捧着明信片任由泪水滑落，直到最后昏睡过去。他不知道自己的存在还会将她伤到何种程度，又会伤到什么时候。

以为明信片遗失在西藏的欧阳君，并不知道明信片是落在了去机场的巴士上，热心的巴士司机将明信片寄了出去，而她永远不会想到，那封她认为这辈子再也不会寄到丹增手上的明信片，此时正在丹增的手中，成为他心中永远的痛。

繁花似锦，凋零如梦。

回忆似真，转瞬如烟。

昨日的伤逝，随着岁月的流转已成过去，剩下的只有无奈的不甘在隐隐作祟。

欧阳君一次次告诫自己，安慰自己，开导自己，可是看到丹增表现出的震惊，她觉得心还是被猛烈地刺痛了，有那么一瞬间，她对自己毫无理由的爱上丹增感到后悔，觉得自己执着的付出，是不是太愚蠢了？就算自己为爱撞得粉身碎骨，对方也不会有一丝一毫的回应……何必这样折磨自己呢？

她扯动嘴角，自嘲地笑了，“对不起，我并不想这样唐突地出现在你面前，我也知道这样会给你带来困扰，不过我有非常重要的事情要跟你说，所以……真的很抱歉。”

泪在眼眶里不安分地打转，她紧咬着嘴唇，痛苦地强行忍耐着。自从遇见丹增后，这是第几次因为难以抑制而紧紧咬住嘴唇的记忆，她已经数不清了。

看着欧阳君透着忧伤的淡漠眼神，丹增的心几乎跌入了万丈深渊，与被冷漠、无视相比，欧阳君这样的默然神情更加让他心痛，更加无言以对。

语言对他们来说似乎是一种多余的存在，一路上他们都默默无言，直至走进丹增的办公室。

丹增沏好一杯普洱茶，放在欧阳君的面前。

“你说的非常重要的事是什么？”

单刀直入的问题，没有一点拐弯抹角。冷静的话语，好像在告诉对方要适当地保持距离，不能越雷池半步。

我的声音没有颤抖吧？

丹增默默地想着，举起茶杯强装淡定地啜了一口，努力掩饰自己的心虚。他不能让欧阳君发觉自己动摇的心思。

绝对不能！

欧阳君面无表情地看着茶杯里的热气慢慢升腾，在两人之间形成一个虚幻而沉重的阻隔，最后消融在空气中。

“绿度母托梦给我，让我去西藏找文成公主留下的五行经典，协助你找到莲花天珠，阻止色林。”

欧阳君的声音平淡得没有一丝波澜，眼神依然游离于飘渺的热气。她没有告诉丹增全部的实情，而是故意隐去自己是绿度母化身以及她和丹增多世相识的事情，她不想用这些束缚丹增，这没有任何意义，她懂得强扭的瓜不甜的道理，如果对方不是发自内心爱她的话，她宁可不要。

丹增感到难以置信，无论如何也没有想到欧阳君所说的重要的事是指这个，他从未想过将欧阳君拉进这个事件中，他所有的欺骗行为只有一个目的，那就是希望她能够远离自己，只有这样才可以远离危险。可是，佛菩萨从不会随便托梦于一个人。

她到底是谁？

丹增没有说话，微侧着头，用仿佛能看穿人灵魂的眼神直直地盯着欧阳君，不动声色地调和身体里的气流，微微动了动手指，想要探究欧阳君的身世。以往，他不会这样随便窥探别人的过去，不过今天他决定抛开那些谨守的戒律。

等待丹增回应的时间似乎特别漫长，欧阳君拿起桌上的茶杯晃了晃，却没有要喝的意思。“你放心，等一切都解决了，我不会再出现在你的面前，这一点，我可以向你保证。现在，你就当我……是一个你暂时无法避开的存在好了。”

人要有自知之明，才能避免自己受到那些不必要的伤害，才能和别人保持适当的关系平静相处。这是成年人的游戏规则，这一点，欧阳君比谁都清楚。

她不记得自己曾在哪里看过一段对爱情的描述——

爱情，在指缝间承诺；指缝，在爱情下交缠。

唯美的爱情是她的憧憬，可是，她跟丹增之间没有承诺和交缠，有的只是无尽的折磨和纠缠。

她微微低下头，刘海轻轻遮住了她的眼眉，掩饰着她因为落寞而颤抖的睫毛。这一刻，她只想守护自己还仅剩下的最后那一点点自尊。

丹增蹙了一下眉头，他完全没听到欧阳君在说什么，不知什么原因，他居然无法洞察欧阳君的身世，这令他大惑不解。以他的法力这种洞察绝对是小菜一碟，可现在……他托着下巴思索着各种原因，除非是佛菩萨的加持，或是有比他还厉害的高人在干扰他，当然，还有一个不太可能的可能，就是欧阳君自己有能力设下了一个结界！

当这个想法从脑海中划过的时候，丹增觉得自己好像被电击中了，他从欧阳君的身上能感受到熟悉的气息，除此之外没有任何特殊的气场，他摇了摇头，为闪过这样的念头感到可笑至极。

说真的，他一点都不希望欧阳君拥有什么特殊的能力和身世，那些光鲜的表面之下，是旁人无法知晓的巨大压力和难言之隐。

其实，做个普普通通的平常人没什么不好的，在别人眼里平淡怡然到索然无味的生活却是他这辈子可望而不可即的，所以，他在心底里祈祷，希望欧阳君能得到幸福，不为他人所左右，而是属于她自己的真正的幸福。

幸福？！

我是为众生的幸福而来的，众生幸福，我就会幸福，但属于我自己的幸福呢？

仿佛想将积压在心中的郁闷驱赶出去，丹增连着叹了几口气。坐在对面的欧阳君看在眼里，痛在心上，她没想到自己在丹增的眼里是这样的多余。

凡事应该先考虑最坏的结果，那样，在现实中受到的伤害就不会太深……可是，正因为深知这个道理，才变得更加无法自拔。

丹增和欧阳君默默地坐着，没再说一句话，各自陷入了自己的沉思中。

柔和的阳光，透过窗户照进房间，没有给两个人之间摇摇欲坠的关系带来一丝融解的暖意，反而显得有些不协调。

时间变得越来越沉重，连沉默都几乎被压得粉碎。

自从灵魂觉醒之后，欧阳君知道了莫果的真正身份——擅长使用妖幻咒术、阴险毒辣的兆通。为了报千年前被压之苦，他居然投胎转世来到人间，还成了她的上司，在生活中不停地刁难她，甚至一次次进入她的梦境折磨她。

但她现在已经不再惧怕兆通使出的恶毒招数，那些雕虫小技根本奈何不了她，自己的法力不仅高于兆通，而且还有吉祥天母守护在身边，他没有一点战胜自己的机会。

与此同时，已经恢复体力的兆通，一边在莲花岛寻找莲花天珠，一边施展法力设法继续给欧阳君制造麻烦，只是他没有想到自己突然无法像以往那样驾驭欧阳君的梦境！为此他感到疑惑和担忧，如果欧阳君觉醒了，那对他来说绝对是最糟糕的事。

不过，他不是完全没有扳倒欧阳君的机会，因为担心会出现这种情况，他很早就做好了万全的准备。

一切就等时机成熟了……

运用五行历算，欧阳君算出莲花天珠就在南夸帝巴寺里，第二天，丹增、欧阳君和米兰三人来到了寺庙。

自从跟彭措久美仁波切一别之后，每当想起仁波切，欧阳君的心就会隐隐作痛，那份深深的负疚感每时每刻都煎熬着她。

才过了几日，恢弘的南夸帝巴寺似乎渲染上了一层悲伤的气息。在询问了寺庙一位喇嘛后，得到了彭措久美仁波切还在闭关中的回答，她知道仁波切的伤势还未康复，于是改口问询可否带他们去见永真。

听到永真的名字，年轻喇嘛用审视的眼神盯着她看了好一会儿，才转身带着他们向寺庙深处走去。

不知走了多久，他们终于来到了一个紧闭的红色大门前，推开沉重的木门，穿过一个古雅的小庭院，他们在一个藏式风格的房间前停下了脚步，年轻喇嘛向里面通报之后，恭敬地离开了，这时，从屋里走出一位较年长的喇嘛，引领他们走进了屋里。

在一个绣着莲花图案的屏风后面，欧阳君见到了端坐在藤椅上的永真。

“永真，我……”

欧阳君刚想走近永真，却被两位喇嘛拦了下来，他们冷峻的神情似乎在告诉她要保持适当的距离，永真见状说了句藏语，两位喇嘛毕恭毕敬地退到了一边。年幼的永真地位似乎比其他的喇嘛都要高，这让欧阳君有些出乎意料。

“永真，彭措久美仁波切怎么样了？他还好吗？现在能带我去见他吗？还有，我们要去莲花山峰上的佛殿找莲花天珠，虽然莲花天珠在南夸帝巴寺是非常安全的，但拥有七颗天珠的色林迟早会找到这里，所以我们与其守护天珠不如善用它的力量来反制色林！”

听完欧阳君如连环炮似的提问，永真看了看丹增，目光最后锁定在米兰的身上，他好像知道所有经过的来龙去脉，一点都不感到意外。他不动声色地问道：“你，还是你们？”

欧阳君也看了看丹增和米兰，带着些许恳求地说：“我们……三个人。”

丹增的身世永真应该不会有异议，但米兰只是个普通人，永真未必会同意带米兰一起去那个奇幻而神圣的地方。

虽说米兰跟这个事件没有任何关系，但独自承受不了这么多痛苦和压力的她，将自己是绿度母化身的事以及对丹增的思念，毫无保留地倾诉给了米兰。米兰倾其所有地帮助她、安慰她……说真的，没有米兰，她都不知道自己能不能坚持到现在，自己随时都有可能崩溃，毕竟丹增对她的打击太过沉重了。这个时候，她的身边需要一个可以信赖的支撑。所以，当米兰说也想去看看那个美丽的地方时，她有过一丝犹豫，不过转念想到对于米兰来说，这可能是米兰唯一一次近距离接触神圣事件的机会，或许这是米兰的缘分和福报也说不定。而当米兰解释说，是因为担心还未抚平心绪的她单独跟丹增在一起时，她内疚地流下了眼泪……米兰一直都在为她考虑，自己却完全想歪了。米兰也许是这个世界上最了解自己的人，就算她武装得再完美，身上所有的漏洞都会被米兰一眼看穿。

其实，表面坚强的她比任何人都害怕受到伤害，她需要别人的呵护和关心，也更在意别人的眼光和看法，特别是来自——丹增的。而丹增却像一颗毒药，随时侵蚀着她的心，不管她怎样努力寻找都找不到解药，她多想抛下一切逃得远远的，可是……欧阳君情不自禁又握紧了拳头，像是要斩断自己的懦弱，她低下头，紧咬住惨白的嘴唇。

欧阳君的一举一动丹增都看在眼里，但他只能选择视而不见，他明白欧阳君心中的痛苦，却无法给予她依靠，连给她一个微笑和拥抱都做不到。给她希望就是害她，只要跟自己的关系越亲密，她的不幸就会不断增加，他决不允许出现这样的结果，所以，他默许了米兰陪在她的身边，代替自己成为她精神上的依靠。

一种奇怪的氛围在悄然蔓延，膨胀的沉默几乎压得人透不过气，每个人的心绪不知不觉间都沉淀在了自己的世界中。

永真闭目凝神片刻，站了起来，像是在对自己说话，轻声低喃了一句让人无法理解的话，“看来这一切都是因果啊。”说完，他点头示意他们跟自己走。

欧阳君没有想到永真会答应，她跟米兰对视了一下，激动得连声道谢。

永真遣开其他喇嘛，带着他们走向那条神秘的道路。

“欧阳君，其实不用找我，你也可以知道彭措久美仁波切的情况，为什么你不那么做？”永真边走边轻声问，他知道欧阳君已经找回了记忆。

欧阳君低下头，踌躇着不知道该怎样解释，将到嘴边的话又咽了回去，好像说出什么就真的会发生什么不好的事情一样。她执着地认为，不知道结果就可以一直这样欺骗自己。

突然，米兰的惊呼将欧阳君飘离的思绪给拉了回来，永真已经默念密咒打开了通道的大门。

与米兰的兴奋和丹增的冷静相比，欧阳君的心情似乎特别沉重，随着一步步接近莲花山峰上的佛殿，她越发不安。

经过朦胧、闪光的琉璃佛殿，欧阳君站在莲花池边，焦急地寻找着彭措久美仁波切，却始终没有看到他的身影，在先前看到仁波切的地方只有一朵禁闭着的莲花。

“那里是……”欧阳君指了指那朵禁闭的莲花，不敢确定。

当永真跟她对视一眼，无声地点了点头之后，欧阳君感到胸口仿佛被人深深地刺了一刀，心在瞬间碎了一地。

莲花表示由烦恼至清净，在佛教中有着非常深厚的意义，它生长于污泥，绽开于水面，有出淤泥而不染的深一层涵义。净土的圣人，以莲花为化身，因此，莲花亦是清净的功德和智慧之意，但闭合的莲花却代表了另外一层寓意，在埃及圣典《亡灵书》的图画中曾多次出现一个重要的复合符号——在一个祭台上，顶着一轮落日，落日的上面有一朵闭合着的死莲花，这其实记载的就是姆大陆的毁灭。

闭合着的莲花代表了一个生命的结束……

彭措久美仁波切已经不在了！

这一刻，欧阳君自责地恨不得死掉的是自己，如果可以，她愿意用自己的生命换回仁波切的生命，但是，一切都太晚了……她闭上眼，痛苦化作热泪滑过脸颊。如果不是因为她，仁波切就不会受那么重的伤，更不会因此丧命，永真也不会失去对他来说如父亲一般的上师！

这全都是我的错！

如果我不在就好了……

欧阳君厌世的情绪越来越强烈，她觉得自己是世间多余的一种存在。她不被别人重视，不被需要，带给别人的除了痛苦还是痛苦！

永真哀伤地看着欧阳君，他的心跟欧阳君一样痛。

清风卷着透明的水珠和阵阵莲香，轻柔地落在他们身上，仿佛彭措久美仁波切在跟他们做着最后的道别，永真也有些眼眶湿润了。完成任务的白哈尔，离开欧阳君，默默地守在闭合的莲花旁。

“尘归尘，土归土，”永真沉默了一会儿，平静地说道，“繁花终有凋零时，溪流总会枯竭空；美梦终有醒来瞬，青柏总会叶落尽。世间轮回自有其规律和法则，叶落归根这个道理是亘古不变的，人生就像是在周而复始地画着圆圈，没有起点也没有终点。只有在轮回中不断地学习和成长直至达到灵魂的净化，才能真正脱离苦海……其实，彭措久美仁波切的离去还包含了另外一层意义，他所受的那些伤痛和苦楚也是替许多众生消除了业障，当然，这其中也包括了你我。”

永真弯腰捧起一捧池水，手微微一歪，又将池水重新倒回池中，一层层美丽的涟漪慢慢绽开，如同逝去的昨日跟自己挥手说着再见。

“芸芸众生就如同这池水一般，不管经历什么，最终还是会回归最初的地方，贪着的一切只不过是过眼云烟罢了，唯有做到放下才能摆脱执着的束缚，如果做不到那就只能待在原地，永远不能向前迈出一步走出囚禁自己的牢笼。”永真目不转睛地看着欧阳君，“对彭措久美仁波切的无谓自责，你……能放下吗？”

永真的一席话，字字刺入欧阳君的心扉。失去彭措久美仁波切对永真来说是个巨大的打击，可小小年纪的他反过来还要安慰自己，脆弱的她只顾着宣泄悲伤的情绪，反而忽略了陪在身边的人们的感受，自认为这是对仁波切负罪感伤的证明，结果完全背道而驰，还害得永真为她担心。

我真是太差劲了！

欧阳君边这样在心里责骂自己，边蹲下身轻轻地拥抱住永真。

“对不起，让你担心了，我保证不再这样了。”

她对永真的保证，更像是对自己的承诺。

永真将头埋在欧阳君的发间，强忍着的泪默默地流了下来，欧阳君感受到了落在肩膀上的热度和重量，将永真搂得更紧些。

共同的悲伤，让他们彼此之间的情谊变得更深。

沿着来时的路，他们走进了美轮美奂的琉璃佛殿，站在莲花池边，欧阳君凝神闭目，在心中默念起密咒。

只见一股闪着光芒的幻彩气流凌空出现，在莲花外围成一圈，不停地涌动，莲花一明一灭地闪动着，仿佛人跳动的心脏。

幻彩气流渐渐散开，像急坠的流星落入了池水中，池水瞬间逆流而起，在空中形成了一个椭圆形的水色幕帘将莲花围在其中，一朵水莲花在幕顶缓缓绽放。闪着幻光的佛教吉祥八宝，围着莲花徐徐旋转。

吉祥八宝同时向莲花射出一道极光，紧闭着的莲花立刻爆出一记夺目的亮闪，晃得他们纷纷用手挡在眼前。当光芒慢慢缓和下来，大家发现水幕帘已经重新融汇到池水中，莲花展开了七彩花瓣，一条琉璃小桥横跨在池水之上。

米兰目瞪口呆地看着眼前的一切，生怕错过了每一个细节。激动的不止米兰一个，就连见过世面的丹增都被这壮观的景象震撼得心跳加速。那种前所未有的神圣的冲击力，就算不是用眼睛看到，一样可以通过全身每一个细胞感受到。

永真对着盛开的莲花拱手顶礼后，冲欧阳君笑了笑，做了一个请的手势。

欧阳君调整呼吸，看了看大家，像个发现了宝藏的小孩子，踏上了那座流光四溢的琉璃小桥。远远地，她看到莲花中有一个闪闪发光的亮点。

如火焰般通体红透闪亮的莲花天珠，在莲花的莲心中散发着耀目的光亮。模糊而零碎的景象在欧阳君的心中慢慢涌现，不停地泛滥，她伸出手，颤抖的指尖仿佛不是在追寻梦寐以求的莲花天珠，而是在轻轻推倒一直悉心呵护的记忆的多米诺骨牌，一片一片……直至随着倒下的时间洪流追溯到最初的起点。

她小心翼翼地拿起莲花天珠，那股难以言状的熟悉感触化作无声的泪水模糊了双眼。时隔千年，沉睡的莲花天珠又再次回到了她的身边，将它埋藏仿佛就发生在昨日，虽然这千年间她变换了无数次的容貌，拥有过不同的名字和身世，但灵魂的气息让他们彼此在分别了千年之后依然能在一瞬间产生共鸣。

当初，为了守护通往冈仁波齐峰的密道，她和其他七位高僧大德各自加持了一枚天珠，将天珠作为伏藏，也作为封印密道的重要法器藏于世界各地，她亲手将从未离身的莲花天珠放进了琉璃佛殿里的莲花中，施密法把它隐藏于普通人无法前往的另一个空间。

伏藏，简单地说，就是埋藏在土中的宝藏。主要分为两大类，一类是土伏藏，就是从岩石、湖中、土里、虚空中发掘出来的藏物，除了佛教经典、佛像、法器、药物之外，也会有写在纸上很短的伏藏标题，不过这仅仅只能算是开启伏藏的钥匙，得到的人必须唤醒邬金仁波切加持的金刚语明智力传承，才能解开伏藏隐藏的真正含义。

第二类意伏藏，埋藏、发掘的方式类似土伏藏，但不依赖于任何世间的物质，它可能只存在于一个人的大脑或是梦境中，当因缘具足时，掘藏师就可以通过自己明智界中唤醒心意，付嘱传承而开启神秘的意伏藏。

有位活佛曾说过，挖掘出真实存在的圣物是伏藏，经过修行，在心里彻悟一个道理也是伏藏。人人都有可能成为伏藏大师，挖掘的是自己真实的心……

伏藏一直安静地沉睡着，等待着时机成熟的那一刻被有缘人发掘开启，正确地发掘和使用伏藏，可以指引和帮助人类对灵魂的认知，将灵性提升到更高的层次和境界，但是因缘不具足，或者不具备每座伏藏所需的五种特定的圆满时，强行挖掘的话，就会产生错谬或是引起可怕的灾障。

就像现在，色林使用蛮横残暴的方法强夺天珠，这种有悖正确的发掘伏藏的方式本身就是在引发灾难，世界各地也因此相继发生了许多可怕的自然灾害，暴力冲突也在不断攀升，人们心中的善被贪婪、嗔恨、痴愚所淹没。

心灵的沦陷比什么都可怕，也更可悲。

这场心灵的战争不知道什么时候才能够结束，丹增和欧阳君看不到那遥不可及的尽头，不敢奢望，不敢幻想，只能希望陷进泥潭的人们不要再继续深陷下去。

这是他们的战争，更是人类的战争。除非人类自己觉醒，不然他们的付出将没有任何意义。

离开琉璃佛殿后，永真在几位喇嘛的护送下离开了，直到分别的时候，永真才告诉欧阳君自己的真实身份。他其实是一位转世活佛，因为年纪尚小，彭措久美仁波切担心太早暴露他的身份会招来不测，除了寺庙里的喇嘛，没人知道还有永真这么一个人。

欧阳君对这样的结果倒也不意外，或者说她已经预感到了永真是一个特别的存在。

永真说他接下来要闭关了，因而给他们的帮助也就到此为止，直到整个事件结束前，他都不会出关。对此，欧阳君有些感伤，除非色林的事情顺利解决，不然她没有机会再见到永真。

永真看着她的眼神充满了奇特的意味，似乎透着一股离别的悲伤，是那种知道未来会有怎样的结局，却无力改变，只能默默看着一切变成现实的凄然。

她不确定，她完全读不懂。一丝阴郁突然间闪过心头，一个不祥的念头紧紧攫住了她的心。她用力甩了甩头，想将这个不好的念头赶出去。

想再多也是枉然。不管结局是好是坏，她必须顺应早已注定的命运走下去，一直走下去……

断肠柔情千百回，
魂系朝暮醉生梦。
蓦然回首今何在，
生死茫茫皆嗟叹。

永真临别时说的一首诗，一直在她的脑海中徘徊，久久挥之不去。

三人各怀着心事，慢慢向山下走去。

来到南夸帝巴寺的正殿前，米兰突然快步上前，拉住走在前面的丹增，一脸怒气地说：“丹增，不管你拥有怎样强大的力量和多么令人尊崇的身份及地位，说真心话，我还是无法对你升起半点欢喜的心，甚至可以说是非常讨厌……”

“米兰，你干什么？”

“你别拉我，”米兰不理会欧阳君，用力甩开她的手，“丹增，你心里应该比谁都清楚，没有小君，你连莲花天珠的影子都瞅不见，小君拿到天珠还没在手心捂热就交给了你，结果你……你连一句起码的谢谢都没有，你的心是不是石头长的啊？小君为了你付出了那么多，到最后她得到了什么？你以为你很了不起吗？其实你错了，你根本不知道她是……”

“米兰！”欧阳君大声制止。虽然带着一丝赌气，但她自始至终都没想过告诉丹增自己真正的身世。

她别开头，看着地面，拉着米兰胳膊的手在微微颤抖。“好了，别说了……求你了。”她喘息似的哀求着。

米兰柳眉倒竖，满脸通红，不甘心地咽下了到嘴边的话，她怨恨地瞪视着丹增，“你的存在伤害了那么多人，你本身就是一种灾难！”

丹增默然地看着欧阳君，心在痛苦地淌血，慢慢剥离的伤口传来撕心裂肺的痛楚，他就像一个割断手腕脉搏的人，静静地看着血液从那道深深的伤口里一滴一滴消耗殆尽，懦弱到连抗争的勇气都没有，当仅有的一丝希望随着最后一滴血从身体里流尽了，他不知道自己是否就可以心如死灰般了无牵挂。

他的痛有谁能了解？又能让谁了解？即使呐喊到声嘶力竭，也不会有人理解，他的故事里没有一个听众……

他蠕动了一下嘴角，似乎想说点什么，却发现话语冻结成带刺的硬块，刺痛了喉咙，也刺痛了整个身心。

也许真的像米兰说的那样，自己的存在可能就是一种灾难，所有的错误都是因为自己。其实，他想过纠正错误，可结果却是一错再错……就连在欧阳君的帮助下得到了莲花天珠，他依然不知道这最后的救命稻草是否有改变命运的可能。他真的不想再错下去了，哪怕让欧阳君恨他一辈子，他也不后悔自己当初的决定，他要抱着这样的信念才能坚持下去。

色林的绝对优势令他预见了将来可能发生的世纪浩劫，所以他不得不放弃欧阳君，跟他在一起只会让她伤得更深……也许，这只是自己逃避现实的自私借口罢了，其实，自从觉醒以后，剃度出家的念头一直萦绕在他的心头，而且这个念头变得越来越强烈，就算没有色林的事件，最终他也不可能跟欧阳君走在一起。

他们之间不会有任何的结局，什么都不会发生。

他一直遵照邬金仁波切的指示，谨守自己身世的秘密，专心修行，以一个普通人的身份生活着，说真的，到现在他也不明白邬金仁波切为什么不让他暴露身世，如果他像其他的转世活佛一样，从小被认证，在寺庙生活、学习、修行……成为一个伟大的精神领袖，那样，他是不是就不会遇见欧阳君？不会被这痛不欲生的情感伤得那么深？

他不知道，他真的参不透这其中的奥秘。人的定数中充满了无数的变数，除了默默接受，他没有其他的选择。

见丹增沉默不语，米兰更加气急败坏，她用力扯了扯丹增脖子上的佛珠，大声说：“既然你得到了天珠，又欠了小君那么多人情，就将这串佛珠送给小君做补偿好了，你总不忍让她连个护佑的东西都没有吧？”

“米兰，别这样！”欧阳君知道米兰是为她打抱不平，但她没有想到米兰会这么不给丹增留情面。她试图说服情绪激动的米兰，还不停地对丹增连连道歉。

“你干嘛跟他道歉，他不配！”米兰不依不饶地闹着。这时，丹增把佛珠取了下来，戴在了欧阳君的脖子上。欧阳君一愣，刚想归还佛珠，丹增的大手却阻止了她。

“米兰说得没错，你有资格得到它。”

丹增温柔的眼神带着深深的歉意和无限的爱怜注视着欧阳君，低沉的声音发出微微的颤音。

欧阳君急忙移开眼神，为了避开丹增的碰触，她松开了握着佛珠的手。

不要碰我！不要用那充满怜惜的声音叫我的名字！

我不要你的怜悯！既然对我没有那种感觉，就不要对我那么温柔！不要给我那不切实际的希望！

折磨人的心绪在痛苦地纠缠，欧阳君紧紧地抱住了自己的手臂，佯装镇定地梳理被风吹乱的发。

见丹增把佛珠送给了欧阳君，米兰似乎解了心头之气，她调侃地说了几句，接着又态度强硬地问丹增讨要莲花天珠，说是以后可能再没机会见到这么神圣的圣物了，所以要带着欧阳君去正殿顶礼加持。

丹增没有任何异议，将莲花天珠交给了她们，看着她们走进正殿的背影，他的心瞬间跌入了冰点。

找到了莲花天珠，就意味着到了要跟欧阳君说再见的时候。

该来的躲也躲不过，所以他想尽量为欧阳君留下些什么。他重重地叹了口气，看着可以用惨淡来形容的夕阳，落在人们的身上。

欧阳君半推半就地跟着米兰进了正殿，在米兰敦促下她做完简单的顶礼仪式后，终于忍不住发问，“你为什么坚持问丹增要佛珠，没必要这么做啊？”

她完全搞不清米兰的目的，米兰知道自己是绿度母的化身，可为何还会有这样的举动？这些所谓的形式上的东西，对她来说并没有什么特别的意义，而她对收下丹增的佛珠有些耿耿于怀，毕竟那是佛菩萨赠予丹增的，从他出生以来就从未离过身。

“你呀，就是太善良了，他对你做了那么多过分的事，我看不过去啊，所以要教训教训他，你想想莲花天珠真正应该是属于你的，结果现在却在他的手里，所以向他要这个佛珠算是便宜他了。好了，你就别想那么多了，这都是他前世欠你的。”

米兰接过欧阳君递过来的莲花天珠和佛珠，端起供水杯准备放到供桌上，结果被一个匆忙走过的人撞到手臂，供水洒了一桌，也溅湿了米兰的衣服。欧阳君见状立刻掏出纸巾递给米兰，又跑去供水池接了一碗新的供水。可当她回到供桌前，却发现米兰不见了！

她四处寻找，始终没有发现米兰的影子，拨打米兰的手机，得到的是对方已关机的回复，就连问了在佛殿里的人，也没有人看到她口中所描述的人。

前后十几秒钟的时间，米兰怎么会不见了呢？就算米兰要离开，也不会就这样不告而别，这完全不符合米兰的作风。

难道……米兰出什么意外了？

这个念头划过头脑的瞬间，欧阳君觉得浑身惊出了一身冷汗。

在正殿外等候的丹增，大老远就看到惊慌失措的欧阳君向他跑过来，一股不好的预感在心中陡然间膨胀开来。听完欧阳君的叙述，丹增感到仿佛一个响雷在头脑中轰然爆炸。

莲花天珠和佛珠可都在米兰的手中啊！

黑夜渐渐取代了白昼，繁星如同璀璨的钻石点缀着天空，山林间传来潺潺流水和各种虫鸣的奇妙声音，微风带着夜的气息和花草的芬芳从丹增和欧阳君的身边吹过……这是一个令任何人都会陶醉的美丽夜景，然而他们无心欣赏。欧阳君颓然地站在寺院的大门外，丹增默默地站在她的身边。他们几乎找遍了寺院的每一个角落，直至到了寺院关门的时间，他们依旧没有任何米兰的消息，米兰就像从人间蒸发了一般。

这样没头脑地继续找下去，不是个办法。丹增带着欧阳君来到一处安静无人的草地，盘腿坐下，并示意欧阳君坐在他的对面，然后伸出了双手，摊开掌心。

“现在我要借助你的力量去寻找米兰，你是她最亲近的朋友，通过她留在你身上的气息找到她应该不难。”

欧阳君犹犹豫豫地把有些微凉的手放在了丹增的掌心里。她其实也可以运用法力寻找米兰，不过她还不太习惯自己的新身份，而且她也不想让丹增察觉太多。

丹增的大手掌很温暖，给人一种说不出来的安全感，那种似曾相识的感觉令欧阳君有些渐渐陶醉了。在头脑中一闪而逝的画面，令她久久无法释怀——她哭喊着将一把闪光利剑刺进了丹增的心口……

这个画面到底是什么？我为什么会看到这些？难道……将来有一天我会亲手杀死丹增？看着闭目运法的丹增，欧阳君陷入了无法自拔的沉思。

不知过了多长时间，丹增睁开了眼睛，沉重的表情在他的脸上凝成了寒冬。

“事情可能比你我想象的还要复杂！”丹增的声音低得有些让人胆寒。

“怎么了？”

丹增示意欧阳君闭上眼睛，运法将发生的一切展现在她的脑海中。仅仅一刹那，欧阳君的大脑就接收了所有的信息。得知真相的她接受不了现实，一下子瘫软在地上。

带着跟丹增情感的纠缠她顺利地完成了西藏之行的任务，可她却忽略了之前察觉到米兰身后的影子有异样的事情。在那个夜黑风高的夜晚，几乎将她拉进堕落深渊的黑雾和风沙，如今依然历历在目，结果她之后居然把这么重要的关键点给忘记了！平时言语不多的米兰突然变得巧舌如簧，编出了那么一个温馨而美丽的谎言，自己完全被莫果散发的迷幻妖术影响了，竟然没有一点防备。

“对不起……对不起……”除了道歉，她不知道自己还能说什么。

看着自责的泪水在欧阳君的眼眶里泛滥，丹增的心几乎碎了一地，他多想将她拥进怀里，拍着她的肩膀告诉她“没关系，这不是你的错”。

可是，他不能！跟我扯上关系的人，将会被痛苦吞噬……他更加坚定要远离她的决心。

“除了色林之外，还有一个阴险狡诈的敌人。”丹增强装冷静地说，那股陌生而又熟悉的气息令他心绪不安。

欧阳君擦干眼泪，看着远方深邃的夜空，暗自发誓：莫果，我不会放过你的！

如盘的皓月高悬天际，照耀着夜幕下的静谧世界，只要静静地凝望，用心体味和感受，浮躁和执着的气息仿佛立刻被洗涤一清，甚至连心中的阴霾也在瞬间被驱散得一干二净。

只是，这温柔的光芒背后却隐隐透出一丝令人胆寒的不安。

明天是满月之夜……一个有着强大魅惑力，诡异而神秘的满月之夜。

第十章 问天求剑

当天深夜，丹增追踪到了米兰的行踪。他和欧阳君一起赶到了米兰的公寓，在按了无数次门铃却没有得到任何回应后，丹增微微运法，强行进入屋内。

房间里静悄悄的，没有一点动静，他们能听到彼此紧张的心跳声。清冷的月光透过窗户洒落进房间，给人一种莫名的寒意。

两人搜遍了整个屋子，终于在书房里找到了米兰。

书房的落地窗大敞着，米兰背对着他们坐在阳台的栏杆上，透过飘扬在寒风中的薄纱窗帘，感受到她的背影传递着一抹寂寞离殇。

“你们来啦……”

米兰没有回头，依然仰望着空中的圆月，空洞无力的声音仿佛被冰冷的空气冻结了一般。

“米兰，我知道这不是你的本意，我们可以帮你，你先下来好吗？”欧阳君不动声色地慢慢靠近米兰。

眼看离米兰只有一尺之遥，这时，米兰突然回头盯着欧阳君，低喃一句后，纵身从22楼跳了下去。

“米兰！”

欧阳君一声惊叫，奋力扑上前想要抓住米兰，她的指尖似乎都触碰到了米兰的发丝，可是……她紧握在手中的只有冰冷的空气。

她眼睁睁地看着米兰的身影变得越来越小，越来越小……

米兰流着泪的脸庞定格在她的脑海中，带着深深忏悔的道歉在耳边久久回荡不散。面对无法弥补的过错，米兰选择用生命作为代价为自己所做的一切来赎罪。

米兰，我不要……我不要你的道歉，我要你活着！

欧阳君捂着脸，跪倒在地上痛哭不已，如果不是自己，米兰也不会成为被利用的对象而丢掉性命。

“欧阳君，欧阳君。”丹增充满疼惜的声音在她的身后响起。

欧阳君没有理会，将脸深深埋在双手间，任由自责的泪水决堤奔涌。

“小君……”一个虚弱的声音传了过来，欧阳君终于抬起头回身看去。

丹增正抱着米兰，米兰正吃力地喘着粗气，眼中溢满了内疚懊悔的泪水。

“米兰，你……哦！谢天谢地！”欧阳君哽咽着破涕为笑，紧紧搂住米兰。

原来，当米兰跳下去的时候，丹增立刻利用瞬移法在米兰即将坠落地面的刹那间接住了她，随后又瞬移回到了阳台上。

丹增把米兰轻轻地放在地毯上，欧阳君一脸担忧地握着她的手，跪在她的身边。

“欧阳君，米兰似乎被幕后的支配者下了暗示，只要见到我们就立刻自杀，在我刚救下她的瞬间，她还奋力挣扎用力掐住自己的脖子，无奈之下，我只能施法限制她的行动，不过这只是暂时的，要想让她真正摆脱束缚必须找到施咒的人，解除暗示。”丹增看着夜幕下明亮闪烁的城市，眉头紧蹙着，他不知道莲花岛究竟有多少人被控制了心智。

“小君，对不起，我不想的，我真的……我真的不想做那些事的……可我脑子里一直有个声音在不停地说话，我根本就……噢！该死的，该死的，别再说了，停下！停下！”米兰突然痛苦地扭动起身体，厉声尖叫，瞪得浑圆的眼睛因充血过度而布满了恐怖的血丝。

“让我死！让我死吧，小君，我受不了了，求求你……求求你……”米兰含着泪苦苦哀求，血从嘴角流了出来，因痛苦而变得狰狞的脸分外骇人。

欧阳君完全慌了神，不知道该怎样帮米兰减轻折磨，除了紧紧抱住米兰，她不知道还能做什么。过了一会儿，她好像想到了什么，在米兰的耳边轻轻吹了一口气，米兰抽搐了几下，渐渐平静下来，在欧阳君温柔有力的怀抱中慢慢睡去。

看着米兰挂着泪痕的脸，她的心碎成了粉末。看来，已经到了要跟莫果摊牌的时候了！欧阳君默默地想着。

“欧阳君，你在这儿陪着米兰，我去外面看看。”丹增低声说道，他没有发现米兰平静下来是因为欧阳君悄悄地用了法。

如果真如欧阳君说的那样，这个隐秘的妖魔就是在他离开莲花岛去玛旁雍错湖寻找天珠的那个晚上偷偷袭击了莲花岛。

那么洛桑师傅所说的帮助色林的人，很有可能就是这个妖魔！

带着满腹狐疑，丹增隐身飞向远方。

丹增离开没多久，欧阳君也隐身飞入了夜幕之中。

“莫果，你给我出来！我知道你是谁，你躲也是没用的！”她一边飞行一边对着天空大叫。她对丹增隐瞒了有关兆通的实情，只为能亲手将他了结。

蓦然间，她发现靠近海边的原始森林中闪过一丝诡异的光亮，她微微一倾身，向森林飞去。

森林里阴暗潮湿，到处长满了湿滑的青苔，枯枝和落叶散落一地。鬼魅丛生的气息在悄然蔓延，冰冷的月光透过树枝将斑驳的怪影刻在地上，像是在挑衅她的力量，更像是在嘲笑她的无知。一股在海风下发酵的霉味如同肆虐的毒气在空气中飘荡着。森林里异常地安静，安静得有些不可思议。

不安开始在欧阳君的身体里膨胀……骚动……

等走近了一点，她看到树下躲藏着一个人影。这么晚了，这里怎么还有人？

她还在纳闷的时候，愕然发现又有几个人影神不知鬼不觉地从黑暗中冒了出来，不，不是几个，是好几百个！

一不留神，她的身边居然围满了人！

“你们要干什么？”

没有回答，只有簌簌的风声仿佛在看好戏似的从她身边吹过。欧阳君紧张地缩紧肩膀，举起双拳。

这些人虽然有着人类的样貌，但从他们身上完全感受不到人类的气息，他们衣衫不整，头发蓬乱，浑身散发着腐败、糜烂的气味。

咻……

一声尖细的口哨声在寂静的夜空下响起。一团可疑的黑影猛地从她的头顶飞过，树梢被气流吹得哗哗作响。

听到哨声，如石像般僵直不动的怪人突然疯了一般向她发起围攻，他们张牙舞爪，面目狰狞。

仅仅一瞬间，欧阳君就被怪人们抓住了，他们用力地撕扯、啃咬，她惊慌大叫，她奋力挣扎，可一切都是徒劳的，他们的邪力太大了。

情急之下，欧阳君运用法力，在四周张开了一个直径两米的结界，被弹开的怪人们没有丝毫犹豫，如饿虎般又扑了上来。

欧阳君捂着被咬破的伤口，汗水涔涔直冒，不知道该怎样对付这些怪物。他们似人又似妖，在弄清事情原委之前，她绝不允许自己做出伤及无辜的事情。

嘻嘻……嘻嘻……

天空传来一阵阴险的奸笑。

莫果！

她仰起头，看到那团一掠而过的黑影在空中得意地扭动着。她眉头深锁，一蹬脚离开地面，悬立在莫果的对面。

“莫果你可算现身了，不，应该叫你兆通才对，”欧阳君冷峻的目光闪着怒火，“当年我手下留情留你性命，希望你在水晶佛塔下能够忏悔自己的罪行，可没想到你依旧魔性不改。”

“你现在是不是很后悔当初没把我了断了？”兆通得意地阴笑。

“是啊，不过现在也不晚！”说完，欧阳君闭目运法，持诵密咒。就在这时，脚下的森林里突然爆出一阵巨大的火光，撕心裂肺的惨叫声响彻了整个天空。

熊熊烈火将怪物们包围，他们无处可逃，渐渐被凶猛蔓延的大火给吞噬了。烈火似乎只对他们有伤害，周围的树木和其他植物依然完好无损。

欧阳君心中疑窦丛生，突发的状况让她产生了混乱。

“这些人是为我效力的。”

“什么？！”

“他们之中有的是人类，有的是深埋土中的死人，我操纵那些活人去坟墓里挖掘死人，然后将他们的生命气息分给这些已经腐烂成白骨的家伙，这样我的人马就大大提高了，要多少有多少。因为吸收了彼此的阳气和阴气，所以叫他们活死人绝不为过，但不管怎样，他们都还算是人类。欧阳君，你要怎么做呢？难道打算就这样放任他们不管吗？哈哈哈……”

欧阳君恼羞成怒，他竟然将人类玩弄于股掌之间！不但对在世的人类下手，居然连入土为安的往生者也不放过。

不可饶恕！不可饶恕！不可饶恕！

欧阳君知道这是兆通报复她的手段，然而此刻已容不得她多想，她立刻结手印，念动密咒，虚空中顿时传来轰隆隆的巨响，顷刻间下起了瓢泼大雨，肆虐的大火很快就被扑灭了，森林里传来刺鼻的焦糊味儿和人们痛苦的呻吟声。

“还是很厉害嘛，”兆通假惺惺地拍掌喝彩，“我用火山燃炽的毒咒修炼硫磺、鸽子粪、蛇骨头等物质，再配合黑术法将炼制好的大火降在他们的身上。说真的，我的黑术法是非常厉害的，一般人想要破解可没那么容易，不过，时隔千年，你的表现仍旧是那么令人称赞啊，但接下来，你要怎么救他们呢？”

看着受伤的人群，欧阳君心中的愤怒被点燃到极点，“只要消灭你，他们就可以得救了！”话音未落，她已高举双手，持诵密咒，准备降下威力无穷的降魔罩。

“你以为杀了我就可以救他们吗？”

兆通看起来完全无惧欧阳君接下来的攻击，这让欧阳君产生了动摇，他看起来并不像是在说谎。

“我是用法术操纵了他们，但他们心中的黑暗却是真实存在的，就算我不在了，只是对他们的操纵消失了而已，他们心中的恶念却不会随之减少一丝一毫，你们不是总说再恶的人心中也有佛性吗？相对的，所谓善良的人心中也同样存有魔性，我只不过通过巫术将他们深埋着的黑暗本能挖掘出来罢了，没有彻底的净化是救不了他们的，等待他们的是一步步被黑暗吞噬心智。”

欧阳君高举着的手无力地垂了下来，她没有自信可以净化他们的灵魂。我该怎么做？我到底该怎么做？

她痛苦地握紧了拳头，脑海划过米兰无奈而憔悴的神情。救不了他们，也就意味着救不了米兰！

兆通见欧阳君内心动摇，露出破绽，趁其不备施出恶招，一记魔拳狠狠地击中了她的腹部。

欧阳君捂着肚子惊叫一声，跌落到森林，她蜷缩着身子，痛苦地呻吟。那些奄奄一息的人看到她又像看到了希望，拖着伤痕累累的身体再次向她袭来。

连他们都无法守护的话，我还能做什么？

她张开结界，坐在原地，心痛而自责的泪水从脸颊上滑落。

“欧阳君……”突然，她的头脑中响起一个声音。

永真！？

“欧阳君，现在不是哭的时候，要救他们只有一个办法。”

“什么办法？永真，快告诉我！”

“问天求剑。”

“问天求剑？”

“对，问天求剑。天地日月乃万物之根本，为守护人类及人性的善良，他们强大的灵力曾诞生了一把日月剑，此剑非世间之物，威力无比，可震慑六道众生，传说得到此剑甚至可以成为世界的霸主，妖魔鬼怪都纷纷想得到它，就连人类也因为可怕的贪婪之心加入了掠夺日月剑的战争中。围绕日月剑出现了太多太多令人悲伤的事情，于是，大自然将贻赠人类的礼物封印了起来……欧阳君，向大自然真诚祈求，一定会得到回应的。”

“永真，可是我……”

“欧阳君，没有太多时间了，你一定要坚强，静下心，听听自己灵魂的声音，它会指引你的。”

永真说完，便不再开口。

欧阳君静静地看着浑浊的天空，那一道道暗淡的云彩好似天空心中撕裂的伤口，她似乎能听到天地在默默地落泪，微微的风声是他们无奈的叹息。

如果就这样认输放弃了，会有很多人受到伤害，就连天地万物也会更加伤心难过……想到这些，她闭上眼，调舒气息，让自己的心跳和呼吸配合大自然的节奏。

慢慢地……慢慢地……一股宁静舒缓的气流在她的身体里流淌，她感觉自己化成了清风，和大自然融为了一体。

当她再次睁开眼时，目光变得如炬有神，眼中没有了彷徨和犹豫。她轻轻一跃来到空中，迎月而立。

“吾等祈请，日月神剑，现身吾前，彰显其威。”

她仰着头，双手合掌，念起古老的祈请文，灵魂深处的力量为她做着指引。

“什么？日月剑？！”

听着欧阳君所念的祈请文，兆通惊骇得瞪大了双眼，感到浑身发冷。如果欧阳君得到传说中的神剑，那么他们的死期将不远了。

不，他决不允许这样的事发生！

兆通连忙掏出白纸，用混有断肠草、番木鳖和鸩的羽毛等百余种毒物提炼而成的毒药，在纸上写下古怪的符咒，接着，将黑术咒法力注入咒纸中，咒纸居然幻化出无数张，密密麻麻地布满了整个天空。

“欧阳君，你去死吧！”兆通恶狠狠地咒骂。

符咒化作诡异的火球攻向欧阳君。突然，天际划过一束明光，一记亮闪刺破长空落在欧阳君的身上，天空顿时被照得如同白昼，火球在顷刻间灰飞烟灭。

不好！

见大事不妙，兆通立刻隐身消失了踪影。

天空响起了微妙的轰鸣，似有似无，似远似近，似高似低……

“欧阳君，我们听到了你的祈请。”

虚空中响起一个虚幻而震撼人心的声音，听不出是男是女，仿佛有亿亿万万个声音在同时说话。“伸出你的手吧。”

欧阳君按照声音的嘱咐，高高举起右手。

又一记强烈的闪光落下，欧阳君一阵惊愕，发现空空的右手竟然握着一把宝剑。

宝剑全身散发着朦胧的幻彩，剑锋在月光的照耀下闪着凛冽的光芒，微微弯曲的剑头如同一轮初升的新月，镶嵌在剑身上的一颗异世宝石显得格外闪亮耀目。无数只夜光蝶围在她的身边，仿佛在欢迎她这个新主人。

看着宝剑，欧阳君想起被丹增救下那次，脑海中浮现的宝剑跟手中的一模一样，而幻象中她曾用这把宝剑刺进了丹增的胸口。她不知脑海中的画面是否预示着未来将要发生的事情。难道，她真的会用它刺死丹增?！

“欧阳君，我们已经把月之剑交付于你。请你善用它的力量。”

“月之剑?”

“是的，为了防止恶徒觊觎日月剑，我们将宝剑一分为二，日之剑可破坏一切生命的实体，月之剑则可斩杀任何灵体，并使污秽的灵魂清净得到超拔，它们两者是互相依附存在的，缺一都无法发挥出全部的神力。”

“日月剑居然如此厉害！”

“现在你明白为什么不管是妖魔鬼怪还是人类都想得到它的缘故了吧，只要拥有日月剑，甚至连神灵都可以挑战。”

欧阳君低头看了看手中的月之剑，觉得握在手中的不是一把宝剑而是一份沉重的责任。同时，她也默默发誓，绝不让幻象变为现实。

“在月之剑的共鸣下日之剑不久也将显现于世，日月剑的出现会给乱世带来希望还是灾难，最终的结局我们谁也不知道。欧阳君，放下迟疑和迷惘，别让这些成为束缚你的枷锁，只要你的心不动摇，月之剑也不会动摇。记住，守护你的心！”

话音落毕，那些在空气中颤动的震音也随之消失了，夜光蝶化作无数星屑随风远去，世界骤然间恢复宁静。

守护你的心……

大自然留下的最后一句话，跟欧阳君记忆中那个无数次问她“你想守护什么”的声音重叠在一起。她蹙着眉，凝视着明月，挥舞起月之剑向森林里的人群飞去。

被月之剑刺中的人，身体不会出现任何的伤口，一团黑色的烟雾会从他们的口鼻飞出。活着的人暂时失去了意识，醒来后他们会忘记曾经历的一切，亡者则会继续长眠。

正当欧阳君以为那些受控制的人都已经被解救的时候，冷不防地，身后突然传来了米兰的惊呼声。

她回身的瞬间看到米兰用自己的身体为她挡下了一记攻击，米兰倒在了血泊之中，没有了声息，背后那道深深的伤口是那么触目惊心。

“米兰！米兰！”

她哭喊着扑过去，拼命摇着米兰的肩膀，米兰动也不动，依然紧闭双眼，这时，隐身于暗处的兆通看准机会，施出毒招，欧阳君顿时感到头被一股沉闷的力量击中了，一阵撕心裂肺的剧痛将她吞噬，她没来得及呻吟一声便倒在了米兰的身旁。

兆通看了看欧阳君，弯腰拾起掉落在地上的月之剑。但他的如意算盘没有得逞，神剑传出的炽热把他的手烫出了一块烙印，他不得不松开了手，神剑渐渐幻化成无数星光融进了欧阳君的身体。

可恶！

兆通捂着被灼伤的手低声咒骂，他没想到月之剑居然有如此强大的自我意识。本来他想在得到神剑后给欧阳君致命一击，不过现在看来还不是时候。

他看向远方，细小的眼睛眯成了一条细缝，化作一团怪风隐匿于夜空之中。

丹增在外面巡查一番，没发现什么可疑的地方，他漫无目的地飞着，在经过一所大学校区时救下了一个因为失恋准备跳楼自杀的男孩，他费了好一番口舌才打消了男孩再寻短见的念头。

现在的孩子太过脆弱了，一遇到挫折就容易想不开，动不动寻死觅活，难道死就能解决一切吗？他们想得太天真了，轻易放弃生命，只会带来更多痛苦。

不过，自己说得倒是轻松，面对感情，其实自己也未必比那个男孩坚强到哪里去，只不过他选择视而不见罢了，他甚至连面对死亡的勇气都没有。

丹增的嘴角扬起一抹悲凉的自嘲，向远方飞去。

沿着海岸线飞了一阵子，他降落在森林边的沙滩上。今夜无风，海浪轻柔地抚弄着沙粒，白色的浪花是大海送给沙滩的赞礼。

他低着头，静静地走着。一只沙鸥在他的头顶唱起了寂寞的歌。

“丹增旺杰啊，我总算把你等来了。”

一个听起来很老很沙哑的声音，从海边的森林里传来。

“谁在那里？”丹增警惕地喝道。

“远在天边，近在眼前。”话音刚落，海边那棵需要十几个人才能抱住树腰，已有万年树龄的桢木树显现出脸孔。那是一张布满皱纹的老婆婆的脸。

“丹增旺杰，好久不见了。”

“你……认识我？”

丹增有些惊讶，他可不知道跟这个桢木精灵有过什么交集。

“认识，当然认识，认识很多世了呢，不过你一直不知道我的存在。你以前很喜欢在我的树荫下看书，研究那些难懂的医书，我到现在都还记得你那认真的表情，真的是很可爱呢！”桢木精灵说着呵呵地笑起来，脸上的皱纹幸福地堆在了一起。

可爱？！

有生以来第一次被别人说可爱，对于这样的赞美，丹增觉得有点不好意思。但他多少也能感受到桢木精灵所说的一切，在树下研读的画面仿如昨日的经历。

那是深埋着的前世的记忆。

而桢木精灵在时间的洪流中就这样静静地矗立着……

直到现在。

落寞感伤不知不觉涌满了丹增的心。

“孩子，我不寂寞，至少在你陪伴我的那段时光里我不寂寞。”桢木精灵读懂了丹增的心绪，她挥动枝叶抚摸着他的头顶，“而我为了将一样属于你的重要的东西归还给你，已经静静等待你很久很久了。”

“重要的东西？”

“是的。”

桢木精灵边说边伸出一条枝叶，丹增看到树枝上挂着一个绣工精美的香囊。

“一万多年前，一个女孩用长在我身上的蘼芜做成了这个香囊准备送给你，可你们约定好见面的那天你却没来赴约，之后的日子里，女孩每天都在树下等你，但你再也没有出现过，女孩就将这个香囊系在了我的枝头上，并许愿来生能与你结为夫妻，”桢木精灵的声音听起来似乎有些哀伤，“不过那个女孩的愿望时至今日仍旧没有实现……”

丹增手捧依然还散发着幽幽芬芳的香囊，觉得心绪在瞬间被拉回到了一万多年前，他依稀能看到女孩站在海风中等待着他的孤独身影，刻在沙滩上的倒影，是那么忧伤又带着无尽的期许……

映蓉……

他轻声叫出了一个陌生却又莫名熟悉的名字，那令人无法忘怀的气息刺痛了他的心肺，泪水情不自禁地流了下来。

“在这一万多年间，你们每一次的转世，我通过深深扎根于大地的根须就能感知到你们的存在。跟人类的时间相比，我们的时间可以说是静止的，不管人世间发生怎样的变化，我们就这样静静地看着，成为世间变迁的见证者，直至等到我们的时间终止的那一刻到来。我们不奢求什么，也不渴望什么，但是你们不一样，人类有资格去追求自己的梦想。孩子，不要害怕，不要迷惘，不要忘记自己想要守护的是什么，”桢木精灵慈爱地抚摸着丹增的脸颊，“你们的相遇是缘分，是命中注定的，那已经成为过去的许多世的悲伤故事，现在也到了该画上句号的时候了。”

“可是，命运是早已注定好的，谁也没有办法改变。”丹增轻声说，低垂下睫毛。一想起欧阳君，他的心就阵阵刺痛。

“不试着去抗争一下，怎么知道命运是无法改变的。你不走出去，一切就无法开始，亦无法结束。”

桢木精灵说着，轻轻抖动枝条，只见一块刻有咒文的木牌从树枝间幻化出来，她将木牌放在丹增的手中，“这是护身木牌，带着我的万年灵力，可以祛除一切魔障，但只能使用一次，希望对你有帮助。亲爱的孩子，说再见的时候到了，期待着跟你下一次的见面。记住，没有注定好了的命运……”说完，桢木精灵回复了原貌。

丹增轻轻拥抱了一下桢木精灵，隐身飞入了夜空。

一世相遇，万年守候。

他不知道来世是否还会像现在这样，站在桢木树下感受对方存在的气息。

离开海边不久，丹增感到远处的森林里传出异样的气息，直觉告诉他发生了什么不好的事情。

飞进森林深处，映入眼帘的惨象令丹增心头一震。这里简直就是惨不忍睹的大屠杀的现场，空气中充斥着浓烈的血腥味儿，斑斑血迹在弥漫的毒烟中闪烁着诡异的赭红色，到处都是散落的森森白骨。

米兰一动不动地趴在一棵大树下，圆瞪着的眼睛涣散无神，背后一道血淋淋的伤口深可见骨。在她身旁的是满身伤痕的欧阳君。

丹增发了疯似的扑过去，搂着欧阳君拼命大叫。

“欧阳君！醒醒，你快醒醒！求求你，快醒醒！”

可是，不管丹增如何呼唤，身体冰凉的欧阳君依然没有任何反应。泪水模糊了他的视线，滴落在欧阳君满是鲜血的脸上。

“不要……不要……”他紧紧搂着欧阳君，撕心裂肺地放声大哭。悲怆的哭声震动了天地，天空此时也下起了蒙蒙细雨。

突然，他像被电流击中一般，浑身打了一个激灵，眼前的一切是那样的熟悉，他瞪着惊愕的眼睛，看着满手鲜血，想起在海边替欧阳君包扎伤口时出现在脑海中的画面——跟现在的情景一模一样！

为什么？这究竟……是为什么？

震惊和疑惑令丹增一阵恍惚，但这些疑虑很快就被眼前糟糕的状态吞噬。

欧阳君是他的希望，是比他自己的生命还要重要的希望，只是现在，这个希望已经不在了。他的世界里也就什么都不存在了……他小心翼翼地擦拭着欧阳君脸上的血渍，像对待一件易碎的珍宝。

我不该丢下她，我不该丢下她出去的！

他万般自责地重重捶了一下身旁粗壮的大树，血从指间流下染红了树干。

冰冷的雨水淋湿了他的全身，混着他绝望的泪融进大地。他深情地看着怀中的欧阳君，手指轻柔地拂过她惨白而冰凉的嘴唇，缓缓俯下身，希望将今生无法诉说的爱意化作这最后一吻，传达给她。

今生无缘，来生再续！

当丹增的嘴唇几乎碰到欧阳君嘴唇的瞬间，他感到一股微弱而温热的气息从欧阳君的唇缝间吐了出来。

“君……欧阳君？”

他不能确定自己感受到的是不是真实的。他祈祷奇迹的出现，却又不敢奢望奇迹。

过了一会儿，欧阳君终于从喉咙深处艰难地挤出一声痛苦的呻吟。丹增激动得热泪盈眶，紧紧地握着她的手，轻唤着她的名字。

欧阳君渐渐清醒过来，她蜷缩着痛楚不已的身体，眼神里写满了惊恐和胆怯，没有血色的嘴唇瑟瑟发抖，发不出任何声音。

丹增一把将她搂进怀中，温柔地安抚着，“不要怕，一切都过去了，我在这里，我会陪着你的，不要怕，不要怕……”

丹增充满怜惜的声音，像一阵能让人心神安定的春风，吹进了欧阳君的心里。

慢慢地，她终于平静下来。

“丹……丹增？”

“你感觉好点了吗？”

“这是哪里？我……我为什么会在这里？”

“你不记得发生了什么？”

欧阳君摇摇头，“我只记得看到了很多……很多奇怪的人，然后……”她蹙着眉，眼中流露出焦急的神色，试图回忆当时的情景。可是，记忆的大门始终紧闭着，即使她拼命努力，想要冲破那层隐形的束缚，得到的却是无尽的绝望。她捂着头栽倒在地上，发出痛苦的惨叫，模糊又无助的回忆像锋利的镰刀将她割得鲜血淋漓，她感到头痛欲裂，呼吸困难。

丹增慌了神，他也尝试进入欧阳君的记忆帮助她回忆，可他什么也没看到。欧阳君受伤时的那段记忆，除了黑暗还是黑暗！

“米兰？！”欧阳君一惊，好像想起了什么，紧张地四处寻找。很快，她就在身后发现了米兰。

她大叫一声，扑了过去。可当她看到米兰背后那道深深的伤口上，有无数如米粒般大小的血红色蠕虫在爬动的时候，吓得腿一软，跌坐在地上。

丹增看到虫子的瞬间同样惊出了一身冷汗，他一把搂住欧阳君，将她的脸埋进怀里。米兰的气息越来越微弱，几乎察觉不到了，身后的伤口也变得更大，已经能很清晰地看到肋骨。

这种红色的虫子叫腐尸虫，是寄生在尸体上的一种寄生虫，靠吸食尸体的腐肉和血水为生。刚刚他太过专注欧阳君，以至没有注意到米兰身上的情况。不过腐尸虫只会出现在腐烂已久的尸体上，米兰的身上为什么会长出这些腐尸虫？难道她接触过带有腐尸虫的尸体？

他完全没有头绪。

“丹增，求求你，救救米兰，你一定有办法的，求求你。”欧阳君苦苦哀求，眼眶里噙满了泪水。对她来说，丹增是救米兰的唯一希望。

丹增沉默不语，他不是不想救米兰，对付腐尸虫也不是没有办法。

他知道在英山的密林深处生活着一种黄身赤喙，头小尾短，长得像鹌鹑的禽鸟，这种叫肥遗的鸟，全身赤褐色的羽毛上布满了黄白相间的条纹，很是漂亮。传说人吃了它的肉可以治愈麻风和癞病，还能杀死体内所有的寄生虫。可是要找到神秘的肥遗却不是那么容易的事情，而且现在最棘手的是色林的问题没有解决，明天就是满月之夜，色林必定会利用满月时分的强大能量打开密道。留给他的时间本来就不多，如果再去英山找肥遗，那无疑是向色林认输了。

但是，欧阳君的哀求令他无法对米兰置之不理。他将欧阳君和米兰暂时安置好，立刻隐没进茫茫夜色中。

丹增顾不得劳累飞过千山万水，千里迢迢地来到了巍峨雄伟的英山。

看着葱郁茂盛的密林，他焦急地不知该从何处开始寻找，他甚至使用法力，可始终没有发现肥遗的踪影，直到朝露升腾、日出东方，依然一无所获。

他盘腿坐在悬崖峭壁边的鹰咀岩上，苦恼地看着在附近觅食的群鹰。

这时，一只有着白眉的老金雕离开群落，落在丹增的身边。老金雕直直地盯着丹增，发出一声恐吓的嘶鸣，警告他快些离开。

丹增无精打采地说："我不会打扰你们的，等我找到肥遗就离开。"

听到丹增的回答，老金雕显得有些惊讶，它没想到居然有人能听得懂它们的语言，但阅人无数、见多识广的它很快就定下神来，低鸣道："肥遗可是英山的神鸟，极其神秘。从古至今，由于人类觊觎它能治愈疾病的能力，甚至追求用它的羽毛做装饰而疯狂猎捕，现在整个英山几乎已经见不到它们了……难道你也是为得到它的肉来到这里的吗？"

丹增闷声叹了口气，布满血丝的双眼流露出悲凉和无奈，"我确实是为了给人治病来找肥遗的，但我并不想伤害它，我只希望它能给我一些帮助……"说完，他将头无力地埋进双膝间。任凭凶猛的群鹰在身边虎视眈眈地飞舞。

老金雕默不作声，黑亮的眼睛深深地探究着丹增。片刻后，它突然扬起巨大的翅膀，腾空展翅。强大的气流吹得丹增连眼睛都睁不开了。

"年轻人，我能相信你吗？"

丹增凝视着同样凝视着自己的老金雕，诚恳地点点头，"如果我欺骗了你们，我的命你们随时都可以取走。"

"好吧，那我就再相信你们人类一次，希望你不要忘记了你刚才说过的话。"老金雕像是在强调自己不可动摇的威严，仰了仰头，"不要离开，在这等我。"说完，它便迎着朝阳飞去，整个鹰群也跟着老金雕消失在明媚的晴空中。

临近中午时分，丹增看到鹰群浩浩荡荡地飞了回来。鹰群的数量比清晨见到时要多出数倍，还有其他许多鸟类也加入到了这个庞大的队伍当中。

群鸟在丹增的身边飞舞了一阵子，纷纷落在四周的树枝和岩石上。老金雕在几只壮年金雕的陪同下，围成一圈缓缓落在丹增的面前。

"年轻人，你叫什么名字？"老金雕首先发问。

“丹增旺杰。”

“丹增旺杰，我看你眼神清澈，身上没有杀气，所以决定用你跟人类再做一次赌注，如果你伤害肥遗，不但整个英山的群鸟和群兽不会放过你，我们也将不再对人类抱有任何的希望。”老金雕说完向一旁挪开步子。

这时，丹增看到了传说中的神鸟——肥遗。肥遗身形娇小，色彩幻丽，淡淡的柔光让它显得非常与众不同。

这样美丽可爱，令人心生欢喜的鸟儿，人类怎么忍心为了私欲痛下杀手？一想到人类对大自然的破坏和残忍，丹增突然感到心在流血。

“肥遗，请你帮帮我。”丹增跪在肥遗的面前，诚心请求。

“我已经听说了，你想让我怎样救你的朋友？”

肥遗轻声开口，它的声音听起来柔和而又清脆，像是一个十几岁的小女孩的声音。

丹增将事情的原委全盘托出，静静地等待肥遗的回答。他一直希望寻求一个可以在不伤害肥遗的情况下救活米兰的方法，但是，他找不到这样两全其美的办法，而像现在这样唐突地提出请求，肥遗会答应吗？如果它不答应又该怎么办？毕竟谁也不愿意用自己的性命去救一个跟自己毫无关系的人。

听完丹增的叙述，肥遗低头不语。围在四周的鸟群也都鸦雀无声。大概过了五分钟，肥遗终于再次开口说话。而这五分钟对丹增来说似乎有几个小时般漫长。

“其实人类过分夸大了我们的疗效，”肥遗一边说着，一边用喙尖梳理着翅尖美丽的长羽，“如果强行对我们进行杀戮，我们的肉对他们来说非但没有任何帮助，甚至可能沉积在他们体内形成毒素，只是，人类已经被那些传说冲昏了头脑。”

“那就是说，你们根本没有那些神奇的治疗效果？”丹增觉得心跌进了谷底。

“我并没有那么说，”肥遗歪头看了一眼丹增，继续梳理羽毛，长长的羽尖呈现出淡淡的红色，“我说的是强行的话就会出现这样的情况，如果是经得我们的同意，那结果就完全不一样了。”

“你的意思是……”

肥遗没再解释，依然埋头专心地梳理羽毛。很快，赤褐色的羽毛变得越来越红，甚至开始往下滴血，它用坚硬的喙拔下血淋淋的长羽放在地上。

丹增蹙着眉，心中一阵不忍。

岩石被血迹染红了一大片，血羽的根部还能清晰地看到鲜嫩的血肉。肥遗表情平静，好像感受不到疼痛，哼都没哼一声。它安静地站在血羽前，将唾液抹在上面，接着又将眼泪滴落在血羽上。

完成这一切后，肥遗衔着血羽飞到丹增的膝头，把血羽放在了丹增的掌心。“拿回去用净水浸泡，然后将水淋在伤口上，你的朋友就可以痊愈了。”

看着它还在流血的翅膀，丹增轻轻地替它擦掉了喙尖的血渍，万分心疼地说了一声，“对不起。”

“即使遭到人类的疯狂屠杀，我们从没有恨过人类，因为我们曾经从人类那里得到过关爱，那份真挚的情感我们是不会忘记的，”肥遗昂起头看向远方，目光穿过云层聚焦在某处，那里似乎有什么令它神往的东西，“人类应该学会跟大自然和平相处，这样才不会被大自然遗弃，不然将来的某一天，人类将要为自己愚蠢的行为付出惨痛的代价。不要等到那一天再反思自己的行径，后悔曾经犯下的过错，到那个时候一切都已经晚了。”

“再见，丹增旺杰，我会记得你的。”说完，肥遗扬起受伤的翅膀，在群鸟的护送下，飞向远方。

老金雕没有跟随群鸟离去，它飞到丹增的肩头，跟丹增一起目送肥遗的离去，它语重心长地说：“肥遗很久以前得到了大自然的庇护隐藏了气息，这次它会出现在这里，是你的真诚和善良打动了它。孩子，快回去吧，等你的人想必已经非常着急了。”

丹增向老金雕道了一声谢，立刻隐身消失在空中。

第十一章 密道

丹增回到米兰的公寓，立刻按照肥遗交代的方式，用浸泡过血羽的净水淋在米兰的伤口上。

奇迹出现了。

疯狂啃噬米兰身体的腐尸虫，在被净水洗涤后扭作一团，发出像是被烈火烧炙时的嗤嗤声。一阵阵白烟升腾而起，除了一摊白色黏稠的泡沫，腐尸虫完全消失了踪影。那些不安分的泡沫在翻滚了片刻后也安静下来，变成了透明的液体。

米兰背部已经腐烂变质甚至流出黑水的伤口，慢慢发生了变化，被割断的肌肉组织不停地重建，每一根纤维都在快速重生，血管和神经也都以不可思议的速度恢复着。

丹增和欧阳君目不转睛地盯着奇迹的发生，激动得热泪盈眶。然而米兰跌落到一个紫褐色湖中的画面在他们的脑海中出现后，他们兴奋的心立刻凉了下来。曾经出现的画面都一一成为现实，难道这个画面预示着米兰的结局？

欧阳君黯然地低下了头，她不敢想，更不愿想。

没一会儿，米兰睁开了眼睛，从喉咙深处挤出一丝痛苦的呻吟。丹增如释重负般瘫坐在地上，欧阳君百感交集地扑到米兰的面前，帮她翻过身来，找了个舒服的姿势让她躺下。欧阳君一脸内疚地替米兰擦拭脸上的血渍，最后泣不成声地抱住了米兰。

如果一切没有挽救的机会，欧阳君不知道自己会怎样。

“对不起，米兰，我不会再让你受到任何的伤害，就算赔上自己的生命，我也要守护你，守护那些爱我、在乎我的人，我真的……真的不想再看到你们受到哪怕是一点点的伤害。”欧阳君眼含热泪，一想到米兰遭遇的不幸，就心痛难忍。

“你一直就是个只会为别人着想的人，”米兰费力地挤出一丝笑容，举起酥软无力的手，拍拍欧阳君的头，“在乎你的人更加不愿意看到你受到伤害，为了爱你的人不要自己一个人去承担痛苦，把那些痛苦也让我们替你一起分担吧。”

米兰说完，看了眼一旁的丹增，“拜托你，照顾好小君。”她眼中的敌意已经烟消云散，取而代之的是感谢和恳请。

丹增没有说话，像是对米兰保证更像是在对自己承诺，轻轻地点了点头。他真心希望刚刚在脑海浮现的那一幕不要成为现实。

“好了，你们快去找色林吧，不要在我身上再浪费时间了。”

在米兰的催促下，欧阳君有些不放心地跟着丹增离开了米兰的公寓。丹增带着欧阳君，隐身飞向莲花岛神秘的原始森林的最深处。

“在那里，就在那里！”在欧阳君的指引下，丹增看到远处有一棵枝繁叶茂的参天古树。

“你确定是这里吗？”站在古树下，丹增再次确认。

“我用五行历算得到的地点就是这里，”欧阳君十分肯定地回答，可她围着这棵大树转了一圈，也没找到密道，不免有些底气不足地又补充了一句，“应该是这里……”

这是一棵长得有些古怪的老槐树，繁茂的枝叶几乎遮住了所有的光芒，零星散落进来的光线微弱到令人感受不到它的温度。清风吹过，阵阵阴冷的感觉在身上悄然扩散。还没到开花的季节，树枝上已经开出了无数美丽的粉色小花，淡淡的花香飘荡在空气中，令人有些陶醉，甚至有一丝隐隐的迷离。

丹增看着老槐树，不由得皱起了眉头。他记得小时候，特别是在冬天，非常不愿意接近槐树，因为它干枯枯的树枝看起来如同怪物的魔爪，总是透着阴森的气息。

槐树底下招阴魂。

自古流传槐树有招魂、镇魂的作用，这棵估计已有万年之久的槐树，灵气和阴气都不容小觑。可是……槐树的花不是白色的吗？怎么会是粉色的？

带着深深的疑惑，丹增示意欧阳君后退，对着老槐树默念起密咒。

密咒念毕，老槐树爆出一阵强烈的闪光，一层不知从哪儿来的薄雾霎时弥漫在他们的身边。

等丹增回过神时，老槐树已不见踪影，地上出现了一个大洞，一个细窄的石阶延伸到深不见底的地底。

这就是密道?!

丹增心中一阵疑惑。拥有八颗天珠的色林应该比他们更早找到密道的入口,也一定会在四周设下重重阻碍。可是……这里却感觉不到色林的气息。

这究竟是怎么回事?这么轻松就找到了密道的入口,是不是太过简单了?

他蹲在洞边陷入了沉思,太多解释不通的事情让他一时无法理清头绪。这时,欧阳君已经开始行动,她走下台阶并不停地催促着丹增。

不好!

一股绿色的浓烟突然从洞穴深处喷了出来,他来不及思考一把拽住欧阳君,将她拉出了洞穴。

这烟有毒!

即使捂着口鼻,屏住呼吸,毒烟还是从身上的毛孔袭入了身体,一阵阵强烈的晕眩在头脑中肆虐,丹增看着眼神有些恍惚迷离的欧阳君,也顾不上自己的不适,强打起精神,结手印召唤厉风。

咒音落毕,虚空中传来呼呼的风声,大风来无影去无踪,骤然间形成显现,又在席卷了整个森林之后,悄然散去。蔓延的毒烟也被一扫而空。

"你留在这里,我下去看看。"丹增神情严肃地嘱咐欧阳君,同时施展法力,从双手掌心托出一个透明闪光的圆球,圆球渐渐变大,直至将欧阳君整个人包围在其中才停了下来,"这个结界会保护你免受伤害,如果我没回来,结界就会消失,那就说明……"

丹增把最后的话语咽了回去,用充满眷恋和疼惜的眼神凝视着欧阳君。

刚才的毒烟是色林释放出来的,还是为了防止入侵者设下的机关?他不知道洞穴里有什么在等着他,也不知道自己是否还能活着回来。

这或许是他们的最后一面……

想到这些,丹增心中升起一丝不安和惆怅。渐渐暗淡下去的夕阳,映照着他棱角分明的英挺侧脸,哀伤的神色在他的脸上凝结成无法逝去的永恒的痛苦。

他一咬牙,头也不回地冲进了洞穴。

"丹增!你要活着回来!你一定要活着回来……"

他的身后响起欧阳君撕心裂肺的哀求声,但很快就被洞穴里深沉又诡异的黑暗淹没了。

现在说这些还有什么意义,就算我活着回来,也要面对残酷的现实,不是吗?无法拥有你，跟死去有什么区别？如果这样，还不如忘我地战斗到最后一刻，用死亡来结束对你可望而不可即的爱恋。

丹增噙在眼中的泪水，化成深深的思念以及无可奈何的不甘，随着他被黑暗吞噬的身影，一起消失在潮湿沉重的空气中。

为了避人耳目，色林除了觅食人类外，一直都隐藏身息，在暗处指点兆通寻找莲花天珠。

这个分散敌人注意力的方法还挺奏效，加上善于玩弄阴险招数的兆通早已有所安排，施展黑影术激起人类心中的黑暗并控制他们为自己卖命，果然，愚蠢的丹增因为遥遥无望的感情迷失了方向，居然没有一丝一毫的察觉，给了他们钻空子的大好机会，不费吹灰之力就骗到了莲花天珠。

想着得来全不费工夫的莲花天珠，色林心花怒放，忘乎所以。

他从莲花岛掳来了几个人，随手抓起一个，活生生地拔掉他的脑袋，往杯里斟满人血，跟兆通狂欢庆祝即将到手的胜利。他一口饮完了整个人身上的血液，然后残暴地将人的尸体啃噬得一干二净。

遍地的血迹如同一条血之河，染红了大地，刺鼻的血腥味儿在湿漉漉的空气中扩散，吞噬着还活着的人们心中所剩无几的希望。

色林开怀畅饮，舔了舔嘴边的血渍，伸出魔掌，又抓起一个人残暴地啃噬起来。人们惊恐、绝望的惨叫声，被他张狂的笑声给淹没了。

强夺天珠有悖正常掘藏的程序，给本来就灾祸不断、动荡不羁的末法时代带来了更多的灾难，他也趁这个机会祸害人间。

复仇和统领世界是他们唯一目的，不管经过多少年、经历怎样的变迁都不会改变。曾经的雄心伟业被严重挫败，虽心有不甘，也只能忍气吞声再寻机会。

这一等，就是千年的时间……

现在有了这么好的翻身机会，怎能就此放过！不搅得世界天翻地覆，岂不是对不起自己被囚禁时所受的折磨和痛苦。

还有，听兆通说，神秘的月之剑已经再次显现于世，这对他来说绝对是件喜上加喜的事情，从多愁善感、意志不坚定的欧阳君手中抢到月之剑不会太费周折，得到日之剑也就是迟早的事了。

一旦掌握了世界中心的钥匙，以及这威力无穷的日月剑，就等于统治了天下。到时候，世间万物都将听命于他，就连高高在上的佛菩萨想要降服他，也不是那么容易的事情了。

一切就在今夜！

色林越想越开心，贼眉鼠眼的兆通瞥了一眼色林，端起酒杯，轻轻饮了一口浓烈的人血。

脾气暴躁的色林，做事太过明目张胆又极其冲动，就算他打开了前往冈仁波齐峰的密道，也未必能成功逆转时空，那么重要的地方，里面的玄机绝不是他们能想象的，就凭他这个单细胞的动物，到那时，他可能连自己是怎么死的都不知道……想到这里，兆通眯着眼，悻悻地咽下一口人血。他不讨厌这个味道，但也谈不上喜欢，毕竟他跟以人类为粮食的色林不一样。

心思缜密的他，可不允许自己被只有体力却没脑子的色林拉进不必要的麻烦中。识时务者为俊杰，不给自己留条后路可不行！

吃饱喝足后，借着满月时分的力量，幻化成人形的色林将莲花天珠放进了莲花盘中。最后一片莲花花瓣也盛开了，八颗天珠同时向莲心射出强烈绚丽的光线，汇集在一起的光线形成了一个小光球，紧接着，小光球猛然间向天空爆出一记七彩光束……天际传来一阵震天动地的异响，他们飞到空中一看，发现远处也有一束幻光直冲天际。

在莲花盘的感召下，密道产生了共鸣。两道在虚空中显现的耀眼光束，遥相辉映，照亮了整个天空。

色林和兆通兴奋得眼睛直冒光，向远处的光束急速飞去。他们悬停在光束消失后留下的洞穴上空，相视露出狡黠得意的笑容，二话不说，俯冲下去。

穿过一条伸手不见五指的漆黑隧道，他们来到一个有着摇曳火光的宽阔空地。空地呈圆形，非常空旷，足足有四五个足球场那么大。

他们谨慎地向前走了几步，原先暗淡的火光骤然间明亮起来，四周光秃秃的岩壁也在瞬间闪烁起熠熠的亮光。荷塘飘香的美景，如同巧夺天工的画卷出现在涌动的透明岩壁上，亦静亦动，栩栩如生。一阵幻光过后，整个天顶出现了一幅巨大的、五彩斑斓的咒轮图。

他们一眼就认出，这是邬金仁波切的心咒轮！他们瞠目结舌，不由得浑身打了一个哆嗦，特别是色林，千年前跟邬金仁波切斗法的经历还历历在目，不管他再怎么张狂暴虐，对邬金仁波切依然心有余悸。

不过，色林转念一想，邬金仁波切早已不在人世间，没什么好害怕的，就算邬金仁波切的法力在千年后依然拥有威力，如今他也不是当年的色林了，何况现在他还握有至关重要的莲花盘。

他仰天冲着心咒轮怒吼一声，既是挑衅邬金仁波切的神威，也是在给自己壮胆。他一不做二不休，继续向前走去。兆通大气不敢出一口，紧紧跟在他的身后。

可还没走几步，他们又停了下来。一尊尊琉璃转经轮缓缓升出了地面，转经轮整齐地排列成一条细窄的通道，它们缓缓地转动着，放射出神圣的琉璃之光。四周的地面也在陡然间幻化成平静的湖水，绘画在墙壁上的莲花，不知什么时候，全部流淌进了湖水中。

“色林，这到底怎么回事？”

“我也不知道。”

“我们接下来该怎么办？还继续往前走吗？”

色林皱着眉头，眼神凶狠地看了看四周，“都到这里了，怎能放弃？你这个胆小鬼，要是害怕现在滚还来得及。”

“谁……谁说我害怕了！”兆通大声地强调，掩饰自己的心虚。

色林回身瞪了兆通一眼，其实他自己也有所顾虑，收集齐八颗天珠等于得到了前往世界中心的钥匙，但这钥匙他能不能使用，换句话说他有没有资格使用就是另外一回事了。他一心只想着得到密钥，逆转时空，改变历史，一雪前耻，却忽略了自己是邪魔的身份，自己能顺利打开密道的大门吗？

他咬牙切齿地歪头又看了一眼头顶的心咒轮，吐出恶狠狠的咒骂。就算过了千年，你这个阴魂不散的老家伙还不打算放过我吗？

色林愤恨地往地上啐了一口，心一横，迈开大步。兆通犹豫了一下，也紧随其后。

一踏上转经轮形成的通道，阵阵低诵的诵经声就从转经轮里徐徐传来，身姿曼妙的神乐师一个接一个地化现于莲花中，他们浑身发光，手持各种乐器，演奏着绝美的乐曲。

诵经声和神乐声如同一股强大的力量直刺色林和兆通的大脑，他们抱着头蹲在地上，痛苦哀嚎。

“色林……快想想办法，还没见到密道大门，我们就要被这声音折磨死了！”兆通蜷缩着身子，呻吟不断。

色林气急败坏地紧握拳头，想要施展魔力摧毁神乐师和转经轮，可是，他刚一挥拳，发现居然完全使不上力气，这些神圣的声音仿佛夺走了他的力量。

色林完全慌了神，汗珠涔涔直冒，他抬起手臂费劲地抹掉模糊视线的汗珠。他万万没想到辛苦了那么久，却在这个节骨眼上倒下了，他不服气地捶了一下地面。

倏地，他摸到了腰间的莲花盘，顿时灵光乍现。说来也奇怪，当他拿出莲花盘后，那些不适完全消失了，在地上疼得直打滚的兆通也停止了叫嚷。

色林眯起眼，露出得意的笑容，他指着邬金仁波切的心咒轮，张狂地大叫，“你们绝对没想到自己当年埋下的伏藏，居然成了对峙你们自己力量的筹码！哈哈哈……我要颠覆你们护佑着的世界，等着瞧吧！”

他浑身充满了力量，一把揪起兆通向通道的尽头奔去。

通道的尽头是一面巨大而光滑的墙壁，两尊雄伟高大的神兽石像顶天立地地矗立在两侧。

“前面没路了，色林，我们接下来该怎么办？”

兆通挑着眉，看了看石像。这两尊石像虽然一动不动，却给人一种无法形容的压迫感。

“你能不能不要一口一个怎么办的？”

色林火冒三丈地瞪着兆通，心中暗自骂了一句废物。解不开的谜已经够多了，这个没用的家伙还一直嚷嚷个不停，要不是看在他骗取莲花天珠的功劳以及将来还有可利用的价值上，早就将他大卸八块了。

“切……冲我发火有什么意思，有本事找到密道的大门啊！”兆通不甘示弱地回敬。

“你说什么？你给我再说一遍！”色林怒火中烧。

就在他们争执不休的时候，一个浑厚有力的声音响了起来。

“来者何人？”

色林和兆通一惊，发现矗立在墙壁边的两尊巨大的石像，正虎视眈眈地低头看着他们，石化的现象正慢慢褪去，神兽的身上闪起了凛冽的白色耀光。

色林和兆通被吓得不由得打了个寒战，连连后退。

“这……这是……天禄和辟邪……”兆通的舌头不安地打了结，“太……太古的神兽。”

色林直勾勾地盯着天禄和辟邪，他怎么会不知道呢！虽没亲眼见过，却早已耳闻它们的神勇。

天禄和辟邪有着龙头、马身、麟脚，全身毛色灰白，形状如同狮子，天禄的头顶有一只利角，辟邪则有两只角。凶猛威武的它们，总是以雌雄一对出现，负责天上的巡视工作，阻止妖魔、瘟疫等扰乱另一个异域空间。

“快报上姓名！”

天禄大声质问，金黑色的眼睛闪耀着冷峻的光芒，口中呼出的寒气能将他们瞬间冻成冰块。

兆通六神无主地看了看色林，他们虽然化现人身，但如果在这里说出他们的名字，他不知道天禄和辟邪会不会当场将他们劈成碎片。

色林紧握拳头，不服气地高举起手中的莲花盘，“别管我是谁，我有莲花盘在手，快打开密道的大门让我过去！”

天禄和辟邪相互对视了一眼，深蹙白眉。沉默了片刻后，它们头顶金色的角相继射出两束白光，光束落在了莲花盘上，色林立刻感到莲花盘传来一阵异常的炙热，猛地松开了手。

莲花盘悬浮在空中，闪起了耀眼的光芒。空无一物的光滑墙面上，慢慢浮现出一层朦胧光影。

渐渐地，画面越来越清晰……

那是一幅精美得无法用语言形容的坛城，在坛城的正中间是一朵含苞待放的莲花，古老的符咒围着坛城形成一个圆圈，不停地旋转着。

色林和兆通震惊得大气不敢出，他们暗自窃喜，离掌握世界中心，逆转时空又近了一步，但是……看着殊胜的景象，他们又感到有些心虚。不禁自问，真的可以顺利地到达世界的中心吗？

他们还没来得及多想，莲花盘中的八颗天珠缓缓升到了空中，转着美丽的圈，飞入莲心，整个墙壁顿时闪起一阵强烈的光亮，晃得他们眯起了眼睛。

等光线渐渐暗淡下来，色林和兆通发现墙上的莲花已经完全盛开，一层如同波光潋影般的水汽，融合着淡淡的柔光，在墙壁上玄幻地流动。

“莲花盘亦是密道的神圣钥匙，拥有密钥者允许从此处通过。”辟邪用比天禄要清亮一些的声音说道。

“这就是入口？！”色林有些不可置信。

“是的。”天禄回答，眼神中闪着耐人寻味的光芒。

色林和兆通喜出望外，刚才的惊恐和顾虑全都抛到了九霄云外。

“真是太好了，看来我们转运的时候到了，嘿嘿……”兆通眉飞色舞地说。

“没错，我们转运的时候到了，哼哼……我们走！”色林说完，大踏步走向入口，兆通紧跟其后。可天禄和辟邪却突然挡住了他们的去路。

“干什么？刚才不是说同意我们过去了吗？”色林按捺不住火气，大声呵斥。

“我们说得很清楚，拥有密钥者才可通过。”天禄和辟邪齐声说道。

“什么意思？我不是拥有密钥吗？”

“意思就是只有你一个人能过去。”兆通在色林的身后解释，心里鄙视着色林这个智商低下的家伙。

“正是如此，如果你们非要硬闯，休怪我们出手阻止。”

“看样子，我们得在这里分道扬镳了，”色林看了一眼兆通，“不过这样也好，估计丹增那个傻小子迟早也会找到这里，你想办法拖住他们，我可不想被他们打扰。”

“明白，你放心好了。不过，你可别忘了也要帮帮我啊。”兆通一脸坏笑地提醒。色林明白兆通的意思，他是提醒自己要回到兆通当年被困的时间，帮他也改变那段历史。

自从知道无法两人一起通过这里，色林马上改变了主意，为了这个小子去浪费时间并且得罪绿度母，他认为绝对没有这个必要。他口是心非地答应完，就跳进了水影墙壁，整个墙面在他进入后立刻恢复原貌。

“你还在这里做什么？还不快离开！”辟邪说着，眯起了眼睛。

看到神兽投向自己的警告眼神，兆通吓得连连摆手，“别生气，我这就走，这就走。”说完，一溜烟就跑到了隧道口。而头顶的邬金仁波切心咒轮，不知什么时候变成了绿度母心咒轮。

兆通离开后，幻妙的一切全都消失了，就连天禄和辟邪也都重新幻化成石像，静静地站在墙边。

他回想着刚刚出现在头顶的绿度母心咒轮，脑海划过欧阳君的样子，嘴角扬起了一抹阴险邪恶的笑容。

丹增施展法力，在手心燃起一团火焰。沿着漆黑的隧道一路向下走去，微弱的火光在潮湿黏稠的空气中摇曳，扭曲的身影像是兴奋的鬼影。

每走一段，细窄的隧道就会分出两条岔路。通过风传递过来的气息，丹增会选择其中一条路继续往下走。虽然气息极其微弱，他还是能嗅到一丝异于此世的东西存在于地底深处，那股淡淡的花香让他有些迷醉神往。

这条隧道就是传说中的密道吗？

那非同寻常的气息就是世界的中心传来的吗？

色林是不是就在这下面？

……

他思忖着，心中充满了无数疑问。这时，一个念头突然悄无声息地闯进了他的头脑。如果自己回到过去，得到改变历史的机会，自己又想要去改变什么？

映蓉……

映蓉站在海边的背影从他的脑海划过，那份落寞神伤，如落樱伤逝般深深刺痛了他的心扉，但仅仅一瞬间，欧阳君强忍着泪水，紧咬嘴唇的倔强脸庞又占据了他整个心绪。

他叹了口气，摇了摇头。

如果前世的自己跟映蓉有了美满的结局，那桢木精灵说的那些悲伤的故事，是不是就不会发生了？那今生的自己，是否就不会遇见欧阳君？他是会改变自己跟映蓉之间的悲剧，还是探究自己跟欧阳君之间微妙的羁绊？

命运就是因果的缩影，种下了何种因，就会收获何种果，因果相连，就如同影子总会跟随着我们。没有人能逃避得了因果！

自己跟欧阳君的因在哪里，果又在哪里？

带着满心的惆怅，丹增离地心越来越近，花香也越来越浓烈。

终于，他来到了台阶的尽头。呈现在眼前的是一个巨大的水帘洞穴，稀疏的光芒从看不到天顶的上空洒落下来。四周的岩石被湿重的水汽侵蚀得异常光滑，如同一根根直刺天际的石笋。脚下是平静如镜却又暗如黑夜的湖水，那棵消失的槐树扎根于湖水中，淡淡的迷雾飘荡在它的周围，娇艳的粉色花朵闪烁着梦幻又阴郁的光芒。

这里就是世界的中心？！

丹增轻轻一跃，站在了水面上。他踏着湖水，慢慢走到了槐树前。槐树比他在地面上看到的还显得高大。

这棵槐树到底隐藏了什么秘密？

怀着忐忑的心情，他闭上眼，抬起手臂，打算通过触摸去感受隐藏在槐树背后的玄机，但是，当他的手指刚一触碰到树干，一阵清脆鬼魅的铃声突然响了起来。

他霍地睁开眼，发现槐树枝正在颤动，粉色的花朵渐渐变成了红色，随着刺耳的铃声越来越猛烈，花朵变得越来越红艳，直到完全染成了鲜血一般的颜色。

一朵血红色的花朵，落在了湖面上，霎时间，整个湖水渲染成了红色的血湖。血水逆流而上，形成暗红色的血的结晶。

容不得多想，丹增立刻跃至空中。可槐树嗖地一下伸出枝条，将他牢牢缠缚。他拼尽全力想要挣脱，却无法对抗这股异常强大的邪力，越挣扎反而勒得越紧，树枝上的红花散发出的淡淡花香，仿佛在不知不觉间夺去了他的力量，连念咒施法的力气都在顷刻间丧失了。他痛苦地吐出一口鲜血，感觉全身的骨头都要散架了。

渐渐地，他耗尽了所有的力气，只能眼睁睁地看着槐树爆发出一阵汹涌的暗光，幻化成一团恐怖的黑影。

黑影褪去暗夜般虚幻的雾气，丹增终于看清了它的真面目——那是一条巨大的蛇怪！

蛇怪全身长满了坚硬的黑色鳞片，突起的背部布满了锋利的尖刺。身体两侧有无数像蜈蚣腿一样的触角。它有鹰一样带钩的喙，喙尖上还长着许多倒刺状的尖牙。

看到丹增，蛇怪猩红色的眼睛闪起了毁灭的寒光，黑红色的信子，在它不停喷射出毒气的血盆大口里，张狂地舞动着。

它围着丹增转了几圈，好像想要从不同的角度把猎物看个仔细似的。接着，它兴奋地张开了巨颚，用身后带着利钩的尾巴猛刺向丹增。

丹增静静地闭上了眼，如果这是自己的命运，那他也没什么可抱怨的。对于生死他早已看透，对这个世界也没有太多眷恋，只是……他唯一不舍的就是欧阳君。

蛇怪的利钩撕裂空气，直奔丹增的心脏而去，他已经感觉到钩尖刺到了自己的皮肤，而就在这千钧一发之际，一团赤红的火光从他的身上爆射而出，蛇怪发出一声惨烈的嘶叫，被火光弹了出去，缠绕在身上的树枝也在瞬间被烧成了灰烬。

桢木精灵送他的护身木牌，不知什么时候飞了出来，散发着耀眼的红光，悬在他的面前。

这是护身木牌，带着我的万年灵力，可以祛除一切魔障……

丹增的脑海划过桢木精灵说过的话。这时，木牌燃烧着的火光渐渐幻化成一个巨大的人影。

火灵……金甲神？！

全身火光的金甲神，身着甲胄，肩披飞带，高大威武，气势逼人。

蛇怪不甘示弱，发出怪叫，口吐毒烟，如狂风般袭向火灵金甲神。

金甲神面不改色，从腰间取出金刚杵，结手印，大声念道可燃尽一切罪恶的“诛焰”密咒，顿时，金刚杵放出万丈火光，将蛇怪团团包围。

蛇怪痛苦地扭动着身体，发出凄厉的惨叫，可烈焰很快就将它完全吞噬了，蛇怪燃成灰烬消融在湖水之中。一些奇怪的魂魄从蛇怪的身上释放出来，被收入了金甲神的金刚杵中。

“丹增旺杰，你为何来到这里？”等一切归于平静，金甲神一脸严肃地问。

“我在追踪色林，寻找……通往冈仁波齐峰的密道。”

“这里不是你找的密道。”

“那这里是什么地方？”

丹增不相信欧阳君的五行历算有问题，如果不准的话，那之前成功找到莲花天珠又该怎么解释。

“这里只是一个封印之地。”

“封印之地？”

“是的，”金甲神点点头，“你知道为什么这棵槐树的花瓣是粉色的？”

丹增不解地摇摇头。

“那是因为这棵槐树下曾埋葬了许多的尸体，槐树吸收了他们的血肉，更吸收了他们的怨念，从那以后，这里就成了被诅咒的地方。”

“难道蛇怪就是由他们的怨念幻化出来的？”丹增感到有些吃惊。

“不，应该说并不全是这样。曾经有个邪恶的阴阳师为了获取强大的力量，利用这棵怨念极重的槐树的灵力，召唤了被人们费尽千辛万苦才射杀的钩蛇灵魂，配合他使用的巫术毒咒，让钩蛇复活了。复活的钩蛇吸收了人类的怨念和阴阳师的巫咒，变得比以前更邪恶，也更难对付。阴阳师控制钩蛇涂炭生灵，让这里爆发了巨大的灾难，人们生活在水深火热之中，极其痛苦。

“当人们绝望无助的时候，一位法力高强的法师来到了这里。经过几百回合的斗法，法师终于战胜了阴阳师，可是法师因法力消耗过多，无法消灭钩蛇也无法救出那些被困的灵魂。最后，法师只能牺牲自己的性命，用自己的肉身作为封印之术，设下结界，将钩蛇封印于此。但阴阳师在临死前，却下了最后一个巫咒——将来有一天，会由法师的转世再次唤醒钩蛇。”

“会由法师的转世唤醒钩蛇？你的意思是……我是那个法师的转世？”丹增没想到自己跟这棵槐树和恐怖的钩蛇居然有着这样的渊源。

“现在看来应该是这样，没错。由封印者本身去唤醒自己曾封印的对象，这不能不说是一种讽刺。”金甲神笑了笑，“在这之后，姆大陆就遇到了毁灭性剧变，从此沉睡在深海中，这个封印之地也就从人们的视线中消失了，直到莲花岛因为地壳变动升出了海面，现在你受到命运的指引，再次来到了这棵带着诅咒的槐树前。”

“那么……那个邪恶的阴阳师呢？”

金甲神从水中拾起一块如人形的焦黑木头，面露凝重之色，“估计他也已经再次转世了，这根还魂木就是最好的证明。他应该事先在这里埋下了还魂木，等待你闯入这里唤醒钩蛇。”

“那个人是谁？”

丹增大叫，心中的不安仿佛化作千万只隐形的魔掌，紧紧攫住了他的喉咙，他隐隐感觉到什么，却又完全摸不清方向。

“这个答案要你自己去寻找了，”说着，金甲神大手一挥，赤红的火团在隧道里亮了起来，“沿着火光之路，你就能回到地面，我和桢木精灵给你的帮助也就到此为止，我还要帮助那些被困的亡魂脱离苦海。”

“记住，不管遇到怎样的挫折和悲伤，你的心千万不要动摇，想想你要守护什么，那个信念将会为你指引方向。丹增旺杰，我们后会有期。”金甲神说完，幻化成火光消失了踪影。

想要守护什么？

丹增想起桢木精灵也曾经问过他这样的问题。

在火团的簇拥下他回到了地面上，看到欧阳君因为激动而布满泪水的脸庞时，他知道自己动摇不已的心找到了方向。

他要守护这个女人，守护这个自己用全部生命深爱着的女人。就算最后无法拥有她，他也不在乎！就算她不爱自己，也无所谓！只要她能得到幸福，所有的一切都不再重要。

所谓的无法改变的命运，他想试着去抗争一下，就算等待自己的可能是更大的痛苦和悲伤，他也想试着去改变。

丹增温柔地替欧阳君擦干眼泪，将她紧紧拥在怀中。他不想再逃避、压抑自己的情感，不想再给自己留下任何的遗憾……

他捧起欧阳君的脸，轻抚着她有点凌乱的发梢，在她的唇上落下了深情的一吻。

第十二章 八苦湖

离开原始森林，丹增带着欧阳君来到了海边。

他好不容易下定决心反抗自己的命运，可他却不知道该怎么做，面对现在的严峻情势，他没有一点头绪。

色林暴戾的气息一直充斥在空气中，虽然极其微弱却依然能隐隐察觉到，只是他始终无法确定色林究竟躲在哪里，不过现在色林的气息居然完全消失了，仿佛被一股强大的力量戛然切断，连在绿度母指引下得到文成公主五行经典的欧阳君，不知为什么也失去了这份特殊的力量，他没有找到正确的密道入口，反而被那个阴险的邪魔引诱到可怕的槐树封印之地。

难道，色林已经进入了密道？

阻止不了色林的话，谈何守护欧阳君！所有的努力都将成为泡影。他曾尝试过入定，希望得到佛菩萨的指引，结果令他失望的是，不管他尝试多少次，根本没有办法入定。纷乱的心绪和杂念排山倒海般疯狂地涌进头脑，令他无法平静心境。

这时候，他多么渴望有一位睿智的上师在身边，能够为他指点迷津。

可是……他没有。

从出生以来，他都是在梦中得到邬金仁波切的加持和指引，持续各种修行，现实生活中他没有任何的老师，甚至没有一个真正可以倾诉的对象。

走投无路之下，他最后能想到的只有桢木精灵。

在簌簌的微风下，桢木精灵的枝叶轻轻摇摆着。空气中飘荡着淡淡的桢木花香，夜幕下的桢木花显得更加迷人。

“桢木精灵！桢木精灵！”

桢木精灵没有出现，只有桢木树静静地矗立在海风中。

“桢木精灵！是我，丹增旺杰！”丹增扶着树干，神情焦急。

可是，不管他怎样呼喊，桢木精灵始终没有现身。此刻，冰冷的海风带着大海的味道扑打在他的脸上。一股难以言喻的凄凉袭入心间，他唯有默然地低下头。桢木花随风纷纷落下，地面宛如铺上了惆怅的白色花毯。

“桢木精灵……为什么？为什么？”

他想不明白，昨夜他们还畅谈过，只过了一天，为什么今天她就不现身了？他摸了摸桢木精灵粗糙得有些磨手的树干，沮丧地走向海边。

圆月高高地挂在天空，像一张没有表情的冷漠面孔，用空洞的眼神注视着他。那是一种在看失败者的目光，带着冷酷的麻木和不屑。

丹增移开目光，没有聚焦的视线落在海面上。他多希望自己能像海里的小鱼一样，在彷徨无助的时候，能悄无声息地躲进岩缝间，任凭潺流肆虐，也不闻不问。

但是，他没有可以让自己喘息的避风港，甚至连逃避的勇气都没有。刚刚才重拾的信念，在瞬间就被无情的现实击得粉碎。

欧阳君走到丹增的身后，什么也没说，只是轻轻地搂住了他的腰。

丹增知道欧阳君是在安慰他，可他宁愿被指着鼻子臭骂一通，也不想要这种无声的安慰，因为这样更加凸显自己的无能和软弱。也许，从一开始，就注定了他所做的一切努力，最后是以失败结局。

欧阳君感到丹增的肩膀在微微颤抖，她将头轻轻靠在丹增的肩头，失去力量的自己，除了静静地陪着他，不知还能为他做些什么。无声的泪水滑过丹增的脸颊，点缀着夜幕滴落而下，化成破碎的结晶，灼伤了空气。

突然，平静的海面传来海浪翻滚的异响，丹增和欧阳君一惊，发现海浪形成了一个漩涡，一股逆流猛地直冲而起，在空中绽放出奇异的水花。

水花之上渐渐出现了一团黑影，黑影扬了扬翅膀，缓缓来到丹增的面前。

“文鳐鱼？！”

看着文鳐鱼，丹增感到有些吃惊。文鳐鱼形似鲤鱼，头白嘴红，身上有着美丽的黑色花纹，身体两侧有一双鸟儿的翅膀，经常在夜里跃出水面腾空滑翔，从西海游向东海。

“丹增旺杰，我受广财龙王所托，专程给你送一样东西。”文鳐鱼拍打着透明的翅膀，用似鸾鸟鸣叫般的声音说道。

“广财龙王？”丹增和欧阳君异口同声地说。

文鳐鱼没有理会他们，口中吐出一样闪光的东西，交到丹增的手中——那是一面通体绀色的小巧古镜，似玉非玉，似晶非晶，中央有一块微微凸显的透明晶石，闪着白色的光亮。

“这是什么？”丹增盯着古镜询问。

“你听说过照海镜吗？”

“听过，传说照海镜可以照见海中所有的东西。”说到这里，他好像想到了什么，倏然倒吸了一口气，“难道……这个就是……”

“没错，龙王知道你遇到了困难，所以特意让我将照海镜给你送来。”

“给我照海镜，是想让我看什么？”

“这个答案就要你自己去寻找了。”文鳐鱼说着，往依然翻腾着的水花飞去，“丹增旺杰，我们能给你的帮助仅此而已，剩下的就要靠你自己去挖掘了。”

“挖掘？我究竟要挖掘什么？”丹增焦急地大声喊道。

“真相！”话音落毕，文鳐鱼已消失了踪影。

真相？！

他们口中的真相是什么？我又在期待怎样的真相？而真正的真相又是什么？

丹增暗自琢磨着文鳐鱼的话，举起照海镜飞向空中。他不知道会挖掘出怎样的真相，也不知道挖掘出真相后会有怎样的命运在等待着自己……他只知道，就算最后挖掘出的真相是痛苦的，他也没有回头路可走，必须这样一直走下去。

照海镜中央凸出的晶石射出一束明亮幻彩的光芒到海面上，漆黑的大海在光芒的照射下顿时明亮起来，孕育在海洋中的一切一览无遗地展现在丹增的面前。

没多久，他停止了飞行，目不转睛地看着深海中的某处——在足有万米之深的陡峭海沟里，居然闪烁着一丝异光。

渐渐地，海沟深处的画面越来越清晰，丹增看到了倒塌的房屋、断裂的街道、倾斜的阶梯、巨石凌乱地横亘在地上，厚厚的青苔布满了整座城市……那是一幅毁灭的景象，逝去的一切早已落满了时间的沙尘，却不难想象它曾经拥有过怎样的繁荣与辉煌。

为了寻找天珠，他曾找遍了莲花岛每一个角落，就连汪洋大海他也潜入其中仔细搜寻过，可那时，他并没有发现这座神秘的海底城市。

他从不怀疑自己的透视能力，但这座城市却逃过了他的眼睛。仿佛有一层特殊的结界将它笼罩在另一个空间，阻止人们发现。

难道，通往冈仁波齐峰的密道就隐藏在这座海底城市中？！

这个念头如一阵疾风，嗖地一下，从他的头脑里闪过。他感到浑身在瞬间充满了力量。

当他刚想扎一个猛子钻入海中，突然听到欧阳君在岸边大声呼唤他的名字，他这才想起自己只顾着找密道，把还在岸上等他的欧阳君给忘得一干二净。

“照海镜照见海底有一座城市的废墟。”他飞回岸边，迫不及待地告诉欧阳君自己的发现。

“城市的废墟？”

“对，城市的废墟。”

“这没什么奇怪的吧，很多地底下或海底都会有一些古代的遗迹，”欧阳君似乎对这个发现提不起兴趣，“传说姆大陆曾经就在这片海域，当年，莲花岛升出海面时也带来了一些相关的神秘讯息，那么这片海域有一些神秘遗址完全不足为奇啊。”

“你这么说是没错，但我之前曾潜入海中用透视力去洞察一切，都没有发现任何城市的踪迹。城市的废墟是在照海镜的照见下才显现出来的，只要一移开照海镜，城市就消失了。所以，我认为真正的密道就隐藏在这座城市里。”

“如果是这样，那密道在海底城市的可能性的确非常高。”欧阳君的眼睛闪起了振奋的光芒，“走，我们现在就去找密道！”

丹增不想连累欧阳君，本想劝说她留下，可看着她异常坚定的眼神，最后只好妥协了。在那个深吻之后，他们之间的羁绊似乎也变得更加深切，彼此之间不需要过多的语言，哪怕只是一个气息或一个眼神，就能让对方了解所有的含义。

他为欧阳君设下一个护身结界，拉着她的手潜入海中。

他们来到海沟的最底部，在照海镜的指引下，轻松地通过了那层隐形的屏障。他们并肩遨游着，不放过每一条有用的线索。

这片城市的废墟比他们想象中要大许多，一望无边，仿佛没有尽头。他们找寻了很久也没有发现有价值的线索，两人的热情顿时凉了半截。

就在他们焦躁不安时，一座建筑对照海镜射出的光亮起了反应，在漆黑的深海中闪起一阵微弱而零星的光。

“那里，你快看！”丹增指着不远处一座建筑的废墟，大声喊道。

循着丹增手指的方向，欧阳君看到一座由巨大石块垒起来的建筑物矗立在前方。建筑已经严重变形，碎石零乱地散落一地，通过轮廓能够依稀辨认出，那曾是一座气势雄伟的金字塔。一条深不见底的巨大裂缝将金字塔从中间撕裂成两半，无数支离破碎的骸骨散落在四周。

走近金字塔，他们发现乱石上雕饰着许多巧夺天工的精美图案。巨大的石像群已经严重损毁，但从散乱在地上的头部和躯干，能看出这些都是佛菩萨的雕塑，在佛像的脚边，还盛开着一朵朵粉色的莲花。

2013年中国蛟龙号在南海海域的深海中曾拍摄到盛开的白色莲花，跟现在眼前的粉色莲花一模一样。丹增不由自主地深深感叹。佛像肃穆的目光仿佛穿越时间的洪流，凝望着某一点。

带着一丝惆怅，丹增继续在金字塔中搜寻。

没过多久，一块圆形巨石引起了他的注意。巨石看起来有些磨损却比其他的石块和建筑要保存得完整，隐约能看到上面雕刻着莲花的图案。一根断裂成数截的石柱，支撑着石块已经有一半悬立在裂缝边缘的身体，在海水的波涌下，好像随时都有坠落漆黑深渊的危险。

丹增轻轻擦拭掉附着在巨石表面的青苔，巨石渐渐展现出它本来的样貌。这块暗沉的巨石其实是一块七彩琉璃石，由于沉寂在深海万年之久，渐渐失去了它原本的光彩。

擦去青苔后，莲花浮雕仿如从沉睡中苏醒过来，荡漾起一阵波光潋影般绚丽的幻彩。一股强烈的光芒从琉璃石中爆射而出，光芒宛如同时闪现的万丈明光刺破沉寂的深海世界，深沉而奇特的空鸣在海底隐约地回响。

丹增和欧阳君还没反应过来，就被强光包围。陡然间，光芒消失了，他们也随着光芒消失的刹那消失了踪影。

海底恢复了原样，变得异常平静，仿佛什么事都没有发生过。

当色林穿越密道的刹那，一股奇特的强烈晕眩和撕裂感涌进了他的身体，他感到身体的原子被分解，经过漫长的扭转、飘移、细胞的重组后，在一片强光的包围下来到了一个白茫茫的世界。

睁开眼，看到自己身处一片异世，色林顿时茫然了，他以为穿过密道就能到达传说中的世界中心，可现在出现在眼前的却是另一番景象，他满心的欢喜像被当头浇了盆冷水，凉了半截。

一层如烟似云的飘渺雾气，仿若朦胧的薄纱在这个世界缓缓飘荡，空气中弥漫着清透而玄幻的气息。月亮和太阳同时悬挂在天空，交相辉映，分不清是白昼还是黑夜，光芒落在身上有种冰凉又炙热的感觉。地面有连绵起伏的山峰、七彩晶莹的湖泊，还有艳丽翩跹的花朵和色彩错落有致的郁郁葱葱大森林，异世的珍禽异兽悠然自得地漫步其中。两道绚丽的彩虹横跨整个天空，潺潺的瀑流从一座悬浮在空中的山峦流泻而下，如水银泻地般在彩虹的映照下闪闪发光。头顶的天空有一个虚幻而透亮的神秘星球，星球近在咫尺，散发着梦幻的紫色光泽。

这到底是什么鬼地方？

那个可恶的沙姆巴拉洞穴究竟在哪里？

脾气暴躁的色林按捺不住心中的怒火，接连挥起重拳击向大地，几座山峰顷刻间被摧毁成一片沙砾，他又在湖泊、海洋里掀起惊涛巨浪，将美丽的沙滩破坏得惨不忍睹。

看着飞鸟异兽惊慌逃窜，也没有令他烦躁的心情得到一点平衡，他双掌一推，扬起一阵狂风，把森林和草地统统扫平。突然，他隐约听到了有人在说话。

色林心中一阵疑惑，立刻屏住呼吸，寻找声音的来源。很快，他就发现在远处的密林中有几个人影在不停地晃动，他立刻消隐气息，飞向密林。

“刚才……那巨大的声响是怎么回事？”

一个穿着黑色制服、身形消瘦的人，他一边彳亍着，一边气喘吁吁地问着走在前面跟自己穿同样制服的两个同伴。他说着一口古怪的德文，而他们僵硬的走路姿势，就像一个生了锈的机器人。

“谁知道发生了什么。”走在最前面的人完全不在乎发生了什么，依然埋头往前走。

“不过，”走在中间的人，合起手中一张旧得发黄的纸张，抱怨着，“这个沙姆巴拉洞穴到底在什么地方？找了这么久，连个鬼影都没见到！”

听到他们的对话，色林不由自主地圆瞪双目，他知道觊觎沙姆巴拉洞穴的人多如牛毛，但没想到居然在这里会遇到竞争对手。

干脆杀了他们！

色林已经张开巨口，准备喷出炙焰，可转念一想，也许能从他们身上找到一些线索，省去自己浪费无谓的时间。他狡猾地转了转眼珠，将火焰又吞了回去。

走在最后的那个人，越来越跟不上队伍的步伐，他喊住离自己最近的人，“奥夫施奈特，叫哈勒停一下。”

奥夫施奈特敬了个军礼，回身高喊，“哈勒，休息一下，希姆莱军官有些走不动了。”说着，他用戴着黑色手套的手，扶着希姆莱军官坐在一块石头上。

被叫做哈勒的人将脚下的石头一脚踢飞，转过身，轻声嘟囔了一句，“真没用！”

哈勒回头的瞬间，连妖魔出身的色林都愣住了。哈勒的脸居然是骷髅的样子！

空洞洞的眼窝闪着黑红色的暗光，几绺灰白的头发散乱地搭在额前。又黑又黄的牙齿，东倒西歪。

化为骸骨的人为何会出现在这里？他们是活着的时候进来的，在漫长的时光中消磨成现在这副鬼样？还是死后因为什么特殊原因，才来到这里？

色林大惑不解，直到他的视线落在他们左臂的袖章标志上，终于明白这究竟是怎么一回事——袖章上印着跟佛教万字符相反方向旋转的黑色符号。

就算从不关心政事的色林，也知道这个图形是臭名昭著的德国纳粹的标志。为了掌握所有跟沙姆巴拉洞穴有关的信息，他不放过任何一条有关的线索，所以在他被压色林湖的这段时间，对于将世间闹得水深火热、一片不宁的纳粹，他可谓是了如指掌。

当年，德国纳粹对沙姆巴拉洞穴的执着几乎到了疯狂的地步。为了扭转颓势，重振纳粹士气，1938年和1943年，经希特勒批准，海因里希·希姆莱亲自组建了两支小分队，秘密踏上了前往西藏的亡命之旅，为此，他们还曾杀死了一位西藏喇嘛，将他的尸体丢在帝国大厦的地下室里。

纳粹探险队第一次去西藏时，曾绘制了一张地图，上面标明了沙姆巴拉洞穴的大概位置，有传言说，他们拍摄的胶片中有沙姆巴拉洞穴的入口和世界轴心的图像。而希特勒在战争最后被困如瓮中之鳖、行将灭亡之际，依然念念不忘沙姆巴拉洞穴，仍希望能够找到这根救命稻草，翻身、复辟。

色林眯眼揣测，看来这个希姆莱就是那个野心勃勃的盖世太保、党卫军头子。对希姆莱毕恭毕敬的奥夫施奈特是希姆莱的心腹，这个一战老兵擅长绘制地图，在西藏游历期间，他甚至将所经过的藏南地区每一条山间小道都画了下来。爬山连气都不喘的哈勒，则是德国纳粹著名的登山运动员，作为奥地利党卫队军官的他，由于对纳粹主义的狂热信仰而受到希特勒的亲自接见和重用。

他们的穿着和名字，跟历史上的事件丝毫不差。可是，他们在现世早就已经死翘翘了，为什么会以这样的姿态出现在这里？

1945年，希姆莱咬破藏在口腔中的氰化钾胶囊自杀。哈勒和奥夫施奈特分别在2006年和1973年去世。

难不成，是他们对纳粹的极端崇拜和对沙姆巴拉洞穴的疯狂执念，在意识形态的强烈追求下，才演化成这副人不人鬼不鬼的模样？而如果传言是真的，那他们是怎么确定了沙姆巴拉洞穴位置的？又是怎么拍摄到洞穴入口和世界中心的图像的？是得到了高人的指点吗？哈勒曾被年幼的十四世达赖喇嘛召进布达拉宫，并成为年仅11岁的达赖喇嘛的朋友，甚至还被聘为达赖喇嘛的私人教师。这其中会不会有什么关联？

色林一下子觉得脑袋有点犯晕，他实在搞不清楚是怎么回事，说真的，他也懒得搞清楚。他埋伏在周围，竖起耳朵听他们的对话，准备等探听到更多有用的消息后，再大开杀戒。

哈勒走到奥夫施奈特身边，一把抢过他手中的纸张，悻悻地说："你确信你画的地图正确吗？我们在这个地方都转了多少圈了，连个蚯蚓洞都没见到！"

对于哈勒的埋怨，奥夫施奈特有些恼火，"我画的地图极其精准，这个可是公认的，我们能顺利找到这里也是靠着我绘好的地图，找不到沙姆巴拉洞穴，那只有一种可能，就是沙姆巴拉洞穴改变了地理位置，如果是这样的话，将找不到洞穴入口责怪到我绘图不准上，简直是可笑至极！"

哈勒瞥了眼奥夫施奈特，但他不得不承认奥夫施奈特的分析，他也考虑了这种情况，只是心有不甘，就将火气全部撒到奥夫施奈特那里去了。

已经缓过劲儿的希姆莱，慢悠悠地站起身，"有吵架的工夫，不如想想怎么找到沙姆巴拉洞穴的入口。"

哈勒和奥夫施奈特对视一眼，没再争执，他们继续埋头研究手中的地图。

色林来到哈勒和奥夫施奈特的身边，看到那是一份详尽到极致的地图，大大小小的道路，奥夫施奈特不但画了下来，还在旁边做了细致的备注。色林不得不佩服他的耐心和细心。

突然，正专心看地图的哈勒，猛地把头转向色林的方向，并用力嗅了嗅。

一张骷髅大脸凑近自己，着实把色林吓了一跳，他立刻跃至空中，拉开跟他们之间的距离。

"怎么了？"奥夫施奈特疑惑地问。

"没什么，"哈勒摇了摇头，"刚刚我感觉有人在我们的旁边。"

"有人？"奥夫施奈特像做贼似的左右张望起来，也用力嗅了嗅，"我没感觉到啊？"

"可能是我的错觉。"哈勒说罢，继续研究手中的地图。他们比刚才更加谨慎，不再大声说话。

他们的鼻子可真是比狗还灵啊！

消隐气息的色林，没想到这些骷髅兵会察觉到他的存在，还好他的反应够快，不然真有可能被他们发现了端倪。

他摇身一变，变成一只小昆虫，在花丛间穿行了一会儿，让花粉落满全身，遮掩了自己的气息后，才轻缓地飞落在奥夫施奈特的肩膀上。相比起哈勒，奥夫施奈特要稍微迟钝一点。

时间一分一秒地过去，他们两个站在原地研究了好长时间，却依然没有什么建设性的发现。色林翻了翻白眼，他的耐性几乎耗到了极限，再拖下去，就怕丹增那个浑小子找到办法来到这里。

“看来，唯一的可能就是那里了。”哈勒突然打破沉默，指着远处那座悬浮在空中的奇幻山峰。

“没错。”奥夫施奈特附和着。这是他们第一次意见统一。而怎么到达那里是他们最犯愁的事。

既然有了明确的目标，色林二话不说，就向空中山峰飞了过去。骷髅兵办不到的事情，对他来说简直易如反掌。而他本可以将没有任何利用价值的他们炸成碎片，但他临时改变了主意，决定等扭转时空、成为时间的主人后，再将这支庞大的纳粹骷髅兵团复活，为己所用。

色林阴笑着，幻化回原形，飞到了空中山峰的上空。

高耸的山峰紧密相连围成了一个巨大的圆圈，中间围着九个色彩不一的圆形湖，除了中间最大的圆湖外，另外八个紧挨着山脚的湖，都有两个相反方向的缺口，湖水顺着靠山的缺口，形成瀑布，流泻至地面，另一个缺口则是汇集到了中间的圆湖里。湖水中折射着奇特的光芒。

色林眯着眼，抓了抓有些干痒的皮肤。绚丽的彩虹近在咫尺，令他有些难以忍受，不光是皮肤，就连眼睛都觉得有些睁不开了。他俯身向湖面靠近，一是为了近距离看个究竟，二是能远离虹光。

在一个闪着白光的湖边，色林站住了脚，他注意到湖边竖立着一块跟湖水颜色一致的精致琉璃碑，上面用梵文和藏文写着一个“生”字，而再往湖里看去，这才发现，湖中演绎的故事正是生命诞生的美妙瞬间。

色林又来到了旁边闪着淡黄色光泽的湖边，写着“老”字的琉璃碑立在一个醒目的位置，湖中能看到关于青春逝去，暮年垂矣的画面。

接下来，除了中间没有立琉璃碑的巨湖，看不到任何景象外，他把每个湖都仔细瞧了一遍——灰色的“病”湖、黑色的“死”湖、暗红色的“爱别离”湖、紫褐色的“怨憎会”湖、深蓝色的“求不得”湖，还有墨绿色的“不欲临”湖。

居然在这个地方有这么个人生八苦湖，有点意思，有点意思啊！

色林发出冷笑，接着，他双目一瞪，扬起巨掌。刹那间，恐怖的魔焰从他的掌中升起，倏地变得巨大无比，迎风猛蹿。

他用力一挥，魔焰嗖地一下飞了出去，重重地落在“生”湖上。顿时，“生”湖传来一阵碎裂的巨响，平静的湖水逆流而起，水花四溅，而就在弹指一挥间，水流扭转起来，像是被从湖中出现的一股莫名而巨大的吸力，猛地又吸回了湖中。暴虐的风中，隐隐荡漾起嘤嘤的哭泣声。白色闪光的“生”湖，顿时销声匿迹，地上只留下一个空空的大洞。

色林张狂地仰天大笑，接着向“老”湖伸出魔掌。

第十三章 替身

在刺目的强光笼罩下，丹增和欧阳君感到身体被一股无法抗拒的力量吸进了一个狭长的隧道中，他们一路惊叫着，朝隧道的深处滑去。隧道仿佛没有尽头，四周全是急速穿梭的彩色光纤，光纤和星光交相辉映，煞是美丽，也令人有些眼花缭乱。

头晕目眩的他们渐渐放弃了挣扎，任凭那股力量的支配。不知过了多久，一道绚丽的亮光出现在他们的眼前。等他们回过神，已经身处一个神秘的世界里。

“这是什么地方？”欧阳君抓着丹增的手臂，轻声地问。

“我也不知道。”丹增摇摇头，心中一阵忐忑，他搀扶着欧阳君，小心翼翼地向前方偌大的空旷地走去，空地摇曳着淡淡的烛火，似梦似幻，还能隐隐闻到一股莲花的清香。

“站住！你们别想往前再走一步！”

冷不防地，一个低沉的声音发出威吓。丹增和欧阳君一惊，抬眼看到一个瘦削的人影，从空地右侧的石柱后面走了出来。

“莫果？你怎么会在这里？”欧阳君的眼中闪起惊愕和愤怒的光芒。

丹增此时终于见到了欧阳君口中那个魔鬼主编的真面貌。

“怎么会在这里？哈，这个问题问得好，”莫果觉得他们的表情滑稽可笑，不由自主地得意起来，“我可是为了等你们专程候在这里的。”

“等我们？”欧阳君跟丹增对视了一眼。

“通往冈仁波齐峰的密道应该就在这里某个地方，不然他不会专门守在这里。”丹增在欧阳君的耳边低语。

“没错。”欧阳君点头认同。

“你先待在这里，我去制服他。”丹增说着，往前迈出一步，在身体四周扬起如同蛟龙般翻腾的旋转气流。

“你想硬闯？”莫果阴阳怪气地说。细小的眼睛斜睨着丹增。

“如果我说是的话，你想怎样？”丹增横眉冷目，结手印，念密咒，如同刀锋般锋利的气流，闪着凛冽的寒气，骤然间膨胀数倍，形成一个密实而又巨大的白色蛛网，呼啸着扑向莫果。气流划过，传来撕裂空气的脆响。

看到威力无穷的风天巨网，莫果面不改色心不跳，他不慌不忙地抬起手臂，稍稍运用念力，身前突现一个黑影。

米兰？！

莫果用力掐着米兰的脖子，用她做挡箭牌。丹增一惊，立刻收回施展的密法，风天巨网顿时化作一阵薄烟，消融于空气中。

烟雾消散后，丹增和欧阳君看到米兰痛苦地扭动着身体，她的嘴巴贴着封条，双手被反绑在身后，根本无法动弹，泪水挂满了她整个脸颊。

“米兰！”

欧阳君惊叫一声，奋不顾身地飞扑过去，丹增则毫不犹豫地拦住了她的去路。

“让我过去，我要救米兰！”欧阳君疯了一般推搡着丹增，没有了往日的矜持。

“我不能让你过去，他掳走米兰，这么明目张胆地出现在我们面前，一定是设下了什么陷阱。”

“可是……可是米兰她……”

“你冷静下来，我来想办法。”

丹增安慰着欧阳君，他嘴上这么说，心里却乱成了一团，他根本不知道怎样才能在不伤害米兰的情况下，击败莫果救出她。

狡猾的莫果趁他们踌躇不备突然使出恶招，无数眼睛闪着魔光的暗黑巨鹰，张开巨大的黑色翅膀，咧着血红的利喙，向他们发起猛烈的攻击。

丹增赶忙伸出双手，张开一层透明的圆形防护结界，暗黑巨鹰撞在结界上发出惨烈的嘶叫，被重重地弹了出去，黑色的羽毛漫天飞舞，地上布满了密密麻麻的巨鹰尸体。他们身后的岩壁被邪气震裂，无数碎石如雨点般纷纷落下。

“欧阳君，如果你想救米兰的话，就想想你的父母。”莫果扯着诡异的嗓音高喊着。

父母？！

丹增心中一阵惊诧，回头看了看欧阳君。神情恍惚的欧阳君没有说话，她目光无神，像一尊雕像站在原地，一动不动。

“你知道我在说什么，好好想想吧，可不要将来后悔哦，哈哈……”莫果刺耳的笑声在空中呼啸，让他们原本就紧绷的神经临界于崩溃的极限。

“欧阳君！喂！欧阳君！”丹增焦急地大声喊着她的名字，他不知道究竟发生了什么，也不知道能为她做些什么，他只希望，她能够尽快清醒过来。

这时，莫果咧了咧嘴角，轻轻挥动几根手指，几只暗黑巨鹰调转方向扑向米兰，用它们尖锐的喙开始啄食米兰。

米兰凄惨的呻吟，冲击着欧阳君和丹增所剩无几的理智。

“丹增，对不起，对不起……”欧阳君颤抖的声音里带着哭腔。

对不起?！为什么要跟我说对不起?！

丹增还在纳闷之际，只觉背后传来一股寒意，一个冷冰冰的东西刺入了他的后背，顿时一阵撕裂般的刺痛在他的身体里翻腾、肆虐。

丹增紧蹙眉头，喉间发出痛苦的低吟，他看到神情哀伤的欧阳君一脸歉意地看着自己，顿时瞪大了眼睛，深深的困惑和不解在他的眼中徘徊。他倒吸了口冷气，声音哽在喉中，胸口像是长了异物般阵阵发紧。

殷红的血液顺着锐器流淌下来，滴落地面发出沉闷的声音。防护结界骤然间消失无踪，碎石砸落在他们的身上，他们却不为所动，目不转睛地看着对方。

莫果此时已经停止了所有的攻击，脸上挂着阴冷的笑容。

欧阳君紧紧握着金属绘图笔的手，微微颤抖，当她的手沾满温热的鲜血时，她紧咬住颤动的嘴唇，闭上眼，悲痛的表情猛然皱成一团，她把脸转到一旁，喉咙深处仿佛有什么东西打了结一样，传出一声无法形容的闷响，接着，她用力将尖锐的绘图笔刺得更深……

绘图笔已经一半陷进了丹增的身体里，他知道，再刺深半寸，自己的心脏就要被刺穿了。

“欧阳君，你……你这是为什么?！”

丹增忘记了锥心的疼痛，茫然地看着欧阳君，试图想要弄清这一切的来龙去脉，可他的大脑因为震惊，变得一片空白。

“为什么? 为什么?”

欧阳君仿佛在咀嚼自己的话一般，麻木地重复着，两眼涣散无光，她松开紧咬着的嘴唇，鲜血从她的唇角溢出来，她僵硬地吞咽了一下，腥浓苦涩的血液立刻刺痛了喉咙，如同烈焰在疯狂地吞噬自己的身心。

她低头看着满手的鲜血，无法遏制的泪水顺着她沾有血渍的脸颊滑落而下，失了魂般喃喃低语着，“因为我不想再追逐了，我太累了，真的……真的太累了，不管是追逐色林的踪迹，还是追逐你遥不可及的身影……所有的一切，都让我心力交瘁，我已经没有半点力气再坚持下去，而且，除了米兰之外，我的父母……也受到了牵连，虽然那看起来只是一起普通的意外事故，但我知道事情绝对没有那么简单。我为此犹豫过，动摇过……不过我一直努力说服自己不要退缩，可当我看到米兰一次次成为被要挟的对象，我就想起生命垂危的父母，就算他们从未爱过我，但他们依然是我最亲的人……”欧阳君捂着脸痛苦地抽泣起来，“我再也不想看到他们受到任何伤害，我宁可……现在就低头认输！”

“不可能，这不可能，”丹增摇着头，接受不了眼前的现实，“你之前还支持我寻找密道，让我不要放弃追踪色林，可是你，为什么现在……不，不，这一定是哪里搞错了。”

“对于亲友被伤害，我做不到视若无睹，我做不到，我真的做不到……”欧阳君内疚地低下了头。丹增明白，这一刻，她是向残酷的命运低下了头。

丹增感到后背的痛楚越来越猛烈，强烈的晕眩如同一张密不透风的大网攫住了他。他紧咬着牙，握紧双拳，强忍着才没有哼出声来，这点小伤似乎比他想象中要严重得多。他趔趄了几下，终于不支，倒在了地上。

他抬了抬沉重的眼皮，看着跪在身边的欧阳君，他想过无数种可能，却没料到会是这样一种结局——最出乎意料的一种结局。

“对不起……”欧阳君抚摸着丹增额前凌乱的发丝，声音轻得似乎在缓慢地吐息，“欠你的，我只能来世再还。”她俯下身，在丹增失去血色的唇上落下一个深情的吻。

一切，就这样结束了吗？

不过，这样死去，或许并不是件坏事！对抗命运，只是给软弱的自己一个不愿面对现实的借口而已，不管在这条路上走多远，最后的结果都不会有任何改变。

无数念头在丹增的头脑中膨胀、发酵，欧阳君温柔的吻令意识渐渐恍惚的他迷醉不已，他扯动嘴角，露出看透一切的无奈自嘲。所有的一切，都是没有意义的，就像幻影一样虚无。

丹增感到视线越来越模糊，他已经看不清欧阳君的五官，不远处的莫果似乎在低语着什么，他隐隐听到“阴阳师”“钩蛇”“报仇”几个模糊的字眼，之后莫果还说了什么，他完全听不清了，只有古怪的呼呼声，在他的耳膜里不安分地鼓动。

深刺在后背的绘图笔被欧阳君拔了出来，鲜血顿时喷涌而出，奇怪的是，他完全感觉不到任何疼痛，痛苦慢慢消失了，沉重的身体反而变得越来越轻松。

为什么连痛都感觉不到了？是因为毫无牵挂了吗？

他在心中问着自己，默默接受即将来临的那一刻。在闭上眼的瞬间，他依稀看到欧阳君紧握着那支带血的绘图笔。他记得欧阳君说过，那支绘图笔是她已经过世的外婆送给她的，她像珍宝一样对待它，细心呵护，从未离身，而现在，她将这支绘图笔的笔尖，对准了自己的喉咙。

不，不要……

他想呐喊，想要挣扎，却再也使不出一点力气，微弱的气息郁结在胸口，带着深深的不甘与不忍，随着渐渐冷却的身体化为一抹无法传达的执念。

周围的一切，全在瞬间变得像死一般安静。

不管怎样，他都不后悔爱上这个女人，爱上这个结束他生命的女人！能够死在她的手上，或许是另一种幸福！

只是，到最后，他却没能拯救她。

丹增觉得自己被拉进了一个黑暗的漩涡里，这里暗流涌动，迷雾丛生，没有一丝光芒，寒风卷着潮湿的灰色雾浪刺入骨髓，撩拨着身上每一根脆弱而敏感的神经，他本能地抱紧了身体，蜷缩成一团。

恐惧和彷徨交织在一起，吞噬着他所剩无几的理性，仅有的坚定意志也已经荡然无存。他还是第一次体会到这样的感觉。

他以为自己早已看透了生死，却没想到在真正面对死亡的时刻，居然变得如此懦弱不堪，也只有在死亡的面前，才能彻底领悟到对生的渴望和执着。为了逃避现实，他将自己的心念封闭在这个虚无的世界里，无法实现的愿望化作束缚灵魂的桎梏，就算肉体消亡，也不会消减半分。

他迷惘的眼神空洞无光，没有焦点地望着混沌深沉的黑暗，泪不安分地在眼眶中蠢蠢欲动，却不愿填满干涩灼烈的眼睛。

静静地……静静地……他一动不动地躺着，像个无家可归的孩子，渴求得到别人的呵护与关心，却又害怕被人窥探到那个无助的自己。

远处传来一阵异样的声响，轻缓又激烈，似一记清脆的蝉鸣惊扰了晨曦的宁静。他眨了一下眼睛，但没有移动视线。现在任何事情都无法让他产生半点欲望，他并不是漠不关心、毫不在乎，而是刻意不去关心、不去在乎。

他甚至，连自己都想遗忘……

只要不走出自己创造的世界，就不用面对那些悲伤和痛苦，就算只有孤独陪伴左右，也总比体味那些将自己伤得遍体鳞伤的一切，来得轻松一些。

就让我在这里永远地消沉下去吧!

他这样想着，慢慢地闭上了眼睛，任凭那个不同寻常的声音由远而近，在自己的世界里肆意蔓延。

“丹增……丹增……”

在肆虐的寒风中，丹增听到有人在呼喊他的名字。

谁? 是谁?

他蠕动了一下嘴角，发不出任何声音。混沌的思维，像只行动迟缓的蜗牛，笨拙地爬行着。

“丹增……丹增……求求你快醒过来! ”

这个带着哭腔的女人声音听起来非常熟悉，丹增拼命地想要回忆，可他的大脑好像塞满了棉絮，杂乱无章。他感到有温热的液体落在他冰冷的身体上，仿佛想要唤起他对生命的期盼，执着的炙热传遍他整个身心，他不由自主地蹙了一下眉头。

哦! 不要哭，不要为我哭泣!

他想伸手拂去她的泪，可思维和身体完全无法同步。干涩的苦味充斥在喉间，猛烈发酵，有什么东西在他的心间，悄无声息地掀起了阵阵涟漪。

君……

他似乎想起了什么，在心里默默呢喃着这个似乎熟悉而又模糊的名字。

突然，风的轨迹转变了方向，变得骚乱起来，丹增无力地睁开眼睛，看到一记明亮却不刺目的闪光在黑暗中隐隐耀动。

他还未来得及思考，就看到一个人影冲破黑暗，飞跃而出。

“丹增! ”

人影大声喊着他的名字，迎着强风向他飞来。

你是谁?

他紧闭的心灵产生了巨大的颤动，风势随着他的心智变得忽强忽弱，他的心拒绝走出这里，也拒绝有人走进这里，但是他隐隐察觉到，他的心灵深处还燃烧着一丝期待，一丝带着惶恐不安的期待。

人影飞近后，丹增发现那是一个身形纤细的女子，她的手中拿着一把泛着幻光的宝剑，不过女子的面孔非常模糊，他完全看不清楚，然而她脸上的泪痕却十分清晰，不知为何，这深深刺痛了他的心。

他捂着胸口，用悲伤茫然的目光注视着女子，拼命想要挖掘出被埋葬在心灵最深处的记忆。从她身上感受到的那种异常熟悉的亲切感，激烈又平静，如同晨曦般照耀着他，在他的身体里澎湃不止。

“丹增！求求你，请跟我回去！”女子说着，伸手去拉丹增的手臂，可丹增胆怯地将手缩了回去，不停地摇着头。

“不要，我不要回去，”他抱着头，跪在地上，“回去什么也改变不了，等待我的是更多的痛苦和悲伤，我不要再看到那些，我不要！我不要！”

他激动的情绪激化了本来就不平静的旋风，一波猛烈的强风夹杂着抗拒的意念，向女子袭去。女子低吟一声，单膝跪在地上，靠着宝剑的支撑才勉强没有倒下。如刀刃般锋利的厉风，在她身上留下了无数血痕。

“丹增，外面的世界确实充满了太多痛苦……”女子的声音微弱却异常坚定，“可是，如果你不走出去，什么都不会发生改变，你永远只能活在自责和懊悔的痛苦中，而等待你的将是更大的痛苦，永无止境的痛苦……”

丹增抬起头，用闪着泪光的眼睛凝视着女子，“如果我回去，就能改变一切，得到幸福吗？”

“我不知道，我真的不知道，但我知道，如果你不走出去，改变就不会开始。你渴望的幸福也不会来到你的身边。”

说完，女子发出一阵强烈的咳嗽，看起来很辛苦的样子，整个人也渐渐开始虚化。

“你怎么了？”

“我没事，只是……到了要回去的时间。”

“回去的时间？你要回去哪里？”

“现实的世界，你真正应该……生活的地方。”

丹增沉默不语，把双拳攥得紧紧的。

女子的身体变得越来越朦胧，甚至能透过她像雾气一般透明的身体，看到远处扭转着的飓风漩涡。

“丹增，我不会强求你回来，如果你想抛下一切，那我只有一个请求。”女子一边说着一边伸出颤抖的手。

看着伸向自己的颤巍巍的惨白指尖，丹增情不自禁地也伸出了手。

“请你……请你不要忘记我。”

女子话音落毕，丹增的指尖跟女子的指尖轻轻触碰在一起，而就在这个瞬间，女子虚幻的身体完全消失了。丹增本能地想要抓住她的手，可他只抓住了冰冷的空气，那令人心痛的微凉触感，在指尖隐隐跳动。

突然，他抱着头，痛苦地挣扎起来，无数画面如同飞驰而过的火车，在他的脑海中卷起记忆的尘埃。

“君……君……欧阳君！”

满脸涨红的他猛然间瞪大双眼，脱口喊出欧阳君的名字，震惊、自责纠缠在一起。

“欧阳君！欧阳君！”

因逃避而尘封的记忆如洪流般在头脑中闪现，他疯狂地大叫着，完全失去了理性。此刻，他的心里只有一个念头——我要回去，回到欧阳君的身边。

强烈的意念拨开了心中的雾霾，万丈明光照进了这个由他内心构建起来的暗沉世界，倏然间，他觉得自己幻化成一个透明的光点，向着温暖的明光飞去。

钻心的疼痛在身体里蔓延，丹增费力地从喉咙深处发出一阵猛咳，睁开了迷蒙的双眼。映入眼帘的是欧阳君担忧的脸庞。

“你终于回来了，我还以为你……”欧阳君声音颤抖，说到最后居然哽咽起来，她捂着嘴，努力控制自己的情绪。

“对不起，真的，对不起……”看到欧阳君落泪，丹增感到心痛无比，他举起疲软无力的手，抹去她滚落而下的泪珠。

插在丹增胸口的月之剑，幻化成一个明亮的小光点，融进欧阳君的右掌心中，包围在他们四周透明幻彩的结界，渐渐消散无踪。

在回到现实的短暂瞬间，一些奇怪的画面出现在丹增的头脑中——

他看到欧阳君在那个夜黑风高的晚上，只身一人来到莲花岛的森林深处，得到神秘的月之剑后，兆通趁她不备将她掳走，之后，兆通和色林为了逼迫她交出月之剑，将她浸泡在施了黑术法的巫水中，只要她的心稍有动摇，黑术法就可以乘虚而入。

看到这里，丹增恍然大悟，原来自己在森林中救治的欧阳君，彻头彻尾就是个冒牌货！真正的欧阳君那时正饱受折磨，而他却完全蒙在鼓里，就算被假欧阳君刺杀，他也不曾有过一丝怀疑！

因为月之剑的保护，欧阳君并没有受到什么伤害，但她的心一直紧闭着，不让任何人靠近，就像刚才的他一样。

黑术法阴暗恐怖，能够操纵和诱惑人类，最令人生畏的是它可以发现并挖掘人类灵魂中最脆弱的地方，一旦被它找到那个致命的弱点，将没有人可以逃离它的魔掌。

面对这样强势的攻击，欧阳君的坚守也到了极限，她还是被黑术法发现了破绽，正当巫咒准备攻破她最后的防线时，一直隐秘着的月之剑在她的心间显现出一道绚丽的光影。

欧阳君，不要动摇，不要徘徊，记住，守护你的心，守护你的心……

月之剑清脆而铿锵有力的声音，在欧阳君的耳畔不停地回响。朦胧的记忆在她的心间徘徊，她想起在得到月之剑的那天晚上，月之剑也曾对她说过同样的话。

守护你的心……

欧阳君在心中默默咀嚼着月之剑的话，突然想起之前在头脑中响起的那个奇怪的声音跟月之剑一模一样。她惊诧地看着月之剑，忽觉胸口猛地爆发出强烈的明光，将禁锢她的巫水逆流卷起，四溅抛洒。

她倏地睁开了眼，一个穿着雪白长袍的美丽女子悬浮在她的面前。

女子的神色柔美安静，她的眉毛、睫毛和头发全是银白色的，一头银色的长发，更是如水银泻地般在空中飞舞，天空飘荡着美幻的白色结晶，仿佛落下了动人的雪花。女子的手腕和脚踝都配饰着各种银器，清脆悦耳的声音让人心神安宁。一颗银亮透明的圆形宝珠，在女子的胸前闪着耀眼的光泽，那股清冷又傲然的美丽光芒，就如同高悬于天际的明月。

欧阳君目不转睛地看着女子。这时，一个虚幻的影像在女子圣光的照耀下，若隐若现。

“白拉姆？”

欧阳君看清幻影的瞬间，脱口喊出了声。白拉姆是吉祥天母寂静相的化现，她虽从未亲见，却一点都不感到陌生。

神情寂静的白拉姆端坐于莲花之上，右手持有一支挂着骰子的白杆长羽箭，左手端着一只盛满珠宝的碗。

“欧阳君，不要忘记我一直都守候在你的身边。”白拉姆说完，化作一团白光，消融于她的左手掌心。

女子从高空缓缓飘至欧阳君的面前，绚丽的幻光，在欧阳君的脸上映照出层层浮光、潋影。

欧阳君，真正的博弈已经吹响了号角，黑暗势力正步步紧逼，你必须坚定自己的意志，不能有哪怕一丝的动摇和犹豫，在这条艰难的道路上，不管你做出怎样的选择，都不可以回头，你只要守护你的心，就能够勇敢地一路往前走。

现在，握住我的手吧，让我们一起斩断邪恶势力的狂妄阴谋。

欧阳君伸手握住女子的手，霎时，眼前彩光闪现，犹如在黑暗中出现的一盏指引她前进的明灯，带着她前往深海，穿越隐秘的莲花琉璃石板之后，来到了这块神秘的空地。

她一到这里，就看到丹增被假冒成自己的人刺倒在血泊之中，看到他倒下的瞬间，以及满地的殷殷血迹，她的心犹如被千刀万剐般疼痛。

她立刻施展法力在丹增身边设下保护结界，又一剑刺中假欧阳君，愤怒地看着跟自己一模一样的脸，变得扭曲变形，最后化为一摊污水，一张写满咒文的黑色符咒，在污水之中慢慢化成灰烬。

欧阳君慢慢抬起眼，怒视着远处的莫果，冷峻的目光透着凛冽的寒光，那是一种坚不可摧的誓死决绝。

见到真正的欧阳君，莫果大吃一惊，但他很快就冷静下来，利用米兰作为要挟。

欧阳君显然不理会莫果那一套，她轻轻挥动月之剑，剑身顿时爆出亮闪，幻化出无数闪光分身，将莫果团团围住。

“新月——月影幻光。”

欧阳君话音落毕的瞬间，光剑如雨点般袭向莫果。

一声巨大的爆破声在空地回荡，震得碎石纷纷滚落。浓烟渐渐散去，欧阳君看到地面被炸开了一个大坑，被光剑保护起来的米兰，躺在一个银白色的光球里。而老奸巨猾的莫果在最后关头，将隐身木戴在耳后，利用分身幻术，逃过了致命一击。

欧阳君眉头紧锁，虽心有不甘，但明白现在最重要的事情是救治丹增。她飞扑到丹增身边，用手指一测，发现他已经没有了呼吸。

丹增的心跳已经完全停止了!

心急如焚的欧阳君，慌了手脚，她哭喊着丹增的名字，不停地拍打他的脸颊……然而任凭她怎样想要唤醒他，被灵魂抛弃的这具躯体始终没有任何反应。

看到这样的情景，丹增心痛得无以言表，眼眶噙满了泪水。自己败给了懦弱，向现实低下了头，躲进了自己封闭的世界中，而欧阳君始终没有放弃希望，仍然在奋战，为了那还没有熄灭的希望在奋战。

他恨自己，恨这样无能又懦弱的自己，甚至为这样的自己感到可耻！

接下来，他看到月之剑爆出忽明忽暗的光芒，指引着欧阳君将剑锋深深地刺进了自己的胸膛。

月之剑的神力清除了残留在他体内的巫毒，欧阳君的深情让他迷失的心找到了方向……

他平安地回来了，却发现自己将深爱的人伤得很深。看着她的泪，还有浑身被风刀割伤的伤口，他懊悔地紧咬住嘴唇，直到口中充满了浓烈的血腥味儿，才慢慢松开了牙关。

与此同时，他的脑海浮现出他们两人手握宝剑的画面，如果欧阳君得到的是月之剑，那自己手中握着的难道就是日之剑？她为什么会得到月之剑？她究竟是谁？她到底还有多少我不知道的秘密？

他想知道答案，却不知如何问出口。

稍作休息后，丹增基本恢复了体力，他们一行三人向空地的尽头走去。

欧阳君利用月之剑的神力，帮米兰摆脱了莫果的精神控制。她曾想过把米兰送回到地面或是留在这里等待他们，可转念一想，又觉得不妥，米兰对怎么来到这里完全没有记忆，就算她设下保护结界，也难保藏匿起来的莫果使用其他邪招破坏结界再次伤害米兰，那简直就是羊入虎口。就算脑海中的画面预示着不可逆转的未来，她也希望尽一切可能保护米兰。

伤痕累累的米兰简直是九死一生，但不用欧阳君多说什么，她也明白接下来将要面对的一切，她知道自己一只脚已经踏上了这条不归路，不可能再回头了。面对自己曾经犯下的过错，她一直想找机会弥补，就算那些事不是出于她的本意，结果却是给丹增和欧阳君带来了很多伤害。她鼓励并宽慰欧阳君不要顾虑太多，同时也保证一定好好地保护自己，绝对不会莽撞行事。

迫在眉睫的战斗，让他们没有精力去权衡最完美的办法，欧阳君也只能顺应命运的牵引。

穿过神奇的玄幻之路，他们在光滑的岩壁面前停下了脚步，惊诧地看着两尊神兽慢慢褪去身上的石化，展现神威。

“来者何人？”天禄向前猛地迈出一步。

“我是丹增旺杰，这两位是欧阳君和米兰。”丹增仰着头，大声回答。

“这是神圣之路的入口，你们来到这里有何目的？”神兽居高临下地俯视着他们。

“我们在追踪魔兽色林，他从色林湖中逃脱后一直处心积虑地想要报复，他收集了八颗神圣的天珠，得到了前往冈仁波齐峰的密钥，我们要去阻止他逆转时空，如果他得逞的话，世界将要陷入恐怖的灾难之中。”丹增神情严峻地向神兽解释，希望它们能够网开一面。

“没有密钥，就没有通过这里的资格，请你们离开！”天禄毫不客气地说，鼻子里呼出阵阵寒气。

“求求你们，让我们过去，不然……”

“我再说一次，”天禄无情地打断丹增，“没有密钥，谁也别想通过！”

天禄和辟邪高高地昂起头，露出了闪着寒光的利齿，金色的怒光在眼中燃烧，它们身上散发的耀光也越来越刺目。

“求求……”

欧阳君突然伸出手，挡在丹增面前，示意他不要再说了。她看着天禄和辟邪，面无惧色，大步向前走去。

神兽感到威胁，立刻弓起身子，它们的口中分别闪起一团金色的火球，冲着欧阳君爆射而去。激烈的闪光将整个空间照得如同白昼。

“欧阳君！”

“小君！”

丹增和米兰同时大声惊呼，可闪光太过猛烈，他们根本无法靠近，甚至连眼睛都睁不开。很快，一丝清透的白光在金红色的火光中若隐若现，渐渐地，他们看清楚，欧阳君正手持月之剑，抵挡着金色火球的攻击，火光在欧阳君的身边膨胀，却无法伤害她。

“月之剑在此，我请求你们听听我们的真言，”欧阳君神情坚决地高声喊道，“如果天珠是密钥，那我们守护世界的心也可以成为打开密道的钥匙！请你们……相信我们！”

听到月之剑的名字，天禄和辟邪不禁一愣，它们对视了一下，金色火球蓦然间化为美丽的烟火消失无踪。

“你为何会持有月之剑？”天禄的声音比之前缓和了许多。

“我无法解释清楚，我只能告诉你们，在这个末法时代，这个动荡的世间，不是我找到月之剑，而是月之剑选择了我。”

“月之剑乃大自然赐予世间的神物，不会随意出现，更不会随意挑选主人，”辟邪接过话语，“我们没有理由阻拦，我们将遵守拥有神剑者的旨意。”

说完，天禄和辟邪挪动脚步，面对面站立在岩壁两侧，它们低下头，虔诚而敬重地跪伏在地上。光滑的岩壁在月之剑的呼应下，发生了变化，如同流光潋影般的圆形通道，在他们的面前闪起了梦幻的光彩。

欧阳君站在密道前，伸手摸了摸流动着的光影，一丝奇特的凉意从指尖流进心里，将手指收回来的时候，光影又会弹回去。

这会不会就是科学领域一直设法想要证实的虫洞，也就是很多科幻小说和电影里提到的星际之门？

欧阳君这样想着，一边抬脚准备穿越密道。

“欧阳君，”跪伏在地的天禄抬头看着她，目光柔和。在它对面的辟邪也抬起了头，“神剑选择你必定有它的用意，这是一份殊荣，但也是一种无情的考验，你将要承受比别人更多的苦难和试炼。如果你放弃了、退缩了，曾经的一切都将化为泡影，所以，请不要迷失自己的心。”

欧阳君轻轻点了点头，脸上扬着一抹抛开一切杂念的笑容，昂首迈进了密道，丹增和米兰紧随其后也走了进去。

密道在一瞬间恢复原貌，天禄和辟邪也重新归位，化为冰冷的石像。

第十四章　悲恋

一穿越密道，欧阳君立刻召唤出白拉姆，她不知道这场战役最后的结局会怎样。同时考虑到在战斗中自己根本无暇顾及米兰，于是命令白拉姆好好保护米兰。

来到这个陌生的奇幻异世，神圣的景象深深震撼着他们的心灵，他们心中充满了惊奇，也怀着虔诚的敬畏。

怀有疑惑的丹增，本想找机会询问欧阳君关于她如何得到月之剑，又是如何拥有神力的，但一进入这个空间，色林曾一度消失的气息再度出现，阻止色林的心念瞬间占据了他整个心思。

等一切都结束以后，再问也不迟。丹增这样默默地想，连思考自己该怎样得到日之剑都抛之于脑后。

远处传来了震天巨响，空气在瞬间被逆流旋转。循着声音，他们把目光聚焦在悬浮高空的山峰上，一阵阵浓烟在空中翻腾，恐怖的爆闪此起彼伏，一个从山峰边潺潺流到地面的深蓝色湖水慢慢干涸了，不安分的风中传来隐隐的哀叹声。

丹增和欧阳君明白这个异动不同寻常，立即以极速向空中山峰飞去。

色林巨大的身影出现在他们的视线中，他正暴虐地袭击一个墨绿色的湖水，掌中的魔焰落在湖面，仅仅眨眼工夫，整个湖水就枯竭了。

丹增不明白色林在搞什么名堂，只知道不能任由色林继续破坏下去。他念诵密咒，默默运法，两团旋转着的透明水柱在他的掌心闪现，水柱越来越大，渐渐形成两条威猛奔腾的水龙。

他大喝一声，用力将水龙挥向正燃烧着的一潭黑色湖水，水和火碰撞在一起发出惊人而刺耳的响动，魔焰的火光被熄灭了，一阵白茫茫的水雾在空中迅速弥漫，遮住了他们的视线。

“你们终于还是找到了这里。”色林低沉沙哑的声音里藏着怒火。

“不管你到哪里，我们都一定会找到你并且粉碎你的阴谋。”丹增居高临下，厉声回答，接着他施法扬起大风，水雾骤然间被吹得无影无踪。

色林露出丑陋的讥笑，“很有干劲，值得表扬一下，不过，如果不能改变发生的灾难，就算你们找到我，哪怕最后杀了我又有什么意义？”

“你什么意思？”丹增眉头深锁，一股不祥的预感倏然膨胀，欧阳君也紧张地握紧了月之剑。

“你们知道这些是什么吗？”色林不答反问，用粗大的手指指了指身旁的湖。

丹增和欧阳君面面相觑，心中疑窦丛生。

“你到底想说什么？这不就是普通的湖水吗？”欧阳君大声回答。

“你说对了一半，这是湖水，但不是普通的湖水，你们仔细看看这些琉璃碑上写的是什么。”色林似乎一点都不在乎他们的出现会影响自己的伟大计划。

经色林这么一提醒，他们才发现还未干涸的三个湖水边，分别立着跟湖水颜色一致的琉璃碑，而另外五个干涸的湖边，只留下了一堆碎裂的结晶。

看到紫褐色的湖水，丹增和欧阳君震惊得无法言喻，米兰最后跌落的湖不就是眼前的这个湖吗？他们心绪复杂，特别是欧阳君，胸口像是被什么东西狠狠地刺了一刀。她后悔带米兰来到这里，甚至希望这片湖水已经干涸，那么米兰就不会发生坠湖的危险。

篆刻在琉璃碑上的梵文和藏文跃入他们的眼中——黑色的琉璃碑上写着“死”、暗红色的琉璃碑上写着“爱别离”、紫褐色的琉璃碑上写着“怨憎会”。

怨憎会……

欧阳君在心中默默重复着，参不透其中的奥义。

丹增突然大叫出声，心中一阵惊骇，全身发冷，他终于明白那股不详的预感并不是空穴来风。

“丹增，你怎么了？”看到丹增的表情，欧阳君知道事态严重。

“那些湖对应的是佛教中的人生八苦。”

“人生八苦？”

“没错，这里就是人生八苦湖，”色林兴奋地说着，表情夸张而挑衅。他来到一个干涸的湖边，抬起巨掌，将已经变成瓦砾的结晶踩得粉碎，“看你的表情，不用我多做解释，你应该已经明白发生了什么，接下来，你们该怎么弥补呢？嗯？说说看啊？我再申明一次，就算杀了我也无济于事，一切都不会有所改变，哈哈哈……”色林放肆地狂笑，恐怖的笑声如同万支冷箭深深刺入丹增的心脏。

“丹增，这究竟是怎么回事？”欧阳君不安地看着脸色惨白的丹增追问道。

丹增沉默了许久，才缓缓开口，“在这娑婆世界，作为芸芸众生中的一员，我们难以摆脱也必须经历这人生八苦，我们总说做人难、做人苦，但殊不知人身是极其珍贵难得的。也正因为这份苦难，人们才会更加精进修为，证得般若，升起脱离苦海的信念和决心。”

“既然这样，那没有了所谓的人生八苦，人类不就正好可以摆脱这样的束缚，得到解脱了吗？”

“你错了，你完全错了，”丹增神情沮丧地摇了摇头，“悲哉六识，沉沦八苦，不有大圣，谁拯慧桥。这是《菩提树颂序》里的一句话，大意说的是：人通过眼、耳、鼻、舌、身、意这悲哉的六识，沉沦于八苦之中，没有空性，而谁能拯救人类渡过那生死之河呢？唯有智慧做的桥才可以……所以，不是依靠智慧，仅仅是用蛮横的方法让八苦消失，人类是无法获得真正的解脱的。这些看似普通的湖水，对人类的重要性可能远远超出了我们的想象，如果我的感觉没错的话，一旦破坏人生八苦湖，就等于将人类困顿于灾难里，人类不再会有出生，也不会真正死去，而是生活在无尽的痛苦之中，被无明牢牢控制，受尽各种折磨却永无尽头，可以说是一个真正的活地狱。”

“啊？怎么会这样？”欧阳君感觉胸口像被重重捶了一拳。

“这也就是色林为什么说我们无法改变已发生的灾难，杀了他也没有任何意义的缘故了，他握有这样的王牌，所以无所顾忌。刚才你应该也听到湖水在干涸的瞬间，人类痛苦的呐喊声是那样的绝望，而我们……我们只能……” 丹增低垂的睫毛在微微颤动，紧咬着唇陷入了沉默，欧阳君也低头沉默不语。

就算杀了色林，却不能将人类拉出这毁灭性的灾难中，那么，一切又有什么意义？

见情绪低落的丹增和欧阳君露出破绽，目露寒光的色林冷笑一声，突然发起猛攻，无数燃烧的岩球铺天盖地地袭来，丹增和欧阳君疏于防备，等回过神时，火岩球已近在咫尺，完全来不及躲闪。

一声惊天动地的轰然爆响，响彻天际，刺目的火光伴着升腾翻滚的浓烟，弥漫在空中，燃烧的碎石纷纷落下，天空顿时下起了恐怖的火雨。

在关键时刻，白拉姆飞身扑救，救下了欧阳君，可是丹增……她看着落下的火雨，心中一阵悲悯，他的身体可能已经被撕裂成无数碎片。面对魔力高强的色林从四面八方发动的突袭，连她都没有办法同时救下他们两个人。

“小君！小君！你醒醒啊！”米兰捧着欧阳君的脸，焦急地呼唤着她的名字。

终于，欧阳君缓缓睁开了眼睛，她四下寻找，却找不到丹增的身影，顿时慌了神，一股冷风仿佛从她身体里吹过，她感到脊背阵阵发凉，汗毛倒立。

“丹增呢？他在哪里？”欧阳君坐起身，抓着米兰的肩膀不停地质问。见米兰低头不语，她立刻用乞求的目光看着白拉姆。

“欧阳君，丹增他……”

“不……不要，不要说了，不要说了……”欧阳君情绪激动地打断了白拉姆，颤抖的双手在空中不停地胡乱挥舞。她知道发生了什么，可她无法接受一切。

看着落下的火雨，悲楚的泪水顺着脸颊滚落而下，沾湿了她的衣襟。此刻，她万分后悔之前将丹增的灵魂唤醒，既然结局都是难免一死，那至少不会落得像现在这样的悲惨下场，连个完整的身体都没有留下。

“丹增……丹增……”

欧阳君悲怆地仰天哭喊，可任凭她怎样呼喊，都得不到任何的回应。

难道，他真的永远都不会再回应我了吗……

紧咬着嘴唇的她，痛苦地垂下了头，浓烈的血腥味在口中猛烈蔓延，她感觉自己脆弱不堪的心在不停地滴血。

她多希望死掉的是自己而不是丹增！

丹增旺杰……丹增旺杰……

谁？谁在叫我？

混沌的意识中传来飘渺虚幻的声音，深蓝色的波光和柔美的白色圣光交相辉映，在丹增的身边不停地闪耀，他看着眼前的美景，努力地转动眼球，试图移动一下身体，可他发现完全支配不了自己的身体，不，不是支配不了，而是他根本没有身体可以支配！

当他意识到这点的时候，刚刚发生的一切在意识中清晰地显现——他的身体被火岩球击中后，没来得及发出任何声音，甚至没感到任何痛苦，身体就在瞬间被撕裂成无数碎片。

原来，我已经死了！

他默默想着。他明白自己的灵魂还眷恋着不愿离开，而那份眷恋正是因为对欧阳君的不舍和担忧。

丹增旺杰……丹增旺杰……

那个似远似近的神秘声音再次响起，打断了他沉淀的思绪。

谁？你是谁？

他试图提出疑问，却发不出任何声音，所有念想只能在自己的意识中飘荡。

丹增旺杰，我是谁并不重要。

神秘的声音似乎能通过意念跟丹增的意识对话。

我只想问你一个问题。

问题？什么问题？

你想要守护什么？

守护？！

请回答我，你想要守护什么？

神秘的声音执着地重复着，不给丹增犹豫的时间。

守护……

丹增琢磨着这个简单的词背后蕴含的意义，这时，欧阳君悲伤哭泣的脸庞渐渐浮现出来。

丹增旺杰，你的答案是什么？请告诉我！

我……我想要……

我想要守护她的希望，守护人类的希望……

哪怕那个希望渺小到已经失去它原有的光芒，我也想要守护，用尽我最后的力量守护……或许，我的力量微不足道，但我依然想要这么做，因为，我想看到她的笑颜，想看到所有人的笑颜……

我听见了你的回答。

神秘的声音带着无比的威严，周围的幻光骤然间变成了闪耀的星屑，缓缓飘荡。

你的心不再迷惘，不再退缩，找到了正确的方向。

你，有资格得到我！

话音落毕，飞舞飘摇的星屑汇集在一起，渐渐形成了一个光团，光团散发着温暖的柔光，变得越来越巨大，直至最后将丹增的意识也笼罩其中。

他没有挣扎，没有抵抗，安静地徜徉在这片暖意里。

醒醒，丹增旺杰。

消失的神秘声音豁然传来，丹增猛地睁开了眼睛，一个身材高大的男子站在他的面前。男子一头微微卷曲的金色短发，留着整齐干练的络腮胡。他身穿精致的拖地白长袍，结实的身材和强大的气势，一览无遗。一颗如同太阳光般耀眼灿烂的圆形宝珠在男子的胸前闪耀着光辉。男子神情祥和，双眼深邃如炬，棱角分明的面孔透着一种不容轻视的刚毅。

“你是谁？”

丹增轻轻吐出这几个字的时候，发觉声音是从自己的嘴巴里传出的，他惊讶地瞪大了眼睛，眨眼的那种微妙感觉让他有些不知所措。这时，久违的触感在心中无限延伸，他低头看去，金红色的血脉在他透亮的身体里流淌——他粉碎消失的身体正在慢慢修复！

他看着男子，目光中透着深深的不可置信，刚想开口继续询问对方是谁，男子好似读懂了他的心思。

“你知道我是谁的，问问你自己的心就知道了，”男子说着，抬起手指了指丹增的胸口，他忽觉心脏跳动得更加猛烈。男子抿了一下嘴，继续说道，“现在，已经到了最后的关键时刻，不要让迟疑再次成为你的绊脚石。”

男子话音落毕，高大的身体瞬间幻化进金色宝珠中，宝珠缓缓旋转着，无数金色的漩涡纹流在它的四周膨胀。

倏然间，宝珠好似一支离弦的利箭，向丹增猛冲过来，他一惊，还没有反应过来，宝珠就进入了他的胸口，猛烈的冲击力将他整个人冲向后方，他的身体在急速移动中划动出一层金色光流。一阵强烈的炙热，随即在身体里澎湃不息。紧接着，体内的宝珠在一瞬间又猛然改变了方向，当他回过神时，发现自己已经悬浮在八苦湖的上方。水滴从他的身上坠落，溶进泛着美丽涟漪的中心湖中。

“丹增？！”

欧阳君惊诧的声音从山峦边传来，丹增循声望去，看到手持月之剑的欧阳君跟色林陷入了苦斗中。她全身伤痕累累，殷红的鲜血混着汗珠顺着她的脸颊和手臂不停地滴落而下，整个剑柄已经被染成了红色。

虽然持有月之剑，有白拉姆在一旁协助，但跟邬金仁波切大战过几百回合并在千年间修炼恐怖邪法的色林，毕竟跟兆通这种小妖魔不同，面对他强大的魔力，她们完全不占任何优势。但是，即便如此，欧阳君的目光依然没有一丝动摇，被咬到已经失去血色的嘴唇，透出她宁死不屈的决绝。

色林听到欧阳君的喊声，看到丹增居然还活着，他差点一个趔趄摔倒在地，瞪得浑圆的眼睛，就像见到了鬼。

“不可能，这绝对不可能！”色林狂暴地喊叫着，“你是谁？你到底是谁？”

“你就这么不相信你眼睛所看到的一切吗？”丹增的声音冷若寒霜。

“可恶，你这个混蛋！”色林狂吼着飞向丹增。

他庞大的身材看着非常笨重，可瞬移起来却一点都不拖泥带水，仅千分之一秒的时间，就出现在丹增的面前。他挥起巨掌向丹增劈头砍去，丹增没有抵抗，甚至看都没看，从容不迫地往旁边微微一移，轻松地避开了色林的攻击。

怎么可能？！

色林转动眼珠，看着一脸从容的丹增，心中大惑，他跟这小子交过几次手，可不记得丹增的速度有这么快。

色林不敢多想，他立即又横向挥动巨拳，拦腰砸向丹增，如钢铁般坚硬的皮肤在空气中划出一阵火光。

但不管色林是劈或斩、是捶或踢、是砍或刺，都无法伤到丹增半根汗毛，丹增好像能提前预知他下一步的行动，总是能成功地躲避。

不，不是他预知我的行动，而是他的速度真的在我之上！

色林停止攻击，气喘吁吁地看着丹增，盘算着该怎样对付他。

“看样子，该换我了。”丹增说着，静静地闭上了眼睛，胸口突然亮起了金色的光芒，天空的红日发出透明的幻彩，与他胸口的金光交相辉映。

一个金光闪耀的物体，从丹增的胸口缓缓浮现。

色林大骇，全身不由自主地开始哆嗦。

“日出——晨曦斩破。”

丹增一边念出招式的名字，一边用力挥动手中的神物。一记灿烂耀眼的金光如同一柄利刃劈向色林。一声轰然巨响，伴着翻滚旋转的尘烟，将异世震得不停地摇动。

尘烟渐渐散去，地上一个巨大的裂缝清晰可见。色林捂着受伤的左肩站在裂缝的边缘，绿色的血液顺着伤肢滴落在地上，他心有余悸地看着这道深不见底的裂缝，刚才如果稍有差池，自己的老命可就没了！

他什么时候得到日之剑的？刚刚吗？我明明看到他被火岩球击中，受到那样的攻击他应该尸骨全无才对，怎么还会复活并得到日之剑？这究竟是怎么回事？难道……日之剑凭借自己的意愿，选择丹增作为主人？

看着丹增，色林气得咬牙切齿，丹增手中的日之剑，令他有所顾忌，不敢轻举妄动。日之剑造成的伤害是不可逆转的，就算他拥有能迅速复原的能力，只要被日之剑刺中也将于事无补。

丹增不给色林喘息的机会，再次高举日之剑，挥出“晨曦斩破”。霞光斩过，浓烟四起，色林疲于奔命，不久就跪伏在地，不停地喘息。他二话不说，瞬移到色林面前，挥剑猛刺，准备给他致命一击。

就在剑锋即将刺进色林的胸膛，丹增惊觉跪在面前的不是色林，而是他的好朋友——麦克！他立刻转变剑锋的方向，日之剑的光辉擦着麦克的脸颊刺中了地面。

麦克为什么会在这里？难道他跟米兰一样，也是被色林和兆通虏获作为要挟的对象？他是否被控制了心智？将他留在这里是什么用意？色林又逃去了哪里？

太多的疑问一下子涌进心头，丹增一时不知所措，就在他疑惑之际，麦克露出一丝阴笑，一只绿色的巨掌从麦克的胸口飞窜出来，狠狠地抓住了丹增的脖子，将他高高举起，日之剑从丹增的手中脱落，在空中翻滚了几圈，哐当一声掉落地面。

丹增不敢置信眼前看到的一切，他拼命挣扎想要扳开紧箍自己脖子的巨掌，可任凭他如何反抗，巨掌依然纹丝不动，反而越箍越紧。

“丹增！”欧阳君惊叫着，不顾伤势飞扑过去。

麦克轻蔑一笑，背部猛然伸出另一只绿色巨掌，趁救人心切的欧阳君疏于防备将她也擒在掌中。

白拉姆见状，立即幻化成吉祥天母，露出愤怒的面相，想要震慑麦克，不过麦克早已察觉到她的意图，他口吐炙焰将吉祥天母团团困住。

“别过来，你只要动一步，我立刻扭断他们的脖子！”麦克威吓着，掐住丹增和欧阳君的巨掌加重了力道。

看着丹增和欧阳君痛苦的表情，吉祥天母冲着麦克愤怒地吼叫，凭她的力量要冲出这个火圈绝对没有问题，但米兰怎么办？她不在身边的话，米兰很快就会被魔焰吞噬，如果她带着米兰去营救他们，她的胜算同样也会大大降低。

“麦克？为……为什么？难道你……也被控制了？”丹增的脸涨得通红发紫，暴涨的青筋在额头上不停地跳跃。

麦克不答反笑，转眼他的样貌就变成了莲花岛轮席行政首长——夜神浩一！

“你……你究竟是谁？”欧阳君从齿缝间挤出话语。

夜神浩一将头扭转180度，看着欧阳君。“我啊，就是你们的克星——色林！哈哈哈……”夜神浩一狂笑着，人类的皮肤开始脱落，没一会儿，就露出了真面目。

“什么？！”

丹增和欧阳君同时惊呼出声，他们怎么也没有想到会是色林！

“我从色林湖中逃脱之后，找到夜神浩一这个颇有利用价值的肉身藏匿，你们也知道，在现今这个世间，要想干一番大事业，没有权力和背景可是行不通的，很多魔头都是选择这样有身份背景的人转世，以便将来完成自己的伟业，”色林一脸得意地说着，“而那些被我吃掉的人类，我在吸收了他们血肉之后，就可以随意变换他们的样貌，就像这样——”

色林说着，又换成了一个老者的样子。

“奥……奥德先生？！”欧阳君倒抽了一口冷气，想到如同父亲般一直疼爱自己的奥德先生已经不在人世，顿时痛苦得泪如雨下。

丹增感到力量正在一点一滴地流逝，令人窒息的晕眩笼罩着他，死亡的气息如同冰冷彻骨的潮水，汹涌澎湃。远处的欧阳君已经不再挣扎，迷离的眼神看起来十分涣散。

“那……真正的夜神浩一……现在在哪里？”丹增咬着牙，吐出几个字。

“夜神浩一根本就不存在，自始至终都只是我一个人，我就是夜神浩一，夜神浩一就是我。”色林咧开巨颚，露出寒齿，“而你，丹增旺杰，以转世活佛的身份，带着摧毁我的使命来到世间，你命中注定是我最大的敌人，特别是你得到日之剑后，成了我最大的威胁，欧阳君持有的月之剑虽然非常厉害，但没有日之剑的光辉，就无法发挥最大的力量，就像月亮需要依靠太阳的光芒是一样的道理，所以，你必须死！只要你死了，一切就都结束了！”

色林恶狠狠地说完，口中闪起一团夹杂着黑色闪流的赤红火光，他双目一瞪，准备吐出巨大的火光。

“落日——日暮光辉。”丹增闭着眼，轻声念诵。

一阵霞光划过，色林闷声低吼，把还没吐出口的火光又吞了回去，他口吐绿血，松开了双手，困住吉祥天母的火焰圈唰地一下也熄灭了，吉祥天母立刻飞身救下已经昏厥的欧阳君。

丹增跌落地面，翻滚了几圈后，勉强站起身子。色林已被金光闪耀的光杖困住了手脚。

“可恶！可恶！怎么会这样？你的日之剑明明不在手里！”色林使出蛮力，却无法挣脱光杖的束缚。

“日之剑由我的心而生，就算不在手中，我一样可以用意念控制它。” 丹增一边说着，一边慢慢地走到欧阳君的身边，吉祥天母此时已变换回白拉姆的寂静相。“那些惨遭你毒手的人们，我没有办法让他们起死回生，只要你手中有一个人质我也不能轻易下手，但当我确定夜神浩一已不存在于此世，我终于可以放心地使用日之剑的力量了。”

“可恶！我一定要杀了你！我一定要杀了你！”色林发了疯般咆哮着，可他无法移动半寸，就连口吐巨闪的能力也丧失了。

“色林，我们的战斗到了该画上句号的时候了。”丹增说完，冲着天空举起手臂，日之剑一瞬间幻化于丹增的掌中。

“破日——终极闪光。”

丹增念诵的同时，松开了手中的日之剑。日之剑垂直落下，迅速消隐进地面。

色林心中一阵恐惧，感到一股强大的力量在地下膨胀，离他越来越近，突然，一个巨大的金色光球轰然间从地下升起，将他笼罩其中。

“不！不！啊……”

色林发出鬼哭狼嚎般的惨叫声，狰狞的魔脸完全扭曲了，在光球的爆闪中，他的身体瞬间被撕成了千万块碎片。

“你们等着，我不会放过你们的，”一团黑色的魂雾从尸块上升起，盘旋在空中，“我一定会报仇的，一定会报仇的！”

“也许，你根本没有这个机会。”丹增淡然地说。

“你说什么？你什么……”

“满月——银月天网。”

色林的魂魄还未说完，耳边倏然响起欧阳君的声音，天空猛地落下一个银光闪烁的巨网，将他牢牢擒获。

“这是什么东西？”色林大叫着，想要挣脱银光网的捆缚。银光网看似柔如丝线，却韧如钢铁，任凭他使出浑身解数也无计可施。银光网越收越小，直至变成一颗渐渐暗淡无光的星屑。

“你们杀了我也救不了人类，八苦湖已被破坏，人类必将堕落，走向黑暗，”色林的声音忽然随风响起，“而随着我的死去，世间那些被我毁掉封印的妖魔会失去压制的力量开始暴走。还有我利用夜神浩一的身份，在莲花岛埋下的千万磅炸弹也会同时爆炸，我要让整个莲花岛为我陪葬，就算你们能顺利回到原来的世界，要想补救也为时已晚，拯救不了世界，你们将永远活在悔恨中，哈哈哈……”

星屑在色林嚣张狂虐的笑声中，碎裂成无数尘埃。

“丹增，色林说的是真的吗？莲花岛真的会……”耗尽力气的欧阳君瘫坐在地上。突然间，一阵不同寻常的异动传来，打断了她还未说完的话。

“看来，色林说的都是真的。”丹增凝视着天空，目光毫无聚焦。

“那我们该怎么办？”欧阳君意识到，异动是莲花岛发生巨大爆炸引起的连锁反应，连异世都有震感，那莲花岛的爆炸该是怎样的毁灭景象！

过了许久，丹增像是下定决心般吐出了胸中的气息，“我们……还有一个办法。”

“什么办法？”

“回到过去。”

“回到过去？”

“对，”丹增轻轻点点头，“回到过去，阻止色林。”

“这是个好方法，可我们该怎么回去？”丹增的提议欧阳君不是没有想过，但找不到扭转时空的装置，想法只能成为空谈。

“在中心湖里修复身体的时候，我发现了一个秘密，湖底雕刻着一个我从未见过的古老咒轮。咒轮的中心有一个莲花雕塑，在莲心中有一个如同钥匙孔一样的扁长细缝，我想，那里也许就是传说中的世界中心。”

听到这里，欧阳君的眼睛放出了激动的光彩，不过转瞬就黯淡下去，“就算你说的完全正确，我们又要怎样打开它，或者说启动它？”

“我知道怎么打开。”

“什么？！”

“你我手中，就握有钥匙。”

“钥匙？”

循着丹增的目光，欧阳君低头看向自己的右手，手中的月之剑在虹光的映照下，折射出透明的光彩。

“难道日月剑……就是钥匙？”欧阳君惊愕得张大了嘴巴，

“我不敢肯定，但这是一次赌博，事到如今，我们也只有试一试了。”

在不断地震动中，丹增带着欧阳君来到了中心湖边。他将日之剑高高举起，欧阳君也跟着举起了月之剑。

意想不到的事发生了，平静的湖水跟日月剑产生了共鸣，倏然间翻滚不息，湖水逆卷而起，形成倒流的瀑布一分为二。一条由莲花铺设的道路，豁然展现在他们的眼前。

丹增和欧阳君踏着随风摇曳的莲花向咒轮走去，阵阵升腾的水雾在他们四周荡漾，他们看起来就像异于此世的仙人。

站在古老咒轮前，两人没有一丝犹豫，一起踏进了咒轮站立于莲花雕塑前，两人此时再次相视凝望，同时举起了各自手中的神剑，对着莲心的孔洞插了下去。

轰然间，一阵异光从莲心爆发而出，照得整个空间璀璨明媚，莲花雕塑和咒轮在刹那间闪起奇异而炫目的亮光，咒轮里的古老文字旋转着陷进了地面。巨响由远而近，气流卷起无数碎石在天空不停飞舞，一股神秘而强大的力量正在渐渐苏醒。

丹增和欧阳君瞬移至高空，仅仅几秒钟，咒轮边的地面就完全塌陷了，而消失的古老文字再次出现，它们悬浮在空中不停地旋转，这时，莲心猛然爆出一束极光，极光穿过咒文围成的圆圈，直刺辽阔、美幻的天际。

等极光慢慢暗淡下去，他们看到咒文居然围着一个物体——那是一个精致而透明的沙漏。

此时，日月剑显现出梦幻的身影，他们居高临下，站在沙漏的两侧。

“你们确定要逆转时空吗？”日之剑低沉而有力的声音在虚空中飘荡。

“是的，只有这一个办法可以阻止色林。”丹增大声回答。

“逆转时空，改变历史，是不被允许的，哪怕一个细微的变化都可能对未来造成巨大的灾难，而且，你们挽回一样东西，就必定要失去一样东西，这是世间的规律，也是维系世间平衡的一种法则。”月之剑接着说道。

“我知道，但这是我们唯一可以拯救世间众生的方法，我们……别无选择。”丹增看了看身旁的欧阳君，纠结的眼神透着深深的内疚。

“一旦做出决定，你们可就没有回头路了。”月之剑蹙了一下秀眉，发出最后的警告。

“我们不后悔，请帮助我们！”欧阳君坚定地说。

“如果这是你们的愿望，我们就实现它，不过，我们要再次提醒你们，改变历史就会造成新的问题出现，到时候你们必须去弥补这些漏洞，但我们还要告诫你们一点，回去的时间越遥远，出现的问题和漏洞就越多，时空也会越紊乱，可能到最后，你们就算赔上性命也没有办法收拾混乱的局面。所以，慎重考虑回去的时间点，不要因为无谓的盲目而失去一切。”

“谢谢你们，我们只要回到色林穿越密道前的那段时间，只要阻止他破坏八苦湖就可以了。”丹增说完，对欧阳君伸出手，欧阳君犹豫了一下伸手握住了丹增的手，他声轻语柔地对欧阳君说，“准备好了吗？我们要回去了，在那个关键的时间点，我们要各自努力了。”

欧阳君点点头，会心一笑。

“好了，转动时之沙漏，默想你们想要回去的时间吧，不要被迷惘和恐惧吞噬你们的心灵，让想要守护这个世界的心释放力量，指引你们前进，直至到达成功的彼岸！”日月神剑大声吟诵着。

丹增和欧阳君飞进咒文里，在日月剑的指引帮助下，将透明的时之沙漏倒转，透亮的沙粒缓缓流淌而下，放射出一层耀光，两人在光芒中相视而笑，渐渐消失了身影。

仅仅一瞬间，异世又恢复了原样，完好无损的八苦湖在虹光的照耀下，闪耀着奇异的光泽。

一个恍惚间，丹增渐渐回过神，发现自己正站在桢木精灵前，刚刚呼唤桢木精灵的声音还在耳边回荡萦绕。

他立刻意识到自己已经回到了几小时前，回到了刚刚逃出槐树洞的那段时间。现在，每分每秒对他来说都是极其宝贵的，他松开扶着桢木精灵的手，开始寻找假冒欧阳君的家伙。

他悄悄绕到桢木精灵的背后，看到假欧阳君正偷偷摸摸地将一张写满咒文的黑色符咒埋在桢木精灵的树根下，这个符咒他在欧阳君消灭冒牌者时的记忆中见过。他不假思索一个跃步冲了过去，擒住了假欧阳君的脖子。

“丹……丹增，你干什么？快放开我……”假欧阳君一脸痛苦，苦苦哀求。

丹增举起左手，对准了假欧阳君的心脏，“你应该比谁都清楚我在干什么。”话音刚落，他的手掌就刺穿了她的胸膛，一阵凄惨的哀嚎后，她瞬间化为一摊黑水。

丹增赶紧挖出埋在桢木树下的黑符，用净业之火将其烧尽，桢木精灵异常掉落花瓣的情况马上停止了。

“孩子……”桢木精灵的声音，听起来有些孱弱。

“我在这里。”丹增扶着桢木精灵的树干。

“你真的决定了吗？你知道这样的选择会有怎样的后果吗？现在后悔，还来得及。”不用丹增多说一句，桢木精灵似乎都知道他心里在想什么。

“我明白，可是我……已经没有回头路可走了，能找到其他方法的话，我也不想做这样的选择，”丹增轻轻搂住桢木精灵，将脸贴在树干上，“再见桢木精灵，希望我们来世能再相遇，当然，如果我还能有来世的话……”

丹增露出一抹哀伤的笑容，转身飞向大海，任凭桢木精灵在身后呼唤他的名字，也没有回头。

从文鳐鱼那里得到照海镜后，丹增立刻潜入深海，通过海中隧道来到了神秘的空旷地。

很快，挣脱束缚的欧阳君也赶到了这里，他们联手击败莫果，救下米兰，利用月之剑穿越密道进入异世。

他们一来到异世，就看到色林正飞向空中山峰。

丹增二话不说立刻加速追去，飞到空中山峰的上空时，色林发现了紧随其后的丹增和欧阳君。

“不可能，你小子，怎么会这么快就跟来了！”色林龇着牙，目露凶光。

丹增的表情冰如寒霜，默然地看着色林，眼里并没有威吓的意味，似乎也不带恶意，那是一双看尽人间丑恶的眼睛，闪耀着一种冷静清澈的光芒，“色林，到了该说再见的时候了。”

说完，他一边低吟着咒法，一边轻轻挥动手臂，双手在胸前做着各种复杂的手印。一层金光从他的身上浮现出来，并不断扩大。天空响起了阵阵佛号和抑扬顿挫的佛音，异光在天际不停地闪耀。

楞严密咒？！

色林不知道丹增什么时候得到了使用这密中之圣的力量，当他反应过来时，为时已晚，天空降下的强大闪光，不偏不倚地落在他的身上。

“楞严天牢。”

丹增轻声念道，看着色林被囚困在由楞严咒法形成的天牢中，他没有放松戒备，始终没松开手印。身边的欧阳君也一直严阵以待，不敢有丝毫懈怠。

“可恶！可恶！”色林狂暴地咆哮，试图推开闪光的天牢之门，可他的魔掌刚一触碰到闪光的囚栏，就被密咒炙得通红冒烟。

楞严咒是佛陀亲口宣说之咒，为一切咒中之王，每句皆为诸佛菩萨及神圣成道心咒之结晶，上尽诸天，下迄幽冥，为一切法藏之锁钥，功德威力，无与伦比，能摄住内外各路魑魅魍魉。世间的妖魔鬼怪无不知晓楞严咒的神威，一些小妖魔光是听到楞严咒的名字就会吓得屁滚尿流，魂魄四散。

色林当然清楚自己被困楞严天牢已没有任何胜算，但他还想做最后的挣扎，他大声吼道：“混蛋小子，你以为抓住我，就万事大吉了吗？告诉你，你错了，不管你是杀了我还是封印我，受我力量制约的妖魔全部都会……”

“我知道你接下来想要干什么，所以，不管付出怎样的代价我都要阻止你，你的阴谋不会得逞的。” 丹增面无惧色，神情没有一丝波澜。

“什么？！”色林惊愕地盯着丹增，他知道自己的嘴角难看地歪向一边，一瞬间，他的气势几乎全无。

“丹增你究竟想做什么？”欧阳君焦急地问，她隐约察觉到什么。

“我已有安排，你不用多问，只是最后需要借你的月之剑一用。”

“借月之剑？你什么意思？”

丹增沉默不语，目光没有丝毫迟疑，全神贯注地将自己的灵力注入天牢，天牢顿时亮起刺目的强光。

他的沉默，让欧阳君被一股难以言喻的不安笼罩。

“啊……住手！住手！”色林抱着头，痛苦地发出惨叫，狰狞的面孔已经面目全非。

“欧阳君，现在请你用月之剑刺进我的身体。”丹增看着欧阳君，平静的声音透出隐隐的离殇。

“什么？！你说什么？！”欧阳君以为自己的耳朵出了问题。

“我要你现在用月之剑刺进我的身体。”丹增淡淡地重复。

“为什么？为什么我要这么做？告诉我，你这是为什么？”欧阳君歇斯底里地喊叫起来。

“前世的我曾用肉身封印过恐怖的钩蛇怪物，所以我想是否可以使用这个方法封印色林和那些妖魔，但跟色林的对话让我知道事实并不像我想象的那么简单，于是我下定决心，诛杀色林后，利用自己的灵魂封印那些妖魔，要完成这一切，必须借助月之剑的力量，因为只有月之剑才可以在不破坏我灵魂的情况下，将我的灵魂分离出来，而我是转世活佛，我们之中也只有我有这样的力量可以完成封印之术。”

“为什么必须要用自己的灵魂？普通的封印办不到吗？”

丹增摇了摇头，“色林的魔力太过强大，光是封印他就会耗尽我全部的力量，我将无法阻止暴走的妖魔，也无法阻止莲花岛走向毁灭，那样的话，我们回到过去又有什么意义？所以，我必须在诛杀色林后，用自己的灵魂释放最强的封印，震慑住其他的妖魔以及摧毁埋在莲花岛下的炸弹。”

“可是……”

“日月剑不是说，你们挽回一样东西，就必定要失去一样东西吗？”丹增的嘴角扬起了一抹淡然的微笑，“而我必须要付出我的生命，这是世间的规律，也是维系世间平衡的一种法则。”

欧阳君听到这里，禁不住嘤嘤地哭泣起来。

“欧阳君，不要再犹豫了，我释放的灵力只能暂时压制那些蠢蠢欲动的妖魔，我坚持不了多久的，快，快用月之剑。”

“不要，我不要……”

“欧阳君！”丹增突然厉声喊道，“不要再犹豫不决，真的没有时间了，我的生命本来就是为了守护人类而存在的！”

欧阳君眼含热泪，悲痛地看着丹增，泪止不住地流下来。

难道幻象中刺杀丹增的画面，真的要成为现实？不……我不要！

她的内心痛苦挣扎，握着月之剑的手一直颤抖不已。

“欧阳君，也许现在说什么都晚了，”丹增闭上了眼睛，轻声说着，“自从第一眼见到你，我就爱上了你，无法自拔地爱上了你，只是，我知道自己没有这个资格，所以我编造了各种谎言，欺骗你，伤害你，但现在，我只想亲口告诉你，我爱你，真的爱你！”

听到丹增这番话，欧阳君完全愣住了，泪水凝固在脸上。

就在这时，她突然感到后背一阵刺痛，回头看去，米兰不知什么时候站在了她的身后，目光凶狠地瞪着她。

“米兰，你……这是……干什么？！”欧阳君震惊地看着好友，刺痛在身体里猛烈地蔓延。

“欧阳君，你去死吧！”米兰恶狠狠地诅咒，用力拔出了插在欧阳君身上的匕首。

欧阳君感觉眼前一黑，月之剑从手中松脱，掉落进中心湖，她的身体渐渐失去了平衡，笔直地从高空坠落。

“欧阳君！”

丹增高声呼喊，却无法出手相救。幸好白拉姆飞跃过来接住了她，让她免受坠落之伤。紧接着，白拉姆张开一层透明结界，将欧阳君保护在其中。

“米兰，为什么？你不是……已经摆脱暗示了吗？”欧阳君忍着剧痛问着好友，她明明看见月之剑消除了兆通对米兰施加的暗示，可米兰为什么还会对自己下毒手？

米兰从空中缓缓降落，无视白拉姆对自己投来的愤怒目光，挑衅地站在欧阳君的面前，她咧着嘴角，扬着得意的怪笑。

“欧阳君，想不明白这一切是怎么回事吧！哼哼……我告诉你好了，那是因为我恨你，从认识你那天开始就恨你，恨你的才华，恨你的美丽，恨你总是得到别人的瞩目，恨你不管做什么永远都在我之上，你的一切的一切我都恨……这种恨没有一天消减过，只是这份恨意一直被我的理性、被心中光明的一面隐藏了起来。但自从被兆通暗示后，那份藏于心中最深处的黑暗就越来越强烈，就算你用月之剑消除了兆通的暗示，也消除不了我心中升腾不息的欲望和黑暗。从那一刻起，我接受了自己内心最真实的想法，我知道自己想要什么，于是我选择跟兆通合作。”

欧阳君震惊得说不出一句话，她盯着米兰，嘴唇不停地颤动。

“还记得我获得的唯一一个奖杯吗？那次你故意输给我，结果害得我代表学校在国际比赛中出丑，丢尽脸面，你是为了打击我，让我不要存有超越你的幻想，就策划了那次可耻的失利，对不对？”

“不，米兰，我没有，我真的没有……”

“住嘴！”米兰咬牙切齿地打断欧阳君，瞪得浑圆的眼睛布满了恐怖的血丝，“那段日子我痛不欲生，甚至产生过自杀的念头，我也曾想过扔掉那个奖杯，可我没有那么做，我一直留着它而且还放在最显眼的位置，就是为了时刻提醒自己，不要忘记这个耻辱，只要有机会我就要报这一箭之仇。”

“米兰……”欧阳君轻轻低喃着好友的名字，米兰的话如同万根利剑刺进她的胸口，比后背的伤口痛上千倍万倍。她此刻才意识到，当初心魔在暗处觊觎她们的梦境原来早有预兆，而她在梦境中为防止心魔攻击而画下的巨龙符咒，最终也没有守护住米兰的心。

“利用从丹增那里掠来的佛珠，在兆通的帮助和指引下我顺利穿过了海底隧道，假装被兆通抓获打算要挟丹增，可计划进行得不太顺利，没想到你摆脱了黑术法巫咒，不但赶来这里杀了冒牌货，救活了丹增，打败了兆通，还利用月之剑得到了穿越密道的资格。我无数次建议兆通利用那个冒牌货早点杀掉丹增，以免后患无穷，但兆通好像还没有玩弄够，迟迟没有动手，其实他不说我也知道，他最主要的目的是想找机会趁乱从丹增那里得到日之剑，”米兰挑了挑细而刻薄的眉，看了眼在高空依然苦撑的丹增，“兆通早已猜到成双成对出现的日月剑，会在你的月之剑的共鸣下显现，如果能得到日月剑，他甚至可以凌驾于色林之上，因为他知道色林一旦达到目的一定会杀掉自己，所以他才会想方设法得到日月神剑。只是，到最后，他的耐心用完了，见日之剑始终没有出现，终于决定对丹增这个废物动手，不过，他的运气好像不太好，哼哼……”米兰冷笑一声。

“我一直按兵不动，等待合适的机会实施报复，而现在就是最佳的时机。没有月之剑，你就只能眼睁睁看着丹增耗尽所有的灵力，也无法改变莲花岛被毁的现实。你想守护什么，我就要破坏什么，这就是我对你的报复，我要你死，而且是让你无能为力地看着一切无法改变而死去，哈哈哈……”

看着米兰那张狰狞到她已经认不出来的面孔，欧阳君泪雨如注，她从未想过伤害谁，可却在无形中将米兰拉进了无尽的黑暗中。真的是自己的存在太多余吗？

怀念跟米兰的点点滴滴，她心中无比悲怆，又万分感慨，比起从信任的人那里听到真相，她觉得被骗的时候反而是一种幸福。

“米兰，对不起。”欧阳君轻声说道。

米兰愣了一下，她显然没想到欧阳君会跟自己道歉。

“因为我的存在，让你受了那么多痛苦和煎熬，真的……很抱歉，”欧阳君艰难地吞咽一下，干渴的喉咙越来越炙热，仿佛有一团烈火在疯狂燃烧，“如果我死去，是你的愿望，我会毫不犹豫地选择离开这个世界，但是，我不能按你所希望的方式，对不起，只有这个愿望……我不能为你实现。其实我从一开始就没打算按丹增说的去做，我真正想做的是这个……”

欧阳君话音刚落，一个沉闷的声音突然响起，掉落进中心湖的月之剑从她的体内刺穿了她的身体，她痛苦地咳出一摊血，斑驳的血渍染红了地面，沾着血迹的剑锋闪着光芒，直指天际。

“欧阳君！欧阳君！”丹增疯了一般地叫喊，扶着欧阳君的白拉姆也不停地叫着她的名字。

“让一切，都画上句号吧……”

欧阳君说完，静静地闭上了眼睛，她的身体骤然闪起一层明亮的白色光流，一个透明朦胧的光球从她的胸口缓缓升起，如一支离弦的利箭穿透了色林的身体，色林哀嚎着，瞬间化为一堆沙砾。

所有的一切都发生在一瞬间，丹增完全反应不过来是怎么回事。

“丹增。”

光球不知什么时候飞到了丹增的面前，慢慢幻化成欧阳君的样子。

丹增悲伤地痛哭着，决堤的泪水顺着脸颊滚落而下。他想做些什么，却无能为力，只能任由泪水滑落。

“丹增，谢谢你，能听到你说爱我，这真的是我这辈子最大的幸福，”欧阳君的声音似一阵拂面而过的微风，沁人心脾。她伸出手，温柔地摩挲着丹增的脸颊，脸上露出了满足的微笑，“我不后悔自己所做的一切，如果还能有来世，我也一定会去找寻你。”

欧阳君轻声说着，在丹增的唇上落下一个深情的吻，千年累世无法诉说的爱恋和渴慕，都融化在这个缠绵的吻中。

“死亡其实并不可怕，我反而还要感谢它，因为只有在这个时候我才能有勇气说出我的真心话，”欧阳君依依不舍地看着丹增，一颗晶莹的泪珠顺着她透明的脸颊流淌下来，落在丹增的手心里，“丹增，我爱你，用尽我全部的力气及生命爱你，我真的很想留下来，但是现在……我不得不跟你说再见了。”

欧阳君说完，梦幻的身影越飞越高，直冲天际。

“不要，欧阳君，不要！不要离开我……求求你！不要离开我……”丹增发了疯般追上去，欧阳君看似近在咫尺，可他始终追不上她的身影，伸手抓住的只有星屑的痕迹。

最后，欧阳君消失在天际的尽头，她的灵魂幻化成美丽圣洁的莲花，封印了那些正从沉睡中醒来的妖魔，同时也摧毁了即将引爆的炸弹。

天地间顿时恢复了往日的宁静与祥和。

“不！不！不……”

丹增悲痛地仰天呐喊，泪水奔涌不止。欧阳君的离别之吻让他看到了许多前世的记忆，原来，那个在海风中等待他的女孩，就是欧阳君的前世——映蓉！

前世的自己曾救过映蓉一命，映蓉因此立下誓言，要以自己的生命报答他的救命之恩并以身相许，这一报答就是生生世世的时间……流转轮回的蹉跎光阴，映蓉始终在追寻他的身影，而每一次，都是以悲伤浇灌着下一个痛苦的悲剧。

直至欧阳君选择用灵魂封印邪魔，也结束了他们没有结果的未来。而她，再一次遵守了誓言，用生命救了他。

直到此刻，一个画面在他的脑海中一闪而逝，他想起了28岁生日那天，梦中所见的淡绿色人影，那个人影就是欧阳君，她就是绿度母的化身。她用自己的灵力拯救了全人类，而这一切，本应该由他承受的。

丹增飞回地面，扑通一下跪在欧阳君的身旁，轻轻摩挲着她白皙的脸庞，她的肌肤还留有余温，她就像安静地睡着了。他替她擦去嘴角未干的血迹，将她紧紧搂在怀中，悲痛的泪水滴落在她秀丽的脸颊上。

如果能再给我一次回到过去的机会，我绝不会让这样的事情发生，绝对不会！

丹增一直在心中默默地祈祷，可是，奇迹并没有发生。

“怎么会这样？”米兰感到不可置信，形势迅速扭转，让她有些措手不及，可欧阳君的死并没有让她感到满足，她举刀又向丹增扑去。

这时，白拉姆挡住了她的去路。

“欧阳君不想伤害你，我无法违背她的意愿，但她已经不在了，我不需要再顾虑她的感受。”说完，白拉姆立刻化现出愤怒相，口中喷出团团烈焰。

米兰大叫一声，吓得立刻掉头就跑，结果被一块突出的石头绊倒，跌进了紫褐色的“怨憎会”湖里，她挣扎了一会儿，渐渐沉入湖中。这一幕，也如他们脑中闪现的画面一般，成为现实。

吉祥天母回视身后依然紧紧抱着欧阳君的丹增，也忍不住落下了伤心的眼泪。

第十五章　哀歌

永真站在莲花山峰的琉璃莲花台上，含泪的双眼注视着驱散黑夜的晨曦，心中一阵不忍。

从梦境中，他早已预见了欧阳君最后的结局，可他无法阻止，也无法改变，只能痛心地看着梦境一天天成为现实。

命运从一开始，也许早就注定好了。

但是……

明媚的阳光洒落人间，带来温暖，映照着永真黑亮的双眸，晶莹的泪珠滚落而下，在琉璃莲花台上绽开悲伤的花朵。

但是，他依然相信改变的力量，愿意坚守这份希望，只要人类心中的善没有泯灭，未来就不会成为奢望的空想。他知道丹增和欧阳君也是抱着这样的期望和信念，一直战斗到最后一刻。

永真闭上双眼，对着天空双手合十，心中回响起第一次见到欧阳君时，她轻声哼唱的一段美妙旋律——

听风涌动的声音

我化作一片飘零的白雪

融化在对你爱恋的轻声细语中

看云游走的痕迹

我化作一颗明亮的星星

闪耀在对你思念的朝思暮想中

一种缘分，一种遇见
回忆氤氲，念想荏苒
人潮人海里
我和你会是下一站同路的拥有吗
扉页翻转时
我和你还会在记忆的转角相遇吗

流年扇动着爱的羽翼
现实沉淀着情的希冀
爱情，在指缝间承诺
眷恋，在爱情里交缠
你是我心中的太阳
我是仰慕你的月亮

追寻你的身影
没有丝毫倦怠
静静地回忆
静静地想起

一切如梦，似真似幻
风起云涌，花开花落
我不愿意从梦中醒来
请让我继续沉醉其中

灯火阑珊，轻声吟唱
没有天荒，没有地老
只想跟你在一起
感受彼此的存在

我爱你

也期待着你对我说出爱的承诺

纵使要我等待千年

我的目光依旧不会从你的身上移开

我爱你

我爱你

直到世界的尽头

也依然爱你

第二部

第十六章 莲花洞

我的世界里没有太阳，整个天空完全被黑夜取代，因为，赖以生存的光芒已经消失了。

我好寂寞，好悲伤，好痛苦……

我的心，早已碎成了粉末，留下满地尘埃，再也不可能复原。看不到你的样子、听不到你的声音、触碰不到你的肌肤……对我来说是多么残忍的一件事情！你为什么要做这样的选择，用这样的方式惩罚我？

我只有一个愿望，唯一的一个愿望——我要你活着。

可是……这个愿望已经不可能实现了，从失去你的那一瞬间开始，我的希望和未来就变成了泡影，不管是有形的还是无形的支撑自己的一切，都在那一刹那荡然无存。

你离开了我，我也形同死去。

纷乱而又悲痛的影像在丹增的脑海中不停地翻现、纠缠，他深锁眉头，惨白的嘴唇轻轻蠕动了一下，却发不出任何声音，呼出的气息也仿佛被冻结了一般。所有的感觉都那样的虚幻，只有从脸颊上滑过的温热液体，刺痛着他已经痛到不能自已的心扉。

扑面而来的雨粉飞落在他的脸上，他觉得头开始隐隐作痛并愈演愈烈，好像要裂开了一样。

我已经做好了选择，不想再执着了，为什么？为什么你们还在耿耿于怀呢？难道，我连这样选择的权利都没有吗?

这样想着的时候,丹增觉得自己轻飘飘的身体一阵酥麻,一股强大的力量穿透他的身体,他无法挣扎,更无法反抗,只能任凭力量的牵引前往未知的地方。

不知不觉间,耳边传来了窸窣的嘈杂声,他不由自主地蹙了蹙眉,感到左侧的脸颊被冰冷又粗糙的东西硌得有点生疼,在喉咙深处膨胀的苦味透着莫名的涩楚余味,充斥着整个发麻的口腔。

我在哪里?

心中的问题没有答案,耳边模糊的声音却渐渐清晰起来。

“这家伙怎么会躺在那儿?”

“谁知道,这伊河两岸多的是地方落脚休息,他哪儿不好待偏偏跑这里去了。估计又是不知道哪里来的醉汉。快,先不说那么多了,咱得赶紧把那家伙叫醒,不然让领导知道了非挨骂不可。”

“没错,没错。”

对话声落毕,传来一阵轻微的攀爬声,接着,丹增感到自己被粗暴地拽了起来,有人不停地拍着他的脸。

“喂,这位小哥,别睡了,快醒醒啊。”

“大刘,看这情况等叫醒他差不多也到了开门时间了,要不咱们直接把他抱出去算了。”

被叫作大刘的人停下拍打丹增的手,“抱出去?我说老李呀,你也不看看这家伙有多大块儿,怎么看他都快接近一米九的个头了,身材虽算不上魁梧但也很结实,就咱俩穿上增高鞋垫勉勉强强才一米七的小老头,怎么抱得动他?再说昏沉的人就跟死人一样死沉死沉的,你不知道啊!”

老李一听,觉得确实是那么回事,急忙蹲下来给大刘当帮手,不停地摇着丹增的胳膊。

几番折腾之后,丹增抬了抬眉毛,终于缓缓睁开了眼睛,一丝朦胧的光立刻映入眼帘,他恍惚地眨了眨眼,面前的人有着无数的重影,他根本看不清他们的样貌,也数不清究竟有几个人在跟自己说话。麻木的舌头在口中打了结似的,吐出的是喘息还是呜咽,连他自己也分不清楚。

不知过了多久,他完全清醒过来,这才发现自己置身于一个陌生的圆形洞窟里,环顾四周,看到身后的墙壁上雕刻着释迦牟尼佛率二弟子游说讲经之像,左侧的墙壁上雕有精细生动、高度仅有2厘米的千佛像。不过所有的佛像损毁严重,只有窟顶雕饰的一个精美而又栩栩如生的大莲花完好无损，在晨曦柔光的折射下，仿佛散发着奇幻的光芒。

在两位老师傅的搀扶帮助下，丹增爬过齐腰的围栏，离开了洞窟，这时，他看到了放置在地上黑底白字的石匾——第712窟莲花洞。

莲花洞？好像在哪里听过？

头脑还有些昏沉的丹增站在狭窄的石阶上，目光被莲花洞外左边墙壁上大大的“伊阙”二字吸引。

伊阙？莲花洞？

丹增将视线落在宽阔的伊河上，若有所思，心中充满了无数疑问。

这里应该是河南洛阳的龙门石窟，我为什么会在这里？我为什么不是通过海底隧道回到莲花岛？前往另一个空间时明明刚过了三月上旬，跟色林大战也应该是才结束不久的事情，可看这天明明就是夏天了呀！？

脚下的石阶虽不高却蜿蜒绵长。丹增迈着迟缓的步伐跟着两位老师傅向山下走去，心情显得落寞、黯然。

经历跟色林的决战后，他的世界被彻底改变了，他打从心底里憎恨色林，如果不是他的出现，欧阳君也不会死，就算他们没有缘分走在一起，他至少能够在远处默默地注视着她，哪怕只是看着她的背影，他也会觉得无比幸福，但现在……这样的机会也被剥夺了。他有生以来第一次体会到憎恨的滋味。

所有的一切都是遥不可及的奢望，除了悲伤和痛苦，什么都不存在！什么都没有留下！

远处熙熙攘攘的人群渐行渐近，兴奋的谈论声和通过小喇叭传出的专业讲解声混杂在一起，在人群最前面晃动的某某旅行社的小黄旗，分外扎眼，那一顶顶小红帽就像一朵朵流动的小红花。

丹增咬着唇，低着头，从欢快的人群边走过，人们对他不合季节性的着装和伤痕累累的样子投来惊诧的目光，他浑然不觉，像一个失魂的玩偶拖着沉重的步伐。他此时没有别的想法，只想能快点离开这里。紧握的拳头没有丝毫血色，指甲深深陷进手掌里他却感觉不到一点疼痛。耳边响起忽强忽弱如阵雨般的蝉鸣声，整个世界似乎都在干扰、压迫着他的记忆。

两个老师傅带着丹增向人流相反的方向移动，走了没多远，就在一个蓝色的大遮阳伞下停了下来，老李师傅跟工作人员简单说明了情况，一个文静的女生立刻让出自己的折叠椅，让丹增坐下休息，并为他端上了一杯温水。

大遮阳伞下有一张铺着蓝布的长桌，上面摆满了纪念册、书签、明信片，还有三个印章，有的游客会在这里询问物品的价钱，有些则会递上一本《龙门印记》的小册子，工作人员会在对应的页面上盖上印章。丹增看到这里有一个就是莲花洞的印章。

莲花洞……莲花洞……

丹增的心中不停地重复着莲花洞的名字。

在工作人员的帮助下，丹增很快联系上了周菡。自己最好的死党麦克已经被色林杀死了，他只有联系平时关系处得还不错的周菡。周菡以公司的名义帮他补办了所有的身份证明后，丹增终于在五天后来到北京，坐上了返回莲花岛的国际航班。

摩挲着登机牌，看着上面印着的日期——7月6日，他再次陷入沉思中，他想不通这四个月的时间里自己究竟在哪里，又发生了什么。他本想运法寻找答案，然而他发现自己无论怎样尝试都无法使用法力，哪怕一点点都不行，拥有的力量消失了，他现在跟一个普通人没有任何区别。

他心事重重地看着窗外灰蒙蒙的天空，心中的疑问疯狂升腾，比糟糕的雾霾天还要压抑。他叹了口气，静静地闭上了眼。

一回到莲花岛，周菡立刻安排丹增住进了医院，进行全面的身体检查。看着忙碌的医生、护士和表情严肃的警官，他才知道公司曾向警署报了案。

面对问询，丹增全部以不知道、没记忆作为回答，不是他不想说，只是关于色林的事情不能说，而对于之后的经历他又确实没有任何记忆。

第二天晚上，丹增躺在床上辗转反侧，一直等待着深夜的来临。差不多过了凌晨2点，他轻手轻脚地爬了起来。离开房间前，他随手拿起放在桌上负责他这起案件的警官的名片，条件反射地想将名片放入上衣口袋，可当他意识到这样做根本没任何意义的时候，立刻将名片撕成碎片丢进了垃圾桶里。

“不管你什么时候恢复了记忆，哪怕只想起了一点点，都请跟我联系。我真的很想帮你。”

丹增的耳边响起这位姓何的警官临走前说的话，脑海中同时浮现出她诚恳而真挚的神情。

帮我？你为什么想帮我？又想怎么帮？我这个案子应该不值得你这样花费精力，可为什么你不想放手？

你是出于怜悯吗？还是，职业嗅觉让你觉得这个案子背后有故事？仅仅只是满足你自己的好奇心？抑或是在打发你无聊的时间？

想到这里，丹增无力地叹了一口气。潜意识里，他不想被别人同情，也不想被窥探心中的秘密。

算了，没必要再纠结这些无关紧要的小事了，这些事就算知道了缘由我又能怎样？我不是已经决定要做一个了结了吗？

结束吧……让一切都结束吧……

泪在眼眶中蠢蠢欲动，他闭上眼，痛苦地摇了摇头，耳边响起只能任由结果发生却无可奈何的轻叹与对自己懦弱无能的怨气，转身推开了落地窗来到了阳台上。

闷热潮湿的晚风扑面而来，如敲钟般规律的虫鸣猛烈地充斥着他的头脑。他感到有些头疼，抬起手按了按隐隐作痛的太阳穴。

美丽的霓虹仿佛七彩的星光，在不夜城莲花岛上不停地闪烁。清透的天空上悬挂着一轮红月，那充满魔性的光芒让人有些胆寒，又有些迷醉。

又要发生什么事了吗？

丹增默默地想着，蹙紧了眉头，可紧接着他就意识到为未来的事情担忧根本就毫无意义，不禁露出了凄然的笑容。

他挨个翻过病房的阳台，最后站在了尽头的逃生梯上。铁质的楼梯像得了皮肤病似的锈迹斑斑，丹增觉得自己的身心也跟这锈蚀的楼梯一样，病得不轻。可不知为什么，他有种终于要从噩梦中解脱出来的感觉。

夜晚的医院有一种独特的氛围，看起来安宁寂静，却又不是完全沉睡过去，人留下来的气息火热又冰冷，在月色的衬托下会让人恍惚自己是否沉浸在梦中。

很快，他就来到了欧阳君的公寓前，看着那熟悉的浅褐色房门，心中充满了自责和懊悔，他将额头抵在了门上，思念顿时在眼睛深处凝结成滚烫的热泪，无法遏制地满溢出来，一滴一滴地落在脚上。他的肩膀不停地抽动着，就算用手捂住嘴也压抑不住悲痛的啜泣声。

是我的错！都是我的错！

丹增跪倒在门前，痉挛的手指从口袋里掏出欧阳君寄给自己的明信片，他小心翼翼地捧在手心里，就像对待一件稀世珍宝一样。伤心的泪水落在明信片上，跟欧阳君滴落在明信片上的泪痕融汇在一起。

安静的走廊传来电梯到达的轻微声响，被痛苦和悲伤包围的丹增全然不觉，直到一声疑惑的惊呼响起。

“你……你是谁？你大半夜的在我家门前干什么？”

丹增回身看去，连眼泪都还未来得及擦干。一个跟他同样露出惊诧目光的年轻女孩站在他的身后，满头卷发的女孩大概二十岁，脸颊红得有些异常，身上散发着浓浓的酒气。

“喂，你哑巴啊，我问你大半夜跑我家门口哭哭啼啼的，究竟想做什么？”见丹增没有说话，女孩胆子似乎大了许多，她借着酒劲，一把拽起丹增，指着他的鼻子不停地质问。

“你……家？”丹增没有反应过来，喃喃重复着。

“对啊，这是我家，如果你想哭丧也请找对地方再哭，我可不想沾上晦气。”女孩一脸嫌弃地冲丹增挥了挥手，“你快点走开啦，不然我叫警察了！”

见女孩开门准备进入房间，丹增突然变得情绪激动，一把抓住她的手臂，指着屋里不安地问：“你……你从什么时候开始住在这里的？之前住在这里的人留下的东西呢？”

“我听不懂你在说什么。快放开我！”女孩推搡着丹增尖叫起来。

“告诉我！请告诉我！”丹增双眼充血，抓着女孩的手越箍越紧。

女孩被吓坏了，不停地高呼救命，丹增见状，慌忙用手捂住女孩的嘴将她按倒在地。

“我不会伤害你，我保证……我保证不会伤害你，我只想知道，你是从什么时候住进这里的？之前住在这里的人留下的东西又去了哪里？得到答案……我立刻就离开，所以，求求你……请告诉我！”

几滴汗珠顺着丹增的发尖滴落在女孩惊恐的脸上，他双眼充血，惨白的嘴唇自言自语般不停地蠕动着。

不知道女孩是出于妥协还是被丹增真挚的目光感动了，她轻轻地点了一下头。

丹增慢慢松开捂着女孩的手，女孩也很配合没有再发出任何呼救。可能她意识到呼救也没有用。

女孩咽了口唾沫，胆怯地说：“我……我从上大学开始就……就住在这里，已经有三年了，之前住这里的……是一个带着孩子的单亲妈妈，她因为孩子的学校离家太远，所以……卖掉了房子，所有的家具当时也全部……都搬走了。”

“三年前……你说你三年前就……”

女孩的回答仿佛一记炸雷在丹增的耳边响起，他顿时恍惚得不知所措，突然，他像一只暴跳的野牛冲女孩大声吼道：“不可能……这绝对不可能！你住在这里的话那欧阳君住在哪里？说啊！你说啊！”

“我没骗你，我说的都是真的……我也不知道你说的欧阳君是谁……求求你，放过我……”女孩边说边嘤嘤地哭了起来。

丹增失了魂般瘫坐在一边，涣散的目光没有任何焦点。女孩借机跑回屋里，将门紧紧关上。屋里传来了女孩报警的声音。

站在莲花山峰最突出的岩石上，丹增手捧欧阳君的明信片，黯然的目光落在深邃无垠的海面上。

远处的酒吧里传来男歌手低沉沙哑的歌声——

夜空中最亮的星，是否知道
曾与我同心的身影，如今在哪里
夜空中最亮的星，是否在意
是等太阳升起，还是意外先来临
我宁愿所有痛苦都留在心里
也不愿忘记你的眼睛
给我再去相信的勇气
越过谎言去拥抱你
每当我找不到存在的意义
每当我迷失在黑夜里
夜空中最亮的星
请照亮我前行
……

孤寂的旋律如一只断了线的风筝，迎着海风越飘越远，也扯断了丹增最后一丝脆弱的希冀。

他低头看着欧阳君留给他的明信片——

如果你对着夜空某一颗星星微笑
即使只是仰望星空
我也会觉得幸福
因为，我们曾沐浴在同一片天空下

你就是我的世界里最亮的那颗星，你不在了，我要对着哪颗星微笑？君，告诉我……你告诉我啊……

无声的泪顺着脸颊滑落，融进深邃的大海。到头来，一切终是一场幻梦啊！他默默想着，举起明信片，落上深情的一吻，在红月邪魅的注视下，纵身跃入了波涛翻滚的大海。

丹增……丹增……

一阵轻柔又虚幻的呼唤声传进丹增的耳朵里，紧接着，一层柔光隐隐亮起。一直身处黑暗中的丹增对柔光的出现有些无法适应，他蹙了蹙眉，试了几次才缓缓抬起沉重的眼皮。

四周荡漾着淡蓝色的波光潋影，散发着彩色幻光的透明气泡随着水流的方向不停地流动。

啊，原来我已经死了！

丹增这时终于恍然大悟，跳海的经过不断呈现在脑海里。比起上一次痛苦的死亡经历，这一次真的是太轻松了，也许是心中没有了留恋和希望，甚至连彷徨和恐惧都没有了，所以才会没有任何的感觉。

默默想着的同时，丹增的耳边又响起了呼唤他名字的声音，只是这一次他听得更真切。

没错，这个声音他一辈子都不会忘记！

看到光影的瞬间，泪水就填满了他的双眼，像决了堤般顺着脸颊滚落而下，好像有什么带刺的硬块堵在了快速起伏的胸口。

"欧阳君！欧阳君！"

他失声痛哭，呼唤着至爱的人的名字，飞扑过去。

欧阳君神情温柔，微笑着伸出了手，然而，当丹增的指尖跟她的指尖触碰在一起的瞬间，欧阳君就像破碎的琉璃，瞬间化作美丽的结晶。

"不！不要！君……求求你回来……"

丹增疯了一般挥舞手臂，想要抓住正在消失的结晶，可他什么也没有抓住，就连结晶散发出来透着微微暖意的感觉也在渐渐消失。看着最后一块结晶幻化无踪，他无力地垂下了手臂，恍惚无助的眼睛茫然地看着前方，没有任何焦点。

"为什么……为什么……"

他喃喃低语着，扑通一下跪倒在地。梦幻的水影在他身边潺潺流动，他却像座绝望的雕像，沉默地待在原地。

突然，一阵熟悉的暖意在他的身后洋溢开，传遍了身体每一个角落。他刚想回头，就感到一双温柔的手臂从后背紧紧环抱住了自己。

“君……”

丹增刚一开口，欧阳君立刻抬起右手，将食指轻轻放在了丹增的唇上。

“什么都不要说，就这样静静待一会儿……好吗？”

欧阳君轻声说着，把头缓缓枕在丹增的肩膀上。丹增没有说话，只是用颤抖的双手紧紧搂住欧阳君泛着光芒的手臂。

如果时间能这样停止该有多好！

丹增在心中默默地祈祷，但他比谁都清楚，奇迹只是虚幻的泡影，拥有的幸福也只不过是短暂的梦境。现实是不可能改变的，就算用死作为代价，追寻那早已幻灭的身影，也只不过是一种可悲的自欺欺人罢了。

渐渐地，丹增感觉从欧阳君身上散发出的暖意正在消失，她的手臂变得越来越透明，光芒也慢慢暗淡下去。

君……

丹增在心中呼唤着。

我们为什么要来到这个世上？

如果我们没有背负那些沉重的使命，没有被痛苦的命运羁绊，我们是否也有得到幸福的那一天？我们在一起谈论未来，为一件微不足道的小事傻笑、拌嘴……就像我们邂逅时那样。

我并不奢求什么，可为什么连这么平凡的事都变成了奢望呢？

丹增痛苦地闭上眼，他想要呐喊，却发不出任何声音，对苍天、对神灵的质问只能化作不甘又脆弱的喘息，仿佛一开口就会破碎般在耳边不安地鼓噪，刺痛自己的心扉。

“一切并没有结束，只要你相信，未来就还有发生改变的可能。记住，未来并没有被决定好哦！”

伴着欧阳君渐行渐远的飘渺声音，丹增泪眼婆娑地望着那带给自己希望的光芒的余晖，消失在洋流中。

未来……我还能拥有未来吗？没有你，我的未来就已经不存在了。这个空洞的词对我来说根本没有任何意义……

我没有未来，也不需要未来……

他仰面躺下，任凭洋流在身边流动。他不知道自己会被带去哪里，也不想知道。

这一刻，他感到前所未有的轻松。

死，一点都不可怕……

他默默地想着，露出绝望而自嘲的笑容，渐渐沉入洋流深处。黑暗越来越浓烈，直到完全吞噬了所有的光辉。

一只温柔的大手轻轻拍了拍丹增的脸颊，丹增仿佛被电流击中了一样，从昏沉的长眠中睁开了眼睛，模糊的视线被黑暗中唯一的光亮吸引，黝黑闪亮的眸子立刻泛起了泪花。

“邬金仁波切……”

丹增像个见到亲人的无依无靠的孩子，扑进了邬金仁波切的怀里，嚎啕大哭起来。

邬金仁波切轻柔地抚摸着他的头，眼中透着无尽的慈爱和深深的担忧。

“丹增啊，世上有太多的事情是强求不来的，你必须真正理解这个道理，才能够成长，才不会被任何事、任何人牵绊住你的脚步。”

“牵绊？”丹增抬眼看着目光落在远处的邬金仁波切，突然，他睁大了眼睛，声音也在陡然间提高了许多，“您是说……欧阳君是牵绊住我的存在？！”

对丹增来说，欧阳君是最重要的人，就算是他尊敬的邬金仁波切的判定，他也无法接受，更无法认同。

“众生对我来说都是无比珍贵、重要的，更何况是你们两个，”邬金仁波切面露忧色，“欧阳君是你生命中一个特殊的存在，你和她之间的羁绊有多深，你自己应该比谁都清楚，你们多世的缘分让你们无论身处何方都能感受到对方的存在，并最终找到彼此，可是……正因为这样的羁绊和缘分，让你在爱情的世界里迷失了方向。不过，这也是你的命运，是你必须要经历的一个劫——情劫！”

“管它情劫也好，情殇也罢，我统统不在乎，”丹增跪伏在邬金仁波切脚边，苦苦哀求，“我只想见她，不管是天堂还是地狱都无所谓，我的世界里……不能没有她！邬金仁波切，求求您……求求您救救欧阳君，或者……或者您施展法力逆转时空，让我代替欧阳君去封印邪魔，如果是您的话，一定有这样的力量，对不对？邬金仁波切，对不对？”

丹增情绪激动，已经无法冷静下来。邬金仁波切无奈地摇了摇头，和蔼的目光露出威严之色，“为一己之私逆转时空，你认为这样做正确吗？”

“我……”丹增一时语塞，低下了头。

“我了解你思念欧阳君的心情，但逆转时空会给世界带来怎样的后果，你不是不知道。上一次你们逆转时空产生的错谬，因你们为救众生的意念而没有让世间再发生任何恐怖的灾祸，可以说，是欧阳君选择用自己的生命去换取了其他人可以继续活下去的资格和希望。可如果你为了自己的私欲而妄想逆转时空，那么欧阳君所做的努力将付诸东流，苍生会面临史无前例的大灾难，就算你代替欧阳君封印邪魔，你的努力也不会有任何改变，欧阳君永远都不可能活过来。每一次逆转都会带来更多的错谬，而且一次会比一次严重。”

“永远……不可能……”

邬金仁波切的话像枪尖似的穿透了丹增的心，他瞪着失神的双眼，喃喃低语着。心中仅有的那么一点点希望仿佛在烈焰中燃烧的稻草，发出哗哗啵啵的爆裂声音，就那样剧烈而绝望地烧着，混杂着一闪而过的时光碎片和流年的斑驳倒影，最后化为了灰烬。一切的一切都在瞬间变得支离破碎。

“放下执着吧，孩子，不要再执着于人世间虚无的幻象了。”

“放下……我该怎样做……才能放下……”泪水再次溢满丹增的眼眶，而他什么也做不了，连擦去眼泪的力气也没有，只能任由泪水滑落。

“即使欧阳君不在了，即使这个世界上都不曾存在过她留下的印记，但这个世界上总有人像你这样记着她、想着她。人们对她的思念不会因此消失，反而会变得更加浓烈，那些共度的时光、倾注的回忆，都是她活过的证明，她活在每一个人的心中，与我们同在。”见丹增越哭越凶，邬金仁波切温柔地举起手，替他擦去泪水，“欧阳君刚刚不是还告诉你，未来并没有被决定好吗？想想她跟你说这句话的含义吧。”

“含义？”丹增泪眼蒙眬地看着邬金仁波切，想不明白欧阳君话里的含义，也揣测不透邬金仁波切又想点拨他什么。

看着一脸迷惘又急于想要得到答案的丹增，邬金仁波切会心地笑了笑，“从哪里来，回哪里去，那里会有你想要的答案。”

“那里……是哪里？”邬金仁波切仿佛一语中的的话为丹增带来了一丝希望，他不由自主地叫了起来。

“从哪里来，回哪里去！”邬金仁波切意味深长地又重复了一次。接着，他用天杖在虚空中轻轻一摇，天空立刻明光四射，驱散了黑暗。洁白的莲花托着邬金仁波切缓缓向明光飞去。

“邬金仁波切，请您别走！”丹增高呼着，奋力紧追邬金仁波切。

眼看着露出慈祥微笑的邬金仁波切在炫目的光芒中消失了身影，丹增的耳边传来了焦急的呼唤声。

“喂，你没事吧？快醒醒……”

“喂，丹增……你快醒醒，快睁开眼睛呀！”

谁？谁在叫我？

丹增恍惚的思维开始运转，但彻骨的寒意袭入身体，撩拨着身体里每一根脆弱的神经。痛苦的感觉如同荆棘刺入肉中般渐渐清晰起来，一丝他想忽略却无法无视的恐惧在心间隐隐蔓延。他想呐喊，想动一下身体，却发现身体根本不听自己的支配，连抬一下睫毛都成了极其奢侈的事情。

冰冷的水滴滑过脸颊，滚落而下，他甚至能听到水滴融入沙子的微妙声音，就仿佛他的心被悲痛侵蚀时那样。

啊……

什么都没有结束，一切才刚刚开始啊……

这样的思绪如同撇不清的棉絮般紧黏着意识不放。绝望感又一次冲击着他的胸膛，他在心中发出悲叹的自嘲，重新意识到这一切都不是噩梦，无奈而残酷的现实又一次沉甸甸地压在了自己的肩上。

第十七章 何言

一丝明媚的晨光不偏不倚地落在丹增的眼睛上，他皱了皱眉，喉咙深处挤出一声含糊不清的呻吟。当他从混沌中醒来，睁开迷迷糊糊的眼睛时，立刻被眼前的景象惊呆了——他发现自己正身处一个完全陌生的房间里：淡紫色的窗帘、淡紫色的床单、淡紫色的台灯……就连放在床头柜上一个小巧的发夹都是同样的淡紫色，他仿佛置身于淡紫色的海洋中。毫无疑问，这是一个女孩子的房间。

这是哪儿？

他满心疑惑，掀起被子准备下床时，一个有些慵懒的声音从房门边传来。

“你终于醒啦！”说话的人靠在门边，捧着一杯热饮。她看了看腕上的手表，“还真能睡呢，都已经过了中午了。”

丹增定定地看着她，过了一会儿，猛地睁大了眼睛。

“看样子是想起我是谁了。”她走到床边，坐了下来。他能闻到一股淡淡的咖啡香味。

“你是……何言警官？”丹增有些不敢确定。这位执着的要调查他失踪案件的女警官正坐在他的旁边。

“不错嘛，居然记住了我的名字。”何言说着，跷起了二郎腿，看着屋顶有着淡紫色花边的吊灯，皱了一下眉，她最不喜欢的颜色就是紫色。

沉默并没有持续很久，就被丹增打破了。

“这是什么地方？我……为什么会在这里？”跳海的经历还历历在目，但他对获救时的记忆只有微乎其微的印象。他已经分辨不清那是昨天还是前天或是更早之前的事了。

“我家。”

“什么？”

何言简洁的回答，令还魂游着的丹增有些反应不过来。

“我说，这里是我家，”何言一字一句、顿挫有力地说，“昨晚你跳海是我救你回来的。”

丹增“哦”了一声，低下了头，他不知道是该谢谢她救了自己还是埋怨她救了自己。

何言似乎看穿了他的心思，拍了拍他的肩，“有什么想不开的呢，不管多糟糕的事情总会有解决的一天，为个‘情’字把自己的命就这样给丢了，多不值得呀！”说完，她站起身走出了房间。

她怎么知道我为情自杀？

丹增在心里琢磨着。不过很快，他就找到了合理的解释：何言是负责他这起失踪案的警官，肯定对他做了细致调查，那么，各方面都没有问题的自己，在感情方面出状况的概率就大大提高了。

这时，何言端着一碗热腾腾的桂圆红枣粥进来了，闻着阵阵米香，丹增这才发觉自己从昨晚开始就颗粒未进，肚子早就饿得咕咕叫了。

一碗热粥下肚，丹增急忙接着发问，“为什么你昨晚会出现在海边？你可别告诉我那只是一种偶然的巧合，这种解释我可不会相信的。”

“你有没有听过一句话——无数偶然的巧合叠加在一起，就是所谓必然的命运？”丹增摇摇头表示从没有听过那句话。“那……如果我说是我的第六感告诉自己你有危险的话，你会相信吗……哇哦，你看看，我还没说完，你的眉头皱得都快拧成一团了，哈哈……丹增你可真有意思，我真的很好奇你和小君究竟是怎样的一种缘分。”

“小君”两个字如同一声响雷，惊得丹增立刻瞪大了眼睛，他把粥碗放到一边，抓着何言的手臂焦急地问：“你知道欧阳君？！”

一想到还有人跟他一样记得欧阳君，一阵激动的暖流从他的心间流过。

“是啊，我记得欧阳君，不过呢……跟你所憧憬的欧阳君可能有一点点差距啦。”何言抿嘴笑了笑。

“差距？你什么意思？”丹增刚刚洋溢起暖意的脸上又挂上了寒霜。

“别担心，有人会为你解释的。”

“是谁？”

何言看了看手表，没有理会焦躁不安的丹增，一副皇帝不急急死太监的神情，自言自语着，“差不多快到了吧？”

她的话音未落，就听屋外传来了敲门声，“哈，说曹操曹操到。”她拍了一下大腿，像中了大奖似的兴高采烈地走了出去。

丹增紧张而忐忑的心渐渐提到了嗓子眼儿，一种要揭晓谜底前的激动和兴奋在心中膨胀。他感到喉咙阵阵发干，咽了口唾沫却根本不起作用，于是赶紧拿起床头柜上的水杯大口大口地喝起来。当他放下水杯的瞬间，看到了站在门边正紧盯着自己的人。

永真？！

丹增顿时目瞪口呆，想好的问题仿佛全都乱了套。

我怎么会把永真给忘记了呢？

他在心中埋怨自己的时候，永真在两位年轻喇嘛的护拥下来到了床边，他在何言为他准备好的凳子上坐下，两位喇嘛和何言默默退出了房间。

“永真……永真……我……欧阳君她……”一看到永真，丹增刚刚平复一点的心绪再次剧烈波动起来，积压在心中的悲痛猛烈地刺激着他的泪腺。他抱着头，痛苦得把脸埋进膝间，悲恸席卷了他的身心，简直无法呼吸。他不是一个爱哭的人，但现在不管怎么努力，都无法管好自己的眼泪。

“如果哭能解决问题的话，我不会阻止你。”

永真淡淡地说完，丹增将头抬了起来。永真平静的脸上看不出任何波澜，但微微蹙着的眉头还有那双透着只能把悲痛深埋心间的清澈眼睛，流露出无尽的无奈与不忍。

“永真……我该怎么办？”

永真昂了昂头，将落在丹增身上的视线移向窗外，“我什么都不能说，我只能告诉你，欧阳君还活着，不过……是以另外一种形式。”

“另外一种形式……如果，你指的是她将会永远活在我们心中，那么这种安慰的话就不用再说了。”他紧咬着唇，颤抖的双手紧紧抓着被子。他什么都做不了……他无力去抗争，更没有办法去抗争。

永真叹了口气，没有焦点的目光似乎微微一颤，那是种种忧虑和悲伤交织在一起，一闪而过的神情。

断肠柔情千百回，
魂系朝暮醉生梦。
蓦然回首今何在，
生死茫茫皆嗟叹。

丹增的耳边响起永真上一次临别时说的一首诗。他记得当时听到这首诗，曾为不能明了其中的含义而耿耿于怀了很久，然而自从知晓自己跟欧阳君前世今生的羁绊后，他理解了诗句里表达的正是牵绊他们生生世世的情缘经历，但永真为什么在这个时候又念出这首诗？他究竟想给我传达些什么？

“永真……”

断肠柔情千百回，
魂系朝暮醉生梦。
蓦然回首今何在，
生死茫茫皆嗟叹。

永真打断了他，又重复了一遍诗句，而且这次念得更加坚定有力。说完，他站起身，径直朝屋外走去。丹增愣了一下立刻追了出去。

“永真，请等一下！”

“丹增，”永真停下了脚步，但依然背对着他，“我能给你的提示就这么多了。你的未来掌握在你自己的手中，你是想保持现状抑或是改变，完全取决于你自己的选择。”

语毕，永真大步向前走去，两位喇嘛紧跟着永真的脚步也离开了房间。

“有什么收获吗？”

何言端着那杯已经冷却的咖啡走到丹增的身边。丹增发出一声无奈的叹息，摇了摇头，接着，他目光冷峻地瞪着何言，“你究竟是谁？”

气氛骤变，何言对此似乎一点都不意外，她把咖啡杯轻轻放在餐桌上，默默地站在原地，她的嘴角一度微微动了一下，丹增以为她准备开口解释什么，可何言只是舔了舔有些干裂的嘴唇。

“你究竟是谁？你不但一直跟踪我，还认识隐藏身份的永真，而且，你还知道欧阳君……你绝对不可能只是一个普通的警官。说，你究竟是谁？你接近我到底有什么目的？”

丹增步步紧逼，不给何言喘息的机会。瞬间沉下来的脸毫无表情，彻底透露出他心中的焦虑和紧张。他以为自己的气势能让何言就范，可没想到，何言竟然笑了起来，那笑声并没有嘲笑的意味，也不带任何恶意，但令丹增感到浑身不自在。

何言止住笑声，转过身看着丹增，淡淡的瞳孔中闪耀着一种耐人寻味的光芒，语调黏稠得好似每一字每一句都紧紧纠缠在一起，“如果……我说我跟我自己互换了身份，你会怎么想？”

丹增没有说话，而是用想要看穿她话语背后有何含义的眼神直直地盯着她。

何言微侧着头，微微上扬的嘴角在紧闭的唇边显得有些不太协调，她看起来又像跟刚才那样在开玩笑，不过此刻她的脸上却多了份让人捉摸不透的意思，就某种角度而言，她那轻描淡写的神情中刻意隐藏着某种莫大的玄机。

那究竟意味着什么？

丹增完全没有头绪，但就是有这样一种感觉。

夜，漫漫长夜，吞噬希望的无尽长夜，带着破碎的气息扑面袭来，让人战栗也无处可逃。

没有开灯，房间一片漆黑。

丹增佝偻着背，坐在客厅的沙发上，呆呆地盯着窗外的某一点，涣散的目光没有焦距，似乎是在看路灯下的飞蛾，似乎又不像。他不知道该做些什么，又能做什么，也完全没有睡意。

待在黑暗里固然害怕，但如果暴露在光亮中，会更加令他感到不安。他总觉得自己做了个可怕的噩梦——梦中，自己不停地追逐着欧阳君的身影，而欧阳君却一次次地从他的眼前消失。

他蜷起膝盖，紧抱着微微发抖的身体，缩在沙发的角落中，好像一直这样待着的话，时间就不会流逝，可以继续相信那只是一个噩梦……

在跟何言的交谈中，他终于搞清楚何言为什么会在第一时间救起自己——原来，她在探病调查案件的时候在他的鞋底偷偷安装了跟踪器，所以她才会得知他在深夜离开了医院并一路跟踪到海边。问起她是出于什么目的要安装跟踪器时，何言顾左右而言他地用“第六感告诉自己要这么做”的荒唐借口给搪塞了过去。他记得何言当时故意笑着回避问题时的样子，不知为什么，他感到她话语中有着某种莫名的严肃。虽然有些在意，不过他实在无心理会，也就随她去了，没再死缠烂打地追究真相。

对于他在那天深夜威胁年轻女性的恶性事件，何言也在接到报案后立刻安排警员跟进此事，然后在女孩还没有将事情宣扬给媒体时跟对方好好解释了一番。也不知道她跟那个女孩说了什么，女孩没有找媒体公开此事，警方还撤销了调查。问何言究竟是怎样说服女孩的，她也是含含糊糊地就蒙混了过去。不过丹增基本能猜出个八九不离十，她肯定给自己扣上了一个“精神病患者”的称号，不然这事绝对没那么简单就了结的。

不管怎样，何言确实帮他撇清了罪嫌，这一点是毋庸置疑的。而她那令人匪夷所思的回答，丹增却没有半点收获，何言就好像往湖里扔了一块石头，然后静静地看着激起的涟漪慢慢消失，却没打算再扔第二块石头的意思。

这时，窗外响起了一声清脆的蝉鸣，陷入沉思的丹增呼了口气，像是把胸口积蓄的气息都呼地吐了出来，他动了动僵硬的脖子，松了松肩膀，站了起来。

天快亮了，可四周的一切似乎仍在沉睡。空气中有一股泥土混着汽车尾气的怪味。微风吹过，扬起了屋里的灰尘，在还不曾清醒的晨曦之光下飞舞。

从哪里来，回哪里去！

邬金仁波切的声音如同咒语般在丹增的耳边回荡。

他现在唯一能想到的地方就是——西藏，他出生成长的地方……

第二天一早，丹增完全不听何言的劝解，执意要回西藏。他知道自己的身体还很虚弱，并不适合长途奔波，可他根本顾不了那么多，他脑子里只有一个声音——我要快点回去！

长途奔劳后，丹增终于站在了故乡的土地上。上一次回来已经是四个多月前的事情了，前去玛旁雍错湖向广财龙王祈请金刚杵天珠的经过就好像刚刚才发生过的事情，丹增飘摇的目光随着沉淀的思绪遥望着玛旁雍错湖的方向。

接着，他一脸颓废地低下了头……不堪回首的往事就像那无法愈合的伤口般让他不敢碰触，仿佛无时无刻不在嘲笑着他：看看你，是多么无能又懦弱的家伙！

丹增咧开嘴笑了，却没有发出笑声，自嘲、悲戚的声音凝结成带刺的硬块，在喉咙深处发出如同漏气般的沉闷声响。

保持现状也好，改变现状也罢，最后的结果会因为他的决定产生巨大的改变，而唯一不变的是一次比一次更加猛烈的痛苦，只有这一点，不会随着最终的结果发生任何变化。

不管他选择哪一边，痛苦都不会消失……

临近傍晚的时候，丹增终于来到了自家大门前。想探究秘密和担心触及秘密后受到伤害的念头就像钟摆一样来回摆动，他心里犹豫着，手指已经按下了门铃。

他差不多有两年没有回家了，这次突然回来也没有通知父母，但这都不是难以说明的问题，最难以解释的是他失踪这件事情。屋里传来了脚步声，那轻快的步伐是属于妈妈特有的节奏。他闭上眼，重重地呼了口气，心中不停地重复着编好的借口。

一开门见到是自己的宝贝儿子，格桑曲珍先是愣了一下，接着，她那布满皱纹的、黝黑的脸上洋溢起一个欣慰而激动的笑容。丹增看到妈妈的眼中泛起了泪光，还有那温馨的笑容背后对孩子深深的挂念。

格桑曲珍忙里忙外地张罗着晚饭，严肃的丹增班觉虽没表现出像妻子曲珍那样的兴奋，但从他不停地提醒妻子儿子喜欢吃什么的口气中，能听出他的开心一点都不亚于妻子。

不出一个小时，一家三口围坐在桌前，桌上满满当当地放着丹增爱吃的菜肴。

“快吃吧，”曲珍说着夹起一块泡在酸奶里的糌粑，放进儿子的碗里，“累了吧？在飞机上一定没吃饱，来，多吃点，吃饱了再聊。”

曲珍看出丈夫想要问询儿子的想法，她毫不客气地看了丈夫一眼，眼神里写着“儿子累一天了，你等他吃完了再问不行吗？”丹增班觉虽有一肚子的问题想问，可看着儿子消瘦的脸庞，将到嘴边的话给咽了回去。

自从丹增高中毕业去美国留学后，一家人就很少有机会坐在一起吃饭，他甚至已经记不清上一次像这样跟父母一起吃饭是什么时候的事了。

熟悉而难忘的味道，仿佛一剂强烈的催化剂刺激着丹增的泪腺，他别过头，假装擤鼻子抹掉了眼泪。

吃过晚饭，丹增拗不过要独自收拾餐具的妈妈，跟爸爸来到了宽大的院子里。丹增班觉拎着一壶青稞酒在院中的长椅上坐了下来，给自己斟了一杯，丹增看着他将杯中的酒一饮而尽，默默地坐在旁边的台阶上。

沉默在空气中蔓延，变得沉甸甸的，随着时间的流逝不知不觉间压在了父子俩的肩上。

“你不想说，我们不会逼你。”最先打破沉默的是丹增班觉。

丹增抬眼看着父亲，张了张嘴，但不知道要说些什么，原先准备好的理由和借口就像一根根尖刺扎在喉咙里。

“每个人都有属于自己的秘密，如果说出来就不叫秘密了，不是吗？”丹增班觉给自己的空酒杯又倒满了酒，将酒杯举到唇边，却没有要喝的意思，而是用睿智的目光注视着深邃的夜空，“听到你失踪的消息，我和你妈妈都非常着急，你妈妈受不了刺激住进了医院。这四个月你杳无音讯，我们只能每天祈祷……每天祈祷……祈祷你能够平安回来……”丹增班觉低沉的声音里带着微微的颤音，那是对如果失去儿子的恐惧，是对那种可怕的结果想都不敢想的恐惧。

“我……”丹增一出声，发现自己的声音沙哑得连自己都快听不出来了，他咽了口唾沫，垂下了长长的睫毛，“对不起……让你们担心了……”

“这没什么好道歉的，只要你平安回来了，这比什么都重要。”丹增班觉对着月亮露出了满足的笑容。

看着父亲棱角分明的侧脸，丹增觉得他比两年前见到的时候又苍老了许多。父亲是做天珠销售生意的，常年奔波在外，近几年因为年纪大了所以渐渐隐退了。母亲虽没什么一技之长，但把家打理得井井有条。现在，父母用打拼积攒的财富开设了一家义诊医院，定期邀请一些大城市里的名医到西藏的边远山区，为那些没钱看病的藏民免费治疗。

父母很享受这样的生活状态，每天除了诵经念佛以外就是醉心于慈善事业。而这样规律的生活节奏在他们得知儿子失踪后，全部乱了套。母亲当天就住进了医院，焦虑的父亲不但要照顾母亲还要配合莲花岛警方调查儿子的失踪，像大山一样支撑全家、坚强的父亲终于也坚持不住倒下了……无心管理医院的父母，最后不得不把医院完全转交给别人管理。

人活着要做有意义的事情，不然，就等于白活了一辈子——这是父亲的口头禅。

父母都是追求精神富足的人，虽然医院现在还是由他们家资助，不过父母因为他的失踪可以说是落下了病根，不适合再做任何劳心劳力的事情。丹增觉得，自己彻底剥夺了父母亲力亲为投身慈善的精神寄托。然而，自己失踪的真正原因，这个穿越时空的巨大秘密，又怎能对父母启齿……

沉默再次蔓延开来，父子俩默默地坐着，各自陷入了自己的思绪中。

“爸爸……”不知过了多长时间，这一次换成丹增打破了沉默，“你怎么理解‘从哪里来，回哪里去’这句话？”

丹增班觉低头不语，好像在思考又好像只是静静地坐在那里。过了一会儿，他才缓缓抬起头来，不疾不徐地说道：“从字面上理解就是寻根的意思。”

丹增点了点头，这跟他理解的是一样的。

“但是，”丹增班觉晃了晃手中的酒杯，“人生是由无数不同的阶段组成的，就好像乘坐公交车，不同的人会在不同的站下车，走一走，看一看，体会过那一站的风景之后再上车继续前往下一站。如果把这些阶段比喻成一个个点，再用线连起来那就是一幅人生的曲线图。”

“人生的曲线图……”丹增喃喃自语着，他第一次听到这样的诠释。

“人生最初的原点固然重要，中间的每一个点同样是不可忽视的，没有这些点，就不是完整的人生。”丹增班觉抿了一口青稞酒，“好好想想，现在对你来说最重要的那个点是什么？这个答案只有你自己知道。”

丹增在心中琢磨着爸爸这番意味深长的话。格桑曲珍不知道什么时候走了出来，她摸了摸儿子的头顶，紧挨着他也坐在了台阶上。

“想什么呢？那么专注？”

“没……没什么……”丹增抬眼正好迎上妈妈落在自己身上的关切目光，他赶紧低下了头，躲开了妈妈的注视。好像这样做就能让他的负疚感减轻一些，但是，他知道这样做根本无济于事，妈妈那刻满沧桑痕迹的脸，如烙印般深深刻印在了他的心里，令他无地自容，愧疚万分。

曲珍笑了笑，脸上的皱纹更深了，她从身后拿出一个绿度母宝瓶举到了儿子的面前。

“这是什么？”

“你自己看看。”

丹增一头雾水地接过宝瓶摇了摇，听到里面传来好似玻璃碰撞在一起的脆响，接着，他小心翼翼地打开了宝瓶的封盖，一股清透的莲香顿时扑鼻而来。

“这是……珍珠？”丹增捏起一颗透亮的珠子，仔细端详着，心中突然产生了一种莫名的朦胧感。

“嗯……可能是吧！”曲珍一边回答，一边看了看丈夫，像是想要得到丈夫的肯定一样。

丹增皱起了眉头，他完全被搞糊涂了。

“这个可是很有来历的呢，”曲珍从儿子手中拿过珍珠，捧在掌心里，娓娓道来，“在得知你失踪的两天前，家里供着的那朵莲花突然从莲心里涌出了水滴。一开始，我和你爸爸都没有在意，可是到了晚上水滴就凝固成了像这样的珍珠，每天一颗，每天一颗……直到我们收集了整整108颗，而且这些珍珠只能装进绿度母宝瓶里，其他的宝瓶一放进去它们就会自己跳出来。儿子，你觉不觉得很神奇？”

“你觉得这些珍珠像什么？”丹增班觉冷不防地插话进来。

“像什么……”

“你不觉得很像眼泪吗？”

“眼泪？”

“没错，像眼泪一样，由泪珠幻化而成，冥冥中就好像有人在为你的安危担忧，为你不停地祈祷……”丹增班觉边说边叹了口气，“捧着它，就会感到一股黯然的悲伤流进了心里，那是一种刻在灵魂深处的痛……”

君，原来是你……

丹增在心底里默默地喊着欧阳君的名字，眼泪转瞬就充满眼眶，顺着脸颊流了下来。

欧阳君的肉体已经从这个世界上消失了，但她的灵魂还时时刻刻地陪伴在他的身边，守护着他。

曲珍心疼地伸出双手，将儿子紧紧搂在怀里。

悲怆的念想沉淀在夏夜中，扯动着风的轨迹，连清凉的空气也在瞬间被灼伤了。悲痛的凄楚哭声，在似远似近的蝉鸣声中，随着轻柔舒爽的晚风飘向了远方。

君，你听见了吗？

我想你，真的，好想你……

第十八章 平行世界

“哥哥,你去哪里?”

在弥漫着迷雾的漆黑街道上,一个眉目清秀的男孩正夺命狂奔,他神情慌张,喘息急促而剧烈,惊恐的眼神飘忽不定,好像在躲避什么可怕的东西。

“哥哥?哥哥?”

一只纤细白皙的手拨开迷雾伸向了在前面奔跑着的男孩。当手的主人感觉已经触摸到男孩衣角的瞬间,画面倏地破碎了,浓烈的血腥味随之飘来。

呈现在眼前的是碎裂一地的玻璃,斑驳的血迹点缀在冰冷的碎片上,仿佛凋零的曼珠沙华的花瓣。动摇紊乱的气息在寂静的艳丽中渐渐冷却,却透着一丝可以熔化一切的灼热。

伤痕累累的男孩站在一个脸向下趴着的人的旁边,一动不动,像一尊冷酷无情的雕塑。

“哥……”

手的主人刚从喉咙深处挤出带着疑惑和恐惧的颤音,男孩已经举起了手中的东西,那是一块在寒月的照射下晃动起骇人光芒的玻璃碎片。

男孩紧握着玻璃碎片,锋利的边缘陷进了他惨白的手掌中,鲜血凝结成赭色的血珍珠,滴落而下。闪着暴戾之色的目光在冰冷的月色下折射出兴奋的色彩——一种充满了愤怒和杀戮的色彩。

“哥哥……住手……”

带着颤音的哀求声根本无法传达给男孩,男孩早已被嗜血的本性吞噬。趴在地上的男人发出一声痛苦的呻吟，男孩扬着诡异笑容，重重地刺了下去。

“哥哥……不要！”

凄厉的尖叫被最后血溅的画面淹没，整个世界都在瞬间染成了红色。

没有希望……更没有未来……

只有那支掉落在地上的琉璃口琴，像是在嘲笑一切般，露出瘆人的微笑……

惊叫着从梦中醒来的欧阳君，猛地从床上坐了起来，她喘着粗气，浑身战栗，豆大的汗珠顺着脸颊滴落在淡蓝色的被单上。

为什么？为什么又梦到这一幕？这样的事情什么时候才能够终结？

欧阳君哀叹着，痛苦地扶着额头，她蜷缩在床上，好像这样做那些不好的东西就不会靠近自己。夏日的晨曦之光透过窗帘缝照在她的身上，她却感觉不到半点温暖，从心底升起的寒意让她的牙齿止不住地咯咯打颤。

不知从什么时候开始，可怕的梦境突然多了起来，频率越来越高，时间也越来越长，她甚至对睡觉产生了一种恐惧，因为只要一闭上眼睛，就会被拉进噩梦的世界里。

在那里，她一次次看着哥哥杀人的场景，那是现实生活中自己不曾亲见的场景，也是她最不想面对的一幕。

她转过头，看着放在床头柜上那支刻着自己名字的琉璃口琴，神情渐渐黯淡下来。

如果当初，我没有说那句话，那么，我和哥哥的命运就不会是现在这样了……

一切都是我的错……都是我的错……

她小心翼翼地捧起口琴，双手合十置于胸前，像是在忏悔，又像是在祈祷，没有血色的嘴唇微微地颤抖，大颗大颗的泪珠从眼眶里滚落，像珍珠一样闪着光。

像往常那样，欧阳君在临出门前，一定会握着琉璃口琴闭目默想片刻，好像这已经成了她生活中不可分割的一部分，但她知道，琉璃口琴的存在是在时时刻刻提醒自己——什么都不要奢求。

只有这样，悲剧才不会再次发生。

短暂的阳光并没有驱散连日来的阴霾，如粉末般细微的雨幕依然笼罩着整条街道，到处弥漫着不曾清醒的落寞。在密云滚滚的天空上，那道在数月前出现的怪异云彩，突兀地横亘其中，像是将天空切出了一道巨大的伤口。

撑着伞慢慢前行的欧阳君，刚刚走进香港赤柱监狱的大门，就听到里面传来门卫阿勇大声质问的声音。

“你是谁？是怎么进来的？”

“我不知道……”一个沙哑的声音，有气无力地辩解着。

“你不知道？少骗人了，”剃着平头的阿勇怒不可遏，猛地一把抓起躺在地上的男子的衣襟，把他拽了起来，“你怎么进来的你自己居然会不知道？说，快说，不然以私闯监狱的罪名逮捕你！”

“我真的……不知道……”男子一手撑着地面，一手抓着阿勇的手，试图挣脱，“我……”

正当男子想要说出“没有骗你”的时候，眼角的余光瞅见了站在墙边的欧阳君，毫无精神的他突然两眼放光，一把推开阿勇的手，扑向欧阳君。

“欧阳君……你……你是欧阳君？！太好了……你还活着，你还活着……” 陌生男子喜极而泣，一把将欧阳君紧紧搂在怀里。

欧阳君被这突如其来的状况吓坏了，她惊声尖叫，奋力挣扎。阿勇见状，冲着陌生男子的膝盖后面狠狠地踹了一脚，男子扑通一下跪在了地上。

“可恶，你这个混蛋！”阿勇抬脚刚想再次猛踹，就听身后传来厉声呵斥。

“何言？他……”欧阳君侧目看着好友走到陌生男子的身边，本想问一句“他是谁？”但何言却给了她一个“一会儿再告诉你”的眼神就扶起了浑身虚弱的男子，她只能老老实实地闭上了嘴。

“何警官，这个家伙……”阿勇气急败坏地投诉。

“这件事我来处理，你就当什么事都没有发生过，回去工作吧！”何言打断阿勇，架着陌生男子向自己的办公室走去。

“何言……你怎么会……”

“丹增旺杰，什么都不要说，一切听我安排！”何言的目光直视着前方，像是下了某种决心。

看着他们消失在走廊转角的身影，站在原地的欧阳君陷入了自己的思绪中。刚才被陌生男子触碰的时候，她感到震惊却并不害怕，而且心中还突然萌生了一个念头——我好像在哪里见过他？

对于自己会产生这样奇怪的错觉，欧阳君自己都感到惊奇，但是那种感觉她似乎难以忽视——对这个第一次见面的男子一点都不陌生，这究竟是怎么回事？

第一次！

等一下……我真的是第一次见到这个人吗？

她对自己的判断突然犹豫起来，心头不禁一颤。

“欧阳君，你认识他？”一脸疑惑的阿勇，冷不丁地问道。

“我……”欧阳君低下了头，像是在思考什么，“我也不知道。”

“不知道他是谁吗？”

欧阳君摇了摇头，“不，不是。我不知道自己是认识他还是不认识他，我……已经完全搞不清楚了。”

“哈？”阿勇翻了个白眼，语气中带着一丝反感，“真被你搞晕了，唉，算了，算了，反正有何警官折腾我也不用费事管了，你啊，也别在那儿傻站着了，今天不是还有个重要的心理辅导吗？”

心理辅导？

对啊，还有这么一件重要的事，我怎么差点给忘记了。

欧阳君下意识地紧握住手中的资料。今天，她要对一个刚满18岁亲手杀死父亲的男孩做心理辅导，可是不知为什么，她现在却有一股抑制不住想要画画的冲动。

为什么？这究竟是为什么？

她紧咬着没有血色的唇，难言的苦涩变成了荆棘，缠绕着喉咙。

昏暗的房间里，放置着一张冰冷的长方铁桌，桌边放置着四把铁椅，一个穿着囚服的男孩坐在靠里面的椅子上，面无表情地低着头，囚服对他来说似乎大了点，将他本就单薄的身形对比得更加瘦弱。

阴郁的天气衬托着窗外死气沉沉的环境，四周的一切仿佛都变成了冷酷的铁灰色。茂盛的树木随风摇晃着的枝头，在欧阳君的眼里如同一座座会晃动的墓碑，它们好像跟男孩怀着同样的心情，静静地迎接着没有未来的结局。

“你想喝点什么？”欧阳君拉开男孩对面的椅子，坐了下来。

男孩一动不动，好像打定了主意不开口说话。

欧阳君微侧着头，脸上扬着淡淡的笑容，“可乐？橙汁？红茶？珍珠奶茶？还是……咖啡？”在说咖啡两个字的时候，她故意挑高了音调并加重了分量。

听到咖啡的同时，男孩的睫毛微微抬了一下，那微妙的一瞬欧阳君都看在眼里。如她所料，家里开咖啡店的孩子只会迷恋咖啡这一种味道。

“麻烦请拿两杯咖啡，谢谢。”欧阳君按了一下呼唤铃。待狱警端上两杯咖啡后，她把咖啡推到了男孩的面前，“不好意思，这里只有最普通的速溶咖啡。”

时间在一分一秒地过去，尴尬的气氛却没有得到一点缓和。

一杯咖啡下肚，欧阳君举着空杯子，盯着男孩默默地想了一会儿，缓缓开口，“我要回去拿一些文件，你能等我一会儿吗？”虽是问句，她却已经起身，走到门边像是不放心什么似的又叮嘱道，“咖啡凉了可就不好喝了哦。”

男孩依然低着头，欧阳君隐约看到男孩的嘴似乎动了一下，他是想喘息还是说话，她不得而知，但她知道要一个紧闭着的心接纳自己，只有用真诚才能敲开那扇门。

几分钟后，欧阳君回到了心理辅导室，她的目光落在男孩面前的咖啡杯上。咖啡几乎没动，不过杯边有咖啡流动过的痕迹。

就算只是闻一闻也好。她这样想着，在位子上坐好。男孩瞟了一眼两手空空的欧阳君，疑惑的眼神好像在说：你的文件呢？

“雷家豪，妹妹家昕还好吗？她来看过你吗？”

欧阳君没头没脑地冒出一句，男孩显得有些不知所措。他下意识地抬起了头，直到这一刻，欧阳君才看清他的样子。半长的刘海遮住了他的额头，警惕和错愕在他的眼睛里闪烁，薄薄的嘴唇紧闭着，干裂的痕迹清晰地刻在上面，他全身散发着像刺猬一样把柔软的一面包裹在带刺外衣里的气息。

“你……很想她吧？”欧阳君接着问。

涉及妹妹，一直平静的雷家豪像是变了个人似的，胸口开始不停地起伏，躲闪恍惚的眼神，透出犹豫的色彩，那是介于说还是不说之间的一种徘徊。

没过多久，雷家豪又变回了原来的样子，他收起一瞬间表现出的激动，好像那种情绪是一种错误的存在。

“我很想她……”

正当欧阳君为今天将一无所获感到失望时，低垂着头的雷家豪轻声吐出了几个字，声音轻得仿佛只是在喘息。

“你甘愿为妹妹付出一切，对吧？”欧阳君顺势问下去。这句话一出口，她愣了一下，想起哥哥也曾经被别人这样问过，心中不禁泛起一丝落寞神伤。

雷家豪轻轻抬了抬下巴，头依然低着。

“所以……你杀了爸爸，只为保护心爱的妹妹。”欧阳君发觉声音似乎变了调。如此在乎一个犯人的情况这还是第一次出现，可能是在看到他的案件背景后让她联想到了自己的哥哥，所以她总有种不能坐视不管的感觉。

雷家豪轻轻哼了一声，“我必须杀了那个男人，必须杀了他！”他的声音犹如悄无声息的雨雾般轻缓，然而透露出的那份决绝却又如同狂风般不可抵挡。

“你就那么……恨你的爸爸？”

“换作是你，能不恨他吗？”雷家豪定定地看着欧阳君，举起手用力抹了一下脸，眼中闪着“你问的都是废话”的光芒，“我每时每刻都祈祷着他能从这个世界上消失，也曾经想过如果杀了他会怎样，可我太胆小，期盼一直只停留在想象上，直到我杀了他那天，我才知道那是多么痛快的一种感觉，我没觉得他是我爸爸，我甚至都没把他当作是人。说真的，我现在都在后悔为什么没有早点下手了结他，只要他存在一天，我和妹妹就不可能拥有未来。”

“你认为杀了他，你们就拥有未来了吗？”

“我知道自己没资格拥有未来，连谈论的资格都没有，只要……能够为妹妹争取到哪怕一点点，我就满足了。”

“你错了，”欧阳君摇摇头，露出悲伤的神色，“憎恨是斩不断憎恨的，只会让我们失去更多，杀人更不能解决问题，看起来好像将一件可怕的事情完结了，其实在你双手沾满鲜血的时候已经埋下了另一个悲剧的种子，你等于将那些罪孽转加到你和你妹妹的身上。你以为自己被判了刑、坐了牢事情就可以解决了？你以为自己背负了所有的罪孽，你妹妹就得到了救赎，可以摆脱那些噩梦和流言蜚语，重新开始生活？如果你这样认为那就完全错了，从你成为杀人犯的那一刻开始，你妹妹甚至要承受比以前更大的痛苦和折磨！”

“你不是我们，你根本就不懂。”雷家豪大吼一声，猛地抬起头，布满红丝的眼球闪着戾气的寒光，跟之前判若两人。欧阳君感到他眼睛下面的肌肉在隐隐抽动。

“我怎么会……不懂呢……”欧阳君轻声叹了口气，努力挤出一丝笑容，只是这个笑容比哭还要难看。

“懂？你好意思说你懂？”雷家豪的鼻子里呼出愤怒的气息，一旦开了口，他就有种往伤口上撒盐的莫名快感，“你知道我所经历的一切，还好意思说懂？收起你的假慈悲吧，我听够了你们大人那些怜悯和同情的伪善话。这世界上没有一个真正关心我们的人，一个都没有！我们身边除了偏见就是歧视！能容得下我们的地方，根本不存在！”

听着雷家豪几近咆哮的怒吼，泪水不知不觉溢满了欧阳君的眼眶。雷家豪和比他小三岁的妹妹出生在一个比较富裕的家庭里，他们本该拥有很幸福的生活和未来，可他们的爸爸却搞上了外遇，过着花天酒地、纸醉金迷的生活，雷先生对自己的妻儿不理不睬而且还拳脚相向。关于这个家庭的风言风语很快被传开了，事不关己高高挂起的人们比比皆是，他们全部都抱着看好戏的心态在背后指指点点，却没有一个人愿意为他们伸出援手。懦弱胆小、不懂得反抗的雷夫人最终承受不了这种身心的折磨选择了自杀，就这样，兄妹俩连唯一的依靠也失去了。一天晚上，打工回家的雷家豪，看到妹妹像一只可怜的小猫蜷缩在角落里，喝醉的爸爸一边破口大骂，一边对着妹妹拳打脚踢。忍耐终于到了极限，愤怒的火焰燃尽了他心中仅有的最后一丝理性，他举起了桌上的花瓶重重地砸在爸爸的头上，一下……两下……三下……直到爸爸的脸完全辨认不出来。

“这世上根本不存在没有偏见和歧视的地方，人们都习惯从自己的角度去看待问题，没有人可以做到无私地站在他人的立场去分析和考量，完全意义上的中立、公平和理性的认知是根本不存在的，因为人们都会先入为主地产生必然的思维模式，向着自己有利的一方倾斜。每个人都会有意无意地找各种借口和措辞充当理由，试图说服别人也说服自己相信——自己所做的一切都是合乎情理的事情。所以，我们就算再怎么乞求，再怎么奢望，再怎么想极力掩饰自己的过去，不想让人发现的秘密也不可能永远不被揭穿，无论逃到哪里都无法逃离这样的现实和宿命。我们唯一能做的只有面对它、接受它，不管有多艰难、多痛苦，也要一步一步地走下去。这样的未来或许遥不可及，但没有人可以剥夺我们去追求的权利，只要你认为可以，将来的某一天，这些幻想一定会成为现实。”

欧阳君说完，深深地喘了几口气，竭力想要平复自己无法遏制的情感，“雷家豪，痛苦只是一个过程，并不是一个结果，憎恨则与之相反。生活在不幸和悲哀中的人，会对未来有着更加执着的憧憬，所以，千万不要让这份憧憬淹没在憎恨的海洋里，千万不要！”

看着心绪激动的欧阳君，雷家豪一时不知该说些什么，许久之后，他才充满悲伤地说道：“也许你说得对，可不管怎样，我的痛苦你是无法理解的。”

“就像你说的，你的痛苦我或许无法理解，但是，我能理解你妹妹的痛苦。不幸的家庭、别人对你们的冷漠和指指点点、被贴上‘杀人犯妹妹’的标签、未来的希望和机会全部在瞬间被剥夺……一切的一切，我都知道，”泪水顺着她的脸颊流淌下来，像破碎的结晶闪着刺痛心扉的光芒落在手背上，“因为，我也有一个比任何人都疼我的杀人犯哥哥……”

忧郁和空荡荡的凄惨在欧阳君的心中再次刮起刺骨的旋风，她似是耳语般嗫嚅着，“在让哥哥变成罪犯的负疚中，以及对哥哥成为罪犯后带给自己更大更多的痛苦中挣扎，那种折磨是比坐牢还要可怕的酷刑，就像一种可怕的诅咒，是用一辈子都不可能抹去的惩罚。”欧阳君泪眼迷离地看着雷家豪，然而她的目光似乎穿过了他的身体，聚焦在遥远的某一点上。

“我曾无数次想过，如果没有我，哥哥就不会变成现在这个样子，是我毁了哥哥的未来……你的妹妹会像我一样在绝望中不停地责备自己，任凭时间流逝，那份自责永远也不会消失……到现在，我都忘不了哥哥被戴上手铐时的样子，忘不了他被殴打得浑身伤痕累累还笑着安慰我的样子……”痛苦的回忆令欧阳君抽泣不已，她要紧咬嘴唇才能克制悲伤进一步的侵袭，“可不管他做了什么，就算在别人眼里他像垃圾一样遭人厌恶，他都是我的哥哥，是我唯一的亲人，是唯一一个为了我愿意付出一切的人，他是我的依靠。你妹妹跟我一样，唯一可以依靠的人就是自己的哥哥，可你却亲手毁掉了一切……”

欧阳君压抑不住心中的悲痛，仿佛想将十年的悲怆全部倾泻出来，掩面失声痛哭，雷家豪双眼失神地看着她，任由泪水肆意滑落。

窗外，暗云涌动，雨幕萧萧，偌大的天空下没有一只鸟儿穿行。暗淡的天色比早上更加阴沉，凛冽的风肆虐狂暴，卷着沙尘和树叶在空中不停地打转，风中传来阵阵呜咽声，仿佛死者们窃窃私语的声音，但更像鬼怪阴阴的窃笑。

“你是来自莲花岛的丹增旺杰吧？”站在窗边的何言，喝了口红茶，看着坐在沙发上已经恢复精神的丹增。

何言的问题在丹增听来有些莫名其妙，他下意识地点了一下头。

“你好，我是何言，很高兴认识你，哦不，从某种意义上来说呢，我认识你而你不认识我，当然，我们在另一个地方应该也是见过面的。”何言伸出手，不明就里的丹增皱着眉头，跟她握了握，疑惑地问：“你到底在说什么？”

自从何言救起丹增后，他们之间的联系渐渐多了起来，特别是他从西藏回来以后，在何言的帮助和指引下他们一起去了河南洛阳的龙门石窟，也就是刚刚，何言还在莲花洞前跟他谈论怎样寻找欧阳君。可现在，眼前的何言完全像变了一个人似的，虽然容貌一模一样，但给人的感觉却相差甚远。一瞬间，丹增甚至在心中产生了一个奇怪的想法——这是同一个何言吗？

看着丹增惊诧的表情，何言不由得觉得好笑，“去年年底你因为那起商业大楼倒塌的事件受到牵连，一度被警方扣留，差点还被扣上受贿罪判刑入狱，因为整个案件充满了跌宕起伏的意味，加上最后的结果出现了出人意料的变数，当时可是在莲花岛引起了不小的轰动。整个莲花岛警局都对你议论纷纷，我就是在那个时候知道了你。”

丹增“哦”了一声，低下了头。大楼倒塌事件令无辜的他突然锒铛入狱，不管用什么方法也无法为自己洗脱罪名，最后是欧阳君冒着生命危险消灭了毒虫的母体，不然他现在还在监狱里蹲着呢。

一想起这些，他就心痛不已。欧阳君一直在帮他、救他，就连最后时刻，她还依然用生命守护着他。

他发出一声沉重的叹息，将思绪又拉了回来，欧阳君的离去已经是不可能改变的事实，他要搞清楚的是刚才出现在他面前的欧阳君究竟是谁，她是复活了，还是另有其人。

“这里是哪里？莲花岛吗？”沉默了很久之后，丹增问何言。

“这里是香港。”

“香港？”

“没错。”何言不以为然地点点头。

“我怎么会来到香港？我刚刚还跟你在龙门石窟的？洛阳和香港相隔那么远，我们怎么会……怎么会一下子就来到了香港？”

“准确地说，应该是你和她，而不是我们。”何言边说边挠了挠脸，略显严肃的表情好像在琢磨接下来该怎么加以说明。

“你什么意思？我完全听不懂你在说什么？”疑惑像滴入水中的墨汁一样，在丹增的心中迅速扩散。

“丹增旺杰，我曾经也有过你这样的疑惑，不过很快我就知道了原因，”何言走到了挂着世界地图的墙边，“不用我说，你自己看应该就能明白的。”

何言有意无意地指着世界地图上的某一点，循着她的手指，丹增很快就发现了异样——地图上没有莲花岛！

“莲花岛在哪里？”丹增扑到地图前，慌张的目光在地图上不停地搜寻着。

“在这里，没有莲花岛这个地方，它从来都不曾存在过。”何言一脸平静地看着窗外，似乎在说一件无关紧要的事情。

“为什么会这样？告诉我！请告诉我！”丹增抓着何言的胳膊苦苦哀求。

“不为什么，”何言面无表情地说着，语气中隐隐透出一丝妥协的感觉，那是对现实感到无奈时才会出现的情绪，“这就是现实，你不面对也得面对，就算有朝一日你找到了真相，但那时你会发现自己渺小到什么都改变不了，你不得不顺应命运，接受和适应现状。我呢，足足适应了三个多月，现在基本算是没问题了，估计你很快也能适应的。”

丹增看到她的嘴角露出一抹“接受现实吧”的微笑，无力地瘫坐在地上。没有欧阳君的世界对他来说是空洞无望的，而没有莲花岛的世界则是蹊跷、荒唐的，他从没有想过会出现这样一种情况——欧阳君近在眼前却不认识他，而莲花岛居然完全不存在！

这到底是怎么回事？是我出了问题还是这个世界出了问题？

“其实呢，你也不必过分悲观，有时候一件坏事也可能变成好事，你刚刚见到欧阳君不是很激动地说‘你还活着，真是太好了’之类的话吗？”何言说着往杯中沏茶，“如果我没说错的话，那边世界的欧阳君已经不在人世了，对吧？而这边世界的欧阳君还安好地活在世间，那你何不理解为这是冥冥中的一种安排，让你失而复得呢？”

何言的话像是一部无法理解的天书，源源不断地涌进丹增的头脑。而“这边的世界和那边的世界”这几个平凡无奇的字眼，却如同一支利箭深深地刺在他的心头。

他仰起头，正好迎上何言对他投来的意味深长的目光。他想起跟何言躲在龙门石窟的山林间，趁着夜黑人静来到莲花洞里，何言将救起他时一直好好保管的明信片交还给他，那时她说了一句令人匪夷所思的话——好好拿着这张明信片，它应该能够指引你前往该去的地方，在那里你会找到你想找的人，也许还能见到另一个我。

“难道……”

“难道什么？”

看着圆瞪双目的丹增，何言不自觉地笑出了声，不过那笑声里没有轻蔑的意味，更不带嘲笑的成分，只是单纯的像是看到镜中的自己那滑稽表情时的反应。

丹增僵硬地咽了口唾沫，沉重地喘了几口粗气，仿佛需要一些勇气和决心才能说出来。

“难道……有两个何言？”

一旦说出来，就有种将沉积在身体里令自己耿耿于怀的东西吐出来的感觉。他很在意却又不敢面对，就连现在说出心中的疑惑，他依然对自己会产生这样荒谬的想法感到可笑。

“与其说有两个我，不如说有两个世界更正确。”默默地说完，她突然转过头问，“你对多重宇宙了解多少？”

“多重宇宙？”丹增像是在咀嚼自己的话语，喃喃地重复道。他的耳边响起了超级科幻迷兼自己死党的麦克的声音——

平行宇宙也可以叫作多重宇宙。当宇宙从一个质量极大的奇点不断膨胀到达极限后会重新收缩成一个奇点，在这个过程中也可能会撕裂成多个平行宇宙。通过这样不断重复的方式在某一天的某一刻，就诞生了我们存在的这样一个宇宙。

很多年前就有国外媒体报道，说我们生活的宇宙可能并非单独存在的，它很可能是由无限多个宇宙组成的多重宇宙中的一个。虽然这一理论的背后有物理学理论支持，但它还尚未被最终证实。

还有一种源于著名的、备受争议的量子力学的解释——任何随机量子的过程都会导致宇宙分裂成多个，而且每种可能性一个。就好比你在商店里挑衣服，在这个宇宙中的你挑的是蓝色的，另一个宇宙里的你挑的却是黑色的……然而，以我们现有的知识仅仅只能看到全部真实现象中的一小部分，也就是其中的一个宇宙而已……

现实倏然间变得蹊跷、迷离，像一块无形而沉重的水泥板压在身上，让人喘不过气来。

到底哪一个才是真实的呢？

丹增神情凝重地问："那这个世界的我在哪里？"

何言挑挑眉，舒了口气，脸上流露出"这个问题问得好"的表情，她走到丹增面前，蹲下身子，直勾勾地盯着他依然混沌的眼睛。

"有两种可能，第一种是他去了你原来的世界，第二种是他在这个世界已经死去或者从未出生过。最近几个月，世界各地相继出现了一些奇怪的人，他们能说出自己各方面的详细信息，但他们所说的跟现实社会中的一切却都不吻合，还有一些人根本就找不到跟他们有关的所有信息，就好像一夜之间有人用魔法将他们凭空变了出来。这些人大部分被送去了精神病院接受治疗，一部分人则迫于温饱问题而犯下了罪行被送进了监狱。这些现象不正有力地说明了所发生的一切都跟平行世界有关吗？"

"为什么会出现这样的情况？"

"要是能知道答案就好了，哪还用得着那么辛苦啊，"何言摇摇头，揶揄的同时叹了口气，"我当时在家里爬梯子找东西不小心摔了一跤，等我醒来后就发现自己躺在香港的某家医院里，陌生的环境、陌生的人们、陌生的语言……大家都以为我摔坏了脑袋，我则以为自己疯掉了，过了好长一段时间才接受现实。后来经过详细询问，我才搞明白这个世界的我是被对刑期不满的犯人击中了头部受的伤，这可能就是我们互换的一瞬。不过，像我和另一个自己在不同的世界里从事同样工作的人并不是特别多，我该感谢这种幸运，没什么好抱怨的了。"

接着，何言指着窗外那道在阴郁天空下依然清晰可见的怪云说："其实也不能说完全没有线索，天空出现那道怪云的时候，错乱现象就频频发生，这个怪云不是出现在某一个地方，而是全世界都能看得到，不管刮风、下雨还是白天、黑夜它就一直挂在天空上，从没消失过，很多科学家已经展开研究却没有任何实质意义上的收获。有些宗教组织认为这是世界即将发生毁灭性灾难的一种预兆，开始忙碌起各种祈福祷告的活动。有些专家跳出来说这只是普通的气象反应不必大惊小怪，但他们谁也拿不出可信的依据。还有一些外星文明爱好者，担忧这是某个外星种族在侵略地球前做的部署安排……反正对于这个怪云的猜测和解释众说纷纭，结果没有一个可以让人信服的答案。”

在乌云衬托下的怪云呈现出怪异的赭红色，仿佛一道撕裂天空的巨大伤口。丹增默默地看着，一丝隐隐的不安像冰冷的潮水般涌了上来。

“其实这些对我们暂时来说应该并不会有什么太大的影响，真正可怕的事你还没有经历呢。”

“是什么？”

“关于梦。”

“关于梦？”

何言吹了吹杯中的茶水，不疾不徐地问道：“你认为没有美梦的世界会怎样？”

丹增茫然不语，不知道要说什么。僵硬的脸颊像涂了糨糊一样。

“梦对我们每一个人来说是平常到不能再平常的事情，不管是美梦还是噩梦，都没有人去重视它，甚至觉得它是可有可无的存在。可是你能想象当美梦消失，噩梦肆虐时那种痛苦的滋味吗？美梦成了人们心中的一种奢望，你不觉得很讽刺吗？在身边的时候不珍惜，当失去了却开始怀念，这就是人类最原始的劣根性啊。”无奈如同挥之不去的阴霾挂在何言的脸上。

一阵笑声过后，何言像丢了魂般陷入了沉默。时间一分一秒地流逝，像嚼蜡一样无味难过。

第十九章 回忆

回到宿舍，雷家豪一声不吭地爬上了刚刚分配给他位于上铺的床铺。整个狭小的房间昏暗、肮脏，铁门的上方挂着一个嘀嗒作响的时钟，两张上下铺的铁床倚墙而立，四个简陋的床头柜紧靠其边，屋顶的正中有一盏瓦数不高的日光灯，正下方是锈迹斑斑的铁桌椅。唯一可以称得上电器的东西是一台布满灰尘、运转起来吱嘎作响的壁挂式电扇。

这里是被人遗忘的世界，是不被世人接纳的世界。

雷家豪平躺在床上，双手垫在头下，目不转睛地注视着污渍斑驳的天花板上的某一点，耳边响起了欧阳君的声音——你认为杀了他，你们就拥有未来了吗？

未来对他来说，是一个遥远而不切实际的话题。

从妈妈自杀那一刻开始，他心中仅存的那一点点希望也随之消失了，自那以后，他就没有再奢望过奇迹的出现，在杀死爸爸之后，他更是打定主意放弃自己的人生，因为他比谁都清楚，自己不可能再拥有未来。但是，今天听了欧阳君的话，他心中不知不觉间升起了好好活下去，试着去改变的念头。他为自己会有这样的念头而感到好笑，却又有一种不能置之不理的感觉。

接着，他的脑海又回响起欧阳君问他的另一个问题——你就那么恨你的爸爸？

答案是毋庸置疑的。他记得刚才听到这个问题时，甚至有一股想要抽她耳光的冲动，因为他觉得欧阳君跟其他的警官一样，不但明知故问还装模作样，扮同情、装清高。当他冷静下来，开始在心中不停地问着自己这个问题。说真的，说到恨他更加恨自己的妈妈，如果妈妈能够更坚强一些，他和妹妹也不会落到现在的地步，都说母爱是无私的、伟大的，然而就是这样本该成为他们避风港的妈妈却丢下他们以死解脱，将他们抛弃在残酷的现实面前。

也许欧阳君说得没错——憎恨只会让我们失去更多。由于心中的憎恨，他为此付出了自由的代价，妹妹也从此要背负杀人犯妹妹的罪名，这样的烙印是不管用什么方法都无法抹去的。

雷家豪闭上眼，重重地叹了口气。如果可以让他重新选择，他一定不会再做这样的选择。可是，一切都回不去了……

他抽出压在头下的右手放在眼前，泪水悄无声息地顺着眼角滑落下来，沾湿了枕巾。阴郁的天空下刮起一阵闷热、潮湿的旋风，卷着尘土四处飞扬，树叶被吹得哗哗作响。

这时，305号监狱宿舍门被推开了，传来狱警不耐烦的声音，“欧阳宸，探视时间到了。”

听到狱警的声音，雷家豪吓了一跳，他猛地睁开眼，循着狱警的目光，看到对面下铺的床上有一个缩在角落里看书的人。他以为同屋的人都出去工作了，完全没有发现房间里还有另一个人。

看书的人慢悠悠地抬起了头，微微上挑的眼睛仰视着雷家豪。他跟刚刚给自己做心理辅导的欧阳君有着一模一样的面孔，不过眼前这个剃了板寸发型的男子多了一分英挺俊秀。

当他们的视线碰撞在一起的瞬间，雷家豪惊诧得倒抽了一口凉气，似乎有东西在霎时形成了硬块堵在了胸口。身体内部仿佛有什么正在苏醒，模糊的记忆在头脑中渐渐勾勒出图像，随着画面越来越清晰，一股无法言喻的寒意从心底悄然扩散。前所未有的巨大恐惧包围着他，那是一种即将被拉进不明深渊的恐惧，他的全身像拉响了警报般绷得紧紧的。

“欧阳宸，你听到没有？快一点，你妹妹在外面等你呢。”见欧阳宸没有反应，狱警扯着嗓门大喊起来。

欧阳宸垂下睫毛，合上了手中的书，没有任何表情的脸，在转向狱警的倏然间像变脸戏法似的，扬起了一抹意味深长的微笑。雷家豪觉得那笑容既没有真诚的含义，更不包含谄媚的意思，是介于无视和蔑视之间极其微妙的一种感觉。

“来啦，来啦。”欧阳宸边说边向门口走去，在踏出房间的时候，他停顿了片刻，微微侧目，眯着眼睛，冰冷的视线越过自己的肩膀看了看同样盯着自己的雷家豪，在狱警不断催促下，他才再次迈开步子离去。

欧阳宸最后的眼神定格在雷家豪的头脑中，那双眼睛里投射出一种令人胆寒的绝望和憎恨，仿佛可以抹杀掉所有美好的情感。

而此刻，一阵如同咒语般的声音在他的耳边不停地回响。

“杀了他……杀了他……”

整个空间似乎都在同时咏唱着这诡异的声调。他用力捂住耳朵，痛苦地蜷缩起瑟瑟发抖的身体。可是，这样的抵抗一点用都没有，眼前仿佛燃起了地狱般的烈焰，似乎有人透过火焰向他伸出了手。

被淹没在梦境世界中的破碎的记忆，慢慢拼凑起来。

他想起来了，想起了所有的经过……

做完雷家豪的心理辅导，欧阳君觉得身心俱疲，好像积压在心底深处的悲伤在雷家豪的事件上得到了释放。她从没有跟别人说过这些话，就连她最好的朋友何言她也没有诉说过一字半句。她就这样一直孤独地强忍着，默默地坚持着……

可一旦说出口，就有种止不住想要宣泄的冲动，就好像去按隐隐作痛的牙齿一样，有某种奇妙的感觉，但同时，在心中升起的自我厌弃的感觉也随之加深。

她揉了揉红肿的眼睛，闭上眼，调整呼吸，努力平复心情。她不能带着这样的情绪去见哥哥，更不能让哥哥担心。托何言的福，她每周都能有机会见哥哥一次。

会面室的门打开了，欧阳君看到了戴着手铐的欧阳宸慢慢走了进来。

“哥，你来啦？”

见到哥哥，欧阳君的脸上立刻扬起了幸福开心的笑容。欧阳宸抿嘴笑了笑，轻轻“嗯”了一声，坐在欧阳君的对面。

哥哥比她上一次见到的时候稍微胖了一点，气色似乎也好了不少，她一直觉得哥哥能健硕一些的话会更加帅气。

“最近休息得怎样？”

“还可以。”

“药还有吗？没有的话我再跟医生说。”

“不用了，我觉得还是不要太过分依赖药物比较好。”

“说的也是。”欧阳君点点头，“那如果有需要的话再告诉我吧。”

大概四个月前，没有睡眠问题的欧阳宸莫名其妙地被失眠困扰，原本还蛮精神的人没出几天就被折磨得眼圈发黑、面容憔悴，欧阳君记得当时见到哥哥的样子时，觉得哥哥就好像被吸走了精气一样。哥哥后来服用了安眠药，情况有了比较大的改善，可是哥哥今天给她的感觉跟以往不太一样，她也说不上哪里不对劲，就是从来不会对别人说“不”，跟自己的想法比起来更在意别人想法的哥哥，蓦然之间好像变得有自己的主见了，这样的变化本该是件好事，然而她却感到一股无法形容的不安在心中徘徊。

“君啊，想什么呢？感觉你有些闷闷不乐的，是遇到什么不顺心的事了吗？”看着沉默不语的妹妹，欧阳宸关切地问。

“啊，没，没什么，”欧阳君连连摆手，“只不过今天上午为一个犯人做心理辅导，我有些在意他罢了。”

从小到大，她的一举一动都逃不过双胞胎哥哥的眼睛，不管多微妙的细节哥哥都能感受到，这可能就是双胞胎特有的感应吧。

“哦？”欧阳宸用手肘撑着桌面向前探了探身子，“很少听你提起其他犯人，这究竟是怎样一个人呢？说来听听吧。”

哥哥从小对别人甚至对自己的事情始终都抱着一种漠然的态度，只有涉及妹妹的时候他才会变得完全不一样。这一点让欧阳君一直很担忧，她认为哥哥如果能对他自己的事情更在意一些的话，那哥哥对“活着”的意义会有更多不一样的理解，她也试图这样去开导哥哥，却没有任何效果。而自从被判刑之后，少言寡语的哥哥就变得更加安静了，就连她来探视哥哥也话语不多，所以他现在突然对别人的事情产生兴趣，令欧阳君有些小小的激动。

欧阳君娓娓道来雷家豪的故事，不过她对自己因雷家豪的悲剧触动心绪，伤心落泪的环节有所保留。但看着哥哥的脸上挂上了哀伤的神情，她后悔跟哥哥讲述这样让人难过的故事，于是决定转换话题。

“哥，你还记得我跟你说过，我有一天醒来，不知为什么就变得会画画的事吗？”睡梦中画画的事情她曾跟哥哥提过一次，但哥哥当时并没有表现出任何兴趣，她也就没再谈及。这一次，哥哥的状况完全不同，她想如果跟有绘画天赋的哥哥多聊聊的话，或许，能从专业角度给她一些帮助。

“嗯，好像有这么回事，细节是怎样的？”

听哥哥这么一说，欧阳君立刻从公文包中掏出一个A4画本。翻开画本，一行娟秀的钢笔字赫然跃入眼帘——祝亲爱的哥哥生日快乐！下面画了一个大大的生日蛋糕和绑着缎带的礼物盒，还有被满天星包围的一个美丽的小桃心，落款写着：君。

这是15岁那年，她为哥哥准备的生日礼物，可是，这件礼物最终却没有送到哥哥的手中。在生日前一天的傍晚，他们经过一个当铺时、无意间发现了妈妈为她制作的琉璃口琴，曾梦想当音乐家的妈妈是一名琉璃雕刻师，她希望其中一个孩子能完成她未完成的梦想，于是制作了这把口琴，并将口琴送给有音乐天赋的女儿。后来，由于家庭变故，妈妈去世后他们被亲戚收养，贪心的亲戚不但没有履行承诺好好照顾他们，反而趁机将他们家所有值钱的东西据为己有，其中也包括这把琉璃口琴。琉璃口琴上面刻着君的名字，世间仅此一把。看着妹妹充满渴望的眼神，欧阳宸曾试图说服当铺老板先将琉璃口琴归还给他们，然后他再想办法慢慢筹钱。对于这样的借口，刻薄的老板当即将他们赶了出去，并威胁他们不许再打琉璃口琴的主意，如果死缠烂打影响店铺的生意甚至会报警抓他们。

万般无奈之下，他们只能悻悻地离开了当铺。

欧阳君记得自己当时不停地哭诉，不停地哀求，最后差点昏厥过去，瘦弱的哥哥一路搀扶着她回了家，温柔地安抚她，直至她昏睡过去。而令人想不到的悲剧就发生在那天夜晚，永远改变了他们兄妹俩命运的夜晚……

第二天一早的早间新闻，报道了一条××当铺老板被杀害的消息。看着新闻，欧阳君忽觉周围的空气仿佛在瞬间被抽走了一般，不祥的阴风从她身边吹过，她不由自主地打了个哆嗦。那个被杀的老板就是拥有琉璃口琴的当铺店老板。

早上起来，她看到房间的门缝下塞着一张沾了红色印记的纸，上面是哥哥匆匆留下的字迹——

君，生日快乐，不过很抱歉，我没办法亲手将生日礼物交到你的手上，请原谅我，但我相信这件礼物可以弥补你所有的遗憾。我把它放在观星之地。

好了，就说这么多，记住，看完后将纸条烧掉！如果有人问起跟我有关的任何事情，你都说不知道！

保重！

永远爱你的哥哥。宸。

捧着留言纸，欧阳君泪流满面，蹲在地上放声痛哭。她已经预感到最可怕的结局。

很快，警方就来到靠着哥哥卖画才勉强交得起房租的出租屋里，警员们冲入屋里搜查每一个角落，她也被警员带到一旁单独问话。

对于警员的问话，她一概回答“不知道”。而事实上，她除了知道哥哥偷琉璃口琴的动机外，其他事情她确实一概不知。

从警员口中，她得知了所有细节——当天深夜，哥哥撬开了当铺大门，懂点电路方面知识的哥哥首先切断了警报电源，本以为可以神不知鬼不觉地偷走琉璃口琴，可没想到哥哥在离开的时候不小心碰倒了供奉着财神的神台，东西摔落的声音惊动了住在二楼的老板，在追喊声中，哥哥落荒而逃。

之后又发生了什么，不用警方告诉她她也猜到了结果……虽然她很快就在那棵她跟哥哥观星时最喜欢攀爬的大树上找到了琉璃口琴，但那棵大树上再也见不到哥哥的身影。

不堪回首的往事展现在欧阳君的眼前，好不容易才遏制住的泪水又开始泛滥，她急忙佯装揉眼睛抹掉了眼泪。

“喏，你看，就是这个，”欧阳君指着一张素描人物，接着又往后翻了几页，“后面还有好几张呢。”

看到画面中的人物画像，欧阳宸原本平静的脸上霎时换上了紧张的神色，他瞪着眼，蹙着眉，眼中射出骇人的光芒，用冰冷得让人有些发颤的嗓音问道：“你，什么时候开始画这些的？”

面对哥哥突然之间的变化，欧阳君一时没有回过神来，愣愣地注视着哥哥的眼睛，许久才结结巴巴地回答，“大……大概……四个月前……哥，你怎么了？”

“没，没什么。”可能是察觉到自己的表情吓到了妹妹，欧阳宸立刻舒展眉头，露出一个温和的笑容。

哥哥的笑容还是跟以前一样，但是……欧阳君却隐隐感觉到那笑容有些僵硬，甚至带着一丝黑暗的色彩。

那是一个虚假的面具——欧阳君的心中蓦然间响起了这样的声音，她自己都被吓了一跳。

“画本和画笔还需要吗？”见气氛有些尴尬，欧阳君收起了画本，赶紧换了一个话题。

“不，不需要。”

“哦。”欧阳君淡淡地点了点头，她理解哥哥的意思是绘图本和画笔都还没用完，但接下来哥哥的回答，完全在她的意料之外。

“我现在已经不画画了，以后也不会再画，所以你不用再给我准备这些了。”

欧阳君以为自己的耳朵出了问题，“哥，你刚刚说……你以后再也不画画了？”

“你没听错，”欧阳宸转了转脖子，“我不想再画了，一看到那些破烂玩意儿我心里就烦得不得了，对了，等会儿我回去把画具收拾好交给狱警再转交给你。”

欧阳君大眼瞪小眼地盯着哥哥，她怎么也不相信将绘画视为比自己生命还重要的哥哥会说出这样的话，不过，她不能多问什么，哥哥有他自己的考量和选择，她没权干涉。

“那我先替哥哥保管，等哥哥什么时候想画了，再还给你。”

“随你便，你要收着还是丢掉，我都无所谓。”

欧阳宸挤着一边的眼睛，那表情好像在压抑着某种想要隐藏反而更加彰显得一览无遗的欲望。

欧阳君陷入了迷惘之中，她觉得哥哥完全变了一个人，一个她完全不熟悉、不了解的陌生人。那份刻意表现出的亲切让她感到阵阵寒意。

结束探视，欧阳君一个人心情低落地坐在逃生梯的台阶上。雨幕随风飘摇，仿佛流泻成一根根闪光的银色琴弦，在她的眼前晃动。

她默默整理着哥哥交给她的画册时，不知不觉间又翻开了自己画的素描本。盯着画中的人物细细端详，突然，她睁大了双眼，在梦中完成的人物画像不是别人，正是今天早上那个陌生男子。

他是谁？！他究竟是谁？！

在何言的安排下，丹增暂时住进了警署的单人宿舍。说是暂时住下，丹增却不知道这个“暂时”会维持到什么时候。

一楼最顶头的房间就是他临时的家。

何言带来了一些日常所需的生活用品，帮他简单收拾一番后，准备离开，临出门前，她嘱咐他明早8点半准时到办公室找她，丹增问她要做什么，何言给出了以下的回答：当然是帮你安排工作啊，不然你在这里怎么生活下去？谁都不知道这个混乱的状况什么时候能恢复正常，所以，在耐心等待也许一辈子都未必等到的那一天降临之前，最起码要赚钱养活自己。

他想起以前听过的一个段子——钱不是万能的，但没有钱又是万万不能的。

没有钱，什么都做不了。

这就是现实！

关掉床头灯，丹增枕着双臂静静地躺在一米还不到的窄床上，目光凝视着透过窗帘缝隙摇曳在屋顶的淡淡光晕，思绪被拉回到今天凌晨时的一幕——

在龙门石窟的莲花洞前，何言曾意味深长地说过一段话，“我认识的欧阳君跟你认识的欧阳君可能有着很大的差别，她不敢跟别人承诺什么，也不敢有任何奢望，是一个将梦想埋葬、只想默默生活的人。她也许看起来没有那么阳光，身上总是透着一丝隐隐的忧郁，但她的心却比任何人都渴望被爱，所以，请好好对待她，就算你无法爱上这样的欧阳君，也请好好守护她，不要让她再受到任何伤害，好吗？”

见丹增微微点头，何言露出了感激的微笑，“丹增，谢谢你，真的很高兴认识你，虽然认识你是通过一张素描画，但很奇怪的是我对你却没有一点陌生的感觉，不过，在此一别之后，我们只能祈祷有缘再见了，希望你好好保重。”

回想着何言的一字一句，丹增突然意识到：从香港穿越到莲花岛的何言一直称呼他为丹增，而在这里的何言却始终叫他的全名——丹增旺杰。

这么明显的不同，自己居然没有一丝察觉，看来真的是被整个事件折腾晕了。他叹了口气，翻身侧躺。

这时，他的视线落在了床头柜上被海水浸泡过的明信片和从西藏带回来的形同泪珠的佛珠上。心中霍然响起了永真的声音——

> 断肠柔情千百回，
> 魂系朝暮醉生梦。
> 蓦然回首今何在，
> 生死茫茫皆嗟叹。

永真到底想表达什么？诗中究竟又预示着什么？

丹增拿起明信片放在胸口，灰暗的记忆自心中扩散开来，如翻江倒海般痛苦、煎熬，欧阳君的音容笑貌占据着他整个头脑，往昔的点点滴滴是那么的刻骨铭心，他不禁泪如雨下，失声抽泣。当初，如果他早一点意识到欧阳君幻作光影从脑中一闪而过的画面，预示着她的离世，他一定会阻止她，不惜一切去阻止，可是，一切都晚了……

他双手合十，掌心持着明信片，放在嘴边低喃着，然而他的思念和懊悔都无法唤醒逝去的欧阳君。

忽然，这个世界的欧阳君出现在他的脑海中，淹没了他曾经的记忆，她忧郁的眼神和无助的神情深深刻在他的眼底，让他心头为之一振。

我还能再爱一次吗？不，我还能有资格再爱一次吗？如果爱上她，算不算是一种背叛？

泪眼婆娑的他，遥望着夜空中一颗明星，直到深沉的睡意将他完全包围。

不知过了多久，一声巨大的爆炸声轰然传来，丹增惊得差点从床上跳起来，他猛地睁开眼，惊觉自己并不在简陋的房间里而是在跟色林大战的异度空间中。

这是梦！这一定是梦！

他在心中不停地暗示自己，四下张望。很快，他就在悬浮于天空的山峰上发现了两个正陷入苦斗的身影。巨大如山的绿色人影是色林，另一个手持宝剑的正是自己日夜思念的欧阳君！

“君……欧阳君！”

丹增大喊着猛冲过去，可是……不管他如何努力都无法接近山峰，只能眼睁睁地看着欧阳君独自奋战。

跟色林长时间的缠斗，欧阳君很快显得体力不支渐渐处于了劣势。色林见状立即使出恶招，两条吐着赤红火焰的火蛇从他的巨掌飞出，仅仅一眨眼的工夫就将欧阳君紧紧缠绕。

火蛇在她的身上烙下了一道道严重的灼伤，失去光泽的月之剑从她的手中松脱，顺着从“死”湖中流淌而下的黑色瀑流，跌落至地面。

色林轻点脚尖，瞬时飞移到欧阳君的面前，他咧着嘴，露出恐怖的狞笑，抬起了右手……丹增看到色林粗糙的指甲陡然间变长，如同闪着寒光的黑色利刃，瞄准了欧阳君的心脏。

“不……不要……”

丹增浑身颤抖，摇拨浪鼓一样摇着头，哀求凝结成滚烫的硬块梗塞在喉中。他奋力想要冲破那道隐形的屏障，却无济于事。

色林仿佛知道丹增的存在，往丹增的方向瞟了一眼，嘴角扬起胜利的阴笑，接着，他用黑色的指尖刺穿了欧阳君的胸膛……欧阳君的身体像破碎的结晶般变成了闪亮的粉末，随着柔风消失在透明无边的天际。

“啊！不……不……”

丹增歇斯底里地哭喊着，扑通一下跪倒在地，仰天悲鸣。雨幕飞扬，漫天飘起了冷彻心扉的雨粉。

伴着色林张狂的笑声，他巨大的身体骤然间缩小成一团黑色的光影，一刹那间又在丹增的面前膨胀、扭曲，幻化出奇怪的人影。这个人影穿着一件贴身的拖地黑袍，身材不高不矮、不胖不瘦，黑色的斗篷下戴着一张色林口露獠牙的恐怖面具。

“丹增旺杰，”面具下传来陌生而空洞的冰冷声音，“一个人独自苟活的滋味好受吗？看着至爱消失的画面是不是心中充满了无尽的悔恨呢？”

“你是谁？”丹增紧握拳头。

“我是谁并不重要，”面具人说着，突然消失了身影，出现在丹增的背后，“重要的是你们之间的羁绊将化为灰烬，再也不可能延续。”

“我和欧阳君生生世世相识相知，我们之间的羁绊是任何人都无法切断的，就算我们的肉身消失了，我们的灵魂也会牢牢记住对方，不会忘记彼此的存在。” 双眼通红的丹增紧咬着没有血色的嘴唇。

“有意思，太有意思了，那我就来毁灭这份羁绊怎么样？从满嘴羁绊的人手中夺走羁绊，真是让我热血沸腾，无比兴奋啊！”

“你是谁？你到底是谁？”丹增挥舞着拳头向面具人扑过去，可那层隐形的屏障坚如铁石。

“我是谁？”面具人一边重复着丹增的问题，一边将面具向上推了推。透过那道微微开启的缝隙，丹增能看到面具人有着纤细的下巴、薄而匀称的嘴唇、挺直的鼻子，还有那双在阴影中闪着冰冷却充满邪魅光芒的眼睛。

“我是梦，在黑夜徘徊的梦！剥夺所有希望的梦！”

面具人居高临下地说完，冲丹增抬起手臂，在虚空中用手指轻轻一点，丹增立刻感到一股强大的力量击中了胸口，他没来得及发出任何声音，就被拉回到了现实的世界中。

丹增一个猛子从床上坐了起来，大口喘着粗气，薄薄的空调被已经被汗水浸湿，他这才发现房间老旧的空调不知什么时候停止了运转。他走到窗边，打开有些生锈的窗户，潮湿、闷热的气息霍地一下迎面扑来，瞬间就占据了整个房间。他沉闷地呼了口气，愣愣地盯着路灯下飞舞的飞蛾，感觉头脑中像是塞满了杂乱无章的棉絮，混乱不堪。

梦境里看到的一切，是他做梦也想不到的残酷现实！

面具人是谁？他描述的梦又指的是什么？难道真的跟何言说的一样，这个世界没有美梦？

在彷徨和疑惑的包围下，毫无睡意的丹增倚着窗，静静地熬到了天亮。

当丹增被拉进诡异的梦境世界时，欧阳君此刻也被可怕的事所侵扰。

大概四个月前，也就是她在梦中绘画那个陌生男子的素描画之后不久，她开始能听到一些奇怪的声音，那些若即若离、既虚又幻的声音不是出现在梦境中，而是在她清醒的状态下一直回荡在耳边。

悲伤的诉求、痛苦的哀叫、绝望的悲鸣……仿佛由远而近的潮水般，一浪一浪地袭向她。

“救命……救命……谁来救救我……”

悲惨的哭喊声充斥着欧阳君的头脑，侵蚀着她身上每一根神经，不管她尝试任何方法也无法将声音从她的头脑中赶出去。

“不要！不要！求求你饶了我……你让我做什么都可以，求求你……求求你……”

凄惨的声音继续在欧阳君的头脑中徘徊，她感到头痛欲裂，只能抱着头，蜷缩在床上，大口喘着粗气，她的身体好似一团燃烧着的火焰，凉爽的空调风从她的身边吹过，霎时都被灼成了不安、躁乱的气息。

为什么是我？为什么是我？我到底做错了什么？欧阳君在心中痛苦地呐喊，泪水止不住地流了下来。

这种奇怪的声音出现的频率越来越高，时间越来越长，也越来越清晰。当欧阳君决定放弃挣扎，任凭声音将她淹没的时候，伴着一声惨烈、刺耳的尖叫，奇怪的声音像是被某种力量切断了，戛然而止。

欧阳君一下子瘫软在床上，如同一个没有骨头的水母。沉重、绵长的梦境悄无声息地渐渐将她包围，她本想抵抗一下，结果毫无作用。须臾之间，等她回过神来，发现自己已经站在每天梦中哥哥杀死当铺店老板的那条街道上。

夜幕如漆，暗沉无光。整个城市像死一般寂静。昏暗的路灯一明一灭，发出刺啦刺啦的声响，沉闷的晚风湿重、黏腻，夹杂着一股混凝土和钢材焊接的气味。欧阳君左右张望着，想起十年前这条街道尽头的空地正在兴建一个大型购物商场。

鬼魅的气息充斥在空气里，撩拨着欧阳君身体里每一根脆弱的神经。她蓦然间意识到之前的梦境里，没有如此清晰真实的感觉，自己就像坐在电视前看着一部跌宕起伏的电视剧，始终只是一个孤独的看客。而今天，她却变成了梦境的主角！

为什么会这样？忐忑不安的她在心中问着自己。

突然，街道的远处晃动起一团模糊的黑影。黑影渐行渐近，欧阳君渐渐看清了他就是早上出现的陌生男子。对这个几个月前开始出现在她画笔下的男子，她有着一股强烈的熟悉感，这份熟悉感的背后透着一丝莫名的感伤和心痛，那种一触即碎的迷离让她欲罢不能，而心中有一个声音告诫自己不要靠近。她本能地感到，如果走得太近，将要承受的是自己无法想象也无法承受的痛苦和折磨。

可是……她做不到视而不见！

等陌生男子走近，她抬起手，想要跟他打个招呼，然而，他仿佛没看见她一样，静静地从她身边走了过去。

“请……请等一下。”

她大声喊道，刚想迈开脚步追过去，就听身后传来了一个奇怪的声音。

“杀了他！”

“谁？！”

一瞬间，欧阳君感到心跳加速，血液倒流。她回头看去，墙面上的阴影里慢慢走出了一个穿着拖地黑长袍、戴着一副没有五官的面具的人。

一股莫名的寒意猛然从欧阳君的心底升起扩散至全身，不安笼罩在心间，她的牙齿因为恐惧不停地咯咯打颤。

他，没有影子？！

盯着黑影的脚，欧阳君心中升起一连串的疑问，理智告诉她要远离面具人，但她的脚却仿佛生了根般无法挪动半寸。

“杀了他！”

“什……什么？”

“欧阳君，杀了他！”

“为什么……为什么你知道我的名字？”

“杀了他！欧阳君，杀了他！”面具人没有回答欧阳君的问题，只是一味地重复，他移动飘忽的脚步慢慢来到欧阳君的面前，“杀了他！杀了他！”

“为什么……为什么要我杀人？”欧阳君的声音带着胆怯的哭腔。

“因为他会带给你们不幸，这是为了你好，也是为了你哥哥好。”面具人边说边将惨白空洞的面具脸凑近她的眼前，“欧阳君，不要犹豫不决，杀了他，你们才会有未来。相信我，这一切都是为了你们好。”

“我……我……”欧阳君低喃着，说不出话来，声音如同荆棘深深地扎在喉咙里。

“杀了他！杀了他！”

面具人扳着欧阳君的肩膀，让她转了个身，面冲着陌生男子的方向，并在她的耳边不停地耳语。

泪眼迷蒙的欧阳君，看着前方晃动着的人影，拼命摇着头，可她的身体丝毫不受控制，慢慢迈出了沉重的步子。

她一边狂奔一边大声哭喊，接近陌生男子的时候，她举起了不知什么时候握在手中的利刃，直直地从陌生男子的后背刺了进去。利刃贯穿他的身体从胸前刺了出来，她似乎听到了他的心脏被贯穿的声音。而一个恍惚间，她觉得自己曾经也对他做过同样的事情？！

为什么？这是为什么？

震惊掩盖了恐惧，她圆瞪双目，错愕地站在原地，直到陌生男子扑通一声摔倒在地，她才回过神来，低头看着沾满鲜血的双手和血泊之中一动不动的陌生男子，她腿一软跌坐在地上，掩面发出绝望而凄厉的惨叫。

第二十章 遗书

第二天一早，精神不佳的欧阳君刚走进赤柱监狱的大门，就被在走廊巧遇的何言拉到了一边。

"君，你昨天在进行雷家豪的心理辅导时有没有发现一些异样？"阴郁的表情像铁锈一样牢牢地黏在何言的脸上。

"异样？"面露颓色的欧阳君还没从昨夜的噩梦中走出来，她看着何言想了想，接着摇摇头，"我……没觉得有什么异样啊，怎么了？发生什么事了吗？"

何言抱着手臂，沉重地叹了口气，凝重的眼睛跟脸色一样暗沉，"雷家豪今天凌晨自杀了，用削得跟针尖一样尖锐的绘图铅笔，像这样……"何言说着比划了一下用绘图笔刺进自己喉咙的动作。

欧阳君震惊得张大了嘴巴，她怎么也无法接受这样的消息，"不可能，不可能，绝对不可能……"欧阳君连续重复着"不可能"，似乎这样强调就能否定发生的一切。"雷家豪的事一定是哪里搞错了，他不会选择自杀的，虽然他全身散发着戾气和怨恨，但对希望的渴望，对未来的憧憬……那份在黑暗中挣扎的光芒，透过他的眼睛是能感受到的。这样的人绝对不会自杀！而且，他的妹妹还在等着他，他更没有理由这样做。"

"理由？"何言顿了顿，翻着眼睛像在思索什么，"人在做某件事时一定需要某种理由吗？"

"这个……"欧阳君一时语塞，不知该如何回答，只能愣愣地盯着何言。

"还记得我们接触的很多犯人吗？他们并没有明确的犯罪动机，只是想做就做了，等到冷静下来时发现自己已经犯下无法挽回的罪过。我知道你要说什么，”见欧阳君想要开口，何言挥手打断了她，“你可能要说憎恨、愤怒、厌恶、恐惧等等都是作案理由，对吧？”

欧阳君点点头，“难道不是吗？”

何言松了松嘴角，毫不客气地否定，“当然不是，那些只能是一种情绪，属于负面情绪的一种体现，如果要归纳得更深入的话，我觉得用冲动或者本能来形容会更为贴切。就好像你去逛商店，看到一件很顺眼的东西，你非常喜欢，结果没经任何考虑一时冲动就买了下来，等回家后才发现这个东西根本没用，其实，这就是在本能意识作祟下的一种冲动表现。你能说喜欢就是理由吗？不，那绝对不是，只能说是情绪的洋溢或衍生。”

“那你的意思是……雷家豪自杀没有任何理由和动机，只是一时冲动？”

“我可没这么说，”何言夸张地瞪大了眼睛，“我只是想给你解释，很多时候不能用情绪来涵盖和解释理由的定义，那会让你失去正确的辨识能力。所以记住，不管任何时候，遇到任何事，都不能太情绪化、太感情化，小心自己被假象蒙蔽了双眼，被本能和冲动牵着鼻子走。”

欧阳君认为何言的言论从某种意义上来讲是正确的，却又觉得这些解释给人一种穿凿附会的感觉。她刚想提出一些疑问，何言好像想到了什么，突然拍了一下手掌，“对了，这个是雷家豪给你的。”

欧阳君满脸疑惑，接过何言递来的信封。“这是什么？”

“别问我，我可没偷看的癖好，我想应该是遗言吧。”何言连连摆手，“不过，昨晚值夜班的韩警官在雷家豪的枕边发现了给你和他妹妹的信件后曾想私自拆开，还好被正要交接班的我阻止了。为了调查案件的需要我们有权利私自拆封，但我总感觉这样做不合适，至少应该在收件人阅览之后我们再介入才正确。”

“哪个韩警官？”欧阳君对警署里的人都非常熟悉，可从没听说过一个姓韩的警官。

何言左右瞟了一眼，压低嗓音说道：“就是那个差不多一周前刚从喜灵洲惩教所调来的韩米兰，听说这个已婚的女人勾搭上了分管我们监狱的局长大人，于是顺利地调任到这里，离开了那个孤零零的离岛。怎么？你没听说这事？”见欧阳君一脸迷惘，何言纳闷这件在内部早已不是秘密的秘密，欧阳君怎么会不知道时，霍然想到了原因，“哦，我想起来了，你连续一周去了少年管教所讲课，所以没听说这事。”

欧阳君轻轻“哦”了一声。这样的事情在现在的社会里早已司空见惯，听多了，也就麻木了。猛地，一个极其不友善的目光从她的脑海中划过——昨天晚上下班时，在楼梯转角处，她碰到了一个穿着警服却浓妆艳抹的陌生女人，女人那双眼睛深处闪耀着某种不怀好意的光，锐利的视线仿佛随时随地要刺穿她一般。

“唉，不说那个讨厌的女人了，你多提防着点她，她口碑不怎么好，不但喜欢探听别人的隐私，心眼儿和手段还特别多，反正你能离她多远就离多远。好了，不多说了，我还有蛮多事要处理呢，”何言说着抬脚迈出一步，却猛然停了下来，“对了，雷家豪自杀用的绘图笔是你哥哥的，可能是他趁你哥哥探视的时候偷偷拿走了一支，然后等到深夜大家都熟睡以后，悄悄结束了自己的生命。虽然雷家豪自杀的工具是你哥哥的东西，不过应该不会跟你哥哥扯上什么关系，你就放心吧。”

看着何言匆匆离开的背影，欧阳君如同一尊泥塑僵直在原地，思绪混沌不清。

昨天做完雷家豪的心理辅导后她很快就跟哥哥见了面，她记得问过哥哥之前在房间里做什么，哥哥的回答是“吃过早饭后一直在看书”。哥哥的画具平时都是放在床边简陋的柜子里，难道雷家豪从结束心理辅导回到房间，直到哥哥结束探视后将画具交给狱警之间的那段短短的时间里，偷偷翻过哥哥的柜子？他是早有自杀的想法还是见到工具后才产生自杀的念头？自杀的方式有很多种，就算在监狱里也能找到很多适合的工具，哥哥的安眠药应该跟画笔放在一起，可他为什么没选择安静的死法却偏偏要用哥哥的画笔？

这件事太蹊跷了，欧阳君用力地摇了摇头，不敢再继续想下去，内心似乎有股无法释怀的不安在蠢蠢欲动。她叹了口气，慢慢拆开雷家豪留给她的绝笔信。

信纸皱皱的，字迹也相当潦草，一看就是在匆忙之中完成的——

欧阳君你好：

当你看到这封信的时候，我应该已经不在人世了，请原谅我以这样的方式跟你交谈。

跟你谈话很开心，让我意识到在这个世界上我和妹妹并不是孤单的。我一直在想，如果早一点认识你的话，我是不是就不会变成现在这个样子了呢？生活也许还是一成不变，依然那样的艰难、苦涩，但心智是否可以回归平静和宽容？我真的很想一直跟你这样聊下去，可是，这只能成为空想或奢望了。

不管怎样，我都要谢谢命运，谢谢我曾经埋怨、唾弃、诅咒过的命运，让你在我生命的最后时刻出现在我的身边，化解了我心中的恨意，让我不会带着憎恨离开这个世界。虽然，我还有很多的遗憾没有了却，然而此刻，我的心中却没有一点恨意，这真的是太神奇了，就好像忘记了要怎样去憎恨一般。

欧阳君，人死不能复生，请不要为我的死太过伤心，也不用耿耿于怀，这一切都是早已注定好的，任谁都无法改变这样的结局。我的结局可以说是可悲的，不过我真心希望你和我妹妹的人生都能拥有美好的结局——不受梦境的左右和干扰，可以心无旁骛地向着光明的梦之彼岸前行。

谢谢你为这样的我落泪，谢谢你为我付出了那么多，谢谢你对我的救赎，你拯救了我迷失方向的心，但是，很遗憾，你依然救不了我！

这不是你的错，因为，在梦境中，我抗拒不了那个在我耳边带有魔性的怂恿声音，那个一直不断重复着“杀了他……杀了他……”的恐怖魔音，所以，不管你付出多大的努力，也无能为力。

欧阳君，一切都没有结束，我的死代表着一切才刚刚开始，一个万劫不复的开始。你能斩断那可悲而充满讽刺意味的命运吗？我看不到未来，不知道会有怎样的结果在等着你，我除了祈祷还是祈祷……祈祷像我这样的悲剧故事不要再次重演！

如果我没有看到他的样子，该有多好，唉，一切都是命运啊！

最后，给你一个忠告：小心另一个……

信到这里就突然结束了，仿佛外界有某种力量在干扰雷家豪，让他无法写下最后最关键的字眼。

小心另一个……小心另一个什么？他到底要告诉我什么？雷家豪死前究竟看到了谁？

捧着信，看着最后那道歪斜扭曲的长线，欧阳君冰冷的双手不由自主地颤抖起来，失控的泪水不知什么时候已经倾泻而下，沾湿了皱巴巴的信纸。一股强烈的寒意在心底悄然升起甚至淹没了她奔涌的悲伤，令她不自觉地咬紧了双唇，她感到自己被拉进了深沉的黑暗中，越陷越深……越陷越深……

而这时，昨夜梦境中面具人蛊惑、鬼魅的声音在她的耳边响了起来——杀了他……杀了他……

被噩梦惊扰后，丹增一夜未眠，一大早就来到了何言的办公室，本以为还要等上一段时间才能等到何言上班，可没想到何言的办公室已经灯火通明，门大敞着。

何言的办公室里空无一人。这时，两个警员从他身边匆匆走过，从他们低语交谈中，他得知有一个犯人在狱中自杀了。

一想到自杀者将要遭受的痛苦，丹增蹙紧了眉头，心中不禁暗暗哀叹。

他在何言办公桌对面的双人沙发上坐了下来，取下缠绕在腕上如泪珠般的佛珠，闭目念起佛咒。失去法力的他没有力量为自杀者超度，只能念咒回向给他。

他一直至意诚心地念着经文。不知过了多久，屋外传来焦急的脚步声，他停止念经，抬眼正好迎上何言略显惊讶的目光。

“嚯，你在这里啊，”何言边说边在办公桌前坐了下来，理了理被汗水浸湿的、有些凌乱的发，“瞧我一早上忙的，把你的事都给忘了，本来我想在这里给你临时安插一个门卫的工作，但今天估计没时间折腾你的事了，唉……真没想到年纪轻轻的怎么会这样，唉……”何言连着叹了好几口气。

“是关于那个自杀的犯人吗？”

“你听说了？”

丹增点点头，“他为什么自杀？是畏罪自杀还是怎样？”

“不知道，”何言双手抵着眉心，“他昨天才刚从少管所转来赤柱监狱，可没想到，今天凌晨就出事了，唉……”

“希望有人能帮他做超度吧。”丹增看着手中的佛珠，纷乱不静的心绪无休止地澎湃。

“你信佛？”何言问道。

“嗯，我信佛，也在学佛。”

“去过南夸帝巴寺吧？”

“经常去。”

听到南夸帝巴寺的名字，丹增感觉心中泛起一丝隐隐的异动，他想念莲花岛上一切的一切，而现在，熟悉而遥远的莲花岛是个不能随便涉及的话题，只有跟何言在一起的时候才能够谈论它的存在。

“在莲花岛的时候我也经常去南夸帝巴寺，可是这个世界……”何言将目光投向窗外，欲言又止，哀伤如同挥不去的阴影挂在脸上，“不但没有南夸帝巴寺，甚至连寺庙的数目都寥寥无几。”

“正如你所说，平行世界虽然跟我们的世界有着许多相似之处，却也并不完全一致，不是吗？”

“是这样没错，但是……这个世界的宗教本来就非常衰败，然而从几个月前开始，各种灭佛行动渐渐成为一种常态，可以说是一件极其不正常的事情。我真的不希望朗达玛灭佛的时代再次降临。”何言咬了咬嘴唇，语调黏稠得似乎每一字每一句都紧紧纠缠在一起。

“什么意思？”

“你看看这个。”

何言递给他一份报纸。首页一行带着裂纹的粗体黑字立刻跃入视线——哭泣的万佛寺！

一张彩色照片占据了头版整整一个版面，照片的正中是残缺不全的释迦牟尼佛的头像，满地全是破碎的瓦砾，宏伟的大殿在熊熊烈焰中消失殆尽，火光映照在佛祖的脸上，仿佛佛祖流下的悲伤泪水。

前所未有的巨大震惊将丹增紧紧包围，举着报纸的手渐渐握成了拳头。照片中能很清晰地看到几个年轻人正将佛像扔进大火中。

“为什么？这究竟是怎么回事？”他压抑不住心中的悲愤。

“昨天深夜，几十个游手好闲、凶神恶煞的小混混拿着棍、棒、利器冲进了万佛寺，他们不分青红皂白，见到僧人就打，见佛像就砸毁烧掉，就连前来劝阻的人他们统统都不放过。”

“警察呢？消防呢？这时候他们都去哪里了？”丹增几乎是在咆哮，“不是说香港的治安一直都很好的吗？为什么会这样？”

“警察？消防？哼……”何言从鼻子里哼出鄙夷的气息，“能指望他们就好喽，听说昨天是某个大财阀女儿大婚的日子，世界各界的名流包括政府高官、政法界的大领导都参加了，所以啊，对他们来说，小老百姓的这点事跟他们上等人之间的‘重要活动’比起来，根本不算什么！”

“不算什么？！”丹增感觉全身都绷紧了，眼睛下面的肌肉在隐隐抽动，额头的青筋也在跳动不止。何言静静地看着他，那视线既像蕴含着怒火，又像是在欣赏着什么。

何言叹了口气，嘴角似乎在微笑，眼中却充满了严肃，“我再次提醒你，不要用我们惯有的目光看待这里，我们熟悉的世界跟这里的世界虽然看似没什么太大差别，但其实有着根本上的不同，这里没有美梦，信仰更加缺失，可以说是一个没有信仰的世界。”

“没有……信仰的世界？！”

“对，人们没有信仰，对神灵也没有敬畏之心，认为看不见、摸不着的因果是吓唬人的东西。对劝诫、警示无动于衷，对自己的过错也毫无忏悔之心，所以，没有畏惧的心理让人们更加肆无忌惮、为所欲为。由于人们对灵性的存在认知感几乎为零，完全忽略了将灵性提高和升华到更高层次的意识，只是任凭与生俱来的野性和本能的支配去做事……人们已经迷失方向，走上了一条不归路，”何言垂下头，望着窗外的目光浮现出一层哀伤迷离的光芒，“这个世界没有希望，所有的光明都被黑暗吞噬了。”

丹增无言以对，低垂下睫毛注视着地板上一块未干的茶渍，脑中一片混乱。沉默透着压抑的气息充斥着整个房间，沉甸甸地压在他们的肩上。

“何言，”不知过了多久，丹增的一声轻唤打破了沉默，声音轻得仿佛在微微吐息，“能请你帮我一个忙吗？”

何言收回视线，转向丹增，挑挑眉示意他说下去。

“我想麻烦你帮我找一个人。”

何言完全跟不上丹增思维跳跃的速度，原本就紧紧纠缠在一起的眉头蹙得更紧了。她想不明白，从某种意义上来说，在这个世界无亲无故的他跟谁还有联系。就算见到了想见的人，肯定会因为强烈的违和感让彼此感到陌生和紧张，就像欧阳君对他的态度一样。

丹增舔了舔有些干裂的嘴唇，“我想……找我自己，也就是另一个我。”

“找你自己？做什么？”何言的语气中三分透着疑惑，七分透着不可置信，“我昨天告诉过你，我们这次经历的平行世界可不像在《超人》电影里看到的那样，能够在同一个空间见到另一个自己，在这里我们是无法跟自己相遇的。就算这样，你也要去寻找那个无法遇见的自己吗？”

“就算像你说的那样，我也想去尝试一下，因为我认为冥冥中的事情并不完全是注定好的，”丹增目不转睛地看着何言，忧虑的眼神中闪烁着某种让人无法忽视的坚定光芒，“你不去寻找，怎么知道自己无法遇见？就像我一直祈祷能够再次见到已经不在人世的欧阳君，那个世界的她明明已经不存在了，而我却在这里的世界见到了她。”

说这番话的时候，丹增的耳边响起桢木精灵说的话——不试着去抗争一下，怎么知道命运是无法改变的。你不走出去，一切就无法开始，也亦无法结束。记住，没有注定好了的命运……

看着丹增不容动摇的神情，何言抿了抿嘴，脸上扬起了感慨的笑容。他们互相直视着对方，过了一会儿，何言恢复了严肃的表情，“看你的态度，估计我再劝说也没有什么意义，想必你心中也做好了最坏的打算。虽然我不知道你找另一个自己的目的是什么，但我保证，我会尽我所有的能力帮助你。”

得到何言的允诺后，丹增信心大增。何言利用内部系统的网络，很快查找到在这个世界的丹增旺杰的所有信息——丹增旺杰出生在西藏拉萨，6岁随父母去冈仁波齐峰环山叩拜时失踪，从此杳无音讯，生死未卜。他的名字现在依然被列在失踪人口的名单里。他的父母为了找到宝贝儿子倾其所有，几乎倾家荡产，但最后也没有得到儿子的任何消息，两位老人现在靠开一家很小的餐馆过着清贫的日子。

看着消息，丹增觉得心中阵阵不忍，强行忍受着痛苦般紧锁眉头。

他原本认为自己是转世活佛的身份，那么另一个自己成为转世活佛的概率会非常高，前去查找也许可以找到他修法用的法器。如果这个世界的丹增不像自己要隐瞒真实身份的话，说不定还能见到教导他的上师，那么以自己特殊的角度去说明情况，上师一定会相信一切并全力帮助修复这个错谬的漏洞。但不幸的是，这个世界的自己在6岁时已经失踪了。

“我说的没错吧，要不他去了我们那边的世界，要不就是他从未出生或已经不在人世了。对不起，我这样说有点失礼，但……这却是事实。丹增旺杰，接下来，你还想去西藏吗？”

丹增沉默不语，深沉的目光依然紧盯着电脑屏幕上一行行刺目的文字，去或不去的念头就像钟摆一样来回摆动。

何言在一旁静静地待着，没敢打扰他。过了一会儿，他松下紧绷的肩膀，叹了口气，低垂下睫毛，“去了又有什么意义呢？”

这句呢喃看似是在回答何言，但更像是在对命运的玩弄感到无奈的自嘲。

何言和丹增都没有说话，只是默默地坐在各自的座位上，时间好似沉淀、凝固了一般，气氛低沉压抑，四周弥漫着令人窒息的气息。

“我觉得你们如果不介意的话，也许应该去见一位仁波切。”

突然，欧阳君清雅的声音传来。

光是听到欧阳君的声音，就让丹增满口苦涩，他张了张嘴，喉咙却发不出任何声音，只能勉强将这些苦涩嚼碎吞下。

欧阳君闪烁的眼神向丹增瞟了一眼，能感受到他落在自己身上火辣辣的目光，她强装镇定地将目光凝聚在何言身上，心中却如翻江倒海般不平静，“上个周末，香港佛教组织从西藏请来了一位仁波切，准备在中元节的时候举行大型的超度法会。仁波切住在宝莲寺中，在香港已经停留了差不多一周时间，明天是他此次活动的最后一天。我之前跟在香港佛教组织里工作的大学同学联系，提出希望仁波切能为监狱的犯人做开示的请求，他们征求了仁波切的意见，调整了他的时间和安排，把明天上午的时间留给了我们，所以，明天上午仁波切会来到赤柱监狱。如果有可能，我们或许可以找个机会单独向他请教一下。”

“你说的这位仁波切来香港开法会的新闻我有看到，但他会来赤柱监狱的事我怎么完全没听说过？”

欧阳君不好意思地回答，“我也是刚刚才得到佛教组织那边的最终确定，之前没有跟你提起，是因为我觉得这件事成功的可能性并不高。大型法会很辛苦，仁波切肯定有很多事务要处理，再说你工作那么忙，我担心你太过期待而影响工作，我们不是总说希望越大，失望越大嘛，所以我什么都没有说，”欧阳君说着，装作不经意间瞄了丹增一眼，“说真的，要不是刚才接到电话，我都快忘记这件事情了。听说这位仁波切有很厉害的神通，可以通过梦境预知未来，释梦也非常准，如果能够……”

“你听见我们的对话了？”何言眯起眼，眼中浮现出警惕和怒意。

“只有一点点而已。”欧阳君尴尬地莞尔一笑。

丹增好像意识到什么，猛地抓住欧阳君的双臂，大叫起来，“你说这位仁波切可以通过梦境预知未来？是这样吗？”

何言和欧阳君都被情绪突然间变化的丹增吓了一跳，欧阳君愣愣地像捣蒜似的点了点头，没有像昨天那样惊恐。直到此刻，她终于看清了他的样子，这不免让欧阳君的心有些小鹿乱撞。他的鼻梁挺直，俊朗的剑眉为棱角分明的脸庞添上了几许神秘的气息，深邃明亮的眼睛洋溢着一层温柔的光芒，暖暖的，很舒心，令人身不由己地被吸引进去。只是，那眉宇间似乎流露着隐隐的哀伤，就像她在梦中见到的一样。她不由得眼眶湿润，眉头微蹙，她很想抚平他眉宇间的悲伤。

“你想到了什么？”何言不知何时走到丹增的身边，低声问道。

“没……没什么，”丹增显得有些慌乱，急忙移开凝视欧阳君的视线，松开紧抓着对方手臂的手。他捂着嘴，盯着地面，“只不过，提到通过梦境预知未来让我想到了一位仁波切，一位我认识的名叫永真的仁波切。”

听到永真仁波切的名字，欧阳君条件反射地叫出了声，“你刚才说什么来着？永真仁波切？对不对？”

“没错，你……想到了什么吗？”不想被听到自己微颤的语音，丹增压低了声音问着。

欧阳君摇摇头，“其实也没什么特别的，只不过这位访港的仁波切也叫永真，他的全名是永真钦哲，大家都亲切地叫他永真仁波切。”

“永真钦哲？！”听到永真的全名，丹增像触了电般浑身绷得紧紧的，他记得永真的全名也叫永真钦哲。“你有他的照片吗？找给我……请找给我看一下！”

“丹增旺杰，你没事吧？”

“我没事，我只是有些事情没搞清楚，想确定一下。”丹增像是忍受着头痛般把手放在了额头上，用力揉搓了几下太阳穴。

很快，欧阳君就找到了永真钦哲的照片，她将屏幕上的画面用手指向上空轻轻一拨，永真钦哲的头像立刻跃出屏幕，在他们面前展现为清晰的3D图像。

永真钦哲仁波切20岁左右，黝黑的脸庞让他看起来略显成熟一些，洋溢在脸上的笑容令人倍感亲切。他唇红饱满，鼻梁挺直，双眉如剑，睿智中还依稀透着一丝稚气的双眼明亮有神，慈悲清澈的怜悯目光仿佛正注视着所有众生，他的全身彰显着一股如同王者般威严的气质，令人发自内心地折服。

眼前的永真钦哲跟自己认识的小永真有着差不多十岁的差距，但那张散发着英气的脸绝对是小永真长大后的样子，而且他脖子上佩戴的凤眼菩提佛珠，也跟小永真从不离身的佛珠一模一样。

“欧阳君，你能不能帮忙跟香港佛教组织沟通一下，给我……哪怕只有5分钟，请他们给我留一个单独跟永真仁波切见面的机会！”

“这个……”欧阳君踌躇着，一脸为难之色。“我尽量帮你争取吧，不过，最后会是什么结果我可不敢保证。”

“其实，请仁波切来监狱开示的事情香港佛教组织并不是很支持，甚至有些反感，他们认为那些作恶多端的犯人根本没有资格得到任何救赎……”欧阳君顿了顿，轻轻咬住了嘴唇，“说是佛教组织，其实里面却超级官僚、腐败，他们动辄搞了那么大的动静请仁波切过来，只不过是为了满足他们敛财的私欲和升官的目的罢了，跟报道里说的‘弘扬佛教’的目的绝对是南辕北辙、背道而驰，”欧阳君愁云不展地叹了口气，“还好，这次我的大学同学找了一个仁波切身边没人的机会当面请示仁波切，最后得到了他的认可，不然，这件事就会这样不了了之的。所以，你可别抱太大希望。”欧阳君事先给丹增打了预防针，希望他不要因为事情不能如愿而沮丧难过。

“我明白，我明白，”听了欧阳君的话，丹增的脸上扬起了一个可以用惨淡来形容的微笑，“只要告诉仁波切我的名字，我想他会愿意见我的。”

欧阳君抬起眼和丹增闪着期许光芒的视线瞬间碰撞在一起，有几分之一秒的沉默和静止。他就好像站在夜幕下与世无争的仙人，居高临下地站在背光处，在微扬的风中，用如同夜明珠般闪耀的眼睛默默地看着目光所及的一切。仅仅一眼，只要跟他的眼神仅仅一个瞬间的接触，灵魂仿佛在倏然间深陷其中，宛若窒息又心痛不止。

为什么？这是……为什么？

她在心中默默地问着自己，答案好似照进心间的淡淡光亮，若隐若现、若即若离，却又模糊不清、不得要领。有一种像是沉睡在身体里的什么东西正被唤醒般的感觉。

而此刻，她的耳边又响起了面具人低沉魅惑的魔音——杀了他……杀了他……

她紧闭双目，痛苦地摇了摇头，然而那魔音如同植入了头脑中一般，挥之不去。

“好的，丹增旺杰，我会告诉我的大学同学的。”过了一会儿，欧阳君轻声回答，声音有气无力，魔音依然在脑中徘徊，她只能通过思考其他事情努力忽略它。可是，她却突然抱着头，蜷缩起身子，跪在地上。

“走开！走开！走开！”欧阳君歇斯底里地哭喊着，极度的恐惧几乎让她的心脏破裂。

何言和丹增慌了神，他们试图让情绪崩溃的欧阳君冷静下来，结果没有一点用处。

不知过了多久，哭累了的欧阳君渐渐安静下来，耳边伴着越来越强烈的“杀了他……杀了他……”的魔音，失去了意识。

守在欧阳君身旁的何言和丹增，心照不宣地对视良久，什么也没说，但他们彼此心中比任何人都清楚罪魁祸首是谁。

梦！可怕的噩梦！除了它，不会有第二种可能！欧阳君已经失去了理智，被拉去了“那边”的世界。

第二十一章 噩梦

申请见哥哥遗体的请求被否后，雷家昕默默地从何言手中接过哥哥的遗书，一声不吭地走出了赤柱监狱的大门。

听到哥哥自杀的消息，她十分惊讶却又似乎不太意外，面对噩耗，她没有眼泪，就连她都被自己冷静的一面吓到了，是过于震惊还是不愿面对现实的逃避心理在作祟？她不知道，也不想知道。

唯一无需再次确定的是世上唯一的亲人也抛弃了自己。

只想默默生活的决定，在瞬间被击得粉碎，想要放弃却又无法放弃的心情在心中苦苦纠缠，忧郁和无尽的凄惨在心中打着旋儿。

她很想大声呐喊，质问哥哥为什么要抛弃她，然后放声痛哭一场，然而……没有泪，一滴泪都没有，就好像忘记了哭泣的滋味和感觉，喉咙也像扎到了难以忍受的利刺般发不出任何声音。

夏日的微风刮在脸上，有股莫名的痛感。她将凌乱的长发向后理了理，麻木地揉了揉脸颊，以为会有酸涩的泪水，结果，除了孤独和凄楚，什么都没有……就连对未来的恐惧也在对哥哥抛弃自己的怨愤中，消失殆尽。

来到赤柱监狱公交站，雷家昕颓然地坐在候车长椅上，时间一分一秒地流逝……连悲哀的时间也慢慢用光了。

终于，她从喉间挤出了一丝声音，一丝可以用哀叹来形容的沉闷吐息，只不过，这声叹息是不是自己发出的，她也不清楚，所有的一切对她来说都已经不再重要。

慢慢地，她颤巍巍地打开了哥哥留下的遗书，就像正在推开一扇藏有秘密的大门，那里有着不该触碰的禁忌，明知道应该离得远远的，可是，却有一种冲动驱使着她不得不去触碰。

家昕，对不起，请原谅我！

看着哥哥被泪水渗透的颤抖笔迹，雷家昕的心仿佛被什么东西重重地捶了一下，一条看不见的裂缝一直裂到了心底深处。

哥哥，为什么？为什么要我原谅你？你做了这样残忍的选择为什么还要我原谅你？哥哥，告诉我！请你告诉我！

雷家昕在心间发出疯狂的呐喊，泪水早已模糊了她的双眼。

不要问我为什么，我知道你一定会这样问我，可我无法告诉你究竟发生了什么，我会背负所有的罪孽，一切的秘密就让我带到坟墓里去吧。你只要离开这里，远远地离开这里就可以了……不管你去到哪里，我的心都会一直陪伴在你的身边。

我爱你，永远爱你！

离开这里？离开这里我还能去哪里？哥哥，没有你的世界，我还能去哪里？哥哥，我哪里都不想去，我只想你回来，我只想你回来啊！

哭到不能自已的雷家昕，浑身颤抖，把脸深深地埋进了信纸里。鼓噪的风声吹动树叶，好似天地生灵对她凄苦命运的阵阵唏嘘和嗟叹。

哭累了，雷家昕缓缓坐直身子，翻开了信的第二页。

远离欧阳君……远离欧阳君……远离欧阳君……

满满一页，哥哥都写着“远离欧阳君”，各式各样的字体交织在一起，仿佛拧在一起的麻绳。

欧阳君是谁？哥哥和这个人是什么关系？为什么要我远离这个人？

满心疑惑替代悲伤占据了整个心头，好像一股阴风席卷全身，雷家昕不由自主地打了个哆嗦。信还有一张，她心情忐忑地犹豫着该不该去探知那可能带着更大黑暗的秘密。

好奇心终归战胜了疑惑，她鼓起勇气，翻开了第三页。

一张手绘的草图，赫然跃进视线——一个口露獠牙、五目圆瞪、头戴三个红眼骷髅头饰的魔兽，正虎视眈眈地盯着她。

这到底是什么?!

雷家昕被图画吓坏了，冷汗涔涔直冒，她不明白没有画画细胞、精神无恙的哥哥为什么会画下这幅骇人的图案。

哥哥死前到底经历了什么?

雷家昕仰起头，目光落在天空那道诡异刺目的伤口上，心中的迷雾越来越浓烈。

哥哥的死简直就是一个离奇的谜，没有任何征兆和线索。不，不对，唯一的线索是……

她立刻翻到遗书的第二页，死死地盯着满页的“欧阳君”。

这个欧阳君究竟是谁?是哥哥的仇人吗?是令哥哥失常的罪魁祸首吗?是主导一切的元凶吗?

思考着没有答案的问题，雷家昕擦干眼泪，站起身，向着赤柱监狱的方向迈开脚步。

拐过街角，雷家昕远远地就看到一辆救护车驶出了赤柱监狱的大门。看着救护车卷起的漫天灰尘，雷家昕的视线被一个站在监狱大门边的女警官吸引住了。

那个女警官背靠着大门冰冷的铁栏，手臂交叉在胸前。在她浓妆艳抹的脸上，一双细长的眼睛在阴暗的氛围衬托下闪着某种不怀好意的光芒，涂成玫红色的嘴唇似笑非笑，在面颊上微妙抽动的样子，都没有逃过雷家昕的眼睛。

当雷家昕观察这个女警官的时候，女警官也察觉到落在后背的目光，她转过身，犀利的眼神直直地射向雷家昕。

“你是……雷家昕?”短短几秒钟，女警官露着寒气的脸瞬间温和起来。“有什么可以帮你的吗?”

雷家昕动了动干裂、苍白的唇，从喉间挤出一丝气息，“我……想请你们帮我找一个人。”

“找谁?你能说得具体一点吗?”

看着眼前这个陌生而看似和蔼的女警官，雷家昕犹豫着该不该将心中的疑惑全盘托出。

“嗯?怎么了?想什么呢?说说你想找谁吧，”见雷家昕迟迟未开口，女警官关切地追问，“你哥哥雷家豪刚发生了那样的不幸，我感到很遗憾。虽然我的能力有限，但我一定会尽力帮助你的。”

听到哥哥的名字，雷家昕感到心微微颤动了一下，刚刚安静下来的泪再次翻涌，“我想找一个叫欧阳君的人。”

“欧阳君？你找她做什么？”似乎听到了什么意外的字眼，女警官好奇地瞪大了眼睛。

“你认识这个人？”

“先不说我认不认识她这个问题，你找她要做什么才是首要问题，不是吗？”

雷家昕垂下睫毛，盯着脚尖思索了一会儿，将哥哥的遗书拿了出来，不过，对这个并不太面善的女警官她存有一丝戒心，并没有拿出诡异的第三页。

“这是什么？你哥哥的遗书？”女警官从雷家昕的手中接过信。

“第一页没写什么，第二页才是关键，也是我为什么……”

“我明白了，”女警官已经快速看完了第一页，翻到了第二页，神情瞬间变得凝重，“看来你哥哥的死并不是一件单纯的事件。我们会好好彻查这件事的。”

“你知道这个欧阳君是谁，对不对？告诉我，我要见她。”雷家昕并不知道欧阳君是男是女，但从女警官听到欧阳君这个名字后，表现出来的强烈的厌恶和鄙夷，雷家昕的直觉告诉自己，那是女人对女人才会产生的一种特有的敌意。

女警官似乎察觉出雷家昕想要得到答案的坚定念头，嘴角渗出微妙的笑意，“欧阳君是赤柱监狱的心理辅导师，昨天上午，也就是你哥哥自杀的前一天，她还为你哥哥做过一次心理辅导呢。”

雷家昕听出了她看似无意说出的刻意话语，没有被撩拨起的冲动掩盖理性，“我要见她，现在！”

“现在的话可不行。”

“为什么？她今天没有上班？”

“不是这样，”女警官边说边指了指身后的道路，“刚刚你也看到救护车离开监狱了吧，她就在上面。”

雷家昕跟女警官错开半个身子，一脸惊愕地看着空无一人的街道，“究竟发生了什么？”

“谁知道，哼……”女警官从鼻子里重重喷出一口气，翻着眼睛。

虽然只有短短的一刹那，但女警官的全身射出了一股由嫉恨凝聚成的戾气，那一瞬间，仿佛要烤焦全身一般的痛恨，让女警官牙齿咯咯作响。

雷家昕没有说话，而是若有所思地看着她表情的微妙变化，思忖着欧阳君跟她之间到底有什么过节，令她会在对方身体不好的状况下如此开心。

意识到自己的话中带刺，女警官遮羞似的露出笑脸试图化解尴尬，不过，这个强装出来的笑容效果并不好。“我听说你哥哥其实写了两封遗书，一封是你手上的这份，还有一封是给欧阳君的。”

女警官讲的内容已经远远超过了雷家昕所能接受和理解的范围，她的脸色暗沉下来，眼睛也变得混浊迷离，“为什么？哥哥为什么会给她写遗书？”

“除了你哥哥，谁也不知道答案。”女警官一脸无奈，嘴角似乎在笑，眼神却极其冷酷，“还有啊，欧阳君好像是在看了信之后没多久就晕倒的，是被信里的内容刺激的还是怎样，具体情况我就不得而知了。”

“你认为……她跟我哥哥的死有关联？”雷家昕蹙着眉，由于悲痛而绝望的眼球后面，似乎摇曳着仇恨的火焰。

女警官露出不明所以且让人反感的笑容，“谁知道呢，不过你哥哥留给你的遗书是很好的证据，对接下来的调查很有帮助，所以，我希望你能把遗书留在我们手上。”

雷家昕的表情混杂着揣测和犹豫，本能的理性和陡然间升起的警惕在心中闪起了红灯，那是对某种危险响起的警报，但是，想要尽快得到答案的焦虑此时却占了上风。

“可以，不过……只能是复印件，原件不能交给你们，至少，暂时是这样。”

“没问题，有复印件已经很好了，谢谢你的配合。你在这里等我一下，复印好了我就还给你。”女警官说着走进了监狱。

女警官爽快的回答令雷家昕有些意外，看着她快步离开的背影，雷家昕站在原地，陷入了沉思。

不知为什么，雷家昕觉得她如此热心并不是为了查清哥哥自杀的原因，而是另有目的。这个一闪而过的念头仿佛深不可测的巨大恐惧紧紧包围着她，不由自主地，她浑身打了一个寒战。

大约五分钟后，女警官来到监狱大门外，“不好意思，让你久等了。”她将原件递还给雷家昕。

接过信，雷家昕点头示意，没有说话。

“那……今天就这样吧，有什么消息我会及时跟你联系的。”说完，女警官头也不回地转身离开。

“你叫什么名字？”雷家昕大声叫住她。

女警官停下脚步，回眸一笑，浓烈的妆容在她的脸上显得格外妖艳。

“我姓韩，韩米兰。”

失去意识的欧阳君，被一阵急促的喘息声惊醒。她拼尽全力睁开眼，不安地四下瞅着，发觉周围的画面正急速地向身后移动，不，不是画面在动而是她正在拼命地奔跑。

为什么要跑？停下！停下！

她在心间发出指令，但身体完全不受指挥。她拥有独立的意识，可以听，可以看，可以去感知，却无法说话也无法按自己的想法自由行动，她好似被人硬生生塞进了这个不属于自己的身体里。

为什么？这是为……充满疑惑而绝望的呐喊在心中戛然而止。她摔倒了，重重地摔倒在地。

顾不上疼痛，她挣扎着爬起来，脸上黏黏糊糊的，随意抹了一把，才发现满手的污秽是泪、血和泥土的混合物。她刚想继续奔跑，一个巨大的黑色魔影突然挡住了去路。

啊！她心中大惊，身体的主人双膝一软，跌坐在地上。

“你想逃去哪里呢？”黑影在空中不停地扭曲变形，“我说过的吧，逃是没有用的，你是逃不掉的。”

“你是谁？你究竟是谁？为什么要追赶我？”欧阳君发现自己进驻的这个陌生女人嘤嘤地哭泣起来，身体在不停地颤抖。

别哭！别哭！这没什么可怕的！

欧阳君在心中大声喝止，可自己的声音无法传给陌生女人，而女人的声音听起来非常熟悉，令她颇为在意。

“我是谁并不重要，你只要知道我是为了什么来找你的就可以了。”黑影说着向前凑了凑，用黑色的大手指了指女人的肚子。

循着黑影的大手，欧阳君低头望去，倏然，她瞪大了眼睛——女人居然怀有身孕。

“你想对我的孩子做什么？”女人止住哭声，本能地用手护住肚子。

“做什么？我能做什么呢？我只想提前跟自己的妈妈见个面罢了，嘿嘿……”

“妈……妈妈？！”

女人惊愕不已的同时，欧阳君感觉浑身像触了电般，一股莫名的寒意从心底升起，那是被一种前所未有的巨大恐惧紧紧包围的感觉。

“妈妈，我亲爱的妈妈，见到你未来的孩子，你难道不开心吗？”黑影咧着巨颚的脸猛地贴了过来。

“如果……你会成为我的孩子，那么……我会毫不犹豫地杀死你。”女人给出的坚定而决绝的回答，欧阳君都感到有些吃惊。

亲手杀死自己的孩子！

这要下多大的决心，才能做出这么残忍而无奈的选择啊。欧阳君心中一阵唏嘘。

黑影笑得更加猖獗，“我就知道你会这么说，不过，你有没有想过，如果我没有获胜的底牌，哪里敢这样现身，你说对不对，我亲爱的妈妈？”

“你……什么意思？”女人惊惧地问，呼出的气息似乎在瞬间被冻结般，变成了团状白雾，欧阳君感到她的身体抖得更厉害了。

“潘若岚，我告诉你，你的肚子里有两个孩子，一男一女，我会选择他们其中一个作为自己的肉身来到世间。你有百分之五十的概率找出我并杀死我，不过如果你这样做的话，另一个无辜的孩子也会受到牵连不幸死去。就算你现在选择自杀打算与我同归于尽，对我来说并没有什么影响，我只要等待时机再寻找一副合适的身体就可以，来到世间只不过是时间早晚的问题罢了。然而，你的两个孩子都会成为你的陪葬品。”

潘若岚？！

听到这个名字的瞬间，剧烈的寒战和惊恐混杂在一起，在欧阳君的心中掀起惊天巨浪。

妈妈的名字也叫潘若岚，是同名同姓的人还是指的就是妈妈？等一下，等一下，他刚刚说她的肚子里是一男一女，难道说的……就是我和哥哥？

突如其来的变故令欧阳君不知所措，她思绪混乱，头痛欲裂，在心底默默祈祷这只是一个巧合！然而，女人那熟悉的声音跟记忆中妈妈的声音重叠在一起，撕扯着她摇摇欲坠的理智。残酷的现实如同横亘在面前的高墙，她知道自己无法逃避，也无法视而不见。

“我究竟做错了什么？为什么？为什么是我？为什么我要面对这一切？”女人抑制不住悲伤，掩面痛哭起来，无助的哭声令人心碎。

“这一切都不是你的错，要怪就怪你肚子里其中一个拥有强大力量的孩子吧，如果不是这个原因我也不会选择你。”黑影的语气中明显带着揶揄的成分，“潘若岚，你没得选择，只能听天由命，你更没有办法除掉我，因为……能够杀死我的方法只有一个，而你永远也不会找到，哼哼……还有，你肚子里的那个好孩子会为了我饱受折磨，你只能眼睁睁地看着，却爱莫能助。好好养育我长大吧，我亲爱的妈妈，我会干出一番惊天动地的大事，你会为我骄傲的，哈哈哈……"

黑影狂虐的笑声在天际化作一记响雷，天空顿时电闪雷鸣，顷刻间便下起了瓢泼大雨。

妈妈！妈妈！这究竟是怎么回事？我是那个黑影吗？我是吗？妈妈！请告诉我……请告诉我……

欧阳君在心间疯狂呐喊，她多希望妈妈能告诉自己"你不是，你不是那个魔鬼"，可潘若岚完全听不到，大雨淹没了她的哭声，也淹没了欧阳君心间仅存的那一点点微不足道的小小希望。

她在心中祈祷自己不是那个魔鬼的同时，又为自己有这样的想法感到羞愧。哥哥为了她已经在监狱里待了十年，失去自由，失去尊严，受尽磨难，就算自己不是那个魔鬼，也已经跟魔鬼无异。自己带给哥哥的灾难，不正是魔鬼口中说的"会让另一个孩子饱受折磨"吗？自己怎么还有资格去祈祷！

渐渐地，欧阳君发觉眼前所有的画面模糊起来，声音也杂乱得无法辨别，而就在这时，妈妈的声音突然清晰地飘了进来——

醒醒……快醒醒……潘若岚！快从这噩梦中醒过来！

这时，欧阳君才终于明白，自己原来是进入了妈妈的梦境，而且还是自己未出生时妈妈所经历的梦境。

为什么我会看到这些？为什么？！

带着未解的谜团，欧阳君的意识越来越模糊，越来越模糊……

"丹增旺杰！快醒醒！快醒醒！"

"谁？谁在叫我？"

"丹增旺杰！别再睡了，快醒醒！不然就没命了！"

"发生什么了？为什么说我会没命？你是……"最后一个"谁"字还没问出口，丹增就感到肩膀被一股柔力击中了。

与此同时，他感到一个冷冰冰的东西紧贴着脸颊划过，耳中顿时响起阵阵刺耳的轰鸣和嗡嗡声。

一根金属管深深地刺进了身后的墙壁，看着细长的金属管在月光的折射下闪烁着的银色寒光，丹增感觉冷汗直冒，心脏几乎停止了跳动。

刚刚，只要慢一秒钟，不，只要慢零点零一秒，那么他现在……

丹增心中阵阵后怕，不敢设想如果不是神秘人硬叫醒他的话，他的脸就会被戳个大窟窿，活生生地钉在墙上。

举着金属管的是昏迷了大半天的欧阳君，她瞪着布满血丝的双眼，干裂的嘴角在没有一丝血色的脸上不停抽搐，她似乎想要说些什么，但紊乱、冰冷的气息完全辨别不出她是在说话还是在吐息，只能依稀猜测她一直在重复着一句话。

“欧阳君……你这是干什么？”丹增从椅子上站起来，试图夺过她手中的金属管。

说时迟，那时快，瘦弱的欧阳君猛地抽出金属管，再次对准了丹增，这次她瞄准的是他的心脏。直到这时，丹增才看清欧阳君手中的金属管是一个输液架。

丹增侧身躲过了欧阳君第二次攻击，他扶着病床趔趄了几步，身后传来破裂的脆响，挂在病床边的吸氧瓶碎了一地。

容不得丹增多想，他立刻从身后紧紧抱住欧阳君，本以为弱不禁风的她无法跟自己的力量抗衡，会很快败下阵来，但他完全估算错了，欧阳君像是被注入了某种强大的蛮力，只稍稍一用力，瞬间就将丹增掀翻在地。

她徒手将金属管断成了两截，丹增坐在地上，心惊胆战地盯着抵在自己额头的金属管，艰难地吞咽了一口唾沫，额头和手心冷汗涔涔。

“杀了你……杀了你……我要杀了你……”

这样可怕的冲动，让目光呆滞的欧阳君的视野笼罩上一层红色的阴影，她一边喃喃自语，一边将两根金属管用力刺向丹增。

完了，这下真的完了！

知道躲不过此劫，丹增干脆放弃了挣扎，如果命数将尽，又何必苦苦执着这副累世不停变换的身体？他静静地闭上了眼，等待生命被终结时刻的到来。

然而，接下来发生的一切完全出乎他的意料，他没有感到头颅被刺穿、脑浆迸裂的剧痛，而是听到了一声痛苦的呻吟和金属管掉落地面的声音。

睁眼一看，不知什么时候出现的何言正死死压在欧阳君的身上，欧阳君抽搐了几下，就晕了过去。何言重重地舒了口气，丹增看到她的手中握着一根电棍，他无力地喘息着，感觉体力和精神都已经耗尽。

何言转过身，神情严肃地瞅着丹增，“究竟发生了什么？”

丹增将欧阳君抱回病床上，简明扼要地讲述了事情的经过。听完丹增的描述，依窗而立的何言坐在了沙发的木质扶手上，身体前倾，双臂撑膝，陷入了沉思。

“何言？”丹增轻轻叫了一声，何言仿佛石化一般，没有任何动静。丹增接着又唤了一声，何言依然纹丝不动。

见何言静默不语，丹增把到嘴边的话又咽了回去，垂着头，像一个泄了气的皮球，坐在何言对面的椅子上。

“丹增旺杰，”何言突然出了声，沙哑低沉的声音甚至能响彻到胃里，“我们也许遇上了一件前所未有的最恐怖的事情，别说救人，就连我们都自身难保，不知哪天就会像……欧阳君这样。”

何言说着向病床的方向看了一眼，月光落在她的后背，闪着暗淡的光，“看着她，就能看到自己的结局。”

丹增依然能看到她眼中隐隐的泪光，以及那丝无法掩盖的悲伤和软弱。他无言以对，何言说的一点没错，这样的事不知道什么时候就会找上自己，就算拥有转世活佛的身份，如果失去能力，他跟待人宰割的小羊羔一样，毫无差别。

“我们……能逃去哪里呢？”何言哀叹着，目光转向窗外，心中第一次产生了对此时在莲花岛生活的另一个自己的嫉妒。

如果我们没有互换该有多好！

何言心中默默想着，不觉露出一丝惨淡的苦笑，这样残酷的命运让她感到无奈和绝望。

时间沉甸甸地压在他们的肩头，压抑到无法呼吸。

突然，安静的欧阳君发出痛苦的呻吟声，接着，不安地扭动起来，双手在空中不停地胡乱挥舞。

“欧阳君，冷静下来！冷静下来！”紧挨病床的丹增，立刻反身抓住她僵硬而痉挛的双手，努力安抚她。

何言这时也来到了病床边，不过她什么也没做，看着欧阳君变得扭曲变形的脸，心脏如同火烧火燎般刺痛。

“欧阳君，冷静下来，求求你，冷静……”

“等一下，她好像在说什么？”何言猛然间大声喝止，打断了六神无主的丹增，“听，仔细听。”

慌乱无助的丹增看了眼何言，将目光再次转向欧阳君。他盯着欧阳君微微颤动的嘴唇，把耳朵凑到了她的唇边。

“赶……赶出去……把他赶出去……”

丹增渐渐听清了欧阳君的低吟，不由自主地蹙紧了眉头。

“赶出去……把他……把他从我的……我的身体里赶出去……帮帮我……把他……赶出去……从我身体里赶出去……”欧阳君痛苦的呢喃变成了轻声呜咽，泪水顺着眼角流淌下来。

“你究竟听到了什么？”看着丹增的表情骤变，何言焦急万分。

“她……一直哀求，把他从她的身体里赶出去。”丹增心情沉重地踱步到窗前，肩膀松垮垮地垂了下来。

“他？是谁？”

丹增摇了摇头，神情凝重，“不知道，她没有说。”

“那该怎么办？我们……我们总不能就这样眼睁睁看着她……”何言激动得语调起伏不定，说着又回头看了眼欧阳君，心中一阵不忍。

窗外，骚乱不安的晚风卷着尘沙，在空中打着旋儿，不一会儿，暗沉的天空就下起了淅淅沥沥的小雨，雨珠混着落在窗户上的尘土，滚落窗边，窗户上留下了一道道清晰的痕迹，如同他们心中挥之不去的伤痕。

丹增轻声叹了口气，泪水不知不觉涌上了眼眶，他不知道自己的未来会怎样，欧阳君的未来会怎样，全世界人类的未来又会怎样。过了今夜，明天的自己会不会就成为下一个欧阳君？不是自己的话，那又会是谁呢？他不敢想，也不能想。他知道一旦被绝望的情绪控制，就等于失去了未来，向命运低了头。

“赶……赶出去……”安静下来的欧阳君突然再次大叫，丹增和何言刚刚松弛下来的神经顿时又被惊得一颤。他们除了紧紧握住她的手，什么也做不了。

“我不是那个魔鬼……我不是……把他赶出去……赶出去……”欧阳君嘶喊着，不断重复这段话。

丹增和何言抬起头，震惊的目光触碰在一起。

魔鬼？！

第二十二章　永真钦哲

第二天一早，彻夜未眠的丹增和何言匆匆离开了医院。

昨夜，欧阳君最后在药物的作用下，终于安静下来沉沉睡去。然而他们的神经一刻也不敢松懈，困意似乎非常强烈，但却在高度的紧张感和混杂着困惑的恐惧感的压迫下，耗得一干二净。

见欧阳君一夜安然无事，在护士再次给她注射镇静剂后，他们决定暂时离开一阵子，因为今天有一个重要的事情，他们必须赶过去。

“丹增旺杰，”站在监狱的大门外，何言扯着干哑的嗓子问，“见到仁波切，你想问他什么？”

“我……”丹增嗫嚅着，像是在寻找合适的字眼，“想请他帮帮我。”

“帮你什么？”

丹增转头看了看何言，她一直盯着地面，目光没有一丝飘移，丹增抿了抿嘴，“抱歉，这个……我不能说。”

何言点点头，表示理解，但很快就像想起了什么似的，烦躁不安地说：“丹增旺杰，我的直觉告诉我，你跟这诡异的平行宇宙还有那夜夜缠人的噩梦有关。”

“我……我……”一想起往事，丹增就浑身火烧火燎一般。何言的视线仿佛一把要刺穿他的利剑，他不知如何是好，只能垂下眼睑。如果说时空错谬跟他和欧阳君逆转时空没有任何关系，连他自己都觉得心虚，可是，过去发生的一切应该怎样扭转又该怎样解释呢？

“丹增旺杰！”

正当他彷徨之际，一个陌生的声音在他的身后响起，刹那间，他惊得差点跳了起来。他无法不表露出惊讶，那个透着威慑力的声音如同一记猛然响起的炸雷，让各种沉寂的思绪顷刻间在脑中飞舞。

一辆白色的轿车缓缓驶近，在他们的面前停了下来。车里的人正目光严肃地注视着丹增，一双黑亮的眼睛在淡淡的晨曦照射下，闪耀着深邃的光芒，那份不可动摇的坚定犹如利剑，直刺苍穹。

丹增直勾勾地盯着车里的人，何言也立刻反应过来车里的人是谁，注视着车窗缝隙后那双深沉的眼睛时，她不由自主地浑身拘谨起来。

两位喇嘛从车上下来，其中一位留着小胡子的喇嘛毕恭毕敬地打开了永真钦哲那侧的车门。

永真钦哲慢慢下了车，昂首站在他们面前。永真钦哲真人比照片看上去要显得更年轻一些，个子更高大一点，专注的神态也多了几分严肃。

何言被眼前这个浓眉大眼，目光如炬的仁波切身上散发出的威严气息所震慑，赶忙双手合十，深深鞠了一躬。站在她身后的丹增则呆若木鸡地伫立良久，像失了魂般紧紧盯着永真钦哲的眼睛。

哗啦啦一阵珠声朗朗的响动传入耳内，丹增一阵恍惚，方才回过神，猛然发现手持佛珠的永真钦哲双手合十对着自己微微点头、作揖。两位喇嘛和何言颇感惊讶，只见慌乱的丹增也赶紧双手合十，作揖回礼。

“这位是永真钦哲仁波切，”留着胡须的喇嘛用蹩脚的普通话介绍着，他叫呷玛曲尼，身材略胖，个子不高。“今天应你们的邀请来监狱为犯人们说法、做开示。不过监狱今早突然通知我们，说之前联络相关事宜的人昨夜重病住进了医院，监狱方面没有跟进的人手，所以今天的活动就取消了，但是……”

“取消了?！”丹增和何言似乎听到了什么意外的字眼，异口同声地喊了出来。他们知道喇嘛口中说的联络人指的就是欧阳君，可他们怎么也没想到仅仅因为她住院了，开示活动就这样没了下文。

“怪不得到了现在这个时间，都没见到其他迎接的人呢。”何言小声抱怨了一句，眼神中流露出深深的厌恶，那是失望到极点才会出现的色彩。

“是的，临时取消的，”呷玛曲尼继续说下去，“不过仁波切执意要过来，从小陪伴在仁波切身边的宗萨堪布试图劝说仁波切‘既然机缘未到就不要去强求’，然而仁波切却说……”

“我知道有人在这里等我。”永真钦哲抢在呷玛曲尼之前用藏文说道，眼中扬着不容动摇的坚定光芒，“所以，我必须过来。”

听到永真钦哲的回答，丹增圆瞪的眼睛瞪得更圆了，惨白的双唇微微开启却不知道该说些什么。身旁的何言投来了好奇的目光，似乎在用眼神询问：仁波切刚刚说了什么？

丹增完全无心理会她，目不转睛地盯着比自己矮半头的永真钦哲，他的胸口上下快速起伏，呼吸变得越来越沉重。等那股炙热的感觉稍稍平静下去，他用藏文低声问道：“你……是昨晚救我的人？”

话一出口，丹增才发觉自己带着颤音的声音沙哑到连自己都快认不出来了。“是吗？昨晚……是你救了我吗？”他再一次重复。

“你认为是就是，认为不是就不是。”永真钦哲给出模棱两可的回答，嘴角微微扬起一丝笑容，眼神却依然严肃。

他们选择路边一棵木棉花树下作为继续谈话的地点。丹增站在背光处，斑驳的光影落在他的肩上，一晃一晃地跳动，如同他微颤的声音，“永……永真……请允许我这样叫你，可以吗？”

永真钦哲还没有回答，呷玛曲尼和另一名身材偏瘦、名叫旦巴嘉措的喇嘛相继露出了惊讶的神色，不约而同地皱起了眉头，那神情分明是在责怪丹增对仁波切的不敬。

“随你，用你最熟悉的方式就好。”永真钦哲说着笑了笑，完全不介意。

丹增似乎在细细咀嚼这番话里的含义，喃喃低语着。过了好长一段时间，他终于开了口，“永真，我……想请你帮我一个忙。”

“我知道。”

“你知道我的请求？”

“是的，也许你不相信，但我确实知道。”

“不，我相信，我一直相信……”丹增说着，脑海中浮现出小永真天真可爱的样子。

“梦境已经预示一切，”永真钦哲说着扬起了头，透过丹增的肩膀，凝视着天空中那道神秘的怪云，“从哪里来，回哪里去吧。这是唯一解决问题的方法。”

丹增心中一惊，感觉心脏在剧烈跳动，不论怎么调整呼吸都无法平静下来。

“从哪里来，回哪里去”是邬金仁波切对他说过的话，永真钦哲是怎么知道的？这句话到底是什么意思？为什么会通过永真钦哲的口再次出现？

“永真，你……究竟想告诉我什么？如果是指回到莲花岛就可以……”

“我不是那个意思，”永真钦哲收回视线，打断丹增，“回到莲花岛是最终的一个‘点’，也可以说是一个目标，但如果不把促成回莲花岛必备的因素——这其中所有的‘点’找出来并连接起来的话，最终的‘点’就不会出现。”

“所有的……点？”丹增想起父亲说过的人生就是一幅曲线图的话。

“没错，就像你为情自杀是最初的‘点’，被来自这里的她救起也是一个必不可少的‘点’，”永真说到这里看了眼一脸茫然的何言，“之后，邬金仁波切给出指引，你将‘从哪里来，回哪里去’理解成回到出生的地方，在家里你拿到了至关重要的泪佛珠。这是非常重要的一个‘点’。”

丹增抬起手臂，盯着腕上晶莹剔透的佛珠，心绪复杂。

“接着，你又回到了经历那场浩劫之战后醒来的地方——龙门石窟的莲花洞，凭借欧阳君留下的明信片作为媒介你来到了这个世界，这是一个关键的转折‘点’，也是邬金仁波切口中所说的‘从哪里来，回哪里去’所指的地方。”

“你……什么意思？我怎么……一点都听不懂？”丹增迷惘地摇着头。

海风夹杂着湿咸的气息扑面吹来，哗哗作响的枝头，伴着有规律的浪潮声，此起彼伏。闷热的天气随着太阳越升越高，气温也越来越高。

永真钦哲用手掌轻轻拂去额头的汗珠，叹了口气，“逆转时空后你在莲花洞里醒来，并发现有四个月的空白，失去法力的你彷徨无助，伤心欲绝，然而最令你无法接受的是自己深深爱着的欧阳君，居然没有在这个世界留下一丝痕迹，没有人记得她，没有人知道她曾经存在过，除了……我以外。”

看到泪在丹增的眼眶中打转，永真心中一阵不忍，低垂下眼睑，“莲花洞是一切的开端之地，所以邬金仁波切那时给出的指引‘从哪里来，回哪里去’指的就是莲花洞，如果不借由那个‘点’来到这里，一切亦不可能开始，一切亦不可能结束。”

丹增微张着嘴，感觉头脑仿佛被塞满了棉絮般杂乱无章，越想理清楚反而越混乱。

“那……那你说的‘从哪里来，回哪里去’指的……又是什么？”丹增扯着沙哑、干涩的嗓音问着，他已经放弃思考所有的问题了，自从失去法力之后，他感觉自己的脑子似乎也变得很愚钝，“如果邬金仁波切所指引的‘点’已经结束了，那你出现在我眼前，将给我指引的‘点’……又是什么？”

永真钦哲闻言，再次仰起头凝视天空，指着那道怪云，笃定有力地说：“那里！”

丹增也仰视怪云，心中一阵茫然，“那里有什么？”

“那是一个通道，但对你来说并不仅仅是个通道，你最重要的东西遗失在了那里，你要去那里寻回它。”

“寻回……什么？”

“你不是想找回失去的法力吗？”

“啊！没错。”丹增倒吸了口气，惊声肯定。他想见永真钦哲的目的就在于此。

“我会送你去，不过，不是现在。”永真目不转睛地盯着丹增，黑色的双眸似乎透过他的双眼在审视他的灵魂，冷峻的目光中蕴藏着一触即发的莫大危机。

“那你……决定什么时候？”

永真钦哲抬起右臂，用食指指着丹增的眉心，“在梦里。”

“梦？”丹增呢喃一声，“可是，现在的梦境全部都是……”

“如果你的心不坚定，不相信美梦会再次降临，那它就真的不会出现。只有绝对地相信，才不会在乱世中产生动摇。”永真钦哲打断丹增，指着他眉心的手指移到了他的心口，“现在噩梦横行，每个人都受到噩梦的困扰，有的人在这场战斗中早早就败下阵来，屈服于噩梦，受其支配；有的人还正常生活着，没有丧失心智。你没想过这是为什么吗？”

“因为……相信？”

“是的，”永真钦哲点点头，“只有拥有绝对坚定信心的人，才能战胜梦中的教唆和洗脑。就好像对于自己的上师要有无上的信心，才能得到上师的加持是一个道理。”

“那……从现在的状况来看，还不算糟糕，对不对？”丹增说着，嘴角不觉扬起一丝连他自己都觉得不可思议的笑容，“因为受噩梦控制变得疯狂的人毕竟是少数。”说出“疯狂”两个字的瞬间，欧阳君失去理性的样子从他的脑海猛然划过，他不由自主地打了一个哆嗦，突然意识到自己说出这番话是多么自私，甚至为自己会产生暗自庆幸的念头感到可怕。

“丹增旺杰，没有疯狂的人，不代表他们没有受到噩梦控制，你会产生庆幸的念头就是最好的证明。”永真钦哲的脸色微微一暗，嘴角绷得紧紧的。

丹增无言以对，惭愧地低下了头。他想起最后一次见小永真时的情景，当时，小永真的脸上同样闪过这样的神情。

“世间很多人虽没疯狂，心智却比疯狂还要可怕。丹增旺杰，你千万别被眼前的假象所迷惑了。”永真钦哲说完，冲身背黄色布挎包的旦巴嘉措说了句：“把那个拿出来吧。”旦巴嘉措立刻从黄色布挎包中拿出一个小瓶子，里面装着一颗甘露丸。

“把这个拿去给欧阳君服下。”永真钦哲将瓶子递到丹增的面前。

“服下它，欧阳君……就能恢复正常了吗？”见永真钦哲遗憾地摇了摇头，他心中的希望瞬间熄灭了。

“它只能控制，不能治愈，要想完全摆脱噩梦的控制，她必须靠她自己的力量。它的时效有多久，我也不清楚，只能希望在它失效之前得到好的结果。你不要插手跟她有关的任何事，记住，我说的是任何事，就算到了生死攸关的时刻也不能够插手，你必须等待她自己找到答案，不然，所有的努力都将化为泡影。”永真钦哲一脸严肃，不像是在开玩笑，接着，他从颈上又取下一个坠饰，交到丹增手中。

那是一个银质的嘎乌盒，圆形的嘎乌盒由一根红绳穿起，上面镶嵌着红玛瑙和绿松石，下方有一个金刚杵雕饰。

“这也是给欧阳君的？”

永真钦哲笑而不语，微微点了点头。

丹增举着嘎乌盒看了看，打开了后面的盖子，“这里……什么都没有！”看到盒内空无一物，他感到非常错愕。

嘎乌盒有装饰的作用，但最主要的意义是里面会装有小佛像、舍利子、甘露丸、印着经文的绸片、由高僧念过经的药丸或者活佛的头发、衣服的碎片等等，以此达到护身、减小业障和增长修行的作用。可是，永真钦哲给的嘎乌盒里居然什么都没有，丹增认为这不太符合常理。

永真钦哲的脸上扬起一抹意味深长的笑容，“不是什么都没有，而是你心中的障碍太多了。心不清净者自然无缘见到。”

正当丹增还在琢磨永真钦哲那笑容背后蕴含的意义时，耳畔突然响起了熟悉诗句——

断肠柔情千百回，
魂系朝暮醉生梦。
蓦然回首今何在，
生死茫茫皆嗟叹。

“永真……你刚才……”丹增感觉汗毛都立了起来。

“丹增旺杰，别问我诗句里包含的寓意，一切都要靠你自己去发觉，最后的结果会随着你的选择发生改变，任何一种结果都有可能出现，而这一切完全取决于你一念之间的选择。”永真钦哲整理了一下斜披在肩上的袈裟，对着丹增合掌礼敬，呷玛曲尼和旦巴嘉措也跟着合掌礼敬。“丹增旺杰，我能说的就这么多，有些话只能点到为止，剩下的还需要你自己去领悟。我们后会有期。”

永真钦哲说完，头也不回地大踏步向前走去。

“等……等一下。”丹增愣了一下急忙追上前，连合掌回敬都忘记了，“永真，请告诉我，你在梦中预见的未来是怎样的？”

“你这个问题根本没有任何意义。未来是个很笼统的概念，我刚刚也说过，未来随时都在发生着改变，我看到的未来未必是最终的结果。”永真钦哲抿了抿嘴，严肃的表情似乎含笑带怒，“比如，我告诉你的未来不是你所希望的，所以你试图想要改变它，也许结果真的就会在你的努力下变成你所希望的样子，如果我说的未来正好是你期待的，你很满意这样的未来，结果你只是等待而不做出任何的努力，但最后的结果却有可能出现截然不同的情况。”

“没关系，一点点……哪怕一点点都行，请告诉我。”

停在附近的白色轿车慢慢驶近，在永真钦哲身边停了下来，旦巴嘉措快步上前拉开车门，永真钦哲看了眼丹增，轻轻推开他的手，一声不响地坐进车里。丹增颓然地站在路边，手中紧握着甘露瓶和嘎乌盒。

这时，永真钦哲这侧的车窗缓缓放了下来。

“丹增旺杰，以后会有人替你解答这个问题，你只要充满信心，耐心等待这个‘点’出现就可以了。”永真钦哲的眼神闪现着复杂的色彩，“我们梦里见。”

永真钦哲说完，在关上车窗的一瞬，将视线移到何言的身上，目光耐人寻味。

离开监狱，何言和丹增立刻前往医院。站在欧阳君的病床前，看着她憔悴的容颜，丹增的心隐隐作痛。他把嘎乌盒挂在她的颈前，将甘露丸轻轻地放进了她的嘴里，用指腹温柔地摩挲着她的脸颊，声音沙哑地低喃着，“好起来，你一定要好起来，求求你。”

在甘露丸的作用下，一直处于昏睡不醒的欧阳君慢慢睁开了眼睛，她左右张望了一下，虚弱地问：“这是哪儿？”

见欧阳君神志恢复正常，丹增和何言都难掩激动，露出了欣慰的笑容。酸楚的泪一下子涌了上来，他急忙别过身将泪擦去。

何言俯下身轻声说：“你在医院，昨天你突然身体不舒服，是我跟丹增旺杰送你过来的。”他们决定将她失去心智的事当成秘密，绝口不提。

“是吗？为什么……我一点印象都没有？”欧阳君紧皱眉头，眼神恍若沉浸在梦境中一般，努力回忆有关的点点滴滴，可记忆中的画面不但零星、散落而且模糊不清。

“医生说你是过度疲劳再加上饮食不规律造成的，”何言轻描淡写地说着，“我之前都提醒过你别太跟自己过不去。工作嘛，不能太较真，该放松就得放松，该休息就得休息，劳逸结合才是真理。你看看你就是不听，现在出状况了吧！”

听何言这么一说，敏感的欧阳君半信半疑地又看了看默不作声的丹增，“是这样嘛？”迎着欧阳君疑惑的视线与何言要求配合的目光，他只能顺着何言的谎言，点了点头。

他最不擅长说谎，然而他曾对已经消逝的欧阳君说过最残忍的一段谎言，所以他发过誓，就算真相带来的是痛苦，他也不想再次欺骗。可今天……他再次食言，打着为她着想的幌子，欺瞒着她。

欧阳君收回视线，沉思片刻，既然他们都给出了这样的解释，她觉得没必要再苦苦纠结。在他们的搀扶下，她坐了起来，这时，她发现了挂在胸前的嘎乌盒，好奇地问：“我怎么会戴着这个？”

“这个是……我们在寺庙为你祈福得来的吉祥物啦。”何言扯了扯僵硬的嘴角。

欧阳君歪着头思忖了一下，“这个是嘎乌盒，是藏族的饰物，在香港知道的人并不多，也不多见，你们……是怎么得到的？”

“嗯……这个……”何言不知如何圆谎，只能尴尬地咧嘴傻笑。

“是永真钦哲仁波切给你的。”丹增抬起眼，哀伤的脸上写满了心疼，紧绷着的嘴唇渗出无奈。

何言听闻，立刻用眼神责问他：不是说好了，不告诉她咱们跟仁波切见过面的事吗？

“你们见到永真钦哲仁波切了？”欧阳君突然大声喊了起来。

见丹增轻轻点点头，何言翻了个白眼坐在了沙发上。

“怎么样？活动进行得还顺利吗？”欧阳君迫切地想知道答案，布满血丝的眼睛睁得圆圆的。

“活动取消了。”

“什么？取消了？为什么？”欧阳君尖叫的声音几乎走了调。

“他们说对接此事的人不在，所以……就取消了。”丹增轻声回应。

欧阳君低下头，陷入了沉默，为不会挑时候生病的自己感到失望。她叹了口气，眼角斜睨到墙面上一块被破坏的痕迹，瞬时，她的心脏开始狂跳，感觉血液倒流涌进大脑。灰色的记忆自心中扩散开来，一开始，只是一闪而过的念头，接着便慢慢发展成了一个故事——一个可怕的故事。凌乱的画面、纷乱的景象如同玻璃碎片般散落在心间。

她抱着头，在床上蜷缩成一团，浑身瑟瑟发抖。突然，她好像想到了什么，猛地回头看了看悬挂在床头完好无损的吸氧瓶。

它是好的吗？不，不对，它碎掉了！不对，它好像应该是好的……

到底哪一个才是真实的？

她在心中发出疯狂的呐喊，感觉自己快要疯掉了。绝望再一次冲击着她的胸膛，让她认识到这一切不是噩梦而是现实。

“昨晚……到底发生了什么？”她将脸埋在膝间，颤抖的声音细如蚊蚋。

“什么都没有发生。”丹增轻描淡写地回答，仿佛在说别人的事情。

“你骗我！”欧阳君歇斯底里地大叫一声，泪水顺着苍白的脸颊滑落下来。

“你想太多了，真的什么都没有发生。”丹增伸出手，温柔地擦去她脸上的泪珠。

他多想将她拥在怀中，抚平她心中的不安和创伤，带她远离一切的苦难和折磨。可他知道自己根本没有这个资格，他什么也做不了，因为他就是带给她痛苦的罪魁祸首。他已经伤害过她一次，他不想再伤害她一次！

对欧阳君来说，也许他才是真正的噩梦。

泪在眼中打转，丹增装作若无其事般垂下眼睑，现实像枪尖似的穿透了他脆弱不堪的心，而他除了进一步咬紧嘴唇，什么也做不了。

欧阳君一把抓住丹增的手腕，含泪的双眼直直地瞪着他，“那仁波切为什么要给我嘎乌盒？活动取消的话，你为什么还会见到他？”说着，她扭头看向何言，何言立刻躲开她咄咄逼人的目光，转头看着窗外。

“你们……你们有事瞒着我。”欧阳君咬着唇，摇着头，用力甩开了丹增的手。

“事情并不像你想的那样，”丹增扬起一丝柔情的微笑，但这丝笑容背后的苦涩只有他自己知道，“只不过，答案要你自己去寻找，这也是仁波切为什么要给你嘎乌盒的意义。”

“什么意思？”欧阳君的眼中闪起了疑惑而恐惧的光芒，“难道……我跟什么奇怪的事件扯上了关系？”

丹增的脸上依然挂着笑容，“也许是，也许不是，我也不清楚这其中的奥秘，到现在为止，我也是一头雾水。”

沉默降临，时间也仿佛有了重量，让人喘不过气来。

欧阳君默默地转过头，看着窗外，晃动的树影、游走的白云、如流水般不断移动的人群和车流……那些流动的景象在她的眼中，仅仅是映入眼帘的影像罢了，各种思绪交错在一起，处于一种无法理清的混沌状态。

她不得不相信，冥冥中有一股莫名的力量在作祟。

在她清醒过来的瞬间，曾在迷蒙中见到了一个虚幻的人影，人影浑身发着光，仿佛梦幻的天人，若即若离，神圣耀目。人影走近她，耳语一句：“请守护丹增。”那声音轻柔、缓和却透着坚定的意念。

为什么要守护他？

她张开嘴刚想高呼，人影已不知所终。一个恍惚间，她也从深沉、压抑的噩梦世界里解脱出来。

丹增……我为什么要守护他？那个光影又是谁？

她不知所以然，完全没有一点头绪，感觉自己在这个光怪陆离的魔圈中越陷越深。她抬起眼，迎上丹增充满担忧的目光，不知为何，泪水决堤，好像想将心中的悲伤全部释放出来，她突然放声痛哭。

为什么？为什么？

她在心间不断地问着自己，却找不到答案，也止不住哭声。唯一能肯定的心念就是——她不想丹增受到任何伤害！

当天下午，何言办妥了欧阳君的出院手续，等回到欧阳君的家中，已临近傍晚。

见欧阳君的身体渐渐恢复，身边又有何言陪伴，丹增便放心地离开了。当丹增走出房门，送他到门口的何言刚刚把门关好，欧阳君就一把拉住了她，镶在墙上的落地镜映出了两人的身影和夸张的表情，欧阳君用眼角瞄了一眼镜中的自己，里面是一张连她自己都认不出来的脸，眼睛混浊无神，像是黑云般暗沉的光黏在脸上。

“何言，你是我最好的朋友，我们曾发誓任何事都不隐瞒对方，如果你还当我是你的朋友，就告诉我昨晚发生的一切。”

何言愣了一下，欧阳君身上散发出的强势气息，让她汗毛倒立，鸡皮疙瘩爬满了手臂。“我有那么说过吗？”何言故意笑着回避问题，但欧阳君犀利的目光依然没有离开自己，反而变得更加凌厉。她赶忙收起笑容，强装淡定地说，“刚才不是都说过了嘛，昨晚什么都没有发生，你就相信我们吧。”

“真的？”

“真的啊，你不信丹增旺杰那个家伙，也该信我吧。”何言笃定地点点头，声音却有些含糊不清，僵硬的脸像涂了糨糊一般不自然。

欧阳君低头思忖了片刻，慢慢松开了抓着何言的手。

“好啦，别想那些有的没的了。你身体刚恢复一点，要好好休息才可以呀。”何言笑呵呵地推着欧阳君往屋里走。

看着欧阳君乖乖地钻进了被窝，何言心疼地拍拍她的脸颊，“休息一会儿。我去做晚饭，好了叫你。”

“说来奇怪，自从你生病之后，你的手艺就退步很多，原来的超级厨娘不知道跑哪里去了。”欧阳君眯着眼，调侃道。

何言歪着头，想了想，“有那么夸张吗？我倒是觉得还进步不少呢。”

“哈？不会吧？”欧阳君夸张地叫起来，“你的味觉是不是出了问题？你那手艺都叫进步的话，那我就可以当厨神了。”

何言翻着眼睛，一脸坏相。突然，她伸手去挠欧阳君腰间的笑穴，“反正……我做什么你都要给我吃得一点都不许剩。”

“啊，饶了我吧。我一定吃得连渣都不剩，饶了我吧。”欧阳君被胳肢得连连哀求，在床上直打滚，何言这才住手。

看着欧阳君原本没有一丝血色的脸颊变得红润起来，何言心中五味杂陈，悲伤瞬间溢满心间。

这个世界的何言跟欧阳君同龄，如同亲姐妹般一起长大，但自己其实比欧阳君大了整整三岁，短短几个月的相处，她早就把欧阳君当作自己的亲妹妹般看待。她轻轻搂住欧阳君，在她耳边轻声说：“小君啊，不管你将来要面对怎样的苦难，又有多么坎坷的命运在等待你，请你一定相信……那些痛苦、那些悲哀、那些无尽的磨难……它们的存在都有特殊的意义。幸福不是不来临，只是暂时睡过了头，所以，千万不要迷惘。答应我，好吗？”

欧阳君把下巴轻轻枕在何言的肩窝上，冰凉的后背感受着何言掌心的温度。

“嗯。”

欧阳君轻声应许，轻抚着胸前的嘎乌盒，像是在对何言承诺，更像是在对无法知晓、无法掌握未来的自己许下承诺。

那个诡异的噩梦又悄无声息地浮现在她的脑海，她痛苦地闭上眼，在心间不停地问着自己——我是那个魔鬼吗？

第二十三章　寻法

回到家中，丹增径直躺在床上，一整天他几乎颗粒未进，却没有一点饥饿的感觉。太多的事充斥着大脑，他觉得自己的胃都被塞得满满的。

窗外的天色渐渐暗淡下来，昏暗的灯光下，各色行人面露疲态，仿佛一具具没有灵魂的行尸走肉般，在这个被人们的欲望和野心堆砌起来的建筑物的缝隙中如蛇类爬行一样生活着，明知道追求的是一个个虚无又极其脆弱的气泡，却没有人愿意放手，哪怕手中仅仅是一个碎片，也紧握不放。

这就是现实的世界。

丹增枕着左臂，将右臂直直地伸向空中，伸展的五指微微颤抖。我究竟又想抓住什么？这样想着的时候，他高举的右手，无力地握成了拳。

夜幕降临，浓厚的大雾也悄然笼罩在整座城市的上空，刚刚晴朗了一天的天气瞬间又被阴郁的气氛填满，湿重的水汽充斥在空气里，连吹拂在被路灯的灯光吸引而来的飞蛾身上的风，都充满了湿漉漉的火热感觉。

丹增在翻身动作稍微大点就有可能崩毁的床上辗转难眠，焦躁和不安让他觉得心中似乎点上了一团无名烈焰，炙热难安。

刚到这里的第一天，被恐怖的噩梦惊扰，让他对睡觉产生了恐惧心理，今天却完全不同，他怀着期待的心情等待着梦中世界早点降临。时间一分一秒地过去，他依然没有半点睡意，百般无奈下，他坐了起来，走到锈迹斑斑的水池边，从冰箱里拿出一瓶矿泉水，一饮而尽。

冰凉的液体通过喉咙流进胃里，那股莫名的浮躁似乎消散了一些。他盯着玻璃窗反射出自己邋遢、颓废的样子，脑海不知不觉间回响起永真钦哲说过的话——心不清净者自然无缘。

他的目光穿过玻璃窗上自己的影像，凝视着茫茫迷雾，那道如裂痕般的怪云在浓雾中依然清晰可见。

如果失去法力是自己无法抗拒的缘，那心不坚定、不清净就是自心无明创造出来的违缘。

他低下头，咧着嘴，露出一丝苦笑。自己一直都跟别人讲无明带来的烦恼有多么可怕，却没想到自己已经在不知不觉中深陷其中。

真是够讽刺的!

俯下身，他捧着水拍了拍脸颊，回到床上盘腿坐下，双手合十恭敬地持着泪佛珠，观想自己坐于莲花之上，头顶正上方的梵穴轮盛开了一朵莲花，手持天杖的邬金仁波切端坐于莲花中，全身放出亿万明光，照耀自己的身心及十方世界。

明光有去污化垢、清净心境、消除业障、增长智慧之力，丹增立刻觉得全身轻松自在，一股暖流在身体里流淌。他继续集中念力观想，清除心中所有杂念，调整呼吸将身心融入天地万物中。直到思想完全进入空性无我的状态时，他蓦然发觉眼前白光猛地一闪，自己不知什么时候已经站在了虚空之中。

繁星为伴，皓月当空，美景尽收眼底。

丹增一脸迷惘地四处张望，漫天浓雾消失得了无痕迹，绚丽的霓虹灯在脚下不停闪烁，喧闹的世界变得异常寂静，车水马龙的人流和车流戛然消失。

阵阵异样的空鸣在他的耳边响起，似远似近、似梦似幻，仿佛天际神圣的回响又好似心间被遗忘的记忆在涌动。

远处的天空中出现一个亮光，慢慢向他靠近。须臾之间，身穿黄袍，手持念珠，浑身散发白光的永真钦哲就站在了他的面前。

“永真，这是梦吗？”丹增无比疑惑，他记得自己明明是端坐着观想，可在恍惚之间却来到了虚空中。他掐了掐自己的手臂，似痛非痛的感觉让他一头雾水。

永真钦哲不予解释，嘴角扬起如阳光般的和煦笑容，“请随我来。”说完，他头也不回地往怪云走去。

丹增凌空踏步紧追上前，他们每踏一步，似乎前进百米，轻松自在，毫无阻碍。他雀跃着，享受着这飞一般的感觉，自从失去法力后，他再也没有体会过这种超然飘逸的感受。久违的一切让他禁不住有些心花怒放，一想到即将重新获得法力，他就激动得浑身热血沸腾。

永真停下了脚步，还在游神的丹增不小心撞上了永真的肩膀，方才回过神来，发现巨大的暗沉怪云横亘在面前。从地面上看怪云宛如一条细长的伤疤，但真正站在它的面前时，才发觉自己是多么渺小。怪云的中间有一条裂缝，仿佛一张微张的嘴，不断地吞吐着迷雾，而这些翻滚着的迷雾中还布满了大大小小扭动着的漩涡，让人头晕目眩，阵阵作呕。

这简直就是世界末日——丹增的心中升起了恐惧。

不断喷吐的迷雾不会肆无忌惮地四处蔓延，而是处于不停循环的状态。

丹增心中疑窦从生，不过比起疑惑他知道心中有一个更加强烈而又无法忽视的感觉，那就是——熟悉。然而这份熟悉的感觉带给他一丝莫名的不安，他不由得浑身打了一个激灵。

“永真，这里究竟是……什么地方？”

永真转过身跟丹增面对面站立，“去那里寻找你的法力吧，我会一直守在这里，直到你回来为止。”说完，他走到了丹增的身后。

“我的法力在这里？”

永真钦哲点点头，没有说话。

“你不跟我一起进去？”

“那是你要面对的一切，而不是我。除了给你指引方向，我不能为你提供任何帮助。”

丹增沉默不语，将视线转向滚滚迷雾，巨大的担忧占据了整个心头。

“别再犹豫不决了，给我们的时间真的不多了。”永真钦哲轻轻推了一下丹增的肩膀，稳稳站在云端的丹增立刻失去重心，跌入了迷雾之中。

看着丹增的身影完全被迷雾吞噬，永真钦哲把手中的凤眼菩提佛珠抛向高空，佛珠立刻化散而开，形成透亮的光影将怪云围在其中。设好结界，他盘腿坐下，双手合十，双目紧闭，喃喃念起加持咒。

丹增在迷雾里打着旋儿向下坠落，他完全分不清东南西北，四周充斥着暗沉压抑的气流，他胡乱地挥舞着手臂想要抓住什么，可手中空落落的只有黏糊糊的湿气。

这样的状态不知道持续了多久，晕头转向的他终于穿过了迷雾，来到了一个明亮的世界，光线的强烈反差，令他痛苦得紧闭双眼。

一穿过迷雾，他就停止了向下继续跌落。他喘着粗气，慢慢睁开眼睛，冰凉的手掌放在胸口，安抚着仍然狂跳不止的心脏，他真以为自己要死掉了。

然而眼前的景象令他目瞪口呆——他居然又来到了和色林大战的异度空间！

如烟似云的幻雾、清透宜人的空气、连绵葱郁的山峰、七彩晶莹的湖泊、悠然漫步的珍禽异兽、横跨天空的两道彩虹、同时高悬于天空的日月和虚幻透亮的紫色星球……

这一切都仿佛昨夜之梦，如此真实地展现在眼前。

丹增冷汗直冒，心跳加速，艰难地吞了一口唾沫。他慢慢扭头向身后看去，悬浮在空中的山峦立刻跃入他的眼帘，看着潺潺流下的闪光瀑布，泪水瞬间溢满了他的眼眶。

那里是欧阳君最后消失的地方，是他一辈子的痛——一辈子都无法原谅自己的痛！

丹增痛哭流涕，悲苦地跪了下来，紧握的右拳一次次重重捶落，拳压在空气中产生一圈圈白色的痕迹。

“真没想到，你会变成现在这样。”

一个丹增认为这辈子都不可能再听到的洪亮声音在身后响起，他感觉心脏倏然骤停，奔涌的泪水戛然而止，他转动僵硬的脖子向后看去。日之剑正居高临下地注视着他。

“日之剑！”丹增激动得叫了起来，“你……怎么会在这里？”

“我存在于任何地方，也不存在于任何地方。”日之剑冰冷到极点的双瞳里，没有丝毫情感，冷峻的声调没有一丝抑扬顿挫。

丹增一脸疑惑地盯着日之剑的双眸，觉得自己仿佛被那双金色耀目吸了进去，急忙垂下眼睑盯着地面，暗自思忖日之剑那令人无法理解的深奥话语。突然，一道金光猛然闪起，他抬眼的霎时，只见如利剑般的金光冲自己飞来，金光当头劈来，他本能地向旁边一躲，金光嗖地一下擦肩而过，击中了身后的山峰。

看着在空中翻腾的浓烟，丹增茫然错愕地看着面无表情的日之剑，他手中的金光神剑，在虹光的照耀下闪着凛冽的光芒。

“日之剑？你……你这是为什么？”

“为什么？”日之剑向前走上一大步，低沉而嘶哑的声音带着愠怒，“因为你太懦弱了，懦弱得令我失望。”

日之剑说着再次高举起手中的神剑，丹增紧张得冷汗涔涔往外冒，他现在既没有任何法力也手无寸铁，侥幸躲过攻击的幸运绝对不可能再次出现。

日之剑没有挥剑劈下，而是用剑锋指着丹增怒喝道：“拿起它！”

丹增干瞪着眼，不明白日之剑在说什么。

“拿起它！”日之剑再次喝道，眼神微微向下动了动，丹增忽觉脚边有另一把金光闪耀的日之剑。

他诧异地看着脚边的日之剑，心中大感困惑，“为……”

话音未落，他的声音就被猛然响起的另一个声音掩盖了，“新月——月影幻光。”

随着清脆悦耳的银铃阵阵作响，漫天银光剑如洪水倾泻般涌向丹增。他紧闭双目，双臂交叉挡在胸前，他知道自己这样的抵抗是毫无意义的，但别无他法，他更不敢想象自己被无数银光剑击中后会变成什么样子。

耳旁传来阵阵划破长空的嗖嗖声，接着是轰隆隆的巨响，等所有的声音都平息了之后，他胆怯地睁开了眼睛。

日之剑的身后晃动着一个修长的人影，慢慢踱步走了出来，人影侧身站立，银发如白雪般飞舞，浑身散发着柔美的银色光芒。

“月……月之剑？”丹增的舌头不听使唤地打了结。

“同样的话别让我们不断重复。”人形化的月之剑语气极其冷淡，白色睫毛下的眼睛冷若冰霜。

看着气势威严的日月神剑，丹增老老实实弯腰捡起了神剑，刚想开口问个究竟，日之剑已挥舞着神剑飞扑过来。他来不及躲闪，只能用神剑执在胸前抵挡凶猛的攻击。

日之剑飞速的冲击和势大力沉的力量，把丹增弹飞出数十米之远，丹增在空中连翻了几个跟头才停了下来。

他半跪着大口喘着粗气，可一个恍惚间，远处的日之剑就从他的视线中消失了踪影。他心中大骇，还没回过神，日之剑已经瞬间移动到他的面前。

神情冷酷的日之剑没说一句话，抬起左臂猛地一伸，刹那间，他结实有力的手臂就穿透了丹增的胸口。

剧烈的疼痛传遍全身，丹增还没来得及发出一声叫喊，喉间就被浓烈的血腥味充满。他发出剧烈的咳嗽，鲜血飞溅一地。

日之剑怒目圆瞪，“丹增旺杰，我不能再放任你这样继续下去。你所恐惧的现实，你一直逃避不愿面对的现实，我现在就让他出来！”日之剑说着，大喝一声，用力往外一扯。

丹增口喷鲜血，发出惨烈的叫声，身体呈反弓状扭曲着。一团黑乎乎的东西被拽了出来，鲜血四散飞溅，日之剑白色的长袍都被沾染上了殷红的血迹。

丹增痛苦地跪伏着，双手捂着胸前严重的创伤，眼神渐渐恍惚迷离。想着：我可能就要以这样的方式结束生命了吧。

但是，他不甘心，真的不甘心，他还没有把欧阳君从水深火热中救出来，他曾经失去她一次，所以，不管怎样，他不想重蹈覆辙。他不能失去她，绝对不能再失去她！

“丹增旺杰，在你的身体里待久了身体都变得不听使唤了呢，嘿嘿。”一个陌生的声音在空中回荡。丹增抬起头，一个身穿黑袍戴着古怪面具的人站在眼前。

“哟，你那是什么表情啊？”面具人发出的讥笑带着阵阵回音。

“你……是谁？”丹增气若游丝。他无法判断眼前的面具人跟戴着色林面具的人是不是同一个人。

“我是谁？哈，他居然问我是谁。”面具人指着丹增，看向日之剑。虽然看不清他的表情，可丹增能猜出那张面具下的表情是怎样地夸张。

“他就是……”

“等等，等等，这么重要的自我介绍还是让我自己来吧。”面具人挥手打断日之剑，上前一步，走近丹增，将脸上古怪又丑陋的面具推到了头顶。

受到日月神剑的攻击，已经令丹增身心受挫，但当他看清面具人的真面目时，感觉心脏几乎停止了跳动。

那是一张跟自己一模一样的脸！除了眼球白色部分是鲜血一样的红色之外，其他的地方没有一丝不同。

怎么可能？！怎么可能？！

丹增的思维变得混乱不堪，好似刮起了狂风暴雨让他迷失了方向，他只能直勾勾地瞪着眼睛什么也做不了。

“看清楚没？没清楚的话……让你瞧个够啊！”面具人狞笑着将脸猛凑到丹增的眼前，重重的鼻息喷在他的脸上。他的心咯噔了一下，还未反应过来，面具人向后一蹬脚，又瞬间移动到日之剑的旁边，“丹增旺杰，我就是你，你就是我！哈哈……”

“为什么？这究竟是怎么回事？”丹增几乎用尽最后的力气质问，鲜血顺着他的嘴角滴落而下，“为什么……日月神剑你们为什么要攻击我？我的懦弱绝对不应该成为你们攻击的理由啊！还有……他又是谁？我的身体里为什么会存在另一个自己？这究竟是为什么？我只是遵照永真的指点来寻回自己的法力，为什么事情会变成这样？”

“我们知道你来这里是为了找回失去的法力。”日之剑迎风站立，冷淡的声音没有一丝感情。侧身站在他身后的月之剑，依然半垂眼帘，银色的眸子闪现着悲戚的色彩。

“你们既然知道，那为什么还要这样对我？”丹增紧咬着唇。

“你究竟想不想找回法力？”日之剑不答反问。

“我还能找回法力吗？”丹增费力地吐息着，“我都是个快死的人了，还谈什么找回法力。”

“我再问你一次，你究竟想不想找回法力？”日之剑目光凌厉地再次问道。

丹增没有吱声，只是定定地看着日之剑。

时间一分一秒地过去，整个异世陷入一片沉寂中，丹增待在原地，始终没有开口。

面具人显得不耐烦了，撇着嘴不屑地说：“真没意思，他都不回答，估计放弃了，干脆在这里了结他……”

“回答我！”日之剑大吼一声打断了面具人，金色的瞳仁射出凌厉的光芒。

丹增颔首低眉，浑身颤抖，强行压抑着那份不平静的情感。猛地，他抬起头，奔涌的泪水顺着脸颊滑落，绝望而不甘地大声喊道：“我想找回法力，比任何时候都渴望拥有这份力量，可是……我这么一个快死的人还能做什么？你告诉我啊！从你们开始攻击我的那一刻开始，我就失去了找回法力的机会。是你们……是你们剥夺了……”

歇斯底里的丹增戛然止住喊声，诧异地看着自己的胸口，先前还血流不止的伤口居然在慢慢痊愈，痛楚消失了，身体渐渐恢复了力气。

“这……这是……”丹增万分惊讶。

“你的本能救了你自己。”日之剑冷峻的脸庞似乎温和了一点。丹增不知道这是不是自己产生的错觉。

“本能？”

“对，求生的本能，渴求胜利的本能，试图改变早已注定好的未来的本能。战斗吧，如果你心中的希望之光还没有熄灭的话。”日之剑昂着头，目光落在丹增身边的神剑上。

丹增捡起神剑，本想再问些什么，可身子还没站稳，面具人已经发起猛攻。他猝不及防，挥剑抵挡面具人的近身攻击，但剑风还是在他的手臂上留下了一道伤口。

面具人跃出几步之遥，丹增这才发现面具人的手里不知什么时候也持起了一把发着黑色光芒的日之剑。

“你为什么……”

“丹增旺杰，你废话太多了。”面具人吼叫着，再次发动攻击，他双手高举神剑，重重狠劈下来，空气仿佛都被劈开了，闪过一条黑色刺目的光痕。

丹增右手持剑，左手托着剑背，半曲双膝，在面具人强大的攻势下后退了数步才勉强没有倒下，可他的肩膀又一次被剑风划出了一道血痕。

日之剑这时瞬间移动到他们两人之间，抬手阻止了将再次发动攻击的面具人。“丹增旺杰，为了你期待的梦想，拿起你的剑战斗吧。”

“你的意思是……我只要战胜这个家伙，就能得到失去的法力？”丹增喘着粗气，握着神剑的手微微颤抖。

“什么叫这个家伙，”面具人显然对这个叫法不满意，愤懑地吼道，“丹增旺杰，我再强调一次，我就是你，你就是我，这是你永远都逃避不了的事实。你很快就会知道对我不敬会有怎样的后果，哼……”

日之剑没有理会面具人，继续说下去，“你的敌人不是他，而是……我们！”说完，荡漾在日之剑四周的金光变得更加耀目，而面具人的周身也闪起了黑色的暗光。他们一前一后将丹增夹在中间。

日之剑用剑锋指着丹增，“丹增旺杰，做好准备，我们……来了！”

日之剑的声音刚落，手中的神剑化作一道金光和面具人的黑色剑光融合在一起，光芒如同太阳黑子爆射而出的炙焰，向丹增飞去。

何言若有所思地坐在欧阳君的床边，手中的咖啡杯已经不再冒热气。她机械地举起杯酌了一口，冷咖啡泛起的苦涩好像浓烈得难以下咽，她感觉整个身体都变得苦涩起来。

她倒掉咖啡，重新沏了一杯，又回到床边坐下。看着欧阳君沉沉睡去的脸，刚刚发生的一幕又浮现在眼前——

晚饭过后，她收拾好餐具，在欧阳君的床边铺好床褥。她决定这段时间都住在小君的家里，一是方便照顾，二是如果有什么情况出现的话她也能及时采取相应的措施。

她坐在床边想等小君睡着了以后，也赶紧好好补觉，毕竟从昨晚到现在她都没合过眼。没过几分钟，欧阳君的鼻息声渐渐规律了，她轻声说了句“晚安，祝你有个好梦”，可就在这时，安静的欧阳君突然坐了起来。

欧阳君异常的举动把她吓了一跳，感觉心脏骤停了几秒。她一边在心中埋怨永真钦哲仁波切的甘露丸和嘎乌盒没有效果，一边拿起放在枕边的电棍。

可是，欧阳君一动不动，仍然安静地坐在床上。她看到小君圆睁着双眼，眨都不眨，没有焦距的眼神似乎穿过了墙壁甚至穿越了黑夜，在凝视着什么，僵硬的脖子还时不时像抽搐般猛地扭动一下。

“小君？”

她记得自己当时曾试图叫醒小君，也记得自己颤抖的声音沙哑到连她自己都快认不出来了，但小君发出的阵阵低喃，让她本就紧张的心瞬间绷得更紧了。

她将耳朵凑到小君的嘴边，终于，听到了小君在低喃着什么。小君不停地哀求着，就是那种有生命危险时发出的求饶声。冰冷的感觉似乎从身体的中心扩散开来，她的汗毛全都立了起来。

随着小君的呼救声越来越急促，小君的睫毛颤动得也更加厉害，布满红丝的无神双眼越睁越大，眼球几乎突了出来。

她不知所措，艰难地咽了口唾沫，下定决心叫醒小君时，全身僵直的欧阳君突然双眼一翻，身体一瘫，向后倒了下去。

她长长地吁了口气，刚把电棍放好，欧阳君又开了口：“她死了，她死了……”

欧阳君重复了几次奇怪的话语后不再发出任何声音，静谧的空气中能听到小君稳定的呼吸声。

她提心吊胆地走到床边，看到泪珠从小君的眼角滑落，刺目的泪痕深深刺痛了她的心，她想替小君分担痛苦，却不知道该做什么，又能做什么。

从那之后，睡意全无的她索性冲了一杯咖啡，静静地坐在黑暗中，疲惫的身体发出强烈的抗议，然而清醒的意识却拼命在唱着反调。

好不容易挨到了天亮，一丝阳光透过窗帘缝隙照在地板上，一扫昨夜恐怖的魔魅。

从这两天的观察来看，欧阳君在白天并没有什么异常反应，可一到了晚上，她就好像被什么上了身似的，变得既奇怪又骇人。一想到今天晚上不知道又会发生什么，何言刚刚轻松一点的心情又蒙上了一层阴影。

“你干吗叹气呀？”

欧阳君的声音突然响起，把还沉浸在自己的世界中的何言吓到了，她猛地回头，跟欧阳君关切的目光碰触在一起。

“你什么时候醒的？刚刚？”何言站起来，坐到床边。

欧阳君轻轻嗯了一声，坐起身子，“你昨晚睡得不好吗？”看到何言的黑眼圈变得更严重了，她感到有些吃惊。

“还好啦，只是最近……有一点失眠罢了，不用担心。”

“是不是，我昨天晚上……”欧阳君看着何言，眼里闪起了泪光。

何言明白她心里想的是什么，急忙否认，“亲爱的，你想多了，你昨晚睡得可香了，跟小猪似的。除了你那有些响的呼噜声以外，什么都没有。”何言笑着捏了捏她消瘦的脸。

“真的？”

“真的啦，说白了，就是你的呼噜声吵得我……”

“我不是说这个，”欧阳君打断何言，在她的记忆深处，似乎有一丝模糊的影像若隐若现，“我是指……其他的事情。”

何言收起夸张的笑容，一脸严肃地看着欧阳君，“没有，什么都没有！”

欧阳君默默地低下了头，没有说话。

“小君呐，”不知过了多久，压抑的沉默被何言打破了，“‘她死了’这三个字背后隐藏的含义，你怎么理解？你感觉这里的‘他’指的是男的还是女的？”

“她死了……”欧阳君喃喃重复着这三个字，倏然间，她睁大了眼睛，双手交叉摸着自己的脖子。

“你想到了什么？”

“不知道，我不知道！我什么都不知道！”欧阳君拼命摇着头，泪水簌然而下，痉挛的手插进了发间。

“冷静下来，小君，冷静下来！”何言紧紧抱住浑身颤抖的欧阳君，在心中咒骂自己为什么那么沉不住气，她应该另寻机会委婉地表达，而不是在这时候就“逼问”小君说出答案，她不应该这么着急的。这样想着，她狠狠咬住了嘴唇。

在何言的安抚下，欧阳君激动的情绪终于慢慢平复下来。何言起身走去厨房，很快，她端来一杯热气腾腾的柠檬茶放在欧阳君的面前。看着蜷缩在床角的欧阳君，她的内心无比煎熬。

今后的日子该怎么继续下去？

一想到未来这个话题，何言就感到异常沉重的压迫感和完全摸不到边际的虚无感。

除了叹息，还是叹息。她不知道该怎样面对，在潜意识中早已默然承认，将来只会越来越糟。这种不得不面对现实的状态，是不是就叫做认命呢？

想到这里，她不禁用鼻子哼出了笑声。

这时,门铃声和敲门声,混杂着叫喊欧阳君名字的声音响了起来。

何言看了看没有任何反应的欧阳君,无奈地叹了口气。她没有哪一刻比现在都希望敲门的是丹增旺杰。

“欧阳君,欧阳君,请你开门,我们是赤柱警署刑事部门的人,我们有一些事想请你配合一下。”

“她不会不在吧?”

“不会,小区的警卫不是说她昨晚回来后就没见到她离开吗?”

“说的也是。”

“欧阳君,欧阳君,我们知道你在里面。请你开门,不然我们就要强行进入了。”

混杂的声音持续不断地传来,站在门边的何言听了一阵子,心中一百万个想不明白。刑事部门的人怎么会找上门来?不过听到对方说准备强行进入,她没有再不开门的理由了。

“请问……刑事部门的人怎么会过来这里?”何言打量着警员制服上的编号。

站在最前面,年纪稍大一点的警员开了口,从声音判断,他就是笃定欧阳君在家的人,“我们没必要跟你解释。”冷冰冰地说完,他就准备进屋,跟在后面的高个子年轻人也紧跟着迈开了步子。

“等一下!”何言毫不客气地伸手一拦,挡住了他们的去路,“最近冒充警员犯案的事层出不穷,我怎么知道你们是不是骗子?”

两位警员相视而笑,分别亮出了自己的警察证。年长的姓梁,高个子姓陈。

何言瞥了一眼,摆摆手,“冒充警员的犯人,可都人手一本警察证的。”

“你是欧阳君的朋友吧?”梁警员强忍着怒火,脸绷得紧紧的。

“是又怎样?”何言挑着眉。

陈警员走上前,态度极其不友善,大声斥责,“你这样属于妨碍公务,小心我们拘捕你。”

“当警察很了不起,是不是?哼。”何言夸张地笑了,掏出了自己的警察证,“只要有这个,不顺自己意的时候就可以耀武扬威地秀一下,顺便搬一些老百姓不太懂的法律条款,威胁别人。这样做很过瘾还能在上司面前表表忠心,邀邀功,对不对?”

陈警员满脸涨红,哑口无言。

“原来你就是何言警官啊。”梁警员的嘴角挤出一丝谄媚的笑容,却化解不了尴尬的气氛。

“看来我还挺有名的啊。”

“那是当然，”梁警员点点头，“你能力很强，是公认的女强人，而你突然失忆的离奇情况，更是在赤柱警署里传得沸沸扬扬。”

何言笑而不语。陈警员则一脸诧异地看着她，从他的反应能够断定他刚入警察这个行业。

“何警官，今天我们是有任务过来的，”梁警员说着拿出逮捕令，“不是我们不给你面子，我们也是奉命行事。”

看到逮捕令，何言知道没有理由再强加阻挠了，她垂下挡住去路的手臂，“理由是什么？”

“我们怀疑欧阳君跟前天凌晨自杀的雷家豪案件有关。”梁警员如实答道。

听到这样的回答，何言的眉头深深地皱在了一起，“欧阳君只是给雷家豪做过心理辅导而已，怎么会牵扯其中？你们手里握有什么证据吗？”

“一份遗书，给雷家豪妹妹的遗书。”

“遗书……”

何言喃喃自语着垂下眼睑，她不得不思考雷家豪为什么要给欧阳君留下遗书这个问题。

此时她应该更关心雷家豪给他妹妹遗书的内容，可是她的思维却跳出另一个疑问，这个本无关紧要的问题突然显得有些不同寻常起来。雷家豪给欧阳君的遗书里到底写了什么？是在质问欧阳君吗？还是在遗书中透露自己将会写出真相？抑或是在谈某种条件或是以死威胁了什么？不过，从欧阳君的反应看来，并没有什么不一样的地方啊！

等一下，等一下，何言突然反应过来，自己居然无意识地认为欧阳君可能真的对雷家豪做了什么！

她摇了摇头，希望赶走那些负面的想法。“能告诉我，雷家豪给他妹妹的遗书里写了什么吗？”何言感觉嗓子里被什么异物堵住了，干涩地咳了几下。

“具体情况我们也不是非常清楚，只知道遗书的其中一页写满了欧阳君的名字，而根据我们排查的人里面，跟雷家豪有关的叫欧阳君的人只有在赤柱监狱工作的欧阳君一个而已。关于这方面的信息，还是你们监狱的韩米兰警官提供的。”

何言低着头，沉默不语，脑海浮现出韩米兰那不怀好意的笑容。在两位警员的眼里，何言的表情就是一种认命后而表现出来的无奈和沮丧。

“何警官，如果没有什么问题的话，我们……”

“何言，何言，她死了，她死了，请你要找到她……”

梁警员的话还没说完，就被欧阳君从屋里传来的声音打断了。何言一回身，发现欧阳君已经走到了自己的身后。

“你怎么起来了？”何言一脸担忧。

两位警员不由分说走到了欧阳君的身边，陈警员拿出手铐铐在欧阳君的手腕上。这一切似乎都在欧阳君的意料之中似的，她只低头看了一眼，又看着何言，一脸痛苦地说着：“她死了，在一个很冷的地方，那里好黑好黑，什么都看不到。求求你，请找到她……”

“小君，你到底在说什么？”何言抓着欧阳君的肩膀，然而，欧阳君只是泪流满面，不停地哀求。

两位警员互相对视一眼，拨开了何言的手，左右夹住欧阳君，拉着她走出了房间。

“何言，找到她，一定要找到她……”欧阳君带着颤音的哀求渐行渐远，最后在电梯门关上的瞬间，戛然而止。

何言一脸茫然，小君所指的“她”究竟是谁？她完全摸不着头脑。不过，很快她就有了线索。

欧阳君的床上放着一张白纸。上面用黑色的笔画了一个沉在水中的女孩，女孩倒吊着，蒙着眼睛，衣服鼓鼓囊囊的，周围满是杂乱的水草，她的脖子上系着一根绳子，绳子的另一头则系着一块大石头，在她右脚踝的内侧还有一块像是画错了的涂鸦。

凌乱的画面，让何言毛骨悚然，她实在想不明白小君表达的意思。但没多久，一通从警署打来的电话就解开了她心中所有的疑惑。

在靠近惩教博物馆的海边，一个酷爱晨泳的人在一堆乱石和海草疯长的地段发现了一具被投石入海的女尸，他随即报了警。据打捞人员描述，女尸蒙着眼，呈倒吊状漂浮在海草中，绳子的一头紧紧系着她的脖子，另一头绑在一块大石头上，女尸的衣服里塞满了石块，就算剪断了绳子，尸体仍然不会浮出水面。经过法医的初步判断，死者没有任何外伤和打斗的迹象，只有右脚踝内侧有一个口露獠牙、五目圆瞪、头顶三个骷髅头饰的魔怪文身，死亡时间应该是在昨晚的9点半到11点半之间。死者是自杀还是被人下药昏迷后投入海中，要等尸检后才能得出结论。

挂断电话，何言的手冰凉得没有一丝温度，她目不转睛地盯着欧阳君留下的画，一阵惊惧如潮水般袭向全身，并立即在胸中膨胀开来，冲击着她所剩无几的理智。

昨夜，小君究竟看到了什么？

第二十四章 五目魔兽

腹背受敌的丹增与日之剑和面具人苦苦缠斗，神剑划破长空产生的金光与暗光，一次次向他劈头斩去，除了疲于奔命，他没有任何反抗的能力。

“日出——晨曦斩破。”日之剑大声喝道，再次挥出绝招。

丹增见状，立刻移向高空，然而移动的速度还是慢了一点，脚踝被剑光划出了一道血痕，他紧皱眉头，强忍着没有吭出声来。面具人也不给他喘息的机会，趁乱从身后又补上一剑，幸亏察觉得早，他及时将神剑高举过头，才挡下了面具人的偷袭。

身体痊愈的他，逐渐适应了在没有法力的情况下战斗，不过，一味地躲避，只会加剧日之剑更加猛烈的攻击。

“丹增旺杰，我真是看错你了，你这个懦弱的家伙，只会逃避，连挥剑的勇气都没有！”日之剑咬着牙，化作金光冲向天际，接着挥剑俯冲，猛刺下来。

两把神剑碰撞在一起，迸发出刺眼的光芒，一圈金色光晕，四射散开，猛烈的剑压形成强大的漩涡气流，安静的异世被扰得狂风大作，混乱不堪。

丹增苦撑着才没有在强压之下被击倒，但不停颤抖的膝盖告诉自己，他根本坚持不了多久。

面具人这时瞬移到他的身后，阴阴的窃笑近在耳边，黑刃神剑冰冷的剑锋已经对准了他的心脏，准备随时刺穿他的胸膛。

“你没有资格拥有我！”见丹增面露惊惧之色，日之剑的目光闪现出深深的失望，加大了手上的力道。

“为什么？为什么……我要跟你们战斗？”丹增单膝跪地，日之剑手中的神剑近在咫尺，他的皮肤能感受到来自剑锋上的灼热。这份灼热跟黑刃神剑散发出的寒冷形成强烈的对比，而他无处躲藏，只能在两种强大的力量中间挣扎。

“我们不会告诉你答案，除非你自己找到它。”月之剑不知何时来到了丹增的身后。

“什么……答案？”丹增心中一惊，抵抗的力量又消减了许多，他拼尽全力做着最后的殊死挣扎。

可是，话音刚落，突闪的银光就盖住了黑刃神剑暗暗涌动的黑光，丹增感到后背一阵冰凉的刺痛，还没来得及发出任何声音，就听一声脆响传来，手中的神剑在日之剑神剑的压力下崩裂成了两截。神剑顺势而下，金色的剑锋从他的左肩划至右腰。他口喷鲜血，失去了重心，从高空直坠地面。

短短的一瞬间，好像所有的事情都结束了。

日之剑看着丹增坠落的地方，心中充满了忧虑，“他能找到答案吗？”

“你应该……更相信他一些才对，毕竟，是你选择了他。”月之剑一脸平静地说，声音如同纷纷春雨般杳无痕迹。深邃飘渺的目光，漫无聚焦，深切的哀伤似乎渲染了整个天空。她微微一动念力，手中的神剑银光一闪，幻化无影，“就像……我相信欧阳君一样。”

“她不在了，欧阳君……她已经不在了啊。”日之剑忧心地看着月之剑，他无法分担她心中的失落和痛苦，失去灵魂上产生共鸣的另一半，是一件无比绝望的事，可他必须让她从失去欧阳君的悲伤漩涡中走出来，就算她不想面对，他也必须让她接受现实。

月之剑点点头，低垂的银色眸子颤了颤，“我知道，但她绝对不是真的不在了，不然……我也不会还留在这里。”见日之剑默不作声，月之剑抬起眼睑，点点泪光闪烁其中，像是想得到认可般问着，“难道……不是吗？”

日之剑依然沉默不语，别过脸，避开月之剑充满忧怜的目光，紧握着的拳头咯咯作响。他们选择将力量借给丹增旺杰和欧阳君不是没有理由的，不过，所有的缘分都有“缘起”的时候和“缘尽”的时刻，强求只会让自己被思念的桎梏折磨得看不清未来的路。

面具人发出别扭的啧啧声，见日之剑仍然紧闭双唇，面具人嚷嚷起来，“嘿，让女生哭可不好哦，快说点哄她开心的话，哪怕是欺骗她的话都可以呀！”

欺骗？

说出一个谎言，就要用另一个谎言来掩饰，一个接着一个……到最后恐怕连自己都对谎言信以为真。一时的善意，有可能酿成将来更大的伤害。如果要用这样的方式，那我宁可不要。

日之剑在心中暗暗下定决心。

见日之剑没有回应，月之剑终于忍不住哭了出来，银色的泪珠应声落下，仿佛一颗颗银光闪耀的珍珠。

“难道……我真的该放弃了吗？像上一次那样，选择静静地等待下一个‘她’出现？”她昂起头，迎着虹光，如银霜般的泪痕，刺痛心扉，“也许……真的只是也许，只有漫长的沉睡才能让我忘记伤痛。”

话音落毕，月之剑的身体开始虚化，好似分裂的粒子一样，从脚部慢慢消散。

“相信他，再多相信他一点……”说完，她就完全消失无踪，天空中只留下点点银色的星辰，星辰在空中打着旋儿盘旋了几圈，消失在天际。

相信他，再多相信他一点……

月之剑的话在日之剑的耳畔不断回响。他们虽分身为二，其实却为一体，他懂得她的悲切和落寞，她也懂得他的焦急和不甘。

但是现在，他除了相信别无选择，丹增必须靠自己的力量找到答案。

“丹增……丹增……”

一个悦耳动听的声音在耳边响起，如清晨的一丝蝉鸣闯入心间，丹增霍地一下睁开了眼睛，然而映入眼中的世界却把他吓得思想滞顿。

暗沉的灰色天空上，无数造型各异的佛菩萨雕像交错在一起，有的拔地而起，高耸入云；有的倒置空中，悬浮漂移；有的残缺不全，黯淡无光；有的崩裂成沙，无法辨认。

“丹增……丹增……”

那个刻入灵魂的呼唤声再次传来，丹增心中一阵激动，刚想循声望去，不远处却突然发出一声轰然巨响。远处一尊在空中飘浮的佛像撞上了一尊直入天际的佛像，碰撞产生猛烈的火花，短短几秒钟，飘浮的佛像就在滚滚浓烟中碎裂成满地瓦砾，另一尊佛像被毁坏得残破不堪，碰撞激起的震波持续了数十秒才渐渐平息下来。

头顶猛然又爆出一声更加剧烈的轰响，震得整个世界地动山摇。他趔趄着，几乎跌倒，抬头一看，居然是两尊悬浮的巨大佛像发生了碰撞，尘土飞扬，碎石纷纷而下。

眼见碎石即将砸中自己，丹增心中不禁大惊，但已经没有时间躲避，他闭上双眼，心中暗叫：这下完了，这下完了。

说时迟，那时快，一双温柔的纤手不知何时从他的身后轻轻搂住了他的肩膀，带着他飞离碎石落下的中心。

丹增站稳脚步，回头看去，刚想道一声感谢，结果见到救命恩人时感谢的话语立刻冻结在喉间。他万万没想到救自己性命的人就是自己朝思暮想的欧阳君！

“君……欧阳君……真的是你吗？你怎么会……天呐，你还活着！你还活着！我不是在做梦吧？”丹增激动得热泪盈眶，语无伦次。

欧阳君长发披肩，明眸皓齿，肌肤白里透红，笑容甜美似蜜，柔情似水。她穿着跟丹增第一次相遇时的白衬衫配牛仔裤的搭配，颈间系着那条最爱的花格丝巾。

“亲爱的，我一直都在你的身边，只不过，你看不到我罢了。”欧阳君莞尔一笑，玉手轻轻拂过丹增的面庞，含情脉脉的眼神透着无限的思慕。

“看不到你？那是……什么意思？”丹增心绪纷乱，他大概猜出欧阳君的意思，但他不想承认。

“我们生活在不同的维度里，所以，你看不到我，而我……只能静静地看着你，却无法触碰你，将对你的思念一点一点地封存起来，”晶莹的泪光在欧阳君的眼中闪现，“我原以为随着时间的流逝，可以把你忘记，然而我错了，我低估了自己对你的思念有多么深厚，我深陷在思念的漩涡中无法自拔。”

听着欧阳君深情的倾诉，看着她充满哀伤的脸庞，丹增早已泪流不止，他将欧阳君紧紧拥在怀中，生怕一个不留神，她又会从自己的眼前消失了。

“对不起，对不起，一切都是我的错，我不该让你独自承受那些痛苦，我该阻止你的，我该阻止你的……”一想起欧阳君代替他做出的牺牲，他就从心底里痛恨自己。

欧阳君同样泪流满面，她紧紧依偎在丹增的怀中，将整个身心托付给自己最深爱的人，“我不在乎为你所做的一切，只要你从今以后都陪伴在我的身边，我就心满意足了。”

丹增将欧阳君搂得更紧了，“我答应你，我答应你，我会永远陪着你，这一次再也不会放开你的手了，就算……就算你想逃走，我也一定会把你找回来。”

欧阳君噗嗤笑出声来，挂着泪痕的脸颊扬起美丽的弧度，“你这个傻瓜，我还能逃去哪里呀？”

两个人深情凝视，烙下了深深的一吻。

“走吧，跟我走吧。”欧阳君将下巴枕在丹增的肩窝上。

“去哪儿？”丹增闭着眼，摩挲着她如瀑的发丝，那股淡淡的清香令他有些陶醉。

“去我们的世界，只属于我们俩的世界。”欧阳君眼含媚光，拉起丹增的手，指着前方一片密林。

丹增点点头，毫不犹豫地跟着欧阳君向密林走去。密林边有一个深不见底的巨大深渊，滚滚浓烟伴随着喷射四溅的火花到处弥漫。来到密林的边界，他才看到密林中深邃幽暗，透不进一丝光芒，浓浓的迷雾四处飘荡，一眼望不到密林的尽头。丹增打了个哆嗦，这里给人一种随时都有被摄魂夺魄的感觉。

“怎么不走了？难道……你后悔了？”

“我从没后悔过，只要能跟你在一起，就算让我下地狱我都愿意，只不过这里……”

“这里怎么了？”

“感觉这里让人不太舒服。”丹增四下张望着。

“不舒服？”欧阳君咧嘴笑了，亲了亲丹增的脸颊，“亲爱的，你想多了，这里是我们永远的家，只要你进去看看，就知道这里是多么适合我们。”

欧阳君说完也不管丹增同不同意，就拉着他的胳膊往密林里走。欧阳君的力量之大，让丹增感到有些意外。

在欧阳君的拉扯下丹增不得不抬起了脚，当他的脚即将踏上被密林遮盖的阴地时，一阵耀光突然闪现，那光芒如此强烈，将整个幽暗的世界照得如同白昼一般。

光芒慢慢柔和下来，丹增这才发现原来是腕上的泪佛珠发出的耀光。他万分惊诧，永真曾说过泪佛珠极其罕有，自从他得到泪佛珠后就一直戴在腕上没有离过身，却从未见过这罕有的佛珠显现过异象。

巨大的疑问在他的心中膨胀，直到一声哀鸣传入耳中，方才回过神来。

循着呻吟声，他看到躲在树下瑟瑟发抖的欧阳君，“君，你还好吧？”他紧张地叫了起来，想奔至她的身旁，可泪佛珠像是在阻止他进入密林似的，再次发出耀光，他摇晃着身子，向后退了几步。

“拿走，把它拿走，别让它靠近我！”跪在地上的欧阳君依然躲在树后，只露出半张脸，头发散乱，脸色苍白，惊惧万分的眼睛瞪得浑圆。

丹增的心中出现了一丝怀疑，“这串佛珠不是你化现给我的吗？你为什么会惧怕它？”

“丹增，你没经历过死亡的痛苦，你不会懂得惧怕明光的感受。”欧阳君说着，禁不住放声痛哭，“我放弃了一切可以离开这里的机会，只为了等你，能跟你永远在一起。你为什么不懂呢？为什么还要这样苦苦逼迫我！”

丹增不知道该说些什么，一想到心爱的人所遭遇的折磨，唯有低垂眼睑默默落泪。所有的一切本该是由他承受的啊。

“亲爱的，跟我走吧，只要……”欧阳君扶着树干站了起来，充满恐惧的眼神瞄了眼泪佛珠，“只要你丢掉它，我们就能拥有永恒的幸福。”

幸福?

丹增的脑海回想起曾经对幸福的奢望追求，以及对无法拥有心爱之人的无助绝望。

我还能拥有幸福吗?他不知道这是第几次问自己这样的问题了。

欧阳君谨慎地向丹增慢慢靠近，“来，听我的，把它丢到后面的深渊里，没有它，你就可以忘掉过去，没有任何的束缚和牵绊，我们就可以相随到老。”

丹增盯着泪佛珠，陷入沉思，许久，他才缓缓开口，“过去，是无法忘记的，也是不该忘记的。”

“你必须忘记，你只有忘记过去才可能拥有未来！”欧阳君歇斯底里的样子变得有些狰狞。

丹增琢磨着欧阳君的话，觉得也不无道理，但这时，日之剑的脸孔突然划过脑海，他回想着与日之剑对战的一幕幕，恍然醒悟日之剑的眼神充满了无尽的哀伤和寂寞。

他为什么会露出那样的表情?如果他想置我于死地，又何必如此劳师动众地跟我讲那么多?

我们不会告诉你答案，除非你自己找到它——月之剑的声音接着在耳边响起，挥之不去。

什么答案?他们想让我找到什么答案?

他抱着头，缩紧了身子。

欧阳君这时已经来到他的身边，她伸出颤巍巍的手想要摘掉泪佛珠，可又忌讳泪佛珠的力量，把手赶紧收了回去。她拉着丹增的手臂，声泪俱下地苦苦哀求，“亲爱的，把它丢掉，跟我走，一切……一切都会好起来的。”

丹增看着她，眼前浮现出受噩梦控制失去理性的欧阳君，心中一阵刺痛，他温柔地拂去她脸上的泪珠，摇了摇头，“对不起，我不能答应你。我要回去，因为日之剑还在等我，另一个你……也在等我。”

“不……不要走，不要丢下我！”欧阳君大叫着紧紧抱住丹增，却被突闪的泪佛珠的光芒弹出数米，她抱着被光芒灼伤的手臂尖声哀叫，“他们都是骗你的，全都是在利用你，除了我，没有一个人是真心对待你，你想想曾经历过的那些痛苦，你没必要为了全世界赌上你的一切！”

“也许你说得没错，但是我……必须接受失去你的事实，我必须亲手斩断羁绊住我继续前进的过去，我不能再逃避了，不能再懦弱地活在回忆里。”丹增强忍着泪水。

话音刚落，丹增的胸口猛然闪现起如太阳般耀眼的金光，他想起日之剑当时选择他时，自己的胸口也闪现着这样的金光。欧阳君惊声尖叫，躲闪不及，被万丈金光穿透，化作一团迷烟。

看着迷烟在眼前消融，丹增流下了热泪，他明知道那并不是真正的欧阳君，却依然有着深深的不舍。

金光越来越强烈，整个世界仿佛都被笼罩在其中。

丹增静静地闭上了眼，敞开心扉接受命运的指引。

未来，也许并不会像期待中那样完美，但他已经能坦然接受一切。

欧阳君被刑事部门的人带走后，何言立刻赶去丹增的宿舍，可她怎么叫门，都没人应答。她绕到宿舍的背面，从虚掩着的窗缝看到丹增就坐在床上，火气一下子就上来了，她拍着窗户大叫他的名字，可丹增依然毫无反应。最后，迫于无奈，她从宿舍管理员那里拿到了房间钥匙。

一进屋，何言就不耐烦地大声吼道：“丹增旺杰，你干什么呢？为什么不开门？你知不知道小君她……”还没发泄完的怒火，在见到盘腿打坐的丹增时戛然而止，她一脸惊诧，瞠目结舌地看着他悬浮在离床有一拳之高的空中。

丹增全身发出淡淡的光泽，神情安详，就像睡着了一般。何言脑中突然浮现出很多高僧大德圆寂时的画面，她紧张地把手指伸到他的鼻翼下，丹增的呼吸似有似无。

她若有所思地看着丹增，想象着无数种奇异的可能。然而，最令她在意的就是自己那强烈到无法忽视的直觉——丹增跟这诡异的平行宇宙，以及夜夜缠人的噩梦有着非常直接的关系。

为什么会有这样的感觉，她自己也不知道，只希望一切只是胡乱的猜想和毫无根据的错觉。丹增跟她是有着相同境遇的人，也是她在这个世界里唯一可以相信的人。

小君那里让何言实在放心不下，丹增又不知何时才能恢复正常，在这里苦等也不是个办法。她刚想离开，目光却捕捉到床头柜上的一张明信片。明信片有些褶皱，上面的图画和字迹已经有些模糊不清，但依稀还是能看到落款写着“君”。她又拿起旁边的纸条，上面写的是一首诗——

断肠柔情千百回，
魂系朝暮醉生梦。
蓦然回首今何在，
生死茫茫皆嗟叹。

她记得昨天永真钦哲跟丹增交谈期间，唯一一处用中文表达的地方就是说这首诗的时候，丹增在听到这首诗后曾一度情绪激动。

这首诗代表着什么？她不得而知，除了这首诗，他们谈话的其他内容她完全听不懂。她看了看丹增，将纸条塞进了口袋，大步离开了房间。

何言风风火火地赶到刑事部门，却被告知待查的欧阳君禁止跟任何人会面，软硬兼施的方法都用尽了，也没能如愿。她知道跟领导有特殊关系的韩米兰肯定在里面搞了鬼，无奈之下，她只能先行离开，再寻办法。

回到办公室，看着那些还未处理的案件卷宗，在桌上堆得像小山一样高，何言就感到头开始隐隐作痛。

她悻悻地嘟囔了一句，拿起最上面的一本卷宗翻了翻。今天凌晨又发生了一起暴力事件，一群蒙面暴徒袭击了宝莲寺，寺内的许多佛像被毁，就连闻名世界的天坛大佛也未能幸免，熊熊大火从木鱼山脚下一路烧至山顶，一切都在大火中毁于一旦。

“作孽啊……作孽啊……”她摇了摇头，愁眉不展，拿起下一个卷宗，里面记录的案件跟第一宗差不多，也是砸佛像、烧寺庙的暴力事件，拿起第三个卷宗，里面仍然是相同情况的案情，只不过这个案件发生在私宅中。

她闭上眼，努力调整情绪，她要把所有的精力放在思考欧阳君的事情上。刚这样安静地待了一分钟，走廊里就传来一男一女在议论今早发现的沉海女尸案。男的是隔壁办公室杨警官的助手阿辉，女的是档案资料室的嘉嘉。

在何言看来，这是一宗极其普通的刑事案，但欧阳君的异常举止和留下的那幅怪异图画，让她对这个案子颇为在意。她依旧闭着眼，留意着门外的对话，很快，他们的谈话内容就聊到了那个五目魔兽的文身上。

“你说，那个五目魔兽代表着什么？”嘉嘉小声问着。

“谁知道，或许是她的个人爱好，你也知道现在的年轻人都很喜欢那些荒诞不经、古灵精怪的东西。”阿辉跟着腔，也同样压低了嗓音。上头有令，不准在任何场合谈论跟这个案子有关的内容，以免以讹传讹，要不是最早发现女尸的是在监狱做清洁工作的峰叔的儿子，他们也不会知道死者身上有那么一个五目魔兽的文身。

“嗯，不过，也有可能是什么变态杀人魔或邪教组织搞的鬼呀。”嘉嘉继续说道。

“什么意思？”

“你知道前天在垃圾处理厂发现的女尸案吗？”

“知道啊，报纸上有登。”

“那你知不知道她的舌头上也有一个五目魔兽的文身？”

“一模一样的文身？听说那个尸体腐烂的程度不可想象，怎么还会找得到文身？”

“是真的，我没骗你，是我在法医部工作的同学无意中说漏了嘴我才知道的。因为文身刺在舌头的背面，很难被人发现，所以媒体根本不知道这些细节。”

“不会吧，那不跟几十年前美国的十二宫杀手一样，每次行凶后都会留下一个十字和圆圈的复合符号。”

“这个可能没那么简单，我同学说，其实还有很多相同的案件，但上级下令不能对外公布，好像都列为最高机密了呢。而且，你想想那么复杂的文身可跟简单的符号不一样，哪个凶手有那个闲情逸致慢慢纹上去呀。”

听着嘉嘉和阿辉的闲聊，何言掌握了很多资讯。他们接下来的对话又回到了家常便饭的琐碎事上，何言拿起桌上的无绳电话，拨通了嘉嘉的手机。离开丹增的房间后，她曾打电话给档案资料室，正好是嘉嘉接的电话，她让嘉嘉把欧阳君的档案整理好送去她的办公室。

看着一脸尴尬的嘉嘉放下文件夹急匆匆地离开，何言啜了口茶，没急着去看欧阳君的档案简历，而是给她的助手阿斌打去了电话。

阿斌很快就将找到的资料整理好交给了何言，她快速翻阅着欧阳君的档案简历，以及阿斌从刑事部门了解到的跟五目魔兽文身有关的所有案件信息，还有韩米兰提供的雷家听手中的遗书复印件。

欧阳君的简历并没有什么特别之处，除了父亲早年离家出走，母亲早亡，哥哥因杀人入狱，她从小辗转在不同的亲戚家过着寄人篱下的生活外，几乎没什么值得留意的地方。

关于五目魔兽文身的案件，目前已经发现有接近三十宗跟其有关，外界没听到任何消息，就连警方内部都少有传闻，上级下令不是没有道理，一是担心有人效仿作案，二是害怕凶手得意忘形，变本加厉制造更多惨案。五目魔兽的图案，复杂而精细，绝不会是行凶后画上去的，这也就是警方如此紧张的原因了。

要将欧阳君和五目魔兽文身扯上关系，总觉得有些牵强，那么雷家豪的死似乎就没那么简单了。她捧着雷家豪留给妹妹的遗书，心里阵阵发毛，她想不明白第一次见面的两个人究竟产生了怎样的交集，为什么雷家豪会在遗书中写下满页的“远离欧阳君”的字眼？

为了找到答案，她必须先找到雷家豪给小君的那份遗书，只要有了那份遗书，这件事就可以真相大白了。当然，她还必须掌握小君所有的信息，虽然她的直觉告诉自己小君绝不是恶类，但毕竟她对欧阳君的了解只有短短的几个月时间，她一直在心里暗示自己千万不能感情用事。

她将工作上的细节安排好交给阿斌协调处理，随即又返回欧阳君的家中。在小君的家中，她没费多少工夫就在书柜的抽屉里找到了一本厚厚的日记。

对妈妈的思念和对哥哥的忏悔心情占据了绝大部分的页数，通过日记，她知道了小君哥哥入狱的全部真相，琉璃口琴的故事也让她不禁潸然泪下。然而，最后一篇与众不同的内容很快引起了她的注意，日记的记录日期是昨天，应该是小君趁她做晚饭的时候写下的。

日记详尽描述了小君进入妈妈的思想，重临梦境的内容，里面的描写如此生动鲜活，她仿佛身临其境，不由得打了一个寒战。

这个梦代表了什么？小君的妈妈当年怀着他们兄妹俩的时候真的做了这样的梦吗？如果这个梦是真的，那么，小君有一半的概率就是那个恐怖的魔鬼？

小君在日记的最后对自我产生了强烈的质疑，那种既希望自己是魔鬼，又不希望自己是魔鬼的矛盾心情，让人不免心酸、担忧。

也许，我该跟她的哥哥见一面。

何言这样想着，合上了日记，打开了夹在日记中，雷家豪给小君的那份遗书。

日之剑站在云端，愁云布满了他的眉间，他的身体已经开始慢慢透明，再这样下去，他不得不放弃丹增。

“我看他是醒不过来了，”面具人表情夸张，兴奋地窃笑着，“过不了多久，我就能成为这具身体的主人了。”

“你现在想这些是不是太早了？”日之剑的双目透出冷峻的气息。

“早吗？”面具人挑衅地扯高了声调，“或许吧，不过你们不出手干预，他迟早也会在对死去的欧阳君的执着中迷失自我。哼哼……还有啊，别光顾着操心我的事，看看你那正在变透明的身体吧，那不就是丹增跟你之间的纽带即将消失的前兆吗？”

日之剑紧闭双唇，沉默不语。他不得不承认，面具人确实一语中的。

面具人肆无忌惮地说，日之剑只是安静地听着，他知道就算阻止他一时，也阻止不了他一生，除非丹增靠自己的力量找到答案。

时间一分一秒地过去，日之剑的身体也变得越来越透明。

也许，真的到了该说再见的时候了。

日之剑默默地想着，到了这个时刻，他的心情反而异常平静。对丹增来说，这说不定也是一种解脱。

他静静地闭上眼，等待沉睡的再次降临。面具人在他的身边冷眼旁观，周身闪起了流动的黑红色的光芒。

突然，丹增坠落的林间爆闪出耀眼的金光，几乎完全透明的日之剑猛地睁开眼睛。

金光如逆流的洪柱直冲天际，整个天空瞬间染成了绚烂的金色，梦幻的流光溢彩在空中闪耀，美得无法比拟。

在金光的照耀下，日之剑的身体恢复了原样，他的嘴角扬起微笑，眼中闪耀着欣慰的光泽。面具人则咬牙切齿地瞪着金光，受金光的影响，在他身上流动的暗光停止了涌动。

月之剑说得没错，我应该更相信他一些。但是，他是否找到了真正的答案，还不得而知，若他是因为对身体的执着眷恋，使他冲破了那层屏障，那他只不过是将自己的死期向后拖延了一些而已。日之剑默默地想着，丹增已踏着金光，缓缓来到了他的面前。

“我回来了。”丹增淡淡地说，平静的语气没有一丝波澜。

“丹增旺杰，如果你没有找到正确的答案，你回来也不过是再经历一次死亡罢了。”日之剑用神剑指着丹增的胸口。

丹增直视着日之剑，目光中似乎闪起了看尽人间沧桑的光芒，“我明白，正因为想确定这个答案，我才回来的。”

日之剑跟面具人使了个眼色，一同高举着神剑飞跃至天际，两把神剑的剑锋对准了站在下方的丹增。

“看来，终于到了揭晓谜底的时刻了。”日之剑洪亮的声音在空中阵阵回响。

丹增含笑仰望，举起了手中的神剑，准备迎战。日之剑和面具人对视一眼，仰天大喝一声，一起向丹增全力俯冲而去。

一刹那，日之剑和面具人就出现在丹增的面前。恨不得丹增死去的面具人率先挥剑，日之剑盯着目光没有一丝动摇的丹增，犹豫了半秒，像下了很大决心般，咬紧牙关，加劲猛刺下去。而令他没有想到的是，丹增居然在最后关头松开了手中的神剑。

日之剑惊愕不已，瞪大了双眼。电光火石之间，两把神剑一前一后刺进了丹增的身体，一声闷响之后，整个世界都变得鸦雀无声。

“跟之前完全不一样，我一点都感觉不到痛。”丹增的表情依然平静。

日之剑又惊又喜。这一次，他的眼中泛起了激动的光泽。

“我找到了正确答案，对不对？”

日之剑微微颔首，“如果你不是心甘情愿地被我刺中，你早就断气了。”

丹增抬起右手，握住日之剑握着神剑的手，“你是我灵魂的一部分，我没理由惧怕你，你所做的每一件事都是在保护我、救赎我，不是吗？”

“那……另一个你呢？”日之剑看了一眼对面的面具人，“他可是处心积虑想要杀掉你，就算我无意害你，你难道不害怕他的力量会要了你的命吗？”

丹增抿嘴一笑，回首注视着面具人的眼睛，“我一直都恐惧‘我执’的力量，我想过无视、想过压抑，甚至想过逃避他，可不管怎样，他都真实地存在于我的内心。恐惧他反而会露出破绽，让他有机可乘，唯有放下一切执着的念头，坦然接受他的存在。当我的灵魂差一点被假冒欧阳君的幽灵拉入黑暗世界时，我突然意识到，应该从心底深处真正地面对他、接受他。因为，他也是我灵魂的一部分，是我的执念幻化而成的产物，逃避他就是在逃避我自己。”

“哼，亏你想出了对治的办法，”面具人一脸不爽，松开了手中的黑刃神剑，“不过，我要提醒你，我随时都在你的心里，如果你稍有松懈，我就会取代你，下一次，你可能就没有这么幸运了。”

面具人说完，如风化的沙丘般消失了踪影，黑刃神剑也跟着消失无踪。

“丹增旺杰，随着你修法达到更高的层次，你的心反而会感到更加孤单，因为那意味着能理解你的人越来越少。但不要忘记，这世上孤单的人并不止你一个，请你一定铭记这一点。”日之剑说着，也松开了握着神剑的手，闪亮的身体渐渐透明，“还有，我永远都在你的身边，会毫不犹豫，倾尽我所有的力量借助你使用。”

“不，你错了。”丹增摇了摇头，嘴角扬起释然的弧度，“从今以后，我不是在借助你的力量，而是在使用——我自己的力量。”

日之剑目不转睛地盯着丹增，金色的眼眸折射出期许的光芒。丹增含笑，看着日之剑幻化浮光融进自己的胸膛，耀光一晃，他的身体蓦然间化作金光，直冲天际。

第二十五章 前世

回到办公室，何言立刻将雷家豪留给欧阳君的遗书传真给刑事部的朋友，阐述了自己从客观角度的看法，虽然雷家昕手中的遗书对欧阳君依然不利，但雷家豪感谢欧阳君的真情实意，至少这个证据能让欧阳君被怀疑的程度降低一些。

她处理好自己能处理的事情，拨通内部电话，提出希望尽快约见欧阳君的哥哥欧阳宸的要求。今天是犯人们学习的日子，对他们来说也是难得的休假日，如果顺利的话，她都不用等到下午就能见到欧阳宸。

果不其然，不出一个小时，何言就接到了通知电话，她到达会面室的时候，欧阳宸已经坐在了里面，桌上放着提前准备好的热茶。她跟狱警轻声说了几句，两名狱警立刻离开了。

"好久没见了，今天替小君来看我？"何言还没关上门，欧阳宸就先开了口，他微侧着脸，斜眼看着直勾勾盯着自己的何言，"怎么了？你那是什么眼神？好像没见过我似的。"

经欧阳宸这么一说，何言才意识到自己审视他的眼神有多专注。第一眼，要不是欧阳宸说话，她恍惚间还以为坐在房间里的是剪短了头发的欧阳君。她看过他们兄妹俩的照片，可亲眼见到，觉得他们比照片里还要相像，简直就像同一个人。

"不好意思，想些事情，分了神。"她笑了笑，关上门，在欧阳宸的对面坐了下来，除了赔着笑脸化解尴尬，她只希望欧阳宸不要怀疑她的身份。

"想事情想成那样，可真不像你。"欧阳宸似乎没有任何怀疑，可他挑着的剑眉下，那双跟欧阳君一模一样的眼睛，却透出一股欲盖弥彰的光芒。她不由自主地打了一个寒战。

“说吧，今天找我有什么事？”

“没事不能过来？”被欧阳宸一语道破自己的想法，何言心虚地举杯啜了一口热茶，她可不想成为别人眼中市侩的家伙。

欧阳宸忍不住笑了起来，“你哪次是无事而来的？”

何言撇撇嘴，觉得很没面子，“偶然也会……”

“行了，行了，那些客气的话就省省了，你开门见山地直说吧。”欧阳宸打断了何言，故意在“客气”两个字上加重了语气，何言听着浑身不自在，但也没有办法。直觉告诉她，在这里生活的另一个自己跟欧阳宸的关系并不怎么样。有时，他偶尔朝自己流露出的眼神充满了不快的味道，好像带着刺。

“好吧，那我就直说了。小君今早因涉嫌雷家豪的案子被抓了。”

“哦。”

“你不感到惊讶？不担心她吗？”欧阳宸过于平静的表情，让何言颇感意外。

“担心，怎么会不担心，她可是我妹妹，不过，我相信因果。”

“因果？这跟因果怎么扯到一起了？”

“难道你忘了，我是因为谁要在这暗无天日的监狱里度过一生？”没有伤心，也没有激动的话语，欧阳宸仿佛在谈论别人的故事般毫不在意。他面无表情的脸上就像涂了层糨糊一样僵硬。

欧阳宸的观点让何言有些吃惊，“等一下，等一下，你的意思是，你为了小君而被抓，那小君终有一天也会品尝跟你同样的苦果？这……这不合乎道理啊，小君确实向你提出过请求，但最后选择做或不做，或者怎么做的权利在你自己手里，你应该为自己的行为负责，这不关小君任何事啊。”

“你是这么认为的吗？”欧阳宸眼神淡漠地问，“如果当初小君没有提那个请求，我会无缘无故跑去偷琉璃口琴而杀人？我还不是为了帮心爱的妹妹找回属于她的琉璃口琴，才落得如此田地。”

“话虽没错，可……这都是你自己选择的，你不能把错归咎在小君身上。”

“我没归咎在她身上，东西是我偷的，人也是我杀的。然而，小君不得不背负这个造成一切‘起因’的罪孽，她不但要面对哥哥被判刑入狱的痛苦和放弃追求梦想的无奈，更要承受这份有朝一日成熟的‘苦果’带来的惩罚。你可能会说我遇到这一切都是前世的‘因’造成的，也许是这样没错，那小君面临的一切难道就不是前世的‘因’成熟后的‘果’吗？”

何言闻此，抿了抿嘴，额头渗出大颗汗珠，她觉得眼前的欧阳宸跟欧阳君总在她面前提及的欧阳宸不是一个人。这个念头一划过脑海，她顿时感到不寒而栗。

欧阳宸的话让何言无言以对，但她今天不是为了纠结这个问题而来的，她很快理顺思绪，把欧阳君的日记本放在了桌上。

“这是什么？”

欧阳宸刚想打开日记本，何言抢先一步拿回手中，翻到最后一篇日记，她把日记本又放回桌上，推到欧阳宸的面前。

几分钟后，欧阳宸看完了日记，他一直低垂着眼睑，冷漠的脸上自始至终没有一丝变化，“你跟小君说了？”

“说什么？”何言微微蹙眉。

“梦。”

“什么梦？”

“同样的梦。”

何言不明就里，循着欧阳宸盯着日记本的目光，指着最后那页日记问：“你指的是……这个？”

欧阳宸这时抬起了眼，“你忘了？”

“忘了什么？你能不能……说清楚点。”何言已经被欧阳宸搞糊涂了，感到疑惑和焦躁缠绕在一起，在胸中燃烧，她真的对这种像脑筋急转弯似的猜测游戏快要失去耐心了。

欧阳宸没有理会何言的不耐烦，一字一句地说道：“这个梦，我跟你说过的，你不记得了吗？”

何言瞠目结舌地说不出一个字，只是呆呆地盯着欧阳宸，过了好长时间，滞顿的大脑才重新运转起来。她思忖着，欧阳宸是什么时候告诉另一个自己这个梦的？两个梦完全一样吗？他又为什么没有告诉小君而是告诉了另一个自己？他有什么目的？

太多问题涌进头脑，何言觉得思绪一片混乱。此时，欧阳宸再次开口，“大概四个月前，我做了跟小君一模一样的梦，因为担心她的状况，我第一次主动联系了你，希望你替我好好照看她。可之后你再没来过，也没有任何消息，听小君说你受了伤得了很严重的失忆症，”欧阳宸顿了一下，向前探了探身子，咄咄逼人的目光似乎想要看进何言的心里，“直到现在……你带着她的日记出现在这里，想从我身上探究出一些秘密。如果你对我存有那么多疑问，那我只有一个问题——你是谁？”

何言心中一紧，不由得冷汗直冒，她以为自己完全骗过了欧阳宸，可没想到他的洞察力如此敏锐。

看来是我太大意了。她暗自思忖着，一边解释，“我还能是谁啊，你也知道我不小心摔破了头，很多事情都不记得了嘛。”

听完何言的解释，欧阳宸抿着嘴，冷冷地笑了起来，就像是在嘲笑无聊的谎言一样。何言觉得胸口发闷，呼吸困难。

这样安静地过了几秒，何言的手机响了起来，她舒了口气，在心里庆幸这个来得正是时候的电话。电话是阿斌打来的，说如果时间方便想向她汇报一些事，听他的口气不是十万火急的要紧事，可何言却打算借机离开这里。

“何警官，”何言站起身，准备开门之际，欧阳宸在身后叫住了她，“我记得你不是摔破了头，而是被因对刑期不满的犯人击中了头部受的伤。这是小君跟我说的，如果不信，你可以回去问她。”

何言站在原地，全身僵硬，双脚像被灌了铅般无法动弹。为了解释自己失忆的情况，她一不留神居然说出了自己真实的经历。

她不敢想象如果欧阳宸跟欧阳君说了他所怀疑的问题，到那时，她该怎样面对欧阳君？又该怎样在这个不属于自己的世界继续生活下去？维系着平衡的一角坍塌的话，那她是会被排挤，还是被抹杀，抑或是被剥夺一切变得一无所有？

来这里这么长时间，她第一次感到害怕，跟噩梦带来的恐惧不一样，这样的害怕是对现实的一种无奈而衍生出来的一种恐惧。

守在怪云前的永真，神情严肃，不敢有丝毫懈怠。

对于丹增是否能成功找回法力，说真的，他并没有十足的把握，因为在梦中看到的未来非常模糊，然而不知为什么，他对丹增却有着异常强烈的信心。

或许是受上师的影响吧。永真这样想着，拂袖擦了擦额头的汗珠。

突然，涌动的怪云中出现一个亮点，永真凝神注视，倏然间，亮点就在他的眼前幻化人形，波影幻光褪去之后，丹增渐渐显出本貌。

“你终于回来了。”永真站起身，稍一动念力，设做结界的点点光影集中在一起，恢复成闪着光泽的凤眼菩提佛珠。

永真将佛珠缠绕在腕上，问道：“一切顺利吗？”

丹增笑而不语，轻轻颔首示意。

永真心领神会，立刻持佛珠，结手印，“丹增旺杰，你该回去了，记住，当欧阳君的嘎乌盒闪亮起来的时候，带欧阳君还有她的琉璃口琴来找我。”语毕，他就朗声念诵起密咒。丹增本想细细询问琉璃口琴的来由，可顷刻间，他们两人就化作两道金光，划空而去。

丹增睁开眼时，正好跟瞅着他瞧个不停的何言对了个正眼，他被吓得身体向后倒去，何言也被猛地睁开眼的丹增吓了一跳。

“你……你……”何言指着丹增，打结的舌头根本不听使唤。

看着一脸惊恐的何言，丹增忍不住笑出了声，“对不起，吓到你了。”

“你……你究竟是谁？为什么……会浮在空中？”何言的舌头依然捋不顺。

“我天生有一点特异功能。”过了一会儿，他想到了这个绝妙的借口。

何言咧开嘴笑了，却没发出笑声，那笑容背后仿佛包含着某种奇妙的特质。所幸，她没在这件事上继续纠缠下去，转而告诉他欧阳君现在的处境。

听说欧阳君被抓，丹增万分着急，他没想到自己在异世短短几小时的经历，现实世界却过了差不多一天。

“那欧阳君该怎么办？就这样眼睁睁看着她被抓？如果找不到有力的证据，她岂不是要在监狱里度过余生？”一想到欧阳君的将来存在这种可能性，他的心绪就难以平静。

何言拍拍丹增的肩膀，安慰道：“别着急，我已经拜托一个律师好友接手小君的事情。而且，在刑事部工作的朋友也说会全力帮她，他们说我提供的那份雷家豪的遗书虽不是直接证据，但至少能排除她和雷家豪之间互相积怨的可能，就算最后也许不能为她完全洗白，那也没有直接的证据证明她有罪。可是，他们说小君的状况不是很好，不但没有主动提供自己手中的遗书，问任何问题也都不回答，只是一直哭泣，让他们有些无从下手。不过，他们保证，说最迟明天早上一定会给我消息，我们就耐心等一等吧。”

丹增听闻，默默地点了点头。他本想运法救她，可永真告诫他不要插手跟欧阳君有关的任何事的话在耳边回荡。

“你听过内布拉星象盘吗？”过了一会儿，何言没头没脑地冒出一句。

“什么？”丹增显然没有听明白。

“1999年在德国泽尔杰罗德森林里发现的……”何言边说边从公文包里掏出一张打印图，递到丹增的面前，“这个就是内布拉星象盘，你有听说过吗？”

看着何言打印出来的图片，丹增觉得有些莫名其妙，这不是他所关注的那一类型东西，就算见过也未必记得。她所指的星象盘，有些缺失但也算保存完整，整体为青铜色，上面镶嵌着一个圆如太阳、一个弯如新月、一些如点点繁星的金色图案。

“这个……有什么问题吗？” 丹增指着图问。

何言从包里又拿出另一张打印图。这张也是内布拉星象盘的图片，不过仔细对比的话，就会发现第二张图里在太阳和月亮图案之间偏上方的位置，多了一组由七个圆点组成的类似星团的图案。

“这张是昨天在德国刚刚发现的内布拉星象盘，”何言指着拿出来的第一张图，接着指向第二张，“而这张是在我们那边世界找到的内布拉星象盘，我一直保存在手机里。仔细看这里，两张图的差异在于第一张图里没有昴宿星团。”何言用红笔在第二张图上的星团位置画了一个圆圈。

丹增双手各举着一张图，“这很特别吗？两边世界略有不同不是很正常的吗？”

何言没有理会丹增的质疑，径直说出了自己的想法，“我做个大胆的假设好了，能够对抗噩梦横行的某种神秘力量就藏在昴宿星，可能是某个人，或者某种武器，但是，有人却切断了这种连接，让这个世界没有机会得到这种力量的帮助。”

丹增盯着何言的眼睛，发现她不像是在开玩笑。

“我是这样猜想的，”何言从包里掏出一本名为《海奥华预言》的书，翻到夹着书签的一页，念起用红线做标记的段落，“25万年前，阿莱姆X3星球上的人们因为他们的星球人口过度膨胀，在星际探索活动中来到了我们的太阳系，他们在中国登了陆，巨大的宇宙飞船引起了当地民众的恐慌，这就是‘火龙’从天而降之说的来源。之后，他们继续探索，发现了姆大陆，并在姆大陆上建立城市。”何言顿了顿，翻到下一页，“他们照搬阿莱姆X3星球上的政治体制模式——由七个人组成国家领导机构。首都萨瓦那萨坐落在一片广袤的高原上，高原中央有一座巨大的金字塔。金字塔内的房间按照精心设计建造，在捕获宇宙射线、宇宙力、宇宙能量和地球能量的同时，成为统治者和圣贤们，作为与其他星球及宇宙中其他世界进行信息交流的中心，不过这种与外星人的交流在现今的地球已经不可能出现了。”

说到这里，何言停了下来，“搞不懂我在说什么吧？”

一脸茫然的丹增点了点头，何言也跟着点了一下头，“这是跟姆大陆有关的一种猜测，但也有很多人说写这本书的人是在疯言疯语。不管怎样，如果假设这些都是事实的话，下面我就说说我的设想：在第一批阿莱姆X3星人到达地球时，有一种可以带给人噩梦的魔性东西被什么人也带到了地球上；之后，那个人想利用这个魔性东西达到自己的某种目的，却没有成功；于是，那个充满魔性的东西就一直保持原样或者说还处在未解开封印的状态，姆大陆的人民就这样安居乐业地生活了很久，直到那个改变姆大陆命运的满月之夜的降临。”

接过丹增递过来的水杯，何言喝了一口，继续说道：“灾难发生在顷刻之间，没有任何征兆，整个姆大陆地动山摇，火光四射，震耳欲聋的爆炸声从地表深处传来，哭喊声和呼救声被惊涛骇浪、四窜的火球和巨大的裂缝吞噬。而就在这场突发的灾难中，那个封印魔性的装置破损了，获得自由的噩梦魔鬼趁金字塔还没毁坏之前，切断了和昴宿星之间所有的联系，因为他知道能置自己于死地的力量只有昴宿星才有。从此，地球人接触不到昴宿星人，昴宿星人也接触不到地球人。这也就是为什么内布拉星象盘上没有昴宿星团图案的原因了。”

“这就是你的假设？”丹增翻了翻那本纸质有些单薄的《海奥华预言》。

“其实，说是假设，更准确的形容应该是直觉。”何言一脸认真。

“你不知道直觉这种感觉有时候最不靠谱吗？”

“可是……我就是有这种感觉，昨天一看到这张内布拉星象盘图，这个念头就蹦了出来，一开始，只是一闪而过的念头，接着便慢慢在我脑中发展成一个故事。”被丹增这么一说，何言有些没了信心，可那种强烈的感觉让她无法置之不理。

“那好，你能解释一下，那个噩梦魔鬼后来去了哪里？又做了什么？为什么关于他的文献或者神话传说一点都找不到？如果像你说的，那个时候他自由了，为什么要等到现在才作恶，而不是在当时就让人类陷入水深火热之中？”

何言用力挠了几下头，像是这样就能找出合适的解释。“我也不知道，但这种感觉太强烈了，只要一闭上眼，那些画面就会浮现出来。”

丹增拿过何言手中的水杯，微笑着轻声说道：“今天你也累了，如果没什么事的话，就早点回去休息吧。”

这句话如同解开魔法的咒语，她紧绷的气息倏地一下消失了。她看着丹增，有些失望地点了点头。不得要领的事情在她的脑中不断显现又消失无踪，只有莫名的不安沉淀堆积在心间。

自从来到香港之后，她也一直每晚噩梦连连，可意志坚定的她始终能够控制自己的心智，不受噩梦的干扰。可今夜，也能那么幸运吗？她抬头看着高悬天空的红月，心中忐忑不安。

果然，预感成真，她被恐怖的噩梦盯上了——

深邃的夜晚，一切都悄无声息，仿佛死一般寂静。她身处一个漆黑的房间里，站在唯一透进月光的窗边，面前摆着一面落地镜。镜中映照的自己正咧着嘴阴阴地笑着，那笑容令她自己都感到瘆得慌，从心底升起的一股寒意，让牙齿都在不停地打颤。刚想移动视线，她惊觉自己正双手举着一把匕首，对准心口猛刺下去。

一次又一次，匕首刺穿肉体发出的噗唧噗唧的声音猛烈冲击着耳膜，她哭喊着“住手！住手！”可自己就像被设定好模式的机器，不知疼痛，不知疲倦，依然狞笑着一刀一刀地猛扎下去。

终于，她剖开了自己的胸膛，在血肉模糊的肉体中，看到了一个安然沉睡的另一个自己，那睡脸安详宁静，让人不禁心生疼惜。

就在这时，匕首刺进了那安详睡脸的眉心，刺痛立刻传遍全身，她惊叫着从梦中醒来，大口喘着粗气，被子早已被冷汗浸湿大半。她痛苦地抱着头，蜷缩在角落中。梦中的一切如此真实，令她分不清真伪，而在落地镜的反光中，她看到了一个有着五只眼睛的巨大魔影。

第二天一早，何言和丹增魂不守舍地守着电话，他们坐立不安，特别是丹增，焦虑地在办公室里走来走去。总算在临近中午时，何言接到了好友的电话。

听到电话那头的消息，一脸紧张的何言和丹增如释重负。因为证据不足，欧阳君很快就能回来了，不过，唯一的条件就是在获准离境前她不能离开香港，作为案件的相关者，她的嫌疑还是存在的，只要有任何需要她必须随叫随到。

对他们来说，这无疑是天大的好消息，他们立刻收拾东西，驾车前往刑事部。

仅仅一天没见，欧阳君就像变了一个人似的，眼窝深陷，眼圈发黑，脸色苍白，整个人瞬间老了十岁。

何言心疼地抱了抱一言不发的欧阳君，扶着她坐进了车里，坐在副驾驶位子上的丹增不忍回头，只是从后视镜偷偷地看着她，他感觉到自己紧握的拳头在微微发抖。

欧阳君默默地低着头，看着自己缠绕在一起的手指。她能感受到丹增透过后视镜落在自己身上的担忧目光，却始终低垂睫毛，装作没有看见。

昨夜，她又看到了那个发光的人影，在审讯的时候，清清楚楚地看到她在自己面前显现。可她发现，除了自己没人看到那个光影。

光影穿过坐在她对面的警官，慢慢靠近，她屏住呼吸，惊出了一身冷汗。审讯一直继续着，但她什么也听不到。

“欧阳君，你不要害怕，我不会伤害你的。”光影柔声地说。

欧阳君咽了口唾沫，没有吱声，目不转睛地盯着她朦胧的脸庞。

“我没骗你，因为……你就是我，我就是你。”

“什么?！”欧阳君吐出震惊的气息，但她知道自己根本没发出任何声音。

光影笑了笑，接着说下去，“欧阳君，我频频出现没有别的意思，只想请求你守护丹增。”

我为什么要守护他?

欧阳君在心中问着，光影似乎听到了她的疑惑，“我付出了生命，换来了他的平安，我已经没有办法再守护他，所以……我恳请你代替我守护他。”

他是你什么人?让你甘愿付出生命去守护他?

“他是我的恩人，也是我深爱着的人，不管多少次的轮回都不曾改变。”光影淡淡地回答，声音流露着莫名的哀伤。

他是你的爱人，但不是我的，你没有理由让我为他这么做。

欧阳君微微蹙眉，在心中抗议着，可当这个想法从她的心间闪过的时候，却为有这样的念头感到后悔和自责，在她的潜意识里似乎很认同光影的提议。

为什么?这是为什么?她想不出结果，只能痛苦地紧咬下唇。

“我刚刚说过，你就是我，我就是你。不管你怎样否认，你一定会毫不犹豫做出跟我一样的决定。”光影将幻亮的脸庞凑近欧阳君，她能感受到光影落在脸上的鼻息。

说完，笼罩在光影脸上的幻光慢慢褪去。欧阳君惊诧地看到那是一张与自己一模一样的脸。

倏然间，含笑的光影猛然飞进了她的身体，欧阳君浑身一颤。等她回过神时，才发现自己不知何时来到了茫茫大海边。她站在一棵巨大的桢木树下，白色小花散发出的淡淡芬芳，落在她的身上。

我想让你看样东西——光影虚幻飘渺的声音在欧阳君的耳边响起，但很快就被肆虐的海风吹散了。

狂风呼啸而过，吹乱了欧阳君的长发，她不由自主地紧缩脖子拉紧了衣襟，可依然抵挡不了刺骨的寒冷袭入身体，深邃的大海波涛汹涌，在红月的照射下折射着鬼魅的光芒。这里除了她，没有一个人。

一股难以言喻的凄凉迎面袭来，她唯有默默忍受。

恍然间，在漆黑的海面上一个晃动的人影进入了她的视线。随着浪花的起伏，人影时隐时现。

倏地，欧阳君意识到什么，心一沉，惊恐地脱口喊出：“别这样，快回来！”

海风的呼呼声淹没了她的声音，人影继续向深海走去。她已顾不得思考自己的事情，毫不犹豫地冲进了冰冷彻骨的海水中。

“喂……快回来，别再往里走了……”她紧追人影，却始终拉近不了彼此之间的距离。

海水已经齐腰，不熟水性的她看着已被海水淹没胸口的人影，焦急不安。这时，身后传来一个男子的厉喝。

欧阳君站在原地，男子仿佛看不见她，从她身边快速游过，笔直地游向海中的人影。海水已没过人影的肩膀，欧阳君能听到人影虚弱的呛咳声。

男子接近溺水的女子，一把搂住她的脖子，拼命往岸边拉。可没想到的是，女子用力反抗，想挣脱男子的搭救，男子为此也呛了几口水，但体格上的优势让他很快就制服了女子。

回到岸边，两人双双体力不支倒在了沙滩上，男子双膝跪地，大口喘着粗气，女子则蜷缩着身子侧躺在地上。欧阳君慢慢靠近他们，迷蒙的月色落在两人湿漉漉的身上，扬起了一层冷艳的迷幻光芒。男子健硕俊朗，女子清秀柔美。

不知为何，欧阳君看着两人不禁心头一颤。她捂着头，趔趄了一步，狂乱激烈的往昔仿佛硬撑开泛黄记忆的细缝，一步步缠绕上来，毫不留情地吞噬她的理智，而泪水早已不知何时布满了她的脸颊。

“为什么要做这样的傻事？”男子冲女子大吼一声，声音里听不到一丝责骂，满是心疼。

女子没吱声，依然掩面哭泣，看着她颤抖的肩膀，男子轻叹一声，拿起丢在岸边的外衣披在女子的身上。

“别哭了，不管发生什么，一切……都会好起来的。”男子嗫嚅着，他很清楚自己口中的“一切”并不在自己的掌握中。

“不会的……不会好起来的……”女子说着，哭得更凶了。

不知是月色的缘故还是海水沾湿了脸庞，男子的眼睛微微泛着红光，他轻轻搂着女子，温柔地抚摸着她的发丝。

男子的动作令欧阳君觉得异常熟悉，她不由自主地摸了摸自己的头发。

女子渐渐冷静下来，娓娓道来自己悲惨的经历——她的妈妈长期卧病在床，嗜赌成性的爸爸不但输掉了全部家产，连自己的女儿都抵押了出去。看着凶恶的追债人找上门来，她紧握着妈妈的手不知该如何是好，妈妈一直劝她赶快逃走，她却不忍丢下妈妈。结果，病重的妈妈用尽所有的力气以死相逼，她不得不松开了妈妈的手，跳窗逃了出去。然而，没跑多远就听到妈妈痛苦的惨叫声，她停下脚步，看着妈妈房间的窗户，想回到妈妈身边的念头几乎占了上风，但妈妈最后的叮咛在耳边不停地回荡：永远不要回到这里，永远！她咬紧牙关，一狠心，狂奔离去。她光着脚，漫无目的地走着，来到了奔涌不息的海边，想起失去妈妈，被父亲抛弃，绝望无助的她一步步走进了大海中。

听完女子的讲述，欧阳君已经泪如雨下。

男子神情凝重地抬头看着头顶的红月，哀叹一声，转而轻声问着怀中楚楚可怜的女子，“你叫什么名字？”

女子抬起泪汪汪的双眼，低声应道：“映蓉……雪映蓉。”

“好美的名字，”男子发自真心地赞叹，接着像是在发誓般坚定地说，“映蓉，跟我走吧，我会保护你，不会再让你遭受那些痛苦。”

映蓉茫然地睁大了眼睛，以为自己听错了，许久没有回过神。

“怎么？不愿意吗？”见映蓉迟迟没有回答，男子继续追问。同时，他对自己会为了第一次见面的女子而如此执着感到不可思议。

映蓉低下头摇了摇，“不是，我是觉得渺小的自己……没法接受这莫大的恩惠。”

男子笑了笑，“这算不上恩惠。”说完，他扶着映蓉站了起来。没多久，他们就在海边一个气派的大宅前停了下来。门牌上写着：安陵。

“安陵……”欧阳君默默重复了一遍。这个复姓好像并不多见。

前方的映蓉却像看到了什么震惊的东西，圆瞪杏眼，“安陵……难道是那个被誉为神医家族的安陵？”

“什么神医呀，我们家就是祖传的中医罢了。”男子摆了摆手，面露尴尬，“忘记自我介绍了，我是安陵家的长子，安陵子阳，因为妈妈也是复姓，所以我的名字由两个复姓组成。”

安陵子阳边说边打开了黑色的高大铁门。他一路领着映蓉进了屋里，让下人为她安排好了房间并准备了食物。

看着满桌菜肴，雪映蓉显得有些不知所措，“我不能平白无故地接受这些。”

“我知道你会有顾虑，所以现在想正式询问你的意见。”

“询问我的意见？”

“对，”安陵子阳点了一下头，眼中写满真挚，“我想请你在我们家做事，打扫或做饭什么的。你放心，我们会安排好你的饮食起居，也会付给你工资。”

见映蓉瞠目结舌的样子，安陵子阳的黑眸流露出些许失落，“对这份工作不满意吗？”

“不是，不是。我是太高兴了，一时反应不过来，真的非常谢谢你，安陵先生。我一定好好完成工作。”

映蓉破涕为笑，安陵子阳不禁被那毫不做作的笑容打动，急忙避开视线，“不用……你太客气了。”

站在一旁的欧阳君，脸上不知不觉也扬起了笑容，那种释然的归属感，让她有些陶醉其中。

两人都感到了气氛的异样，默默无语。过了一会儿，映蓉打破了沉默，“安陵先生，明天晚饭后，如果你有空的话，能不能去一趟海边？”

“海边？做什么？”

“也没什么，”映蓉不好意思地耸耸肩，“我想送一样东西给你，感谢你的救命之恩。”

“这些真的不足挂齿。不过我很好奇，是什么东西？”安陵子阳挑起眉毛。

“不是什么贵重的东西，你可别期望太高。”

安陵子阳的心情似乎特别好，“好，没问题，那我们明晚见。”

“谢谢你，安陵先生。”

“别再叫我安陵先生了，叫我子阳就好。”

“可是，从明天开始，我就要在这里工作了，我不能这样称呼你的。”映蓉一脸为难。

看着映蓉面露难色，安陵子阳觉得不该再任性，“好吧，那私下里只有我们两个人的时候，你要叫我子阳。”

映蓉抬眼迎着他深邃如黑曜石般的眼眸，轻声回应，“嗯，我知道了，安陵先……啊，不，是……子阳。”

安陵子阳笑得像个孩子般合不拢嘴，“那你早点休息吧，晚安。”

“晚安。”映蓉也道了声晚安。两人各自返回自己的房间。

注视着两人消失的身影，欧阳君陷入了沉思，疑惑也像滴入水中的墨汁晕染开来。

他们是谁？

这个疑问就像丢进大海的石头，找不到任何痕迹。欧阳君感觉心一直揪着，有些喘不过气来，一种近乎疼痛的悲恸席卷她的身心，几乎将她吞噬。

而须臾之间，夜幕消失，映入眼帘的是渐渐落入海平面的夕阳。欧阳君突觉自己再次站在了海边的桢木树下，她吃惊地左右张望，在不远处的树荫下看到了映蓉。

随着月色降临，海风变得越来越狂野，欧阳君缩着瑟瑟发抖的身子看着坐在树下的映蓉，她的掌心紧紧攥着要送给安陵子阳的东西。

夜，越来越深了，安陵子阳始终没有露面，映蓉叹了口气，小心翼翼地收好掌心的东西。她没有哭，但那默然神伤的神情却比眼泪还要刺目。

回到安陵家，映蓉才从深夜刚到家的安陵子轩，也就是子阳的妹妹口中得知，有一个地方暴发了恐怖的瘟疫，子阳凌晨时分接到父亲的指示，天未亮就动身前往疫区。他走得太匆忙，连跟映蓉打声招呼都没来得及，只能让妹妹代为转达不能如期赴约的原委。

从那以后，映蓉每天都会去海边等安陵子阳，这一等就是几年时光，安陵子轩曾劝她不要再等下去了，疫情夺去了那里所有人的生命，没有一个人活着回来，可她不相信那是真的，一直默默地站在桢木树下等待着……直到她离世的那一天。

欧阳君仰头看着桢木树，映蓉系在树枝上的香囊在月色下若隐若现，她踮起脚尖将香囊取下，还没打开，她却知道里面放的是什么东西。她为自己有这样的错觉感到奇怪，但看到里面的东西跟自己预知的一样时，她震惊得无法释怀。

“这就是我想让你看的东西。”光影再次降临。

她注视着手中的香囊。“它到底有什么意义？”

光影同样凝视着香囊，“好好想想，那可是你曾经亲手做过的东西啊！”

“我亲手……”欧阳君像听到了什么震撼的字眼，头脑一时无法正常运转。突然，丹增旺杰的脸孔猛地出现在她的脑海，跟安陵子阳的脸庞重叠在一起，她甩甩头，想将这个奇怪的画面赶出去，然而画面非但没有消失还越来越清晰。渐渐地，她发现两个长相完全不同的人，栖息在他们眼神中那份让人安心而陶醉的光芒却一模一样。

像是在欣赏欧阳君的反应，光影笑而不语，趁她没有防备再次飞进了她的身体里。

倏然间，欧阳君从床上弹了起来，她左右张望了好久，才肯定自己已经回到了原来的世界，只不过，这里不是审讯室，是她暂时的囚室。她靠着墙坐在床上，身体仿佛虚脱了一般。她想不明白刚刚经历的一切意味着什么。

一夜未眠，欧阳君等来了暂时洗脱嫌疑的消息，一出门，就见到早已守候在外的丹增和何言，迎着丹增关切担忧的目光，她唯有假装视而不见。她不敢跟丹增的眼睛对视，那会让她想起安陵子阳。而光影所说的——那可是你曾经亲手做过的东西，如魔咒般在心间回响，挥之不去。

今天是周五，何言找了个出外勤的借口提早溜了出来。见欧阳君已经睡下，她来到客厅，跟坐在沙发上的丹增并排而坐。

“累吗？”何言枕着双手，盯着天花板。

“还好。”丹增浅浅地回答。电视里播报的新闻，几乎盖过了他的声音。

何言叹了口气，“我感觉好累好累，这几天就好像好几个世纪般漫长，所有糟糕的事情全都在同一时间集中爆发，我真的……快崩溃了。”

丹增侧目看着她，却不知道该说些什么。其实，他同样感到无比疲惫，可紧绷的神经不容许自己有半点松懈。他不知道这根紧绷的弦能坚持多久。

滚动新闻持续播报着，直到播放关于昨天凌晨发生的海底沉尸案的后续报道，何言才坐直身子。新闻里没什么有价值的内容，当然，她比谁都清楚，有价值的内容警署内部绝不会放料出来。

“给你看个有意思的东西。”她在公文包的最里层翻出了一张折成四折的白纸，递到丹增面前，接着像是忍受头痛般把手放在额头上，“我先不告诉你这是什么，你看完后跟我说说你的想法。”

打开纸张，丹增看到了那幅怪异的图画，突然，一个模糊却异常猛烈的画面侵入大脑。周围的空气仿佛在一瞬间变得灼热稀薄，他感到呼吸困难，神识混乱，要努力控制心绪，才不会被那股莫名的情绪淹没。

过了一会儿，他指着电视不安地问：“这图跟刚才新闻里的案件一样，是谁画的？为什么要把沉尸现场画下来？”他并不感到惊讶，只是搞不懂为什么有人要根据案情特意去画这么一幅令人感到不舒服的图。

“画这幅图的人没有在案发现场，更没有看到新闻，她画好这幅图不久，尸体才被人们发现。”

“你的意思是……画这幅图的人有预知能力？”

“有没有预知能力我不知道，估计问她本人也未必回答得清楚。”

“你见过这个人？”

“何止是见过，”何言顺势向后依靠，陷进沙发里，“她现在就睡在隔壁卧室里呢。”

丹增陡然惊叫，“欧阳君？！”

“你小点儿声，”何言把食指举到唇边，“我是第一个发现这张图，也是唯一看过这张图的人，你是第二个。”

丹增紧紧握着图纸，之前，他从何言那里得知了欧阳君被抓的细节，但何言并没有提及跟此事有关的任何消息。“她有说为什么画这幅图吗？”

“没有。”

“那她有说什么吗？”

何言没说话，又弯腰翻起了包，很快就找到了一包烟，她抽出一根叼在嘴里，却没有点火的想法，“对不起，烦心事多的时候，我很想抽一支。不过，我已经戒烟了，只能这样闻着烟草的味道解解瘾。”

丹增点点头，表示自己并不介意。

“欧阳君一直重复‘她死了，她死了’，还不停地叮嘱我一定要找到她。”何言闭着眼，用手指夹住烟，放在鼻前闻了闻，“当时，我完全不知道她在说什么，看到她留在床上的这张图纸时更是一头雾水，直至我接到助手阿斌打来的电话，才明白小君让我找的人是谁。如果是那个女孩托梦给小君的话，那我们也确实很快就找到了她。”

“托梦？你认为那个女孩托梦给欧阳君？”

何言摸着下巴想了想，“我不太确定，不过小君表现出来的反应给我这种感觉，甚至是被死者上了身的感觉。”

“什么反应？快点告诉我。”

何言把欧阳君熟睡后的异样一五一十地告诉了丹增。听着听着，丹增的眉头越蹙越紧，刚刚那阵突如其来的画面在何言的描述中渐渐清晰。他终于明白，在触碰画纸的时候，自己透过欧阳君的眼睛看到了事情发生的全部过程。

阴郁的表情仿佛铁锈般牢牢黏在他的脸上，而他只能紧握双拳。回想着永真的告诫，他一次次说服自己，克制想要用法力帮欧阳君消除梦魇困扰、扫清一切障碍的冲动。

“别担心，一切都会好起来的。”看着身体紧绷的丹增，何言拍了拍他一直握着拳的手背，然而这种虚无的安慰连她自己都觉得可笑。

“接下来该怎么办？”

“谁知道，走一步算一步吧。哦，对了，”她忽然想起了什么，又从包里翻出一个牛皮纸公文袋，“你看看这个吧，里面的内容跟小君也有关系。”

那是一个上面盖着红色“机密”印章的文件袋。他抬眼看了看何言，何言使了一个随便看的眼色，脸上挂着不知道是在享受还是在受罪的表情，闷声叼着烟。

文件的第一页写着几个大字：五目魔兽案。

好诡异的名字。

丹增在心里默默想着，翻到了第二页，一个戴着三个骷髅头饰的五目魔兽的照片霍然映入眼帘，图案仿佛嵌入了心灵最深处，在一瞬间夺走了他的心识。每天每夜，都会在梦中出现的戴着色林面具的面具人，不知不觉在脑海浮现，他感到心跳陡然加速，紧接着是一阵猛烈的晕眩。文件哗啦啦地掉了一地。

“你怎么了？ 没事吧？”何言紧张地凑到他的跟前。

“没事，我只是觉得有点不舒服。”丹增闭着眼，扶着头，脸色苍白。

“还没事呢，脸白得跟纸一样，要不要去医院？”

“不用担心，我躺一下就好了。”丹增强挤出一丝笑容，身子一侧，顺势横躺在沙发上，何言见他并无大碍，也未再强迫。

“等你好一点，我觉得我们应该去见一个人。”

“谁？”

“雷家昕。就是听完小君的心理辅导后，半夜用小君哥哥的绘图笔捅穿自己喉咙的那个自杀男孩的妹妹。”何言把文件收好，装进了文件袋中，“我见过她提供的遗书复印件，但我想看看遗书正本，再跟她确定一些细节。”

经何言这么一说，丹增想起曾听何言提过，在这个世界里生活的欧阳君有一个双胞胎哥哥。他抬眼看着装饰柜上欧阳君和她哥哥的照片，照片上的他们大概是上初中的样子，兄妹俩亲昵地搂着彼此的肩膀，但那灿烂的笑容背后却隐藏不住对残酷现实的无奈和悲凉。

他不禁眼眶湿润，赶紧移开了视线。在看雷家豪给欧阳君的遗书时，他曾利用法力想找寻隐藏在其中常人无法发觉的秘密，然而他什么都没发现，如果能看到雷家昕手中的那份遗书正本，也许能找到什么线索。

这样想着，他站了起来，脸色依然苍白，“我已经没事了，现在就走吧。”说完，头也不回径直向门口走去。

第二十六章　再生

何言和丹增驱车来到了雷家昕位于阳明山庄的家，沿着盘山路一路上去，渐渐将城市的喧嚣抛在了后面，丹增觉得这里连空气好像都变得不一样了。

说是雷家昕的家其实并不正确，自从他们的爸爸有了第三者之后，家境就一落千丈，他们的妈妈还没自杀前，房子就已经作为抵押拍卖了出去，在精神和肉体上饱受折磨和摧残的雷夫人，最后在现实的打击下选择了自杀。如果当初这个家还在，哪怕只是一个名词意义上的存在，雷夫人是不是就不会做出那样的选择了呢？

听着何言的讲述，丹增感叹万分，喉中充满了不自觉地想要紧咬双唇的苦涩。

雷夫人自杀后不久，就发生了雷家豪打死爸爸的惨案，现在，这个家名副其实地成了凶宅。买下这套房子的人急于想将房子出售，只要有人买，多低的价格都愿意接受，可自杀和他杀的阴影笼罩着这个房子，让买家望而却步，就连周围的住户都对这个房子退避三舍。拥有这间房子的女主人，见家昕不但失去了父母还要面对哥哥坐牢的痛苦，不免动了恻隐之心，反正这房子卖不出去，自己又不会住，索性就大发慈悲，让无家可归的家昕继续住在里面。

摁下了门铃后，何言看着手表，自言自语道：“这个时间她不会还在打工吧？”见没人回应，她又按了几下。

“请问找谁？”

终于，紧闭的大门打开了，一个高中生模样的女孩在门后探出半个脑袋。她长发齐肩，白皙的脸上有着精致小巧的五官，只是神色略显倦怠，紧身牛仔裤将她本就纤细的身材衬托得更加修长，白T恤上有星星点点的油渍。她应该刚刚从餐馆打工回来。

何言一眼就认出雷家昕，急忙亮出自己的警察证，“对不起，我们有些事想跟你了解一下。”

一看是警察，雷家昕顿时眉头深锁，双眸难掩厌烦之色，一下子沉下来的脸毫无表情，身上散发着不许人触碰某种话题的气场，“我没什么好说的。”

“我想你误会了，”眼疾手快的何言赶在雷家昕关门之际，一手挡住了门，“我们不是刑事部的人，是赤柱监狱的警察。”

雷家昕盯着何言，“是韩米兰警官让你们来的？”

“这个……”何言在心里琢磨要不要说实话。

似乎听到了什么意外的字眼，一直默不作声的丹增突然开了口，“韩米兰？”对于米兰这个名字他异常敏感。

“怎么？你认识她？”何言侧头看着他，觉得很不可思议。

丹增没有回答，接着问道：“她本名就姓韩吗？”话一出口，他就意识到自己问的是一个非常愚蠢的问题。在不同的世界里，就算两个一模一样的人都可能叫着不同的名字，拥有完全相反的个性。

何言猜出他心中的疑惑，一五一十地告诉他，“她本名姓米，韩姓是她夫家的姓氏。”

“有她的照片吗？”

“你等一下，我这就找给你，”何言很快就检索到韩米兰的照片，她用手指往空中轻轻一拨，三维立体照片清晰地显现在三人面前，“她在喜灵洲惩教所可是个家喻户晓的人物呢。”

他凝想片刻，看向雷家昕，“能让我们看一下你哥哥的遗书吗？”

“怎么听到韩米兰的名字，突然变得积极了？”何言撇嘴笑了笑，转而也看向雷家昕，“我们今天来不是想盘问你什么，只是想看看你哥哥留给你的遗书正本，还有就是……想私下跟你确认一些事情。”

雷家昕向上翻着眼睛看着他们，冷冷地说：“给我个理由。”

何言和丹增对视了一眼，何言从包里拿出了一封信，“看完这个，你说不定会想跟我们谈谈。”

雷家昕的眼中浮现着怒意，但好像又没有找到合适的借口推诿，紧绷着嘴角一言不发，接过了信。

这封信是雷家豪写给欧阳君的遗书，字迹虽然潦草，雷家昕还是一眼就认出了哥哥的字迹。她瞪着圆圆的大眼睛，看着何言。何言笑而不语，挑挑眉，示意她接着看下去。

趁雷家昕看信的间隙，何言凑到丹增耳边小声地问："她们两个认识？我的意思是，咱们那边世界里的她们俩？"

丹增点点头，"不但认识，她们俩还是最好的朋友，不过最后，米兰却……"他摇摇头没再说下去，声音里包含着悲痛的色彩。汹涌而上的苦汁溢满胸口，就算把到嘴边的"伤害"两个字咽了回去，也没那么容易就消退。他知道，自己没有资格指责别人，其实，伤她最深的就是自己。

何言叹了口气，"缘分呐，就是这么回事，做得了一时的朋友，未必做得了一生的朋友，做得了一生的朋友，未必生生世世做得了朋友。"何言拍拍丹增肩膀，雷家昕这时已看完了信。

一阵近乎疼痛的震惊席卷了雷家昕的心，简直无法呼吸，心脏在剧烈跳动，不论怎样都无法平静下来，"为什么？为什么我哥哥会给她写遗书？我哥哥不是恨她的吗？甚至还让我远离她，可为什么还会……这究竟是怎么回事？"一直阴冷着脸的雷家昕情绪突然失控，颤抖的尾音显示着她的激愤与不安。

"没人跟你说过这事？"何言颇感意外地看了看丹增，"韩米兰也没跟你说过？"

"说过，可是她没跟我说信中的内容。她只说了欧阳君是在看过哥哥留给她的遗书后晕倒的，所以，我一直以为……欧阳君就是害死哥哥的凶手。"一无所知的感觉令雷家昕浑身焦躁。

"这个可恶的女人，她居然诱导你怀疑欧阳君！"一想到韩米兰的脸，何言就一肚子火，忍不住低声咒骂了一句。

雷家昕想起跟韩米兰第一次见面时的场景，韩米兰对欧阳君表现出的那种反感就连一个三岁小孩都看得出来。但现在，她没有心思考虑欧阳君和韩米兰之间有什么积怨，她只想找到哥哥自杀的真正原因，"那到底，欧阳君有没有对我哥哥使用催眠术，暗示他自杀？"

"韩米兰这么跟你说的？"

雷家昕点点头，眼中满是不解。

"那我实话实说吧，欧阳君确实有催眠师的资格证，但她从没有用过。知道为什么吗？"见雷家昕摇头，她接着说下去，"因为她不喜欢探知别人的隐私，就像她不希望别人看到她一直隐藏的那段痛苦的过去一样。"

何言干涩地咽了口唾沫，像是把沉积在身体里的东西吐出来一般，“15岁那年，她放弃了自己最爱的音乐，选读心理学并以进赤柱监狱工作为目标一直努力着，这一切不是为了别的，仅仅为了能常常见到在监狱服刑的哥哥。”

听闻，雷家昕瞪大了眼睛，“她哥哥……”

“故意杀人罪，为了偷一个本来属于欧阳君的东西，结果行窃的时候被当铺店老板发现，在拉扯中他捡起玻璃碎片割断了店老板的颈动脉。那一天，是他们15岁的生日。欧阳君给哥哥准备了一本画本，可一早起来，她没有看到哥哥，而是等到了晴天霹雳般的噩耗。”

15岁……

听了欧阳君的身世，雷家昕联想到自己——同样的15岁，同样的命运。现在的自己仿佛十年前的欧阳君，蓦然间失去归属感的残酷现实，是连自尊和梦想都要被连根铲除的屈服，让她们不得不做出妥协。对她们来说，最大的恐惧不是只身一人要面对生活，而是被无情地剥夺一切。

冷漠的态度霎时烟消云散。她低头陷入了沉思，在心中问着自己——她，会杀一个跟自己有相同身世的人吗？

怀疑和坚信两种矛盾的心情纠缠在一起。仿佛有什么东西在她胸中破碎了，这破碎化作尖声呐喊在即将脱口喊出的瞬间，她拼命忍住了，如一座石像伫立在原地。

“这是欧阳君心中的痛，永远无法愈合、无法弥补、无法忘记的痛。”泪水湿润了何言的眼眶，她别过头调整了一下情绪，“在催眠实践课上，看着那些接受催眠的人说出自己心中已经遗忘或是曾经历过的最深层的恐惧，简直就像将自己的过去赤裸裸地摊在阳光下任人观赏一样，她告诉自己，就算是为了医治的目的，也绝不对任何人使用催眠疗法。她一定是觉得，保护了别人心中那一份秘密，就可以保护自己那段不愿回首的过去。你说，这样一个人，会暗示你哥哥自杀吗？”何言有些激动的声音温柔了许多，眼神也温柔起来。

雷家昕低头不语，直到此时，她终于明白心中的那个桎梏在潜移默化间产生了肉眼所无法看见的偏见。

“你们进来吧，我去拿你们要的东西。”说完，雷家昕头也没回，直奔二楼一路小跑上去。

屋子里空荡荡的，家具和装饰品几乎都搬走了，连一张像样的桌椅都没有，屋里飘荡着细微的尘土，仿佛记忆被蒙上了一层灰。唯一留下的是墙壁上已经褪了色的小孩涂鸦。

眼前的情景让丹增联想到欧阳君，他感到一阵鼻酸，低头哀叹，不忍再看下去。这时，楼梯间传来了脚步声。

在倒数第二级台阶上，雷家昕停下了脚步，这个高度让她可以跟何言和丹增平视。她一语不发地站着，过了一会儿，像是下了很大决心般将手中的信举到了何言面前。

何言轻轻道了一声谢谢，打开了有些皱巴巴的遗书。

遗书的厚度很快引起了何言的注意，心中不免产生了疑问，之前看到的复印件只有两页，可这里却有三页。她快速扫了一眼前两页，把注意力放在了神秘的第三页上。

只看了一眼，何言和丹增都惊得目瞪口呆，展现在眼前的不是别的，正是诡异神秘的五目魔兽图。

"这……这也是雷家豪的遗书？"何言竭尽全力地控制自己，但还是大声喊了出来。

雷家昕眨了眨眼，像是默认般低下了头。

"哦，我的天呐，"何言夸张地翻了个白眼，压抑不住失控的情绪，"你知不知道这样会误导办案，有可能会害死欧阳君啊？如果你哥哥是因为牵扯进某个恐怖组织的案件自杀的话，那欧阳君岂不是要为了你哥哥的死背负莫须有的罪名？"

"你别介意，她是太担心自己的好朋友了，而且这个五目魔兽图涉及了很多不寻常的案件，所以，关于这个案子我们都会比较敏感，"丹增安抚着有些受惊的雷家昕，同时也希望何言能冷静下来，"你知不知道你哥哥为什么会画这幅图？"

"完全没有头绪，我哥哥从来不画画的。"雷家昕摇摇头，一副快哭出来的样子。她一心认定欧阳君就是罪魁祸首，可万万没想到，会因为自己的固执而伤害了欧阳君。"对不起……我当初没考虑那么多，真的很对不起。"

"那你又是出于什么原因，没把这最后一页遗书交给警方？"

雷家昕感觉喉咙发紧，干涩地咳了一声，"其实，我很害怕这张图，好像多看几眼，整个心就会被吸进去，自己变得不再像自己的真实感，让我连谈论的念头都不敢有。而且，我也不信任韩米兰，说真的，我不信任任何人，在警方不负责任的草草以我哥哥自杀结案的情况下，走投无路的我没有其他选择，只能选择在唯一愿意对我伸出援手的韩米兰身上赌一把。请相信我，我并不想伤害欧阳君，我只是想知道，我哥哥为什么会自杀？为什么会写下这样的遗书？为什么让我远离欧阳君？"

"你哥哥可能无法写下真相，于是就通过'远离欧阳君'暗示你某些讯息，但并不是指欧阳君就是凶手。”丹增把积蓄在胸中的气息呼地吐了出来，转身从何言手中拿过五目魔兽图。如果之前对五目魔兽图有所反应不是偶然的话，他希望这次也能够有所收获。这么做不单单为了欧阳君，也是为了眼前这个无依无靠的可怜女孩。

不出所料，那阵猛烈的晕眩再次袭来，比之前还要强烈。根本不需要运用法力，他就看到了一些画面。他一个趔趄，幸亏扶住了楼梯的扶手，才没有跌倒，但明显已经站不稳，只能慢慢跪伏在台阶上。

何言和雷家昕都被丹增的突发状况吓坏了，何言立刻俯身搀扶，雷家昕也蹲下了身子。

丹增努力调整自己的气息，可指尖还是不时地发生痉挛，大颗汗珠顺着他的下巴滴落在台阶上。雷家昕看到他盯着自己的眼睛充满了血丝，“听着，欧阳君没有教唆你哥哥自杀，你哥哥他……也并不是单纯的自杀。”

“你什么意思？”何言焦急地问。

丹增没有理会她，依然目不转睛地看着雷家昕，“他并不想离开你，他一点都不想，但是……他别无选择，他逃避不了那个一直充斥在脑海中的魔咒。他甚至为了救你……跟梦里的魔鬼做了交易，然后，将那份会降临在你身上的痛苦也一起带进了坟墓。”

雷家昕捂着嘴，哽咽哭泣，她不想相信自己听到的，但在哥哥去世后，她确实没有再做任何噩梦。

“梦里的魔鬼？”何言像在咀嚼自己的话一般，低喃重复。“你究竟看到了什么？”

“雷家豪的梦，死前的……梦。”

“梦？你能看到他的梦？”

丹增点点头，看了眼掉落在身边的五目魔兽图，“通过他画的图，透过他的眼睛我看到了梦里的一切。”

“你看到了什么？”何言惊恐的声音带着微微的颤音。

“黑暗吞噬了一切，没有希望、没有未来……”他转过头看着何言，“你之前假设的那些话有一点是真的，那个噩梦魔鬼确实存在。”

何言听闻，不自觉地发出一声傻笑，不知道是对证实了自己的假设感到开心，还是对假设成真即将要面对的现实感到畏惧。

“你说，欧阳君会是那个魔鬼吗？”她轻声问着，眼里写满了恐惧。

带着雷家豪画的五目魔兽图，他们离开了雷宅。一路上，两人都沉默不语，直到在欧阳君家小区的地下车库停好车，何言才从包里掏出一张纸条，问道："这是什么？"

将要下车的丹增，瞄见何言手中正拿着那张写着诗句的纸条。"原来在你这里。"他伸手想拿回纸条，可何言一收手，丹增抓了个空。

"这是什么？"何言又问了一遍。

丹增很想装作若无其事地走开，可是他不能。他把车门关上，在座位上重新坐好，娓娓道出他跟欧阳君的故事，不过，关于他们俩的真正身世以及与色林在异世的苦斗还有逆转时空的经过，他巧妙地将其省略掉了。

"你认为这首诗除了涵盖了你和欧阳君前世今生的爱恋之外，还包含了另外一层意思？"何言的视线专注在纸条上。

丹增点点头，对何言私自拿走纸条心中有些许不快。如果不是她的话，他现在说不定利用法力，已经知晓诗里的含义了。

"断肠柔情千百回，魂系朝暮醉生梦。蓦然回首今何在，生死茫茫皆嗟叹。"何言拖长了声调念了遍诗句，"我想……我可能找到了你想要的答案。"

"你明白诗里的含义？"丹增失声喊了出来。

这回换何言点了点头，一脸"这太小菜一碟"的表情，"我这都是职业病，看到类似的文字就习惯性地去研究。其实吧，这个不难，如果你平时玩点文字游戏，很容易就能破解了。"

"文字游戏？我对那些没什么兴趣。"

"不说我都知道，"何言拿出圆珠笔在纸条上边写边说："警署经常会截获一些看起来很普通的文字，但里面却包含很多特殊的意义，比方说地点、时间、物品或人名等等的线索。这些线索有时隐藏在诗句里每行的头一个字或最后一个字里，有时是由X形组成，有时是Z字形、S形或十字形，还有一些更隐晦的是使用暗喻的方式，例如'苍龙觉醒'，其实指的就是日出东方的时候……反正花样数不胜数，而你这首诗呢，就是典型的S形的结构。好了，你按我标记出来的顺序，读读看。"

丹增接过纸条，发现诗句每一行的第一个字和最后一个字都画上了圆圈，然后，用S形和反S形的线连接了起来。

"断梦蓦叹，回魂在生。"丹增缓缓念道。

"听起来很顺，但从字面上看来，还是有点怪怪的，对吧？"何言拿过纸条在上面又写了起来，很快她把纸条又递回到他的面前，丹增发现"蓦"字和"在"字的旁边，分别写上了“莫”字和“再”字。

“断梦莫叹，回魂再生。”丹增又念了一遍。

“这样不光听起来，在字面上看都完全没问题了，”何言的眼里闪起得意的光芒，“断梦莫叹，回魂再生。这一定就是隐藏在诗里的另一层含义——过去的经历就像昨日梦境般，该断就断，不要再为此叹息了。这第一句还有点文绉绉的感觉，第二句就完全直白地告诉你——去世的欧阳君以另外一种形式回魂再生了。”

听完何言的解释，他微微动用念力，诗句里的文字徐徐飞向空中，没有含义的字被慢慢过滤，留下有用的文字重新排列组合。最后，“断梦蓦叹，回魂在生”八个字闪着光渐渐消散在他的眼前。当然，没有法力的何言是看不到这一切的。

何言打开房门，跟丹增蹑手蹑脚地来到客厅。欧阳君还没有醒。丹增在沙发上坐下，何言拉开了餐桌边的椅子，继续着跟欧阳君有关的话题，“我昨天上午见了小君的哥哥，把小君的日记给他看了。”

“他说什么了？”丹增问道。刚刚在电梯间，何言告诉他在小君日记里的发现。

“发现倒是有，不过我也因此暴露了身份，不过，这已经无关紧要了。”她把欧阳宸大概四个月前也做过跟小君同样的梦的事，又描述了一遍。“你说，他们俩……究竟谁是那个魔鬼？”

丹增看着何言，不知如何回答。这时，吱扭一声传来，欧阳君的卧室门打开了。

见欧阳君已经基本恢复元气，何言就提议晚饭去吃欧阳君最喜欢的合和中心的自助餐。还没整理好心绪的欧阳君本想拒绝，但又不想扫了何言的兴。

一路上，大家都保持着沉默，就像事先商量好的一样。就算何言为了调剂气氛偶尔冒出的几句玩笑话，可压抑的气氛让所有的话题都变得异常尴尬，最后，她也只能选择闭口不说。

三人沉默地站在电梯的角落中，跟周围嬉嬉闹闹的人们形成了强烈的对比。何言看着电子显示屏幕上楼层数快速向上跳跃，心情变得越来越郁闷，她为自己的提议感到后悔。

马上就要到56层了，在这层他们要再换乘另一部电梯前往位于62层的餐厅。然而就在这时，电梯突然不动了，乘客都露出了惊愕之色。紧接着，电梯陷入了一片黑暗中，伴随着咔嚓咔嚓的异响，电梯摇晃了几下，猛地向下急坠数米。可能是电梯的某个装置启动了，也或者是电梯被什么东西卡住了，电梯停止了下坠，但周围的一切看起来并没有得到改善。

惊叫声四起，电梯里顿时一片混乱。人们在黑暗中互相推搡，有人用力拍着电梯门大声呼救，似乎有人受了伤，发出阵阵呻吟和抽泣声。

在混乱中，丹增本能地护在欧阳君的身前，以免人们的推挤给她造成伤害。身处黑暗中，欧阳君虽看不清丹增的神情，却能真切地感受到他宽阔的肩背传来的让人安心的气息。她突然又想起了安陵子阳在海中救起雪映蓉时的画面，不禁好奇映蓉当时跟自己现在的感受是否一样。

“丹增旺杰，我们该怎么办？”何言透着惊恐的声音将欧阳君深陷的思绪拉了回来。身经百战的她也不免慌了神，“我们……会不会就这样死掉了？”

“不会的，我们一定不会有事的。”丹增镇定的语气好像起了一点作用，何言平静了一些，但问题的根本却没有得到解决。其实，他完全可以动动念力，让故障电梯恢复正常，不过，永真的告诫一直在耳边回荡——不要插手跟欧阳君有关的任何事，就算到了生死攸关的时刻也不能够插手，你必须等待她自己找到答案……

真的就这样袖手旁观？永真的提示会不会有差错呢？

他在心中暗自揣测，摇摇欲坠的电梯又向下坠落了几米，人们惊声尖叫，金属摩擦发出的刺耳声音吞噬着人们仅剩下的那一点点希望。渐渐地，求救声变弱了，可能是放弃了无谓的挣扎，叹息声和哭泣声也渐渐安静下来，电梯中很清晰地传来祈祷的声音。

这样的状态不知维持了多久，电梯外终于传来了救援的声音。这个过程也许只过了短短几分钟，可对电梯里的人来说，简直如同几个世纪般漫长。

电梯夹在了45层和46层之间，由于电梯保养维修时工作人员不够仔细，忽略了老化的缆线问题，造成这次的事故。电梯随时都有可能坠落，救援人员在营救时也格外谨慎。

人们争先恐后拥到门边，想要第一个从撬开的窄缝爬出去。这样的拥挤令本就晃动不堪的电梯失去平衡，又骤降了数米。

救援人员见状，不敢拖延，立刻利用固定仪器在两边的墙壁和电梯顶部固定了一个呈V字形的钢索，以减轻电梯不堪重负的缆线压力。这一次，人们不敢再拥挤、推搡。

“欧阳君，到你了。”丹增边说边看了看依然待在角落里的欧阳君。从事故发生的那一刻起，她就表现得极其淡定，不但没有惊慌失措，反而几次将离开的机会先让给了别人，这期间，救援人员还多次重新在墙壁和电梯顶部加固钢索。

“小君，快过来！”已经得救的何言趴在地上大声叫喊。除了欧阳君以外，所有女生都离开了故障电梯，现在电梯里就剩下丹增和她两个人了。

欧阳君摇摇头，把丹增往电梯口推了推，“你先走。”

“不行！你先走！”

“不，你先走，如果你不走，我绝不离开这里。”

欧阳君的脸上扬起一丝微笑，这是她离开刑事部后露出的第一个笑容，只不过，那笑容背后隐藏着某种莫名的哀伤。不知为何，守护丹增的念头强烈到战胜了死亡的恐惧，她搞不清楚自己为什么要兑现根本没有答应过的承诺。

欧阳君笃定的表情让丹增有些吃惊，她看起来不像是在开玩笑。说时迟，那时快，一个救援人员在同伴的帮助下居然把身子探进了电梯，一把抓住了离他最近的丹增。

丹增试图挣脱救援人员的手，想要去拉欧阳君，可欧阳君反而用力将他往外推。这时，他突然听到欧阳君念起了咒语，永真的告诫刹那间又涌进头脑，他放弃了执着的挣扎。

然而，就在他爬出电梯的瞬间，就听咻咻几声，缆线和钢索居然全部断裂了，电梯猛然向下坠落，那个可供一人爬出的空间倏地消失在他们眼前。众人发出一阵惊呼，为死里逃生的自己感到万幸，也纷纷为欧阳君祈祷。

“欧阳君！欧阳君！”丹增跟何言飞扑到电梯口，大声呼喊。眼前的一幕，令他们的心脏几乎停止跳动。

轰然巨响没有响起，欧阳君平静的声音从幽黑的电梯通道间传了过来。“别担心，我没事！”

众人听闻，顿时松了一口气，何言和丹增更是觉得全身虚脱了一般，瘫软在地上。

救援人员很快从锁定的楼层夹缝中救出了欧阳君，不过，他们感到非常纳闷，故障电梯在失去钢索和缆线的拉力后，居然没有坠毁而是悬停在半空，这完全出乎他们的意料，直至救援人员用机器吊起事故电梯，这才恍然大悟。原来，电梯底部不知什么时候出现了一朵冰莲花，冰莲花的六片花瓣牢牢地镶嵌进四周的墙壁里，稳稳托住了电梯，令欧阳君幸免于难。这朵冰莲花也在救援人员发现后慢慢融化成霜雾，消失了踪影。

这一神奇的画面被获救的人们用手机记录了下来，很快就在网络上传得沸沸扬扬。而欧阳君和丹增的目光却被另一样东西吸引了——欧阳君佩戴在胸前的嘎乌盒居然亮了起来。

除了他们俩，没人看得到嘎乌盒在发光。

晚饭因为这场事故泡了汤，无心再找餐厅吃饭的三人索性买了些简单的便当，回到了欧阳君的家中。

三人在餐桌前围成一圈，听丹增讲述永真钦哲的交代。听明原委，何言开始为欧阳君不能出境的事犯愁，丹增倒不在意这个问题，只要能瞒过何言，他可以运用法力带欧阳君去找永真，现在，他最在意的是嘎乌盒里究竟装了什么。

经过欧阳君同意，丹增打开了嘎乌盒，恢复法力的他这一次很清晰地看到了嘎乌盒里装的东西——一堆类似石块烧完后留下的结晶。

不知出于什么原因，欧阳君也能看到嘎乌盒里的东西，何言却不管怎么尝试都看不到，反而还被掉落在手背上的结晶粉末烫了一下。

看过嘎乌盒里的东西，丹增开始琢磨怎样才能顺利到达西藏。他本可以用法力让何言失忆，然后带着欧阳君离开香港，但他觉得有何言陪在欧阳君身边，欧阳君能更安心一些。

跟丹增与何言好奇的心态不同，欧阳君似乎对嘎乌盒里装的是什么一点都不感兴趣，她满脑子都是刚才在电梯里最后推开丹增时的画面——那一刻，她碰到了丹增腕上的泪佛珠，一瞬间，奇怪的图像冲进了她的头脑，她看到浑身透明、散发柔光的自己和丹增在云端深吻。那个吻如此深情，充满了无尽的不舍，她不由得潸然泪下。

为什么？为什么我会流泪？为什么会如此心痛？那个光影明明不是我！她在心中暗示自己要冷静下来，却无法否定心间那份强烈的认同感。

那个光影跟丹增旺杰究竟是什么关系？我跟他又有着怎样的牵绊？

欧阳君这样想着，抬头凝望着正蹙眉深思的丹增。她的目光扫过丹增薄厚均匀的双唇，忽觉心跳加速，她急忙移开视线，然而骤然升温的脸颊出卖了她的心思。

突然，何言一拍桌子，把丹增和欧阳君都吓了一跳，“我想到一个好办法！”她把公文袋里的东西拿了出来，那是一张回乡证和身份证，“看到这个可别吓一跳啊。”

欧阳君拿过证件，丹增也探过头来，两人立刻被证件上的照片惊得目瞪口呆——照片上的女孩跟欧阳君长得非常相像。女孩叫陶琳，22岁。

“这个陶琳是谁？你怎么会有她的证件？”丹增首先发问。

“证件对她已经没有意义了。”何言说了句奇怪的话，接着又拿出那个印着“机密”印章的文件袋，快速翻阅着。很快，她就找到了想要的内容，把文件推到他们面前，“你们先看看这个，然后我再说说我的计划。”

丹增对文件里涉及的五目魔兽案的细节并不感到吃惊，唯一知晓的就是这个陶琳是五目魔兽案里的一个受害者。欧阳君跟丹增的心态完全不同，她完全不知道什么五目魔兽案，连听都没听过，然而在梦中看到的迷离景象，在耳畔日渐清晰、不断回响的悲鸣，渐渐从记忆中苏醒，无数被害者死前所经历的一切，包括痛苦、绝望和恐惧的感觉，她全部都感同身受，仿佛那些悲惨的过去曾真实地发生在自己的身上一般。她无助地抱紧身体，可依然不能阻止体温的流失。

“陶琳是五目魔兽案到目前为止倒数第二个受害者，由于她全身被淋了强酸性腐蚀剂又被弃尸在垃圾处理场，造成尸体腐烂难辨，不过所幸她的舌头保存完整，不然跟五目魔兽有关的案子又会少一宗。关于陶琳的案件媒体只做了最简单的报道，毕竟残忍的死状让大家都退避三舍，很快就草草收了场。”何言把文件收拾好，她没有将那些血淋淋的恐怖照片拿出来，以免吓到他们，“陶琳是个孤儿，没有任何亲戚，加上性格孤僻几乎没什么朋友，所以确认她的身份稍微费了点工夫。”

何言抿了口茶，丹增借机问道：“陶琳的案子跟我们去西藏的打算有什么关系？”

“看到她的证件你们没想到什么吗？”何言看着一脸茫然的两人，摇了摇头，神秘兮兮地说，“我想让小君以陶琳的身份离开香港。”

“什么？！”丹增和欧阳君同时叫了起来。

丹增立刻发问：“你是警察，你比谁都清楚假冒他人身份出入境是严重违法的行为，一旦被发现可以说就进入了黑名单，而且欧阳君现在还有案子在身，如果被发现的话，她很可能被定下畏罪潜逃的罪名，那时，我们可是百口莫辩呀。”

“不用担心，这根本不是问题。”何言无所谓地挥了挥手，娓娓道来得到陶琳证件的过程——原来，何言的助手阿斌听哥哥的一个好友提到过陶琳还算玩得来的朋友就是自己的妹妹，他的妹妹在陶琳出事前，两人曾计划去西藏旅游，陶琳将回乡证交给他的妹妹一起办理入藏手续，结果，手续办下的当天，陶琳就出事了。他的妹妹觉得证件也不是什么重要的破案线索，也就没急着交给警方，正好那时何言交代阿斌收集关于五目魔兽案的资料，于是阿斌以调查为由提出请求，就这样顺理成章地拿到了证件。

听完何言的讲述，丹增仍然不放心，“那这证件还没被注销吗？”

“最近应该还不会，不过将来不好说，所以要行动就要尽快。”何言拿起陶琳的证件，在眼前晃了晃，“至于你的证件，我也会想办法弄好的。”

被何言这么一说，丹增才反应过来自己没有香港证件，虽然他根本不需要证件，却又不知该怎样回绝她的好意。

何言的办事效率绝对是一流的，当时已经下班了，可当天晚上她就动用各种关系开好相关证明并办理好了丹增的证件，明明需要几周时间、需要很多手续的事她只打了几个电话就在三个小时内搞定了，这让丹增和欧阳君不得不对她的办事效率刮目相看。

他们明天就可以启程去西藏了。一切看起来都如此顺利，然而丹增的心绪却难以平静，不知为什么，他总有一种暴风雨即将来临的不祥预感。

第二十七章 真相

第二天晚上9点多，他们三人来到了香港国际机场，由于早班飞机已经没票了，他们只能订晚上的红眼航班。

去机场的路上，从小一说谎就会脸红的欧阳君一直忐忑不安，她甚至想临阵脱逃，几次提出不想去机场的想法。不过，最后抵不过何言的软硬兼施，硬着头皮跟着他们来到了办理登机手续的柜台前。

地勤人员机械地询问了几个常规问题后，简单地扫了眼证件，就帮他们三人办好了登机牌。

顺利拿到登机牌，意味着通过了第一道关卡，三人悬着的心放松了许多，信心也增加了。但欧阳君看着手中写着陶琳名字的登机牌，感觉心里怪怪的，就算剪了跟陶琳一样的发型，她依然觉得心里没底。丹增则意识到自己过分的担忧明显是多余的。

前面的检查他们都顺顺利利地通过了，现在，就剩下最后的离境检查。何言建议丹增第一个过关，自己则压阵最后通过。

丹增过关很顺利，但因为出境处不能滞留，他只能先行走出通道。

到欧阳君过关的时候，她一直微微低着头，就连边检的工作人员几次叫她抬起头，她都只是微微抬了抬眼睛。

欧阳君的反应引起了工作人员的注意，他拿起对讲机说了几句，循着他眼神的方向，欧阳君看到一个年纪略大些的警官往这边走了过来。她拿起身份证对比了几次欧阳君的样貌。

敏锐的女警官察觉出欧阳君可能有问题，她叫来其他的同事甚至还叫来了几名安保人员，将欧阳君带到一旁查问。

丹增左等不见人右等不见人，越来越焦急，明明应该很快就结束的检查，结果过了这么久还没见人出来。他意识到欧阳君可能遇到了麻烦，刚平静没多久的心又变得惴惴不安。

出境处传来了议论的声音，好像还发生了骚动。丹增心里一惊，急忙跑回去，正好瞅见大叫着“何言”的欧阳君被安保人员拉走，何言则试图冲破人群挤到欧阳君的身边。

见到这一幕，丹增的心如同热锅上的蚂蚁，他本想冲进去保护欧阳君和何言，可转瞬就打消了这个念头，靠他单枪匹马也很难跟警力充足的边检对峙。一不做，二不休，他干脆运用念力，准备制造虚假火警，趁乱救下她们两人。

可他还未结好手印，就觉后背一阵刺痛，伸手一摸，发现是一支麻醉针。他回头看去，身后站着几个手持各种棍棒利器的年轻人，他们个个凶神恶煞，横眉冷目。周围的人们则像什么都没看见一样，淡定地走过。站在最前面的青年男子再次扣动了麻醉枪的扳机，他根本来不及躲闪，肩膀又中了一枪。

丹增顿时明白那不祥的预感不是捕风捉影，他们的计划不但暴露了，还惹来了敌人的袭击。这个敌人正是——神秘的噩梦魔鬼。

他感到头晕目眩，浑身无力，但还是强打精神，运用念力扬起一阵旋风，将袭击他的众人吹晕在地。然后，拖着摇摇晃晃的身体走进了依然嘈杂的出境大厅。

出境大厅一片混乱，何言和欧阳君被大批安保人员控制，无法动弹，四周围满了看热闹的群众。

丹增扶着玻璃门，以免一个重心不稳晕倒在地，在救下她们两个之前，他决不允许自己倒下。

他深吸几口气，努力让自己的头脑保持清醒。接着，运用念力令安保人员全部摔倒在地。最先瞄见丹增的何言，赶紧拉着一头雾水的欧阳君跑到了他的身边。

去西藏的事已经没工夫考虑了，他现在唯一要做的就是带两人离开这里。对于被自己的法力限制在地上无法行动的众人，他感到非常内疚，但此时也没有别的办法。麻醉剂的药效渐渐显现出来，他必须拼命呼吸，强烈暗示才能勉强站立，他集中念力，想在晕倒前利用瞬间移动带她们到安全的地方。

然而，令他意想不到的事发生了。

他的后背又传来一阵刺痛，他茫然地回头看去，顿时瞪大了眼睛。何言面无表情地看着他，冰冷的眼神好似寒剑射在他的身上。欧阳君则一脸惊恐地捂住了嘴。

“何言，你……”丹增的疑问哽在喉间，何言狠狠地抽出了麻醉针，丹增顿感膝头一软，跪在了地上。

“我本来不想出手的，但现在……也没什么隐藏的必要了，”何言一副揶揄的口吻，“这是专门用来对付像你一样拥有神通的转世活佛的，只是没想到你的承受力这么强，两支的量对你居然不管用，真是不得不佩服你对欧阳君的执着啊。”她两手各持着一支空麻醉针管，对着人群使了个眼色，围观的群众立刻蜂拥而至将他们团团围住。

“为什么……这究竟……是为什么？”丹增靠着磨砂玻璃门，才勉强没有倒下。欧阳君已经被人群挟制，丹增看在眼里急在心上，力量仿佛被吸走了一般，使不出一点力气。

“反正你已经无力反抗，告诉你也无妨，这个世界很快就会由我们伟大的盗梦魔——灭世接管了，只要没有这个，谁都奈何不了灭世，”何言一把扯下了欧阳君脖子上的嘎乌盒，攥在手里，“为了得到这个，灭世不知道等了多少个世纪，现在终于到手了，我们将迎来最伟大的时刻。”说着，她情不自禁地笑了起来，围着他们的众人也发出阴冷的笑声。

丹增心中一震，可迷蒙的双眼连瞪大的力气都没有了，他的视线渐渐模糊，身体也变得越来越沉重。“盗梦魔？灭世？难道是……”他微弱的声音几乎在喉咙里打转。

“没错，五目魔兽图就是灭世的标志，我们都是他忠实的追随者。”何言说着将长发束了起来，在她后脑勺的发际边缘有一个五目魔兽文身，而众人也都纷纷露出身上的文身标志。丹增想不明白，何言之前总是将长发盘起，他没记得看到她的发际边有文身。不过，自从前天开始她突然不再盘发，而是披散着头发，难道文身是在那个时候才出现的？她披散长发就是为了遮掩文身？

“你一直隐藏身份……就是为了这一刻？”事到如今，丹增还是不能相信像亲人般亲密无间的何言，居然一直处心积虑地想陷害他和欧阳君。

“刚开始还真不是这样，”何言甩了甩长发，“之前我确实真心实意地帮助同样来自莲花岛的你。不幸的是，我的脑袋受伤后，为我做治疗的医生在我的伤口处纹上了灭世的标记，也就是说，我们第一次见面时我的身上就已经有了这个文身。瞧，那就是为我手术的医生。”何言指了指一位穿着西装、戴着眼镜的斯文男人。

丹增突然想起，一进机场，这个男人就一直跟在他们身边。他万分懊悔自己不够机警，然而此时，再多的懊悔也于事无补。

医生来到丹增身边，“丹增旺杰，我也在你的身上纹一个文身怎样？你说纹哪里好呢？这里怎样？”他指着丹增的额头，咧开嘴阴森森地笑起来，那样子像极了一个变态狂。

“开什么玩笑，灭世不是说过不要打这些转世活佛的主意吗？他们信心极其坚定，很难令他们屈服，弄不好会丢了自己的性命还会破坏大局。”何言大声喝止。

“别那么认真啊，我开个玩笑罢了。不过那个女人倒是可以试试吧？”医生冲着欧阳君歪了歪嘴角。

“不……不要……”丹增挣扎着想站起来，可麻木的指尖阵阵痉挛，连一点知觉都没有。

何言斜眼瞅着丹增，“一切要等灭世发落后再做决定了。不过，我想应该问题不大。”

医生听罢，兴奋难耐，摩擦着双掌，盯着欧阳君的小眼睛露出垂涎三尺的表情，就像一只将猎物玩弄于股掌之中的野兽。

“何言……求……求你不要……”丹增无力地哀求着，希望唤起何言对欧阳君的一丝怜悯。

“我能够理解你的心情，但你连自己都救不了，还有心思担心欧阳君？我告诉你，事实就摆在眼前，你就接受了吧。”何言的嘴角渗出轻蔑的笑意，“本来，就算不通过文身的方式欧阳君也会在梦中被植入五目魔兽图的印记，不过永真的甘露丸和嘎乌盒干扰了噩梦的入侵。不管通过什么方式画上文身，只要文身的魔力没有启动的话，就不算真正成为灭世的追随者。就像我一开始因为理性的力量压制文身的魔力，所以一直保持着清醒的认知，但我迎来了一个改变我人生的契机，文身的魔力苏醒了。于是，得到指示的我开始了一系列行动，而第一步就是秘密召集灭世的信众，在你们毫不怀疑的情况下带你们到人群密集的机场，机场虽然流动性大，但只要事先做好安排就不怕被不相干的人打扰，我告诉你，现在整个机场里都是我们的人，你别指望有其他人会来救你。”

丹增的身体已经完全麻痹了，除了还能微微颤动一下睫毛，麻木发抖的嘴唇已经发不出任何声音。

何言一脚踩在他的肩膀上，用力一踹，丹增像只没有骨头的海蜇瘫软在地上，脸颊贴在冰冷的地面上，却没有任何感觉。何言又抬脚踩在他的脸上，一边碾一边恶狠狠地说：“这个世界已经没你什么事了，你可以放心地去死了。”

最后映入眼中的是欧阳君被强行拉走的画面，然而他已经耗尽了所有力气，就在他不甘地闭上眼的瞬间，觉得眼前好像亮起了一阵金光，他不知道那道光是不是幻觉，转瞬就失去了意识。

一滴露水落在丹增的脸上，他痛苦地呻吟一声，皱了皱眉，睁开了眼。一片茂密的树林霍然映入眼帘，微弱的阳光透过树叶的缝隙照在他的脸上。

我已经死了吗？他想。

麻醉剂的药效差不多消失了，他终于意识到现实真真切切地摆在面前。他费力地坐起身，感觉身体还有些僵硬，但已无大碍，只是手指尖还有一丝微麻的不适。清晨的微风轻柔舒适，却吹不走郁结在他心中的苦闷和焦急。

自己是怎么得救的？为什么会在这里？他完全没有头绪，而此时，欧阳君的下落令他无暇顾及自己的伤势。运法观想关于欧阳君的行踪以失败告终，他什么也看不见，就好像有一团浓雾团团围绕着他。

如果嘎乌盒里的灰烬是对峙灭世唯一的胜算，那失去它岂不是意味着不战而败了？他越想越失落，但还是轻踏脚尖，飞上云霄，向西藏的方向瞬移而去。

转眼间，他就飞越崇山峻岭来到了西藏。受到永真散发出的灵波的指引，他在一个坐落于深山中的洞穴前站稳了脚步。这座深山他第一次踏足，可奇怪的是，他觉得自己并不是第一次来。什么时候来过？他思忖着，然而记忆中完全搜索不出有关的碎片，这里的空气和脚下那熟悉的触感，以及不需要引导就知道往哪儿走的双脚，完全不受记忆空白的影响，靠着身体的本能反应，一路引领着他走进了洞穴深处。

洞穴的道路崎岖不平，但也不算难走，神秘的咏唱声充斥着整个洞穴，越往里走，咏唱的声音越大也越清晰。这时，他突然意识到，这个洞穴就是西藏最神秘的洞穴——灵性洞穴。灵性洞穴一般不对外开放，很多僧人会在这里闭关、修行、冥想，据传有圣人睡在这个山洞中。

带着又惊又喜的心情，他一路下行。没多久，一个熟悉的人影出现在视线中。

“永真！”丹增难抑激动。

仰头凝视墙壁的永真，目光纹丝不动，直到丹增跑到他的面前，他才收回视线。

看着永真平静却略带严肃的表情，丹增想起昨夜失利的经历，顿时被自责和懊悔的情绪淹没。“永真，对不起，嘎乌盒和琉璃口琴还有欧阳君……”说到欧阳君的名字，他不由自主地哽咽了一下。

“事已至此，你不必太自责。我的上师担心会发生这样的情况，所以他另有安排，我们……还没到被逼得无计可施的地步。”

“我们还有回转的余地？”见永真点头，他心情轻松了一些，“那我们接下来该怎么做？”

“我要带你先见一个人。”

“谁？”

“我的老上师，一百零五岁的噶玛丹杰仁波切。”

“仁波切现在在哪里？”

“在这儿。”永真举起一支金刚铃，轻柔而有节奏地摇了起来。

铃声跟咏唱声融合在一起，产生玄幻的妙音，似天籁空灵飘渺，悦耳动听。直到天降花瓣和甘露，永真才停止了摇铃。

徐徐落下的祥云现出一位身穿僧服，全身发着金光的老者，“丹增旺杰，我们终于见面了。”老者慈眉善目，和颜悦色，低沉的声音充满磁性和威严。

“您……这是……”丹增一时反应不过来，显得有些慌乱失措。

“我就是永真的老上师噶玛丹杰，很抱歉我要以这样的方式跟你见面。”噶玛丹杰说着，看了看早已在一旁泪眼婆娑的永真，像父亲一样将永真搂在了怀里。几乎被皱纹掩盖的眼睛充满了无尽的慈悲，“好了，不哭了，不哭了。”

“噶玛丹杰仁波切，难道您已经……”丹增欲言又止，这一幕让他想起了失去彭措久美仁波切的小永真那落寞的眼神，不禁心中泛起阵阵酸楚。

噶玛丹杰仁波切抬起眼，脸上始终含着笑，“你猜得没错，你现在看到的我只不过是一个幻象而已，6年前，我就已经圆寂了。在那之前，我把将来可能出现的可怕状况告诉了永真，让他坚守着一个秘密直到你出现为止。”

“秘密？什么秘密？”

“这一切，要从盗梦魔在25万年前来到地球的那一刻说起，”噶玛丹杰仁波切微微一扬眼睛，虚无的空中随即出现了金色而立体的虚拟画面。丹增看到大批外星人在地球上空盘旋，最后在姆大陆定居的场景，“你可能也听到过这方面的解释，我真真实实地告诉你，那些所谓的传说或故事都是真的，因为我曾生活在那里。”

“您的意思是……您的前世曾是从外星迁徙来地球的外星人？”丹增略感惊讶，对科学探索他虽不反感，但也没有太多兴趣。

“很惊讶吗？你在无数次的轮回中很可能曾经也在其他星球或维度里生活过呢，”仁波切抿嘴笑着，睿智的双眼被皱纹埋得更深了，“佛教跟科学本身就是相辅相成的，它们就像一对孪生姐妹。不同的空间和维度是真实存在的，那里也生活着不同人类和生物。索达吉堪布的书中这样写过：科学的定义是暂时可被知而还没有被推翻的知识。科学不一定是真理，假如一味地用科学衡量一切，此举本身就是一种迷信。因此，我们对不了解的事物，应该有一种理性的态度，不要轻易接受一切，也不要轻易否定一切。但总的来说，世间永远脱离不了因果法则，这是真正维系公正的根本存在，不论你信或不信，因果都是真实不虚的，也不管你拜不拜上帝或佛菩萨，上帝和佛菩萨都不会责怪埋怨你，然而不信因果的话，因果一定会狠狠地惩罚我们的！”

丹增沉默地点点头，自叹才疏学浅，修为和悟性相差甚远。

“言归正传，下面你看到的将是我久远以来的记忆，”噶玛丹杰仁波切将目光转向虚拟画面，眨了眨眼，静止的画面又动了起来，“第一批迁徙来到地球的某人离开自己星球的同时也带来了他的邪恶研究——盗梦魔。这个人还给盗梦魔起了一个名字——灭世，就如这个名字一样，盗梦魔的力量就是可以毁灭世界的力量。说灭世是邪魔并不是非常准确，他不是真正意义上自古流传下来的魔族，而是经过精心研究和设计形成的一种类似于病毒的精神物质，形似五目魔兽样子的他不但可以夺人善念和美梦，最令人恐怖的是他拥有独立的意识，能够随心所欲、不受任何人控制地自由行动，甚至只要在梦中蛊惑人心即可达到他的目的。创造灭世的人为了防备他造反，用昴宿星的水晶制造了一个可以封印其力量的水晶盒。此人后来成了由七人组成的国家机构中的一人，他本想利用灭世的力量征服宇宙，但他的计划被发现了，接受审判后他被流放到遥远的黑狱，由于惧怕灭世的力量会令黑狱里恐怖的星际囚犯失控，所以最后决定把他封印在水晶盒中，安放于金字塔里的佛像下，由护法神日夜看守。之后，姆大陆的人们安居乐业过着平静的日子，灭世也渐渐淡出人们的记忆并变成了神话故事，然而美好的时光在姆大陆遭遇的剧变中化为泡影。”

仁波切的脸上露出哀色，丹增也变得心情低沉。影像逼真地显现发生大地震时的一切，触目惊心的画面令他不忍直视，他不敢想象现实中的一切是多么惨烈。

“那场灾难几乎毁灭了姆大陆上的所有生灵，但最可怕的不是自然灾害而是恐怖的灭世借机逃窜了出来，没有实体的他四处流窜，最后选择姆大陆的占星师作为自己的宿主。为避免昴宿星人出手相救，他又利用金字塔将水晶送回到昴宿星，同时毁坏了金字塔内的装置，切断了地球跟昴宿星之间的星际联系。你可能会想，就算灭世不摧毁装置，金字塔在那样的大灾难面前也会夷为平地，可是那样的话，星际坐标依然存在，而灭世是主动将地球在星际存在的坐标移除，就好像将一座城市从地图上完全抹去一样。”

丹增低头思忖，觉得这个理由确实说得通，不过他转念又想到另一个问题，“可关于灭世的一条线索都没有，不要说线索了，哪怕是一个跟他有关的神话传说都没有，说明他当时并没有趁机将地球收入囊中，他为什么要等到现在才兴风作浪？究竟有什么目的？”

“他的目的只有一个——毁掉神圣的破魔咒。”

“破魔咒？是指楞严咒之五大心咒？”

“不，不是，是邬金仁波切留下的破魔咒，是以伏藏的形式流传下来的。后来我在梦中得到邬金仁波切指点，在拉姆拉错神湖中找到了隐秘在另一个空间维度里的破魔咒。”仁波切边说边在虚空一指，画面突然转换，丹增看到那块刻着破魔咒的水晶从湖中徐徐升起。仁波切伸手一拨，闪着金色耀光的破魔咒落在了丹增的掌心，水晶只有手掌般大小，殊胜的破魔咒如波光般在水晶中耀动，他赶紧在心中默默记下了咒语，“五大心咒对灭世具有威胁但并不足以致命，他真正惧怕的是邬金仁波切留下的破魔咒，因为殊胜的破魔咒是刻在昴宿星才有的水晶上，水晶可以起到封印作用，只要配合邬金仁波切的破魔咒就能对灭世造成致命的打击，所以，水晶和破魔咒缺一不可。听到这里，你应该明白是为什么了吧。”

经仁波切这么一说，丹增知道了缘由。拥有神力的邬金仁波切曾留下许多珍贵的伏藏和惊人的预言，邬金仁波切在观未来世的时候，一定是看到了灭世企图在地球上兴风作浪，所以前往处于不同宇宙空间的昴宿星得到那里的水晶，再配合殊胜的咒语，希望留给后人对付灭世的方法。他同时也反应过来，何言跟自己讲述关于灭世的一切，其目的是想让自己的关注点完全偏向于昴宿星的方向，忽略在地球上寻找可制胜的法物。这样做还有一个好处，就是暗示没有昴宿星的帮助就无胜算的信息，在潜意识里剥夺你的希望，这种做法真可谓一举两得。

“那这个破魔咒在什么地方？”丹增仿佛看到了一丝曙光，激动地问。

“破魔咒已经没有了。”仁波切无奈地摇了摇头。

“什么？没有了？”

“破魔咒在25年前被我一把大火烧毁了。”

“为什么？您为什么那么做？”丹增不相信自己听到的结果。

“当时，我为了救一个还未出生的孩子。”仁波切表情平静，完全看不到将殊胜的破魔咒烧毁而产生的丝毫懊悔。

在生命面前，一切都显得微不足道，就算是一只蝼蚁，也不能无视它的存在，丹增能理解仁波切的考量，只不过对仁波切的做法是否正确，仍旧存有一丝疑惑。“破魔咒不是用来对付灭世的吗？难道……那个孩子跟灭世有什么关系？”

“说来话长啊……”仁波切叹了声气，娓娓道来，“当年我通过梦境得到预示，知道将会有一位孕妇前来我处寻求帮助，我天天在寺院门口等待，不久就见到了这位满脸愁云的女士。我问她有何苦恼，她突然情绪崩溃跪在我的面前，不论我怎样劝说都不肯站起来。她当时在西藏已经漫无目的地走了三天，去了她所有能去的寺庙，希望得到佛菩萨的加持，后来她听闻我可以观星释梦就直奔桑耶寺。她讲述了在梦中的可怕经历，还说那个魔鬼数次在梦中要挟她，让她毁掉破魔咒。我一听就明白那是灭世在以孩子的生命为要挟。那位女士信奉佛教，知道世间有五种罪过忏悔都难灭，其中之一就是堕胎，可走投无路的她别无选择，只能说出狠话，然而灭世毫不在乎，扬言可以再寻他身。万般无奈之下，我当着她的面烧毁了破魔咒。”

“您手握破魔咒，为什么当时不制服灭世，还让他在人间继续横行？”想起欧阳君的遭遇，以及许多像何言一样受害的无辜人士，丹增的心情就难以平复，他真的想不明白仁波切的做法意在何为。

“灭世虽在那位女士的梦中暗示自己会借她腹中的胎儿转生，但在转生之前，我根本不能确定神出鬼没的他此刻是否就在胎中，他如此狡诈，在没有把握的情况下根本不会现身，只是借梦传达信息罢了。如果贸然施法，很可能没有擒获他反而伤及无辜的胎儿，如此一来，激怒了他，他会采取怎样的报复行动，都不难想象，那岂不是会殃及更多无辜的生命？”

丹增沉默不语。只要破魔咒存在一天，灭世就会不断寻找宿主，直至达到他的目的，如果是这样，那不知将有多少生命会为此付出代价。

“那灭世是如何知道破魔咒的？”疑问一个个慢慢解开了，然而丹增仍旧对这个问题感到困惑。

“他是通过我的眼睛看到的。”

“通过您的眼睛？”丹增完全糊涂了。

仁波切点点头，“刚刚不是说灭世以姆大陆的占星师为宿主吗？实不相瞒，我就是那个占星师。”

“什么？”丹增感到心中一震。

“我是预梦者，拥有强大力量的预梦者，而在这个世界上再强大的力量也有无法奈何的力量存在，就如同我无法阻止灭世随意进入我的梦中一样，我能感知到他在我的脑中窥视着未来，却没法将他赶走。他利用我能预见未来的能力，知晓了邬金仁波切的破魔咒会在将来的某一天出现，也知道有朝一日破魔咒会再次回到转世后的我的手中，他甚至还看到了跟你的对决。他非常清楚就算当时能称霸地球，也只不过是暂时的，他没有把握战胜法力高强的邬金仁波切，更担心一旦破魔咒横空出世，自己将万劫不复，所以他逃匿至月球背面隐秘声息，一是可以不动声色地避开邬金仁波切，二是等待末法时代的到来，好利用众生信仰缺失的大好优势。”仁波切神情严肃，睿智的双眼似乎睁大了一些，“而在漫长的岁月流转中，他想出了借腹降生，胁迫胎儿生命为筹码的恶计，他知道任何一个得到破魔咒的仁波切都不会见死不救，任凭他涂炭生灵，就因为赌上了这一点，他才敢如此明目张胆地为所欲为。”

丹增终于知道灭世的心机有多重，他不像色林那样鲁莽作恶，而是经过缜密的分析才实施行动，甚至比兆通更加诡计多端。

“他为此等待万年之久，仅仅是为了称霸地球那么简单吗？”

“当然不仅仅如此，他的目的是想发展他的族群，受病毒感染的人们会释放一种微量热能，这种热能会改变地球的生态环境，让地球变得只适合受病毒感染的人居住。”仁波切的眼中闪现着对人类的未来不确定的担忧，“虽说我极不情愿他进入我的预梦中看到很多未来的事情，但我也因此得以进入他的思维，知道了他真正的目的。”

“那这样，不就意味着这个世界的人类会……灭亡？！”丹增惊恐得圆瞪双目。

仁波切颔首表示肯定他的回答。

色林想统领世界的念头，跟灭世邪恶的目的比起来，可谓无足轻重的一根鸿毛。丹增心知这次的对手极难对付，再加上破魔咒已不在人间，心中不免有些惴惴不安。这时，他心中又升起更多疑问，“25年前您救下的孩子是否安好？如果灭世借他的身体投生人间，那我们不是可以很快地锁定目标？就算没有破魔咒，至少能够掌握他的一举一动，或许我们还可以制约他。还有，永真给欧阳君的嘎乌盒里究竟装的是什么，为什么灭世要得到它？琉璃口琴又有什么特殊意义？”

仁波切不紧不慢地回答，“万幸，我救下的孩子一直安好，不过灭世并没有借用她的身体，不，应该说他很想借用却无法借用。狡猾、奸诈的他不会无缘无故随意借腹降生，他是被那个孩子身上与生俱来的灵力吸引，虽然他无法强夺她的肉身，但他同样有办法接近那个孩子吸收她的灵力，那个孩子也因此丧失了此生本该拥有的特殊能力。”

“您什么意思？”仁波切的话就像树枝一样四处伸展，感觉中心统一，实质分散而令人摸不着头脑。

“他们是双胞胎，被救下的孩子就是——欧阳君！嘎乌盒里装的正是破魔咒的灰烬。”

“什么?!”听到的内容太过震撼,丹增的心间掀起了狂风暴雨。如果欧阳君是当年仁波切救下的孩子,那她的哥哥岂不是盗梦魔——灭世!他不敢想象当欧阳君知道这样的结果时,会受到怎样的刺激。同时,他也意识到,雷家豪写下的“远离欧阳君”的遗言,其实是让妹妹远离欧阳宸啊!

“或许冥冥中早已注定好了,让我带着记忆不断转世,为的就是要守护破魔咒以及监视灭世,也让我弥补当初被他利用神通力观测到未来世状况的过错。”仁波切一脸歉意,哀叹一声,“每时每刻紧盯他已经成为我生活中必不可少的一部分,直到我圆寂的那天才停止。而在我圆寂的前一天,也是唯一的一次,我在梦中看到了你跟灭世在邬金仁波切佛殿中对峙的场景。”

“结果怎样?”丹增焦急地询问。

“由于灭世同时也窥视着我的梦境,所以我没有继续观梦下去,我不想他知晓一切结果,提早想出对策。”说到这里,仁波切伸出闪光的大手,抚摸着丹增的脸庞,意味深长地说,“丹增旺杰,人生就如同在做选择题一样,有时有很多种答案,有时只有一种答案,但不管怎样,都不要迷失你的心。”

丹增不明白仁波切跟他讲这番话的含义所在,但还是点头示意。

仁波切露出一个放心的笑容,“那之后,我将事情的来龙去脉统统告诉了永真,让他继承我的遗志,按照我的指示一步步做下去。”

“通过释梦,仁波切知道你会穿越时空来到这里,所以,让我一直注意你的行踪,根据情况给予你适当的帮助和指点。”永真已恢复平静,“欧阳君同你一样,都不是普通人的转世,但由于受灭世的影响,她的能力几乎已经丧失了,她必须无我地舍命一次,才能唤醒那仅剩的一点点力量。”

“电梯事故那次……”

“没错,真正的慈悲心释放出来的力量是无法想象的,那也是我之前为什么千叮咛万嘱咐,让你不要插手跟她有关的任何事的缘由了。”

“那她的力量可以跟灭世抗衡?”

“不,也就足够自保而已。”

“那……为何还要将珍贵的破魔咒的灰烬交给欧阳君?这不是明摆着把唯一的胜算拱手相让吗?”丹增想不明白,既然欧阳君的能力无法对付灭世,又何必把破魔咒的灰烬置于虎视眈眈的灭世的面前。

“我给你的甘露丸只不过是个幌子,希望能起到混淆视听的作用,其实真正令欧阳君摆脱噩梦困扰的是破魔咒的灰烬。如果不这么做的话，欧阳君的心脏早就被刻上灭世的标志——五目魔兽图了。”永真神情凝重，语气加重了许多，“一旦天生拥有神力的欧阳君被拉入歧途，灭世唤醒她的力量为己所用的话，那世间岂不陷入更加翻天覆地的灾难中！”

“永真，不必太过严苛，别忘了，丹增旺杰并不知晓实情。”仁波切和蔼地拍拍永真的肩膀。

丹增则低头思忖，再次为自己的无知感到羞愧，也由衷地钦佩仁波切深远的考量。“欧阳君的力量会被灭世利用吗？”他忧心地问。

噶玛丹杰仁波切摇摇头，“我不知道，并无法看到所有的细节。有时候一些梦境根本不会出现，我也只能把不完整的情节尽量拼凑起来，当然，就算能够看得清楚，当下发生的一点点细微的变化都可能对未来造成剧变。而灭世不但擅长盗梦，他也很擅长重组梦境，将无数零散的梦境拼接组合，重组后的梦境完成度和准确率都是惊人的高。这一点，是我无法企及的。”

“那……我们接下来该怎么办？”丹增无奈低语，心中没了底气。

“当年，我烧毁破魔咒后，曾让欧阳君的妈妈制作一支琉璃口琴。那时我还送给她一瓶浸泡水晶时用过的净水，让她制作口琴时使用，同时还交代她将口琴制作成空心的，以便将来放进破魔咒的灰烬。我还告诉她，两个孩子谁最先找到口琴，就有资格拥有它。”

“为什么你当时不把灰烬交给她，直接将灰烬掺进制作材料里？”

“我有想过，但最后没给，因为担心哥哥会发现掺进了破魔咒的口琴而毁掉它，所以我故意没把灰烬在一开始就交给她。”

画面再次受仁波切的念力影响而展现另一幅场景，丹增看到一个还在襁褓中的小孩子，一直指着书架上最顶层的一个盒子，在妈妈的帮助下她找到了琉璃口琴。

他第一次见到小时候的欧阳君，漂亮可爱的样子令他心中扬起阵阵暖意。如果她现在也能像小时候那样，笑得那么灿烂该有多好！丹增默默地想。

“我让她的妈妈在得到确认后将孩子的名字刻在口琴上，作为一种印证。当然，我没有告知详情，以免她对被灭世宿主的哥哥产生恐惧和厌恶，甚至起了杀念。其实，我也一直有个小小的私心，希望两个孩子都能在充满温情的环境中长大，特别是哥哥，如果善良的本性能够压抑住灭世的魔性，不让其觉醒的话，只要拥有最亲密的血缘关系的欧阳君能够吹响装进破魔咒的口琴，也许他还有一线生机。不过，现在看来，已经没有这种可能了。”

“您是说，从被宿主的那一天起，欧阳宸其实一直都还存在？”丹增惊诧不已，他以为欧阳宸如同被兆通强制驱赶的莫果一般。直到此刻，他也终于明白何言说的在某个契机下被唤醒，原来就是指那天她去见欧阳宸这件事。

“他存在，一直都存在，只是现在也已形同死去。当你和欧阳君逆转时空造成空间错乱后，宇宙震波唤醒了沉睡在欧阳宸身体里的灭世，从那一刻起，他就失去了真正的人性。”仁波切一脸哀悯，无奈地摇了摇头。

洞外突然传来阵阵魔音，狂风呼啸肆虐，就连在洞内都能感到寒意袭人。三人顿露震惊之色。“看样子，灭世已经有所行动了。丹增旺杰，事不宜迟，你快去完成你的任务吧！”仁波切的眼中闪起迫切的光芒。

“我的任务？”

“请看你身后的墙壁。”

随着仁波切手指的方向，丹增看见身后的墙壁上有一幅以唐卡方式绘画的人物像，画像里的人身披僧服、头戴法帽、微睁双目、双足金刚跏趺坐于莲花座之上。他越看画中人越觉得熟悉，这份熟悉的感觉令他产生了错觉，不由自主地走到了画像前。他伸出手指轻触画像，顿时，画像光芒四射，五彩缤纷，整个洞穴亮如白昼，低沉的咏唱声变成了玄妙的天音，空中飘散出清新的芬芳。

画中的人物居然眨了眨眼，双腿一伸，轻轻一踏，从墙壁上走了出来，他全身闪着耀眼的白光，超凡脱俗、庄严殊胜。

看到活生生的画中人，丹增终于明白此人是谁了。这时，仁波切低沉有力的声音在他的身后响起，“丹增旺杰，这就是我让永真坚守的秘密，而你们，也是这个世界最后的一线希望。”

“我……们？”丹增茫然地注视着泛着微微明光的画中人，被那双跟自己一模一样的清澈而黑亮的瞳仁深深吸引。

为什么，他会在这里？丹增在心中问着自己。

第二十八章　魔咒

一片嘈杂声传来，在阵阵耳鸣的作用下，欧阳君感到头痛欲裂。

“可恶的家伙，你还没起来啊。”伴着一个女人的咒骂，欧阳君感到麻木的膝头被狠狠踢了一脚。她努力调整紊乱的呼吸，睁开了眼睛，眼前一片迷蒙，分不清身处何方。

“装什么装，快起来！”咒骂的人没好气地嚷着，用力抽了几下欧阳君的脸，她酥麻的脸颊顿时火辣辣地痛，“灭世都等你好久了，我们宝贵的时间可不想浪费在你的身上。”

灭世？！

昏迷前最后的画面划过欧阳君的脑海——众人将她团团围住，有人乘乱在她的手臂上注射了麻醉针。

记忆越来越清晰，她像被电了一般，浑身一阵战栗，混沌散乱的眼睛倏然间瞪得浑圆。

丹增旺杰！

灰暗的记忆自心中扩散开来——被注射了麻醉剂的丹增究竟是死是活？想起他最后倒地的样子，她万分焦急，丹增在失去知觉前的最后一刻，都想要守护她的绝望目光让她心痛得不能自已，她明明发誓要守护他的，可现在……她却连丹增是死是活都不知道。

“不着急，我们有的是时间。”一个有些慵懒的声音响起，粗暴的女人立刻谄媚地低头哈腰。然而这个熟悉的声音早已刻进了欧阳君的灵魂，尽管说话的人语调、语气完全变了，她也认得出那就是自己的哥哥——欧阳宸。

她双眼的焦距几经意念的控制，终于集中在正前方一张黑色大木椅上。欧阳宸跷着二郎腿坐在木椅上，脸上挂着威风得意的笑。

“哥——”欧阳君好不容易从嗓子里挤出一丝干涩的声音。看到哥哥的刹那，她飘忽不安的心像是找到了家一样瞬间变得安定，可仅仅一刹那，她就意识到自己的感觉全部是虚幻的。

“醒了？”欧阳宸刻板的声音没有丝毫感情。

“嗯，”欧阳君哼出一声，晕眩感还未消退，但意识已经基本清醒，“哥，你怎么会……你不是应该在监狱里的吗？”

“让灭世待在监狱里，简直是委屈了我们大人。不，是对大人最大的侮辱，而大人所受的罪全都是你造成的。”那个暴怒的女人刚安静一会儿，又尖叫起来。欧阳君抬眼瞄见站在哥哥身边的女人，不是别人，正是韩米兰。

韩米兰怎么会跟哥哥在一起？她左一声大人右一声大人的，难道是在说哥哥？

韩米兰怒瞪着欧阳君，围在他们身边的人也个个表情冷若冰霜，怒目瞪视。人群中她还看到了何言的身影。

突然，何言在机场跟丹增说的话如惊涛巨浪涌进她的脑海——盗梦魔灭世？！

她蹙眉凝视着哥哥，一种前所未有的巨大恐惧将她紧紧包围。

“君啊，来，到哥哥这里来。”欧阳宸一如往常般叫着妹妹的名字，身体往边上一挪，拍了拍腾出来的空间。

在韩米兰和何言的帮助下，欧阳君坐到了哥哥的身旁。欧阳宸亲昵地一把搂住了她的肩，“怎么？不想哥哥吗？”

一接触到哥哥的皮肤，欧阳君不由自主地打了个寒战，那是自心底深处产生的一种本能的恐惧，她条件反射似的向后缩了缩身子，禁不住问自己：那是哥哥，我究竟在怕什么？

欧阳君的反应令欧阳宸的双目顿射怒光，不过转瞬间，他那紧蹙在一起的剑眉就松弛下来，他用力握着欧阳君的肩向自己的怀里靠，“都怪哥哥不好，当初我要是没有杀人的话，就不会丢下你，让你无依无靠独自一人生活，你也不会为此放弃最爱的音乐梦想。唉，都怪哥哥，都怪哥哥一时冲动啊！”

看到哥哥凄楚、自责的神情，欧阳君的心立刻碎了一地，对哥哥的各种猜疑全部被抛到了九霄云外，她不顾众人的目光一下子扑到哥哥的怀里，纵情痛哭，“不是哥哥的错，是我的错，都是我的错！”

奔涌的泪水宣泄着她对哥哥深深的愧疚，这一刻，不管哥哥是不是什么盗梦魔，都已经不重要了，在她心中，哥哥就是哥哥，这是永远都改变不了的。

欧阳宸温柔地拍着她的背，柔声细语地说："君，跟哥哥在一起，我们再也不分开了。"

哭成泪人的欧阳君无法应声，只能频频点头，欧阳宸接着捧起她哭得有些泛红的脸庞，擦去她的泪水，直直地盯着她的眼睛，"那你保证，从今以后什么都听哥哥的安排。"

"只要不跟哥哥分开，让我做什么都愿意。" 她的眼神恍若沉浸在梦境中。

欧阳宸咧嘴笑了，"那你的神识，我就收下了。"

还没等欧阳君反应过来，他的双手就按住了欧阳君的太阳穴，她立刻陷入昏迷，瘫软在他的怀里。

"祝你有个好梦，我亲爱的妹妹！"

欧阳君的耳边回荡着哥哥阴阴的冷笑，她想反抗，想挣扎，却于事无补。

站在丹增面前的僧人，其实就是丹增自己。不，应该说是在这个世界里的另一个自己。

丹增纳闷得连连摇头，不敢相信自己眼前所看到的一切。

"丹增旺杰，我知道你很难接受眼前的事实，"另一个丹增开了口，声音清朗有力，清澈的目光中栖息着一种堪称冷静的光芒，"但我的存在就是为了这一天的出现。"

"这一天？你的意思是……"

"二十二年前，也就是我六岁的时候，随父母去冈仁波齐峰环山叩拜的途中，我因贪玩而跟父母走散，结果误入险道，不幸失足落下山崖，就此结束了我短暂的一生。"他扬着嘴角，脸上看不出丝毫悲伤，仿佛在讲述别人的故事，"我年幼丧命是因为末法时代的魔障太多，蒙蔽了神识还未完全觉醒的我，最终，令我命丧断崖。我的灵魂本该顺应业力的牵引前往他方，就在此时，噶玛丹杰仁波切出现了，他指引着我来到这里，并告诉我他所预见的一切。于是，我的灵魂化作壁画，沉睡在这里，直到你的出现。"

"等我究竟有什么意义？"不解的事越来越多，丹增觉得自己好似掉进了一个巨大的漩涡中，不停循环。

"你听过空间重叠吗？"另一个丹增问。

“空间重叠？”这个词很陌生，但他好像在哪里听过，一时半会却又想不起来。他摇了摇头。

“空间重叠有很多种解释，我们今天说的这种有别于以虫洞方式穿行的理论，而是让两个无法相交的平行宇宙叠加在一起，”另一个丹增边说边双手重叠摆在一起，做出示范，“不过，完全重叠是很难做到的，就算我们有能力让其实现我们也不会贸然尝试，因为空间的紊乱会给两边的世界带来无法预计的影响。”

“这个空间重叠，跟灭世能扯上什么关系？”丹增显得有些焦躁不安。

“我们最终的目的是要你回到原来的世界，在莲花岛找到破魔咒并带回这里。”仁波切回答了丹增的问题。

“回莲花岛？”丹增以为自己听错了，不禁大叫出声。他做梦都想回到自己原来的世界，可现在突然说让他回去，反而有种不真实的感觉。

另一个丹增向前轻踏一步，来到离丹增只有咫尺之遥的位置，“没错，回莲花岛，我们两个一起回去。”

“我们……两个？！”丹增用手指了指彼此，耳边传来像是电波干扰的嘶嘶声。

“丹增旺杰，”仁波切叫着他们的名字，两个丹增同时转头看向仁波切，“这个世界的法则是无法同时存在两个同样的人，你能来到这里就代表着另一个自己不在此世，或者跟你以同样的方式互换了位置，你存在他消失，他存在你消失。而现在，你们两个站在这里，也就打破了这种平衡，两边的世界会同时出现不稳定的波动，我和永真会尽力稳定波动并利用它作为一种媒介，设法让两个永远不可能相交的世界在某一点上短暂地重叠，也就是说，除了莲花岛以外，其他的地方不会出现重叠。当然，你也不是真的回到了莲花岛，而是可以在这里的世界看到重叠后显现的莲花岛。不过即使这样，你也是跟莲花岛的世界处于一种微妙的隔离状态，但凡有生命的不管是动物、昆虫还是人类，都无法看到你。”

至此，丹增终于明白仁波切留下另一个丹增的灵魂的用意了。“波动已经开始了吗？”他一脸紧张地问，耳边的嘶嘶声似乎越来越大。

“还没有真正开始，不过你应该已经感觉到了，你们两个的距离越近，那种紊乱的波长声就越明显。”见丹增点头，仁波切微笑着转身跟永真相视而立，“你们做好准备，只要我和永真一运法，你们就出发吧。重叠的时间不会太久，就算我们倾其所有法力最多也只能坚持四十五分钟左右，你们要尽快找到破魔咒。我担心时间拖得越久，灭世有所察觉会采取行动。当然，最严峻的是你们如果在这段期间没有回来，那就只能永远游离在空间裂缝中。也就是说，前往不了那边的世界，也回不来这边的世界。”

“等一下！”丹增奔至仁波切身边，“莲花岛那么大，我要去哪里找破魔咒？”

仁波切抬起布满皱纹的手，指着他的心口，“这个我也无法告诉你，你要自己去找到答案。我相信，你的心会带你找到它的。记住，破魔咒有可能变换成其他形式出现在你面前，不要忽略你的任何直觉，因为那往往是最真实可靠的。丹增旺杰，你接下来要面对的一切将会超乎你的想象，你千万不要掉以轻心。”说完，仁波切跟永真掌心相贴，开始运法。

忽然间，一股隐形而巨大的能量向外喷发，丹增不得不弓起身才勉强没有被那股强劲的力量吹倒。在仁波切和永真用手臂环住的中心，一个明亮的琉璃色光球缓缓升空，并越变越大。光球由横线和纵线交织而成，就像一个绘制精美的地球仪，里面还有很多的数字在不停地变化，俨然一个智能的计算机在精细地计算地球的方位和坐标。

“丹增旺杰，倒计时已经启动，我们要抓紧时间了。”另一个丹增站在了他的面前。

“莲花岛已经出现了吗？”

“还没有，我会带你到莲花岛的。不过，之后的事就要靠你自己了。”

“你不是跟我一起去找破魔咒吗？”

“我只是能打开通道的钥匙，而你是能装下无限可能的盒子。”说毕，另一个丹增向前一倾身子，猛然间就融进了丹增的身体。

丹增还没来得及发出任何声音，就感到身体被拉进了一个未知的空间。整个空间一明一灭地闪着幻光，他看不清周围的一切，只能确定自己如剑般飞速移动，纵横交错的光纤仿佛流星般从他身边飞逝而过。

仅仅一眨眼的工夫，一道刺目明光乍然出现，晃得他紧闭双目。当他再次睁开眼时，立刻被映入眼中的景象惊呆了——恍惚间，他已经站在了第一次跟欧阳君邂逅的沙滩上。四周的画面好似在水雾中呈现出来的一般，带着一丝透明的朦胧感。

丹增禁不住有些眼眶湿润，但他深知自己身负重任，根本没时间感伤。他低头看了一下腕上的手表，突然发现手表里的计时器居然以四十五分钟为期限开始了倒计时。

他扬着嘴角苦笑了一下，这场战争简直就是一场巨大的赌博。如果找不到破魔咒，如果赶不上回去的时间，那就意味着这场战役将输得一败涂地。他感慨地叹了一口气，集中精力，思考莲花岛上最有可能出现破魔咒的地方。

很快，他的目光就定格在矗立于断崖上的南夸帝巴寺。

一定在那儿！丹增笃定地想，二话不说，瞬移来到了南夸帝巴寺。

站在寺庙的大门前，看着袅袅升起的烟香，他紧张的心绪似乎得到了些许安慰。熙熙攘攘的人群不断从他身边走过，确实如噶玛丹杰仁波切说的一样，没有一个人注意到他的存在，就连不小心撞到他肩膀的一位妇人也是一脸疑惑地张望了一下就走开了。

利用神通力，他透视着寺庙里的每一个角落，可始终没有发现任何跟破魔咒有关的线索。

破魔咒不在这里？！

看着供奉在佛殿里的佛像，丹增心中不免失落。眼看着时间一分一秒地过去，自己却连一点头绪都没有。

突然，毁灭的海底城市映入脑海，他像被电流击中了一样，浑身打了一个激灵。

难道……破魔咒在海底城市？！

他刚想动身赶往海底城市，却猛然想起，当时是借助照海镜的神力才得以成功前往，现在除了两边的莲花岛有所重叠，其他地方依然保持着原貌，就算他赶去玛旁雍错湖，也未必找得到广财龙王。

这么一想，丹增顿时陷入苦闷中，不要说线索了，就连一点点提示都没有。

难道我命中注定，最后要在空间裂缝中游离，结束此生？悲观的念想涌现，他顿感心灰意冷，不禁有些黯然神伤。

猛地，他看见腕上的泪佛珠居然闪起了朦胧的亮光，他仔细观察，想要找出闪亮的原因。渐渐地，他发现远离寺庙，佛珠就会变得暗淡无光。

丹增像是被打了强心剂，浑身充满了干劲。他一路观察着泪佛珠的变化，往寺院深处走去。来到寺院尽头的佛殿，也就是供奉着由水晶打造的邬金仁波切佛殿时，泪佛珠如同接收到某种信号般，居然有节奏地闪动起来。

破魔咒一定在这里！

他激动得难以言喻，再次使用透视能力。可让他沮丧的是，不管他如何集中精神力，依然毫无收获。他取下腕上的泪佛珠，无奈地晃动着。佛珠上的闪光依然跳动不止，但四周没有任何东西能与之呼应。

一次次见到曙光，又一次次在最后时刻被拉回残酷的现实中，这样的反复让丹增感到有点心力交瘁，希望之光看起来那么渺茫，他不知道自己还能不能再次经受希望破灭的打击。

计时器显示还剩下三十五分钟。忽然，他灵光乍现，想到自己守在怪云前永真收回佛珠时的情景，他仿佛得到某种启发，解下腕上的泪佛珠，持在双掌中，开始默默运法。一阵诵念后，他将佛珠抛向空中……佛珠在高空四散而开，飘飘浮浮，宛如一个个微型侦察装置，遍布整个佛殿。

不一会儿，他注意到落在邬金仁波切天杖顶端的佛珠发出了不同寻常的光芒。

天杖？！

他飞跃至空中，悬浮在天杖前方。他实在想不明白，邬金仁波切的天杖究竟有何不同之处？

就在他思忖之际，心中突然响起了日之剑的声音："保护天杖！"

丹增还没回过神，日之剑就从他心间化作一道金光，横空划过，化解了从后方袭来的攻击。

射在墙壁上的银光箭化作光雾消散无踪，丹增心中一惊，回头看去，突见人形化的月之剑手持神剑，跟同样人形化的日之剑相对而立。月之剑闪着凛冽寒光的银光双眸，让人不禁浑身战栗。

"月之剑……你……"

"丹增旺杰！"日之剑大喝一声打断了丹增，"别再说多余的废话，专注眼前的敌人，拼尽你的性命保护天杖！"

敌人？！

月之剑冷若冰霜的脸庞没有一丝表情，与横眉怒目的日之剑形成强烈的反差。剑拔弩张的气氛让丹增一下子还无法从错愕中走出来，就在这时，他猛然看到月之剑的身后站着一个熟悉的身影——欧阳君！

欧阳君呆呆地站立着，迷蒙的双眼没有任何焦距，对于眼前发生的一切置若罔闻。她的身边站着身穿黑袍的欧阳宸，以及全身紧裹黑衣，手捧黑色头盔的韩米兰。

"欧阳君！"丹增大叫一声，可欧阳君完全没有反应。这是丹增第一次见到欧阳宸本人，那张与欧阳君一模一样的脸，让人绝不会有认错的可能，而欧阳宸那双充满邪魅光芒的眼睛，令丹增的心为之一颤，瞬间想起了在梦中曾见到的那个穿黑色斗篷的面具人！虽然梦中看不清黑衣人的样子，但在那双眼中晃动的冰冷阴影，犹如阴霾深深地刻在丹增的心间。

太多无法理解的事情如漫天飘飞的棉絮，紧紧纠缠着他早已疲惫而混沌的思绪。

"丹增旺杰！别再瞻前顾后犹豫不决了，如果你想救欧阳君，就好好守护天杖！"日之剑用比之前更严厉的声音喝止，右手化现出金光闪耀的神剑，迎面扑向月之剑。

月之剑毫无惧色，挥剑迎击，两股强大的力量碰撞在一起，顿时产生巨大的震波。在佛殿里参拜的民众许多人因此受了伤，人们惊慌失措，一时间场面混乱不堪。

不好，这样会影响莲花岛的民众！

丹增见状，立刻结手印，设下结界，将民众从这层空间暂时隔离出去。只要在结界内，不论他们之间发生多么激烈的战斗，人们不会看到他们也不会受到任何牵连，当然，前提是设结界的人没有死掉。

日月神剑的实力相当，难分高下，双方各施神技，金银圣光交相辉映，佛殿的顶部已经被划空而过的力量打穿了一个大洞，琉璃瓦砾如雨点般纷纷落下。他们从佛殿一路缠斗到天空，激战的光辉在乌云涌动的天空下不停地交错爆闪。

丹增揪心地看着陷入苦战的日之剑，目光不时地转向欧阳君。他真的搞不懂，月之剑为什么会倒戈至敌方？欧阳君又为什么会变得像失了心魂的玩偶一样？

突然，永真严肃的声音在他的耳畔响起：一旦灭世唤醒她的力量并为己所用，那世间岂不陷入更加翻天覆地的灾难中！

难道……灭世掳走欧阳君，不单单是为了把她作为要挟的筹码，更深层的目的是为了将欧阳君洗脑，以便得到月之剑的力量？！这个世界的欧阳君失去了本该拥有的法力，按理说月之剑也不可能再出现，但月之剑一定深藏在她灵魂深处，与之相伴。灭世必定是知晓了这一点，才会等欧阳君找回自己仅剩的那一点点力量后，再次下手。

月之剑拥有在不伤害肉体的情况下斩杀一切灵体的能力，从某种意义上来看，她那阴柔的力量要比日之剑强大的破坏力更具有威胁性。对于从未修过护法的丹增来说，日之剑可谓不折不扣的护法神，而能与之力量抗衡的只有月之剑。一旦日之剑离身，自己就等于失去了强有力的保护伞，对付像灭世这样如此强大的邪魔，他所拥有的力量足以自保，但想要战胜除破魔咒以外对任何咒法都毫不惧怕的灭世，那绝对是异想天开。

怪不得灭世一副志在必得的神情，他不光握有欧阳君这个人质，更握有月之剑这个胜券在握的法宝！

想到这些，丹增感觉像被人从头到脚泼了一大盆冷水，浑身冰凉。他不敢想象，日之剑被打败后的下场。

“丹增旺杰，老老实实把天杖交出来，我就饶你们性命，”灭世阴森的声音如一条滑腻腻的大蛇溜进了丹增的大脑，丹增不禁心跳骤停了几秒。灭世紧搂着欧阳君肩膀，斜睨着他，“当然，我也会把她还给你，让你们这对苦命鸳鸯可以长相厮守。”

丹增本能地向后靠了靠，紧护着天杖。噶玛丹杰仁波切的告诫言犹在耳，可是，如果天杖就是变换形式存在于这个世界的破魔咒，那神圣的咒语在哪里？透明的杖身完全看不到任何咒文。一开始，他还庆幸自己记下了破魔咒，刚刚也试着念诵了咒语，但天杖根本没有一点反应。如果水晶必须配合自身所有的咒语才能发挥作用的话，那寻找天杖上的咒语就成了至关重要的关键点。就算一时找不到咒语，哪怕只是利用水晶的封印力量压制灭世也好，可他却不知道该如何启动水晶……这让他急得像热锅上的蚂蚁，焦虑慌乱。

他注视着欧阳君，目光充满了担忧，同时也暴露出他内心的不忍和动摇。而他无论如何也无法将眼前有着俊秀脸庞的欧阳宸，跟五目魔兽形象的灭世联系在一起。

“你认为你的如意算盘会这么容易得逞吗？”丹增不甘示弱，心中却踌躇着该如何使用水晶天杖。

灭世从鼻子里恶狠狠地喷出一口浊气，“我就知道你们这些转世活佛脑子都是一根筋，要想让你们妥协，还真不是件容易的事。”他阴阴地笑着，丹增感觉浑身不舒服，像被亿万只蚂蚁啃噬着。

“设置这个结界应该会消耗不少法力吧？”

灭世突然话锋一转，丹增的眉头蹙得更紧了。虽然搞不懂灭世说这话的目的，但他可以肯定的是，灭世的语气不是疑问，而是一种明知故问的嘲弄讥讽。

“哼，以为不说话，我就什么都不知道吗？你将这里的人从这个空间强行隔离出去，就算我想伤害他们，也无法接触对方。破解办法只有两个，一是你主动解除，二是你死掉后这个结界自动解除，对不对？”他边说边横举右臂，握拳挥向站在身边的一名被隔离出这个空间的年轻女士。拳头霍地一下从她的胸口穿过，却没有对她造成任何伤害，她的身体就像自行修复的原子粒，在瞬间就恢复如初。

“既然你知道只有两个办法，那你应该知道我是不可能主动解除结界的，”丹增目光犀利，严阵以待，随时准备迎战，“来吧，如果你想破坏一切，就从我的尸体上踏过去。”

“你可真自信啊，”灭世轻佻地摇晃着手指，“如果我告诉你，我选第三种可能呢？”

“什么？”丹增心中一惊，以为自己听错了，他从没想过会出现第三种选择。

“你以为可以制造空间重叠的人只有你一个人吗？”

“你究竟想说什么？”

“破坏你的结界，其实非常简单，只要具备一些条件就可以。”灭世吹了声口哨，他的追随者一个接一个地显现身影。他们头戴黑色头盔，身穿黑色的高科技服装，红色花纹的五目魔兽图案印在衣服的左胸口。他们俨然训练有素的军人，站姿统一而又整齐有序，手中的激光剑散发着阵阵瘆人的寒光。

丹增搞不清楚灭世葫芦里卖的是什么药，但他知道，这些被控制心智的人都是无辜的可怜人，他绝不可能出手伤害他们。灭世吸收众人成为自己的手下，不单单是想扩大自己的势力，更是看准了这个可利用的优势。

天空战声轰轰，他忧心地看着在天际中缠斗得依然不分高下的日月神剑，意识到接下来出现的问题都必须靠自己的力量解决了。

灭世打了一个清脆的响指，一名手下立刻走出方阵，直奔佛殿的角落而去，那名手下很快就挟持了一名人质。丹增定睛一看，被挟持的人不是别人正是何言。

“何言！你……怎么会在这里？”丹增大声问道，显得惊慌失措。不知这名手下做了什么，居然能将何言从隔离空间拉进自己所在的空间。

何言显然被眼前的一切吓到了，声音带着微微的颤音，“丹增，这……这是怎么回事？我明明在佛殿里为大家祈福，可为什么会……”话还没说完，闪着寒光的激光剑从眼前划过，吓得她顿时收声。

丹增不敢贸然施法，因为他比谁都清楚，一旦营救失败，何言很可能立刻会惨死在剑下，灭世就此也会大开杀戒。

“丹增旺杰，你只关心她一个，我可是会伤心的。”持剑抵着何言喉咙的手下，边说边扯下了头盔。

“何言？！”两张一模一样的脸同时出现在眼前，没有心理准备的丹增惊愕不已。

“丹增旺杰，睁大眼睛好好看着我怎样破解你的结界。”灭世张狂地叫着，声音如刺耳的魔音，“何言，动手！”

早已失去人性的何言立刻举起右臂，丹增大惊，以为她要加害另一个何言，然而接下来发生的一切却完全出乎他的意料。她突然张口咬破了自己的手腕，把流着鲜血的伤口塞进了何言的嘴里，恶狠狠地命令，“快点喝下去。”

无力反抗的何言一边流泪，一边痛苦地喝下了受感染的鲜血。见何言已经喝下自己的血，她开心地歪嘴一笑，松开了手，又猛地一低头，咬在了何言的脖子上，就像嗜血的吸血鬼般。

何言发出一声凄厉的惨叫，但很快就安静下来，她的眼睛慢慢蒙上了一层诡异的红丝。作为盗梦魔骨干的另一个何言此刻也抬起了头，她的眼睛也蒙上了同样的红丝。

以血作为媒介，她们完成了特殊的仪式。两个何言转而相望而立，布满红丝的眼睛目不转睛地盯着彼此。倏然，红丝在她们的眼球上跳动，并伸出像神经纤维的红色触手，当她们眼中的红丝紧紧缠绕在一起的瞬间，整个空间响起了轰隆隆的异响。紧接着，巨大的晕眩迎面袭来，仿佛所有的一切都在顷刻间颠倒了。

强烈的不适令丹增险些失去重心，他依靠着邬金仁波切水晶塑像，紧握着天杖才勉强没有摔落。他紧闭双目，摇了几下头，想要驱散猛烈的晕眩，可当他再次睁开眼，立即被眼前的景象惊呆了——被隔离出空间的人们，个个瞪大了眼睛，瞠目结舌地看着悬浮在空中的他……灭世的手下早已将他们全部虏获。

“丹增旺杰，当同一层空间出现两个灵体重叠的人，最开始制造重叠的人的主控权会大大受到影响，同时空间也会被干扰，产生严重紊乱。所以，现在你的结界不但消失了，就连本不会真正出现在这个世界的莲花岛也已如同被扯下了神秘的面纱，真真实实地显现在这里。而你就是那把开启一切的钥匙，只有像你这样本身具有能力的人，才可以制造出空间重叠。一旦制造了空间重叠，就好比撬开了被紧锁的大门，在那之后，就连普通人也可以轻松推开这扇大门成为制造空间重叠的道具。也就是说，多亏了你们的存在，我才可以在其基础上再次设置空间重叠，”看着丹增惊愕的表情，灭世兴奋得几乎合不拢嘴，“丹增旺杰，现在主控权可在我的手上。我再说一次，如果不想看着莲花岛的人死去，就把天杖交出来，不然……我一个个虐杀他们，也包括她！”灭世一把勒住了欧阳君的脖子。

丹增大骇，形势的急转直下也唤起了他一段不想再记起的回忆——色林曾利用莲花岛民众的生命做条件，要挟他交出金刚杵天珠，然而，当他交出天珠后，色林并没有履行承诺，反而更加残忍暴虐地残害生灵！

不管交不交出天杖，灭世绝对不会就此罢休的。

怎么办？到底该怎么办？

“丹增旺杰，我的耐心可是有限的。”灭世没有任何感情的声音传进丹增的耳朵，就在他抬头的瞬间，激光剑横空一划，一个中年男子的人头就落了地。顿时，佛殿一片惨叫，惴惴不安的人群出现了混乱，但很快就被灭世的手下给制伏了。

丹增见状曾想施法救下人质，打算跟灭世大战一场，但他的心思立刻就被灭世看穿了。

“如果你敢施法，我立刻让她死无全尸！”灭世迅速用激光剑抵在欧阳君的脖子上。丹增无奈，只能按兵不动。灭世继续发出威胁，“我真心不想让她美丽的身体变得支离破碎，如果你执意要施法，就算侥幸救下她，但刻在她心脏上的五目魔兽标志也会启动，到时候，你只有杀了她这一条路可以选择。哦，我差点忘记了，你曾亲眼看着她死过一回，其实再多看一次也无妨吧！说不定，你自己动手做个了结还更痛快呢！”灭世咧着嘴奸笑着。

灭世的话激起丹增不愿回首的往事，他像是被人冷不防地戳中了要害，顿时浑身僵硬，失去了斗志。他前世的情缘，今生的至爱，为了挽救地球上的生灵，更为了救他，甘愿化作封印牺牲自己。

他已经失去她一次，他不想再失去第二次！

丹增迟迟没有动静，灭世知道自己的话起了效果，只要欧阳君在手，丹增就对他无可奈何。

灭世将欧阳君交给韩米兰看管，走出阵队，站在死者的尸首前。他用力踩在死者的头颅上，“同样的话，别让我不停重复。”说完，他狠狠地碾了几下，死者的头颅立刻爆裂成血肉模糊的一堆肉泥。

如此惨景，丹增不忍直视，然而又不知如何是好，他本能地拿起了天杖，“破魔咒在此，你如果再敢轻举妄动，我就立刻将你化为灰烬。”虽不知殊胜的咒语在哪儿，又如何启动它，但他知道这是灭世在地球上唯一惧怕的圣器。就算是装腔作势，他也要试着利用一下。

丹增感觉灭世在见到他挥动天杖时，身体似乎僵硬了一下，可那种稍纵即逝的错觉很快就消失了。灭世好像并不介意天杖的存在。

“丹增旺杰，你这像三脚猫一样的糊弄人的功夫，也想唬住我？你要是有使用天杖的力量，还用等到现在？”灭世掷出了手中的激光剑，只见寒光一闪，激光剑瞄准丹增的心脏飞疾过去。

激光剑速度之快让丹增根本来不及躲闪，他本能地用天杖挡开了攻击。突然，丹增想起仁波切提及他圆寂前，那个关于自己跟灭世对峙的梦，以及灭世能够重组梦境的能力。

透过梦境，灭世究竟看到了多少未来之事？他又重组了怎样的梦境？直到此刻，丹增才意识到自己的情况多么被动。

见丹增依然犹豫不决，灭世的耐心终于到了极限，他怒不可遏地打了一个响指，骤然间许多激光剑在空中一挥，剑起头落，又有十几名无辜民众被割下了头颅。麻木不仁的魔军还用激光剑插进死者的头颅，举至高空，以示威胁。

“不……不要……”丹增痛苦地摇着头，泪水已经溢满眼眶。神圣的佛殿霎时变成了灭世疯狂的屠宰场。

“丹增旺杰，你每犹豫一秒，就会增加一名牺牲者，如果你不想看着人类被我赶尽杀绝，就老老实实交出天杖！”灭世说着，将一个人头像踢足球一样用力踢向丹增。

人头重重地砸在邬金仁波切塑像的肩膀上，顿时血肉飞溅，鲜血沾在邬金仁波切的脸上，缓缓滑落而下，仿佛邬金仁波切流下的悲悯血泪。

丹增完全慌了神，如果交出天杖等于现在就将世界交给了灭世，如果不交的话……他无意中瞄了眼手表，猛地灵光一闪，突然想到了一个点子！

“丹增旺杰，又有一群人要为你送死了！”灭世大叫着，不耐烦地举起了手臂，手持激光剑的魔军也高举起凶器再次对准了众人的脖子。

眼看激光剑即将挥落，丹增大叫一声，“住手！”

灭世的手臂停在了空中，魔军手中的激光剑也紧贴着众人的肌肤停了下来。

“我……把天杖给你，但你得保证，不再伤害任何人，包括……欧阳君！”丹增稳定情绪，跟灭世尝试着谈条件，“只要你答应我的话，我可以把天杖……交给你。”

“只要你给我天杖，我什么都答应你。”

“仅仅口头上的承诺，我没有办法相信你。”丹增不知这一幕是否在梦中出现过，如果没有的话，也不知道灭世是否重组了这一段。

“那你想怎样？难道还要我白纸黑字写出来不成？”

“难道不可以吗？”

“可以，当然可以。”灭世忍不住哼笑出声，抬手做了个手势，一名手下立刻扯下一块经幡。接着，他利用激光剑的炙光，在经幡上灼刻出八个大字：天杖到手，不害人命！

写完后，那名手下将经幡高高举起。“这样可以了吧？”灭世问。

“光有字据，我也不能完全相信你，你很可能得到天杖后无视字据的存在，出尔反尔伤害众生。”

要在平常，灭世早就火冒三丈，大发雷霆了，但此刻他依然保持着阴笑，“那么……你究竟想要什么？”他的眼中闪现着不怀好意的光芒。

“把欧阳君交给我，然后，让这里的人安全离开。”丹增佯装擦拭脸上的汗渍，偷瞄了眼手表——倒计时还有半分钟！“如果你这样做的话，至少让我看到你有诚意。怎样？这个条件并不过分吧？”

“放这里的人离开，这个没有问题，但我亲爱的妹妹……现在还不能给你。”

“如果你不能答应我这个条件，那我也没办法如你所愿交出天杖。”

快一点，快一点，再快一点！

他在心中默默祈祷时间过得再快一点，同时极力稳定自己的情绪，不让灭世察觉出异样。

“看样子，我们的谈判无法进行下去了。”灭世摇头兴叹，看似失望至极，但嘴角的阴笑在丹增看来显得更加邪恶。

丹增感觉背脊冷汗直冒，他紧张的心怦怦直跳，但事已至此，他已没精力研究那笑容背后的含义，只能将一切都赌在即将归零的倒计时上。

“十……九……八……七……”灭世突然开始倒计时。

丹增不由得浑身一紧，但已无心顾及。还有5秒钟，一切都将归于尘埃，他期待一切如他希望的那样发展，却又担心所有努力都化为幻影。他最后又看了一眼欧阳君，内疚和自责的心在不停地淌血。

直到最后，我还是无法救下她……

他痛苦地闭上了双眼，祈祷着归零时刻期望能够成真。

但，什么都没发生！

只听灭世“嘭”的一声，模仿爆炸的声音。丹增惊诧地睁开双眼，一切如初，没有发生任何变化，他不由自主地把脸转向如雕像般纹丝不动的两个何言。

难道是……

“你以为利用这无聊的谈判拖延时间，趁机等待空间重叠的时间失效，将我们一起拉进时空裂缝的念头我会不知道？”他轻蔑地摆摆手，“我告诉你，一旦出现第二个制造空间重叠的人，也就意味着时间将被重新设置。现在，这个空间是以她们重置后的时间为准，差不多……还有二十多分钟才结束，你知不知道这二十多分钟里，我可以杀多少人？如果你选择继续拖延下去，我可以无限期一直奉陪到底。告诉你，能制造出空间重叠，重置时间的道具，我手里可多得很。不过，在这段时间里，地球上将有多少可怜的生命会成为牺牲品呢？”灭世说着，挥剑斩落了一名小女孩的头颅，小女孩的妈妈痛哭哀嚎，疯了一般挣脱束缚飞扑到孩子身边，但冷酷无情的灭世眼睛眨都不眨，毫不犹豫地举剑一砍，小女孩的妈妈立刻被劈成了两半。

“丹增旺杰，这就是你跟我玩心眼儿的代价，”灭世对着尸体狠狠地踹了一脚，大喝一声，“动手！”

随着灭世的一声怒吼，又有众多民众的人头纷纷落了地。整个佛殿的地面被鲜血染红了，宛如人间炼狱!

面对灭世一次次残暴的紧逼，无计可施的丹增完全无计可施，只能看在眼里痛在心上。

“你这个该死的家伙，见死不救，只为了那个女人，你就要我们全部人搭上性命！她的命就那么值钱，我们的命就一文不值吗?”一个年轻人高喊起来，人群中出现了骚动，不是针对残暴的灭世，而是针对孤立无援的丹增。

“把天杖交出来，把天杖交出来！”众人纷纷喊道。

看着人们闪着惊惧的眼中混杂着对自己的仇视，丹增的心乱作一团。

“人类都是自私的，为了自己可以不择手段，”灭世的嘴角渗出让人作呕的笑意，“丹增旺杰，你也一样，你并不比他们高贵多少，甚至比他们还污浊不堪。”

灭世的话如一把尖刀，深深刺在丹增的心上。

或许，真是这样……

放弃的念头一旦形成，就如同一个巨大的漩涡将丹增仅有的一点坚持全部吸走。原本紧绷的身体，霎时变得无力。

“把天杖给我吧，你拯救不了人类的，他们还会因为你死得很惨，到头来，你谁也救不了，何必呢?”灭世煽动性的魔音在空中回荡，丹增颓然地耷拉下了脑袋。

交出天杖是死路一条，不交出天杖也是死路一条，反正最后横竖都是死，那何必苦苦挣扎呢?

像是找到了合适的借口，丹增迷离的心似乎平静了一些，他眼含热泪，用混沌的目光看着灭世，“天杖，我给你，你要什么，我都给你。”

“这样才对嘛。”见目的达成，灭世立即指挥一名手下前去索要天杖。

丹增紧握着天杖的手，颤巍巍地举到了面前，只要一松手，一切都将画上句号。

这样好吗?这样做……真的好吗?可是，不这样，还有什么办法?水晶天杖在手却无法启动，破魔咒也毫无踪影。无奈的反抗只会让自己目睹更多的血腥啊!

算了吧，算了吧……或许放弃才是最好的选择!

他痛苦地闭上了眼睛，流露着悲壮的色彩，无可奈何的绝望在心中如滴入水中的墨水般渗透开来，泪水顺着他的脸颊滑落而下。

终于，他一狠心，松开了手。

诧异的是，天杖并没有落入那名手下的手中，而是被突然折返回来的日之剑一把夺了过去。

“丹增旺杰，你怎么那么傻呀？你知不知道，你这样做会毁了全世界！也枉费我从他们手中救下你的心意。”面露疲态的日之剑高声喝斥。

丹增无言以对。直到此刻，他才知道，原来昨夜是日之剑救了自己。

见即将到嘴的鸭子被日之剑这么突然横插一脚，灭世气得咬牙切齿，怒不可遏。不过，他并不担心，毕竟他手握王牌。

紧随而至的月之剑将手中的神剑划空一挥，施展招数——月影幻光，无数把银光利刃铺天盖地地向日之剑和丹增袭去。他们一时大意，疏于防备，只得不停地左右躲闪，却无还手之力。

很快，他们就发现月之剑此次施展的“月影幻光”有别于以前的形式，以往“月影幻光”中的每一把利刃都真实不虚，直逼敌人的要害，可这次“月影幻光”中的神剑在抵挡的瞬间就会消失踪影，就算击中身体也不会造成伤害。

如此反复后，丹增大叫，“这些全是幻觉，不是真的！”说着，他不再抵抗，甚至还闭上双眼，不想受幻觉的干扰。

“丹增……不要！”日之剑大声疾呼，心几乎提到了嗓子眼儿。

一支闪着寒光的利刃，瞄着丹增的心脏疾飞而去。日之剑急忙动用意念瞬移到丹增面前。

说来奇怪，那支利刃在他挥剑抵挡的刹那再次消失无踪，日之剑心中大惑不解，他认为自己应该不会看走眼的，那绝对是混在幻觉中的真实之剑，可是……

就在日之剑短暂的疑惑之际，就听噗嗤一声闷响在耳边响起，日之剑不由得瞪大了眼睛，盯着将右臂化作利刃刺进自己胸口的月之剑。

“日之剑……你……”丹增的眼中刻满了惊恐。

月之剑如水泥般僵硬的脸面无表情，完全无动于衷，她慢慢地将手从日之剑的胸口抽离出来。猛然间，日之剑却抓住她正在抽离的手臂，用化作金光的右手猛力刺进了月之剑的心口。

一切都发生在电光火石之间，就连在一旁窃喜胜利即将到手的灭世也惊得目瞪口呆。

瞬间发生的剧变，令丹增慌乱不已。他紧抓着日之剑的手臂，却不知道该做些什么。

“丹增旺杰，你不用难过，我们不是消失而是——重生。”日之剑说着，严肃的脸上扬起了一抹笑意，他们的身体也渐渐闪起朦胧梦幻的柔光。

“重生？”

日之剑点点头，把紧闭双目一脸平静祥和的月之剑搂在怀中，“我们将再次合二为一，希望有朝一日你有资格能驾驭我们的力量，而在此之前，我们会安静地沉睡。”他们散发的炫目耀光充满了强大的力量，灭世的手下纷纷痛苦挣扎，跪地不起。狡猾的灭世躲在欧阳君的身后，避开了明光的力量。

“那现在……我该怎么办？”一听日之剑要离开自己，丹增显得有些六神无主。

日之剑笑了笑，“天杖可在你的手中啊。”

经日之剑这么一说，丹增才发现天杖不知何时又回到了自己手中，“可是，天杖上没有咒语呀！”

“丹增旺杰，仁波切不是跟你说过，破魔咒会变换不同的形式出现在你的面前。好好琢磨这里面存在的每一种可能吧，仁波切可是将一切都赌在了你的身上啊。”说完，日之剑和月之剑就如同星屑般，在一阵耀闪后消失了。

看着最后一抹余晖消失，丹增垂首看着手中的天杖，心中反复琢磨着日之剑的话，突然，视线定格在天杖顶部代表法身、报身、化身的三个人头上。他在惊愕的同时也在责备自己，为何到现在才想到破魔咒可以用这种方式化现。

灭世的手下已经恢复元气，个个目露凶光，剑拔弩张地挥剑袭向丹增。很明显，灭世不想再跟丹增浪费时间，而是想直取他的性命。

丹增不像之前那样慌乱失措，不慌不忙地躲闪一波波的攻击，一边默念起“召请”密咒。

诵毕，就见天杖上的三个人头齐刷刷地张大了嘴巴，吟诵起殊胜而神秘的咒语，一阵阵玄妙的咒音在天地间回荡，水晶的力量也在咒音的作用下启动了。

“可恶！可恶！”灭世气急败坏地破口大骂，可就算捂住耳朵，咒音一样能渗透肌肤传进他的大脑，魔军众人早已痛苦哀嚎，倒地不起，跪伏在地上的韩米兰更是眼含哀泪，抱着灭世的大腿，乞求得到他的帮助。但他理都没理，抬腿一甩，将韩米兰甩得远远的。被虏获的民众纷纷逃窜，整个佛殿陷入了混乱之中。

透过噶玛丹杰仁波切的梦境，再加上自己强大的重组梦境的能力，灭世以为胜券在握，虽没看到最后的结局，他也认为胜利绝对会倾向于自己。然而，他万万没想到，就是这最后没有看见的未来，现实中的结果居然出现了如此翻天覆地的变化。这也就是那个噶玛丹杰仁波切为何愿意为此赌一把的原因。他现在开始后悔为什么最初没有在丹增的梦中杀死他，结果让自己陷入了今天的被动局面。

不过，一切都还没结束！

灭世用力紧掐欧阳君的脖子，“丹增旺杰，让那该死的声音停下来，不然……我就拉着她跟我一起陪葬！”

丹增的心咯噔了一下，但没有退却，厉声喊道：“灭世，破魔咒一旦启动，我也没有办法让它停下来，你大势已去，我劝你别再做无谓的挣扎了。”

见丹增不受威胁，灭世恨得咬牙切齿，“既然你都这么说了，那我也没办法了。丹增旺杰，你一定会后悔你所做出的决定。”说着，他抬起右臂，右掌瞬间变化成骷髅状扭曲而诡异的魔掌，惨白的指尖瞄准了欧阳君的心脏，以迅雷不及掩耳之势向欧阳君猛刺下去。丹增立刻施法，但一切为时已晚。

然而，接下来的一幕让丹增始料未及。只听扑通一声，两眼木然无神的欧阳君倒在了地上，她的心脏没有被刺破一个大洞，而灭世却一反常态僵在原地，并用左手紧紧箍住了自己的脖子，那只幻化的毒爪在空中挣扎挥舞，好像有一个无形的人在跟他对抗。

“你这个混蛋怎么现在还冒出来，你不是早就死了吗？”灭世发了疯般吼叫着，却不知在对谁发泄怒气。

灭世的反应让丹增一头雾水，他赶紧使用透视能力，发现在灭世的身体里居然还有一个人，那个人正是真正的欧阳宸！

欧阳宸还没有死？！噶玛丹杰仁波切不是说他已形同死去？

这时，真正的欧阳宸说话了，他的声音就仿佛是在清晨响起的寺院钟声，带着一丝清透，却掩藏不住一股淡然的无奈，“丹增旺杰，快杀了我！”

“什么？！”

“别犹豫，快杀了我，我坚持不了多久的。”欧阳宸苦苦哀求。

丹增表情悲伤地摇摇头，“我做不到，你还活着，我不可能伤害你，而且，你是欧阳君相依为命的哥哥！”

“丹增旺杰，不要感情用事了，你杀不杀我，我都跟亡者没什么区别，你要是错失良机……”欧阳宸话还没说完，那只毒爪突然箍住了他的左手，鲜血顿时喷溅而出，他痛得眼睛都充满了血丝，“我一直在这个身体里……看着、听着，却说不了一句话，现在灭世受咒音的影响力量大大消减，我终于有机会出来了。丹增旺杰，这种状态我并不能维持多久，你快点动手，别错过这唯一的机会，不然……啊！”

灭世似乎渐渐摆脱了欧阳宸的牵制，魔掌箍得更紧了，几乎都听到了骨头断裂的声音，“你这个混蛋居然跳出来搅局，你老老实实待着我还会保你身体无恙，现在看来，是没这种可能了，我要将你们兄妹碎尸万段。”

“丹增旺杰，求求你，别再犹豫了，快……快掷出天杖，我真的坚持不了多久了，这真的是我为小君……能做的最后一件事了，丹增旺杰！”

随着欧阳宸深切的呐喊，丹增含泪掷出了天杖……

一道霞光从空中划过，直刺进欧阳宸的身体。天杖将灭世从欧阳宸的身体里分离了出来，牢牢钉在身后的圆柱上。

欧阳宸的肉身应声倒地，他的灵魂发散着微微柔光，怀着无限依恋，他轻轻抚摸了一下欧阳君惨白的脸颊。或许是感应到哥哥的存在，她空洞无神的眼睛似乎颤动了几下，泪珠滚滚而下。欧阳宸心疼地擦掉妹妹的眼泪，带着忧伤又依依不舍的脸上扬起了一丝满足的笑容。在一片霞光中，他的灵魂慢慢消散，在即将消失无踪的瞬间，他抬头对着丹增轻启嘴唇：谢谢，请替我好好照顾她。

欧阳宸幻化作点点星光缓缓升入天际，如一抹稍纵即逝的流星，只留下短暂的美丽，却让人铭记一生。

泪水不觉涌现，丹增默默地用手背拭去夺眶而出的眼泪，低头怒视想挣脱束缚的灭世，他阴森惨白的魔掌在空中不断挥舞，搅得四周沙石乱飞。

“灭世，你的死期到了，你的霸世美梦也终将跟随你进入坟墓。”丹增大声呵斥，目光死死地盯着在咒音的力量下，渐渐被天杖的威力压制住的灭世。轻踮脚尖来到欧阳君的身边，温柔地抱起她。

“丹增旺杰，你不要得意，”灭世依然张牙舞爪，但气焰早已全无，“你以为一切会随着我的消失结束了吗？要是你这么想的话，那就错了，大错特错！”

灭世的冷笑让丹增刚刚松懈下来的心再次紧绷起来，“你什么意思？”

“什么意思？哼哼……”灭世的身体像缩了水般，渐渐变小，“你应该知道我是被我的造物主制造出来的，我本身具备的能力你应该也一清二楚，但是……我的造物主在我的身上还设下了一种程序，而这种程序只有在我被毁灭后才会启动。”

莫名的恐惧在丹增的心间悄然扩散，他搞不清灭世是在虚张声势，还是确实如他所说会启动某种可怕的程序。明知道灭世不会说出实情，他还是忍不住追问，“是什么程序？到底是什么程序？”

“丹增旺杰，一切都没有结束，一切才刚刚开始，哈哈哈……”在他张狂的笑声中，他的身体被撕裂成碎片。

一切，都结束了？

丹增俊眉蹙在一起，陷入了沉思。当灭世消失的瞬间，欧阳君终于闭上了眼睛，惨白的脸庞也红润起来。他含情脉脉的眼中满是激动和心疼，他俯下身，充满怜惜地在她的额头上烙下了一个深切的吻。不管灭世说的那个可怕程序是什么，至少，他救下了她，如果让她再一次从自己眼前消失——就算是假设，他都感到心痛得无法呼吸。

天地间开始猛烈晃动，丹增四周张望，目光落在了两个何言的身上。此时，她们眼中彼此缠绕在一起的红丝正在慢慢分离，就像即将断开的藕丝。丹增明白空间重叠的时效即将终结，他抱着欧阳君，从还未断开的红丝中一跃穿过。

第二十九章 轮回

模糊的海浪声在耳边此起彼伏，如同柔和的催眠曲，似真似梦，让人昏昏欲睡，似乎还有人在说着什么，丹增却听不清楚。有些刺目的阳光，晃得他不得不眯着眼睛。

朦胧的画面让丹增的视觉感到不适，有那么短短一瞬间，他恍惚得不知道自己身处何方。

很快，他就意识到了什么，目光焦急地寻找着欧阳君，但他马上发现身边的一切都是那么的熟悉，熟悉到令他浑身不寒而栗。

远处的沙滩上传来一声惊呼和惨叫。他闻声望去，惊诧得几乎无法呼吸。

被沙滩排球柱绊倒的欧阳君跌坐在沙滩上，抢包的青年如疾风般从她身边跑过……

丹增错愕地注视着眼前的情景，心刹那间跌进了万丈深渊。

一切，竟然回到了原点！

此时，他终于明白灭世最后所说的那句话的含义——一切都没有结束，一切才刚刚开始。

看着欧阳君焦急的脸庞，他的脚像灌了铅般动弹不得，完全没有第一次跟欧阳君相遇时的怦然心动，也没有看到她依然还活着的那种欣喜若狂。他觉得血液在身体里沸腾，脸颊发烫，手脚却像被麻痹般冰冷僵硬。

所有的一切都改变了，不，其实改变的只有他，只有他记得所经历的一切，只有他要面对不断轮回的痛苦。一股无法言喻的悲凉感袭上心头，他感觉自己仿佛被人遗忘在漆黑的隧道里。

灭世狂妄的笑声在他的耳边回响着，欧阳君跟他说的话却如了无痕迹的微风在脑中一闪而过——未来并没有被决定好哦！

未来……哪一个才会是最终的未来？哪一个又是正确的未来？他不知道，真的不知道。但只有一件事可以肯定——不打破这恐怖的轮回，就没有真正的未来可言。

可我，究竟该如何斩断这恐怖的轮回？

他在心间问着自己，却没有答案，只能呆呆地站在原地，如同丢了魂般。

突然，有人在他身后拍了一下他的肩膀，他像触了电似的猛地回头。站在他身后的是同样一脸惊慌失措的欧阳君。

“丹增……这是哪里？”欧阳君怯生生地问着，飘忽的目光不停地打量着四周。

丹增显然没有回过神，他愣愣地盯着她看了几秒。倏地，他仿佛想到了什么，布满红丝的眼睛越瞪越圆，扭头向沙滩的方向看去。受伤的欧阳君跌坐在排球柱边，指着抢包的男青年大声叫喊着。

这一次，丹增没有出手相救，只是看着青年的身影消失在人群中。他扭动僵硬的脖子，看着面前的欧阳君。

同一个世界，两个欧阳君！？

他抱着头，跪在地上，想泄恨一般大声呐喊，却发现喉咙发不出一点声音。